HEYNE BÜCHER

JAYNE ANN KRENTZ

VAGABUND DER LIEBE

Roman

Aus dem Amerikanischen
von Ingel Groeger

Deutsche Erstausgabe

WILHELM HEYNE VERLAG
MÜNCHEN

HEYNE ALLGEMEINE REIHE
Nr. 01/10075

Titel der Originalausgabe
FAMILY MAN

Umwelthinweis:
Das Buch wurde auf
chlor- und säurefreiem Papier gedruckt.

Redaktion: Werner Heilmann

Printed in Germany 1997
Umschlagillustration: Pino Daeni / Agentur Schlück
Umschlaggestaltung: Atelier Ingrid Schütz, München
Satz: Pinkuin Satz- und Datentechnik, Berlin
Druck und Bindung: Elsnerdruck, Berlin

ISBN 3-453-11673-9

1

Juristisch gesehen war Luke Gilchrist keineswegs ein Bastard. Aber eben diese Rolle hatte man ihm trotz seiner legitimen Abstammung zugeschoben, als er vor sechsunddreißig Jahren auf die Welt gekommen war. Und von da an hatte er wahrlich das Beste daraus gemacht.

Die Gilchrists machten aus allem, was sie taten, ein Riesentheater. Daran erinnerte sich Katy Wade wieder, als sie aus ihrem Auto stieg. Man hätte die Leute lächerlich finden können; der Haken war nur, daß sie manchmal verdammt gefährlich waren.

Resolut griff sie nach ihrem Aktenkoffer und ging auf die Veranda des alten, verwitterten Hauses zu, wo Luke Gilchrist lässig in der offenen Eingangstür lehnte und auf ihr Kommen wartete wie der Bussard auf das Erscheinen der Maus aus ihrem Loch. Er war nicht allein. Ein kräftig gebauter schwarzer Hund unbestimmbarer Rasse stand neben ihm. Der Köter hielt einen großen Freßnapf aus Blech im Maul.

Katy hatte Luke bislang noch nicht zu sehen bekommen, aber sie war nun schon seit Jahren mit allen möglichen Gilchrists konfrontiert worden und kannte die Sorte inzwischen ziemlich gut. Dieses spezielle Exemplar der Familie hätte sie überall identifiziert. Ihrem Bruder und ihrer Sekretärin gegenüber hatte sie einmal gestanden, die Gilchrists erinnerten sie an eine wüste Versammlung von hochgewachsenen rassigen Hexen und Hexenmeistern.

Daß Katy auf diesen Vergleich kam, hatte nicht nur mit so stark ausgeprägten Familienmerkmalen wie dem pechschwarzen Haar, den aristokratischen Gesichtszügen und den charakteristischen grünen Augen zu tun, sondern mit der darunter lauernden Verbitterung, die sie oft bei ihnen zu spüren meinte. Es war eine Art bedrückende Düsterkeit, die dicht unter der Oberfläche lag.

Soweit Katy es beurteilen konnte, neigten die Gilchrists von Natur aus zu Extremen. Sie waren entweder eiskalt oder siedend heiß. Eine ausgeglichene Grundstimmung erlebte man selten bei ihnen.

Auf jeden Fall waren die Gilchrists aufbrausend. Übelnehmerisch. Den eigenen Kopf durchzusetzen konnte für sie leicht zur Besessenheit werden. Sie brachten es fertig, jahrelang irgendeinen alten Groll zu hegen und zu pflegen.

Sie waren aber auch intelligent, außergewöhnlich intelligent sogar, eine Eigenschaft, die man gerade Luke nachsagte; nur hatten sie eben keinen Sinn für die freundlicheren Seiten des Lebens. Für sie gab es nur stürmisches Vorpreschen oder quälende Zweifel, Sieg oder Niederlage. Einen fröhlichen Gilchrist konnte Katy sich nicht vorstellen.

Nur wenn es um Geld oder Rache ging, schienen sie ganz entfernt so etwas wie Glücksgefühle zu empfinden.

Im Lauf der letzten Jahre hatte Katy genügend Veranlassung gehabt, ernsthaft über das Thema nachzudenken, aber sie konnte sich letztlich nicht erklären, worauf sich der Eindruck gründete, daß es die Mitglieder der Familie Gilchrist nicht gerade mit der Sonnenseite des Lebens hielten. Manchmal meinte sie, ihr Ehrgeiz sei schuld daran. Ein anderes Mal vermutete sie, bei ihnen müßte irgendein Gen verrückt spielen. Dann wieder kam sie zu der Überzeugung, die Probleme der Familie seien auf die Zeit zurückzuführen, als sie unter der Herrschaft von Justine Gilchrist stand, der Matriarchin des Clans, die mit eiserner Hand regiert hatte.

Alles, was Katy mit Sicherheit wußte, war, daß sie selbst von Justine gut behandelt worden war und ihr sehr viel zu verdanken hatte. Das hieß aber nicht, daß sie nicht plante, sich so bald wie möglich aus den Klauen der Gilchrists zu befreien. Der geeignete Moment schien sich endlich am Horizont abzuzeichnen. Er war fast schon greifbar. Aber vorher mußte sie noch den obersten Hexenmeister des Clans wieder in den Schoß der Familie zurückbringen.

Luke Gilchrist, der allerdings nichts davon ahnte, war ihre Fahrkarte in die Freiheit.

Sie behielt ihn im Auge, als sie näher herankam, und

merkte, daß ihr immer unbehaglicher zumute wurde. Es ist lächerlich, dachte sie, daß ich mich so komisch fühle. Sie war es doch gewohnt, mit Gilchrists umzugehen. Der Trick dabei war nur, daß man sie nicht so ernst nehmen durfte wie sie das erwarteten.

Aber aus irgendeinem Grund hatte gerade dieser Gilchrist eine unerwartete Wirkung auf sie. Vielleicht nur, weil sie ihn brauchte. Ihre eigene Zukunft war von nun an mit der seinen verknüpft.

Luke erwies sich insofern als typischer Vertreter seines Clans, als auch er über dessen raubtierhaften Charme verfügte. Da sie sich in den Familienlegenden, die sich um ihn rankten, recht gut auskannte, wußte Katy, daß er sechsunddreißig Jahre alt war, also acht Jahre älter als sie. In seinem dichten schwarzen Haar fanden sich schon ein paar silberne Strähnen.

Aber das grüne Eis in seinen Augen glitzerte wahrscheinlich seit seiner Geburt dort.

Katys Ansicht nach – sie brachte es nur auf einszweiundsechzig – waren die Gilchrists einfach empörend groß. Und dieser hier war das größte Exemplar, das sie bis jetzt zu sehen bekommen hatte, mindestens einsachtundachtzig, wenn nicht sogar einsneunzig. Stand sie erst mal neben ihm, würde er sie wie ein Turm überragen.

Doch Katy wollte sich absolut nicht einschüchtern lassen.

Als sie auf die Stufen zuging, konnte sie nicht umhin zu bemerken, wie sehr Luke dem Hund ähnelte, der neben ihm wartete. Herr wie Hund waren ausgesprochen muskulös und hatten den gleichen kalten Blick. Trotzdem würde sie von diesen beiden lieber dem Hund im Dunkeln begegnen. Das Tier schien eine Spur vernünftiger zu sein als sein Herr.

Katy warf dem übellaunigen Hund einen argwöhnischen Blick zu, als sie die unterste Stufe erreichte. Dann sah sie zu dem Mann auf, der im Schatten des Türrahmens stand. Die Geschichte wird allmählich wirklich gruselig, dachte sie. Welch beklemmende Atmosphäre. Aber darin waren die Gilchrists schon immer groß gewesen.

Hinter ihr heulte der Wind und trieb das Gewitter von

der See auf das Festland zu. Die Wellen unter der einsamen, sturmgepeitschten Klippe trugen schäumenden weißen Gischt. Der Regen, der über den Ozean hinwegfegte, konnte jeden Augenblick niederprasseln.

Die Fahrt von Dragon Bay, im Norden von Seattle an der Washingtonküste, bis zu diesem gottverlassenen Winkel in Oregon war lang gewesen. Trotzdem hatte Katy es plötzlich furchtbar eilig, wieder in ihr Auto zu steigen und nach Hause zu kommen. Es machte ihr nichts aus, die ganze Nacht durch zu fahren. Sie wollte diese unerfreuliche Expedition so schnell wie möglich beenden.

»Ich nehme an, Sie sind Luke Gilchrist«, stellte sie fest.

Schon vor langer Zeit hatte Katy gelernt, daß man mit den Gilchrists sehr selbstbewußt umgehen mußte. Weniger bedeutende Sterbliche wurden von ihnen glatt zu Straßenopfern gemacht – und merkten dabei den dumpfen Schlag nicht einmal.

»Ich heiße Gilchrist«, sagte Luke. »Und wer, zum Teufel, sind Sie?«

»Katy Wade, die persönliche Assistentin Ihrer Großmutter.« Sie faßte ihren Aktenkoffer fester und versuchte, nicht zur Kenntnis zu nehmen, wie sehr seine dunkle Stimme ihre Nerven vibrieren ließ. Was ist nur mit mir los? fragte sie sich. Die Gilchrists hatten sonst nie solche Wirkung auf sie gehabt.

»Aha, Miß Wade«, entgegnete er sanft gedehnt. »Ich hab' mir schon gedacht, daß Sie früher oder später hier auftauchen würden.«

»Seit Wochen schon versuche ich, Sie zu erreichen, Mr. Gilchrist. Ich habe mindestens zwölf Nachrichten auf Ihrem Anrufbeantworter hinterlassen. Ich habe Ihnen vier Eilbriefe und zwei Telegramme geschickt – die Sie alle bekommen haben. Denn ich besitze Einlieferungsscheine, die beweisen, daß sie angenommen wurden. Sie selbst haben sie unterschrieben.«

»Ach, wirklich?« Luke lehnte eine muskulöse Schulter gegen den Türrahmen und bedachte sie mit dem patentierten Vampirblick der Gilchrists.

Katy mußte zugeben, daß Luke den Blick besser drauf hatte als sonst jemand in der Familie. Seine beunruhigend grünen Augen richteten viel mehr Verwirrung an als die der übrigen Clanmitglieder.

Etwas in seinem Blick wirkte buchstäblich hypnotisierend. Katy überkam ein Schwindelgefühl. Ihr war, als falle sie in Tiefen von smaragdgrünem Feuer. Ein Knäuel seltsamer, noch nie gekannter Gefühle entrollte sich in ihrem Inneren.

Sie bemühte sich verzweifelt, an seinen Augen vorbeizuschauen, und konzentrierte sich schließlich auf seine Aufmachung.

Er trug einen locker sitzenden schwarzen Pullover mit rundem Halsausschnitt, dazu leichte schwarze Baumwollhosen und flache schwarze Stiefel. Eine Kleidung, die die natürliche Eleganz seiner Erscheinung betonte. Anscheinend fühlten sich alle Gilchrists zu der Farbe hingezogen, die ihrem schwierigen Charakter am ehesten entsprach. Alle hatten eine Vorliebe für Schwarz.

Und alle besaßen wunderbar weiße Zähne.

»Jedenfalls hatten Sie nicht die Freundlichkeit, mir zu antworten, Mr. Gilchrist.« Katy funkelte ihn ärgerlich an und strich die roten Haarsträhnen zurück, die der Wind ihr ins Gesicht blies.

»Leuten, die wegen Justine Gilchrist oder Gilchrist, Inc. mit mir sprechen wollen, pflege ich grundsätzlich nicht zu antworten.« Er musterte sie ausführlich, angefangen von ihrem roten Schopf bis zu den Spitzen ihrer knallgelben, hochhackigen Schuhe. »Was nicht persönlich gemeint ist.«

Katy merkte, wie ihr bei dieser eingehenden Prüfung die Röte ins Gesicht schoß. Einen Augenblick lang war sie sicher, daß die Art, in der er sie betrachtete, etwas verwirrend Sinnliches hatte. Aber einen Atemzug später sagte sie sich, es könne sich nur um Einbildung gehandelt haben. Kein Gilchrist würde sich je zu ihr hingezogen fühlen. Sie war ganz einfach nicht ihr Typ.

Und er gewiß nicht ihrer.

In diesem Moment stimmte der Hund, der seinem Herrn

fast bis zum Oberschenkel reichte und dessen breiter Kopf Katy an den einer Schlange erinnerte, ein hungriges Jaulen an. Das Vieh schloß seine Lefzen um den Napf, den es zwischen die Zähne geklemmt hielt. Speichel tropfte aus seinem Maul.

Katy sammelte sich wieder und straffte ihre Schultern. »Sagen Sie, Mr. Gilchrist, würde es Ihnen etwas ausmachen, wenn ich reinkäme? Es fängt an zu regnen.«

Kühn begann sie die Stufen zur Veranda hinaufzusteigen. Sie wußte, daß sie aller Wahrscheinlichkeit nach das ganze Gespräch über draußen stehen bleiben würde, falls sie höflich auf eine entsprechende Aufforderung wartete. Die Gilchrists konnten gelegentlich einen schier überwältigenden Charme entwickeln, aber das taten sie nur, wenn es ihnen paßte. Und Katy vermutete, Luke Gilchrist würde sich ihretwegen nicht die Mühe machen.

Unschlüssig standen beide da, Luke und sein Hund, als sie auf sie zukam. Dann trat Luke mit einem Schulterzucken in den Hausflur zurück.

»Was soll's. Sie sind nun mal hier, und Sie sehen nicht so aus, als würden Sie die Sache ohne Kampf aufgeben.« Dann sah er auf den Hund hinunter. »Geh aus dem Weg, Zeke. Sieht ganz so aus, als wollte die Dame reinkommen.«

Zeke glotzte Katy böse an und jaulte leise ein letztes Mal, wobei er seine beachtlichen Reißzähne zeigte. Dann machte er widerwillig kehrt, trabte den Flur entlang und verschwand um die Ecke in einen Raum, der wahrscheinlich das Wohnzimmer war.

»Warum trägt er eigentlich dauernd seinen Freßnapf mit sich herum?« fragte sie beklommen.

»Zeke nimmt seinen Freßnapf überallhin mit.«

»Ich verstehe. Was für eine Sorte Hund ist er denn?«

»Wenn ich das wüßte. Vor ein paar Jahren ist er hier im Garten erschienen und von da an geblieben. Er hat zufällig fast alle die Eigenschaften, die ich von einem Hausgenossen erwarte. Er macht keinen Krach, muß nicht unterhalten werden und leiht sich nicht meine Sachen aus.«

»Na ja, ich werde versuchen, mich nicht von der herzlichen Gastfreundschaft überwältigen zu lassen, die Sie beide mir bieten«, meinte Katy energisch, rauschte durch die Tür und stellte ihren Aktenkoffer auf den abgenutzten Linoleumboden. Dann fing sie an, ihre sonnengelbe Jacke aufzuknöpfen.

Sie hatte für diese Unterredung eine gelbe Seidenbluse und einen korrekten, bleistiftengen grünen Rock angezogen. Es war unmöglich, genau einzuschätzen, wie man sich für eine Auseinandersetzung mit Justines sagenumwobenem Enkel zu kleiden hätte, aber Katy wußte genug über die Gilchrists im allgemeinen, um sich für die höchsten Absätze zu entscheiden.

»Wissen Sie, Sie vertun nur Ihre Zeit«, sagte Luke.

»Das lassen Sie mich lieber selbst beurteilen.« Sie hielt ihm betont wartend ihre leuchtend gelbe Jacke hin.

Luke beäugte dieses Bündel Sonnenschein in ihrer Hand mit offenkundigem Abscheu und machte keine Anstalten, es ihr abzunehmen. »Kein Grund, die Jacke aufzuhängen. Sie bleiben nicht lang. Werfen Sie sie über einen Stuhl im vorderen Zimmer.«

Katy knirschte mit den Zähnen und legte die Jacke über ihren Arm. Sie nahm ihren Aktenkoffer auf und folgte ihrem unwilligen Gastgeber über den Flur. Luke war noch unmöglicher, als sie angenommen hatte.

Aber was konnte sie schließlich von einem Mann erwarten, der sich von Anfang an nie bemüht hatte, eine echte Beziehung zu seiner Großmutter, seinem Onkel und seinen Cousins aufzubauen? Sein Vater, Thornton Gilchrist, hatte Lukes Mutter Cleo gegen Justines Willen geheiratet, und die übrige Familie hatte von Luke seit seiner Empfängnis nur als dem »Bastard« gesprochen.

Wahrhaftig, er machte seinem Namen alle Ehre.

Luke kehrte ihr den Rücken zu, als er den Flur entlangging, und Katy nutzte die Gelegenheit, um ihn gründlicher zu betrachten. Was seine Größe betraf, so hatte der erste Eindruck getäuscht. Vielleicht war er doch nicht größer als einsfünfundachtzig. Nicht gerade überwältigend, sagte sie sich. Ihr siebzehnjähriger Bruder Matthew war beinahe genauso groß.

Aber da waren die breiten Schultern und ein harter, sehniger Körper, die Luke in eine Kategorie einstuften, die Welten von Matthews jugendlicher Erscheinung entfernt schien. Es war der Unterschied zwischen einem Jugendlichen und einem Mann – und dieser Unterschied hieß Kraft.

Lukes durchtrainierter, schlanker Körper hätte auch der eines Kriegers sein können, fand Katy, aber seine Augen waren die eines Zauberers. Sie fröstelte, ohne zu wissen warum.

Die Haustür ächzte hinter ihr, als der Pazifiksturm mit voller Gewalt dagegenschlug. Und als Katy hinter Luke in dem schäbig möblierten Wohnzimmer angelangt war, strömte der Regen schon über die Fensterscheiben. Zeke hatte sich in der Nähe des Feuers auf dem Boden ausgestreckt. Sein Napf stand dicht neben ihm. Er machte ein Auge auf, als Katy hereinkam, und schloß es gleich wieder.

»Nehmen Sie Platz.« Luke nahm einen Stoß *Wall Street Journals*, die auf einen Sessel gepackt waren, und warf sie auf einen Couchtisch, auf dem schon die neuesten Ausgaben von *Fortune, Barron's* und jede Menge Finanzofferten durcheinanderlagen.

»Danke.«

Katy ließ sich vorsichtig nieder, um die Staubwolke zu vermeiden, die ihrer Befürchtung nach sonst aus den fadenscheinigen Polstern aufgestiegen wäre.

Sie schaute sich unauffällig um, als sie ihren Koffer abstellte. Es war schwer zu glauben, daß Luke genauso leicht Geld verdiente, wie andere es verloren. Der Raum bot keinerlei Anzeichen für sein, wie sie wußte, beträchtliches Einkommen. Offensichtlich hielt er sich nicht damit auf, irgend etwas davon für sein Haus auszugeben.

Unwillkürlich war Katy schockiert. Was sie so gut es ging zu verbergen versuchte. Die anderen Gilchrists, die sie kannte, besaßen alle einen eher anspruchsvollen Geschmack. Außer dem schwarzen Jaguar, den sie in der Einfahrt gesehen hatte, wies nichts darauf hin, daß Luke diesen

Charakterzug geerbt haben könnte. Zugegeben, dieses Haus, das auf einer Klippe hoch über der zerklüfteten Oregonküste stand, verfügte über eine atemberaubende Aussicht, aber das war so ziemlich alles, was sich zu seinen Gunsten sagen ließ. Luke hatte eindeutig keinen Heller auf die Erneuerung der Bausubstanz verwendet.

Die Möbel waren anscheinend von einem Flohmarkt übriggeblieben, ihre geblümten Bezüge so stark ausgeblichen, daß man die Blumen nicht mehr erkennen konnte. Der Stoff mußte mindestens dreißig Jahre alt sein. Eine ziemlich verfleckte Flechtmatte lag unter den wackligen Metallbeinen des verschrammten Couchtischs.

»Bis hierher haben Sie's also geschafft«, stellte Luke fest und lehnte sich mit lässiger Eleganz in den schäbigen Sessel zurück, der ihr gegenüber stand. »Sagen Sie, was Sie zu sagen haben, und dann können Sie wieder gehen.«

Katy preßte die Lippen zusammen. Er machte sie nervös, aber sie würde sich nicht von ihm tyrannisieren lassen. Nicht einmal Justine durfte sich das erlauben. »Ich denke, Sie wissen sehr wohl, weshalb ich hier bin, Mr. Gilchrist.«

»Nennen Sie mich doch Luke. Sie können Gift drauf nehmen, daß ich Sie Katy nennen werde.« Er grinste spöttisch. »Zeke und ich sind eher zwanglos in diesen Dingen.«

Katy hob eine Augenbraue und ließ ihre Blicke bedeutungsvoll über die vergammelte Einrichtung schweifen. »Ich kann mir vorstellen, daß Sie tatsächlich keinen Wert auf Förmlichkeit legen.«

»Im Gegensatz zu meiner Großmutter«, pflichtete er ihr bei.

»Was wissen Sie überhaupt über Justine Gilchrists Einstellung zu diesen Dingen?« gab Katy zurück. »Sie kennen Sie ja gar nicht.«

»Ich, bin ihr einmal begegnet. Sie ist bei der Beerdigung erschienen – und das hat mir gereicht. Ich hab' kein Interesse, sie näher kennenzulernen.«

Katy krümmte sich innerlich. Alte und schmerzliche Erinnerungen heraufzubeschwören war das letzte, was sie Luke antun wollte. Sie wußte, daß seine Eltern und seine schöne Frau Ariel vor drei Jahren bei einem Flugzeugabsturz getötet worden waren. Alle hatten sich auf dem Weg nach Los Angeles befunden, wo sie sich mit Luke treffen wollten, zur Eröffnung des neuesten Lokals in der Luxusrestaurantkette, die Luke und sein Vater in Kalifornien etabliert hatte und die so gute Umsätze machte.

Die Restaurants, die Luke und sein Vater an der Gold Coast betrieben, waren sogar noch erfolgreicher als die, die seiner Großmutter in Seattle gehörten. Es hatte bisher keinen wirklichen Wettbewerb zwischen den beiden Gesellschaften gegeben, weil sie sich nie zu dicht beieinander in der gleichen Stadt niederließen. Aber eine versteckte Rivalität war immer vorhanden gewesen, und das wußten alle aus der Familie. Thornton Gilchrist hatte sich vorgenommen, Justine zu beweisen, daß er weder ihre Gesellschaft noch ihre Unterstützung brauchte, um es zu etwas zu bringen, und das war ihm gelungen. Luke war in seine Fußstapfen getreten.

Innerhalb weniger Monate nach der Beerdigung aber hatte Luke alle Restaurants, die er und sein Vater besaßen, verkauft. Es hieß, er habe ein Vermögen daran verdient, obwohl er sie auf einem gesättigten Markt buchstäblich verschleuderte. Ganz egal, was Luke unternahm, er machte Geld.

Anschließend hatte er nie wieder ein Restaurant eingerichtet. Zur Zeit nutzte er sein beachtliches Geschick in Gelddingen zur Finanzierung von Gesellschaften im Gaststättenbereich. Er ermöglichte die Eröffnung neuer Restaurants, die Expansion von Ketten und die Fusion von Firmen. Soweit Katy in Erfahrung bringen konnte, fädelte Luke das Geschäft ein, kassierte eine beträchtliche Provision und verschwand wieder von der Bildfläche. Offensichtlich hatte er jedes persönliche Interesse an der Restaurantbranche verloren, die seiner Familie immerhin seit drei Generationen im Blut lag.

Katy holte einmal tief Luft und zwang sich zu einem versöhnlichen Ton. Das war nicht so einfach. Sie ärgerte sich weidlich über Luke Gilchrist. »Sie sollten eigentlich wissen, daß Ihre Großmutter die Fehde beenden möchte, die schon seit so vielen Jahren zwischen ihr selbst und Ihrer Seite der Familie besteht.«

Lukes Miene blieb ausdruckslos. »Es gibt keine Fehde.«

»Wie können Sie so etwas behaupten?«

Er zuckte die Schultern. »Wir haben nicht gerade das, was man ein inniges Verhältnis nennt, aber es gibt keine Fehde zwischen uns. Eine Fehde beinhaltet aktive feindselige Auseinandersetzungen. Sie oder die übrige Familie ist mir nicht so wichtig, daß ich mir die Mühe machen würde, mit ihr oder sonst jemandem zu streiten.«

Katy fröstelte wieder. Der Gedanke streifte sie, daß die Gilchrists sich unter diesen Umständen wohl glücklich schätzen durften. Wenn der Bastard ihnen den Krieg erklärt hätte, wären sie heute in einer noch schlimmeren Verfassung als ohnehin schon.

»Luke, ich bin gekommen, um Sie zu bitten, die Vergangenheit beiseite zu lassen«, sagte Katy ruhig. »Ihre Familie braucht Sie.«

Schmerz, kalt und düster, schimmerte einen Augenblick lang in Lukes Augen auf. Dann erlosch er wieder. »Meine Familie ist tot.«

Katy sah zu Zeke hinüber, der dalag und schlief. »Ich kann Ihren Verlust nachempfinden. Meine beiden Eltern wurden bei einem Bootsunglück getötet, als ich neunzehn war. Mein Bruder und ich sind die einzigen Überlebenden der Familie.«

Es herrschte ein kurzes, angespanntes Schweigen.

»Tut mir leid«, sagte Luke schließlich. Etwas von der Kälte war aus seiner Stimme gewichen. Dann fragte er: »Wie, zum Teufel, sind Sie dann darauf gekommen, für meine Großmutter zu arbeiten?«

»Sie war so freundlich, mir einen anständigen Job zu geben, als ich verzweifelt einen suchte.«

»Aha.« Luke beäugte sie interessiert. »Wie verzweifelt war Ihre Lage denn?«

Katy zögerte. Dann wählte sie ihre Worte mit Bedacht. »Als meine Eltern starben, hinterließen sie sehr wenig, ausgenommen eine kleine, treuhänderisch verwaltete Summe, die sie für die Collegeausbildung meines Bruders auf die hohe Kante gelegt hatten. Wir stellten fest, daß mein Vater schon seit zwei Jahren am Rand des Bankrotts entlanglaviert haben mußte. Als er dann starb, brach finanziell gesehen alles zusammen.«

»Sie waren also schlicht und einfach pleite?«

»In jeder Hinsicht, ja. Matt war erst acht, und ich mußte schnell eine Arbeit finden, um ihn bei mir behalten zu können. Ich war damals ja erst im zweiten Studienjahr am College und hatte nichts zu bieten.«

»Wollen Sie mir erzählen, meine Großmutter hätte Sie aus reiner Menschenfreundlichkeit zu ihrer persönlichen Assistentin gemacht? Es fällt mir nicht ganz leicht, das zu glauben. Justine Gilchrist ist nicht gerade für ihr mildtätiges Wesen bekannt.«

»Na ja, das stimmt.« Katy richtete sich entschlossen auf. »Deswegen hab' ich versucht, mich dafür erkenntlich zu zeigen, indem ich die beste persönliche Assistentin wurde, die sie je hatte. So, und jetzt würde ich gern auf unser Thema zurückkommen, wenn Sie nichts dagegen haben.«

»Sparen Sie sich Ihre Worte. Die Antwort ist nein.«

»Ich glaubc, Sie sehen die Situation nicht ganz richtig«, antwortete Katy scharf.

»Aber selbstverständlich. Gilchrist, Inc. steckt in Schwierigkeiten. Die Gesundheit meiner Großmutter läßt seit einigen Jahren zu wünschen übrig. Wie alt ist sie jetzt? Einundachtzig? Zweiundachtzig?«

»Zweiundachtzig«, bestätigte Katy gezwungen.

»Jahrelang hat sie ihr eigenes privates Königreich regiert, aber die Herrschaft entgleitet ihr allmählich. Mit mindestens zwei von den Restaurants hat sie Probleme. ›Gilchrist Gourmet‹, ihre neue Tiefkühlproduktreihe, hat nicht den Marktanteil erreicht, den sie braucht, um bestehen zu können. Ihre Leute in der Führungsspitze kriegen kalte Füße, weil kein Erbe in Sicht ist, der einmal ihren Platz einnimmt. Sie fangen an, sich Gedanken um die eigene Zukunft zu machen, und die besten von ihnen schicken sich an, das sinkende Schiff zu verlassen.«

Katy schluckte verlegen. Alles, was er gesagt hatte, entsprach der Wahrheit. Auch wenn die hätte geheim bleiben sollen.

»Sie sind sehr gut informiert.«

»Ich verdiene meinen Lebensunterhalt mit Informationen. Sie sind für mich so wichtig wie für andere Leute der Sauerstoff.«

»Ich verstehe. Da Sie über die finanzielle Situation im Bild zu sein scheinen, kann ich mir Einzelheiten ersparen. Ich würde nur gern darauf hinweisen, daß Gilchrist, Inc. nicht irgendeine anonyme Firma ist, sondern ein Familienunternehmen. Ein Unternehmen *Ihrer* Familie. Ich möchte doch unterstellen, daß Sie ein gewisses Loyalitätsgefühl besitzen.«

Luke lächelte freudlos. »Gönnen Sie mir mal eine Pause.«

»Na gut, Sie haben also nichts übrig für Justine.« Katy lenkte ihren Angriff schnell in eine andere Richtung. »Sie müssen doch aber, wenn Sie mal von den Problemen absehen, die es zwischen Ihrer Großmutter und Ihrem Vater gab, Ihren Verwandten gegenüber eine Art Verantwortungsgefühl empfinden.«

»Muß ich das?« Er hob leicht die schwarzen Augenbrauen. »Eigentlich nicht, ich besitze kein Verantwortungsgefühl.«

»Ach, du liebe Zeit, wie können Sie nur wegen einer Geschichte, die passiert ist, als sie noch nicht einmal auf der Welt waren, so total verbohrt sein? Die Meinungsverschiedenheit bestand schließlich zwischen Ihrem Vater und Justine, und nicht zwischen Ihnen und ihr.«

»Es war schon ein bißchen mehr als eine Meinungsverschiedenheit«, bemerkte Luke trocken. »Meine Großmutter hat meinen Vater enterbt und meine Mutter ins Gesicht hinein beleidigt. Justine hat mich als Bastard bezeichnet, bevor ich geboren wurde, und mit aller Deutlichkeit betont, daß sie mich nicht als ihren Erben betrachtet, geschweige denn als echtes Familienmitglied. Womit ich übrigens leben kann. Ich brauche weder ihr Geld noch ihr ins Stocken geratenes Restaurantgeschäft.«

»So viel ist mir auch klar«, meinte Katy und bemühte sich, ruhig und vernünftig zu bleiben. »Aber das ist nicht der Punkt.«

»Mein Vater war auch nicht auf ihr Geld angewiesen«, fuhr Luke fort, als hätte sie nichts gesagt. »Er hat ganz von vorn angefangen, nachdem Justine ihn enterbte, übernahm die Geschäftsführung eines kleinen, schlechtgehenden Restaurants in Kalifornien, hat es wieder in Schwung gebracht und dem Besitzer abgekauft. Danach gab es kein Halten mehr. Als er starb, besaßen er und ich sieben der besten Restaurants in Kalifornien.«

»Luke, Ihre Großmutter weiß die Leistungen Ihres Vaters zu schätzen. Sie hat auch große Hochachtung vor dem, was Sie erreicht haben. Jetzt aber brauchen Justine und die übrige Familie Sie. Bestimmt können Sie es über sich bringen, ihnen zu helfen. Eine Menge unschuldiger Leute hängen mit drin. Wie können Sie ihnen bloß die kalte Schulter zeigen?«

»Genauso wie meine Großmutter meinen Eltern vor sechsunddreißig Jahren die kalte Schulter gezeigt hat.«

Katy schloß einen Moment die Augen. Dann schlug sie sie wieder auf und sah Luke voll ins Gesicht. »Kein Zweifel. Sie sind eindeutig Justines Enkel. Diese unverfälschte, dickköpfige Verbohrtheit ist offensichtlich genauso eine Familieneigentümlichkeit wie die Augenfarbe. Du lieber Himmel, ich weiß wirklich nicht, wieso ich überhaupt versuche, Ihnen gut zuzureden.«

»Sie machen sich die Mühe nur, weil Justine Gilchrist Ihr Gehalt bezahlt, und wenn sie sagt, Sie sollen springen, dann springen Sie. Wie lange wollen Sie denn noch für meine Großmutter durch den Reifen hüpfen, Katy?«

Katy seufzte. »Sie sind der letzte Reifen. Ich hoffe, daß ich meine Stellung bei Gilchrist, Inc. in nicht allzu ferner Zukunft aufgeben kann.«

Luke kniff die Augen zusammen. »Also keine Lust mehr, für die alte Ziege zu arbeiten?«

»Reden Sie in meiner Gegenwart nicht noch mal in dieser Weise von Ihrer Großmutter!« herrschte Katy ihn an. Sie verlor allmählich die Geduld angesichts seiner unerträglichen Rücksichtslosigkeit. »Haben Sie mich verstanden?«

Luke lächelte über die empörte Reaktion, die er ausgelöst hatte. Er lehnte sich in den Sessel zurück und legte seine Füße mit den Stiefeln auf den ramponierten Couchtisch. »Sie hat Sie wirklich unter der Fuchtel, was?«

»Ich hab' Ihnen erzählt, daß ich ihr dankbar bin. Zufälligerweise hab' ich gern für sie gearbeitet.«

»Hören Sie schon auf damit«, meinte Luke spöttisch.

Katy wurde rot. »Meistens jedenfalls«, verbesserte sie sich mit zwingender Ehrlichkeit. »Ich versichere Ihnen, daß sie mir gegenüber immer äußerst großzügig war – außerdem konnte ich mir bei ihr kaufmännische Kenntnisse erwerben, die ich mir sonst nicht hätte aneignen können.«

»Warum sind Sie dann so scharf drauf zu kündigen?«

»Ich verlasse die Firma Gilchrist, weil ich Pläne für ein eigenes Geschäft verwirklichen möchte.«

»Was sind das für Pläne?« fragte Luke mäßig interessiert. Katy beäugte ihn mißtrauisch. Ihr war nicht ganz klar, wie weit sie sich durch ihn vom Thema weglocken lassen durfte. Die Gilchrists waren ziemlich verschlagen. »Ich habe vor, ein kleines Spezialitätenrestaurant zu eröffnen und Gerichte zum Mitnehmen anzubieten.«

»Ach, wie drollig.« Luke schenkte ihr wieder sein freudloses Lächeln. »Ich nehme an, Sie wissen, wie hoch der Prozentsatz an Konkursen in der Restaurantbranche ist.«

»Ich bin mir darüber im klaren, daß er ziemlich hoch ist.«

»Ungefähr drei von vier gehen innerhalb der ersten beiden Jahre baden.« Zum ersten Mal klang er beinahe vergnügt.

Katy war allmählich mit ihrer Geduld am Ende.

»Da ich Ihnen kein Beratungshonorar bezahle, wäre es mir lieb, wenn Sie darauf verzichteten, mir Ratschläge zu geben. Wenn ich einen Rat brauche, wende ich mich an Sie. In der Zwischenzeit können Sie Ihre berufliche Meinung für sich behalten.«

Lukes Augen wurden schmal. »Reden Sie mit Justine eigentlich auch so?«

»Justine ärgert mich selten so, wie Sie mich eben.« Sie erhob sich aus ihrem Sessel und ging ans Fenster. Mit hinter dem Rücken verschränkten Händen starrte sie auf die stürmisch bewegte See und holte einmal tief Luft. »Ich bitte Sie, darüber nachzudenken, was hier auf dem Spiel steht, bevor Sie das Ansinnen, Ihrer Familie zu helfen, endgültig von sich weisen.«

»Gar nichts steht auf dem Spiel. Jedenfalls nichts, was mir besonders wichtig wäre.«

»Wie können Sie nur so kaltschnäuzig sein?« Katy wandte sich heftig um. Aus dem Augenwinkel beobachtete sie, daß Zeke den Kopf gehoben hatte und sie interessiert musterte. »Denken Sie doch an Ihre Tante und Ihren Onkel.«

»Warum?«

»Du lieber Himmel, weil Ihr Onkel Hayden ein Künstler ist. Ein sehr begabter übrigens. Aber er hat nicht die Fähigkeiten, ein Unternehmen wie Gilchrist, Inc. zu führen. Er kann unmöglich in Justines Fußstapfen treten.«

»Das weiß ich.«

»Seine Frau Maureen leitet eine Galerie. Sie kennt sich mit Kunst aus, aber von Gastronomie versteht sie nichts. Auch sie kann Gilchrist keinesfalls übernehmen.«

»Ich merke, daß Sie sich persönlich sehr engagieren.«

»Und was ist mit Ihren Cousins Eden und Darren?« fuhr Katy verzweifelt fort. »Ihre Großmutter glaubt nicht, daß einer von den beiden in der Lage ist, die Firma zu leiten. Eden hat außerdem vor sechs Monaten eine scheußliche Scheidungsgeschichte durchgemacht und ist sehr deprimiert.«

»Wenden Sie sich an einen Seelenklempner.«

»Sie braucht keinen Seelenklempner, sie braucht Rückhalt von ihrer Familie«, gab Katy zurück. »Und um Ihren Cousin Darren mache ich mir auch Sorgen. Er hat sich in letzter Zeit ziemlich merkwürdig verhalten. Irgend etwas ist mit ihm nicht in Ordnung, aber er will nicht darüber sprechen.«

»Nehmen Sie sich immer alles so zu Herzen?«

»Das muß ich wohl. Man erwartet von mir, daß ich den ganzen Schlamassel wieder in Ordnung bringe, aber alleine kann ich's nicht. Es ist Ihre Familie. Sie sollten derjenige sein, der die Angelegenheiten regelt.«

Mit unter der Brust gekreuzten Armen wanderte Katy jetzt im Wohnzimmer auf und ab. »Alles fällt auseinander. Ich muß einfach etwas dagegen tun.«

»Warum kündigen Sie nicht einfach? Das wäre der bequemste Ausweg«, schlug Luke vor. Er sah zu, wie sie auf und ab ging.

»Ich kann nicht einfach kündigen. Nicht, bevor ich nicht mein Bestes getan habe, um Justine bei der Rettung der Firma zu helfen. Verstehen Sie das nicht? Ich bin es ihr schuldig.«

»Bloß, weil sie Ihnen einen Job gegeben hat?«

»Ja.«

»Es mag neu für Sie sein, aber clevere Angestellte verhalten sich nicht so loyal. Jedenfalls nicht heutzutage. Zahlt sich nicht aus.«

Sie drehte sich nach ihm um und schaute ihm in die Augen.

»Was können Sie schon von Loyalität wissen?«

Luke preßte ergrimmt die Lippen zusammen. »Von Ihnen brauche ich keine Vorlesung zu diesem Thema, Katy Wade.«

Sie biß sich auf die Zunge. »So kommen wir nicht weiter.«

»Das meine ich auch.«

»Gut, dann will ich keine Zeit mehr drauf verwenden, an Ihr nicht vorhandenes Verantwortungsgefühl der Familie gegenüber zu appellieren. Ich will's mal andersherum versuchen. Könnten Sie die Reorganisation der Firma Gilchrist, Inc. nicht als berufliche Herausforderung verstehen?«

Ein knappes Grinsen ließ seine weißen Zähne aufblitzen. »Sie sind hartnäckig. Das muß ich Ihnen lassen. Wie schafft man es denn, Sie von Ihrer Flugroute abzubringen?«

»Sie können mich nicht davon abbringen. Ich brauche Sie.«

Er hob eine Augenbraue.

»Tatsächlich?«

Katy sah das Funkeln in seinen Augen und fühlte, daß ihr vor Verlegenheit heiß wurde. Was für ein blöder Versprecher ihr da passiert war. Als typischer Gilchrist, der er war, hatte er ihre Worte in der schlimmstmöglichen Weise mißverstanden.

»Wir alle brauchen Sie. Verstehen Sie das denn nicht?« Katy dachte an die Probleme, die sie zu Hause in Dragon Bay erwarteten. Sie konnte noch nicht aufgeben. »Natürlich haben wir Fraser, Gott sei Dank. Ich weiß nicht, wie wir ohne ihn zurechtkämen. Aber diese Sache kann Fraser nicht allein regeln. Justine würde ihm nicht die Vollmacht oder die Ermächtigung geben, das Unternehmen selbständig zu führen.«

»Wer ist Fraser?«

»Was?« Katy warf ihm einen finsteren Blick zu. Seine Zwischenfrage hatte sie aus dem Konzept gebracht. »Ach, Fraser ... Fraser Stanfield. Er ist der Sonderbeauftragte Ihrer Großmutter. Seit Justine anfing, sich aus ihrer aktiven Führungsrolle zurückzuziehen, hat er für sie in der Hauptniederlassung die Dinge in die Hand genommen. Fraser hat Fantastisches geleistet, aber im Endeffekt bedauert sie doch, daß er kein Gilchrist ist.«

»Ist er genauso loyal wie Sie?«

»Na ja, beinahe. Wie ich schon sagte, war er wirklich großartig. Ich versuche zu helfen, aber ich bin Justines persönliche Assistentin, nicht ihre Direktionsassistentin. Ich bemühe mich, die Dinge so gut ich kann zu koordinieren, aber schließlich bin auch ich kein Mitglied der Familie. Aus Justines Sicht kann nur ein Gilchrist das Unternehmen führen. Sie müssen nach Hause kommen, Luke. Davon hängt alles ab. Es ist Ihre Pflicht.«

»Ich will nichts mit Gilchrist, Inc. zu tun haben, und das ist mein letztes Wort. Wenn Sie das nicht in Ihren Kopf kriegen, dann sind Sie noch dickschädeliger, als Sie es von mir behauptet haben«, bemerkte Luke.

Katy starrte ihn mit wütender Verzweiflung an. Ihr war klar, daß er es ernst meinte. Sie drang nicht zu ihm durch. Er hatte sich entschieden, und das war's.

Zweifellos hatte er viel mit seiner Großmutter gemeinsam.

Sie blieb stehen und pflanzte sich, die Hände in die Hüften gestemmt, vor ihm auf. »Wissen Sie was, Luke Gilchrist? Sie sollten sich schämen.«

»Lassen Sie mich in Frieden.«

»Nein, ich lasse Sie nicht in Frieden. Sie sollen kriegen, was Sie verdienen.« Katy hielt einen Augenblick inne, weil der Hund anfing zu knurren. Sie funkelte ihn zornig an. Dann schaute sie Luke wieder ins Gesicht. »Es macht mir nichts aus, wenn Sie das Biest auf mich hetzen. Ich sag' Ihnen trotzdem meine Meinung.«

»Keine Angst. Ich glaube nicht, daß er sich mit Ihnen abgeben würde.«

»Finden Sie das vielleicht witzig?« fragte Katy.

»Nicht besonders. Aber ganz interessant. Sie haben Abwechslung in einen sonst wahrscheinlich langweiligen Nachmittag gebracht.«

»O ja, ich gehe jede Wette ein, daß es ein langweiliger Nachmittag geworden wäre«, gab Katy hitzig zurück. »Ich wette, alle Ihre Nachmittage sind langweilig. Ihre Morgen auch. Von Ihren Abenden gar nicht zu reden!«

»Wie Sie wollen. Sie sind nicht viel interessanter als die Morgen und die Nachmittage«, gab er trocken zu.

»Sie glauben wohl, das hier wäre ein Riesenspaß, nicht wahr? Dann will ich Ihnen mal was verraten, Luke Gilchrist: Es ist nämlich kein Spaß. Dazu steht zu vieles auf dem Spiel. Sie haben die Möglichkeit, das Lebenswerk Ihrer Großmutter zu retten. Kommende Generationen von Gilchrists hängen von Ihnen ab. Sie sind der einzige, der in der Lage ist, ein angesehenes Unternehmen weiterzuführen und damit der Familie ein Erbe zu erhalten, auf das sie stolz sein kann.«

»Sie hören sich schon an wie ein Werbespot«, bemerkte Luke.

»Es ist mir egal, wie ich mich anhöre. Ich versuche, Ihnen klarzumachen, welche Chance Sie verpassen, wenn Sie sich weigern, Ihre Pflicht zu tun. Denken Sie doch mal, was Sie erreichen könnten. Justine Gilchrist hat das Restaurantimperium in Seattle aus eigener Kraft aufgebaut. Als ihr Enkel und Erbe könnten Sie ihre Nachfolge antreten. Sie sind der einzige der ganzen Sippe, der das schafft.«

»Ich bin überwältigt.«

»Sie machen sich über mich lustig.«

»Vielleicht ein bißchen. Ich nehme zurück, was ich vorhin gesagt habe. Sie sind nicht nur interessant, Sie sind wirklich amüsant.«

»Ach, zum Teufel.« Angewidert hob sie die Hände und ließ sie wieder fallen. »Alle haben mir gesagt, es wäre sinnlos, mit Ihnen zu reden. Wie recht sie hatten. Ich hätte auf sie hören sollen.«

»Bestimmt. Aber Sie lassen sich wohl nicht gern was sagen, oder?«

»Die Gilchrists geben keine Ratschläge, sie erteilen Befehle. Aber Sie haben recht. Ich habe keine Lust mehr, welche entgegenzunehmen.« Katy ging zu ihrem Sessel zurück, schnappte sich ihre gelbe Jacke und ihren Aktenkoffer und steuerte, ohne einen Blick zurückzuwerfen, zielstrebig auf den Flur zu.

»Verdammt«, murmelte Luke.

Sie hörte seine Stiefel auf dem Parkett, als er hastig aufstand und ihr zur Tür folgte.

»Ich weiß, daß Sie mich nicht für meine Beratung bezahlen«, sagte Luke hinter ihr. »Trotzdem will ich Ihnen einen Rat geben. Ziehen Sie sich, wenn Sie bei Gilchrist gekündigt haben, am besten ganz aus dem Geschäftsleben zurück. Sie sind viel zu empfindsam dafür.«

»Ich? Empfindsam? Das ist ein lächerlicher Rat von jemand, der es fertigbringt, sechsunddreißig Jahre lang zu schmollen! Es steht Ihnen frei, Mr. Gilchrist, Ihren guten Rat dahin zu stecken, wo garantiert keine Sonne scheint. Mich interessiert er jedenfalls nicht.« Katy riß die Eingangstür auf und trat auf die Veranda hinaus.

Der Regen trommelte auf das Dach und schoß in hohem Bogen über den Rand. Zwischen den Stufen und ihrem Auto hatten sich schon tiefe Pfützen gebildet. Sie würde bis auf die Haut naß werden. Als passender Abschluß für einen vergeudeten Tag.

»Es gießt in Strömen«, stellte Luke fest, der hinter ihr stand. »Warten Sie einen Augenblick, ich hole Ihnen einen Schirm.«

»Nicht nötig. Ich will mich nicht länger bei Ihnen oder Ihrem bösartigen Hund aufhalten.«

Sie ging die Verandastufen hinunter und war sofort völlig durchnäßt. Die Haare klebten ihr im Nacken und hingen ihr in triefenden Strähnen über die Augen.

Sie war so zornig gewesen, daß sie nicht mal daran gedacht hatte, ihre Jacke anzuziehen. Und im Regen wurde ihre gelbe Seidenbluse prompt völlig durchsichtig. Das dünne Gewebe von BH und spitzenverziertem Hemdchen waren dem Gewitterregen genausowenig gewachsen. Gründlich verärgert stellte sie fest, daß sie wahrscheinlich halb nackt aussah.

»Zum Teufel«, brummte Luke, als er hinter ihr die Stufen hinunterging. »Das ist doch dämlich. Sie sollten lieber wieder ins Haus kommen und sich erst mal trocknen, bevor sie abfahren.«

Katy drehte sich nach ihm um und sah ihn an. Den regenüberströmten Aktenkoffer hielt sie dabei schützend vor sich, damit er nicht sehen konnte, wie sich ihre Brustwarzen unter dem nassen Stoff der Bluse abzeichneten. »Ich hab's Ihnen schon einmal gesagt, und jetzt sag ich's Ihnen zum zweiten Mal: Wenn ich einen Rat von Ihnen brauche, bezahle ich Sie dafür. Bis dahin halten Sie gefälligst den Mund.«

»Ganz, wie Sie wollen.« Er öffnete ihr die Autotür und machte eine ironische Verbeugung. Er war genauso klatschnaß wie sie. Sein Haar hatte sich zu nassen Strähnen verklebt, und sein Pullover triefte vor Nässe.

Es war nicht möglich, ins Auto zu steigen, ohne den Aktenkoffer loszulassen. Katy schubste ihn ärgerlich auf den Beifahrersitz, dann zog sie die Schultern ein und beugte sich vornüber, im vergeblichen Bemühen, sich vor Lukes Blikken zu schützen, als sie sich hinters Steuer setzte. Hastig kramte sie nach dem Zündschlüssel.

»Fahren Sie vorsichtig.« Der lüsterne Zug um seinen Mund war nicht zu übersehen, als sein Blick über ihre Bluse wanderte.

Katy empfand einen empörenden Kitzel dabei. Es ist wahnsinnig, sagte sie sich. Der Blick eines Mannes hatte sie noch nie vorher in dieser Weise berührt. Es war, als hätte er sie verhext.

Sie strich sich die nassen Strähnen aus den Augen und sah erbost zu ihm hoch. Plötzlich brach der Damm, der all ihren Frust zurückgehalten hatte. »Ich hoffe, Sie genießen Ihr kümmerliches Dasein auf dieser gottverlassenen Klippe. Bestimmt können Sie jede einzelne Minute auskosten, die Sie neben Ihrem Haufen Gold verbringen.«

»Danke.«

»Ich hoffe, daß es Ihnen außerdem wirklich Spaß macht, Ihrer Familie die kalte Schulter gezeigt zu haben, als sie Ihre Hilfe brauchte. So, wie Justine vor vielen Jahren Ihrem Vater die kalte Schulter gezeigt hat.«

»Ich werd mir alle Mühe geben.«

Jetzt kam Katy richtig in Rage. »Ja, genießen Sie nur Ihre Rache, aber ich warne Sie – in ein paar Jahren könnte es ganz schön kalt um Sie werden. Ihre Großmutter hat diese Lektion schon begreifen müssen.«

In Lukes Augen glänzte plötzlich etwas Gefährlicheres als nur Belustigung. Er hielt die Autotür auf, stützte sich mit der einen Hand auf das Dach und beugte sich zu ihr hinunter.

»Wer, zum Teufel, sind Sie überhaupt, Katy Wade, und warum kümmern Sie sich so angelegentlich um die Zukunft meiner Familie? Sie müssen in einem früheren Leben eine furchtbare Schlechtigkeit begangen haben, um sich jetzt zum Schutzengel der Gilchrists aufzuwerfen.«

»Ich hab' Ihnen gesagt, daß ich es Ihrer Großmutter schuldig bin. Und ich pflege meine Schulden zu bezahlen.«

»Wieso hat sie Ihnen den Job gegeben, obwohl Sie erst neunzehn waren? Erzählen Sie mir nicht noch mal den Quatsch, daß sie's aus lauter Menschenfreundlichkeit getan hat. Ich kenne sie viel zu gut, um darauf reinzufallen.«

Katy drehte heftig den Zündschlüssel; der Motor sprang mit einem protestierenden Stottern an. »Sie hat mir die Stelle gegeben, weil sie eine Frau mit hohem Verantwortungsgefühl und ausgeprägtem Familienstolz ist. Sie sah darin eine Möglichkeit, das wiedergutzumachen, was Ihr Vater meiner Mutter angetan hatte, und die wollte sie nutzen.«

Luke starrte sie an. »Wovon, zum Teufel, reden Sie eigentlich?«

»Sind Sie noch nicht drauf gekommen? Meine Mutter war die Frau, mit der er vor den Altar treten wollte, bevor er plötzlich beschloß, mit seiner Sekretärin durchzubrennen.«

2

Luke stützte sich mit den Händen auf das Verandageländer und sah Katy nach, bis ihr Auto aus seinem Gesichtsfeld verschwand. Er fluchte leise vor sich hin, machte dann kehrt und stelzte ins Haus zurück, um seine nassen Sachen zu wechseln.

Zeke, der klug genug gewesen war, nicht in den Regen hinauszulaufen, wartete am Ende des Flurs auf ihn. Er warf Luke über den Rand seines Freßnapfs einen prüfenden Blick zu.

»Damit wären wohl die Fragen hinsichtlich der Dame beantwortet, die all die verdammten Nachrichten auf dem Anrufbeantworter hinterlassen hat«, sagte Luke zu seinem Hund. »Jetzt kann ich mit eindeutiger Sicherheit behaupten, daß Miß Wade eine echte Landplage ist. Ein selbsternannter Gilchrist-Schutzengel. Irgend jemand hätte ihr schon längst mal erzählen sollen, daß die Gilchrists an guten Tagen Schutzengel zum Frühstück verspeisen.«

Die ersten Botschaften auf dem Anrufbeantworter hatten Lukes Aufmerksamkeit erregt, weil die warme, weibliche Stimme so voller Charme und Fröhlichkeit gewesen war. Luke hatte sie sich ein paarmal angehört, bevor er das Band löschte. Die Nächte in seinem Horst über dem Meer konnten lang sein; der Klang einer weiblichen Stimme war nicht unwillkommen.

Bei der zwölften Nachricht aber klang die Stimme durchaus nicht mehr charmant. Dafür aber unbeugsam, entschlossen, was in gewisser Weise nicht weniger interessant war. Die Dame gehörte offensichtlich zu der Sorte, die nicht lockerläßt, bis sie einen Auftrag erfolgreich ausgeführt hat. Sie würde nicht aufgeben, bevor sie entweder ihr Ziel erreicht hätte oder kampfunfähig wäre. Diese Art Tapferkeit konnte jede Menge Ärger bedeuten, wie Luke wußte, aber sie nötigte ihm einen gewissen widerwilligen Respekt ab.

Genauso faszinierend waren auch Katys Briefe und Telegramme gewesen. Die ersten davon voller Schwung und Begeisterung. Sie zeugten von einem grenzenlosen Optimismus, dem gegenüber Luke sich alt und zynisch fühlte.

Sie hatte so ziemlich alles versucht, um ihn davon zu überzeugen, daß er nach Dragon Bay kommen müsse. Das einzige, was sie nicht getan hatte, war weinerlich zu werden. Das gefiel Luke. Heulsusen konnte er nicht ausstehen.

Die letzten Briefe bestanden aus kurzen, erbitterten Vorlesungen zum Thema Familienehre und Verantwortungsgefühl. Das letzte Telegramm übermittelte einen geradezu zündenden Ruf zu den Waffen:

> DENKEN SIE AN DIE KOMMENDEN GENERATIONEN STOP TRAUEN SIE SICH, HERAUSFORDERUNG ANZUNEHMEN STOP SIE KÖNNEN ES STOP.

Als er es bekam, war ihm klar, daß der nächste Schritt wahrscheinlich im Besuch von Katy Wade persönlich gipfeln würde. Er entdeckte, daß er ihn mit Spannung erwartete. Schließlich wollte er sehen, ob die Dame zu ihrer Stimme paßte.

Jetzt war seine Neugier befriedigt, dachte er verdrossen, während er seinen klatschnassen Pullover auszog. Katy Wade war genauso, wie er ihren Briefen nach befürchtet hatte. Genau die unverzagte Streiterin, die infolge außergewöhnlicher Umstände leuchtenden Auges die undankbare Aufgabe auf sich genommen hatte, einen Haufen Gilchrists zu retten.

Sie war jung, wahrscheinlich höchstens sieben- oder achtundzwanzig Jahre alt, dachte Luke finster. Viel zu jung und unerfahren, um sich die Verantwortung für die Rettung der Gilchrist, Inc. aufzubürden.

Außerdem hatte sie rote Haare.

Das hatte Luke ihren Nachrichten und Briefen nicht entnehmen können, aber es erstaunte ihn nicht. Rote Haare hatte er noch nie gemocht. Er mußte allerdings zugeben, daß ihr diese Art Morgenröte gut stand. Wie sich ihr Haar neben dem Kinn nach innen bog und ihr feingeschnittenes Gesicht umrahmte, gefiel ihm. Es betonte das tiefe Blau ihrer Augen.

Luke rief sich etwas wehmütig noch ein paar andere Einzelheiten ins Gedächtnis, die er dank einer nassen Seidenbluse und einem eng anliegenden Rock hatte beobachten können. Katy besaß einen schlanken, sanft gerundeten Körper. Eine gute Figur. Gesund. Kräftig. Vital. *Weiblich.*

Sie strahlte eine merkwürdig verhaltene, eher naive Sinnlichkeit aus, die er zu seiner Überraschung verwirrend fand.

Mehr als verwirrend. Er befürchtete, daß er in dieser Nacht wegen Katy Wade Schwierigkeiten haben würde einzuschlafen. Und das, obwohl sie nicht mal sein Typ war.

Kein Zweifel, er hatte in den vergangenen drei Jahren zu viele Nächte einsam verbracht. Komisch, daß es ihm erst heute auffiel.

Luke streifte sich mit den Fingern das Wasser aus dem Haar. Dann holte er ein schwarzes Baumwollhemd aus dem Schrank und zog es über.

Sie war nicht wirklich hübsch, dachte er. Er runzelte die Stirn, als er den Flur entlang in sein Arbeitszimmer ging. Nicht so atemberaubend schön, wie Ariel gewesen war. Aber es sprach so viel weibliche Lebendigkeit aus ihr, daß ihm gar nicht bewußt wurde, daß ihren Gesichtszügen die klassische Vollkommenheit fehlte.

Trotzdem, sie war nicht wie Ariel. Und falls er jemals wieder heiraten sollte, müßte es unbedingt eine Frau wie Ariel sein.

Exotische, hexenhafte, geheimnisvolle Ariel mit ihrem langen, ebenholzschwarzen Haar und der blassen, seidigen Haut. Sogar jetzt, nach drei Jahren, stahl sie sich in seine Träume und versuchte, ihn noch einmal zu verführen.

Schon in dem Augenblick, als er sie zum ersten Mal gesehen hatte, wußte er mit Sicherheit, daß sie die geborene Partnerin für ihn war. Sie fühlten sich auf der Stelle zueinander hingezogen. Erst achtzehn Monate waren sie zusammengewesen, als sie getötet wurde. Während dieser Zeit hatten sie sich geliebt und miteinander gestritten und in einem sengenden, brodelnden Wirbel alles verzehrender Leidenschaft gelebt.

Es war ein ziemlicher Schock für Luke gewesen, als er entdeckte, daß er außer Liebe, Lust und Besitzgier eine quälende Eifersucht auf Ariel empfand. Mit diesem Gefühl hatte er nicht gerechnet, denn er war mit der Ehe seiner Eltern als Beispiel vor Augen aufgewachsen. Thornton und Cleo hatten sich für das ganze Leben verbunden, und das war allen beiden bewußt; jeder brachte dem anderen uneingeschränktes Vertrauen entgegen. Luke hatte eine so enge Bindung für selbstverständlich gehalten und deshalb auch in seiner eigenen Ehe erwartet.

Aber Ariel fand manchmal fast Vergnügen daran, ihn zu quälen. Es schien, als stimuliere seine leidenschaftliche Eifersucht sie. Er glaubte nicht, daß sie ihm jemals untreu gewesen war, aber sie hatte kein Geheimnis daraus gemacht, daß sie die bewundernden Blicke anderer Männer bis zur Verzückung genoß.

Tief im Innersten fragte sich Luke manchmal, was aus ihnen geworden wäre, wenn ihre Ehe fünf, zehn oder zwanzig Jahre gedauert hätte. Keine andere Frau war je in der Lage gewesen, so heftige Gefühle in ihm zu wecken wie Ariel. Andererseits hatte auch keine andere Frau ihn je in einen solchen Strudel von Begierden hineingezogen wie sie.

Die Erinnerung an die Nächte, in denen er Ariel in seinen Armen gehalten hatte, verfolgte ihn immer noch.

Ja, er würde möglicherweise eines Tages wieder heiraten, entschied er, aber gewiß keine Frau wie Katy. Er wußte, was er in einer Partnerin suchte, was er brauchte. Für ihn kam nur jemand wie Ariel in Frage, eine Frau, deren unergründliche Leidenschaft seiner eigenen ebenbürtig war.

Nur schien es äußerst unwahrscheinlich, daß er jemals wieder einer Frau wie Ariel begegnen würde.

Luke ging in sein Arbeitszimmer und setzte sich an den Schreibtisch. Er schaute eine ganze Zeitlang auf den leeren Bildschirm des Computers, bevor er endlich die Hand ausstreckte, um ihn einzuschalten.

Jetzt, wo er angefangen hatte, darüber nachzudenken, was er von einer Frau erwartete, schien er damit nicht mehr aufhören zu können. Daran war Katy Wade schuld, stellte er ergrimmt fest. Ihre Gegenwart in diesem Haus hatte alte, tief in ihm verborgene Sehnsüchte wieder geweckt.

»Scheiße!« knurrte er. Es würde eine lange Nacht werden.

Zeke kam in sein Arbeitszimmer getrottet und hielt den Freßnapf im Maul. Er ließ ihn neben Lukes Stuhl fallen und legte sich schwerfällig dicht daneben auf den Boden. Luke streckte eine Hand aus und kraulte den großen Hund gedankenverloren hinter den Ohren, bis Zeke zufrieden grummelte.

Als Zeke zum ersten Mal in Lukes Vorgarten erschienen war, hatte er mager und verzweifelt gewirkt. Man sah ihm an, daß er ausgesetzt worden war, vernachlässigt und mißhandelt.

Von einem menschlichen Wesen angefaßt zu werden war das letzte, was Zeke ertragen konnte. Aber er hatte solchen Hunger gehabt, entsetzlichen Hunger.

Luke verstand und respektierte die Tatsache, daß es Zeke viel Mut gekostet haben mußte, sich dem Haus zu nähern. Er bettelte nicht, aber er schien zu wissen, daß er am Ende war. Zitternd stand er einfach im Regen da und wartete in einer Art stoischer Herausforderung auf das, was das Schicksal für ihn bereithalten mochte.

Luke hatte den alten Freßnapf gefunden, ihn mit Chili con Carne aus der Dose gefüllt und in den Garten gestellt. In Sekundenschnelle war das Chili verschwunden, und Luke füllte den Napf ein zweites Mal.

So kam eins zum anderen, und gewisse Gewohnheiten spielten sich ein. Tagsüber war Zeke verschwunden. Am Abend kam er wieder und holte sich sein Futter. Als sechs Wochen nach seinem ersten Erscheinen ein eiskalter, stürmischer Regen über die Klippe fegte, öffnete Luke die Haustür und entdeckte Zeke, der mit dem Freßnapf im Maul auf der Veranda kauerte.

Luke trat beiseite und hielt die Tür auf. Zeke trottete zögernd ins Haus und fand schließlich einen Platz am Feuer. Von da an war er geblieben.

»Du und ich, wir passen wirklich gut zueinander, Zeke. Daß uns ein kleiner, selbstgerechter Rotschopf Vorlesungen über Familienpflichten hält, darauf können wir gern verzichten.«

Zeke schaute zu ihm auf.

»Okay, *ich* brauche ihre Lektionen nicht«, verbesserte Luke sich. »Du kannst selber für dich entscheiden.«

Zeke brummte zustimmend und rekelte sich wohlig.

Luke verbannte die aufwühlende Erinnerung an Katy Wade aus seinen Gedanken und rief die Übersicht auf, an der er am Morgen gearbeitet hatte. Er mußte sich regelrecht dazu zwingen, sich auf sein neuestes Beratungsprojekt zu konzentrieren. Es war eine Routinesache, nicht anders als die zahllosen anderen Projekte, die er in den letzten Jahren durchgezogen hatte. Er würde die Arbeit heute abend oder spätestens morgen früh abschließen können, dachte er.

Und wenn er damit fertig war, würde er seinem Kunden einen Bericht schreiben und ein weiteres sattes Honorar dafür einstreichen, das den Goldschatz vermehrte, den zu bewachen Katy ihn beschuldigt hatte.

Luke überflog den Bildschirm voller Zahlen. Normalerweise betrat er die saubere, klare Welt der Computerdaten mit dem Gefühl tiefster Erleichterung. Er konnte sich selbst verlieren in diesem Universum abstrakter Informationen, das auf Fingerdruck stets verfügbar war.

In dieser Welt gab es keinen Schmerz, keine Vergangenheit und keine Zukunft. Wenn er arbeitete, bewegte er sich in einer ewigen Gegenwart, in der er Fakten aufeinander bezog, Daten abglich und Entscheidungen fällte. Während der letzten drei Jahre hatte Luke fast alle seine wachen Stunden in dieser Computerwelt zugebracht und gelernt, die Informationen, die er dort gewann, so gezielt einzusetzen, wie ein Hexenmeister die Worte in seinem Zauberspruch.

Aber heute schien er nicht den Einstieg zu finden. Er hatte die ganze Zeit über das Gefühl, er beuge sich über einen Haufen Gold anstatt über das Tastenfeld.

Er verdiente also mit allem, was er tat, Geld. Na und? Geld zu machen war ihm in Fleisch und Blut übergegangen. So natürlich wie Schwimmen oder Radfahren. Wenn man es einmal gelernt hatte, verlernte man es nie wieder.

Seine Mutter hatte immer behauptet, die Begabung dafür läge in seinen Genen. Sie nannte das den Fluch der Gilchrists, der sich von seiner Großmutter auf seinen Vater und schließlich auf ihn vererbt habe.

Es war nicht zu bestreiten, daß Luke und sein Vater als Team unschlagbar waren. Gemeinsam hatten die beiden verbannten Gilchrists in Kalifornien ein Restaurantimperium aufgebaut, das die im Nordwesten etablierte Gilchrist, Inc. glatt überflügelte.

Und dann war vor drei Jahren Lukes ganze Welt in einem einzigen, entsetzlichen Augenblick in die Brüche gegangen. Der Jet, der über der Landebahn in Los Angeles abstürzte, hatte alles mit sich fortgenommen, was ihm wichtig gewesen war. Ariel und seine Eltern wurden in einem einzigen Augenblick getötet.

Danach hatte es nicht mehr viel Sinn gemacht, über ein Imperium zu verfügen.

Aber mit der Gewohnheit, Geld zu verdienen, war nicht so leicht zu brechen. Luke war nach Norden gezogen, in den Staat Oregon, wo er einen Ort fand, an dem er sich vor der Welt und allem, was er verloren hatte, zurückziehen konnte. Er saß dort allein in seinem Haus auf der Klippe über dem Meer, starrte seinen Computer an und machte Geld damit. Dies half ihm, seine Tage, die sonst unerträglich leer gewesen wären, auszufüllen.

Unglücklicherweise half es ihm nicht, auch seine Nächte abwechslungsreicher zu machen.

Zwei Stunden später stand Luke vom Computer auf und ging in die Küche. Zeke packte seinen Freßnapf und kam mit, um zuzusehen, wie Luke ein paar große Kartoffeln sauberschrubbte, mit einer Gabel anpikte und in den Ofen schob.

Luke aß gern Ofenkartoffeln, ein glücklicher Umstand, denn seine Kochkünste waren äußerst begrenzt. Er konnte eine Dose Suppe heiß machen, tiefgefrorenes Gemüse in die Mikrowelle stellen, Kartoffeln schrubben, und das war es in etwa auch schon. Nicht gerade beeindruckende Fertigkeiten für einen Mann, dessen Familie seit drei Generationen in der Restaurantbranche tätig war.

Aber ein Gilchrist, hatte ihm sein Vater einmal erklärt, kochte eben nur dann, wenn es unumgänglich nötig war. Das gehörte zur Familientradition.

Bei dem Wort »Familie« biß Luke erbittert die Zähne zusammen. Er machte die Ofentür zu, goß sich ein Glas Cabernet ein und fragte sich, ob der offizielle Gilchrist-Schutzengel wohl kochen könne. Schon möglich, daß er sich darauf verstand. Katy sah ganz so aus wie eine von den praktisch veranlagten Frauen, die sich in der Küche wie zu Hause fühlen.

Luke lächelte, als er sich daran erinnerte, wie Katy den Aktenkoffer vor sich gehalten hatte, als sei er ein Schutzschild. Kein Zweifel, Miß Wade war aus dem Holz geschnitzt, aus dem man perfekte persönliche Assistentinnen machte: treu, loyal und aufopfernd bis zum Ende.

Luke trank ab und zu einen Schluck Wein und betrachtete Katys Zukunft mit trüber Faszination. Sie hatte nicht die leiseste Chance, Gilchrist, Inc. aus eigener Kraft am Leben zu halten. Nicht mal mit Hilfe von Fraser Stanfield, wer immer der, zum Teufel auch, sein mochte.

Gilchrist war ein echtes Familienunternehmen, im altmodischen Sinn des Wortes. Falls kein anderer Gilchrist intelligent oder stark genug sein sollte, in Justines Fußstapfen zu treten, war das Ende absehbar. Dieser Umstand erklärte, weshalb man auf der oberen Führungsebene allmählich nervös wurde. Dort wußte man verdammt gut, daß die fünf Restaurants in Seattle und ›Gilchrist Gourmet‹ verkauft werden mußten, wenn Justine die Kontrolle darüber verlor.

Dann wäre die einzig vernünftige Maßnahme, für die der Schutzengel und dieser Stanfield sich entscheiden könnten, der Verkauf der Betriebe. Luke fragte sich, ob Katy das einsah.

Aber selbst wenn es der Fall war, würde Justine den Verkauf ohne Zweifel verbieten. Luke rief sich in Erinnerung, wie sein Vater sie beschrieben hatte: als eine antike Königin in ihrem Streitwagen mit den messerbestückten Rädern, bereit, es mit den Römern aufzunehmen und dazu mit jedem anderen, der ihr sonst noch in die Quere kommen sollte.

Gilchrist, Inc. aufzubauen, hatte für Justine Gilchrist zähe und harte Arbeit bedeutet. Und sie war genauso eigensinnig wie Lukes Vater. Dem Verkauf des Unternehmens an Außenstehende würde sie niemals zustimmen.

Was bedeutete, daß Katy Wade keine erwägenswerte Alternative offenstand.

Pech also für die respekteinflößende Miß Wade, denn sie gehörte offensichtlich nicht zu denen, die kündigen würden.

Nicht, daß ihn das etwas anginge, beschloß Luke. Wenn Katy die Schrift an der Wand nicht sah, dann war es ihr Problem. Zu dumm, daß sie sich Justine gegenüber verpflichtet fühlte. Eine gerissenere persönliche Assistentin in Katys Lage würde sich jetzt Hals über Kopf vom untergehenden Schiff absetzen.

Aber irgend etwas sagte ihm, daß Katy von der Sorte war, die auf der Brücke stehend unterging.

Und sie würde kämpfen bis zuletzt.

Er schlenderte über den Flur in sein Arbeitszimmer. Der Computer rauschte leise. Das Geräusch beruhigte ihn. Er schloß die Kalkulation ab, die er für einen seiner Kunden gemacht hatte, und rief eine ihm allmählich vertraut gewordene Datei auf.

Eigentlich wußte er selbst nicht mehr genau, warum er vor ein paar Monaten angefangen hatte, Informationen über Gilchrist, Inc. zu sammeln. Vermutlich nur aus Neugier oder purer Langeweile. Nachdem er dann die Nachrichten von Katy Wade bekam, schenkte er den Tabellen, die er gespeichert hatte, größere Aufmerksamkeit.

Er setzte sich und legte die Füße auf den Schreibtisch. Dann lehnte er sich zurück, trank einen Schluck Wein und betrachtete die Daten auf dem hellen Bildschirm.

Wie lange der Engel und dieser Sonderbeauftragte wohl

brauchen würden, bis sie merkten, daß die Verluste, die sie mit zwei der Restaurants machten, nicht nur auf eine vorübergehende Wirtschaftsflaute im Nordwesten zurückzuführen waren?

Das Schema, das sich abzeichnete, war ein altbekanntes. Irgend jemand blutete ›Gilchrist's Grill‹ und ›Gilchrist's of Bellevue‹ durch Geldentnahmen systematisch und raffiniert aus.

Auch bei ›Gilchrist Gourmet‹ schien einiges nicht zu stimmen, obwohl hier die Probleme noch keine Struktur erkennen ließen. Bis jetzt waren es nur Probleme. Aber viel zu viele. Von der Art, die ein Geschäft lähmen. Wenn es mit ›Gilchrist Gourmet‹ weiterhin wie in den vergangenen sechs Monaten bergab ging, konnte Justine von Glück sagen, wenn sie die Tiefkühlkette für einen Bruchteil ihres ursprünglichen Werts los wurde.

Keine Frage, Katy Wade würde mehr als ein paar Flügel und einen Heiligenschein brauchen, wenn sie Gilchrist, Inc. retten wollte. Ein geradezu teuflisches Glück wäre dazu notwendig.

3

Katy stand in Justine Gilchrists Wohnzimmer am Panoramafenster und sah zu, wie sich der Nebel schweigend vom Ozean her über das Land wälzte. Der undurchdringliche wolkige Schleier kroch unaufhaltsam näher und löschte langsam, aber stetig die Welt um sie herum aus. Noch ein paar Minuten, und der Strand unter dem Fenster wäre verschwunden. Dann würde sich das prächtige alte Haus, Justines Wohnsitz, im grauen Nichts verlieren.

Sonst genoß Katy das Schauspiel, wenn der Nebel hereinkam, aber heute beunruhigte es sie. Das unbarmherzige Vorrücken der trüben Leere erinnerte sie an das Verhängnis, das Gilchrist, Inc. zu ereilen drohte.

»Sie haben es versucht, Katy«, meinte Justine Gilchrist. »Es war lieb von Ihnen, es zu tun, aber das Ergebnis kommt nicht völlig unerwartet. Es liegt auf der Hand, daß mein Enkel genauso stolz und unversöhnlich ist wie vor ihm sein Vater.«

Katy wandte sich um und sah zu der würdevollen weißhaarigen Dame im Ohrensessel hinüber. Mit ihren zweiundachtzig Jahren war Justine Gilchrist immer noch ein beeindruckendes Mitglied des Clans.

Trotz der in neuerer Zeit aufgetretenen Probleme wirkten die klugen grünen Augen in ihrem aristokratischen Gesicht lebendig, und ihre Figur war schlank. Sie trug heute eine schwarze Seidenbluse und einen schwarzen Rock. Eine einreihige Perlenkette, die den Halsausschnitt ihrer Bluse umrahmte, lag um ihren Hals.

In der letzten Zeit begannen allerhand körperliche Leiden sie heimzusuchen. Keines von ihnen schien unmittelbar lebensbedrohlich, aber in den vergangenen zwei Jahren vermochten sie doch die zielstrebige Energie zu beeinträchtigen, die sie befähigt hatte, die Firma Gilchrist aufzubauen und beinahe sechs Jahrzehnte lang zu leiten.

»Es tut mir so leid, Justine. Ich glaube, das Gespräch mit Luke ist mir nicht gerade geglückt. Ich fürchte, ich bin wütend geworden.«

»Suchen Sie die Schuld nicht bei sich.« Justine lächelte müde. »Sie sind so offen und geradeheraus, meine Liebe. Genau wie Ihr Großvater Richard. Der sagte auch immer, was er dachte. Und man wußte immer, woran man mit ihm war. Ich habe ihn sehr vermißt in den letzten Jahren. Ich schulde ihm mehr, als ich je zurückzahlen kann.«

Katy dachte wehmütig an ihren lebhaften, immer zum Lachen aufgelegten temperamentvollen Großvater. Richard Quinnell war in jeder Hinsicht ein Selfmademan gewesen.

Ohne ordentliche Schulbildung, Geld oder Familienbeziehungen war er in den Westen gekommen, um sein Glück zu machen. Er und seine Frau eröffneten im Hafenviertel von Seattle ein Fisch-und-Chips-Restaurant und hatten schnell Erfolg damit. So waren die Quinnells in der Lage, der jungen Justine unter die Arme zu greifen, als sie, gerade Witwe geworden, allein mit zwei kleinen Söhnen und dem heruntergekommenen Hafencafé ihres Mannes dastand. Sie hielten die junge Frau finanziell über Wasser, bis es Justine, die Tag und Nacht schuftete, gelang, wieder einen Gewinn zu erwirtschaften.

Die guten Beziehungen zwischen den Quinnells und Justine hatten trotz einer freundschaftlichen Rivalität zwischen den beiden aufstrebenden Restaurantketten die Jahre überdauert. Als Justines Sohn Thornton Katys Mutter Deborah bat, seine Frau zu werden, konnte Justine ihre Befriedigung darüber nicht verhehlen. Sie brachte sogar die Möglichkeit einer Fusion der beiden Restaurantunternehmen zur Sprache, und Richard Quinnell, der kurz zuvor seine Frau verloren hatte, war damit einverstanden.

Die Hochzeit und die Fusion waren das Gespräch in den Geschäftskreisen der Stadt Seattle. Die beiden miteinander verbundenen Ereignisse füllten die Blätter, und die Liste der zur Hochzeit geladenen Gäste war höchst beeindruckend.

Als Thornton Gilchrist dann nicht in der Kirche erschien,

fühlte Justine sich zutiefst beschämt. Nach der Katastrophe gingen die Quinnells und die Gilchrists wieder ihrer Wege. Beide Unternehmen gediehen weiterhin, aber von einer Fusion war nicht mehr die Rede.

Vor sechzehn Jahren erlag Richard Quinnell einem Herzanfall; damals war seine neu konzipierte Fast Food Restaurantkette an der Westküste dicht davor, den internationalen Markt zu erobern.

Leider hatte Richards Nachfolger, Katys Vater, nicht das goldene Händchen der Quinnells, als er die Leitung des Geschäftsimperiums übernahm. Unter Crawford Wades Verwaltung geriet die Quinnell-Kette ins Schleudern und machte schließlich Bankrott.

»Ich hätte mich Ihrem Enkel gegenüber diplomatischer verhalten sollen.« Katy wandte sich wieder der Szene vor dem Fenster zu. »Aber er hat mich wirklich geärgert, Justine.«

»Das kann ich mir vorstellen.«

Katy überdachte noch einmal ihre Taktik Luke gegenüber und suchte nach Fehlern in ihrem Vorgehen. Natürlich war sie wütend geworden auf ihn, aber er hatte es verdient.

»Sie können sich nicht vorstellen, wie er lebt«, sagte sie. »Er sitzt ganz einsam in diesem scheußlichen alten Haus und scheffelt tagein, tagaus Geld. Aber es scheint ihm nicht mal Spaß zu machen. Das Haus müßte dringend renoviert werden, und die Möbel sind alt und schäbig. Soviel ich weiß, ist sein einziger Freund ein großer bösartiger Hund.«

»Du lieber Himmel.« Zum ersten Mal hörte sich Justine wirklich beunruhigt an. »Er will doch hoffentlich nicht ein zweiter Howard Hughes werden. Haben Sie gesehen, ob seine Haare und seine Fingernägel schon länger sind als normal?«

Katy lächelte gequält. »Keine Sorge. Er ist nicht völlig ausgeflippt. Soviel ich erkennen konnte, jedenfalls nicht. Einen Haarschnitt hätte er wohl nötig gehabt, aber abgesehen davon sah er ganz normal aus.«

Für einen Gilchrist.

Hm. Wem wollte sie eigentlich etwas vormachen? fragte

Katy sich im stillen. Er hatte sie fasziniert. In der Erinnerung an Lukes Magieraugen und die gebändigte Kraft seines Körpers liefen ihr schon wieder diese kleinen, beunruhigenden Schauer sinnlicher Erregung über den Rücken. Noch immer hatte sie ihre Schwierigkeiten damit, sich einzugestehen, wie stark seine Wirkung auf sie gewesen war.

Erstens einmal konnte sie ihre eigene Reaktion ihm gegenüber überhaupt nicht begreifen. Nicht in ihren kühnsten Träumen hätte sie sich vorstellen mögen, daß so ein Mann anziehend auf sie wirken könnte. Und außerdem würde er sie ganz bestimmt nicht sympathisch finden.

Als Luke damals heiratete, hatten unter den Washingtoner Mitgliedern der Familie Gilchrist allerlei Gerüchte um seine schöne Frau die Runde gemacht. Einmal fand Katy in einem Branchenblatt ein Foto der beiden. Luke und Ariel waren offensichtlich wie füreinander geschaffen, ein dunkelhaariger, düster blickender Zauberer mit seiner fremdartigen, rätselhaften Frau.

»Sein Erbe bedeutet ihm also gar nichts.« Justine lehnte ihren Kopf gegen die Rückenlehne des Sessels. »Ich muß schon zugeben, daß ich gehofft hatte, ich könnte ihn mit dem Versprechen hierherlocken, ihn wieder zu meinem Erben zu erklären und ihm die Leitung von Gilchrist, Inc. zu übertragen.«

Katy räusperte sich. »Ich habe ihm nicht wirklich die Firma Gilchrist, Inc. angeboten, Justine. Und um ganz ehrlich zu sein, habe ich ihm auch nicht gesagt, daß Sie ihn wieder als Erben einsetzen wollen.«

Justine hob leicht ihre Brauen. »Aber ich dachte, das wäre überhaupt der Sinn der ganzen Unterredung unter vier Augen gewesen, meine Liebe. Er hat sich standhaft geweigert, mit mir Kontakt aufzunehmen, aber als er sich bereit erklärte, Sie zu empfangen, war ich sicher, daß wir nun einen Fuß in der Tür hätten. Es sah so aus, als würde er sich meinen Vorschlag aus Ihrem Mund anhören wollen.«

»Na ja, eigentlich hat er auch nicht versprochen, mich zu treffen«, mußte Katy zugeben. »Ich weiß, daß ich Ihnen gegenüber den Eindruck erweckt habe, als hätte er's getan.

Aber in Wirklichkeit war ich so wütend darüber, daß er es nicht für nötig hielt, auf meine Anrufe und Briefe zu antworten, daß ich einfach beschloß, mich in mein Auto zu setzen und nach Oregon zu fahren, um ihn zur Rede zu stellen.«

Eine bedeutungsschwere Stille trat ein. »Ich verstehe«, murmelte Justine endlich. »Wie haben Sie ihn denn gefunden? Wir hatten doch nur eine Telefonnummer und eine Postfachanschrift von ihm. Haben Sie einen Privatdetektiv engagiert?«

»Nein. Ich hab' in der Stadt haltgemacht, in der er sein Postfach unterhält, und ein bißchen herumgefragt. Es war nicht so schwer, ihn zu finden.« Nicht mit der ausführlichen Beschreibung, die sie dank ihrer Kenntnisse über den Gilchrist-Clan hatte liefern können. Der Tankwart an der einzigen Tankstelle der Stadt war sehr hilfsbereit gewesen. »Groß? Schwarze Haare? Sieht aus wie'n Revolverheld aus'm Wilden Westen? Klar kenn ich den. Trainiert manchmal in der Turnhalle. Macht irgend so 'ne komische Art Kampfsport, ja? Fährt 'n echt super schwarzen Jag.«

Justine nickte. »Sie sind ausgesprochen findig, meine Liebe. Darf ich Sie fragen, warum Sie es nicht geschafft haben, ihm mein Angebot zu unterbreiten, als Sie ihm dann von Angesicht zu Angesicht gegenüberstanden?«

»Verdammt, Justine, ich hab's einfach nicht über mich gebracht.« Katy ballte eine kleine Hand zur Faust. »Er verdient es nicht, alles, wofür Sie geschuftet und gekämpft haben, einfach so serviert zu kriegen. Er sollte nicht zurückkommen, weil Sie ihm die Firma auf einem silbernen Teller anbieten. Er sollte kommen, weil es seine Pflicht ist der Familie gegenüber.«

»Haben Sie ihm das gesagt?«

»Ja, tatsächlich.« Katy hob das Kinn. »In unmißverständlichen Worten.«

Justine seufzte. »Nun, ich denke, ich kann verstehen, warum er nicht direkt mit beiden Händen zugegriffen hat.«

Katy zog ihre Nase kraus. »Er ist nicht auf den Kopf gefallen. Er weiß genau, daß er, falls er zurückkäme, es aller Wahrscheinlichkeit nach zu seinen eigenen Bedingungen würde tun können. Ich hatte einfach keine Lust, vor ihm auf dem Boden zu kriechen. Und er sollte auch nicht glauben, wir würden bitten und betteln und ihn bestechen, bloß damit er kommt. Ich glaube, ich hab' alles vermasselt, Justine. Es tut mir leid.«

»Sie sollten nicht zu streng mit sich selbst sein. Höchstwahrscheinlich hätte er Sie auch abfahren lassen, wenn Sie ihm erzählt hätten, daß ich ihn wieder zu meinem Erben einsetzen wolle, und bereit wäre, vor ihm ... äh ... auf dem Boden zu kriechen.«

»Ich weiß.« Katy richtete sich auf. »Justine, wir müssen über die Zukunft reden. Luke ist offensichtlich nicht bereit, seine Verantwortung wahrzunehmen. Deshalb sollten wir uns über mögliche Alternativen unterhalten. Fraser wird allmählich unruhig.«

»Wenn Sie mir auf diese unzarte Weise nahelegen wollen, daß wir über den Verkauf von ›Gilchrist Gourmet‹ sprechen müßten, wie es Stanfield vorschlägt, dann können Sie sich Ihre Worte sparen, Katy.«

In ihrer Stimme lag wieder diese Spur von stählerner Härte, die eine ganze Zeitlang nicht zu hören gewesen war.

Katy drehte sich mit einem Ruck zu ihr um. »Die Firma steht dicht vor der Katastrophe. Das wissen Sie so gut wie ich. Nur ein Gilchrist verfügt über die Energie, die Geschäfte so zu führen, wie Sie es immer getan haben. Sie haben selbst zugegeben, daß Sie weder die Kraft noch den Wunsch haben, weiter am Ruder zu stehen.«

»Ich bin müde, Katy.«

»Das weiß ich.« Katy sah ihr in die Augen, in denen früher so viel Entschlossenheit gelegen hatte, und eine Welle des Mitgefühls stieg in ihr auf.

»Ich habe die Entscheidung zu lange hinausgezögert, nicht wahr? Ich hätte mich schon vor Jahren um meine Nachfolge kümmern sollen, aber ich habe es immer wieder hinausgeschoben. Ein Teil von mir hoffte wohl, Thornton würde zurückkommen.«

»Ja, das verstehe ich, Justine.«

»Nach seinem Tod habe ich mir eingeredet, Luke würde

Verbindung zu mir, zu seiner Familie aufnehmen wollen, denn wir sind alles, was ihm geblieben ist. Man könnte sich doch vorstellen, er wäre gern hier bei uns. Ich habe mir vorgemacht, am Ende käme alles wieder in Ordnung. Aber das stimmt wohl nicht, wie?«

Katy unterdrückte ein leises Stöhnen. Den melodramatischen Ton in Justines Stimme kannte sie gut. Die Gilchrists verstanden sich auf so was. Aber in diesem Fall, das mußte Katy zugeben, war er berechtigt. Sie wußte besser als irgend jemand sonst, daß Justine lange Zeit die heimliche Hoffnung gehegt hatte, Thornton und seine Familie würden sich mit den Gilchrists in Seattle wieder zusammentun.

»Es sieht schlecht aus, Justine, aber es gibt Mittel und Wege, zumindest den Nettowert der Objekte zu retten, bevor wir alles verlieren, wie es meinem Vater passierte, als die Quinnell-Restaurants den Bach hinuntergingen.«

»Ich wünschte, Sie wären eine Gilchrist«, murmelte Justine. »Dann könnte ich Ihnen die Firma überschreiben.«

Katy sah sie verblüfft an. »Vielen Dank, Justine. Das ist sehr schmeichelhaft für mich. Aber selbst wenn ich zur Familie gehörte, könnte ich Gilchrist, Inc. nicht übernehmen. Wir wissen alle beide, daß ich nicht die Art Entschlußkraft besitze, die man braucht, um ein Unternehmen dieser Größenordnung zu führen. Ich wäre nicht dafür geeignet, selbst wenn ich wollte, was aber nicht der Fall ist.«

»Doch, das wären Sie schon. Ich glaube, Sie könnten so ziemlich alles fertigbringen, wenn Sie sich vornehmen würden, es zu tun, Katy. Aber ich verstehe, wie Ihnen zumute ist. Sie verfolgen Ihre eigenen Ziele, und Sie haben jedes Recht dazu.«

»Ich möchte ein eigenes Unternehmen haben«, sagte Katy leise. »Etwas, das mir ganz allein gehört und das ich allein leiten kann. Ich will seine Entwicklung gestalten und zusehen, wie es wächst.« *Und ich will nicht mein ganzes Leben lang den Gilchrists Rede und Antwort stehen, was ich höchstwahrscheinlich müßte, wenn ich Gilchrist, Inc. übernähme,* setzte Katy in Gedanken hinzu.

Einen Augenblick lang sah Justine nachdenklich aus,

dann wich dieser Ausdruck wieder grimmiger Resignation. Katy schüttelte gequält den Kopf. Beide wußten, daß die Diskussion um Katys Geschäftsleitung im Grunde hypothetisch war. Justine würde sie keinem anvertrauen, der nicht zur Familie gehörte.

»Ich nehme an, daß ich, falls es zum Schlimmsten kommen sollte, Darren als meinen Nachfolger in Betracht ziehen müßte. Aber er ist einfach noch nicht soweit, eine solche Verantwortung zu übernehmen.« Justines Mund bekam einen harten Zug. »Bis dahin weigere ich mich, das, was ich aus dem Nichts mit eigenen Händen aufgebaut habe, zu verkaufen.«

»Natürlich. Was halten Sie davon, mit Aktien an die Börse zu gehen? Auf diese Art könnten wir Kapital beschaffen. Dann einen Außenstehenden als Geschäftsführer einstellen; und eine gute Unternehmensberatung beauftragen. Für einige Zeit jedenfalls.«

Justines Augen blitzten. »*Nein.* Es ist meine Firma. Ich habe nicht die Absicht, sie bezahlten Beratern ohne Sinn für Geschichte und Tradition zu überlassen. Sie ist ein Familienbetrieb und wird einer bleiben.«

Ratlos starrte Katy ihre Arbeitgeberin an. »Ich verstehe Sie, Justine, aber die Zeiten haben sich geändert. Sie können die Firma nicht länger wie ein Familienunternehmen führen. Es gibt kein Mitglied Ihrer Familie, das in der Lage ist, Ihren Platz einzunehmen. Jedenfalls jetzt noch nicht. Mag sein, daß Ihr anderer Enkel – Darren, wie Sie meinen – es eines Tages kann. Aber ich denke wie Sie, daß er noch nicht soweit ist.«

»Manchmal glaube ich, daß Darren es nie schafft, in meine Fußstapfen zu treten, ganz egal, wie alt er wird«, fuhr Justine dazwischen.

»Das ist nicht ganz fair, Justine. Sie müssen zugeben, daß er sich als Geschäftsführer des neuen Restaurants am Lake Union sehr gut bewährt.«

»Ich bin mir noch gar nicht so sicher, ob es richtig war, mich von Ihnen überreden zu lassen, ihm diese Position zu geben«, nörgelte Justine.

»Er wird Erfahrung sammeln dabei. Darren möchte zur Firma dazugehören«, meinte Katy besänftigend.

»Natürlich, er ist ehrgeizig genug, das kann ich Ihnen versichern – aber er hat nicht das angeborene Talent, ein Unternehmen zu leiten, das so groß ist wie Gilchrist.« Sie verzog erbittert den Mund. »Kaum verwunderlich, sein Vater hatte es schließlich auch nicht. Mein eigener Fehler, nehme ich an. Es war dumm von mir, Hayden als Kind diesen Kunstunterricht geben und ihn herumstümpern zu lassen.«

Mit der Tatsache, daß ihr zweiter Sohn Hayden sich eher zum Künstlerischen hingezogen fühlte als zur Geschäftswelt, hatte Justine sich nie so recht abgefunden. Ihr ging jeder Sinn für seine Gaben ab, und sie machte kein Hehl daraus.

Unglücklicherweise war Justine im Lauf der letzten Jahre zu dem Schluß gekommen, daß auch keines von Haydens Kindern, weder Darren noch Eden, ihr unternehmerisches Genie geerbt hatte. Und daß sie kein Vertrauen in ihre beiden jüngsten Enkelkinder setzte, war eine Quelle ständiger Reibereien in der Familie.

»Justine, es gibt einfach niemand, der Ihren Platz einnehmen könnte«, meinte Katy verzweifelt.

»Luke ist durchaus in der Lage, Gilchrist zu leiten.«

»Tja, aber er will den Job nicht«, erinnerte Katy sie vorsichtig. »Und was soll aus uns werden? Es gibt niemand sonst in der Familie, der die Sache deichseln kann.«

Justine schenkte ihr ein grimmiges Lächeln. »Mal sehen. Ich will die Dinge noch ein bißchen länger überdenken, bevor ich eine einschneidende Entscheidung treffe. Es muß doch eine Lösung geben.«

Katy straffte zornig ihre Schultern. »Natürlich gibt es Überlegungen, aber keine, die die Mitwirkung Ihres arroganten, sturen Maulesels von Enkel einschließen. Ich bin in meinem Büro. Lassen Sie es mich wissen, wenn Sie weiter über die Zukunft sprechen wollen.«

Der Nebel stand nun dicht vor der Fensterwand des Wohnzimmers und hüllte das Haus ein. Katy verließ Justines Privatsuite und durchquerte das Hauptvestibül der weitläufigen Villa.

Auf dem Weg in den zweiten Stock nahm sie immer zwei Stufen auf einmal und wurde damit etwas von ihrem Frust los. Oben angekommen bog sie in den Südflügel des Gebäudes ein und ging mit energischen Schritten den Flur hinunter.

Der Hauptverwaltungssitz von Gilchrist, Inc. lag eine Autostunde entfernt im Geschäftsviertel von Seattle, aber schon während der letzten zehn Jahre hatte Justine ihr Imperium von ihrer Burg über der Dragon Bay aus regiert. Bis in die jüngste Zeit hinein hatte sie allerdings, um eine enge Zusammenarbeit mit ihrem Leitungsteam zu gewährleisten, regelmäßige Ausflüge in die City unternommen. Diese Besuche – und dazu Faxgerät, Computer und Telefon – ermöglichten es Justine, den Finger am Puls ihres Königreichs zu halten.

Aber als sie sich mehr und mehr von den alltäglichen Führungsaufgaben zurückzog, schien die geographische Entfernung zwischen Dragon Bay und dem Geschäftsviertel zu wachsen. Katy versuchte ihr möglichstes, um Justines allmählichen Rückzug aus dem Tagesgeschäft zu kaschieren, aber inzwischen hatten die Verhältnisse ein kritisches Stadium erreicht. Sie konnte der Geschäftsleitung nicht länger mit Entschuldigungen kommen, warum Justine sich dort nicht mehr sehen ließ, noch konnte sie weiterhin unter deren Namen eigenhändig Aktennotizen verfassen. Fraser Stanfield hatte ihr geholfen, die unheilvolle Situation so lange wie möglich zu verschleiern, aber jetzt war die Firma wirklich in die Krise geraten.

Katy betrat das Vorzimmer ihres Büros. Ihre Sekretärin, Liz Bartlett, sah über die runden Gläser ihrer Lesebrille hinweg zu ihr auf. Sie legte das Buch, das sie gelesen hatte, aus der Hand, so daß Katy den Titel lesen konnte: »Einführung in die Kurzzeit-Psychotherapie.«

Vor zwei Jahren, einen Tag nach ihrem vierzigsten Geburtstag, hatte ihr Mann Liz verlassen. Auf Katys gutes Zureden hin belegte sie Abendkurse bei der örtlichen Volkshochschule, um andere Menschen kennenzulernen und sich neue Interessen zu erschließen.

Zum Erstaunen aller, einschließlich Katys, entwickelte sie sich zu einer begeisterten Studentin. Vom Blumenzeichnen über die Reparatur von Heizungs- und Klimaanlagen ließ sie keinen Kurs aus, und es verschaffte ihr eine ungeheure Befriedigung, ihre frisch erworbenen Kenntnisse anzuwenden.

Es hatte Katy eigentlich nichts ausgemacht, drei Monate lang in einem Büro mit ständig wechselnden Blumenarrangements zu sitzen. Zur Katastrophe kam es erst, als der alte Heizkessel der Villa kaputtging und Liz darauf bestand, ihn kostenlos zu reparieren. Die Bewohner des großen Hauses waren solange auf Kaminheizung angewiesen, bis ein gelernter Elektriker kam und das Durcheinander, das Liz im Leitungsnetz angerichtet hatte, wieder in Ordnung brachte.

Glücklicherweise zog Liz aus diesem Debakel den Schluß, ihre intellektuellen Fähigkeiten lägen doch eher im Bereich der freien Künste, und wandte sich fortan dem kreativen Schreiben zu.

Vor kurzem hatte sie einen Psychologiekurs angefangen und sich gerade genügend Kenntnisse angeeignet, um gefährlich zu werden.

»Na, da sind Sie ja, Katy«, meinte Liz. »Wie ist das Befinden Ihrer Hoheit heute?«

»Sie hält sich eigentlich ganz gut.«

Liz wiegte sorgenvoll den Kopf. »Sie wissen doch, daß die Frau dicht vor einer voll ausgereiften, schweren Depression steht, oder?«

»Sie ist nur etwas erschöpft in der letzten Zeit, mehr ist es nicht. Anrufe?«

»Mal sehen.« Liz griff sich einen Stapel Notizzettel und blätterte ihn durch. »Fräulein Anorexia nervosa hat angerufen. Sie bittet so bald als möglich um Ihren Rückruf.«

Katy seufzte. »Eden ist nicht magersüchtig. Sie hat nur in der letzten Zeit wegen ihrer traumatischen Scheidungsgeschichte abgenommen, das ist alles.«

»Sie ist drauf und dran, eine massive Eßstörung zu entwickeln, denken Sie an meine Worte.« Liz zog einen anderen Zettel heraus. »Maureen hat vor etwa einer Viertelstunde mit mir telefoniert. Auch sie möchte so bald wie möglich zurückgerufen werden. Wie immer eine Menge unterdrückte Feindseligkeit in der Stimme.«

»Das hat gute Gründe«, antwortete Katy nachsichtig. »Justine will Gilchrist keinem von ihren Kindern überschreiben. Jede normale Mutter wäre wütend darüber.«

»So etwas wie einen normalen Gilchrist gibt's aber nicht.«

»Das ist allerdings ein Argument«, gab Katy zu. »Sonst noch was?«

»Mja. Wir haben Kunde vom Großen Sublimierer.«

»Hayden ist ein Künstler, Liz. Ich wünschte wirklich, Sie würden ihn nicht so nennen. Er arbeitet zufällig gerade an einigen seiner besten Sachen.«

»Na ja, weil er seine Wut und die Schuldgefühle seiner Mutter gegenüber sublimiert«, erklärte Liz munter. »Wenn er das alles nicht in seinen Glasskulpturen ausleben könnte, wäre er ein total kranker Mann.«

»Wie die Dinge liegen, ist er ein total erfolgreicher Künstler.«

Liz zog einen Flunsch. »Wissen Sie, was ich gern sähe? Daß sich die ganze Familie, inklusive Darren, einer psychologischen Beratung unterziehen würde. Er ist zwar unheimlich clever, aber ich merke ihm doch eine gewisse Angst an, die daher kommt, daß er sich seiner Großmutter gegenüber nicht beweisen kann.«

Katy grinste trotz ihrer trüben Stimmung. »Unsinn. Gilchrists bekommen keine Angst, sie werden eklig. Und die Familientherapie können Sie vergessen. Sie würden den armen Psychologen in der Luft zerreißen. Wahrscheinlich brauchten sie eher einen Hexenarzt.«

»Vermutlich. Übrigens ist Mr. Stanfield mit dem Wochenbericht eingetroffen. Er wartet in Ihrem Büro und wird sicher schon ungeduldig.«

»Wahrscheinlich möchte er ausführlich über die Katastrophe von gestern informiert werden. Ich glaube, ich sollte ihm lieber gleich sagen, daß ich die Sache verpatzt habe.«

»Was wollen Sie wegen der Rückrufe machen?« fragte Liz und wedelte mit den Zetteln.

»Ich kümmere mich drum, sobald ich ein paar Minuten Zeit habe.«

»Die Gilchrists werden ungemütlich, wenn ihre Anrufe nicht innerhalb einer angemessenen Zeit beantwortet werden«, mahnte Liz.

»Ich werde den Hexensabbat beschwichtigen, sobald sich die Gelegenheit ergibt.« Katy stieß die Tür zu ihrem Büro auf und ging hinein.

Fraser Stanfield stand an eine Ecke ihres Schreibtischs gelehnt und las die Morgenzeitung, eine Tasse Kaffee neben sich auf der polierten Platte des Möbels. Er sah auf, als die Tür sich öffnete.

Ein Blick auf ihre erhitzten Wangen genügte. Er preßte die Lippen zusammen und lächelte etwas gequält. »Ich nehme an, die große Reise gen Süden, um den irrenden Enkel zur Räson zu bringen, war nicht gerade ein glänzender Erfolg.«

Fraser war ein gutaussehender, sympathisch wirkender Mann Ende der Dreißig und schien der geborene Kleiderständer. An seiner athletischen Figur sah einfach alles, was er anzog, fantastisch aus. Sein hellbraunes Haar hatte einen sportlichen, windzerzausten Schnitt, so daß man hätte meinen können, er käme gerade von einem Spaziergang am Strand zurück. Seine dunklen Augen wirkten warm, freundlich und aufrichtig, und unter seinem Schnäuzer blitzten weiße Zähne. In eine Bomberjacke gesteckt, hätte er auf Werbepostern für die Streitkräfte als Model dienen können.

»Nein, wirklich nicht«, sagte Katy. Sie schnappte sich die Kaffeekanne von der Heizplatte und schenkte sich eine Tasse Kaffee ein. Dann ging sie um den Schreibtisch herum und ließ sich in ihren Sessel fallen. »Ich gebe zu Protokoll, daß Luke Gilchrist ein kaltblütiger, herzloser, abgebrühter und arroganter Scheißkerl ist. Der Mann ist der reine Abschaum. Eine Schlange. Noch niederträchtiger. Er ist ein hartherziger, gefühlloser, sturer, unmöglicher *Bastard*.«

»Mit anderen Worten, er hat sich nicht gerade überschlagen vor Begeisterung, als Sie ihn auf Knien und händeringend gebeten haben, in den Schoß seiner Familie zurückzukehren, sich wieder in Justines Testament aufnehmen zu lassen und für alle Ewigkeit die Gesamtgeschäftsführung von Gilchrist, Inc. zu übernehmen, hm? Komisch. Der Mann muß blind sein.«

»Na ja, ganz so hab' ich es ihm nicht dargestellt.«

Fraser grinste. »Schon kapiert. Ich wette, Sie sind runtergefahren und haben ihn über seine Verantwortung und seine Pflichten belehrt, nicht wahr? Katy, wann werden Sie endlich lernen, daß man Fliegen eher mit Honig fängt als mit Essig?«

»Ich glaube nicht, daß Honig bei einem Gilchrist wirken würde. Sie sind mehr auf Blut aus, und mir war nicht danach, ihm ein rituelles Opfer darzubringen.«

»Darauf kommt's nicht an.« Fraser legte die Zeitung weg und verließ seinen Stützpunkt am Schreibtisch. Er schob die Hände in die Taschen und stellte sich vor das Fenster. »Die Firma braucht ihn, das ist der springende Punkt.«

»Wir sind tatsächlich auf ihn angewiesen.« Katy lehnte sich in ihrem Sessel zurück und starrte düster auf die Aktenordner, die sich auf ihrem Schreibtisch stapelten. Es war ihre Aufgabe, die einzelnen Berichte zusammenzufassen und Justine vorzulegen. Aber wozu eigentlich, fragte sie sich. Justine warf kaum noch einen Blick hinein. »Aber er kommt nicht nach Hause, und deshalb müssen wir eine Alternative finden.«

»Es gibt keine«, sagte Fraser leise. »Außer Sie können Justine dazu bewegen, Vermögenswerte zu verkaufen. Gilchrist Gourmet muß als erster Betrieb veräußert werden. Er fängt an zu wackeln.«

»Ich weiß. Ich will weiter darauf hinarbeiten.«

Fraser rieb sich resigniert den Nacken. »Warum geben Sie nicht auf und lassen die Sache sausen?«

»Ich kann nicht. Noch nicht.«

»Letztlich werden wir beide uns von Gilchrist trennen müssen. Das wissen Sie so gut wie ich. Sie wollen sowieso weg. Schließlich können Sie Ihre privaten Pläne nicht ewig in der Luft hängen lassen.«

Katy betrachtete sein ansprechendes Profil und lächelte. Fraser war jetzt schon seit fünf Jahren bei Gilchrist, Inc., aber richtig kennengelernt hatte sie ihn erst seit kurzem. Nachdem Justine ihn zu ihrem Sonderbeauftragten ernannt hatte, war sie immer häufiger mit ihm zusammengekommen. Sie fing an, ihn als Freund zu sehen und wußte, daß Justine sich darauf verließ, daß er in der Hauptverwaltung der Gesellschaft die Dinge zusammenhielt.

Aber Fraser war intelligent und ehrgeizig und mußte genauso wie sie an seine eigene Zukunft denken. Er trug Verantwortung bei Gilchrist, Inc., ohne wirkliche Macht zu besitzen, und das wußte er. Wenn sich die Verhältnisse nicht änderten, würde er die Firma wechseln müssen.

»Ich weiß, Fraser. Aber ich kann Justine gerade jetzt nicht im Stich lassen. Sie braucht mich.«

»Und Sie meinen, Sie seien ihr verpflichtet?«

»Ja, tatsächlich.«

»Katy, Ihr Loyalitätsgefühl ehrt Sie, aber es ist ziemlich blauäugig.«

Das Haustelefon summte, bevor Katy antworten konnte.

»Katy, Ihre Hoheit wünscht Sie unverzüglich zu sehen«, teilte Liz ihr mit.

»Ich war doch gerade erst bei ihr.«

»Weiß ich. Inzwischen hat sich aber etwas ereignet.« Liz legte eine wirkungsvolle Pause ein. »Anscheinend ist Luke Gilchrist unerwartet hier aufgekreuzt.«

»Was?« Der Kaffee schwappte über den Rand ihrer Tasse, als sie sich abrupt im Sessel aufrichtete. »Wissen Sie das bestimmt?«

»Das hat die Haushälterin jedenfalls gesagt, als sie vor einer Minute anrief. Natürlich klang es aus ihrem Mund wie die Ankunft der vier apokalyptischen Reiter, aber Sie kennen Mrs. Igorson ja.«

»Ich kann's nicht glauben. Er ist hier!« Katy ließ die Sprechtaste los und sprang auf. »Fraser, wir sind gerettet.

Der sture Mistkerl ist doch noch hergekommen. Jetzt wird alles gut.«

Fraser betrachtete sie nachdenklich. »Glauben Sie das wirklich?«

»Natürlich. Luke Gilchrist ist tatsächlich hier im Haus. Und wenn er hier ist, dann kann das nur einen Grund haben. Ich muß sofort runter. Wenn ich wieder zurück bin, erzähle ich Ihnen alles. Ich wußte, daß er's tun würde. Ich hab's einfach gewußt.«

»Was soll das heißen, Sie hätten's gewußt? Ich dachte, der Typ sei der reine Abschaum.« Fraser schnitt eine Grimasse. »Er sei niederträchtiger als eine Schlange. Kaltblütig und grausam.«

»Offensichtlich ist er erzieherisch doch zu beeinflussen.« Katy war schon an der Tür, riß sie auf und stürmte ins Vorzimmer.

»Notieren Sie meine Anrufe, Liz. Ich bin bald wieder da.«

»Schon gut.« Liz warf ihr einen skeptischen Blick zu. »Glauben Sie wirklich, daß alles wieder in die Reihe kommt, jetzt wo der Bastard da ist?«

»Alles wird wunderbar«, sagte Katy über die Schulter und rannte durch die Tür. »Und wir sollten ihn nicht mehr Bastard nennen.«

»Es wird nicht so leicht sein, mit dieser Gewohnheit zu brechen. Ich steh auf Tradition!« rief Liz ihr nach.

Katy fegte den Flur entlang und stürmte die Treppe hinunter. Sie war völlig außer Atem, als sie an der Tür zu Justines Privatsuite anklopfte.

Mrs. Igorson ließ sie ein; eine Frau unbestimmbaren Alters, die seit fast zwanzig Jahren als Haushälterin bei Justine arbeitete. Sie war robust, stämmig gebaut und wirkte mürrisch.

Im stillen fand Katy, Mrs. Igorson passe ausnehmend gut in den Gilchristschen Haushalt. Sie hatte etwas angemessen Abschreckendes an sich. Katy mußte sich sehr zusammennehmen, um die arme Frau nicht »Igor« zu nennen.

»Wurde aber auch Zeit, daß Sie kommen«, brummte

Mrs. Igorson. »Der Bastard ist jetzt bei ihr drin. Das gefällt mir nicht. Es gefällt mir überhaupt nicht. Ich weiß, daß Mrs. Gilchrist ihn hier haben wollte, aber ich hab das Gefühl, daß er nichts als Scherereien machen wird.«

»Das sehen Sie verkehrt herum, Mrs. Igorson. Die Scherereien, die haben wir schon. Der Bastard – ich meine, Mr. Gilchrist – kann uns da heraushelfen. Übrigens sollten wir ihn besser nicht mehr als ›Bastard‹ bezeichnen, weil er aller Wahrscheinlichkeit nach hier der Boß wird.«

»Da bin ich nicht so sicher. Wenn Sie mich fragen, ich finde, er sieht aus wie ein absolut mieser Scheißkerl.«

»Die Gilchrists wirken eben nicht immer sympathisch. Das müßten Sie doch wissen.« Katy lächelte ihr ermutigend zu und trat in die Diele. »Er ist vielleicht nur ein bißchen verkrampft. Schließlich muß es für ihn doch ein bewegender Augenblick sein.«

»Auf die Wette würd' ich kein Geld setzen. Die beiden sind sich nicht gerade um den Hals gefallen, als er zur Tür reinkam.«

»Na ja, was haben Sie denn erwartet? Es ist für alle beide ein schmerzlicher Moment.«

Katy durchquerte mit schnellen Schritten die geflieste Diele. Sie triumphierte innerlich und ging vor Wonne wie auf Wolken. Die Krise war beigelegt. Bald würde sie ein freier Mensch sein und sich höflich von der Szene verabschieden können, in der Gewißheit, daß Gilchrist, Inc. nun in guten Händen war.

Katy konnte es kaum erwarten, ihrem Bruder von ihrem Glück zu erzählen. *Endlich frei.*

Strahlend über das ganze Gesicht bog sie um die Ecke und betrat Justines Wohnraum mit der breiten Fensterwand. Sie war bereit, sich dem Bastard gegenüber höflich zu verhalten. Schließlich hatte er sich doch noch besonnen und war nach Hause geeilt, um seinen Verpflichtungen der Familie gegenüber nachzukommen. Sie hatte gewonnen, und als Siegerin konnte sie es sich leisten, großmütig zu sein.

Die Spannung in dem schönen, stilvoll eingerichteten

Wohnzimmer schlug ihr entgegen, als renne sie gegen eine Wand aus Eis. Katy stolperte fast vor Schreck. Sie blieb zögernd in der Tür stehen und überflog mit einem Blick die Szene.

Justine saß immer noch in ihrem Ohrensessel. Sie schien ebenso königlich gelassen wie immer, aber ihre Augen verrieten ein tiefes Unbehagen. Sie wirkte so merkwürdig steif, daß bei Katy sofort alle Alarmsirenen schrillten.

Sie sah zu Luke hinüber. Und die feinen Härchen in ihrem Nacken stellten sich auf.

Er stand vor der Fensterwand, als dunkle Gestalt in schwarzem Pullover, schwarzen Jeans und niedrigen schwarzen Stiefeln. Sein Blick war auf die nebelverhangene Landschaft gerichtet. Sie wußte, daß er ihre Anwesenheit bemerkte, aber er drehte sich nicht nach ihr um.

Seine Haltung wirkte gelöst, aber Katy spürte unter seiner Ungezwungenheit die innere Anspannung. Er sah aus, als könne er jeden Moment zuschlagen.

»Katy, meine Liebe.« Justine war sichtlich erleichtert, sie zu sehen. »Ich bin so froh, daß Sie hier sind. Mein Enkel hat einen Entschluß von großer Tragweite gefaßt.«

Trotz der unheilschwangeren Atmosphäre, die im Raum herrschte, beschloß Katy, das Positive an der Situation zu sehen. Luke war gekommen, und das war schließlich die Hauptsache.

Sie knipste ihr strahlendstes Lächeln an und bot allen Charme auf, über den sie verfügte. »Ich bin ja so glücklich darüber, daß Sie nun doch die richtige Entscheidung getroffen haben, Mr. Gilchrist. Ich weiß, daß Sie es nicht bereuen werden.«

Luke wandte sich langsam nach ihr um. Seine Augen glitzerten beunruhigend. »Mein Entschluß ist noch nicht endgültig. Ich habe Justine gerade erklärt, daß ich nur unter bestimmten Bedingungen bereit bin, die Firma Gilchrist, Inc. zu sanieren.«

Katys Magen zog sich krampfhaft zusammen, aber sie schaffte es, das Lächeln auf ihrem Gesicht festzuhalten. »Welche Bedingungen?«

Justine rührte sich in ihrem Sessel. »Luke sagt, er will nicht in meinem Testament bedacht werden. Noch möchte er die Geschäftsleitung der Firma für immer übernehmen. Er meint aber, er will uns gegen ein Honorar aus unseren augenblicklichen Schwierigkeiten befreien.«

»Ein Honorar?« Katy war wie vom Schlag gerührt. Sie funkelte Luke böse an. »Geld? Soll das heißen, daß Sie Ihre Familie genauso behandeln wie jeden anderen Kunden?«

»Nicht ganz genauso«, antwortete Luke sanft. »In diesem Fall verlange ich wesentlich mehr als normalerweise von einem Kunden.«

»Wieviel mehr?« fragte Katy.

»Wenn mir die Sanierung gelingt, will ich dafür das Pacific Rim Restaurant haben.«

Katy blinzelte verstört. »Wovon in aller Welt reden Sie eigentlich?«

Luke zuckte die Schultern. »Sie haben gehört, was ich gesagt habe.«

Allmählich ging Katy ein Licht auf. Ihr blieb der Mund offenstehen.

»Sie wollen das Pacific Rim als Honorar?«

»Ja.«

Katy warf Justine einen entsetzten Blick zu. Sie war sicher, daß sie irgend etwas bei diesem Kuhhandel nicht mitbekommen hatte. Aber Justine lächelte nur müde.

»Ich fürchte, er meint es ernst«, sagte sie leise.

»Aber das ist doch unerhört.« Katy sah wieder zu Luke hinüber. »Es ist in der ganzen Gruppe das Restaurant mit dem größten Umsatz. Der Edelstein in der Krone. Das Flaggschiff. Im letzten Jahr hat es mehr eingebracht als Gilchrist's Grill und Gilchrist's of Bellevue zusammengenommen.«

»Das ist mir nicht unbekannt.« Lukes Lächeln war jetzt eiskalt.

»Also, das können Sie nicht bekommen«, sagte Katy ungerührt.

Justine hob ihre Hand. »Lassen Sie nur, Katy. Ich habe mich schon bereit erklärt, Lukes Preis zu bezahlen.«

»Justine, Sie können ihm nicht einfach das Restaurant überlassen. Das ist nicht in Ordnung.«

»Ich hatte vor, ihm die ganze Gruppe zu überschreiben«, erinnerte Justine sie, »mit Gilchrist Gourmet zusammen.«

»Ja, aber da glaubten Sie noch, er würde auf Dauer in der Firma mitarbeiten und allen seinen Verpflichtungen der Familie gegenüber nachkommen.« Katy wies angeekelt mit der Hand auf ihn. »Er will offensichtlich nur als bezahlter Unternehmensberater für uns tätig werden. Die Firma Gilchrist ist in seinen Augen ein Kunde wie jeder andere. Du lieber Himmel, er hat's doch gerade gesagt.«

»Ich nehme, was ich kriegen kann«, erwiderte Justine mit schonungsloser Offenheit.

Mit drei schnellen Schritten durchquerte Katy das Zimmer und hockte sich neben Justines Sessel nieder. Sie nahm die gepflegte, schmale Hand der alten Dame zwischen ihre eigenen Hände und drückte sie leidenschaftlich. Der dreikarätige Solitär in Justines Ring schnitt ihr in die Handfläche. »Ich will nicht, daß Sie sich vor ihm demütigen und ihn anbetteln, Justine. Ich will nicht, daß Sie sich so erniedrigen. Er hat kein Recht, so unverschämte Bedingungen zu stellen.«

Luke lächelte hinterhältig. »Heben Sie sich die sittliche Entrüstung für später auf, Katy. Sie haben nur meine erste Bedingung gehört. Es gibt noch eine.«

Katy warf ihm einen finsteren Blick zu. »Was für eine?«

»Ich will Sie als persönliche Assistentin haben. Sie sollen nicht mehr für Justine, sondern für mich arbeiten.«

Katy schreckte entsetzt zurück. »Kommt überhaupt nicht in Frage.«

Luke zuckte die Schultern. »Ich brauche eine Person, die die Kontinuität der Arbeit gewährleisten und als Verbindungsglied zwischen Geschäftsleitung und Familie fungieren kann. Für diesen Job sind Sie die ideale Besetzung.«

»Woher wissen Sie das?« fragte Katy scharf.

»Justine versichert mir, Sie seien fast genausogut auf dem laufenden über die innerbetrieblichen Vorgänge bei Gilchrist wie sie selber. Sie meint außerdem, daß Sie Menschenkenntnis besitzen und die meisten Leute, die auf der Führungsebene arbeiten, gut einzuschätzen wissen. Obendrein gehören Sie sozusagen zur Familie. Ich kann Ihre Art von Insiderwissen gut gebrauchen.«

Schwankend und wie benommen bemühte Katy sich, auf die Füße zu kommen. Wieder einmal sah sie vor ihrem geistigen Auge die eigenen Pläne in Rauch aufgehen. Sie war so dicht daran gewesen, dachte sie. Beinahe frei. Kaum konnte sie antworten: »Justine, wollen Sie mich einfach so an ihn weitergeben?«

Justine hob die Brauen. »Es ist keine unvernünftige Bitte, meine Liebe. Aber die Entscheidung liegt bei Ihnen. Ich will Sie nicht drängen.«

»Denken Sie drüber nach«, riet Luke und bot ihr ein amüsiertes Lächeln. »Lassen Sie sich Zeit. Ich muß mit Justine noch ein paar Details besprechen. In einer Stunde komme ich bei Ihnen vorbei und hole mir Ihre Antwort.«

Katy beobachtete ihn argwöhnisch. Sie wußte, daß Justine seine Bedingungen akzeptierte, weil sie hoffte, sie könnte ihn, sobald er bei Gilchrist eingestiegen wäre, zum Bleiben überreden. Darin lag eine Chance, das mußte Katy zugeben. Eine weit in der Ferne liegende zwar, aber immerhin eine Möglichkeit. Jedenfalls war er endlich da, und das bedeutete schon einen großen Schritt nach vorn.

Katy überlegte blitzschnell. Luke zum Bleiben und zur Sanierung der Firma Gilchrist zu überreden, bot ihr letztendlich die beste Aussicht auf baldige Befreiung.

»Sie brauchen nicht auf meine Entscheidung zu warten«, sagte sie kühl. »Ich bleibe in der Firma.«

Jetzt war die Reihe an Luke, in aller Gemächlichkeit ein triumphierendes Lächeln aufzusetzen. »Ausgezeichnet.«

»Eine Zeitlang«, setzte Katy ruhig hinzu.

Luke zuckte mit einer Braue. »Wie lange?«

»Drei Monate«, versuchte es Katy aufs Geratewohl.

Luke dachte darüber nach. »Ich weiß nicht, ob ich Gilchrist innerhalb von drei Monaten wieder auf die Reihe gebracht habe. Die Sache kann vielleicht länger dauern. Nein, ich fürchte, ich kann eine zeitliche Begrenzung Ihres Engagements nicht akzeptieren. Ich muß wissen, daß ich so lange mit Ihnen rechnen kann, wie es notwendig ist.«

»Also gut, vier Monate«, sagte Katy schnell.

»Neun.«

»Sechs.«

»Einverstanden«, bemerkte Luke ein wenig zu beiläufig.

Katy knirschte mit den Zähnen. Sie war sicher, daß er mit weniger zufrieden gewesen wäre, wenn sie vorsichtiger taktiert hätte.

»Sie machen Ihrem Ruf gewiß alle Ehre, Mr. Gilchrist.«

»Nennen Sie mich doch Luke. Schließlich werden wir ja eng zusammenarbeiten. Sagen Sie, Katy, treffen Sie folgenschwere Entscheidungen hinsichtlich Ihrer Karriere immer, ohne Zeit aufs Nachdenken zu verschwenden?«

Katy fühlte, wie ihr heiß im Gesicht wurde. »Es war wohl kaum ein schwerwiegender Entschluß. Eher Erpressung. Wenn Sie mich jetzt entschuldigen, ich muß wieder an die Arbeit.«

Ohne eine Antwort abzuwarten, machte Katy auf dem Absatz kehrt und verließ rasch den Raum.

In der Diele wartete Mrs. Igorson auf sie. Die Haushälterin schaute sie verständnisvoll an. »Macht seinem Spitznamen alle Ehre, was?«

»Ja, wahrhaftig«, murmelte Katy.

Bastard.

Dann gewann ihr natürlicher Optimismus wieder die Oberhand, und ihre Stimmung hellte sich auf. Sechs Monate waren nicht so furchtbar schlimm, tröstete sie sich. Toll war's nicht, aber sie würde es überleben. Sie konnte die Zeit darauf verwenden, Räume und Rezepte für ihr kleines Restaurant zu suchen, in dem sie Essen zum Mitnehmen verkaufen wollte.

Jetzt kannte sie wenigstens den genauen Zeitpunkt ihrer Erlösung.

Katy konnte es kaum erwarten, das Datum in ihren Kalender einzutragen. Sie wollte die Tage zählen können, die sie noch von der Freiheit trennten.

4

Nachdem sich die Tür hinter Katy geschlossen hatte, herrschte im Wohnzimmer vielsagendes Schweigen. Luke empfand ein merkwürdiges Gefühl der Befriedigung. Immerhin hatte er im Kampf gegen einen Schutzengel gesiegt. Obwohl sonst die Tugend ungerechterweise immer im Vorteil war.

Er mußte beinahe lächeln, während er aufmerksam Katys Schritten lauschte, die sich allmählich entfernten. Nun war sie in seiner Gewalt. Sechs Monate lang würde sie ausschließlich ihm gehören. Es war ein schwindelerregender Gedanke, obwohl er gar nicht so genau wußte, was er mit ihr anfangen sollte.

»Du hast sie aus der Fassung gebracht«, unterbrach Justine schließlich das Schweigen.

»Tatsächlich?«

»Ja. Normalerweise kann sie nichts so leicht erschüttern. Außerdem ist sie meistens ausgesprochen fröhlich.« Justine runzelte nachdenklich die Stirn, als sie ihre Kaffeetasse aufnahm. »Ich frage mich oft, wie sie das fertigbringt. Es ist irgendwie nicht natürlich. Aber ich hab' sie wahnsinnig gern um mich, wirklich.«

»Hast du sie deshalb behalten? Weil sie dich amüsiert?«

Justine war nicht pikiert. »Im Gegenteil, ich glaube eher, daß sie uns Gilchrists komisch findet. Das heißt, wenn sie nicht gerade verzweifelt ist über uns. Sie hat eine Stelle gesucht, und ich hab' ihr eine gegeben. Es war eine für beide Teile nützliche Übereinkunft. Ich weiß nicht, was ich ohne sie getan hätte, vor allem in den letzten zwei Jahren.«

»Ich weiß, daß sie Richard Quinnells Enkelin ist.« Luke ging wieder ans Fenster zurück.

»Ja. Sie ist Richards Enkelin. Die Ähnlichkeit ist unverkennbar. Das leuchtend rote Haar und die tiefblauen Augen hat sie von ihm geerbt. Ihre Mutter sah genauso aus, als sie so alt war, wie Katy jetzt ist.«

Luke runzelte die Brauen. »Justine ...«

»Ich werde den Tag in der Kirche nie vergessen, als uns allen schließlich klar wurde, daß dein Vater nicht erscheinen würde. Manche Braut wäre vor Scham fast gestorben. Aber Deborah Quinnell war unwahrscheinlich tapfer. Sie und ihr Vater bestanden darauf, daß die Gäste zum Empfang bleiben sollten. Richard meinte, solange er das Essen bezahle, würde es, verdammt noch mal, auch jemand essen.«

»Justine, ich möchte etwas klarstellen. Wenn unsere neue Verbindung funktionieren soll, muß es ein paar Grundregeln geben. Die erste ist, daß wir nicht über die Vergangenheit reden. Du und ich stehen in diesem alten Krieg auf entgegengesetzten Seiten, und wenn du die Feindseligkeiten nicht wieder aufnehmen willst, dann sprich nicht mehr davon.«

Justine preßte die Lippen zusammen. »Du hast sicher recht. Wirklich ein vernünftiger Beschluß. Aber du darfst es mir nicht übelnehmen, wenn ich möchte, daß du verstehst, daß es in der Fehde zwischen deinem Vater und uns zwei Parteien gab. Wir waren diejenigen, die an diesem Tag den Quinnells gegenübertreten mußten.«

»Und ihr wart diejenigen, die gleich nach der Hochzeit die Fusion zwischen Quinnell und Gilchrist abgeblasen habt. Es war eine Vereinbarung, und ihr seid ausgestiegen.«

Justines Gesicht wurde plötzlich hart. »Ich mußte das tun. Ohne die Heirat gab es außer der geschäftlichen Beziehung keine Verbindung zwischen den beiden Familien. Wer konnte wissen, was geschehen würde, wenn Richards Tochter, was sie dann auch wirklich tat, einen anderen Mann heiratete? Ich durfte nicht das Risiko eingehen, daß all das, wofür ich gearbeitet hatte, eines Tages in die Hände eines Außenstehenden fiel. Das kannst du sicher verstehen.«

»Ja, das verstehe ich«, bestätigte Luke. Weil es stimmte.

Er hätte an Justines Stelle die Fusion auch aufgegeben. Es war eine nüchterne Tatsache. In keiner Weise wollte er damit Sympathie für Justine bekunden. Seine emotionalen Bindungen lagen anderswo.

»Dein Vater hat alles verdorben, als er mit deiner Mutter davonlief«, bemerkte Justine mit Schärfe, und ihre Stimme gewann an Festigkeit, als sie den kleinen Triumph auskostete.

Luke lächelte etwas gequält. »Wenn wir davon ausgehen, daß ich nicht hier wäre, wenn er sich nicht in sie verliebt hätte, hast du sicher Verständnis dafür, daß ich die Situation ein bißchen anders sehe. Schau, Justine, jede Geschichte hat ihre zwei Seiten. Aber in meinem Fall ist es ganz klar, in welchem Lager ich stehe. Vertu deine Zeit nicht damit, zu versuchen, mich mit Propaganda für die andere Partei zu beeinflussen.«

Jetzt lächelte Justine beinahe. »Katy hat mich oft darauf hingewiesen, daß wir Gilchrists die Dinge gern stark vereinfacht sehen. Alles ist entweder schwarz oder weiß. Sie meint, wir hätten unsere Probleme mit den grauen Zwischentönen des Lebens.«

»Ich hab' keine Probleme damit.«

Justine nickte. »Weil du sie nicht mal siehst. Ich weiß. Fast mein ganzes Leben lang war ich auch so.« Sie hielt einen Moment inne. »Weißt du, Katy hat einen Blick dafür.«

»Menschen, die sich in Grauschattierungen bewegen, verlieren sich in Unentschlossenheit und Gefühlsduselei.«

»Du liebe Güte, es wird sicher interessant werden zu beobachten, wie ihr, du und Katy, miteinander umgeht.«

Luke zuckte die Schultern. »Katy und ich werden wunderbar miteinander auskommen, solange sie nicht vergißt, daß ich der Chef bin. Bis dahin reden wir beide nicht mehr über die Vergangenheit. Einverstanden?«

»Einverstanden.« Justine stellte ihre Teetasse ab. »Ich bin viel zu dankbar dafür, daß du endlich hier bist, als daß ich mit dir streiten wollte. Trotzdem entbehrt es nicht der Ironie, daß ausgerechnet Richard Quinnells Enkelin das Unmögliche geleistet und dich hierher gebracht hat.«

Lukes Augen wurden schmal. »Glaubst du, daß ich wegen Katy hergekommen bin?«

»Stimmt es denn nicht?«

Verdammt, er würde der alten Hexe gegenüber doch nichts zugeben. Tatsache war, daß er wirklich nicht genau wußte, warum er nach Dragon Bay gefahren war. »Ich bin hier, weil mir das Pacific Rim wie eine reife Pflaume in die Hand fällt. Als Geschäftsmann kann ich es mir nicht leisten, auf eine derart bequeme Ernte zu verzichten.« Das war zur Hälfte wahr. Er hatte vor, sich das Restaurant zu nehmen, wenn er hier fertig war.

»Katy Wade ist sozusagen auch eine reife Pflaume«, bemerkte Justine ruhig. »Ich meine, du solltest wissen, daß sie schon seit mehreren Jahren ein fast klösterliches Leben führt.«

Luke grinste verächtlich. »Na klar, das paßt zu den Flügeln und dem Heiligenschein.«

»Es ist wegen ihres Bruders«, antwortete Justine kühl. »Der Umstand, daß ein Teenager sozusagen Teil ihrer Aussteuer ist, wirkt auf die meisten Männer abschreckend. Ihr gesellschaftliches Leben ist für eine junge Frau ihres Alters viel zu stark eingeschränkt.«

Luke beobachtete den Nebel. »Meins in der letzten Zeit auch. Was, zum Kuckuck, willst du mir eigentlich sagen?«

»In einem Monat ist ihr Bruder mit der High-School fertig. Dann geht er ans College, und Katy ist zum ersten Mal in ihrem Leben frei. Sie hat ein Recht darauf, etwas von dem, was sie in all den Jahren versäumt hat, nachzuholen, und ich glaube, sie hat auch vor, das zu tun.«

»Sie erzählte mir, sie wolle sich selbständig machen«, meinte Luke zögernd.

»Ja, sie will furchtbar gern ein eigenes Geschäft aufmachen. Vielleicht ein naiver Traum, das gebe ich zu. Ich ermutige sie jedenfalls, auch einige andere Aspekte der Freiheit, nach der sie sich in den vergangenen Jahren so gesehnt hat, zu genießen.«

Luke zog eine Augenbraue hoch. »Meinst du, sie sollte sich Hals über Kopf in Liebesabenteuer stürzen?«

Justine nickte. »Sei nicht plump. Vielleicht ein oder zwei interessante Beziehungen, ja. Ich würde ihr wünschen, daß sie wirklich einmal eine leidenschaftliche Liebesgeschichte erlebt. Sie ist doch eine attraktive junge Frau. Ich befürchte nur, daß sie sehr viel verletzlicher ist als andere, erfahrenere Frauen ihres Alters, weil sie sich jahrelang so vieles versagen mußte. Ich möchte nicht, daß man ihr weh tut.«

Luke schaute Justine voll ins Gesicht. »Ist das etwa eine Warnung an meine Adresse?«

»Ja, ich glaube schon.« Justines Miene war undurchdringlich. »Es gab einen Mann, vor einem Jahr. Nate Atwood. Er pflegte sich mit Katy zu treffen, bis er Eden kennenlernte. Dann ließ er Katy fallen und heiratete meine Enkelin.«

»Atwood, so heißt also der Mann, von dem sich Eden vor sechs Monaten hat scheiden lassen?«

»Ja.« Justine preßte in heftiger Mißbilligung die Lippen zusammen. »Ich fürchte, er hat Katy benutzt, um an die Familie heranzukommen. Sein wirkliches Ziel war Eden. Eine Gilchrist wollte er heiraten, verstehst du? Er dachte, er könnte sich einen Vorstandsposten erschleichen bei Gilchrist, Inc. Jetzt macht er uns keine Schwierigkeiten mehr, aber ich will nicht, daß Katy noch einmal enttäuscht wird.«

»Ich werde dran denken. So, und jetzt, wenn du mich entschuldigst, gehe ich rauf und fange damit an, den Leuten zu zeigen, wer demnächst bei Gilchrist das Sagen hat.«

Justine rückte plötzlich im Sessel nach vorn. Es drängte sie, noch etwas loszuwerden. »Luke ...«

»Ja?«

»Ich weiß nicht, weswegen du wirklich hergekommen bist. Aber ich möchte dir sagen, daß ich dir dafür dankbar bin.«

»Vielleicht solltest du lieber erst mal abwarten, wie die Dinge sich entwickeln, bevor du dich entscheidest, ob du mir danken willst oder nicht.«

Justine betrachtete ihn eingehend. »Ich glaube, du bist derjenige, der noch nicht so recht weiß, wie es funktionieren wird. Du mußt übrigens irgendwo wohnen. Hast du dir schon Gedanken darüber gemacht?«

»Falls du mir hier im Haus ein Zimmer anbieten willst, vergiß es. Ich such mir selber was.«

»Nicht weit von hier, auf der Klippe, stehen ein paar kleinere Häuser. Katy und ihr Bruder wohnen in einem davon. Ich denke schon, daß du eins davon mieten kannst, wenn du willst.«

Luke zog den Vorschlag in Erwägung und hatte dabei das Gefühl, daß er sich immer tiefer in ein unsichtbares Netz verstrickte. Andererseits brauchte er eine Wohnung, bis er Gilchrist wieder auf die Beine gestellt hätte. Und er wollte in Katys Nähe sein. »Na schön.«

Er verließ das Zimmer und Justines Apartment, ohne Notiz von der verkniffen wirkenden Haushälterin zu nehmen. Im Vestibül angekommen, stieg er die Treppe zum zweiten Stock hinauf und ging dann den Flur im Südflügel entlang bis zu einem Raum, dessen Tür offenstand.

Die Frau am Schreibtisch sah rasch von dem Buch auf, das sie gerade las. Das Namensschild vor ihr wies sie als Liz Bartlett aus.

»Was kann ich für Sie tun?« fragte sie und beäugte ihn durch zwei überdimensionierte Brillengläser.

»Ich möchte zu Katy Wade«, sagte Luke.

Liz riß hinter ihrer Brille die Augen auf und legte ihr Buch weg. »Ja, Sir. Sie müssen Mr. Gilchrist sein. Ich sage ihr Bescheid, daß Sie da sind. Mr. Stanfield ist gerade bei ihr.« Sie griff nach dem Haustelefon.

»Nicht nötig«, meinte Luke. »Ich melde mich selber an.«

»Aber Mr. Gilchrist …«

»Schon gut. Sie arbeitet von jetzt an für mich.«

Er schritt auf die Zwischentür zu und öffnete sie, ohne anzuklopfen. Katy stand dicht neben einem Mann am Fenster. Sie waren offensichtlich ins Gespräch vertieft.

Das Paar fuhr wie ertappt auseinander, als die Tür aufging. Katy wirbelte herum und funkelte Luke erbost an. Die Augen des Mannes verengten sich einen Moment lang, dann lächelte er und streckte ihm die Hand entgegen.

»Luke Gilchrist? Herzlich willkommen bei Gilchrist, Inc. Ich bin Fraser Stanfield, der Sonderbeauftragte.«

Luke schüttelte ihm kurz die Hand. Er fragte sich unwillkürlich, ob dieser Mann einer von denen war, die in der Schlange standen und es kaum erwarten konnten, daß Katy endlich die Verantwortung für ihren Bruder los wurde. »Stanfield, gerade mit Ihnen wollte ich heute nachmittag reden. Ich möchte mir hier im Haus ein Büro einrichten.«

»Justines ehemaliges Büro hier nebenan wäre frei«, schlug Katy vor.

Luke nickte, wobei er Stanfield nicht aus den Augen ließ. »Kommen Sie um zwei rüber und bringen Sie mir eine kurzgefaßte Übersicht über die wirtschaftliche Lage der Restaurants und der Firma Gilchrist Gourmet.«

Frasers Lächeln wurde eine Spur blasser. »Ja, Sir.«

»Ich werde mich regelmäßig in der Hauptverwaltung der Gesellschaft sehen lassen. Zu Anfang sicher mehrmals in der Woche. Sie sorgen bitte dafür, daß ich dort auch ein Büro bekomme, ja?«

»Selbstverständlich. Kein Problem.«

»Gut.« Luke wandte sich an Katy. »Ich fahre morgen nach Oregon und hole ein paar Sachen. Am Nachmittag komme ich nach Seattle zurück und übernachte dort. Im Laufe des Nachmittags, des Abends und des nächsten Morgens möchte ich alle Mitarbeiter kennenlernen, die in den Restaurants und bei Gilchrist Gourmet arbeiten. Lassen Sie Liz für mich eine Übernachtung in einem Hotel in der City buchen, für morgen abend, ja?«

Katy nickte schnell. Sie wirkte erleichtert. »Selbstverständlich.«

Luke wandte sich zum Gehen, blieb aber noch einmal stehen. »Tja, ich brauchte eigentlich jemand, der sich um meinen Hund kümmert, wenn ich geschäftlich unterwegs bin. Ich hab' gedacht, ich könnte ihn bei Ihnen lassen.«

Katys Augen flackerten vor Entsetzen. »Ihr Hund? Bei mir? Ich glaube nicht, daß er mich mag.«

»Sie beide werden sicher bestens miteinander auskommen.« Luke nickte Fraser noch einmal zu und verließ das Büro.

Am nächsten Morgen saß Katy ihrem Bruder gegenüber am Frühstückstisch und sah zu, wie Matt den frischgepreßten Orangensaft hinunterschüttete und dazu riesige Mengen von Katys hausgemachtem Müsli in sich hineinschaufelte.

Matt war in der letzten Zeit wie ein Faß ohne Boden, dachte sie und mußte lächeln. Sie verbrachte unglaublich viel Zeit damit, ihm Futter vorzuwerfen und zuzuschauen, wie es verschwand. Aber die Mühe hatte sich gelohnt. Er war ein ansehnlicher junger Mann geworden. Die Morgensonne ließ sein hellrotes Haar aufleuchten, und ihr fiel wieder auf, wieviel breiter seine Schultern geworden waren.

Ihr kleiner Bruder wurde ziemlich schnell erwachsen, dachte sie. Es würde schon komisch sein, ihn im nächsten Jahr nicht mehr um sich zu haben.

»Was soll das heißen, Gilchrist will seinen Hund bei uns abgeben?« Matthew bestrich seine dritte Scheibe Toast mit Marmelade. Katy hatte das Brot am Abend vorher gebakken.

»Genau, was ich gesagt hab'. Er will heute bei den Restaurants und bei Gilchrist Gourmet die Runde machen, möchte mit den Geschäftsführern und Angestellten reden. Offensichtlich hat er das Gefühl, daß er das Monster nicht mitnehmen kann, also läßt er's bei uns.«

»Und ich soll es füttern und ausführen, hm?«

»So ist es. Abgemacht?«

Matt mampfte seinen Toast. »Dafür bist du mir was schuldig.«

»Ist mir klar.«

»Okay, abgemacht.«

Katy lehnte sich zurück. »Da bin ich aber erleichtert. Sie müßten in ein paar Minuten hier sein. Luke hat gesagt, er würde das Biest auf dem Weg in die Stadt hier abgeben. Ich hoffe, er bringt eine dicke Kette mit, damit wir die Kreatur draußen im Garten anbinden können.«

»Du glaubst also wirklich, daß der Bursche Gilchrist retten kann?«

Katy schnitt eine Grimasse. »Wenn überhaupt jemand Gilchrist retten kann, dann er.«

Matt schenkte sich Orangensaft nach. »Du kannst ihn nicht leiden, oder?«

»Ich glaube, es wird schwierig werden mit ihm«, bemerkte sie trocken. »Wie mit allen Gilchrists.«

»Mach dir nichts draus. Wahrscheinlich ist er die meiste Zeit in Seattle.«

»Damit rechne ich stark«, murmelte Katy.

Gerade als Katy im Begriff war, sich Milch über ihr eigenes Müsli zu gießen, klopfte es an die Tür.

»Ich mach schon auf«, sagte Matt. Er stand auf und ging in das vordere Zimmer, um die Tür zu öffnen.

Katy hörte Gesprächsfetzen und das unverkennbare Geräusch von Hundekrallen auf dem alten Holzfußboden. Ein paar Sekunden später erschienen Luke und Zeke im Durchgang zur Küche. Luke trug einen riesigen Sack Hundetrokkenfutter unter dem Arm, Zeke den Freßnapf im Maul.

Zeke war nicht angeleint, wie Katy mit Mißfallen registrierte. Und weit und breit keine starke Kette zu sehen. Sie starrte den Hund haßerfüllt an. Er glotzte böse zurück und ließ den Napf mitten in der Küche auf den Boden fallen. Dann stellte er sich beschützend darüber. Luke setzte den Sack mit Futter neben ihm ab.

Er trug einen schwarzen Pullover und schwarze Jeans. Es war offenkundig, daß er sich wie die übrige Familie an Schwarz halten würde. Aber Katy mußte zugeben, daß es ihm gut stand. Die Farbe unterstrich seine durchtrainierte männliche Erscheinung.

Luke merkte, daß sie ihn beobachtete, und seine Lippen kräuselten sich fast unmerklich. Die grünen Magieraugen glitzerten im hellen Morgenlicht. Katys Hände zitterten leicht, als sie nach ihrem Orangensaft griff. Sie würde sich von ihm nicht nervös machen lassen, schwor sie sich.

»Guten Morgen.« Luke blickte betont auf die Kaffeekanne, während Zeke einen Rundgang durch die winzige Küche antrat. »Was dagegen, wenn ich eine Tasse mittrinke? Ich hab' eine lange Fahrt vor mir.«

»Bedienen Sie sich«, gab Katy zurück. Sie machte keine Anstalten, aufzustehen.

»Danke«, sagte Luke und kramte im Schrank nach einer Tasse. »Ich stelle fest, daß Sie von Natur aus eine charmante Gastgeberin sind.«

Sie lächelte kühl. »Immer noch besser als das, was ich an Gastfreundschaft genießen durfte, als ich in Oregon bei Ihnen reingeschaut habe.«

»Worüber beklagen Sie sich?« fragte Luke und schenkte sich selbst Kaffee ein. »Sie wollten doch am selben Tag wieder zurückfahren, oder etwa nicht?«

»Soll ich dankbar sein dafür?«

»Ja.«

»Entschuldigen Sie bitte.« Matts Augen wanderten von Katys zu Lukes Gesicht hinüber, als er sich zu Zeke hinunterbeugte und ihn tätschelte. »Katy sagt, ich sei dazu auserwählt, Ihren Hund zu füttern. Wieviel frißt er denn so?«

»Sie hat also die Arbeit delegiert, tatsächlich? Ich hab' mich gefragt, wie sie sich aus der Affäre ziehen würde.« Luke trank einen Schluck Kaffee. »Mach seinen Napf zweimal am Tag bis oben hin voll. Wenn er anfängt, die Möbel anzuknabbern, gibst du ihm sicher lieber noch eine kleine Extraportion. Laß ihn morgens und abends am Strand entlanglaufen, dann kannst du ihn in der übrigen Zeit sich selbst überlassen.«

Matt nickte. »Verstanden.«

Luke lehnte lässig an der Theke und sah Matt aufmerksam an. »Ich bin dir sehr verbunden.«

»Natürlich.« Matt gab Zeke einen letzten freundschaftlichen Klaps und richtete sich wieder auf. »Also, ich mach mich jetzt besser auf den Weg, sonst komm ich zu spät zur Schule. Bis später dann.«

»Auf Wiedersehen«, sagte Katy. »Viel Glück bei der Mathearbeit.«

»Danke.« Matt packte seine Bücher ein. »Ach ja, beinah hätt' ich's vergessen. Kann ich heute abend dein Auto haben? Ein paar von uns wollen in die Stadt zu 'ner Show.«

Katy erstarrte. In der letzten Zeit bat Matt immer häufiger um ihr Auto, und er blieb bis in die frühen Morgenstunden weg. Es wurde allmählich schwierig, auf ihn aufzupassen. Er war ein guter Junge, das wußte sie wohl, und Dragon Bay nur eine Kleinstadt, aber sie machte sich trotzdem Sorgen.

»Das letzte Mal, als du mit deinen Freunden in einer Show warst, bist du erst um zwei Uhr morgens nach Hause gekommen, Matt.«

»Ich hab' dir doch gesagt, daß wir bei Jeff zu Hause noch so'n bißchen rumgemacht haben.«

»Es hat sich aber herausgestellt, daß seine Familie an dem Wochenende gar nicht in der Stadt war.« Katy war sich der Tatsache peinlich bewußt, daß Luke ihren Wortwechsel mit anhörte. »Sie hatten ihm nicht erlaubt, Freunde mitzubringen.«

Matt warf ihr einen angeödeten Blick zu. »Hör doch auf, dir Sorgen zu machen, Katy. Was kann einem in diesem langweiligen Kaff schon passieren? Außerdem bin ich beinahe achtzehn. Ich bin kein Kind mehr.«

Katy wappnete sich. Diese kleinen Wortgeplänkel wurden immer unerfreulicher. Sie wünschte sich, Luke wäre an diesem Morgen nicht Zeuge ihrer Auseinandersetzung. Die Dinge waren auch so schon kompliziert genug. »Matt, du kannst das Auto nehmen, aber ich möchte, daß du um zehn zu Hause bist. Morgen ist Schule.«

»Ach, komm schon, Katy, alle andern dürfen bis Mitternacht wegbleiben, auch wenn am nächsten Morgen Unterricht ist.«

Katy spürte, wie sie unter Lukes wachsamen Augen rot wurde. »Bitte keine Widerworte, Matt«, sagte sie gepreßt. »Wir haben vor langer Zeit vereinbart, daß während der Schulzeit um zehn Uhr Zapfenstreich ist. Und die Hausaufgaben?«

»Die mach ich während des Jobs.«

Peinlich berührt sah Katy verstohlen zu Luke hin und warf dann ihrem Bruder einen strafenden Blick zu. »Wir werden heute abend drüber reden, wenn du nach Hause kommst.«

Matt verdrehte die Augen. »Komm schon, Katy, du bist

doch nicht meine Mutter. Bis nachher.« Er war schon auf dem Weg zur Tür.

»Moment mal«, sagte Luke ruhig.

Matt zögerte. »Ja?«

»Hast du einen Teilzeitjob?«

»Klar. Haben alle. Ich und ein paar von den andern arbeiten in dem neuen Schnellimbiß in der Bay Street.«

Luke nickte. »Den kenne ich. Liegt dir was an dem Job?«

»Na, sicher.« Matt wurde immer verwirrter. »Damit bezahl ich das Benzin und sonst noch'n paar Sachen.«

»Dann sei um zehn zu Hause, wenn am anderen Morgen Schule ist. Kapiert?«

»Hä?« Matt starrte ihn verdutzt an.

»Du hast gehört, was ich gesagt habe«, fuhr Luke fort. »Ich bin einer Meinung mit deiner Schwester. Zehn ist spät genug. Zum Kuckuck, wahrscheinlich solltest du unter der Woche abends überhaupt nicht ausgehen.«

»Sind Sie verrückt?« Matt lief rot an vor Zorn.

»Meine geistige Gesundheit ist nicht dein Problem. Es ist nur so, daß ich ein berechtigtes Interesse am Seelenfrieden deiner Schwester habe, solange sie für mich arbeitet. Ich möchte nicht, daß sie tagsüber von ihrer Arbeit abgelenkt wird. Das heißt, ich wünsche nicht, daß sie sich Sorgen macht, weil sie nicht weiß, was du nachts vielleicht anstellst.«

»Wofür, zum Teufel, halten Sie sich eigentlich?« fragte Matt. »Sie können mich nicht rauswerfen lassen.«

Luke lächelte. »Mach dir nichts vor. Ich kann dich in einer Minute raussetzen lassen, wenn ich will. Deine Freunde übrigens auch. Ich brauche mich nur mit dem Besitzer von diesem Schnellimbiß ein bißchen zu unterhalten. Er wird die Sache genauso sehen wie ich.«

»Und wieso sollte er tun, was Sie ihm sagen?« fragte Matt herausfordernd.

»Ich habe ihn bei der Finanzierung des Restaurants und auch der beiden anderen, die er besitzt, beraten. Nehmen wir einfach mal an, daß er mir sehr dankbar ist. Wenn du den Job behalten willst, sei um zehn zu Hause.«

Matt schien total verblüfft. »Das ist doch nicht zu fassen.« Er wandte sich an Katy. »Läßt du ihn hier rumkommandieren? Das hier ist unser Haus.«

Katy war viel zu sehr damit beschäftigt, Lukes Einmischung zu verdauen, um antworten zu können. »Hm ...«

»Mach dich auf, Matt«, befahl Luke gelassen. »Wir sprechen uns, wenn ich wieder da bin. Noch mal vielen Dank dafür, daß du dich um Zeke kümmerst.«

»Verdammt ...!« knurrte Matt. Angesichts der Tatsache, daß Luke Katys Arbeitgeber war, bemühte er sich sichtlich, seine Wut im Zaum zu halten.

»Fluch nicht in Gegenwart deiner Schwester.«

Matt schenkte ihm noch einen letzten, haßerfüllten Blick, bevor er die Haustür hinter sich zuknallte.

Katy saß schäumend vor Wut am Tisch, bis ihr Bruder verschwunden war. Dann sprang sie auf. »Mischen Sie sich ja nicht noch einmal in dieser Weise in unsere Angelegenheiten ein, haben Sie verstanden? Unsere Probleme gehen Sie nichts an!«

Luke schaute sie an. Seine Augen waren unergründlich. »Ich glaube, Sie verstehen nicht viel von siebzehnjährigen Jungen.«

»Aber Sie natürlich!« fauchte sie ihn an.

»Mehr als Sie jedenfalls. Ich war selber auch mal einer.«

»Nein, tatsächlich?«

»Tatsächlich. Was man bei siebzehnjährigen Jungen nicht vergessen sollte, ist, daß man sozusagen die Methode ›Zuckerbrot und Peitsche‹ anwenden muß. Und man fängt immer mit der Peitsche an.«

»Wir reden immerhin über meinen Bruder. Ich hab' ihn von seinem achten Lebensjahr an selbst erzogen, und ich brauche Ihre Hilfe nicht.«

»Regen Sie sich ab, Katy. Ihr kleiner Bruder ist auf dem Weg, erwachsen zu werden. Er macht gerade eine schwierige Zeit durch.«

»Ich bin mir über Probleme wie Gruppendruck und das Bedürfnis nach Unabhängigkeit, mit denen junge Leute zu tun haben, im klaren. Liz hat mir zu diesem Thema ein Buch zu lesen gegeben.«

»Manche Bücher komplizieren die Dinge eher noch. Für siebzehnjährige Jungen sollte es einfache und verständliche Regeln geben. Ich hab' es Ihrem Bruder nur etwas leichter gemacht.«

»Leichter?« Katy wäre fast an ihrem Zorn erstickt. »Wie können Sie behaupten, Sie hätten es ihm leichter gemacht?«

»Versetzen Sie sich an seine Stelle. Wie soll er seinen Freunden gegenüber zugeben, daß er um zehn zu Hause sein muß, weil seine Schwester es verlangt? So was hört sich nach Schwächling an, das läßt sich nicht vermeiden. Es ist viel einfacher, ihnen zu erzählen, daß der Scheißkerl, für den seine Schwester arbeitet, ihn an die Luft setzen läßt, wenn er nicht rechtzeitig nach Hause kommt. Das werden die Kerle respektieren.«

Katy ließ sich auf ihren Stuhl fallen. Lukes Argument leuchtete ihr ein. »Das mit der Männlichkeit ist manchmal eine furchtbar schwierige Kiste.«

»Nur, weil Sie als Frau sich einen Reim drauf machen wollen.«

»Aber trotz allem hätten Sie sich nicht einmischen dürfen. Es ging Sie nichts an.«

»Alles um mich herum geht mich was an«, versetzte Luke. »Tut mir leid, wenn es Ihnen nicht gefällt. Sie sind diejenige, die mich in den Schoß der Familie zurückgeholt hat, das dürfen Sie nicht vergessen.«

»Woher sollte ich wissen, daß Sie sich so verhalten würden?«

»Auf Grund der Hinweise und Gerüchte hätten Sie sich doch denken können, daß ich nicht gerade Mr. Nettigkeit in Person bin.« Luke stellte seine Tasse auf der Theke ab und schaute auf die Uhr.

Katy blitzte ihn vernichtend an. »Sie hätten nicht in dieser Weise vorgehen dürfen.«

»In welcher Weise?«

»So zu tun, als läge es in Ihrer Macht, den Besitzer des Restaurants zu veranlassen, sich für eine Gefälligkeit zu revanchieren.«

Luke zuckte ungerührt die Schultern. »Es liegt tatsächlich in meiner Macht.«

Katy knirschte mit den Zähnen. »Verstehen Sie denn nicht? Sie geben ihm ein schlechtes Beispiel.«

Luke wirkte überrascht. »Ein schlechtes Beispiel wofür?«

»Für die ethische Seite geschäftlichen Handelns und Vorgehens«, schnauzte Katy ihn an, am Ende ihrer Geduld. »Ich will nicht, daß Matt glaubt, diese Art, Ziele durchzusetzen, sei anständig oder angemessen.«

Luke schenkte sich eine zweite Tasse Kaffee ein. »Sie funktioniert. Sie ist die Grundlage des Geschäftslebens. Es erstaunt mich, daß Sie so lange für Gilchrist, Inc. arbeiten konnten, ohne das zu bemerken.«

»Es entgeht mir nicht, daß manche Leute sich nicht zu schade sind, zu solchen Methoden zu greifen«, gab Katy zurück. »Aber ich will nicht, daß bei Matt der Eindruck entsteht, sie seien die richtigen.«

»Matt sollte, ohne sein Gesicht zu verlieren, seinen Kumpels klarmachen, daß er um zehn zu Hause sein muß. Dafür habe ich gesorgt. Das ist alles, mehr nicht. Verdrehen Sie die Tatsachen eigentlich immer so?«

»Ich verdrehe sie nicht. Ich versuche, Ihnen etwas sehr Wichtiges zu erklären.«

»So ist es.« Er schaute auf seine Uhr. »Leider muß ich jetzt gehen. Ich hoffe, wir können diese faszinierende Diskussion über die Ethik des modernen Geschäftslebens ein andermal fortsetzen.«

Katy seufzte. »Sie haben offensichtlich nie die Aufgabe gehabt, einen Teenager zu erziehen. Ich nehme an, Sie meinen es gut.«

»Seien Sie sich dessen nicht so sicher. Es gut zu meinen ist nicht mein vorrangiges Ziel im Leben.«

»Warum haben Sie sich dann eingemischt?« fragte sie.

»Aus Gründen der Effizienz. Wie ich Ihrem Bruder schon sagte, brauche ich Ihre ungeteilte Aufmerksamkeit im Büro. Ich will nicht, daß Sie sich wegen Familienproblemen den Kopf zerbrechen.«

Katy klopfte irritiert mit dem Löffel gegen den Rand ihrer Müslischüssel. »Ich hab' mir schon seit längerer Zeit Sorgen um meinen Bruder gemacht und es gleichzeitig geschafft, meine Arbeit zu tun. Das hat mich weit weniger abgelenkt als die Probleme mit Ihrer Familie.«

»Na ja, der Job hat jedenfalls darunter gelitten. Gilchrist steckt in einem höllischen Schlamassel.«

Katy errötete heftig. »Das ist nicht meine Schuld, verdammt noch mal. Ich habe mein Bestes gegeben. Als Ihre Großmutter erst mal anfing, die Zügel schleifen zu lassen, war nichts mehr zu machen. Außerdem bin ich ihre persönliche Assistentin. Meine Aufgabe war es, Vorgänge für sie zu koordinieren, nicht ihre Firma zu leiten.«

»M-hm.« Luke klang nicht überzeugt.

Katy biß sich auf die Lippen. »Wollen Sie damit sagen, daß es schlechter steht, als es mir bewußt ist, oder sind Sie mit Absicht begriffsstutzig?«

»Ich meine, daß wir echte Probleme haben.« Luke beugte sich hinunter, um Zeke zu streicheln. »Ich werde mehr darüber wissen, wenn ich aus Seattle zurück bin.«

Katy ließ vor Schreck ihren Löffel fallen. »Was soll das heißen? Was ist los?«

»Nicht alle Verluste, die Gilchrist in der letzten Zeit verzeichnen mußte, sind durch die Wirtschaftslage oder Mängel im Topmanagement bedingt. Ich bin der Ansicht, daß im Fall der beiden Restaurants und des Gilchrist Gourmet Projekts eine Person, die auf Leitungsebene arbeitet, aktiv dazu beigetragen hat, daß sie in der Patsche sitzen.«

Katy war entsetzt. Sie sprang von ihrem Stuhl auf. »Meinen Sie, daß Gilchrist ein Opfer von Unterschlagung oder so etwas ist?«

»Oder so etwas. Ich weiß noch nicht, was genau sich dort abspielt.«

»Du lieber Himmel.« Katy starrte ihn entgeistert an. »Wer würde denn so etwas tun?«

Luke bedachte sie mit einem leicht angewiderten Blick. »Katy, ich hab' eine Blitznachricht für Sie: Es gibt da draußen in der richtigen Welt eine Menge Leute, die ihre Flügel und ihren Heiligenschein zu Hause lassen, wenn sie zur Arbeit gehen.«

»Ja, das weiß ich. Ich bin nicht naiv. Aber Gilchrist ist doch keine so große Firma. Wenn ein Mitarbeiter sie absichtlich sabotiert, ist es möglicherweise jemand, den ich persönlich kenne.« Katy wurde bei dem Gedanken daran fast schlecht. »Ein Freund vielleicht ...«

»Schon möglich.« Luke stieß sich von der Theke ab und stellte seine Tasse hin. »Könnte sich sogar um ein Mitglied der Familie handeln.«

»Du lieber Himmel.« Katy setzte sich wieder. »Das kann nicht Ihr Ernst sein.«

»Ich hab' Ihnen erklärt, daß ich noch nicht genug weiß, um sagen zu können, wer dahinter steckt. Aber die Wahrscheinlichkeit ist gegeben, daß Mitglieder der Familie nicht auszuschließen sind.«

»Es ist empörend, auch nur anzudeuten, jemand aus der Familie könnte die Firma schädigen wollen. Das wäre das letzte, was sie tun würden. Du liebe Zeit, da käme ich ja noch eher in Frage als ein Gilchrist.«

Luke lächelte flüchtig. »Ich gebe zu Protokoll, daß Sie die letzte Person sind, die ich verdächtigen würde.«

Aus irgendeinem Grund wurde ihr bei diesem Kompliment warm ums Herz. Sie fühlte, daß sie vor Freude rot wurde. »Wahrscheinlich sollte ich Ihnen dafür danken, daß Sie so etwas wie Respekt für meine jahrelange Treue Justine und der Firma gegenüber aufbringen«, meinte sie schroff.

»Zum Kuckuck mit Ihrer jahrelangen Treue. Sie haben nicht gerade ein Pokerface, Katy. In Ihrem Gesicht kann man lesen wie in einer Zeitung. Alles, was Sie fühlen, steht in Ihren Augen. Wenn Sie in irgend etwas Zwielichtiges verwickelt wären, wüßte ich es.«

Die Wärme, die sie eben noch gespürt hatte, verwandelte sich in Eis. »In Ihren Augen bin ich also wie eine Fünfjährige, die es nicht mal fertigbringt, einen Bonbondiebstahl zu planen.«

»Ich glaube, daß Sie's schaffen würden«, meinte Luke nachdenklich. »Helle genug sind Sie. Aber es fällt mir schwer, mir vorzustellen, daß Sie ihn hinterher abstreiten könnten.«

Katy fing allmählich an, sich wirklich über seine herablassende Art zu ärgern. »Sie kennen mich nicht so gut, wie Sie glauben.«

Diese Möglichkeit schien Luke nicht zu stören. »Wir werden sehen. Sprechen Sie mit niemandem über diese Bagatelle, bis ich wieder da bin. Nicht mal mit Justine. Ich muß erst noch ein paar Antworten auf meine Fragen bekommen, bevor ich die Geschichte in einem größeren Rahmen bekanntmachen kann.« Er schaute noch einmal auf seine Uhr. »Ich sollte mich jetzt besser auf den Weg machen.«

»Gehen Sie nur, niemand hindert Sie daran.«

»Sie sind wohl ziemlich sauer auf mich, was?«

»Ja, das bin ich tatsächlich.«

Luke nickte. »Gut. Also, ich bitte um Entschuldigung. Wollte Sie nicht damit beleidigen, daß ich gesagt habe, Sie seien grundehrlich. Zum Kuckuck. Und Sie glauben, Männer seien kompliziert.« Er ging auf die Tür zu. »Zeke, alter Junge, du bleibst hier. Sie haben gutes Futter.«

Zeke ließ einen klagenden Ton hören und setzte sich dann mitten in der Küche neben seinen Freßnapf. Sein buschiger Schwanz klopfte heftig auf den Boden, während er zusah, wie Luke Anstalten machte, aufzubrechen.

Luke blieb vor Katy stehen. Er faßte sie mit einer Hand leicht unter das Kinn und hob ihr Gesicht an. »Ob Sie es wissen oder nicht, wir haben ein gutes Geschäft gemacht, Katy.«

»Ein gutes Geschäft?« Katy verstummte. Ihr Pulsschlag begann mit einem Mal zu rasen. Ein Teil von ihr befürchtete, daß sie bei der leisesten Bewegung von einer hohen Klippe stürzen und in der unergründlichen Tiefe seiner grünen Augen versinken würde.

Luke lächelte eigentümlich. »Ich erklär's Ihnen später. Passen Sie inzwischen gut auf meinen Hund auf.« Er beugte sich zu ihr hinunter und streifte flüchtig und besitzergreifend zugleich ihre zuckenden Lippen mit seinem Mund.

Dann war er fort.

Katy blieb eine ganze Zeitlang auf ihrem Platz sitzen. Sie holte ein paarmal tief Luft, um ihre in Aufruhr geratenen Gefühle zu beruhigen. Sobald sie glaubte, sich wieder im Griff zu haben, nahm sie sich den Hund vor.

»Daß du mir ja keinen Ärger machst«, sagte sie streng.

Zeke konzentrierte seinen Blick auf ihre halbvolle Müslischüssel.

»Was erwartest du von mir? Soll ich dich bestechen?« Sie stand auf und kippte die Reste ihres Frühstücks in seinen Napf. »Bitte sehr. Friß mir das Essen ruhig vor der Nase weg. Egal, ob's mir was ausmacht. Ich bin hier nur die bezahlte Haushaltshilfe.«

Zeke verschlang die Getreidekörner und die Milch auf einen Sitz. Dann streckte er sich mitten in der Küche neben seinem Futternapf aus und fiel sofort in tiefen Schlaf.

Katy war unschlüssig, ob sie nicht versuchen sollte, den Hund draußen anzubinden, bevor sie zur Arbeit ging. Aber Zeke schien nicht geneigt, sich zu bewegen, also verzichtete sie darauf, räumte den Tisch ab und füllte Zekes Napf mit Hundefutter. Dann musterte sie sich im Spiegel. Ihr langärmeliges grünes Kleid fiel in weichen Falten bis zur Wadenmitte. Der breite Gürtel betonte ihre schmale Taille. Sie fuhr sich noch einmal mit der Bürste durchs Haar, schob den Riemen ihrer Ledertasche über die Schulter und verließ das Häuschen durch die Vordertür.

Eine frische Brise zerrte an Katys Haaren, als sie die Klippen entlang zu Justines Villa ging. Sie betrachtete das helle Morgenlicht auf der ruhigen See und machte sich wieder einmal bewußt, wie glücklich sie sich schätzen konnte, daß Justine ihr vor so vielen Jahren den Posten als persönliche Assistentin angeboten hatte, der ihr nicht nur finanzielle Sicherheit bot, sondern auch die Möglichkeit gab, Matt in einer kleinen, ruhigen und sicheren Stadt aufzuziehen anstatt mitten in der City.

Dragon Bay lag nur eine Stunde Fahrt außerhalb von Seattle, aber es hätte genausogut auf einem anderen Planeten liegen können. Die Stadt war groß und modern genug, um alle Annehmlichkeiten des Lebens zu bieten, wie zum Beispiel Supermärkte, die sogar frisches Basilikum führten. Sie war aber auch klein genug, um eine niedrige Verbrechensrate und gute Schulen aufzuweisen und ein Gefühl der Sicherheit zu vermitteln. Es war gut gewesen, mit Matt an diesem Ort leben zu können.

Ein Grund mehr, Justine dankbar zu sein, dachte Katy.

Der Weg zur Villa dauerte zu Fuß nicht länger als zehn Minuten. Er führte sie an dem Häuschen vorbei, das Luke, wie sie wußte, mieten würde. Sie stellte fest, daß er, wenn er zu Hause war, von seinem Küchenfenster aus ihr Küchenfenster sehen konnte. Sie würde daran denken müssen, morgens die Jalousien herunterzulassen.

Während der zehn Minuten, die sie von ihrem Häuschen bis zur Villa brauchte, kreisten ihre Gedanken fast ausschließlich um das, was Luke ihr erzählt hatte. Die Vorstellung, daß eine Person, die sie kannte und der sie vertraute, möglicherweise die Firma Gilchrist gezielt schädigte, war schwer zu verkraften.

Sie erinnerte sich daran, daß Liz über die paranoide Persönlichkeitsstruktur gesprochen hatte und fragte sich, ob hier vielleicht Lukes Problem lag. Nur ein Mensch mit Paranoia würde unter den Mitgliedern seiner eigenen Familie nach Verdächtigen suchen.

Das hatte ihr gerade noch gefehlt, dachte Katy und schnitt eine Grimasse. Der Gedanke, in den nächsten sechs Monaten für einen vom Verfolgungswahn gepackten Chef zu arbeiten, war alles andere als erfreulich.

Aber das Allerbeunruhigendste war, daß ein Hexenmeister sie geküßt hatte.

Um fünf Minuten vor zehn an diesem Abend hörte Katy ihr eigenes Auto in der Einfahrt. Mit einem kleinen Seufzer der Erleichterung schaltete sie die Küchenmaschine aus. Matt kam nach Hause. Ungeachtet seiner Taktik regte sich in ihr Dankbarkeit Luke gegenüber. Dies war ein Abend, an dem sie sich nicht mit der Sorge quälen mußte, wo und mit wem Matt sich herumtrieb.

Sie füllte die Portion Pesto aus grünen Oliven und Petersilie, die sie gerade zubereitet hatte, löffelweise in eine Plastikdose und stellte sie in den Kühlschrank. Dann ging sie zum Durchgang hinüber und spürte ihre innere Anspannung, während sie darauf wartete, daß Matt hereinkam. Er würde wahrscheinlich ziemlich sauer sein wegen der Geschichte mit Luke.

Zeke hatte vor einer Weile seinen Freßnapf ins Wohnzimmer gebracht und lag nun ausgestreckt daneben. Er rollte sich gemächlich auf die Füße, als die Tür aufging und Matt hereinschlenderte.

»Ich bin wieder da!« rief Matt. Er hörte sich erstaunlich fröhlich an. »Hey, wie geht's dir, Zeke, alter Kumpel?« fragte er und beugte sich hinunter, um den Hund zu tätscheln. Dann sah er zu Katy auf. »Ich sollte vielleicht 'n paar Minuten mit ihm rausgehn.«

»Das wäre wahrscheinlich eine gute Idee«, sagte Katy vorsichtig. »Wie war denn der Film?«

»Och, ganz gut. Nichts Besonderes. Komm, Zeke. Los geht's, mein Freund.« Matt hielt die Tür auf. Zeke packte seinen Freßnapf und stürmte hinaus in die kühle Nacht.

»Matt?«

»Jaha?«

»Ich finde es gut, daß du heute abend rechtzeitig nach Hause gekommen bist.«

Matt zuckte die Schultern. »Es blieb mir ja nichts anderes übrig. Dein neuer Chef ist ein verdammt harter Scheiß ...«

»Matt!«

Matt grinste. »Doch, das ist er. Ich glaub', du hast recht. Falls überhaupt jemand Gilchrist retten kann, dann ist es wahrscheinlich er. Bis gleich.«

Hund und Junge verschwanden in der Nacht.

Katy fiel auf, daß echte Anerkennung in Matts Stimme gelegen hatte, kein Verdruß oder Zorn. Ihre Nervosität legte sich, und sie sagte sich, daß der Zwischenfall nur ein Beispiel für eines der rätselhaften Verbrüderungsrituale gewesen sein mochte, von denen sie gehört hatte.

Sie ging zur Theke hinüber, wo ihr aufgeschlagenes Notizbuch lag, und machte ein paar Eintragungen. Dieses letzte Pestorezept war wirklich vielversprechend. Die sämige, würzige Sauce würde gut zu Pasta aus Buchweizen passen, entschied Katy. Wenn sie morgen den Geschmackstest bestand, konnte sie definitiv in die Liste der Pestospezialitäten aufgenommen werden, die sie in ihrem Gourmetrestaurant für Gerichte zum Mitnehmen anbieten wollte.

Ihre Pläne für Pesto Presto hingen in der Schwebe, aber nur noch sechs Monate lang. Bald würde sie frei sein. Dann wäre ihr Bruder im College gut untergebracht und ihre Verpflichtung Justine gegenüber abgegolten.

Und dann wollte sich Katy Wade nicht mehr bremsen lassen. Sie wäre endlich ihr eigener Chef, Meisterin ihres Schicksals, ihrer selbstbestimmten Zukunft.

Freiheit.

Das Wort zerging ihr wie Nektar auf der Zunge.

5

Katy erreichte die Wand des Schwimmbads, machte unter Wasser eine saubere Wende und schoß dann auf das gegenüberliegende Ende des Beckens zu. Sie schwamm mit kraftvollen Stößen, um nach dem Arbeitstag ihre innere Anspannung zu lösen.

Luke war am Morgen zurückgekommen. Er wirkte verbissen und geistesabwesend und ging gleich nach nebenan in sein neues Büro, von wo aus er sofort eine Menge Anweisungen ergehen ließ. Katy und Liz verzichteten auf ihr Mittagessen, um den Riesenhaufen Arbeit durchzuackern, den er vor ihnen auftürmte.

Liz hatte schon die Befürchtung geäußert, der neue Chef sei womöglich ein Leistungsfanatiker. Aber Katy versicherte ihr, er gebe wahrscheinlich einfach gern Befehle. Dies sei ein typischer Charakterzug der Gilchrists.

Ein paar Stunden Arbeit würden Katy auch an diesem Abend erwarten, wenn auch nicht von der Art, die sich im Büro erledigen ließ. Ein königlicher Befehl aus Justines Apartment war an sie ergangen. Mrs. Gilchrist empfing die Familie in ihrem Haus, und es wurde erwartet, daß alle Familienangehörigen und Katy erschienen.

Katy fand wenig Gefallen an solchen Zusammenkünften. Sie gehörte nun einmal nicht zur Familie, und daran war nicht zu deuteln. Viel zu oft war ihr bei den leicht in Hitze geratenden Gilchrists die Rolle der Friedensstifterin zugefallen.

Langsam glitt sie durchs Wasser und genoß das Gefühl der Freiheit, das die Bewegung ihr vermittelte. Das verglaste Schwimmbad war an die Hinterfront der Villa angebaut und früher ein Wintergarten gewesen, bis Justine das blaugekachelte Becken hatte anlegen lassen. Viele der exotischen Treibhauspflanzen gediehen in der feuchten Luft auch weiterhin.

Justine kam jeden Morgen pünktlich um sieben Uhr zum Schwimmen hierher. In der übrigen Zeit des Tages war das Becken leer, bis Katy um fünf eintraf, um ihrerseits zu schwimmen. Dies war sicherlich eins der Privilegien, die sich aus der Arbeit für Justine Gilchrist ergaben, dachte sie, als sie weiterschwamm. Sie wußte wirklich nicht, wie sie den Streß ohne die Entspannung hätte aushalten sollen, die das nachmittägliche Schwimmen ihr ermöglichte.

Es gab Tage, an denen Katy den Druck, der auf ihr lastete, besonders stark empfand, und dann durchpflügte sie von fünf Uhr an das Becken. Sie schwamm bis zur Erschöpfung und ließ das Wasser weiß aufschäumen, während sie ihre Bahnen zog. Wenn sie sich völlig verausgabt hatte, kletterte sie hinaus und fühlte beim Abtrocknen, daß ihr vor Anstrengung die Beine zitterten.

Heute war nicht so ein Tag, dachte sie. Heute suchte sie nur die Heiterkeit und das Wohlbehagen, die der Aufenthalt im Wasser ihr boten.

Diese Erkenntnis traf sie wie ein Blitz, und eine Welle der Erleichterung durchströmte sie. Sie konnte sich loslassen, auch wenn sie während der nächsten sechs Monate für einen Sklaventreiber würde arbeiten müssen. Die Last, Gilchrist, Inc. retten zu müssen, war ihr von den Schultern genommen. Diese Verantwortung war dem Bastard zu treuen Händen übergeben worden.

Katy erreichte das Ende des Beckens, stützte beide Hände auf den gekachelten Rand und stemmte sich mit einem Schwung hoch, so daß das Wasser an ihr herunterrauschte. Als sie sah, wer vor ihr stand, wäre sie vor Schreck beinahe wieder untergetaucht.

Maureen Gilchrist, Justines äußerst beeindruckende Schwiegertochter, ragte hoch und schlank vor ihr auf. Ihr Mann, Lukes Onkel Hayden, und ihre beiden Nachkommen Eden und Darren hatten sich um sie geschart.

Maureen lächelte entschlossen, als Katy aus dem Wasser stieg. »Da sind Sie ja, Katy. Wir sind gerade gekommen und haben schon nach Ihnen gesucht. Mrs. Igorson meinte, Sie wären wahrscheinlich hier.«

Lukes Tante war keine gebürtige Gilchrist, aber sowohl ihrem Charakter als auch ihrem Aussehen nach fügte sie sich hervorragend in den Clan ein. Die männlichen Gilchrists fühlten sich offenkundig alle zu großen, dunkelhaarigen Frauen von edlem Wuchs hingezogen. Maureen teilte außerdem die Vorliebe der Familie für die Farbe Schwarz.

An Maureen verwandelte sich ein einfaches, gerade geschnittenes schwarzes Abendkleid mit Hilfe einer schweren Kette aus Bergkristall und Jett in eine theatralische Gewandung. Ihr diskret nachgetöntes schwarzes Haar war kurz geschnitten und äußerst kultiviert gestylt.

»Hallo, Maureen, Hallo, Hayden.« Katy lächelte Lukes Cousine Eden und seinem Cousin Darren freundlich zu. »Schön, Sie alle wiederzusehen.«

»Blieb uns nichts anderes übrig«, meinte Hayden düster. Er war ein typischer Gilchrist, auch mit sechzig noch eindrucksvoll und von aristokratischer Ausstrahlung. Um die Mitte herum hatte er ein wenig zugenommen, was ihn aber eher noch imponierender erscheinen ließ und der Wirkung seiner grünen Augen und scharfen Züge keinen Abbruch tat.

Hayden entsprach sicherlich nicht Katys Vorstellung von einem erfolgreichen Künstler. Aber wahrscheinlich war es keinem Gilchrist je gegeben, wie ein Bohemien auszusehen. Sein angeborener Sinn für Selbstinszenierung würde geschmackliche Katastrophen wie ausgebeulte, farbenbekleckste Hosen und ungepflegte Bärte nicht zulassen. In dem gutgeschnittenen schwarzen Jackett und den schwarzen Hosen, die er an diesem Abend trug, hätte man ihn für den Vorstandsvorsitzenden einer nicht unbedeutenden Aktiengesellschaft oder einen eleganten Vampir aus der Alten Welt halten können.

»Mutter hat die Familie einberufen, wie Sie wohl bemerkt haben werden«, setzte Hayden hinzu.

Die Schärfe in seiner kultivierten Stimme verriet etwas von dem Groll, den er Justine gegenüber sein ganzes Leben lang gehegt hatte. Daß sie seine Begabung nicht zu würdigen wußte, wurmte ihn seit Jahren, und auch die größten künstlerischen Erfolge vermochten ihn nicht dafür zu entschädigen.

»Wie es scheint, sind wir hier, um den verlorenen Enkel im Schoß der Familie willkommen zu heißen«, meinte er. »Hat er sich schließlich doch einverstanden erklärt, es auf sich zu nehmen, unsre Ärsche zu retten, was?«

»So war es gedacht.« Katy hob ihr Handtuch auf und fing an, sich abzutrocknen. Wie üblich fühlte sie sich mit all den Gilchrists um sie herum winzig. Sie überragten sie turmhoch, elegant, dunkel und raubtierhaft.

Darren, schlank, mit schwarzen Haaren und grünen Augen wie die restliche Familie, lümmelte sich mit sorgloser Ungezwungenheit in einem der Sessel am Beckenrand. Er trug ein modisches, anthrazitgraues Jackett und legere Hosen, die sein gutes Aussehen und seine vornehme Erscheinung unterstrichen.

Gegenwärtig leitete Darren das Restaurant am Union Lake als Geschäftsführer. Es war das neueste in der Gilchrist-Gruppe. Das Lokal hatte Niveau und war beliebt, und unter Darrens Leitung nahm es eine erfreuliche Entwicklung. Darren bewies durchaus Geschäftssinn, und das wußte er auch. Es ärgerte ihn, daß Justine seine schlummernden Talente nicht anerkennen und ihn dafür mit ihrer Nachfolge belohnen wollte.

Er war erst siebenundzwanzig, aber in seinem Blick lag schon ein Schatten von Verbitterung, vielleicht sogar von Resignation.

Darren lächelte Katy mit trägem Charme zu, während sie ihre Beine abtrocknete. Seine Augen wanderten über ihren knallblauen einteiligen Schwimmanzug und verweilten am hohen Beinausschnitt des Trikots an ihren Oberschenkeln. Sie wickelte sich rasch das Handtuch um. In Darrens Blick lag nicht mehr als ein müßiges männliches Interesse, aber schon das machte Katy befangen.

»Na, wie geht's, Katy? Wie ist das denn so, wenn man für den Bastard arbeitet?« fragte Darren mit ironischer Anteilnahme.

Aus keinem anderen Grund als ihrem angeborenen Instinkt, jedem beizustehen, den sie unter Beschuß glaubte, beeilte sich Katy, Luke zu verteidigen. »Ehrlich gesagt, eigentlich ganz gut. Ich merke schon einen Unterschied im Verwaltungsablauf. Ich glaube, Gilchrist ist jetzt in guten Händen.«

»Das wollen wir stark hoffen«, murmelte Eden. »Immerhin steht ein Vermögen auf dem Spiel.« Mit ihren dreißig Jahren war sie drei Jahre älter als ihr Bruder, aber der Altersunterschied war kaum wahrnehmbar. Ähnlich wie Justine würde sie dank ihrer feingeschnittenen Gesichtszüge und ihrem schlanken, schmalknochigen Körperbau bis zum Tag ihres Todes alterslos erscheinen.

Sie trug ein schlichtes, schmal geschnittenes Kleid aus schwarzer Seide und ein silbernes Halsband. Ihr schwarzes, knapp schulterlanges Haar bog sich in elegantem Schwung nach außen, ganz im Stil der dämonischen Verführerinnen in den klassischen Filmen der *série noire*. Der blutrote Lippenstift auf ihrem feingezeichneten Mund und die langen, scharlachroten Fingernägel taten ein übriges.

Eden hatte zumindest etwas von Justines rechnerischer Begabung geerbt. Ihr unterstand bei Gilchrist das Rechnungswesen, insbesondere das Lohnbüro.

Mit Liz' Amateurdiagnose im Hinterkopf betrachtete sich Katy die schlanke Gestalt Edens noch einmal genauer. Nein, sie war nicht magersüchtig, entschied sie erleichtert, aber zweifellos hatte sie abgenommen. Seit ihrer Scheidung vor sechs Monaten stand ein gehetzter Ausdruck in ihren Augen.

Die nächste Generation unbefriedigter Gilchrists, dachte Katy, als sie die eigenartige Versammlung verstohlen musterte. Auch ihre düstere Grundstimmung mußte als eine Art Erbteil betrachtet werden.

Für Maureens Melancholie konnte eine genetische Ursache allerdings nicht verantwortlich gemacht werden, sagte sich Katy. Aber es gab auch so reichlich Gründe für ihr Ressentiment. Katy wußte, daß sie sich sehr bemüht hatte, die perfekte Schwiegertochter zu sein, aber letzten Endes war die künstlerische Begabung ihres Mannes nur ins Lächerliche gezogen und ihr Sprößling von Justine übergangen worden.

»Ich nehme an, Mutter weigert sich immer noch, Vermögenswerte zu verkaufen«, meinte sie und sah verärgert aus.

»Sie will nichts davon hören.« Katy zog sich die Badekappe vom Kopf und schüttelte ihr Haar aus.

»Sie ist auf ihre alten Tage kindisch geworden«, erklärte Maureen. »Wir sollten zumindest die beiden angeschlagenen Restaurants abstoßen. Verluste in der Höhe wie im vergangenen Jahr können wir nicht mehr verkraften. Haben Sie ihr das gesagt?«

»Ich habe ihr vorgeschlagen, sie zu verkaufen, ja«, entgegnete Katy ruhig.

»Aber Sie konnten sie nicht überzeugen«, meinte Maureen verdrossen. »Glauben Sie, daß der Bastard sie dazu bewegen kann?«

»Ich weiß nicht, ob er's überhaupt versuchen wird«, versetzte Katy. »Bis jetzt habe ich noch keine Vorstellung von seinen Plänen. Er holt zunächst einmal Informationen ein und läßt im übrigen die Leute wissen, daß ein neuer Mann das Steuer übernommen hat. Er ist ja erst seit ein paar Tagen hier.«

Darren lächelte zynisch. »Lang genug, um zu sehen, daß von den fünf Restaurants nur drei Gewinn machen und Gilchrist Gourmet sich auf rasender Talfahrt befindet.«

Katy sah überrascht auf. Sie fragte sich, ob Darren wußte, daß Luke beabsichtigte, das Pacific Rim als Honorar für die Sanierung von Gilchrist, Inc. einzustecken. Offensichtlich nicht, entschied sie nach einem Blick in sein Gesicht. Sie jedenfalls würde ihn nicht darüber aufklären. Das konnte Justine tun. Oder Luke selbst. Er hielt bestimmt nicht hinter dem Berg mit seinen Absichten.

»Wenn Sie mich jetzt bitte entschuldigen wollen, ich muß mich zum Dinner noch umziehen«, murmelte Katy. »Sie bleiben über Nacht, nehme ich an.«

Hayden nickte. »Wir haben oben wieder unsere gewohnten Zimmer bekommen.« Seine Augen wurden schmal. »Ich glaube, die Art, wie Luke wieder in die Familie zurückgeholt wurde, gefällt mir nicht. Es ist ein Risiko. Er ist eine unbekannte Größe.«

»Ach, das würde ich nicht sagen.« Katy lächelte. »Er hat so vieles mit Ihnen gemeinsam. Ich glaube, wir haben Veranlassung zu hoffen, daß Gilchrist, Inc. überlebt. Was immer man sonst über Luke sagen könnte, in der Restaurantbranche kennt er sich jedenfalls sehr gut aus.«

»Es würde mich interessieren«, sagte Eden kühl, »warum der Bastard sich letztlich doch entschlossen hat, zu uns zu kommen.«

»Vielleicht hatte er das Gefühl, es wäre an der Zeit, mal seine Wurzeln zu erkunden«, schlug Katy munter vor.

»Na, sicher.« Darren lachte bitter in sich hinein. »Der Bursche tritt nach all der langen Zeit in unser Leben, weil er plötzlich ein tiefes Verlangen nach familiären Bindungen verspürt. Wenn Sie das glauben, kann ich Ihnen noch ganz andere Dinge verkaufen.«

»Ich finde, es liegt auf der Hand, daß er hergekommen ist, weil Justine ihm den Posten als Vorstandsvorsitzender von Gilchrist, Inc. angeboten hat«, verkündete Maureen. »Warum diese Frau nicht einsehen will, daß es auch auf dieser Seite der Familie einen reichen Vorrat an Talenten gibt, aus dem sie schöpfen könnte, geht über meine Begriffe. Verdammt noch mal, wir haben uns ihr gegenüber so viele Jahre hindurch loyal verhalten.«

Eden verzog ihren blutroten Mund. »Sie hat Luke dazu bewegen wollen, Gilchrist zu übernehmen, nachdem seine Frau und seine Eltern vor drei Jahren umgekommen waren. Die ganze Zeit über wußte er, daß er jederzeit bei ihr auftauchen und Gilchrist hätte leiten können. Warum hat er sich gerade jetzt dazu entschlossen, wo es der Firma schlechter geht denn je?«

»Gute Frage«, knurrte Darren. »Warum gerade jetzt? Wenn er geschäftstüchtig gewesen wäre, hätte er vor Jahren in die Firma einsteigen müssen, als alles noch rosig aussah.«

Die Hexenversammlung richtete anklagend ihre grünen Augen auf Katy, als erwarte sie von ihr eine einleuchtende

Erklärung. Sie lächelte ihnen kurz zu und zog sich in Richtung Ausgang zurück. »Wie gesagt, ich muß mich noch umziehen.«

»Aus Rache«, äußerte Hayden mit ominösem Unterton.

Katy räusperte sich verwirrt. »Wie bitte?«

»Deshalb ist er hergekommen.« Hayden nickte vor sich hin. Er starrte in das unbewegte Wasser, als könne er in seiner Tiefe die Zukunft lesen. »Mein Bruder Thornton konnte Justine nie verzeihen, daß sie mit der Frau, die er sich ausgesucht hatte, nicht einverstanden war. Diesen Groll hat er an Luke weitergegeben. Und nun sieht Luke eine Gelegenheit, seine Eltern zu rächen. Er ist hier, um Gilchrist auf dem Scheiterhaufen zu verbrennen.«

Eine unglückliche Wortwahl für diese Familie, dachte Katy. »Gilchrist ist von ganz allein ins Schleudern geraten«, gab sie hastig zu bedenken.

»Aber die Firma hätte möglicherweise überlebt«, entgegnete Maureen langsam. Ihr Blick ruhte auf ihrem Mann. »Wir hätten vielleicht ein paar von den Restaurants verloren und die Pläne für Gilchrist Gourmet zurückstecken müssen, aber wir hätten es höchstwahrscheinlich geschafft. Justine wäre schließlich vernünftig geworden. Sie ist nicht dumm.«

»Du hast recht.« Eden betrachtete nachdenklich ihre Mutter. »Luke weiß, daß uns das Wasser bis zum Hals steht, aber noch können wir schwimmen. Er hat wohl gemerkt, daß er selber herkommen und der Firma einen Schubs geben muß, wenn er will, daß sie wirklich untergeht.«

»Ja, er tut es aus Rache«, brummte Darren. »Das ist die einzig mögliche logische Erklärung. Verdammt, Justine wird ihm genug Handlungsfreiheit geben, um die ganze Familie ins Verderben zu stürzen.«

Katy war über die Schnelligkeit verblüfft, mit der sie alle den gleichen voreiligen Schluß zogen. »Jetzt halten Sie aber mal die Luft an. Ich bin sicher, daß Justine weiß, was sie tut. Sie hätte ihn niemals hergebeten, wenn sie glaubte, es bestünde die Gefahr, daß er die Firma willentlich zugrunde richtet. Sie wissen, wieviel Gilchrist ihr bedeutet.«

»Wir wissen aber auch, wie sehr ihr daran liegt, ihre Interessen zu wahren«, sagte Hayden. »Ihr Wunsch, dies zu tun, macht sie für manche Realitäten blind.«

»Ich glaube nicht, daß das der Fall ist«, erklärte Katy entschieden.

»Nehmen Sie's mir bitte nicht übel, Katy, aber Ihr Problem ist, daß Sie immer alles durch die rosarote Brille sehen«, bemerkte Eden. »Sie können manchmal schrecklich naiv sein.«

»Sie müssen's ja schließlich wissen«, murmelte Katy und fühlte, was selten geschah, Ärger in sich aufsteigen.

Eden zwinkerte, sichtlich verblüfft über Katys plötzliche Reaktion. Sie blieb doch sonst immer gelassen. Dann verengten sich ihre Augen. »Du liebe Zeit, Sie wollen mir doch nicht etwa Nate Atwood um die Ohren schlagen? Wann kapieren Sie endlich, daß ich Ihnen mit unserer Heirat einen Gefallen getan habe? Seien Sie dankbar dafür, daß er nicht statt meiner Sie geheiratet hat.«

»Bin ich ja«, sagte Katy. Aber das hieß nicht, daß ihre Demütigung damit vergessen war. Katy wußte, daß Nate überhaupt nicht der richtige Mann für sie gewesen war, aber dieses Wissen konnte das Gefühl, benutzt worden zu sein, nicht auslöschen.

»Vergessen Sie es«, sagte Darren ruhig. »Wir werden noch früh genug erfahren, was Luke vorhat.« Er lächelte Katy zu. »Wir treffen uns dann um sieben in Justines Suite.«

Katy nickte und hastete durch den Wintergartendschungel zur Tür. Es war jedesmal eine Erleichterung, wenn man dem Gezänk der Gilchrists entfliehen konnte.

Auf dem Rückweg zu ihrem Häuschen fiel ihr Haydens Bemerkung über Luke wieder ein, der die Firma Gilchrist auf dem Scheiterhaufen verbrennen wolle. Vielleicht sollte sie heute abend ihre schwer entflammbare Unterwäsche anziehen.

Sie hörte das Klopfen an der Haustür gerade, als es ihr gelungen war, endlich mit dem Reißverschluß an ihrem türkisfarbenen Kleid fertig zu werden. Mit gerunzelter Stirn betrachtete sie sich im Spiegel, denn sie befürchtete zu wissen, wer der Besucher war.

»Ich geh schon!« rief Matt aus der Küche, wo er am Tisch saß und lernte.

»Danke.«

Katy hielt den Atem an, als sie eine Haarsträhne hinter das Ohr schob und sie dort mit einem goldenen Clip befestigte. Einen Augenblick später hörte sie eine ihr wohlbekannte, tiefe Stimme aus dem Wohnzimmer.

»N'Abend, Matt«, sagte Luke zwanglos. »Sag deiner Schwester bitte, daß ich vorbeigekommen bin, um sie abzuholen, ja? Ich muß feststellen, daß mir die Lust fehlt, ganz allein in ein Zimmer voller Hyänen hineinzuspazieren.«

»Das kann ich Ihnen nachfühlen.« Matt gluckste vor sich hin. »Katy sagt immer, sie wird nervös, wenn so'n Haufen Gilchrists um sie rum ist.«

»Ach ja?«

»Aber sie spricht von Hexensabbat, wenn sie sich versammeln, nicht von Hyänen.«

»Matt«, schrie Katy aus dem Schlafzimmer, »halt den Mund!«

»Der Boß ist hier, Katy!« brüllte Matt zurück. »Er sagt, er hat 'ne Verabredung mit dir, für heute abend.«

Katy stöhnte, als sie im Spiegel sah, wie sie rot wurde. Nur einem Teenager konnte es einfallen, einen beruflichen Termin als Verabredung zu betrachten. Sie stieg in ein paar sehr hochhackige Schuhe und ging fast widerwillig ins Wohnzimmer.

Es verwunderte sie nicht, Luke in einem schwarzen Dinnerjackett, schwarzen Hosen und einem schneeweißen Hemd gefährlich gutaussehend anzutreffen. Sein mitternachtsschwarzes Haar glänzte im Schein der Lampe, und in seinen grünen Augen stand kühle Nachdenklichkeit. Er schenkte ihr einen anerkennenden Blick.

»Sehr schön.« Luke hielt ihr den Mantel hin. »Vergessen Sie Ihre Flügel und Ihren Heiligenschein nicht. Die können Sie heute abend gebrauchen, falls Sie sich schnell aus dem Hexensabbat davonmachen wollen.«

»Ich habe schon seit Jahren mit Gilchrists zu tun. Dafür braucht man weder Flügel noch einen Heiligenschein. Eher schon einen Stuhl und eine Peitsche.«

»Ganz, wie Sie meinen. Sagen Sie nicht, ich hätte Sie nicht gewarnt.« Dann wechselte er mit Matt ein paar Worte von Mann zu Mann. »Mach dir keine Sorgen um deine Schwester. Ich bring sie hinterher nach Hause.«

»Sicher, in Ordnung.« Matt grinste Katy an. »Bleib nicht über die Sperrstunde weg. Denk dran, daß du morgen wieder arbeiten mußt.«

Katy schnitt eine Grimasse. »Sei ohne Sorge, ich bleibe bestimmt nicht länger als unbedingt nötig. Ich wünschte wirklich, ich hätte nach zehn Uhr Ausgangsverbot. Das wäre eine wunderbare Ausrede, mich zu einer zivilen Uhrzeit verabschieden zu können.«

»Immer angenehm, mit einer Frau auszugehen, die sich so richtig auf den Abend freut«, bemerkte Luke trocken. »Also, auf geht's, damit wir's hinter uns bringen.« Er nahm Katy beim Arm und geleitete sie hinaus.

»Sie hätten mich nicht abzuholen brauchen«, meinte Katy, als er ihr die Tür seines schwarzen Jaguars aufhielt. »Ich geh gern zu Fuß. Die Gegend hier ist absolut sicher.«

»Um Ihre Sicherheit hab' ich mir keine Sorgen gemacht. Ich denke eher an meine eigene. Wie ich Matt schon sagte, bin ich derjenige, der heute abend eine Begleitung wünscht.«

Sie warf ihm einen neugierigen Blick zu, als er sich hinter das Steuer setzte. »Ich kann nicht glauben, daß Sie sich vor Ihren eigenen Angehörigen fürchten.«

»Ich hab' keine Angst vor ihnen. Ich bin nur nicht scharf darauf, einen Abend in Gesellschaft einer Meute von Hexen und Hexenmeistern zu verbringen.«

Katy war peinlich berührt. »Matt hätte diese Bemerkung Ihnen gegenüber nicht wiederholen dürfen. Es war eine plumpe Übertreibung. Ein dummer Scherz. Ich wollte nie unterstellen, daß ...«

»Denken Sie nicht mehr dran. Ich hab' Ihnen schon mal gesagt, daß Sie nicht besonders gut lügen können. Katy, ich möchte Ihre ehrliche Meinung zu folgendem hören: Welches Mitglied dieser Hexenversammlung hätte Ihrer Ansicht nach einen Grund, Gilchrist, Inc. zu schädigen?«

Katy starrte ihn sprachlos vor Erstaunen an. Dann verfinsterte sich ihr Blick. »Beschäftigen Sie sich immer noch mit diesem Verdacht?«

»Mehr denn je.« Luke manövrierte den Wagen vorsichtig auf die Straße und zeigte auf die Lichter der nahegelegenen Villa. »Irgend etwas geht dort vor.«

»Vergessen Sie die Sache, Luke. Niemand aus Ihrer Familie würde etwas Derartiges tun.«

»Mein Instinkt sagt mir, daß das, was hier abläuft, Insiderarbeit ist. Wenn ich die Schweinerei nicht im Lauf der nächsten beiden Monate unauffällig ausräumen kann, muß ich bei Gilchrist eine umfassende Sicherheitsprüfung durchführen lassen.«

»Ach, du liebe Zeit!« Gespannt beobachtete Katy sein Gesicht von der Seite. »Wie wollen Sie die Sache denn bereinigen, ohne Staub aufzuwirbeln?«

»Mit Hilfe eines unabhängigen Fachmanns für elektronische Datenverarbeitung. Es ist jemand, den ich seit drei Jahren ganz gut kenne. Er bestreitet seinen Lebensunterhalt mit dieser Art von Untersuchungen. Ich könnte sie auch selbst vornehmen, wenn ich die Zeit dazu hätte, aber ich bin dieser Tage, wo es bei Gilchrist an allen Ecken und Enden brennt, zu sehr mit Löscharbeiten beschäftigt. Ich kann mich nicht lang genug im Computer vergraben, um den Täter ausfindig zu machen.«

»Also, ich will einfach nicht glauben, daß es jemand aus der Familie oder der oberen Führungsebene ist. Und ich hoffe, Sie werden Ihren Mangel an Vertrauen in die Verwandtschaft für sich behalten«, sagte Katy mit Nachdruck. »Wenn die anderen Gilchrists merken, daß Sie einen von ihnen in dieser Weise verdächtigen, werden sie wütend und beleidigt reagieren.«

»Na und?«

Katy rollte verzweifelt die Augen zum Himmel. »Na und! Man erwartet von Ihnen, daß Sie als Oberhaupt der

Horde – ich meine, der Familie – handeln. Sie sollten versuchen, sich mit den anderen ins Benehmen zu setzen. Zeigen Sie ihnen, daß Sie nicht der Feind sind. Luke, es ist Ihre *Familie.*«

»Sie sind viel zu sentimental, Katy.«

»Ich möchte mir lieber ein Zuviel an Rücksicht der Familie gegenüber vorwerfen lassen, als ein abgebrühtes, kaltblütiges und gefühlloses Scheusal zu werden.«

»Ist es das, wofür Sie mich halten?«

Katy antwortete nicht gleich. »Ich glaube, Sie versuchen, es zu sein«, sagte sie vorsichtig. »Nach dem, was vor drei Jahren passiert ist, finden Sie vielleicht, daß es ungefährlicher ist, sich so zu verhalten. Luke, ich weiß, was Sie durchgemacht haben, und ich weiß auch, wie einem dann zumute ist.«

»Ach, wirklich?«

»Machen Sie sich nicht über mich lustig. Glauben Sie, ich wüßte nicht, wie groß die Versuchung ist, sich aus allem zurückzuziehen? Ich konnte es nicht tun, weil ich für Matt zu sorgen hatte. Aber auch Sie haben Familienangehörige, die auf Sie zählen. Es wird Zeit für Sie, aus Ihrem Schneckenhaus herauszukommen und sich wie ein Mann zu benehmen, der seiner Familie gegenüber Verpflichtungen hat. Sie sind ein Gilchrist, Luke, und es gibt noch ein paar andere davon, deren Schicksal von Ihnen abhängt.«

Er wirkte geradezu abstoßend belustigt. »Wieso sollte ich mich für einen Haufen Hexen und Hexenmeister verantwortlich fühlen?«

»Weil Sie einer von ihnen sind.«

»Nein. Ich bin keiner von ihnen. Ich bin der Bastard der Familie, vergessen Sie das nicht.«

»Sie sorgen dafür, daß ich's nicht vergesse«, erwiderte Katy gepreßt.

Luke schwieg einen Augenblick. »Ich möchte bloß wissen, ob Justine den anderen schon gesagt hat, daß ich beabsichtige, mir das Pacific Rim als Honorar dafür zu nehmen, daß ich der Familie den Arsch rette.«

»Ich habe keine Ahnung.«

Justine hatte es den anderen tatsächlich erzählt. Die Feindseligkeit, die ihnen entgegenschlug, als sie das Apartment betraten, war mit Händen zu greifen.

Hayden und Maureen kamen dann auch gleich zur Sache, als Mrs. Igorson den Sherry servierte.

»Du bist reichlich unverfroren, Luke«, knurrte Hayden. »Ich frage mich, was dein Vater dazu wohl gesagt hätte.«

»Mein Vater wäre gar nicht erst hergekommen, um die Arbeit für euch zu machen«, gab Luke zurück. »Das weißt du genausogut wie ich.«

»Du hast kein Recht, dir das erfolgreichste Restaurant als Honorar in die Tasche zu stecken«, erklärte Maureen empört. »Es ist ein Familienunternehmen.«

»Das sagt mir Katy auch immer wieder.« Luke schwenkte den Sherry in seinem Glas herum und stellte sich abseits von den andern ans Fenster.

Dort blieb er ganz allein für sich stehen, während die übrigen Familienmitglieder zum Angriff übergingen. Justine, die in ihrem schwarzsilbern melierten Abendkleid überraschend stark und königlich wirkte, verfolgte nachdenklich, wie einer nach dem anderen seinen Protest anmeldete.

»Es ist ungerecht!« rief Eden leidenschaftlich. »Es ist nicht in Ordnung! Du verdienst es überhaupt nicht, wieder in die Familie aufgenommen zu werden, und du hast bestimmt nicht das Recht, wie ein von außen kommender Unternehmensberater tätig zu werden.«

»Wenn's dir nicht gefällt, kannst du ja jemand anders beauftragen.« Luke trank einen Schluck von seinem Sherry und sah hinaus in die zunehmende Dunkelheit.

»Das ist nur eine Art Rache für das, was deinen Eltern vor siebenunddreißig Jahren passiert ist, nicht wahr?« Darrens Augen verengten sich. »Warum gibst du's nicht zu?«

Katy konnte es nicht länger aushalten. »Um Himmels willen, hören Sie doch endlich auf damit!« sagte sie scharf. »Luke ist bereit, die Firma zu retten. Geben Sie ihm eine Chance.«

Nun machten die Gilchrists mit blitzenden Augen geschlossen Front gegen sie.

»Nach dem, was Großmutter uns erzählt hat«, sagte Eden, »ist er nur hier, weil Sie ihn überredet haben, zurückzukommen. Haben Sie ihm für geleistete Dienste das Pacific Rim versprochen?«

Katy faßte ihr Sherryglas fester, aber ihre Stimme blieb ruhig. »Nein, das habe ich nicht getan. Niemand hat es ihm angeboten. Er hat nur angekündigt, daß er es als Honorar nehmen will. Das war ein Teil seiner Abmachung mit Justine.«

Maureen runzelte die Stirn. »Welche Rolle genau spielen Sie in der ganzen Geschichte, Katy? Ich stelle fest, daß Sie sich derzeit wohl in den inneren Zirkeln bewegen. Bisher dachte ich, Sie seien Justines persönliche Assistentin, aber in der letzten Zeit verhalten Sie sich eher wie ein Mitglied der Familie.«

Lukes kalte Stimme war vom Fenster her zu hören. Sie drang messerscharf durch das Gemurre und Genörgele der anderen. »Es reicht, Maureen. Und das gilt auch für die anderen. Zieht eure Krallen ein.«

Hayden zog die Augenbrauen hoch. »Wovon redest du eigentlich?«

»Ich mache euch darauf aufmerksam, daß Katy kein Freiwild ist. Sie arbeitet nicht mehr für Justine. Katy ist jetzt meine persönliche Assistentin. Sie untersteht daher meinem Verantwortungsbereich und muß niemand außer mir Rede und Antwort stehen. Ist das klar?«

Die anderen, einschließlich Katy, starrten ihn entgeistert an. Plötzlich dämmerte Katy die Erkenntnis, daß es in all den Jahren niemandem je eingefallen war, Partei für sie zu ergreifen. Im allgemeinen war sie diejenige gewesen, die den anderen zu Hilfe kam.

»Aber sie hat doch immer für Großmutter gearbeitet«, wandte Darren ein. »Schon seit sie in die Firma eingetreten ist.«

»Nun ja, jetzt arbeitet sie jedenfalls für mich.« Lukes Stimme klang gefährlich sanft. »Auch ein Teil der Vereinbarung, die ich mit Justine geschlossen habe.«

Stille hielt Einzug im Raum. Katy erriet die Gedankenspiele, die aus den Blicken Edens und ihrer Mutter sprachen. Sie hatte das Gefühl, daß die beiden Frauen schon dabei waren, weitergehende Schlüsse zu ziehen.

»Ich glaube, wir könnten jetzt zu Tisch gehen«, schlug Justine vor. Auf ihrem Gesicht lag ein eigenartiger Ausdruck, wie eine Andeutung von Triumph, als sie sich aus ihrem Sessel erhob und Haydens Arm nahm. »Wollen wir den Sitzungsort ins Eßzimmer verlegen?«

Niemand widersprach.

Dies war nicht gerade der angenehmste Abend, den sie bisher in Gesellschaft der Gilchrists verbracht hatte, fand Katy. Er schien sogar zu den schlimmsten innerhalb der letzten Jahre zu zählen.

Die Familie griff abwechselnd an und zog sich wieder zurück, gruppierte sich neu und schlug wieder zu, in ständigem Wechsel. Luke stand die Belagerung ungerührt durch und gab keinen Fußbreit Terrain auf. Meistens sah er eher gelangweilt aus.

Katy fühlte sich zunehmend bedrückt, bis die Mahlzeit endlich mit dünnen Käsescheibchen und Zitronenmousse beschlossen wurde.

Ihre Stimmung hellte sich etwas auf, als die andern sich zu Kaffee und Cognac wieder im Wohnzimmer versammelten. Die Rettung war nahe. Sobald der Kaffee getrunken war, würde sie gehen können.

Darren lächelte ihr mit einem Ausdruck zu, den man vielleicht als Sympathie bezeichnen konnte, während die anderen eine etwas sprunghafte Unterhaltung über die Zukunft von Gilchrist begannen. Er trug seine goldgeränderte Tasse dorthin, wo sie saß.

»Sie sehen aus, als könnten Sie ein bißchen Erholung brauchen.« Er nickte mit dem Kopf in Richtung Balkontür. »Was meinen Sie, sollten wir vielleicht ein paar Minuten auf den Balkon gehen, um frische Luft zu schöpfen?«

»Ja, gern.« Katy war immer recht gut mit Darren ausgekommen und ihm jetzt für diese freundschaftliche Geste dankbar. Sie stellte ihre Tasse ab und stand auf.

Luke, der mit Hayden gerade etwas zu besprechen schien,

schaute zu Katy hinüber, als sie hinter Darren her zum Balkon schlenderte. Sie konnte spüren, wie er ihr mit den Augen folgte, bis sie durch die Glastür hindurchging und sich damit seinen Blicken entzog. Der Schauer, der sie überrieselte, war nicht allein auf die abendliche Kühle zurückzuführen. Sie fühlte, daß Luke ihr Weggehen nicht gefiel.

»Uff.« Darren wischte sich mit einer übertriebenen Geste den Schweiß von der Stirn. »Also, die Neuigkeit ist wirklich wie eine Bombe eingeschlagen. Justine deichselt die Sache, darauf kann man Gift nehmen. Ich muß zugeben, daß ich nie geglaubt hätte, sie würde ihn hierherlocken. Vater hat mir erzählt, Großmutter hätte geschworen, nachdem Onkel Thornton mit seiner Sekretärin durchgebrannt war – und das ist schon so viele Jahre her – sie wolle, solange sie lebe, weder Thornton noch sein Flittchen oder ihren Sohn jemals wiedersehen. Und Onkel Thornton soll behauptet haben, was ihn angehe, so könne er durchaus damit leben.«

Katy hielt sich am Teakgeländer fest. »Justine muß damals sehr zornig gewesen sein. Ich weiß, daß sie sich furchtbar gedemütigt fühlte.«

»Hat Ihre Mutter den Gilchrists je verziehen?«

Katy lächelte. »Am Ende doch. Sie war ganz glücklich mit meinem Vater. Es wurde eine gute Ehe. Leider war mein Vater kein so guter Geschäftsmann wie sein Vater.«

»Genausowenig wie mein Vater das kaufmännische Genie, das Justine besitzt, geerbt hat. Verdammt, ich wünschte mir, Justine glaubte nicht einfach, auf unserer Seite der Familie sei jegliche Begabung verkümmert, nur weil mein Vater nichts davon mitbekommen hat. So etwas kann manchmal eine Generation überspringen.« Darrens Hand umklammerte das Geländer. »Ich will ja nur, daß sie mir eine Chance gibt.«

»Ich weiß, Darren. Es tut mir leid. Ich hab' versucht, mit ihr darüber zu sprechen, aber sie hat sich eingeredet, daß niemand außer Luke ihren Platz einnehmen kann. In der letzten Zeit konnte sie an nichts anderes mehr denken.«

»Bastard. Kommt zur Haustür rein und pflückt sich die reifste Frucht vom Baum. Ich kann's nicht fassen. Wie konnte Justine nur damit einverstanden sein, ihm das Restaurant, das am besten geht, als Honorar zu überlassen? So dringend sind wir doch nicht auf ihn angewiesen.«

»Justine glaubt es aber.«

»Verdammt.« Darren schaute auf sie hinunter, und sein Blick wurde plötzlich beschwörend. »Hören Sie, Katy, ich muß unbedingt mit Ihnen sprechen.«

»Das tun Sie doch gerade.«

»Privat. Ich muß etwas Wichtiges mit Ihnen besprechen. Hier, mit den andern nebenan ist mir das nicht möglich. Wann kann ich zu Ihnen kommen?«

»Jederzeit, denke ich. Ich bin morgen um acht im Büro.«

Darren schüttelte hastig den Kopf. »Nein, nicht in Ihrem Büro. Ich komm am späten Nachmittag bei Ihnen zu Hause vorbei.«

Katy zögerte einen Augenblick und zuckte dann die Schultern.

»Na gut.«

»Danke, Katy.« Er beugte sich zu ihr hinunter und küßte sie leicht auf die Wange. »Ich weiß es zu schätzen. Sie sind unserer Familie immer eine gute Freundin gewesen.«

Hinter ihr war kein Geräusch, aber trotzdem spürte Katy die Anwesenheit einer ihr wohlbekannten Person in der offenen Balkontür. Sie drehte sich um und sah, daß Luke dort stand. Das helle Licht aus dem Wohnzimmer hinter ihm blendete sie und warf undurchdringliche Schatten auf sein Gesicht.

»Wollen wir gehen?« Lukes Stimme klang ausdruckslos.

»Ja.« Erleichtert trat Katy auf ihn zu. »Ich hole nur meinen Mantel bei Mrs. Igorson. Gute Nacht, Darren. Bis morgen.«

»Abgemacht«, sagte Darren leise.

Luke sah ihn an und folgte dann Katy ins Wohnzimmer.

»Ich bring Katy nach Hause«, sagte er zu seiner Großmutter.

»Natürlich.« Justine nickte Katy zu. »Ich habe mich gefreut, daß Sie gekommen sind, meine Liebe. Grüßen Sie Matt von mir.«

»Ja, danke, das tu ich. Gute Nacht, Justine.« Katy gab ihr ein Küßchen auf die Wange. Sie wünschte auch den anderen eine gute Nacht und ging dann zu Mrs. Igorson, um ihren Mantel in Empfang zu nehmen.

»Kann es Ihnen nicht verübeln, daß Sie jetzt schon abhauen«, brummte Mrs. Igorson. »Wenn ich nur auch gehen könnte. Die Stimmung wird nicht gerade das sein, was man von Herzen fröhlich nennt, wenn Sie beide fort sind.«

»Bis jetzt ist es mir noch nie aufgefallen, daß es hier von Herzen fröhlich zuging«, bemerkte Katy trocken. »Aber was sollten die Gilchrists mit so viel Fröhlichkeit auch anfangen. Bis bald, Mrs. Igorson.«

Luke nahm Katys Arm und führte sie hinaus in die Nacht. Er sprach nicht, als sie in den Jaguar einstiegen und zu den Häuschen auf der Klippe zurückfuhren.

»Also, das war haargenau das gesellige Ereignis, das ich erwartet hatte. Heiter und unbeschwert.« Katy lehnte den Kopf gegen das Polster.

»Ja, ich denke auch, daß es genau so war, wie ich's mir vorgestellt hatte.« Luke starrte geradeaus in die Nacht. In einiger Entfernung konnte man das Licht sehen, das über der Eingangstür seines Häuschens brannte. »Kommen Sie doch noch auf einen Schlummertrunk mit rein.«

Katy spürte ein Prickeln, das aufregend und beunruhigend zugleich war. »Ist das ein Befehl vom Chef an seine Angestellte oder eine höfliche Einladung?«

»Ich lade Sie höflich ein. Wenn Sie ablehnen, muß ich womöglich einen Befehl draus machen. Mir ist nach Gesellschaft zumute, um mich zu entspannen. Der Tag war lang und der Abend noch länger.«

»Sie haben Zeke als Gesellschaft.«

»Zeke ist in vieler Hinsicht großartig, aber als Gesprächspartner nicht sehr ergiebig.« Luke parkte den Wagen in der Einfahrt seines kleinen Hauses.

»Ist Unterhaltung das, was Sie heute abend brauchen?«

Er zog den Zündschlüssel ab und sah sie an. »Wollten Sie was anderes?«

Katy fuhr zusammen. »Verflixt, wenn ich das wüßte. Natürlich komm ich auf ein Glas mit rein. Aber ich kann nicht lange bleiben, weil Matt auf mich wartet.«

»Weiß ich.«

Luke stieg aus dem Wagen und begleitete sie zur Vordertür. Zeke lag lang ausgestreckt auf dem Teppich im Wohnzimmer. Neben ihm stand der Freßnapf. Er zuckte mit einem Ohr und öffnete ein Auge, als Luke eine Lampe anknipste, machte aber keine Anstalten aufzustehen.

»Fabelhafter Wachhund«, bemerkte Katy.

»Zeke weiß, wann er sich aufregen muß und wann nicht. Ich mach eben Feuer an. Hier drinnen ist es kalt.«

Luke nahm Katy den Mantel ab und schlüpfte aus seinem schwarzen Jackett. Er lockerte seine Krawatte und öffnete den Hemdkragen, während er zum Kamin hinüberging. »Der Cognac ist in der Küche«, sagte er und ließ sich auf ein Knie nieder, um das Anmachholz zurechtzulegen.

Katy verstand die Aufforderung. »Klar.«

Sie ging in die Küche und durchsuchte ein paar Schränke, bis sie eine Flasche mit einem imponierenden französischen Etikett fand. Die Gilchrists, sogar der anscheinend völlig unverwöhnte Luke, hatten in diesen Dingen eben einen guten Geschmack. Sie goß den Cognac in zwei Gläser und brachte sie ins Wohnzimmer.

Luke hatte schon ein prasselndes Feuer in Gang gebracht. Als er sich nach ihr umdrehte, bemerkte sie die drahtig gekräuselten schwarzen Härchen in seinem Hemdausschnitt. Ihre Hand zitterte leicht, als sie die Gläser absetzte.

»Danke.« Luke richtete sich ohne Anstrengung auf und kam vom Kamin herüber, um sein Glas in Empfang zu nehmen.

»Also gut, worüber wollten Sie mit mir sprechen?« Katy setzte sich auf das Sofa und bemühte sich, unbefangen zu klingen. Der weite Rock ihres türkisblauen Kleids bauschte sich gefällig um ihre Beine.

»Verflixt, das ist mir völlig egal. Über irgendwas. Suchen Sie sich was aus.« Er ließ sich neben ihr auf die Couch fallen, lehnte sich bequem in die Kissen zurück und streckte die Beine weit von sich.

Der unerwartete Ausdruck von Müdigkeit in seinem Gesicht machte Katy betroffen. Sie runzelte besorgt die Stirn. »Fühlen Sie sich vielleicht nicht wohl?«

»Mir geht's gut.« Er starrte in die Flammen. »Ich glaube, ich bin die freundliche Wärme dieser Familienzusammenkünfte einfach nicht gewohnt.«

Eine Welle von Mitgefühl ließ Katy die eigene Nervosität vergessen. Er hatte es sicher nicht leicht, trotz seiner zur Schau getragenen Kälte und Arroganz. »Auch Ihre Familie wird einige Zeit brauchen, um sich an Sie zu gewöhnen. Aus irgendeinem Grund scheint sie Ihnen nicht zu trauen.«

Lukes Lippen kräuselten sich leicht. »Niemand hat je die Gilchrists dumm genannt.«

»Sie haben nicht gerade ein übriges getan, um sie hinsichtlich Ihrer Pläne zu beruhigen«, erinnerte Katy ihn sanft.

»Wozu mir die Mühe machen? Meine Absichten sind im Grunde überhaupt nicht ehrenhaft. Wissen Sie, ich will mir das Pacific Rim wirklich nehmen.«

Katy rückte steif an die Sofakante. »Vielleicht ändern Sie Ihre Meinung noch.«

»Verdammt, ich hab' tatsächlich eine Schwäche für gläubige Optimisten. Die machen die scharfsinnigsten Sprüche.«

»Wird es nicht allmählich anstrengend, immer den Bastard zu spielen?«

»Die Rolle ist mir wie auf den Leib geschrieben.«

»Ah ja.« Katy schlug die Beine übereinander und stellte sie dann schnell wieder nebeneinander. Sie setzte den einen Fuß hinter den anderen und preßte die Knie fest zusammen.

»Nun entspannen Sie sich doch mal«, empfahl ihr Luke gelassen. »Ich will nicht mit Ihnen schlafen.«

»Das hab' ich auch nicht angenommen.«

»Reden Sie doch mit mir.«

»Worüber denn?« Katy fühlte ihre Achselhöhlen feucht werden. »Die Gewinne im letzten Quartal?«

»Erzählen Sie mir was von Ihren großen Zukunftsplänen.« Luke schloß die Augen und lehnte sich in die Kissen zurück. »Was werden Sie tun, wenn Sie sich aus meinen Klauen befreit haben?«

Katy antwortete nicht sofort. »Ich hab's Ihnen schon gesagt – Pesto Presto eröffnen. Mein Spezialitätenrestaurant, Mahlzeiten zum Mitnehmen.«

Lukes Wimpern hoben sich fast unmerklich. »Warum bleiben Sie nicht einfach bei Gilchrist, wenn das Restaurantgeschäft Ihnen zusagt? Sie würden dabei wahrscheinlich mehr verdienen. Mit einem eigenen Betrieb könnten Sie ganz schön baden gehen.«

»Um es mal deutlich zu sagen – jahrelang habe ich Anweisungen von Gilchrists befolgt, und jetzt bin ich's leid. Ich will meine eigene Herrin sein.« Katy sah den Flammen zu, die über das Holz züngelten, und dachte an all ihre Träume. »Ich möchte frei sein. Selbständig Entscheidungen fällen. Meine Zukunft in die eigenen Hände nehmen.«

»Auf die eine oder andere Art waren Sie lange Zeit angebunden, nicht wahr?«

»Ich liebe meinen Bruder mehr als alles andere auf der Welt. Und Justines Stellenangebot, als ich neunzehn war, erschien mir wie ein Geschenk des Himmels. Verstehen Sie mich bitte nicht falsch, ich beklage mich nicht. Aber jetzt ist Matt soweit, daß er seinen Weg allein gehen kann. In ein paar Monaten bekommt er Zugang zu seinem Treuhandvermögen. Es ermöglicht ihm die Collegeausbildung. Und Justine kann schließlich auf Sie zurückgreifen. Sie werden sich um ihre kostbare Firma kümmern.«

»Sie glauben also, Sie können jetzt abheben in die lockende blaue Ferne?«

»Ich kann meine Flügel ausprobieren und auch das eine oder andere riskieren, ja.« Katy lächelte vor sich hin und lehnte sich im Sofa zurück. Sobald sie an ihre Zukunft dachte, fühlte sie sich wieder wohler. Sie nahm einen Schluck Cognac und genoß die Wärme. »Ich weiß ganz genau, was ich in meinem kleinen Restaurant machen will.«

»Erzählen Sie's mir.«

Sein Interesse setzte sie in Erstaunen, aber sie sprach nur zu gern von ihrer Lieblingsidee. »Es soll in jeder Hinsicht erstklassig sein. Gute Lage mit anspruchsvoller, allem Neuen gegenüber aufgeschlossener Kundschaft. Vielleicht in Bellevue oder Edmonds oder in der City von Seattle. Ich will ein eigenes Sortiment von tiefgekühlten und frischen Pestosoßen und ein breites Angebot an Pastagerichten anbieten.«

»Pasta, hä?«

»Pasta sind der Inbegriff der zeitgemäßen Ernährung. Sie sind bekömmlich und schnell zubereitet. Man muß sie nur ein paar Minuten lang kochen und eine Soße drübergießen. Pesto Presto bietet alles, was man für eine Schlemmermahlzeit braucht.«

»Im Ernst!«

»Ich will alle möglichen Extras anbieten«, erklärte Katy. »Orientalische Pasta aus Buchweizen. Pasta aus Weizenvollkorn. Aromatisierte Pasta. Und alle Pestos unter meinem Label werden an Ort und Stelle frisch zubereitet.«

»Wollen Sie das Restaurant ganz allein betreiben?«

»Ich muß natürlich ein paar Leute einstellen.«

»Natürlich. Aber selbst damit werden Sie sich verdammt tummeln müssen. Viel Zeit für ein gesellschaftliches Leben wird Ihnen nicht bleiben. Justine meint, das hätten Sie in den letzten Jahren überhaupt nicht gehabt. Sie rechnet damit, daß Sie sich auch in dieser Hinsicht freischwimmen werden.«

Er hatte nicht einmal die Augen aufgemacht, um sie anzusehen, aber trotzdem fühlte Katy, wie ihr bei diesem Thema die Handflächen feucht wurden. Was war nur mit ihr los? Sie wurde tatsächlich zum Nervenbündel. Schnell stellte sie ihr Glas ab. »An einem etwas anregenderen Umgang wäre ich schon interessiert«, gestand sie vorsichtig. »Das heißt, wenn mir der richtige Mann über den Weg liefe.«

»Der richtige Mann? Können Sie ein Persönlichkeitsprofil von diesem Typ liefern?«

»Jeder Mensch hat eine Vorstellung von den Eigenschaften, die er oder sie in einem Partner sucht.«

»Beschreiben Sie mir Ihren idealen Lebensgefährten.«

Sie warf Luke einen zweifelnden Blick zu, aber seine Augen waren immer noch geschlossen. Sie stellte fest, daß seine Wimpern tiefschwarz und sehr dicht waren und daß im Schein des Feuers tiefe Schatten unter seinen vorspringenden Wangenknochen entstanden.

»Also«, sagte sie nachdenklich, »ich glaube, mein idealer Mann müßte ein freimütiger, warmherziger und freundlicher Mensch sein. Jemand, dem ich vertrauen kann. Jemand, der in der Lage ist, sich für eine Sache zu engagieren. Aber vor allem sollte er kochen können.«

»Kochen?« Lukes Augenwimpern schossen in die Höhe. »Sie wollen einen Mann, der kochen kann?«

»Selbstverständlich. Es wird sicher Zeiten geben, wo er in der Küche von Pesto Presto aushelfen muß.«

»Verdammt noch mal.« Luke wirkte verärgert. »Sie sind wohl überhaupt nicht anspruchsvoll, was? Über die Fähigkeiten, die Ihr perfekter Mann im Bett besitzen sollte, haben Sie kein Wort verloren. Oder ist Ihnen diese Seite völlig gleichgültig, solange er nur gutmütig ist und sich in der Küche als anstellig erweist?«

»Sie haben das Gespräch angefangen.« Katy schaute ihn erbost an. »Und jetzt versuchen Sie absichtlich, mich in Verlegenheit zu bringen.«

Luke beugte sich über sie und drückte sie tiefer in die Kissen. In seinem von Schatten überflackerten Blick glitzerte sinnliche Bedrohung. »Wissen Sie, was ich glaube?«

»Was?« Sie war außer Atem. Ihr Puls schlug schneller und schneller, und irgendwo in der unteren Region ihres Körpers sammelte sich eine durchdringende Hitze. Sie hob den Kopf und sah ihm ins Gesicht. Augen wie ein Magier, dachte sie und fühlte sich wie gelähmt.

»Ich glaube, daß Sex auf Ihrer Liste ein bißchen zu weit unten rangiert.«

»Ach, tatsächlich?«

»Verdammt tatsächlich. Ich meine, wenn Sie zu wählen hätten zwischen einem Mann, der kochen kann und einem, der ein guter Liebhaber ist, dann sollten Sie sich für den guten Liebhaber entscheiden.«

»Warum? Ich kann meinem perfekten Küchenchef immer noch ein Buch über Sex kaufen. Jeder Mann, der genug Grips hat, um gut zu kochen, kann auch lernen, ein guter Lover zu werden.«

»Das glauben Sie. Aber ich will Ihnen was sagen – kochen ist eine Fertigkeit, die jeder Idiot sich aneignen kann. Wohingegen mit einem selbsternannten Schutzengel ins Bett zu gehen ausgesprochene Begabung verlangt.«

Er schickte sich an, sie zu küssen. Katy biß sich auf die Unterlippe. »Ich finde, Sie sollten das nicht tun, Luke.«

Gerade bevor sein Mund auf ihren traf, antwortete er: »Wenn ich deinen Rat brauche, Engelchen, frag ich dich.«

6

Luke glaubte, in den kristallklar blauen Tiefen ihrer Augen zu versinken. Katy betrachtete ihn mit einer prüfenden, aber durchaus weiblichen Neugier, die ihm das Gefühl gab, an einer unsichtbaren Skala gemessen und gewogen zu werden. Diese Entdeckung störte ihn. Er wollte sie, und sie sollte ihn wollen, genauso dringend, wie er sie.

Er beugte sich dicht über sie, genoß das Vorgefühl der Lust, das wie heiße Lava durch seine Adern floß, und es wurde ihm klar, daß von dem Augenblick an, als er beschlossen hatte, nach Dragon Bay zu fahren, genau dies sein Ziel gewesen war.

Daß er Katy mit Darren zuvor auf dem Balkon gesehen hatte, besiegelte, wie Luke sich sagte, seinen Entschluß endgültig. Wenn sie sich schon mit einem Gilchrist einlassen wollte, dann verdammt noch mal gefälligst mit ihm und nicht mit seinem Cousin.

Die Tatsache, daß Katy ganz und gar nicht sein Typ war, schien nicht mehr ins Gewicht zu fallen.

Sie ist so weich, dachte er. Weich und süß und verletzlich. Er legte eine Hand auf ihren Nacken und fühlte die seidige Glätte ihrer Haut. Ihr Duft erfüllte ihn mehr und mehr und drang tief in sein Bewußtsein. Er konnte den verführerischen Druck ihrer Brüste gegen seine eigene Brust spüren und die Rundung ihrer Hüfte an seinem Oberschenkel. Sein Körper war bis zum äußersten angespannt und hart vor Erregung. Hungrig küßte er sie, als er sich noch dichter an sie drängte.

Einen Augenblick lang geschah nichts. Gar nichts.

Luke war so stark von der ansteigenden Welle seines eigenen Verlangens erfaßt, daß er ein paar Herzschläge lang brauchte, um zu entdecken, daß Katy überhaupt nicht auf ihn reagierte. Als es ihm schließlich bewußt wurde, hatte diese Erkenntnis etwas Verblüffendes für ihn. Katy wehrte sich nicht, aber sie schmolz auch nicht dahin.

Es kränkte ihn, daß sie einfach nur so gegen die Kissen gelehnt dalag. Ihr Körper war verkrampft, und ihre Lippen spröde zusammengepreßt. Er fragte sich gereizt, ob sie auf ein Zeichen von oben wartete, bevor sie geruhte, sich dem allzu menschlichen Gefühl der Leidenschaft zu überlassen.

Die fürchterliche Ahnung eines bevorstehenden Debakels stieg in Luke auf. Er konnte es nicht fassen, daß er in dieser Weise von einer Person erregt wurde, die ihn nicht ebenso leidenschaftlich begehrte wie er sie. Ein so starkes, drängendes Verlangen mußte schließlich auf beiden Seiten vorhanden sein.

Luke nahm Katys Ohrläppchen zwischen seine Zähne. Sie versteifte sich abwehrend, als erwartete sie tatsächlich, daß er zubeißen würde.

Eine ohnmächtige Enttäuschung überschwemmte ihn. Was, zum Teufel, wollte sie von ihm? Das mußte er sich wirklich fragen. Ihm war wohl der Gedanke gekommen, daß sie ihn auf diesem Schauplatz herausfordern würde, ebenso wie sie ihn in anderen Bereichen ihrer Beziehung in Frage stellte. Er war darauf vorbereitet, es mit einer Vielfalt von Reaktionen aufzunehmen – nur nicht mit völligem Desinteresse.

Dabei glaubte er genau zu wissen, daß sie ihn auf dieser elementaren Ebene von Anfang an bewußt wahrgenommen hatte. Alle seine männlichen Instinkte hatten ihn in dem Gefühl bestärkt, daß sie genauso stark wie er empfand, daß die Atmosphäre um sie herum so stark aufgeladen war, daß es knisterte.

Wie benommen hob Luke den Kopf. Er konnte nicht glauben, daß sie die sexuelle Spannung nicht wahrnahm, die sich zwischen ihnen aufbaute. Er wollte es einfach nicht für möglich halten.

Ungestüm drückte er Katy noch tiefer in die Kissen, zog sein Knie an und preßte seinen Unterschenkel fest gegen ihre Hüfte, wobei er ihr den türkisfarbenen Rock über die Knie hochschob. Eine neue Welle der Erregung durchflutete ihn, als er ihren nylonbestrumpften Oberschenkel dicht an seinem Bein spürte. Zum ersten Mal regten sich ihre Lippen unter seinem Mund.

»Luke ...? Ich glaube wirklich nicht, daß das eine gute Idee ist.«

»Verdammt, ist das alles, was dir einfällt?«

»Nun ja, es sieht nicht so aus, als seien Sie mein Typ, und ich bin bestimmt nicht ihrer. Und wenn wir von der Tatsache ausgehen, daß wir in den nächsten sechs Monaten zusammenarbeiten müssen, dann sollten wir meiner Meinung nach solche Techtelmechtel lieber vermeiden, meinen Sie nicht auch?«

Mit einem heiseren Stöhnen verschloß er ihren Mund mit seinem eigenen. Er erstickte damit zwar erfolgreich ihren Protest, aber darüber hinaus bewirkte er eigentlich nichts. Vorsichtig ließ er seine Hand ihre Hüfte entlang nach oben gleiten und seine Finger noch ein wenig weiterwandern, bis sie sich unter dem verführerischen Gewicht ihrer Brust einnisteten.

Katy zuckte zusammen, aber sie umklammerte ihn keineswegs mit den Armen noch bat sie ihn, sie zu nehmen. Zu seinem Ärger hätte Luke nicht einmal sagen können, ob das leichte Zittern, das sie überlief, Verlangen oder Ekel bedeutete.

»Ich kann es einfach nicht glauben«, murmelte er heiser.

»Was?«

»Daß du nicht ein bißchen neugierig bist auf das, was zwischen uns sein könnte.«

Katy berührte seinen angespannten Kiefermuskel sanft mit den Fingerspitzen. »Ich hab' nicht gesagt, daß ich nicht neugierig sei, sondern daß ich's für keine gute Idee halte, es herausfinden zu wollen.«

Als er die zarte Berührung auf seinem Gesicht spürte, wuchs sein Verlangen fast schmerzhaft an. Er suchte nach einer Antwort. »Du hast Angst vor mir, nicht wahr?«

»Nein. Ich bin nur vorsichtig – wie immer, wenn ein Gilchrist im Spiel ist.«

»Um Himmels willen, steck mich nicht mit dem Hexensabbat in einen Sack. Ich bin nicht wie die anderen.«

Sie lächelte ein wenig. »Wirklich nicht?«

»Nein, verdammt noch mal. Katy, hör auf zu streiten und küß mich!«

»Warum?«

Er schaute verdutzt auf sie hinunter. »Warum? Weil's dir bestimmt gefällt, deshalb.«

»Und was ist mit Ihnen?«

»Mir gefällt's bestimmt auch. Sehr sogar. Küß mich, Schätzchen. Leg deine Arme um mich und laß mich dir zeigen, wie schön es zwischen uns sein kann.«

Sie ließ ihre Zungenspitze über die Oberlippe zum Mundwinkel wandern. Ihre Augen suchten seinen Blick zu ergründen. »Wenn ich's tu, versprichst du mir dann, daß du nicht wütend wirst, wenn ich sage, du sollst aufhören?«

Ein Gefühl der Erleichterung durchströmte ihn, als er sich dem Ziel näher kommen sah. Ein Lächeln neu gewonnener Nachsicht spielte um seinen Mund. Jetzt würde alles klappen. »Ehrenwort.«

»Also gut.« Katy legte ihre Arme um seine Schultern.

Die Lust durchströmte ihn wie eine heiße Welle. Luke hielt sie fest an sich gedrückt, ein Arm lag unter ihrem Kopf, der andere umschlang ihre Taille.

»So ist es besser«, murmelte er, »viel besser.«

Wieder nahm er ihren Mund, diesmal mit der entschiedenen Absicht, in das innere Heiligtum vorzudringen.

Ihre Lippen bebten unschlüssig und öffneten sich schließlich unter seinem behutsam geführten Angriff. Eine wahre Euphorie erfaßte Luke, und als ihre Hände sich fester um seine Schultern schlossen und sie leise wimmerte, fühlte er sich, als habe man ihm die Schlüssel zur Zitadelle übergeben.

Lukes Hände zitterten. Und diese Erfahrung war so neu für ihn, daß er beinahe ausrastete.

Er tauchte ein in ihren Mund, er schmeckte sie, spielte mit ihrer Zunge und sog ihr innerstes Wesen in sich ein. Sie erschauerte in seinen Armen, wehrte sich aber nicht, also zog er sein Knie an, plazierte es zwischen ihren Oberschenkeln und spürte dort ihre feuchte Hitze.

Sie begehrte ihn. Gott sei Dank. Darin hatte er sich also doch nicht getäuscht. Sie war nur mißtrauisch ihm gegenüber, das war das Problem. Jetzt konnte er ihre Ängste mit Leichtigkeit überwinden. Wenn sie Zeit brauchte, würde er ihr Zeit lassen. Zum Kuckuck, wenn es um solche Dinge ging, hatte er die Geduld eines Heiligen.

Luke streichelte sie behutsam und ließ seine Hand über ihre Brust gleiten. Er konnte die harten Spitzen ihrer Brustwarzen spüren und triumphierte in der Erkenntnis, daß sie endlich anfing, auf ihn zu reagieren.

Tastend fand er den Reißverschluß ihres türkisblauen Kleides und öffnete ihn langsam. Seine Finger zeichneten die Linie ihres Rückgrats nach, bis hinunter zu ihrem Gesäß. Sie fühlt sich so angenehm an, dachte er. So schlank und glatt und weich. Er strich leicht über die schmale Höhlung, dort, wo die Pobacken sich teilten, und fühlte sich reich belohnt, als ein neuerlicher Schauer des Begehrens sie durchrieselte.

Jetzt wurde sein Verlangen so drängend, daß es schmerzte, aber Luke stemmte sich mit aller Kraft dagegen. Es war lange her, seit er sich nach irgend etwas oder irgend jemand so sehr gesehnt hatte wie nach dieser Frau, aber ein Weilchen würde er schon noch warten können. Er wollte ganz sicher sein, daß sie vom Sturm des Verlangens ebenso mitgerissen wurde wie er. Er mußte davon ausgehen können, daß sie das gleiche, alles überwältigende Gefühl mit ihm teilte.

Es eilte nicht. Sie hatten die ganze Nacht für sich.

Katy ließ einen kleinen, unendlich verführerischen Seufzer hören, während sie seine Schultern fester umklammerte. Luke spürte, wie sie zögernd begann, ihm mit der Hüfte entgegenzukommen. Endlich schmolz ihr Widerstand dahin … Nur noch ein paar Minuten, und sie würde ihm gehören.

Luke ließ seine Hand über Katys Po gleiten und erinnerte sich an das, was Justine über ihren klösterlichen Lebensstil gesagt hatte. Er schwor sich, von jetzt an bis zum Moment der Vereinigung langsam und mit aller Behutsamkeit vorzugehen, selbst wenn er dabei verrückt werden sollte. Engel zu verführen war eine völlig neue Erfahrung für ihn.

»Luke?«

Er hörte sie nicht gleich, denn er war zu sehr in die Überlegung vertieft, ob es wohl noch zu früh sei, ihr das türkisblaue Kleid herunterzustreifen.

»Ich meine, das reicht«, sagte sie mit zitternder Stimme.

»Hm?« Er legte seine Hand auf ihren Oberschenkel und drückte ihn zärtlich. Er mochte es, daß sie sich weich und muskulös zugleich anfühlte.

»Ich habe gesagt, es ist genug. Ich muß nach Hause, Luke.«

Endlich wurde ihm klar, daß sie ihre Hände gegen seine Brust stemmte. Sie stieß ihn von sich. Noch ganz benommen von seinem Verlangen, das wie verzehrende Weißglut in ihm brannte, hob Luke den Kopf. Er schaute aus verengten Augen auf sie hinunter. Ihr Mund war geschwollen von seinen Küssen, und ihre Wangen waren gerötet.

»Du willst nach Hause gehen?« fragte er ungläubig.

»Es ist sehr spät. Mein Bruder fragt sich bestimmt, wo ich geblieben bin.«

»Du kannst jetzt nicht weggehen.«

Sie nagte an ihrer Unterlippe. »Du hast mir versprochen aufzuhören, wenn ich dich darum bitte.«

»Ich weiß, aber …«

»Aber du hast nicht gedacht, daß ich es tun würde, nicht wahr?« Katys Mund verzog sich resigniert. »Typisch Gilchrist.«

»Katy, ich warne dich. Wenn du nicht aufhörst zu behaupten, ich sei genauso wie die anderen Gilchrists, die du kennst, verlier ich wirklich die Geduld.«

»Und was willst du dann machen? Mich entlassen?«

Er warf ihr einen wütenden Blick zu. »Das könnte dir so passen, was?«

»Von meinem Standpunkt aus würde es die Dinge bestimmt vereinfachen.«

»Mach dir keine falschen Hoffnungen.«

Sie seufzte. »Nein, natürlich nicht. Bitte, Luke, ich muß jetzt weg.«

Er unterdrückte einen Fluch, ließ sie los und holte tief

Luft, während sein ganzer Körper heftig protestierte. »Geh nur, Engel. Lauf, solange du kannst.«

»Es gibt keinen Grund, zynisch zu werden. Du hast damit angefangen.« Sie setzte sich entschlossen auf und begann, an ihrem Reißverschluß zu zerren. »Ich hab dir gesagt, es wäre keine gute Idee.«

»An der Idee ist nichts schlecht.« Er übernahm es, ihren Reißverschluß wieder hochzuziehen. Du liebe Güte, dachte er. Es war kein Geplänkel, sie war fest entschlossen zu gehen. »Du hast eben Angst, das ist dein Problem.«

»Kannst du mir verübeln, daß ich vorsichtig bin?« Sie kämpfte sich in ihre Schuhe. »Ich habe kein Interesse an einer Affäre mit dir, Luke.«

»Warum nicht? Etwa weil ich nicht kochen kann?«

»Unter anderem, ja.« Katy sprang auf.

Luke saß in die Kissen zurückgelehnt auf der Couch, ein Bein angezogen und die Arme hinter dem Kopf verschränkt. Er musterte sie verdrießlich. Sie sah blühend und warm und erregt aus. Und er begehrte sie. Er beschloß, eine andere Taktik anzuwenden.

»Katy«, versuchte er es mit einschmeichelnder Sanftheit, »laß uns drüber reden.«

»Hör auf, mich so anzusehen.« Sie griff nach ihrer Handtasche. »Wir beide wissen, daß du nicht wirklich an mir interessiert bist, Luke. Du ärgerst dich über mich, weil ich dich überredet habe herzukommen und deiner Familie unter die Arme zu greifen. Du bist wütend und nimmst mir übel, daß ich dich veranlaßt habe, deine Verpflichtungen den anderen Gilchrists gegenüber wahrzunehmen. Deshalb hast du beschlossen, heute abend die Konten auszugleichen, indem du dich mir gegenüber sexuell in Szene setzt.«

Er blinzelte verblüfft über ihre idiotische Logik. »So ein Bockmist!«

»Es ist wahr, und du weißt es.« Sie lächelte müde. »Ich kann deine Reaktion verstehen. Mich zu verführen scheint eine Möglichkeit zu sein, mich dafür bezahlen zu lassen, daß ich mich in dein Leben eingemischt habe. Aber ich will nicht aus einem derartigen Grund verführt werden, Luke.

Wenn du dich an mir rächen willst, mußt du mich eben, wie die anderen Gilchrists auch, im Büro schikanieren. Und jetzt, wenn du mich bitte entschuldigen willst, muß ich mich auf den Weg machen.« Sie drehte sich auf dem Absatz um und ging auf die Tür zu. Einen Moment lang empfand Luke so etwas wie Panik. Im Nu war er vom Sofa hoch und stand hinter ihr, als sie nach der Klinke faßte.

Mit der flachen Hand stützte er sich gegen die Tür und drückte sie wieder zu, als Katy sie öffnen wollte. »Ich bring dich nach Hause.«

»Das kurze Stück kann ich allein gehen.«

»Ich hab' gesagt, ich bring dich, verdammt noch mal. Schließlich hab' ich deinem Bruder erzählt, ich würde mich um dich kümmern, und genau das werde ich tun.« Er drehte sich um und griff sich eine schwarze Windjacke aus dem Garderobenschrank. Dann nahm er ihren Mantel vom Kleiderbügel.

»Danke!« sagte Katy ruhig, als er ihr hastig und etwas schroff in den Mantel half.

Er drehte sie zu sich herum und nahm ihr Gesicht zwischen seine Hände. Sie schaute beunruhigt zu ihm auf. »Es wird dir noch leid tun, Katy Wade.«

»Wieso? Weil du mir im Büro das Leben zur Hölle machen wirst? Ich weiß, wie man mit euch Gilchrists umgehen muß, darin hab' ich jahrelange Übung.«

»Was sich bei der Arbeit zwischen uns abspielt, hat mit dem hier nichts zu tun«, brach es aus ihm heraus. »Du wirst es bereuen, heute abend weggegangen zu sein, weil du dich jetzt für den Rest deines Lebens fragen mußt, wie es zwischen uns beiden wohl funktioniert hätte.«

Sie schaute ihn zuerst verständnislos an, dann aber schien sie sich zu entspannen, was Luke verwunderte. »Du lieber Himmel, Luke, woher in aller Welt kommt dir denn der Gedanke?« Ihre Lippen kräuselten sich leicht. Sie hob die Hand zu seinem Gesicht und tätschelte ihm freundschaftlich die Wange. »Ich weiß auch so schon, wie's mit dir im Bett gewesen wäre.«

»Ach, das glaubst du?« fragte er gereizt.

»Natürlich. Ich hab' ein gutes Vorstellungsvermögen, und ich denke, es wäre sicher sehr aufregend gewesen. Heiß, verzehrend und überaus stürmisch. Das ist das mindeste, was ich von einem Gilchrist erwarte.«

Er biß die Zähne zusammen, beschloß aber zu ignorieren, daß sie ihn schon wieder mit den anderen Gilchrists in einen Topf warf. »Und was, zum Kuckuck, soll an heiß, verzehrend und stürmisch falsch sein?«

»Nichts, wenn du der Typ dafür bist. Ich bin's nicht, und das wissen wir alle beide.«

»Zum Teufel, vielleicht könntest du lernen, der Typ zu werden«, knurrte er. »Vielleicht könnte ich's dir beibringen.« Bei dem Bild, das dieser Gedanke in seinem Kopf entstehen ließ, verkrampfte sich sein ganzer Körper vor Verlangen.

»Nein.« Ihre Augen waren klar und sehr ernst. »Ich will es nicht von dir lernen.«

»Warum nicht?«

»Weil ein Verhältnis mit dir zu haben das allerletzte ist, was ich will, Luke.« Sie machte die Tür auf.

Diesmal versuchte er nicht, sie daran zu hindern. Er drehte sich nach Zeke um. »Komm, alter Junge. Du kannst uns ruhig begleiten.«

Zeke nahm seinen Freßnapf ins Maul und folgte den beiden in die Nacht.

Die kühle Nachtluft traf Luke wie eine kalte Dusche. Allmählich konnte er wieder klarer denken, der Aufruhr in seinem Körper beruhigte sich. Alles in Ordnung, sagte er sich. Vor ihm lagen ja noch sechs Monate. Sechs Monate, in denen er Katy davon überzeugen konnte, daß sie ihn ebenso heftig begehrte wie er sie.

Er bemühte sich nicht, das Schweigen zu brechen, das auf dem kurzen Weg zu ihrem Häuschen zwischen Katy und ihm herrschte. An ihrer Haustür angekommen, wartete er geduldig, bis sie aufgeschlossen hatte. Im Wohnzimmer brannte Licht, aber sonst war alles dunkel. Matt war offensichtlich schon zu Bett gegangen.

Katy lächelte Luke entschuldigend an, als sie über die

Schwelle ging und Anstalten machte, ihm die Tür vor der Nase zu schließen. »Es tut mir leid, falls ich Sie in irgendeiner Weise enttäuscht haben sollte. Ich weiß, daß ich mich nicht von Ihnen hätte küssen lassen dürfen. Wenn Sie denken, daß das, was in Ihrem Haus passiert ist, meine Schuld war, dann kann ich nur sagen, daß ich es bedaure. Es ist mir klar, daß die Gilchrists dazu neigen, ihre Anliegen sehr leidenschaftlich zu verfolgen.«

Luke stützte sich mit einer Hand gegen den Türrahmen und beugte sich dicht über sie. Er wollte sichergehen, daß sie den Zorn in seinen Augen sah. »Wir wollen eins klarstellen, Katy Wade. Was vorhin im meinem Cottage passiert ist, war ausschließlich meine Schuld. Ich übernehme die volle Verantwortung dafür. Ich hab' mit der Geschichte angefangen, und ich will sie, das schwör ich dir, auch zum guten Ende bringen. Und jetzt geh ins Bett und denk drüber nach, bevor du einschläfst.«

»Aber Luke ...«

»Und hör endlich auf zu meinen, ich sei wie alle anderen Gilchrists, die du kennst.« Er streckte die Hand nach dem Türknopf aus und zog, bevor sie noch etwas erwidern konnte, die Tür mit einem Ruck ins Schloß.

Zeke schaute fragend zu ihm auf.

Luke fuhr sich mit den Fingern durchs Haar. Dann schaute er hinauf zum Himmel, der voller Sterne war. Der volle Mond warf einen breiten Silberstreifen über das Wasser.

»Komm, mein Junge. Laß uns zum Strand runtergehen. Ich brauch einen langen Spaziergang.«

Zeke rannte vor ihm her zum Fußweg, der vom höchsten Punkt der Klippe zum Strand hinunterführte. Der kalte Wind zerrte an Lukes Windjacke, als er dem Hund folgte.

Eine ganze Weile lief er am Wasser entlang über den groben, mondbeschienenen Sand. Er wollte bewußt die frische, nach Tang riechende Meeresluft in seine Lungen eindringen lassen, um auch den letzten Rest seines Verlangens zu vertreiben.

Als er schließlich weit draußen am anderen Ende des

Strandes anhielt, hatte er sich wieder völlig unter Kontrolle. Sein Geist war soweit zur Ruhe gekommen, daß er wieder klar und kühl überlegen konnte.

Die ganze Zeit über hatte er sich gefragt, warum er zu der Entscheidung gekommen war, nach Dragon Bay zu fahren. Er redete sich ein, es sei wegen des Pacific Rim gewesen, das er unbedingt haben wollte. Auch mit dem Gedanken, dies sei seine Art der Rache dem übrigen Clan gegenüber, hatte er gespielt. Oder war es vielleicht eher so, daß er die Herausforderung, Gilchrist, Inc. zu sanieren, aus reiner Langeweile angenommen hatte?

Jetzt aber stellte er mit erbitterter Selbsterkenntnis fest, daß die richtige Antwort auf seine Fragen offen auf der Hand lag.

Er war Katys wegen hier.

Als Katy am nächsten Morgen ins Büro kam, stellte sie einen kleinen Plastikbehälter auf Liz' Schreibtisch. Liz beugte sich neugierig vor, als Katy den Deckel öffnete und nach einem Messer griff. Sie tauchte es in den Pesto und bestrich einen Cracker mit der grünen Paste.

»So, und nun sagen Sie mir, was Sie davon halten«, meinte sie und gab Liz den Cracker. »Ich will Ihre ehrliche Meinung hören.«

Liz nahm den Keks, stopfte ihn in den Mund und kaute nachdenklich. »Gut. Sehr gut.«

Katy runzelte die Stirn. »Bestimmt?«

»Nein, so bestimmt kann ich's nicht sagen, nach einem einzigen Biß. Geben Sie mir lieber noch eine Kostprobe.«

Katy strich Pesto auf einen anderen Cracker. »Der hier ist mit Basilikum und Spinat fabriziert. Ich hab' mal ausprobiert, wieviel Pinienkerne reingehören.«

Liz biß in den nächsten Keks und grinste. »Ich glaub, das hier wird Ihr neuer Renner, Katy.«

»Schmeckt's Ihnen wirklich?«

»Absolute Spitze«, versicherte ihr Liz. »Was dagegen, wenn ich mir den Rest einverleibe?«

Bevor Katy antworten konnte, kam ein leichtes Geräusch von der Türschwelle her. Die kleinen Härchen hinten in ihrem Nacken stellten sich auf. Sie wußte, wer dort stand, noch ehe er sprach. Er war ihr die ganze Nacht hindurch nicht aus dem Kopf gegangen. Sogar dicht vor dem Einschlafen noch war er als düsteres, bedrohliches und zutiefst beunruhigendes Gespenst durch ihre Träume gegeistert. Ihm hatte ihr letzter Gedanke gegolten, bevor sie einschlief, und das erste, was ihr am Morgen in den Sinn kam, als sie die Augen öffnete, war die Erinnerung an ihn.

Der Bastard verfolgte sie.

»Glauben Sie nicht, daß Sie mehr als eine Meinung einholen sollten, bevor Sie aus dieser Verbraucherbefragung voreilige Schlüsse ziehen?« fragte Luke.

Katy zwang sich, äußerlich ruhig zu bleiben, als sie sich nach ihm umdrehte. Da stand er, mit einer Schulter gegen den Türrahmen gelehnt. Er war wie üblich ganz in Schwarz gekleidet. An diesem Morgen waren es Pullover und Hose. Keine Spur von Krawatte oder Jackett. Offensichtlich hatte er nicht vor, nach Seattle zu fahren.

»Möchten Sie denn mal probieren?« fragte Katy höflich.

Seine Magieraugen glitzerten. »Ja.«

Sie umklammerte den Griff des Messers fester, als sie ergeben einen weiteren Cracker mit Pesto bestrich. »Spinat und Basilikum. Ich experimentiere noch damit.«

Luke stieß sich vom Türpfosten ab und kam auf sie zu, um die Kostprobe aus ihrer Hand entgegenzunehmen. Er sah ihr dabei unentwegt in die Augen. Seine Zähne blitzten einen Moment auf, als er den ganzen Cracker auf einmal in den Mund steckte. Er kaute eine ganze Weile recht nachdenklich. »Nicht schlecht«, urteilte er schließlich.

Katy zog ihre Nase kraus. »Mit diesem schwachen Lob kann ich nichts anfangen. Sagen Sie's doch einfach frei raus, wenn es Ihnen nicht schmeckt.«

Er verzog sein Gesicht langsam zu einem Lächeln, das unverhohlen sexuelle Absichten verhieß. Seine Augen wanderten mit betontem Interesse über ihren Körper und blieben dann an ihrem Mund hängen. »Wie ich schon sagte. Nicht schlecht. Aber ein bißchen zu mild. Da fehlt der Pep.«

»Der Pep?« Sie musterte ihn argwöhnisch. Allmählich ging ihr auf, daß er nicht von ihrem Pesto sprach, und sie wurde feuerrot.

»Ja. Der Pep. Wissen Sie, das gewisse Etwas. Pesto sollte doch etwas mehr Würze haben. Ich vermute hier eine gewisse Zurückhaltung. Eine Spur von Unsicherheit. Einen gewissen Mangel an Erfahrung, ohne Zweifel.«

»Ach, tatsächlich?« Katy streckte überlegen ihr Kinn vor.

»Ein guter Pesto hat eine natürliche Intensität im Aroma. Es kommt hier darauf an, die verborgene Leidenschaft der Kräuter zu aktivieren. Verstehen Sie, was ich meine?«

Katy starrte ihn wütend an. »Ich glaube schon.«

»Machen Sie sich nichts daraus. An diesem Pesto ist nichts falsch, was man nicht mit ein bißchen Übung und Erfahrung verbessern könnte.«

»Ich werd's mir merken«, erwiderte Katy mit zusammengebissenen Zähnen.

Luke nickte befriedigt. »Gut.« Er nahm ihr das Messer aus der Hand und bestrich einen weiteren Cracker mit Pesto. »Alles halb so schlimm. Sie kriegen es sicher hin.«

Er gab Katy das Messer zurück, schob sich den Keks in den Mund und verließ das Büro.

»Huch, du meine Güte!« Liz wischte sich den imaginären Schweiß von der Stirn. »Worum ging's denn eigentlich?«

»Der Mann glaubt offensichtlich, er sei eine Autorität in Sachen Pesto.« Katy drückte den Deckel wieder auf den Behälter.

»Das kauf ich Ihnen nicht ab«, murmelte Liz. »Er hat nicht von Pesto gesprochen.«

»Aber sicher.« Katy stelzte in ihr eigenes Büro. »Sie wissen doch, wie die Gilchrists sind. Sie geraten über alles in Hitze, einschließlich Essen.«

»Wahrscheinlich ist es ganz natürlich.« Liz runzelte nachdenklich die Stirn. »Schließlich sind sie ja in der Restaurantbranche.«

Katy schloß schnell die Tür hinter sich, warf sich in ihren

Sessel, schwang sich herum und schaute zum Fenster hinaus. So saß sie lange in Gedanken versunken. Wenn die nächsten sechs Monate so zu werden versprachen, dann kam sie in Teufels Küche.

Von Anfang an hatte sie gemerkt, daß Luke sich ihr gegenüber feindselig und übelnehmerisch verhielt. Es war ihr völlig klar, daß er ihr nicht verzieh, ihn gezwungen zu haben, sich seinen Pflichten zu stellen. Sie wußte, daß er mit seinem Entschluß, nach Dragon Bay zu kommen, nicht glücklich war und daß sie den Angelpunkt für seine Unzufriedenheit bildete. Aber sie hatte sich gesagt, daß sie damit fertig werden könne.

Unglücklicherweise mußte sie nach den Ereignissen der vergangenen Nacht nun mit einer neuen Größe in der Gleichung rechnen. Sie befürchtete stark, daß sie zur Herausforderung für Luke geworden war.

Die Gilchrists konnten sehr hartnäckig sein, wenn es darum ging, ihren Willen durchzusetzen, vor allem wenn jemand ihnen sagte, sie könnten nicht alles haben, was sie wollten. Es lag ihnen im Blut.

Einen Gilchrist von seinem einmal ins Visier genommenen Ziel abzubringen, war schon unter günstigsten Umständen schwierig. In diesem Fall aber würde es noch viel komplizierter werden. Denn nach der vergangenen Nacht konnte sich Katy nicht mehr darüber hinwegtäuschen, daß sie sich zu Luke hingezogen fühlte.

Er durfte niemals erfahren, wieviel Willenskraft es sie gekostet hatte, sein Haus zu verlassen.

Die Erkenntnis, wie verletzlich sie wirklich war, erschütterte sie bis ins Mark.

Luke war gefährlich. Das hatte sie schon gemerkt, als sie ihn zum ersten Mal sah. Wenn sie dem Hexenmeister ungeschoren entkommen wollte, würde sie in den nächsten sechs Monaten ungeheuer vorsichtig sein müssen.

Das Motorgeräusch eines Sportwagens in der Einfahrt erinnerte Katy am Spätnachmittag an Darrens Ankündigung, er würde vorbeikommen, um mit ihr zu sprechen. Sie schaute von dem Kochbuch auf, in dem sie gerade etwas nachschlagen wollte.

»Klingt wie Darrens neuer Porsche«, meinte Matt, der am Küchentisch saß, und schlug sein Schulbuch zu. »Was will er hier?«

»Er möchte etwas mit mir besprechen«, erwiderte Katy.

»Ja? Was denn wohl?« Matt stand auf und ging zum Fenster. »Dieser Bursche kommt nur, wenn er dringend was von dir will.«

»Das ist nicht wahr, Matt.«

»Das letzte Mal, als er hier vorbeikam, wollte er, daß du Justine überreden solltest, ihn sein Glück in der Leitung von Gilchrist, Inc. probieren zu lassen, erinnerst du dich? Mann, ist das vielleicht ein Auto! Glaub nicht, daß er's mich mal ausprobieren läßt.«

»Ich würde sagen, du hast zwei Chancen, eine dicke und eine miese. Das Auto ist Darrens kostbarster Besitz.« Katy legte das Kochbuch aus der Hand. »Matt, machst du ihm auf, ja?«

»Klar.« Matt öffnete zuvorkommend die Tür.

Darren stand auf der Schwelle. Er trug eine schwarze Lederjacke und schwarze Slacks, die hervorragend zum schwarzen Porsche paßten. Lächelnd sagte er: »Hallo, Matt. Hab' dich eine ganze Weile nicht gesehen. Wie geht's denn so?«

»Okay.« Matt schaute an ihm vorbei den Porsche an, der in der Einfahrt geparkt war. »Toller Wagen.«

»Danke.« Darren gab ihm die Schlüssel. »Willst du ihn mal fahren?«

Matt riß ungläubig die Augen auf. »Wollen Sie mich auf den Arm nehmen?«

»Nein. Warum machst du nicht eine kleine Tour in die Stadt? Hol dir einen Burger oder sonst was, während ich mit deiner Schwester spreche. Na los, hau schon ab.«

»Hey, das ist ja super! Danke. Ich paß gut drauf auf.« Matt war wie der Blitz draußen.

Katy beobachtete voller Unbehagen durchs Fenster, wie ihr Bruder ehrfürchtig die Wagentür öffnete und sich im

Fahrersitz installierte. »Ich weiß nicht recht, ob das eine gute Idee ist, Darren. Er hat überhaupt keine Erfahrung mit solchen Autos.«

»Auto ist Auto. Ich hab' Matt fahren sehen. Es wird schon gutgehen. Machen Sie sich keine Sorgen.« Darren schloß die Haustür. »Kann ich mich setzen?«

»Aber selbstverständlich.« Sie horchte auf das Motorgeräusch des Porsche und zeigte geistesabwesend auf einen Sessel. Als der schwarze Wagen langsam aus der Einfahrt glitt, wandte sie sich seufzend vom Fenster ab, um sich ihrem Gast zu widmen.

Darren verzog seinen schmallippigen Mund zu dem, was Katy als hinreißendes Gilchristlächeln vertraut war. »Ich bin Ihnen sehr verbunden.«

»Gern geschehen. Ich mach uns einen Tee.«

»Das hört sich gut an.« Er stand schnell auf und folgte ihr in die Küche.

»Worüber wollten Sie denn mit mir sprechen?« fragte Katy, als sie den Wasserkessel füllte und auf den Herd stellte.

»Es ist ein bißchen kompliziert.« Sein Lächeln verschwand, und nun sah man um so deutlicher die Bitterkeit in seinen Augen. »Ich sitze in der Klemme, Katy. Dick drin. Und Sie sind die einzige, die mir helfen kann.«

Katy versah diese Eröffnung mit dem Körnchen Salz, das sie allen hochdramatischen Aussagen der Gilchrists beimaß.

»Ich will gern alles tun, was ich kann, Darren, das wissen Sie. Um was für ein Problem geht es denn diesmal?«

»Um eins, das sich auf hundertfünfzigtausend Dollar beläuft.«

»Was?« Katy hätte beinahe den Becher fallen lassen, den sie gerade aus dem Schrank nehmen wollte. »Darren, soll das ein Witz sein?«

»Ich wollte, es wäre einer.« Darren schob die Hände in die Hosentaschen und betrachtete seine Schuhspitzen. Als er den Kopf hob und ihr in die Augen sah, war sein Gesichtsausdruck verzweifelt. »Ich schulde ein paar Leuten Geld.«

»Einhundertfünfzigtausend Dollar?«

»Ja.«

»Du lieber Himmel, Darren, was haben Sie denn gemacht? Haben Sie gespielt?«

»Nein, es geht um eine Beteiligung. Grundstücke. Es sah nach einem Bombengeschäft aus, Katy. Echt groß. Wenn was draus geworden wäre, hätte ich Justine beweisen können, daß ich kaufmännisch begabt bin.«

Katy zuckte zusammen. »Ich verstehe. Was ist passiert?«

»Die Teilhaberschaft ist zusammengebrochen, weil wir die Finanzierung nicht zusammengebracht haben. Milo Nyle, der Entwicklungspromoter, der für die Planung zeichnet, hat meinen Makler informiert, daß einige von den Käufern der ersten Stunde, die auf großen Gewinn spekuliert haben, mit Klage drohen, falls wir nicht mit dem Geld rüberkommen, um sie auszuzahlen. Mein Anteil beträgt hundertfünfzigtausend Dollar.«

»Ach, du meine Güte!«

»Ich muß ein Darlehen haben, Katy. Und zwar schnell. Nyle behauptet, es könnte uns die Existenz kosten, wenn wir nicht zahlen. Wir könnten dafür im Gefängnis landen.«

»Gefängnis.« Katy starrte ihn entgeistert an. »Darren, soviel Geld hab' ich nicht. Das wissen Sie.«

»Ja. Aber Sie könnten drankommen«, schlug er vor.

»Wie, in aller Welt, soll ich hundertfünfzigtausend Dollar aufbringen? Vielleicht eine Bank überfallen?«

Darren verzog den Mund. »Nicht ganz. Ich habe einen Plan.«

»Ich glaube, ich möchte lieber nichts davon wissen.« Katy goß kochendes Wasser in die Teekanne. »Na gut, erzählen Sie mir, was Sie vorhaben.«

»Es ist wirklich ganz einfach. Sie bitten Justine um einen Anlaufkredit für Pesto Presto. Sie wissen, daß sie Ihnen helfen wird.«

»Ich will kein Geld von Ihrer Großmutter haben«, erklärte Katy kurz angebunden. »Das ist das allerletzte, was ich tun würde. Ich versuche gerade, von den Gilchrists loszukommen.«

»Katy, das Geld soll nicht für Sie sein, sondern für mich. Sie bekommen das Darlehen von Justine und geben das Geld an mich weiter. Ich erstatte damit den Investoren ihre Einlage zurück. Danach bekommen Sie das Geld von mir wieder.«

»So wird das nicht gehen.«

»Aber ja. Ich kann Ihnen das Geld natürlich nicht auf einen Sitz zurückzahlen«, meinte Darren, »aber nach und nach schaffe ich es sicher. Ich werde schon einen Weg finden.« Er schwieg und sagte nach einer Pause: »Der Porsche wird wahrscheinlich dran glauben müssen.«

»Oh, ganz bestimmt«, bestätigte Katy ergrimmt. »Natürlich muß der Porsche abgeschafft werden! Darren, so wird das niemals funktionieren. Sie müssen sich selbst an Ihre Großmutter wenden.«

Darren schlug mit der flachen Hand gegen die Wand. »Verdammt, das kann ich nicht, und das wissen Sie auch. Damit würde ich alle ihre Vorurteile über meinen Mangel an Geschäftssinn bestätigen.«

»Dann sollten Sie mit Luke sprechen.«

Darren sah sie entgeistert an. »Sind Sie verrückt? Luke um hundertfünfzigtausend Dollar angehen, damit ich aus dem Schneider bin? Er würde mir glatt ins Gesicht lachen.«

»Da bin ich nicht so sicher.«

»Aber ich. Katy, Sie müssen mir helfen. An jemand von der Familie kann ich mich nicht wenden. Justine würde außer sich geraten. Und wenn ich meinen Eltern erzähle, was mir passiert ist, glauben sie bestimmt, daß Justine mit ihrem Urteil über mich schon immer recht hatte. Was Luke angeht – diesem Bastard wäre es höchstwahrscheinlich egal, wenn ich im Gefängnis lande. Katy, Sie sind die einzige, auf die ich mich verlassen kann.«

7

Als Luke mit einem Wochenvorrat an Hundefutter aus dem Dragon Bay Supermarkt kam, entdeckte er den schwarzen Porsche, der vor einem Schnellimbiß in der Bay Street geparkt stand. Es war das Restaurant, in dem Matt und ein paar von seinen Freunden als Aushilfe arbeiteten. Der knallig gelb auf grün gemalte Firmenname über dem Eingang war ihm nicht unbekannt.

Beim Anblick des Porsche runzelte Luke verwundert die Stirn. Er hatte gestern gesehen, daß Darren in den Wagen einstieg und fand es jetzt merkwürdig, daß er nur wegen einer Frikadelle und Pommes frites den ganzen Weg von Dragon Bay hergefahren sein sollte. Dann fiel ihm das Ende der Unterhaltung wieder ein, das er auf Justines Balkon mit angehört hatte. Darren war in der Stadt, weil er mit Katy sprechen wollte.

Luke warf den Sack mit Hundefutter in den Kofferraum des Jaguars. Er fragte sich, ob es Darrens Auffassung von Verwöhnen entsprach, Katy zu einer billigen Mahlzeit auszuführen.

Hastig schlug er den Kofferraumdeckel zu, steckte die Autoschlüssel in die Tasche und überquerte die Straße. An der Ecke angekommen, sah er, wie sich die Tür des Restaurants öffnete. Ein über das ganze Gesicht grinsender Matt kam mit ein paar Freunden im Schlepptau heraus. Er spielte auffällig mit einem Schlüsselbund, während er auf den Porsche zuschlenderte. Nach einem letzten, sehnsuchtsvollen Blick auf den Wagen trollten sich die Freunde endlich in die entgegengesetzte Richtung.

Luke kam gleichzeitig mit Matt beim Porsche an, und Matt sah erstaunt zu ihm auf.

»Hi, Mr. Gilchrist. Was machen Sie denn hier?«

»Hundefutter kaufen. Das ist Darrens Wagen, nicht wahr?«

»Ja. Er wollte mit Katy reden, also hat er mich eine kleine Runde drehen lassen.« Matt zuckte die Schultern. »Wahrscheinlich wollte er mich aus dem Weg haben, aber was soll's. Vielleicht die einzige Chance, jemals hinter dem Steuer von so 'nem Auto zu sitzen.«

»Ist Darren gerade bei Katy?«

»Ja. Im Cottage. Ich glaube, ich sollte ihm besser den Wagen wieder zurückbringen, bevor er sich fragt, was damit passiert ist.«

»Das hat keine Eile. Ich erkläre es Darren, wenn er wissen will, wo du so lange warst. Komm, wir gehn noch mal rein. Ich spendier dir einen Kaffee oder eine Limo oder was du sonst trinken möchtest.«

Matt war unschlüssig. »Warum?«

Luke mußte grinsen. »Du hast also die natürliche Vorsicht deiner Schwester geerbt.«

»Sie meint, man soll sich vor Gilchrists in acht nehmen, die Geschenke machen.«

Luke schüttelte mit komischem Bedauern den Kopf. »Ich kann mir gar nicht vorstellen, wo sie die negative Einstellung den Gilchrists gegenüber her hat. Komm, laß uns reingehen und was trinken.«

»Also gut.«

Gleich darauf rutschte er Luke gegenüber auf die Bank in einer Nische. Luke betrachtete den Jungen nachdenklich.

»Was bespricht Darren mit Katy?«

»Was weiß ich.« Matt schwenkte die Eiswürfel in seiner Cola. »Vielleicht möchte er, daß sie seinetwegen wieder mal mit Justine redet.«

Luke überdachte diese Möglichkeit. »Was sind das für Dinge, die Katy mit Justine aushandeln soll?«

»Vor einiger Zeit hat er sie gebeten, bei Justine ein Wort für ihn einzulegen, damit sie ihm die Geschäftsführung von Gilchrist am Lake Union übergibt.«

»Katy war offensichtlich erfolgreich«, bemerkte Luke. »Er leitet das Restaurant.«

»Sicher. Meistens gelingt es Katy, Justine zu überzeugen. Aber nicht immer. Katy konnte Justine nicht dazu bewegen,

Darren ausprobieren zu lassen, ob er mit der Geschäftsleitung von Gilchrist, Inc. zurechtkommt.«

»Justine kann stur sein.«

»Ja. Vielleicht will Darren, daß Katy es noch mal probiert. Obwohl man meinen könnte, er würde den Gedanken daran aufgeben, jetzt wo Sie auf der Bildfläche erschienen sind. Aber Katy meint, die Gilchrists seien sehr hartnäckig, wenn sie etwas haben wollen. Geradezu besessen.«

Luke fluchte leise. »Deine Schwester ist wohl mit der Zeit eine Autorität in Sachen Gilchrist geworden.«

»Mhm. Ging wohl nicht anders, denke ich.« Er runzelte die Brauen. »Ich freu mich, wenn Katy endlich von ihnen loskommt. Meinetwegen war sie lange genug angebunden. Aber sobald ich am College bin, kann sie den Job bei Gilchrist hinschmeißen und ihr eigenes Leben leben.« Er schaute Luke betreten an, als ihm plötzlich aufging, was er gesagt hatte. »Wollte Sie nicht beleidigen.«

Luke lächelte etwas schief. »Mach dir keine Sorgen. Es fällt mir sowieso schwer zu begreifen, wie Katy es so lange bei Justine ausgehalten hat.«

»Liz meint, es liegt daran, daß sie anpassungsfähig ist und Konflikte zu schlichten versteht.«

»Und was meint Katy dazu?«

Matt zuckte die Schultern. »Katy findet den Job nicht so schlecht. Sie meint, es gibt schlimmere. Ich glaub', sie mag Justine irgendwie, wenn Sie die Wahrheit wissen wollen. Und die übrigen Gilchrists sind auf ihre Art auch okay, meint sie.«

»Aber du kannst sie nicht leiden?«

Matt wurde rot. »Das hab' ich nicht gesagt. Es ist nur so, daß sie Katy ziemlich rumkommandieren. Maureen und Hayden haben immer Aufträge für sie. Darren versucht, sie einzuwickeln, damit er kriegt, was er will, und Eden ...«

»Was ist mit Eden?«

Matts offener Blick wurde hart. »Da war ein Typ, der sich für Katy interessiert hat, ungefähr vor einem Jahr. Ich hab' ihn nicht besonders gemocht, aber Katy wohl. Ich glaub, sie war in ihn verliebt.«

Luke sah ihn aufmerksam an. »Nate Atwood?«

»Mhm. Und dann kam Eden daher, und der Bursche fiel nach einem einzigen Blick auf sie um wie ein nasser Sack. Ein paar Wochen, nachdem Katy die beiden miteinander bekannt gemacht hatte, waren sie verheiratet. Justine ärgerte sich fürchterlich darüber.«

»Scheißkerl«, sagte Luke ruhig.

»Ja«, sagte Matt. »Das war er. Aber Katy hat es nicht gleich gemerkt. Das Problem ist eben, daß Katy nicht furchtbar viel Erfahrung hatte, wenn Sie wissen, was ich meine. Sie ist achtundzwanzig und all so was, aber sie weiß nicht so viel über Männer, wie man bei ihrem Alter annehmen könnte. Sie war viel zu sehr damit beschäftigt, für mich zu sorgen und ihren Job anständig zu machen, denk ich mir.«

Nachdem Luke die ganze Nacht hindurch Gedanken gewälzt hatte, beschloß er, die Sache am nächsten Morgen direkt anzugehen. Kurz nach neun Uhr ging er an Liz vorbei geradewegs auf die Tür von Katys Büro zu. Liz beäugte ihn mißtrauisch durch ihre Brille, aber beide wußten, daß sie nicht mehr rechtzeitig zum Haustelefon greifen konnte, um Katy anzukündigen, daß er auf dem Weg zu ihr war.

Luke öffnete leise die Tür und sah, daß Katy auf der Schreibtischkante hockte. Sie hielt einen Aktenordner in der Hand, befaßte sich aber nicht mit dem Inhalt, sondern starrte gedankenverloren auf das graue Meer hinaus. Heute trug Katy eine grüne Seidenbluse und einen leuchtend goldenen Rock. Um den Hals hatte sie einen Hauch von Goldchiffon gewunden. Im Morgenlicht glühte ihr rotes Haar hier und da wie dunkles Feuer. Luke fand, sie sähe aus wie ein Strauß Frühlingsblumen.

»Was wollte mein Cousin gestern von Ihnen?« fragte er und schloß die Tür hinter sich.

Katy fiel vor Schreck fast vom Schreibtisch und drehte sich heftig nach ihm um. »Du liebe Zeit, Sie haben mich vielleicht erschreckt! Ich wäre Ihnen sehr verbunden, wenn Sie nicht so angeschlichen kämen.«

»Tut mir leid.« Er schlenderte zu ihrer Kaffeekanne hinüber und schenkte sich eine Tasse Kaffee ein, weil er festgestellt hatte, daß er bei Katy immer viel besser schmeckte als anderswo. »Das nächste Mal klopfe ich an. Was wollte er?«

Sie preßte mißbilligend die Lippen zusammen. »Es war ein persönlicher Besuch. Er hatte nichts mit geschäftlichen Dingen zu tun.«

»Ihr Bruder sagt, daß Darren immer etwas von Ihnen will, wenn er auf einen kleinen Schwatz vorbeikommt. Was hatte er diesmal auf dem Herzen?«

»Er wollte sich nur mit mir unterhalten. Ist das so ungewöhnlich? Darren und ich, wir kennen uns schon seit Jahren. Es war nichts von Bedeutung.«

Luke betrachtete sie nachdenklich und kam zu dem Schluß, daß sie ihm an diesem Morgen nicht das geringste erzählen würde. Soviel also zu seinem direkten Vorgehen.

»Wie Sie meinen. Bereiten Sie sich darauf vor, nach dem Mittagessen nach Seattle zu fahren. Packen Sie eine Tasche, wir bleiben über Nacht.«

Sie starrte ihn an. »Einen Augenblick mal …«

»Getrennte Zimmer«, bemerkte Luke kühl. »Geschäftsreise. Sie sind meine persönliche Assistentin, haben Sie das vergessen? Ich brauche Sie. Sie werden die meisten Sitzungen mitverfolgen. Ich möchte Sie hinterher um Ihre Einschätzung der Beiträge bitten, mit denen das Management sich einbringt. Sie kennen die Leute besser als ich.«

Ein Blick auf ihren ausgesprochen argwöhnischen Gesichtsausdruck sagte ihm, daß sie ihm nicht glaubte. Wie gräßlich.

Er konnte ihr doch nicht erzählen, daß er vorhatte, mit ihr am Abend groß auszugehen, sie reichlich mit gutem Essen und Wein zu laben und sie – hoffentlich – hinterher in sein Bett zu locken. Wenn er ihr das verriete, würde sie sicher fuchsteufelswild werden.

Pünktlich um ein Uhr mittags zog Katy den Reißverschluß an ihrem Kleidersack zu und trug ihn zusammen mit ihrer kleinen Tasche ins Wohnzimmer. Dort wurde sie in Gesellschaft von Matt und Zeke von Luke erwartet. Zeke glotzte sie über den Rand des Blechnapfs, den er im Maul hielt, böse an.

»Macht es dir auch wirklich nichts aus, allein hierzubleiben, Matt?« fragte Katy Matt zum hundertsten Mal.

»Verflixt, wie oft soll ich dir noch sagen, daß Zeke und ich wunderbar zurechtkommen? Mach dir keine Sorgen.«

»Ich ruf heute abend an«, sagte Katy.

»Heute ist Freitag«, erinnerte Matt sie geduldig. »Da arbeite ich bis neun.«

»Ach ja, richtig. Versprich mir, daß du gleich nach der Arbeit nach Hause kommst.«

»Versprochen.«

»Und fahr vorsichtig«, setzte sie hinzu.

Luke nahm ihr den Kleidersack aus der Hand. »Machen Sie sich keine Sorgen um ihn, Katy. Er macht's bestimmt gut. Er ist siebzehn, nicht wahr?«

Matt warf Luke einen dankbaren Blick zu. »Ja, mach dir keine Sorgen.«

»Okay, okay, ich versteh den Hinweis.« Katy nahm ihn schnell in den Arm und drückte ihn. »Bis morgen nachmittag.«

»Gut.« Matt ging mit zur Tür. »Ich wünsch dir viel Vergnügen.«

Katy schnitt eine Grimasse. »Das hier ist eine Geschäftsreise.«

Luke lächelte etwas verzerrt, als er ihre Taschen im Kofferraum des Jaguars unterbrachte. »Das muß nicht heißen, daß es nicht auch Spaß machen darf, Katy.«

»Doch.« Sie setzte sich auf den Beifahrersitz und winkte Matt und Zeke zu.

Luke sprach nicht, während er den Wagen aus der Einfahrt auf die Straße nach Dragon Bay lenkte. Ein paar Minuten später hatten sie die kleine Stadt schon hinter sich gelassen. Luke fuhr auf die Schnellstraße, die nach Süden in Richtung Seattle führte. Der Himmel war grau verhangen, und es fiel ein leichter Nieselregen.

»Ich nehme an, Sie haben Matt nicht allzu oft allein gelassen«, unterbrach Luke endlich das Schweigen.

»Nein. Ich weiß, ich muß mich an den Gedanken gewöhnen, daß er beinahe erwachsen ist, aber das ist nicht leicht. Ich mache mir Sorgen um ihn.«

»Er macht sich auch Sorgen – um Sie nämlich.«

Katy sah ihn erstaunt an. »Tut er das wirklich?«

»Er glaubt, er ist schuld daran, daß Sie über eine so lange Zeit immer angebunden waren.«

»Das ist doch Unsinn.«

»Nein, kein Unsinn, es ist die Wahrheit, und er weiß es. Er befürchtet, daß Sie wegen Ihrer Verpflichtungen ihm gegenüber zu wenig Gelegenheit hatten, im normalen Leben Erfahrungen zu sammeln.«

»Tatsächlich?«

»Es bekümmert ihn, daß Sie vielleicht nicht gewitzt genug sind, um Scheißkerle von anständigen Männern zu unterscheiden.«

»Ich bin davon überzeugt, daß ich noch dahinterkommen werde«, gab Katy zurück. »Ich hatte schon immer eine schnelle Auffassungsgabe.«

Die Büros der Hauptverwaltung von Gilchrist, Inc. nahmen in einem schlanken Hochhaus im Geschäftsviertel von Seattle eine ganze Etage ein. Der Blick durch die getönten Glaswände der Räume im zwanzigsten Stock war atemberaubend. In der City vibrierte jene geschäftige Energie, die nur in einem Hafen am Rand des Pazifiks entstehen kann.

Die Elliott Bay, schiefergrau unter einem bleiernen Himmel, sah von oben aus wie mit Geisterschiffen gesprenkelt. Als kleine, in sich geschlossene Welten trugen die Tanker und Frachter Namen von Reedereien aus allen möglichen Ländern des asiatischen und pazifischen Raums. Die fernen, schneebedeckten Gipfel der Olympic Mountains verschwanden fast im Nebel, der sich über die ganze Welt zu breiten schien.

»Warum hat Luke Sie heute mitgebracht?« fragte Eden. »Was ist los? Was hat er vor?«

Katy kehrte der herrlichen Aussicht den Rücken und sah zu Lukes Cousine hinüber. Eden lehnte elegant im Sessel hinter ihrem Schreibtisch, aber ihr Körper verriet nervöse Anspannung. Sie trug ein knappes schwarzes Kostüm, das ihre schlanke Figur hervorhob und wirkungsvoll mit dem knalligen Rot ihres Mundes und ihrer Nägel kontrastierte. Ihre grünen Augen wirkten wachsam und unruhig.

»Ich soll ihm nach den Sitzungen mein Urteil über die Mitarbeiter aus der oberen Führungsebene abgeben, mit denen er heute zusammenkommt.« Katy hob die Schultern. »Was soll ich sonst sagen? Ich bin nur eine bessere Sekretärin.«

Eden trommelte mit den Nägeln auf der polierten Platte ihres Schreibtischs. »Aber was kann er vorhaben?«

Katy dachte an die Sicherheitsprüfung, die Luke in Gang gesetzt hatte, sagte aber nichts. Luke hatte ihr ausdrücklich nahegelegt, niemand etwas davon zu erzählen, und schließlich arbeitete sie ja jetzt für ihn. Ob es ihr paßte oder nicht, ihre geschäftliche Loyalität galt dem Bastard.

»Also, ich weiß nicht«, sagte Katy vorsichtig. »Im Moment sammelt er Daten. Mehr kann ich Ihnen nicht sagen.«

»Er führt irgend etwas im Schilde. Ich fühle es.« Eden starrte Katy vorwurfsvoll an. »Sie müssen uns sagen, was vorgeht, Katy. Hier steht zu viel auf dem Spiel.«

»Soviel ich weiß, macht er genau das, was er Justine gegenüber zu tun vorgeschlagen hat. Er versucht, die Firma zu sanieren.«

»Vater meint, wir könnten ihm nicht trauen, und ich bin der gleichen Meinung.« Eden schaute auf den leuchtenden Bildschirm ihres Computers, als könne sie die Zukunft darin lesen. »Er macht mich nervös.«

»Ich glaube, er macht alle nervös. Schauen Sie, Eden, ich weiß wirklich nicht, was ich Ihnen sonst noch sagen könnte. Justine wollte ihn haben. Jetzt hat sie ihn. Uns bleibt nur, das Beste zu hoffen.« Katy sah auf ihre Uhr. »Ich muß mich beeilen. Luke hat noch eine Sitzung einberufen, in fünf Minuten, im Vorstandszimmer. Ich muß daran teilnehmen.«

»Katy, warten Sie.« Eden beugte sich vor, und ihr Gesichtsausdruck wirkte beschwörend. »Sie warnen uns, wenn Sie entdecken, daß Luke etwas plant, das der Familie schadet, nicht wahr? Soviel sind Sie uns schuldig.«

Katy zögerte einen Augenblick. »Ich werde Justine informieren. Soviel bin ich ihr schuldig. Der übrigen Familie schulde ich nicht wirklich etwas, oder?«

Edens Augen wurden schmal. »Was soll das bedeuten?«

»Genau das, was es heißt. Ich habe immer für Justine gearbeitet, nicht für die anderen.«

»Nein«, flüsterte Eden. »Es heißt mehr als das. Eine ganze Menge mehr. Sie haben mir nie verziehen, daß ich Nate geheiratet habe, nicht wahr? Warum geben Sie's nicht zu?«

»Hiermit hat Nate nichts zu tun.«

»Das glaube ich Ihnen nicht.« Eden stand auf und stellte sich ans Fenster. Sie starrte verdrossen in den grauen Himmel. »Sie wissen wohl nicht, daß Sie von Glück sagen können, daß er Sie hat sitzenlassen. Aus meiner Sicht schulden Sie mir wirklich etwas dafür, daß ich Ihnen die Erfahrung einer Ehe mit Nate Atwood erspart habe.«

Katy betrachtete Edens eindrucksvolles Profil. »Ich weiß.«

»Der Mann ist ein Profiteur.«

»Ja.«

»Er hat mich nicht geliebt. Er hat mich niemals geliebt. Er hat mich benutzt«, zischte Eden.

»Ich weiß.« *Und mich hat er benutzt, um an sie heranzukommen,* dachte Katy. »Aber jetzt sind Sie ihn ja los. Gott sei Dank hat Justine die Scheidung durch ihre Anwälte regeln lassen. Sie hat Sie beschützt.«

»Ist das Ihre Ansicht?«

Katy runzelte die Stirn. Die Bitterkeit in Edens Stimme war ihr nicht ganz verständlich. »Emotional vielleicht nicht. In diesem Bereich hätte niemand Sie schützen können. Aber finanziell, gewiß. Nate hat nicht viel bekommen. Nur so eine Art Abschiedsgeschenk.«

Eden schloß kurz die Augen. »O Himmel, was für ein Bastard er war.« Sie öffnete die Augen wieder. »Und jetzt haben wir's wieder mit einem Bastard zu tun.«

»Ja, das Leben ist schon hart, nicht wahr?« bemerkte

Luke von der Türschwelle her. Er sah Katy an. »Sind Sie fertig? Die Sitzung fängt in zwei Minuten an.«

»Ich bin soweit.« Katy warf Eden einen letzten, unbehaglichen Blick zu und ging hinter ihm her in die Diele.

Luke schaute sie nachdenklich von der Seite an, während sie auf dem Weg zum Konferenzzimmer die Lounge durchquerten. »Worum ging's denn?«

»Um ihre Scheidung.«

»Erfreuliches Thema.«

»Nicht besonders«, murmelte Katy, »Gilchrists sind selten ...«

»Sprechen Sie's lieber nicht aus. Wissen Sie, ich werde Ihre ständigen Verallgemeinerungen allmählich ein bißchen leid.«

»Verständlich.« Katys Stimmung hellte sich auf. Mit Luke die Waffen zu kreuzen, schien eine belebende Wirkung auf sie zu haben.

»Manchmal hab' ich die Gilchrists auch satt.«

Fraser stand mit einer kleinen Gruppe von Leuten aus der Geschäftsleitung zusammen, als Luke und Katy den Raum betraten. Er nickte Luke zu und lächelte Katy an. Dann kam er auf sie zu und zog ihr einen Stuhl heran.

»Was machen Sie denn in der Stadt?« fragte er leise.

»Keine Ahnung. Man hat mir gesagt, ich sei hier in einer beratenden Funktion.«

»Das kann ich mir gut vorstellen. Darin sind Sie gut. Bleiben Sie über Nacht?«

»Ja, tatsächlich.«

»Wunderbar«, grinste Fraser. »Wie wär's mit einem gemeinsamen Abendessen?«

Katy war verblüfft. Bis dahin hatte Fraser so gut wie nie etwas vorgeschlagen, das man für eine Einladung hätte halten können. Aber nach dem, was sie in den letzten Monaten miteinander durchgestanden hatten, konnte sie eigentlich nichts dagegen einwenden. »Hört sich toll an.«

»Ich bin um sieben bei Ihnen im Hotel in der Lobby«, sagte Fraser. »Keine Sorge, wir gehen in kein Gilchrist Restaurant.«

Katy lachte. Aus dem Augenwinkel konnte sie sehen, daß sich Luke bei diesem Geräusch nach ihr umdrehte. Sein Blick wanderte kurz zu Fraser hinüber und blieb dann eine Zeitlang auf ihr ruhen. Er wirkte mißgestimmt.

Spontan kam ihr die Erkenntnis, daß er wahrscheinlich selbst vorgehabt hatte, mit ihr auszugehen. Ein Gilchrist, dessen Pläne durchkreuzt wurden, war ein gefährlicher Gilchrist.

Andererseits hatte sie dadurch mit knapper Not eine eindeutig sexuell aufgeladene Situation vermieden. Sie besaß keine Übung darin, mit solchen Dingen umzugehen. Dafür war sie wohl nicht der Typ.

Warum sie sich trotzdem nicht erleichtert fühlte, das mußte Katy sich wirklich fragen.

»Was, zum Teufel, kann er denn ausgeheckt haben?« fragte Fraser später an diesem Abend.

Katy schaute von ihrer Speisekarte hoch. Es fiel ihr auf, daß man sie schon wieder anzapfte, um an Insiderinformationen über Lukes Absichten zu kommen. Das stand also hinter der Verabredung zu einem angenehmen, zwanglosen Abendessen. Den ganzen Tag über hatten Leute sie beiseite genommen, um zu erfahren, was der Bastard denn wohl in Sachen Gilchrist plane. Mit einem heimlichen Seufzer des Bedauerns stellte sie fest, daß Fraser keine Ausnahme machte.

Vermutlich sollte sie nicht zu streng mit ihm sein. Er hatte sicher Sorgen um seine eigene Zukunft. Auf der anderen Seite arbeitete sie immerhin für Luke und war ihm gegenüber zur Loyalität verpflichtet.

»Ich weiß es nicht«, sagte Katy und wandte sich wieder ihrer Speisekarte zu.

»Gibt's keinen Hinweis?«

»Absolut nichts.«

Fraser lächelte. »Ach, kommen Sie schon, Katy. Ich bin's doch schließlich, Ihr alter Kumpel Fraser. Wir haben in den letzten sechs Monaten bei Gilchrist gemeinsam die Stellung gehalten. Mir können Sie doch erzählen, was los ist. Ich hab' hier eine Karriere, die ich nicht sausen lassen will.«

Katy legte langsam die Speisekarte aus der Hand. »Ich weiß. Aber es tut mir leid – zu diesem Zeitpunkt gibt es noch nichts zu berichten. Luke scheint Informationen zu sammeln. Mir ist bekannt, daß er sich über den wirtschaftlichen Abstieg von Gilchrist Gourmet Sorgen macht und daß er die beiden Restaurants, die in Schwierigkeiten sind, genau im Auge behält. Aber ich weiß nicht, was er unternehmen will.«

»Wenn er nur halb soviel kaufmännischen Verstand hat, wie man ihm nachsagt, dann verkauft er Gilchrist Gourmet.«

»Schon möglich.«

»Die Gilchrists sind schon immer in der Restaurantbranche erfolgreich gewesen«, bemerkte Fraser mit Nachdruck. »Sie sollten bei dem bleiben, wovon sie etwas verstehen und das Geschäft mit den Tiefkühlgerichten aufgeben. Davon haben sie keine Ahnung.«

»Letztes Jahr um diese Zeit hat Gilchrist Gourmet doch noch Gewinn gemacht.«

»Das war letztes Jahr.« Fraser nahm sein Weinglas und schwenkte den Inhalt ungeduldig. »Heute geht der Betrieb den Bach hinunter. Die Firma Gilchrist muß sich darüber klar werden, daß es keine andere Wahl gibt, als zu verkaufen.«

»Wenn veräußert werden muß, dann wird Luke veräußern«, meinte Katy unparteiisch. »Aber wenn irgend jemand das Projekt retten kann, dann er.«

Fraser betrachtete sie interessiert. »Sie setzen großes Vertrauen in den Bastard.«

»Der Mann ist vielleicht nicht unbedingt ein Gentleman und auch nicht besonders gebildet, aber das, was er macht, macht er gut.«

»Mit anderen Worten, er versteht sich aufs Geldverdienen.«

Katy lächelte wehmütig. »Nach allem, was man so hört, ja.«

Fraser stellte sein Glas ab und berührte mit vertraulicher Dringlichkeit ihre Hand. »Katy, es war mir ernst mit dem, was ich vorhin sagte. Für mich steht gerade jetzt karrieremäßig eine ganze Menge auf dem Spiel. Kann ich darauf zählen, daß Sie mich über jede Transaktion, die der Bastard unternimmt, auf dem laufenden halten?«

»Ich will tun, was ich kann«, antwortete sie ruhig. »Aber würde es Sie sehr stören, wenn wir jetzt essen? Ich sterbe vor Hunger.«

Fraser schien das Thema nicht so gern verlassen zu wollen. Sein Blick wirkte irritiert, aber dann brachte er doch ein Lächeln zustande. »Ach woher denn. Versuchen Sie den Lachs. Sie verstehen sich hier auf die Zubereitung. Wissen Sie, ich habe ein paarmal mit Eden gesprochen.«

»Ach, tatsächlich?«

»Das Dumme ist nur, daß sie auch nicht weiß, was vor sich geht. Ich glaube auch nicht, daß sie es mir wirklich erzählen würde, wenn sie etwas wüßte. Zum Teufel, sie gehört zur Familie, und ich bin eben nur ein Angestellter. Außerdem gehen ihr im Augenblick wahrscheinlich ganz andere Dinge durch den Kopf.«

Diese beiläufige Bemerkung über Eden erregte Katys Aufmerksamkeit. »Wie kommen Sie darauf?«

»Hab' sie diese Woche mit ihrem Ex-Mann gesehen«, meinte Fraser gleichmütig, während er seine Speisekarte öffnete. »Vielleicht planen sie eine große Versöhnung.« Er lachte bitter. »Justine kriegt bestimmt Zustände, wenn es dazu kommt, meinen Sie nicht auch? Sie war so verdammt erleichtert, als die Scheidung ausgesprochen wurde.«

Katy war schockiert. »Eden und Nate? Die beiden haben Sie zusammen gesehen? Sind Sie ganz sicher?«

Fraser schaute auf. »Sie waren im Begriff, vor einem der Restaurants in ein Taxi zu steigen. Ich hatte gerade mein Gespräch mit dem Geschäftsführer beendet und wollte rausgehen. Sah so aus, als ob Atwood auf sie gewartet hätte.«

Katy rief sich die Bitterkeit in Erinnerung, die am Morgen aus Edens Stimme geklungen hatte. *Er hat mich benutzt.* »Für mich ist es schwer, so etwas zu glauben.«

»Sie kennen die Gilchrists. Sie haben's gern dramatisch. Vielleicht reizt Eden der Gedanke, eine Affäre mit ihrem Ex anzufangen. Irgendwie ausgeflippt. Wissen Sie was, Katy?«

»Was denn?« Katy versuchte sich vorzustellen, warum Eden ihre leidenschaftliche Beziehung zu Nate Atwood wieder beleben wollte. Soviel Katy wußte, haßte sie den Mann. Andererseits hatte sie immer gehört, Haß sei die Kehrseite der Liebe.

»Ich bin wirklich froh, daß Sie auf meiner Seite stehen«, meinte Fraser nachdenklich. »Wenn es darum geht, mit den Gilchrists fertig zu werden, müssen Freunde zusammenhalten. Und wir sind doch Freunde, nicht wahr, Katy?«

»Ja«, sagte Katy ruhig. »Ich glaube, ich schenke mir den Lachs und nehme statt dessen Pasta mit Pestosauce. Mal sehen, ob der Pesto besser ist als meiner.«

Eine Stunde später schloß Katy die Tür zu ihrem Hotelzimmer auf. Sie war erleichtert, daß es ihr gelungen war, Fraser unten in der Lobby loszuwerden. Einige Minuten lang hatte sie gemeint, in seinen Augen so etwas wie Berechnung zu erkennen, und das hatte sie wütend gemacht.

Ihr kam der Gedanke, daß Fraser womöglich versuchen würde, sie zu verführen, um ganz sicherzugehen, daß sie ihn über die Vorgänge in der Hauptverwaltung der Firma Gilchrist auf dem laufenden hielt.

Glaubten denn alle, sie wäre ein unerfahrenes kleines Dummchen? Das fragte sie sich erschöpft, als sie die Tür aufschloß. Wenn sie sich verführen lassen wollte, würde sie einen Mann bevorzugen, der von anderen Gefühlen getrieben wurde als der Angst um seine Karriere.

Luke zum Beispiel.

Der Gedanke verursachte ihr einen leichten Schwindel. Sie mußte verrückt sein, an so etwas auch nur zu denken. Aber bei Luke würde eine Frau wenigstens merken, daß eine Portion Leidenschaft mit im Spiel war. Denn leidenschaftlich waren die Gilchrists bis zum Übermaß.

Mit Fraser, dachte Katy, wäre eine Verführung ein streng geschäftlicher Akt.

Nicht, daß sie daran interessiert war, sich von wem auch immer ins Bett locken zu lassen, bestätigte sie sich selbst, während sie sich anschickte, die Tür zu schließen.

Sie tastete nach dem Lichtschalter, als sie die Anwesenheit einer anderen Person im Zimmer spürte. Ihre Hand wurde eiskalt.

»Wenigstens hatten Sie Verstand genug, allein ins Zimmer zurückzukommen.« Lukes Stimme klang finster, rauh und gefährlich in der Dunkelheit.

Katy sog scharf die Luft ein. Sie machte Licht und funkelte Luke außer sich vor Wut an.

Er sah ihr Gesicht nicht, weil er sich bequem in dem Sessel ausgestreckt hatte, der am Fenster stand, und den Blick über die Stadt genoß. Die Füße in den schwarzen Stiefeln hatte er auf die Fensterbank gelegt. In dem Glas, das er in der Hand hielt, klirrten Eiswürfel. Ein Blick auf den kleinen Kühlschrank bewies ihr, daß er sich aus dem Spirituosenfach bedient hatte.

»Du lieber Himmel, Sie haben mich fast zu Tode erschreckt!« Katy merkte, wie ihr Puls raste und wie verkrampft sie innerlich war. Ihr ganzer Körper ging in Abwehrstellung, als sei die Parole Kampf oder Flucht, obwohl ihr Gehirn schon registrierte, daß die Gefahr eines Angriffs nicht unmittelbar bestand. »Was haben Sie hier zu suchen?«

Luke drehte sich nicht nach ihr um. »Haben Sie sich mit Stanfield verabredet, um mich eifersüchtig zu machen?«

Katy war total verblüfft. »Um Himmels willen, nein. Natürlich nicht. Sind Sie verrückt? Wozu sollte ich Sie eifersüchtig machen?«

»Wie kann ich das wissen? Soviel ich weiß, ist es eine Taktik, die Frauen anwenden.«

»Manche Frauen vielleicht, aber nicht alle.« Katy brachte allmählich ihre fünf Sinne wieder zusammen. Luke in ihrem Zimmer zu entdecken gab ihr das Gefühl, in einer anderen Welt gelandet zu sein. Alles erschien ihr unwirklich.

»Es hat funktioniert«, sagte Luke gedämpft. »Ich war eifersüchtig.« Er nahm einen Schluck aus dem Whiskyglas in seiner Hand. »Zum Teufel, es ist wirklich ein Gefühl, das ich hasse. Bin die meiste Zeit meiner Ehe eifersüchtig gewesen.«

»Luke ...«

»Wenn Ariel irgendwo hinkam, sah jeder Mann sie an und wollte mit ihr schlafen. Auf der Stelle. Sie wußte es. Und hat meine Reaktion genossen. Sagte, es sei die Garantie für guten Sex hinterher.«

Katy nahm vorsichtig auf der Bettkante Platz. Ihre Finger zitterten. Luke hatte sich noch immer nicht zu ihr herumgedreht, und deshalb konnte sie sein Gesicht nicht sehen. Aber sie hörte den schneidenden Unterton der alten, längst verschütteten Angst in seiner Stimme und empfand plötzlich den Wunsch, ihn zu trösten.

»Es tut mir leid, Luke.«

»Kein Grund dazu.« Wieder klirrte das Eis in seinem Glas. »Sie war eine schöne Frau. Sie konnte nichts dafür.«

»Natürlich nicht.« Aber Ariel hätte sich nicht in Lukes Eifersucht sonnen sollen, dachte Katy. Sie hätte sie nicht benutzen dürfen, um seine Leidenschaft anzufachen. Der Mann hatte auch so genug davon in sich. So viel Verlangen.

»Sie hat es hinterher immer wieder gutgemacht. Im Bett.«

Katy ballte die Hände in ihrem Schoß. »Ich verstehe. Dann hat es Sie also nicht weiter gestört? Es hat Ihnen nicht wirklich etwas ausgemacht, eifersüchtig zu sein, weil Sie ja wußten, daß Sie dafür im Bett entschädigt würden?«

»Ich habe es gehaßt.« Die Worte waren ein leises, böses Knurren. »Das einzige, was es erträglich machte, war das Wissen, daß sie mich liebte. Sie spielte nur ihre Spielchen. Aber allmählich fing ich an, die Spielchen zu hassen. Sie schien das nie zu begreifen.«

Katy überlegte, was sie sagen sollte. »Luke, ich hab' es nicht darauf angelegt, Sie heute abend eifersüchtig zu machen. Sie und ich haben kein Verhältnis miteinander, also gibt's für keinen von uns beiden einen Grund zur Eifersucht oder sonst einem anderen starken Gefühl.«

»Tatsächlich?«

»Ich möchte zu Protokoll geben«, fuhr Katy entschlossen fort, »daß ich nie versuchen würde, einen Menschen, an dem mir etwas liegt, eifersüchtig zu machen. Es wäre das letzte, was ich tun würde. Ich finde es grausam.«

»Nicht sehr erregend?«

»Nein. Nur grausam.«

»Ich bin mit Ihnen einer Meinung«, sagte Luke. »Es ist grausam.« Er trank seinen letzten Rest Whisky aus. »Und ich gebe ebenfalls zu Protokoll, daß ich nie bewußt darauf abzielen würde, einen Menschen, den ich mag, eifersüchtig zu machen.«

Sie glaubte ihm. Katy wagte ein zittriges Lächeln. »Na, das wäre also geregelt, denke ich.«

»Wir haben zwar kein Verhältnis, aber gerade geschworen, einander nicht eifersüchtig zu machen. Es geht doch nichts über die Entscheidung, erst mal das Kleingedruckte aus dem Weg zu räumen, nicht wahr?« Luke stellte sein Glas auf den Tisch, nahm seine Füße von der Fensterbank und stand auf. Er drehte sich zu ihr um und sah ihr zum ersten Mal ins Gesicht. Sein verhüllter Blick bannte sie mit hypnotischer Intensität.

»Luke?« Katy verstummte. Sie war sich seiner in jeder Weise bewußt, in der eine Frau einen Mann wahrnehmen kann. Langsam erhob sie sich von der Bettkante, als er auf sie zukam.

»Ich bin nicht dein Typ.« Er blieb dicht vor ihr stehen. »Du hast mir klar und deutlich gesagt, daß ich nicht der Mann deiner Träume bin. Aber ich will dich trotzdem. Wenn du zu mir kommst, und sei es nur für eine kleine Weile, dann schwör ich dir, daß ich nicht mit dir spielen werde. Was immer zwischen uns sein wird, es soll unbedingt ehrlich zugehen. Ist dir das genug?«

Katy merkte, daß sie die Luft anhielt. Eine süße, verzehrend heiße Flamme loderte in ihr. Das Gefühl war anders als alles, was sie bis dahin empfunden hatte. Sie war außer Atem, erwartungsvoll und heiter zugleich.

Sicher, sie war nun einmal nicht besonders leidenschaftlich veranlagt, ermahnte sie sich verzweifelt. Aber dieses umwerfende Gefühl konnte sie nicht leugnen. Ihr kam der Gedanke, daß sie mit einem anderen Mann so etwas vielleicht niemals erleben würde. Wenn sie die Gelegenheit nicht ergriff – mußte sie dann den Rest ihres Lebens damit verbringen, sich zu fragen, was sie versäumt hätte?

Und sie hatte schon so vieles versäumt im Leben.

Katy faßte ihren Entschluß.

»Ja«, sagte sie. »Das ist mir genug.«

8

Luke lächelte sie an. Es war ein bedachtsames, betörendes Lächeln, das kaum seinen Mund berührte, aber seine Augen in Smaragde verwandelte. Es war das Lächeln eines Magiers; ein Lächeln, das Geheimnisse heraufbeschwor, die sie nur ahnen konnte; ein Lächeln, das ihr versprach, daß er die Verzauberung mit ihr teilen wollte. Atemlos und vor ihrem eigenen Mut erschrocken, schaute Katy in seine glänzenden Augen und wunderte sich über das, was sie getan hatte.

Aber jetzt war es zu spät, einen Rückzieher zu machen, selbst wenn sie es gewollt hätte. Mit ihrem ganzen Wesen war sie schon in die Sache verstrickt. Auch ihre Seele. Sie fühlte sich in einer Weise lebendig wie nie zuvor und wollte vor diesem Feuer nicht zurückweichen, komme, was da wolle. Ein einziges Mal wollte sie sich der Leidenschaft überlassen, nicht anders als irgendein Gilchrist.

»Amüsiert dich etwas?« Luke umfaßte ihren Nacken mit einer Hand. Sein Daumen verfolgte die Linie ihrer Kehle, als handle es sich um eine Goldader.

»Nein.« Katy erschauerte unter seiner Berührung. »Ja.«

»Sag mir, was es ist.« Er berührte ihre Lippen leicht und auffordernd zugleich mit seinem Mund.

»Ich hab' gerade gedacht, daß ich vielleicht zu viele Jahre mit Gilchrists zusammen war. Ich verhalte mich schon wie einer von ihnen.«

»Tu mir einen Gefallen.«

»Was für einen?«

»Ich wäre dir sehr dankbar, wenn du heute nacht ausnahmsweise solche Verallgemeinerungen vermeiden würdest. Ich selbst, ich will dich lieben. Die übrigen Gilchrists haben nichts damit zu tun.«

Sie wurde über und über rot. »Ich versteh deinen Standpunkt. Es handelt sich hier nicht gerade um eine Gruppenunternehmung, nicht wahr?«

»Nein, nur um dich und mich.« Seine Finger bewegten sich sacht über ihre Kehle und schoben das Haar beiseite, das sich unter ihrem Kinn nach innen bog. Dann zog er sie wieder dicht an sich und küßte die zarte Haut hinter ihrem rechten Ohr.

Katy war erstaunt darüber, daß sie gerade an dieser Stelle so unglaublich sensibel reagierte. Sie holte tief Luft und berührte Lukes Wange. Er beugte sich hinunter und küßte die empfindliche Haut auf der Innenseite ihres Handgelenks. Katys Finger zitterten.

Luke lächelte wieder sein rätselhaftes Lächeln, als er spürte, wie das Zittern nun auch ihren Körper durchlief.

»Heute nacht begehrst du mich, nicht wahr?« fragte er leise.

»Ja.«

»So sollte es auch sein. Nicht wie neulich auf meinem Sofa.«

»Da war ich mir nicht sicher, ob ich etwas mit dir anfangen wollte.«

»Aber heute nacht weißt du's?« Seine Augen glitzerten.

»Nein. Aber ich tu's trotzdem.« Katy lächelte und schlang ihre Arme um seinen Hals.

Luke lachte leise, hob sie hoch und nahm sie auf die Arme. Katy umklammerte unwillkürlich seine Schultern, als sie unversehens den Boden unter den Füßen verlor. Er trug sie durchs Zimmer, als habe sie überhaupt kein Gewicht.

»Wo gehen wir hin?« fragte sie beunruhigt, als er mit ihr auf die Tür zuging.

»Nicht weit.« Er blieb vor dem Schalter an der Wand stehen. »Knips das Licht aus!«

Katy schaute zu ihm auf und schaltete dann gehorsam das Licht aus. Das Zimmer versank in Dunkelheit, und die erotische Spannung des Augenblicks steigerte sich um ein Vielfaches. Es wurde ihr deutlich bewußt, wie sehr ihr Körper auf die Tatsache reagierte, daß Luke sie in seinen Armen hielt. Katy war sich gar nicht mehr sicher, daß sie auf eigenen Füßen hätte stehen können, selbst wenn sie dazu gezwungen gewesen wäre.

Sie schloß die Augen und genoß das Gefühl seiner Stärke, als Luke sie wieder durch das Zimmer zurücktrug. Sie war überzeugt, daß er sie aufs Bett legen würde und konnte sich schon vorstellen, was innerhalb der nächsten Minuten geschähe. Sicher würde er sich neben sie legen und sie in seine Arme nehmen. Sie betete, er möge nicht so stürmisch sein wie neulich. Denn sie brauchte Zeit, um sich an seine ungestüme Sinnlichkeit zu gewöhnen, die für sie noch so ungewohnt war.

Als Katy spürte, wie die dunklen Schatten um sie her sich zu drehen begannen, klammerte sie sich an Luke fest. Nur noch eine Sekunde, und sie würde das Bett unter sich fühlen. *Bitte nicht zu schnell, flüsterte sie im stillen. Ich bin nicht wie du. Ich bin nicht der Typ Frau, der sich schon bei der ersten Berührung ungehemmter Leidenschaft überläßt. Ich glaube, du mußt mir ein bißchen Zeit lassen.*

Aber es war nicht das Bett, das sie ertastete, als die Welt um sie herum endlich aufhörte, an ihr vorbeizuwirbeln. Es waren Lukes harte, muskulöse Oberschenkel, die sie unter sich spürte. Sie öffnete die Augen und sah die vom Regen verwaschenen Lichter der Stadt vor sich ausgebreitet, die wie Diamanten in der Nacht strahlten. Luke hatte sie nicht auf das Bett gelegt, sondern sich mit ihr auf dem Schoß in den Sessel am Fenster gesetzt. Sie fühlte sich in seinen warmen, starken Armen geborgen.

»Ich will versuchen, diesmal nichts falsch zu machen«, sagte Luke, als habe er ihre Gedanken gelesen.

Er beugte sich vor und küßte sie mit soviel wohlbedachter Leidenschaft, daß es Katy den Atem verschlug. Sie hatte das Gefühl, in warmem Treibsand zu versinken. Unter seinem sanft drängenden Mund öffnete sie ihre Lippen.

Luke stieß einen kleinen, heiseren Laut aus, der Katy sein Verlangen verriet und alle ihre Sinne in Aufruhr versetzte. Tief in ihrem Innern gab es eine Antwort auf sein männliches Verlangen. Sie schmiegte sich an ihn und küßte ihn mit wachsender Sinnlichkeit wieder.

Als er seinen Mund öffnete, zögerte sie zuerst. Dann überwog ihre Neugier. Sie begann vorsichtig, ihn mit der

Zunge zu erkunden, bis sie auf eine erregende Hitze stieß, die aus dem Inneren seines Körpers aufzusteigen schien. Sie wies ihr den Weg zu einem glimmenden Feuer, das zu berühren sie sich sehnte. Noch dichter an ihn gepreßt, verlangte es sie nach mehr.

Luke stöhnte leise und tief auf. Seine Hand schloß sich zärtlich um ihren Nacken, und dann glitten seine Finger unter den Kragen ihres Kleides. Katy spürte die Kühle am Rücken, als er den Reißverschluß herunterzog, aber es war die Wärme seiner Hände, die ihr Rückgrat entlang nach unten wanderten, die jedes einzelne Nervenende in ihrem Körper in Alarm versetzte. Unwillkürlich verkrampfte sie sich.

»Entspann dich, Liebling. Diesmal werde ich dich nicht drängen.« Luke streckte sich, um auf sie hinunterzuschauen. »Wir haben die ganze Nacht für uns.«

Katy lächelte zittrig. Sie konnte unter ihren Oberschenkeln spüren, wie sehr erregt er war. Aber ebenso war ihr die ungeheure Disziplin bewußt, die er sich auferlegte. Sie sprach aus jeder Linie seines Körpers, von seinen angespannten Kiefermuskeln bis hin zu der gesammelten Kraft seiner Schultern. Voll Verwunderung berührte sie seine Wange.

»Ich wußte, daß du ein leidenschaftlicher Mensch bist«, flüsterte sie, »aber es war mir nicht klar, daß du diese Leidenschaft so völlig in der Gewalt hast.« Sie kannte keinen einzigen Gilchrist, der seine Gefühle im Zaum halten konnte. Bei jedem sah es immer so aus, als wüchsen sie ihm über den Kopf.

»Unbeherrschte Leidenschaft wirkt zerstörerisch. Sie ist die gefährlichste Kraft auf dieser Erde«, meinte Luke. »Ich mußte schon vor langer Zeit lernen, wie man ihr Feuer unter Kontrolle hält.«

»Und beherrschte Leidenschaft?«

Luke lächelte sein geheimnisvolles Lächeln. »Die schöpferischste Kraft des Universums. Kontrolliertes Feuer.«

»Ich hab' noch nie einen Mann gekannt, der in Flammen steht und sich so gut beherrscht.« Katy strich mit ihren Fingern über seine Kehle hinunter bis in den Ausschnitt seines schwarzen Hemds. »Du bist einmalig, Luke Gilchrist.«

»Nein. Du bist diejenige, die einmalig ist.« Er fuhr ihr mit der Hand durch das Haar. »Eindeutig einmalig in deiner Art. Das Feuer lebt auch in dir. Süß und heiß. Es wartet nur darauf, entdeckt zu werden.«

Katy war wie gebannt. Der Gedanke, daß dieser Mann, der förmlich glühte vor Leidenschaft, dieses Gefühl auch in ihr entdeckte, war unglaublich verführerisch. Sie hatte sich selbst nie zuvor in diesem Licht gesehen. »Woher weißt du, daß es in mir ist?«

»Ich kann deine Leidenschaft sehen«, sagte er. »Und hören. Und fühlen. Sie stand in deinen Augen, als du mir sagtest, ich hätte die Pflicht, Gilchrist zu retten. Sie war in deiner Stimme, als du Justine befahlst, sich nicht vor mir zu erniedrigen. Sie schwingt in dir, wenn du über deine Zukunftspläne sprichst. Liebling, du bist ein richtiggehender Vulkan.«

»Nein, das glaube ich nicht.« Katy stützte ihre Hand mit gespreizten Fingern gegen seine Brust. Sie mochte es, wie sich die drahtigen krausen schwarzen Haare, die sie unter seinem Hemd fand, anfühlten. »Aber es freut mich, daß du meinst, du könntest ein paar Funken in mir ausfindig machen.«

»Das Feuer ist da, wahrhaftig,« sagte Luke an ihrem Mund. »Du und ich, wir werden alle beide in Flammen aufgehen.«

»Und danach, was ist dann?« fragte sie ruhig. Der Teil ihrer selbst, der immer ein Auge auf die Zukunft gerichtet hielt, war nicht so ohne weiteres auszuschalten, nicht einmal für eine Nacht.

»Dann werde ich es wieder für eine Weile unter Kontrolle bringen.« Lukes Hand stahl sich näher und umschloß ihre Brust. »Aber nur für kurze Zeit. Wenn man mit dem Feuer spielt, besteht die Hälfte des Vergnügens darin, zuzuschauen, wie es frei und ungehindert brennt.«

Katy gab sich einen Ruck. Sie rief sich ihren Entschluß in Erinnerung und verbannte unbarmherzig jeden Gedanken an die Zukunft. Ein einziges Mal in ihrem Leben würde sie nur an die Gegenwart denken. Sie legte ihre Arme um Lukes Hals und drückte ihn heftig an sich.

»Süß und heiß«, flüsterte Luke. Durch das Spitzengewebe ihres Büstenhalters fühlte er nach einer ihrer Brustwarzen. Seine Finger bewegten sich sacht und versuchten, sie zu erregen.

Katy bewegte sich unruhig hin und her unter seiner Liebkosung. Bald merkte sie, daß sie mehr wollte und tastete nach den Knöpfen seines Hemdes, das sie bis zur Taille hinunter öffnete. Dann berührte sie ihn in der gleichen Weise wie er sie.

Er reagierte mit einem Schauer der Erregung. Sein Mund schloß sich über ihrem und verweilte sengend heiß einen langen Moment dort, während seine Hand warm und stark auf ihrer Brust lag.

Katy fühlte, wie sie in den Treibsand hinuntergezogen wurde, tiefer und immer tiefer, bis sie sich nicht mehr bewegen konnte, ohne sich seiner überwältigenden Umarmung bewußt zu werden. Sie mußte sich eingestehen, daß sie nicht mehr frei sein wollte und drängte sich gegen ihn, als suchte sie mehr von seinem Feuer.

Er beantwortete ihr Drängen damit, daß er seine Hand ihr Bein hinaufwandern ließ bis unter ihren Rocksaum. Dort hielt er nicht inne, sondern fuhr die Innenseite ihres Oberschenkels entlang nach oben. Seine Finger glitten über ihre seidig glatte Strumpfhose bis zum Mittelpunkt ihres eigenen Feuers und drückten behutsam dagegen.

Katy schrie leise auf, und ein heftiger Schauer schüttelte sie.

»Du bist erregt genug«, sagte Luke, und es klang erfreut und zufrieden und ehrfürchtig zugleich. »Heiß und erregt. Ich kann dich gut durch dein Höschen und diese verdammte Strumpfhose fühlen.« Wieder drückte er sie sanft.

»Luke ...« Katy konnte kaum noch Luft holen.

»Entspann dich. Ich hab' dir gesagt, es eilt nicht.«

»Ich kann mich nicht entspannen, Luke, ich fühl mich so komisch ...«

»Du fühlst dich wunderbar.« Er ließ sie lange genug los, um mit der Hand unter den Taillenbund ihrer Strumpfhose zu fahren, die er ihr samt Slip mit einer einzigen wohlbedachten und sinnlichen Geste über die Hüfte und die nackten Füße hinunter zog. Katy klammerte sich an ihn, als seine Hand an den feuchten, warmen Platz zwischen ihren Schenkeln zurückkehrte, und verbarg ihr Gesicht an seiner Schulter, als er behutsam mit einem Finger vordrang, ihre kleine, anschwellende Knospe der Lust berührte – wieder …

Und wieder.

Die köstliche Qual schien kein Ende zu nehmen.

Katy peinigte eine verzweifelte Gier. Sie grub ihre Fingernägel in Lukes Rücken, küßte ihn wie rasend, berührte in fieberhafter Hektik seine Lippen, seine Kehle und seine Brust mit ihrem Mund.

»Jetzt?« fragte Luke sanft.

»O ja. Ja …«

»Bestimmt?«

Sie biß ihn in die Unterlippe. »Ja. Jetzt. Tu's.«

»Na gut, Liebling. Wenn es das ist, was du willst …«

Sie nahm verschwommen wahr, daß Luke seine schwarzen Jeans öffnete, hörte, wie er mit einem Ratsch seinen Reißverschluß herunterzog, und fühlte, daß sich seine Hand bewegte. In der Dunkelheit war ein knisterndes Geräusch zu hören, als er das kleine Plastikpäckchen mit den Zähnen aufriß.

Ungeduldig wartete sie darauf, daß er sie nun aufheben und zum Bett hinübertragen würde. Aber er machte keine Anstalten, vom Sessel aufzustehen. Statt dessen hob er sie etwas an und drehte sie so, daß sie genau auf ihn hinuntersah. Er legte seine Hände um ihre Schenkel und schob sie auseinander – gleich darauf saß sie rittlings auf seinem Schoß.

»Was machst du da?« fragte Katy. Sie war zu benommen, um zu verstehen.

Lukes Augen glitzerten in der Dunkelheit. »Das Feuer schüren.«

Er hob sie wieder etwas an, und Katy schnappte nach Luft, als sie merkte, was er vorhatte. So viel also zum Bett. Er würde hier in diesem Sessel mit ihr schlafen. Um Himmels willen, in einem Sessel! Sie konnte es nicht glauben. Das hatte man davon, wenn man sich mit einem Magier einließ, dachte sie.

Sie fühlte Lukes Glied gegen sich andrängen und stemmte ihre Hände gegen seine Schultern. »So groß«, flüsterte sie keuchend ...

Luke lachte kurz auf. Es klang heiser. »Mach dir keine Sorgen, Süße. Wir werden hervorragend zueinander passen.«

Er begann, sachte in sie zu gleiten, wobei er sie das Tempo bestimmen ließ. Katy umklammerte seine Schultern und hielt den Atem an, als sie langsam tiefer sank.

Sein Glied war groß. Sie spürte, wie es sie dehnte und sich einen Platz suchte – bis sie ganz von ihm ausgefüllt war.

»Spürst du das Feuer, Süße?« stöhnte Luke an ihrer Kehle. »Laß es brennen.«

Er packte ihre Hüften und zog sie in einen leidenschaftlichen Rhythmus hinein. Mit einem Ausruf des Erstaunens und der Hingabe überließ sich Katy der Bewegung, und bald übernahm ihr Körper die Steuerung. Sie umschlang Luke und ritt ihn, als sei er ein prächtiger, wilder Hengst.

Als die Flammen sie durchdrangen, erkannte sie nicht, was sie bedeuteten. Katy hatte ein solches Gefühl noch nie erlebt. Sie war überwältigt von der Kraft ihres eigenen Körpers und wußte nicht, wohin dies noch führen mochte. Wie ein Mantra flüsterte sie seinen Namen.

»So fühlt sich das Feuer an«, sagte Luke. Seine Hände schlossen sich fester um ihre Hüften. »Hab keine Angst. Du bist dazu geboren, durchs Feuer zu gehen.«

Mit einem kleinen, erstickten Schrei des Erstaunens erlebte Katy erschauernd, wie sie von den Wellen des ersten Höhepunkts erfaßt wurde. Eine elektrisierende Euphorie durchraste sie, während ihr ganzer Körper eine ungeheure Erleichterung empfand. Sie hätte singen können vor Lust.

Irgendwoher aus der schimmernden Dunkelheit vernahm sie Lukes tief aus der Kehle steigenden Laut seiner eigenen Befriedigung. Sie fühlte, wie er ihr Gesäß noch fester umklammerte. Dann wurde er von einem heftigen Schauer geschüttelt.

Er gehörte ihr, dachte sie triumphierend. In diesem Augenblick gehörte er ihr genauso unbezweifelbar wie sie ihm.

Und dann sank sie taumelnd abwärts in einen Zustand der Schläfrigkeit, der die voraufgegangene Erfahrung einer bis zum äußersten gesteigerten Bewußtheit auslöschte.

Sie nahm es kaum wahr, daß Luke sie schließlich in seine Arme nahm und zum Bett hinübertrug. Als er sich neben sie legte, tastete sie nach ihm und verkroch sich dann in seiner wärmenden Nähe. Seine Arme schlossen sich beschützend um sie, und Katy schlief ein.

Eine ganze Weile später lag Luke immer noch, gegen die Kissen gelehnt, im Bett, den einen Arm um Katy gelegt, den anderen unter seinem Kopf. Er starrte hinaus in die vom Regen verwaschene neonüberflackerte Nacht und tat das, was er in den letzten drei Jahren bis zur Perfektion zu tun gelernt hatte. Er konzentrierte sich auf die Gegenwart.

Aber die Gegenwart hatte sich verändert. Er lebte nicht mehr allein darin. Sie schloß Katys Anwesenheit ein.

Er hatte sich seit langem nicht mehr so wohl gefühlt, stellte er fest. Zum Teufel, er hatte so ein Gefühl überhaupt noch nie gekannt. Nicht einmal mit seiner schönen, geheimnisvollen Frau. Mit Ariel war Sex etwas ungeheuer Aufregendes gewesen, aber dieses Gefühl der inneren Ruhe hinterher hatte es nicht gegeben, genausowenig wie dieses Erlebnis der Erfüllung. Es wurde Luke bewußt, daß er mit Ariel immer am Rand der Verunsicherung gestanden hatte. Das Leben war spannend, aber zermürbend gewesen.

Mit Katy würde es Augenblicke wie diesen geben. Zeiten des Friedens, der Heiterkeit und Ruhe, ohne deshalb allein sein zu müssen. Es war ein ganz neuer Gedanke.

Die Gegenwart beinhaltete Katy. Eindeutig.

Aber auch Probleme.

Er ließ seinen Gedanken eine Zeitlang freien Lauf, indem er kurz bei dem einen oder anderen Gegenstand verweilte. Die Konferenz fiel ihm ein, die er am Nachmittag mit der Führungsspitze von Gilchrist Gourmet abgehalten hatte. Dann schaltete er um zu seinem letzten Gespräch mit dem Sicherheitsberater, der von ihm damit beauftragt worden war, den Betrüger zu ermitteln.

Eine ganze Weile arbeitete sein Gehirn leise summend wie jeder andere gute Computer. Automatisch und fast mühelos stellte er in seinem Kopf Daten zusammen, analysierte sie, setzte sie mit anderen in Beziehung und suchte nach Gesetzmäßigkeiten.

Dann wanderten seine Gedanken weiter. Er runzelte die Stirn in der Dunkelheit.

»Ist etwas, Luke?« Katys Stimme klang undeutlich und verschlafen. Sie machte die Augen gar nicht auf.

»Nein, ich hab' nur nachgedacht.«

»Worüber denn?«

»Eine Menge Sachen.«

»Du denkst an die Firma, nicht wahr?« meinte sie mit sanftem Vorwurf.

Er lächelte. »Woher weißt du das?«

»Zufallstreffer.« Sie berührte ihn beruhigend. »Es wird alles gut, Luke. Du bringst Gilchrist schon wieder ins Gleis.« Sie kuschelte sich dichter an ihn und gähnte. »Ich schenke dir rückhaltlos Vertrauen.«

»Tatsächlich?«

»Mhm.«

»Was würdest du sagen, wenn ich dir erzählte, es sei mir völlig gleichgültig, was aus Gilchrist, Inc. wird?«

»Das würde ich dir nicht glauben«, murmelte sie. »Du bist ein Gilchrist und hast den Job übernommen, weil du zur Familie gehörst. Und du wirst dein Bestes geben, um ihr die Firma zu erhalten.«

»Du solltest dir über eins klar sein, Katy: Ich hab' die Arbeit nicht aus Loyalität der Familie gegenüber auf mich genommen, sondern deinetwegen.«

»Meinetwegen?« Jetzt machte sie doch die Augen auf. Im

Schein der Lichter, die aus der Nacht durchs Fenster drangen, war die Verwirrung auf ihrem Gesicht zu erkennen. »Wovon in aller Welt redest du eigentlich?«

»Du hast es doch gehört.« Er schaute auf sie hinunter und wünschte sich, sie würde ihn endlich verstehen. »Ich bin deinetwegen hier.«

»Das kann ich nicht glauben.« In ihrem ganzen Leben hatte kein Mensch je etwas Derartiges für sie getan. Sie war nicht der Typ Frau, für den Männer so etwas machten.

»Glaub mir«, riet er ihr sanft. »Ich hab' es zuerst auch nicht verstanden, aber dann erkannte ich die Wahrheit doch noch früh genug. Ich wollte dich haben. Und ein Teil von mir wußte, daß ich nicht die geringste Chance hätte, dich zu bekommen, wenn ich mich nicht bereit erklärte, die Leitung der Firma zu übernehmen. Deshalb hab' ich dieses Abkommen getroffen.«

Sie riß vor Staunen den Mund auf. Dann schloß sie ihn schnell wieder. »Ein Abkommen? So siehst du die Sache also?«

»Wir haben einen Vertrag geschlossen. Er gilt für sechs Monate.«

Katy rang nach Luft. Sie drückte das Bettuch krampfhaft an sich und setzte sich mit untergeschlagenen Beinen auf. »Das ist doch verrückt. Ich versteh's nicht. Willst du mir weismachen, du hättest eine Art Handel mit mir abgeschlossen – der beinhaltet, daß ich deine Geliebte werde –, als du mir die Zustimmung abgerungen hast, noch sechs weitere Monate zu bleiben?«

»Stimmt. Zunächst einmal.« Luke betrachtete sie mit müßigem Verlangen. Er stellte fest, daß ihm der Gedanke, daß sie in seinen Armen ihren ersten Höhepunkt erlebt hatte, tiefe Genugtuung bereitete.

Er war nicht auf Justines Kommentar angewiesen, um zu erkennen, daß ihre Erfahrungen auf sexuellem Gebiet äußerst begrenzt waren. Die Wahrheit hatte er geahnt, als er sie damals in seinem Häuschen zum ersten Mal berührte. Und Katys überwältigtes Staunen, als sie in seinen Armen erschauert war, konnte dies nur bestätigen.

Luke genoß die Aussicht, daß er der Mann war, der die nächsten sechs Monate damit verbringen würde, Katy mit ihrer eigenen Sinnlichkeit vertraut zu machen. Schon bei diesem Gedanken spürte er seinen Körper hart werden vor Erregung.

Katy funkelte ihn böse an, aber das tat ihrem Anblick, der so sexy war, keinen Abbruch. Ihre seidigen Haarsträhnen waren zerzaust, und das Bettuch, das sie so krampfhaft an ihre Brüste preßte, bedeckte kaum die interessantesten Stellen.

»Luke, das ist einfach unerhört. Das kann nicht dein Ernst sein. So etwas tut man nicht. Für mich jedenfalls nicht.«

»Was denn?« fragte Luke. Er streckte seine Hand nach ihr aus und fuhr ihr durch das zerzauste Haar, das er so gern anfaßte. Es war wie Seide.

»Man lädt sich nicht eine Riesenaufgabe wie die Sanierung von Gilchrist auf den Hals, nur um sechs Monate lang eine Affäre mit einer Frau haben zu können, die man kaum kennt«, sprudelte Katy heraus.

Luke lächelte. »Aber genau das hab' ich getan.«

»Das glaub ich nicht«, behauptete sie noch einmal. »Ich bin nicht die Art Frau, die einen Mann zu einer derartigen Handlung inspiriert. Geschweige denn einen Mann wie dich.«

»Sie verkennen Ihre Macht, meine Dame.«

Ihre Augen verengten sich, während sie nachdachte. »Und wenn ich mich nicht so leicht von dir hätte verführen lassen? Wenn es mir gelungen wäre, dir sechs lange Monate zu widerstehen? Was hättest du dann getan?«

»Fürchterlich gelitten.« Luke benutzte seine Hand in ihrem Haar, um sie auf seine Brust hinunterzuziehen. Sie fühlte sich warm und weich an gegen seine Härte. Ihr Duft weckte eine neue Welle der Erregung in ihm.

Sie lag da und schaute mit großen Augen zu ihm auf. »Ist diese ganze Geschichte für dich nur eine Quelle der Erheiterung? Eine Herausforderung, die du aus einer Laune heraus angenommen hast?«

Seine Hand in ihrem Haar packte einen Moment lang fester zu. Er schob sie von sich und rollte sie auf den Rücken. Dann legte er sich über sie. »Glaub mir, die Probleme bei Gilchrist belustigen mich nicht; noch amüsieren mich Justine und die anderen. Ich würde mich nicht, nachdem ich sie Jahre hindurch erfolgreich gemieden habe, nur deshalb mit ihnen eingelassen haben, weil ich glaubte, eine Herausforderung annehmen zu müssen.«

»Warum also dann?«

»Ich hab's dir gesagt. Ich wollte dich.« Er küßte sie langsam und ausführlich. Als er seinen Kopf wieder hob, war er stark erregt. »Und ich will dich immer noch.«

Sie fuhr mit der Zungenspitze über ihre Unterlippe. »Die nächsten sechs Monate?«

»Ja.«

»Das ist nicht sehr lang«, flüsterte sie.

»Für mich wohl.« Er wußte nicht, wie er ihr erklären sollte, daß nach drei Jahren der Einsamkeit sechs Monate wie eine Ewigkeit klangen. Weiter konnte er nicht in die Zukunft sehen.

Aber er wußte, wie er ihr sein Verlangen nach ihr deutlich machen konnte.

Luke streichelte Katy von den Brüsten bis zu ihren Oberschenkeln, bewunderte ihre festen Rundungen und ihre glatte, seidige Haut. Bald drängte er sich zwischen ihre Schenkel und führte seine Hand über ihren weichen Bauch hinunter zu der Stelle, wo dicht gekräuselte Härchen ihr zartes Geheimnis verbargen.

»Luke?«

»Pst, Liebste«, murmelte er an ihrer Brust, »ich will jetzt nicht über die Zukunft reden. Ich möchte mich auf die Gegenwart konzentrieren.«

Erst lange Zeit später regte sich Katy wieder und drehte sich auf die Seite. Sie war es nicht gewohnt, ihr Bett mit einem anderen menschlichen Wesen zu teilen und stellte fest, daß Luke eine Menge Platz beanspruchte.

Trotzdem kuschelte sie sich an ihn und fühlte, wie sein

Arm sich wieder wärmend um sie legte. Es war schon angenehm, mit Luke zu schlafen. Sogar richtig tröstlich.

Sie glaubte nicht wirklich, daß er Gilchrist, Inc. ihretwegen übernommen hatte, aber darüber konnte sie sich auch später noch Sorgen machen. In dieser Nacht war sie zu angenehm erschöpft, um wachzuliegen und sich den Kopf zu zerbrechen. Gähnend war sie im Begriff, wieder einzuschlafen.

»Katy?«

»Hm?«

»Was wollte Darren von dir?«

Katy war viel zu schläfrig, um der Frage besondere Aufmerksamkeit zu schenken. Sie antwortete mechanisch. »Ein Darlehen.«

»Wieviel?«

Katy blinzelte. Die Schärfe der Frage hätte sie fast gänzlich wach gemacht. Da ihr nichts Gutes schwante, versuchte sie, Luke hinzuhalten. Unglücklicherweise war auch ihr Gehirn noch schlaftrunken.

»Na ja, einen gewissen Betrag.«

»Wieviel?«

»Einhundertfünfzigtausend«, hörte sie sich selbst antworten.

»Hundertfünfzigtausend Dollar?« fragte Luke und setzte sich auf. »Er wollte ein Darlehen über hundertfünfzig Riesen von dir? Ich schwör's, ich bring ihn um, den Scheißkerl.«

Katy merkte etwas verspätet, daß sie eine Lawine losgetreten hatte, die sie nicht mehr aufhalten konnte. »Luke, beruhige dich doch.«

»Ich mich beruhigen?« Mit einem Ruck warf er die Dekken von sich und sprang auf die Füße. Er lief rastlos im Zimmer auf und ab und schien sich dabei seiner Nacktheit nicht bewußt zu sein. »Dieser Bastard verlangt hundertfünfzigtausend Dollar von dir, und ich soll mich beruhigen? Ich werd ihm jeden einzelnen Knochen brechen. Was hat er sich dabei gedacht? Wie solltest du an so eine Summe kommen?«

Katy seufzte. Es wäre erheblich einfacher gewesen, diese Frage bei einem Frühstück zu erörtern, aber sie wußte, daß Luke jetzt nicht lockerlassen würde. Also richtete sie sich langsam auf und lehnte sich gegen die Kissen, wobei sie sich das Bettuch vor die Brüste hielt. »Er weiß, daß ich nicht über Beträge in dieser Größenordnung verfüge. Er hatte einen Plan.«

»Ja, das kann ich mir denken.« Luke blieb neben dem Bett stehen. »Was für einen Plan? Er wollte, daß du zu Justine gehst, nicht wahr?«

Sie seufzte, weil er so schnell den richtigen Schluß zu ziehen wußte. »Er meinte, ich solle Justine um einen Anlaufkredit für Pesto Presto bitten.«

»Und sobald du das Geld hattest, solltest du es ihm geben. Scheiße. Ich werd ihn erwürgen, den Bastard.«

Katy zuckte zusammen. Luke hatte die wesentlichen Fakten außerordentlich schnell erfaßt. Es wunderte sie nicht. Der Mann war einfach gut, wenn es um Geld ging. Sehr gut sogar. »Ja, so war's.«

»Wozu braucht Darren denn hundertfünfzigtausend Dollar?« fragte Luke.

Katy biß sich auf die Lippe. »Na ja, ich glaub, er ist irgendwie in der Klemme.«

»In was für einer Klemme?«

»Das weiß ich nicht genau. Es hat etwas mit einer Teilhaberschaft bei der Erschließung von Bauland zu tun. Da ist was schiefgegangen. Die Leute, die gekauft haben, wollen ihr Geld zurück. Der Mann, der das Geschäft eingefädelt hat, droht Darren mit Gefängnis, wenn er nicht die hundertfünfzigtausend Dollar aufbringt.«

Luke schwieg und dachte ein paar Sekunden lang nach. »Warum ist Darren nicht selber zu Justine gegangen?«

»Mach dich nicht lächerlich. Das konnte er unmöglich tun. Er sitzt in der Patsche, weil er sich ihr gegenüber beweisen wollte. Zu ihr oder seinen Eltern zu gehen ist das letzte, was er sich leisten kann. Sie denken alle, daß er ein Versager ist.«

»Er ist ein verdammter Idiot, das kann ich dir versichern.

Außerdem ein ausgemachter Dummkopf, wenn er meint, er kommt ungeschoren davon, wenn er dich in dieser Weise benutzt.«

»Also, Luke ...«

»Was, zum Kuckuck, wolltest du denn machen, um ihn aus dem Schlamassel zu ziehen?«

»Na ja, ich hab' mir etwas zurechtgelegt. Eine Art Plan.«

»Was für eine Art Plan?« Luke harkte mit den Händen durch sein Haar. »Ich kann's nicht glauben! Na gut, sag's mir frei heraus. Was hattest du vor? Justine um das Darlehen zu bitten?«

»Nein, natürlich nicht. Ich wußte, daß es niemals funktionieren würde.«

Luke warf ihr einen nachdenklichen Blick zu und fing wieder an, im Zimmer auf und ab zu gehen. »Warum, zum Teufel, nicht? Sie hätte dir das Geld wahrscheinlich gegeben.«

»Vielleicht ja. Aber ich hätte es nicht fertiggebracht, sie so zu belügen, nicht einmal, um zu verhindern, daß sie von Darrens Schwierigkeiten erfährt.«

»Ja, du bist ja der loyale Typ, nicht wahr? Und du glaubst, das bist du ihr schuldig. Also, wie sah dein Plan aus?«

Katy entschied, daß es sinnlos sei, das Unvermeidliche länger hinauszuschieben. Sie hatte erst davon sprechen wollen, nachdem sie etwas mehr Zeit gehabt hätte, darüber nachzudenken, und sie wollte vor allem einen günstigeren Zeitpunkt abwarten. Aber jetzt hatte er sie gestellt.

»Ich hatte vor, mich mit dieser Sache an dich zu wenden«, erklärte Katy.

Luke blieb wie angewurzelt stehen. Er drehte sich um und sah ihr ins Gesicht. »An mich? Du wolltest wegen dieser Schweinerei zu mir kommen?«

»Ja. Darren ist dein Cousin. Es ist ein Problem, das die Familie Gilchrist betrifft. Und in den kommenden sechs Monaten bist du für solche Fragen zuständig.«

»Zum Teufel, wenn ich das bin. Ich bin dafür verantwortlich, daß die Firma wieder auf die Füße kommt!« brüllte Luke. »Ich bin nicht hier, um alle Familienprobleme der Gilchrists zu lösen. Das ist ein Unterschied.«

»Nein, es gibt keinen«, sagte Katy ruhig. »Gilchrist, Inc. ist die Familie, und die Familie ist Gilchrist, Inc. Du bist jetzt das Familienoberhaupt. Und so, wie ich die Sache sehe, ist Darrens Problem dein Problem.«

»Himmel Herrgott! Willst du wissen, wie ich Cousin Darrens Situation bereinigen werde? Ich laß den Idioten ins Gefängnis einsperren. So werde ich das machen.«

Katy lächelte. »Du bist wütend, weil Darren wegen des Geldes zu mir gekommen ist, nicht wahr?«

»Wütend? Ich könnte ihm den Kopf abreißen und als Fußball benutzen.«

»Das geht ein bißchen zu weit, meinst du nicht auch?«

»Nein. Es geht nicht zu weit. Es ist erst der Anfang.«

Luke beugte sich über das Bett und stützte seine Hände rechts und links neben ihr auf. »Niemand, der dich benutzt, kommt ungeschoren davon.«

Katy berührte seinen angespannten Unterkiefer. »Luke, er war verzweifelt. Kannst du dich nicht dazu überwinden, Verständnis für seine Lage aufzubringen? Justine denkt gar nicht daran, ihn als ihren Nachfolger zu betrachten. Sie gibt ihm nicht die geringste Chance. Er wollte sich als Geschäftsmann beweisen.«

»Er hat sich als Blödmann erwiesen. Und zu deiner Frage – nein. Ich hab' nicht das mindeste Verständnis für den Kerl.«

»Ja, aber du wirst doch etwas tun müssen, um ihm zu helfen«, meinte Katy.

»Nenn mir einen einzigen Grund dafür.«

»Ich hab' ihm gesagt, du würdest es tun.«

9

Wäre sie irgendeine andere Frau gewesen, überlegte Luke, irgendein weibliches Wesen irgendwo auf der Welt, dann hätte er schwören können, sie habe ihn wohlüberlegt nach ihrem Willen gelenkt. Aber es war ungerecht, einem Schutzengel einen Vorwurf daraus zu machen, daß er tat, was in seiner Natur lag.

Außerdem kam man nicht um die Tatsache herum, daß er Katy verführt hatte, und nicht umgekehrt. Unter diesen Umständen war es schon schwieriger, sie zu beschuldigen, weibliche Listen angewandt zu haben, um ihn zu beeinflussen.

In die Lage, in der er sich befand, war er durch eigenes Verschulden geraten. Außerdem mußte er zugeben, daß er mit Katy selbst dann ins Bett gegangen wäre, wenn er gewußt hätte, wohin dies alles führen würde.

Verdammt, es war trotzdem gut gewesen. Schon bei dem Gedanken daran fühlte er seine Erregung wachsen. Selbst wenn er die Tatsache berücksichtigte, daß er lange Zeit keine Frau gehabt hatte, war diese Erfahrung einfach überwältigend gewesen. Anders als alles, was er bisher erlebt hatte. Bei ihr spürte er, wie lebendig er war. Er hatte sich so verdammt wohl gefühlt hinterher.

Zumindest, bis sie die Bombe platzen ließ.

Himmeldonnerwetter, er konnte immer noch nicht glauben, daß er das hier tun wollte.

Luke, in seine übliche Uniform gekleidet – bestehend aus schwarzen Jeans und schwarzem Pullover –, stand, lässig an die Wand gelehnt, in der Lobby eines citynahen Sportclubs und wartete voll unterdrückter Wut auf sein Opfer.

Der Club lag in der Nähe vom Pike-Place-Markt. Die gehobene Klientel traf in korrekter Kleidung ein, die sie hier mit grellbunten Sportsachen vertauschte, die die Labels von Designern trugen.

Draußen auf der Straße stand eine lange Reihe von Wohnwagen und Lieferfahrzeugen, die mehrere der am günstigsten gelegenen Parkplätze besetzten. Luke registrierte müßig, daß alle Fahrzeuge weiß und unbeschriftet waren. Wieder eine Filmgesellschaft, die zu Außenaufnahmen nach Seattle gekommen war.

Die Wohnwagen enthielten Umkleideräume und die Ausrüstung für Ton und Beleuchtung. Kabel, Klappstühle und große Verstärkerboxen standen auf dem Trottoir. Nicht weit davon war sogar ein Menüservice geparkt, obwohl das Team in Straßen filmte, in denen einige der besten Restaurants von Seattle lagen. Auf diese Art war eines Tages auch das Pacific Rim zu unsterblichem Ruhm gelangt.

Beim Anblick der Restaurants runzelte Luke besorgt die Stirn und wurde an das erinnert, was er im Verlauf der Sitzungen am Tag zuvor in Erfahrung gebracht hatte.

»Luke, was machst du denn hier?«

Darrens Stimme klang erschrocken und mißtrauisch, und Luke seufzte innerlich. Er stieß sich von der Wand ab und richtete sich auf. »Ich will mit dir reden.«

»Ja, natürlich. Worüber denn?« Darren hatte sein Training offensichtlich gerade erst beendet. Sein Haar war noch feucht vom Duschen. Er trug die Kleidung, in der er üblicherweise seiner Arbeit nachging, eng anliegende schwarze Slacks und ein schwarzes Hemd samt schwarzer Krawatte. Ein schwarzes Jackett trug er über dem Arm.

»Nicht hier.« Luke steuerte auf die Glastüren der Lobby zu. »Laß uns irgendwohin gehen, wo's ruhig ist.«

Er stieß die Türen auf und ging auf den Bürgersteig hinaus. Darren folgte ihm mit allen Anzeichen der Vorsicht.

»Geht's um was Geschäftliches?« fragte er, als er schließlich zögernd neben Luke herging.

»Sozusagen.« An der Ecke bog Luke ab und ging ein Stück bergauf, um den belebtesten Teil des Marktes hinter sich zu lassen. Einen halben Block weiter bog er wieder ab und ging nun einen ruhigen, von Ziegelmauern eingefaßten Fußweg hinunter. Der Lärm und das hektische Getriebe verebbten hinter ihnen.

»Na, komm schon, was, zum Teufel, soll das eigentlich?« fragte Darren.

»Ich hatte heute morgen eine lange Unterredung mit Katy.«

»Scheiße.«

Darren schwieg ein paar Sekunden lang.

»Sie hat's dir erzählt?«

»Sie hat mir gesagt, du seist in einen Grundstückschwindel verwickelt.«

»Verdammt noch mal, das ist nicht wahr!« brauste Darren auf. »Es war kein Schwindel. Es ging um eine Teilhaberschaft, die geplatzt ist, das war alles. Ich brauch nur ein bißchen Bargeld, um die Erstkäufer zu entschädigen.«

»Hundertfünfzigtausend?«

»Du liebe Zeit, Luke. Das ist doch nicht viel. Nicht, wenn's um Grundstücksgeschäfte geht. Das weißt du doch.«

»Aber es ist mehr, als du zur Verfügung hast.«

»Na ja, zum Kuckuck. Wie viele Leute haben schon solche Summen auf der Bank?« maulte Darren.

»Katy jedenfalls nicht, das ist schon mal klar.« Luke blieb stehen und baute sich vor Darren auf. »Du hattest nicht das Recht, sie damit zu behelligen.«

»Es war nicht so, daß ich Geld von ihr wollte. Hat sie dir das nicht erklärt?«

»Du hast von ihr verlangt, daß sie Justine belügen soll, um an das Geld zu kommen.«

»Himmel, ich konnte doch wohl kaum selbst zu der alten Hexe hingehn. Sie hätte mir den Kopf abgerissen. Katy kennt die Situation. Sie weiß, wie Justine ist.«

»Du hast versucht, Katy für deine Zwecke einzuspannen«, beharrte Luke.

Darren zuckte die Schultern. »Katy kann mit Justine umgehen. Meistens zumindest.«

»Ach, tatsächlich? Wie oft hast du denn die Bitte an Katy herangetragen, dir Geld zu besorgen?«

»Dies ist das erste Mal, daß ich sie gebeten hab', mir mit Bargeld auszuhelfen«, murmelte Darren. »Ich war verzweifelt. Kannst du das nicht verstehen?«

»Doch, ich verstehe. Du bist in die Klemme geraten, und deshalb hast du den Schutzengel der Familie Gilchrist gebeten, dir ein bißchen unter die Arme zu greifen.«

Darrens Mundwinkel verzogen sich zu einem Lächeln. »Schutzengel, hm? Ich finde, damit ist Katy ganz gut beschrieben, nicht wahr?«

Sein Lächeln war der Auslöser. Lukes Rechte schoß vor.

Er schleuderte Darren gegen die Ziegelmauer und nagelte ihn dort fest. Dann beugte er sich dicht über ihn. »Vor einem solltest du dich in einer Situation wie dieser hüten, Cousin. Bevor du dich entschließt, jemanden wie Katy zu benutzen, solltest du lieber erst mal ausfindig machen, wer den Schutzengel beschützt.«

»Was denn, zum Teufel?« Darren starrte ihn mit weit aufgerissenen Augen und offenem Mund an. »Bist du verrückt?«

»Verrückt nicht, aber wahnsinnig wütend.«

»Verdammt noch mal. Denkst du, du kannst einfach zur Haustür reinspaziert kommen und Gilchrist, Inc. übernehmen? Du glaubst wohl, du kannst die ganze Firma kriegen, bloß weil Justine Schluß machen will mit dem Familienstreit? Ich will dir mal was sagen – es wird dir nicht gelingen. Auf die eine oder andere Art gibt's bestimmt eine Möglichkeit, dich aufzuhalten.«

»Nicht die geringste Chance«, grinste Luke. »Der Schutzengel ist auf meiner Seite.«

»Du denkst wohl, das wäre ein Witz? Laß mich los, du verdammter Bastard.« Darren holte mit dem Bein aus und wollte einen wohltrainierten Tritt landen.

Luke hatte kaum Zeit, auszuweichen. Er warf sich zur Seite und brachte dabei, weil er Darren immer noch an den Schultern festhielt, seinen Cousin aus dem Gleichgewicht.

Darren schwankte, fing sich wieder und versuchte erneut, einen bösen Tritt in Lukes Unterleib zu plazieren. Luke sprang zur Seite und duckte sich, bevor Darren sein Gleichgewicht wiedergewann.

Mit einer schnellen Serie von Schlägen, wobei er die

Handkante benutzte, ließ er ihn an der Mauer zu Boden gehen. Darren sank langsam in die Knie und rang nach Atem.

Luke ging einen Schritt auf ihn zu, hielt aber sofort inne, als er merkte, daß er und Darren das Terrain nicht mehr für sich allein hatten. Er warf einen Blick über die Schulter und sah ein Ehepaar mittleren Alters, das von der Straße kommend in den Fußweg einbog und nun starr vor Schreck wie angewurzelt stehenblieb.

»Lauf schnell, Ethel!« brachte der Mann schließlich heraus. Er sprach mit dem Akzent des Mittelwestens und ließ Luke nicht aus den Augen. Den Arm der Frau packend, machte er einen zittrigen Schritt in Richtung auf die Sicherheit der Straße. »Um Himmels willen, lauf doch! Ruf die Polizei!«

Luke starrte das Paar an, während er sich vorzustellen versuchte, was die Touristen sahen. Zwei schwarzgekleidete Männer, die auf einem Fußweg in ein brutales Handgemenge verwickelt waren. Luke lächelte beruhigend.

»Alles in Ordnung. Sie brauchen keine Angst zu haben.« Luke trat einige Schritte zur Seite und grinste die entsetzten Touristen mit blitzenden Zähnen an. »Wir gehören zum Filmteam. Er ist der Hauptdarsteller. Ich bin sein Stuntman. Wir gehen nur ein paar Routinegriffe durch.«

Er schaute auf Darren hinunter. »Stimmt doch, oder?«

Darren glotzte erstaunt zu ihm auf. Dann schaute er das Paar an und schnitt eine Grimasse. »Ja. Genau.«

Die Frau belebte sich augenblicklich. »Wirklich? Und Sie sind der Star?« Sie griff in ihre prallgefüllte Handtasche und fischte ein kleines Notizbuch und einen Kugelschreiber heraus. Dann befreite sie sich aus dem Griff ihres Gatten und kam auf sie zugetrippelt. »Kann ich ein Autogramm von Ihnen haben?«

»Filmteam? Auf was Besseres konntest du wohl nicht kommen.« Darren funkelte Luke verärgert an, während er Bier in ein Glas goß. Das geschäftige Gedränge, das zur Mittagszeit in dem kleinen Restaurant herrschte, erzeugte eine Geräuschkulisse, bei der sie sich unterhalten konnten, ohne daß jemand mithörte.

»Tut mir leid. Es war das einzige, was mir vorhin eingefallen ist. Worüber beklagst du dich eigentlich? Ich hab dich zum Star gemacht, oder etwa nicht?«

»Was ist das schon! Du warst nicht derjenige, der sich für das Notizbuch der Dame was ausdenken mußte. Ich konnte kaum einen klaren Gedanken fassen, geschweige denn einen falschen Namen erfinden.«

»Was hast du denn hingeschrieben?« fragte Luke.

Darren schnitt eine Grimasse. »Luke Darren.«

»Nicht schlecht. Klingt nach Hollywood.« Luke lehnte sich auf seinem Stuhl zurück und musterte seinen Cousin. »Wo, zum Teufel, hast du Karate gelernt?«

»Ich bin schon seit ein paar Jahren im Training. Ich kam eben aus dem Unterricht im Club, als du mich aufgegabelt hast.« Darren zuckte zusammen, als er nach dem Glas griff, stellte es wieder ab und berührte vorsichtig seine Rippen. »Irgendwas sagt mir, daß du länger dabei bist als ich.«

»Ich hab' dir ja auch ein paar Jahre voraus«, stellte Luke fest.

»Mehr Zeit, hinterlistig und gemein zu werden.« In Darrens Stimme lag widerwillige Anerkennung. »Ein paar von den Techniken, die du da angewandt hast, kenn' ich gar nicht. Wie lange machst du schon Karate?«

»Ich hab' als Kind damit angefangen. Als ich zehn oder elf war, bin ich in einen Kampf geraten, der in eine üble Rauferei ausgeartet ist, und ein paar von uns sind zum Polizeirevier gebracht worden. Vater kam, um mich in Empfang zu nehmen. Anstatt mich anzubrüllen, hat er mich zur nächsten Kampfsportschule geschleift und dort eingeschrieben.«

Darren nickte verstehend. »Solltest beigebracht kriegen, besser auf dich aufzupassen, hm?«

Luke lächelte ein wenig. »Nicht ganz. Er meinte, ein Gilchrist sollte zuallererst lernen, Unannehmlichkeiten aus dem Weg zu gehen. Sein Gedanke dabei war, daß ich mir durch den Kampfsport Selbstdisziplin und Körperbeherrschung aneignen würde.«

»Scherz beiseite!« Darren verzog das Gesicht. »Nehme an, es hat nicht funktioniert.«

»Aber selbstverständlich. Ich hab' dir den Kopf auf den Schultern gelassen, oder etwa nicht? Wenn ich mir nicht soviel Disziplin und Beherrschung auferlegt hätte, wär er jetzt ab.«

»Meine Güte, du bist ja wirklich stinksauer, weil ich wegen des Geldes zu Katy gegangen bin, wie?«

»Ja, wirklich stinksauer.«

»Ich hab' zuerst alles andere versucht, was mir einfiel. Aber der Makler sagt, daß der Typ, der das Geschäft eingefädelt hat, echt Druck macht. Meint, wir landen im Gefängnis, wenn wir nicht mit dem Geld rüberkommen. Was, zum Teufel, sollte ich da machen?«

Luke schloß seine Hand um das kalte Bierglas. »Es wird allmählich Zeit, daß du dir eins klarmachst, lieber Cousin.«

»Was denn?«

»Wenn du weiter so rumläufst und dich in Geschichten wie diese hier reinziehen läßt, dann solltest du verdammt noch mal auch lernen, sie wieder zu bereinigen. Verlaß dich nicht auf einen Schutzengel.«

Darren sah ihn düster an. »Wie soll ich denn aus diesem Schlamassel rauskommen?«

»In der Geschäftswelt braucht man kein Karate, um sich zu schützen«, meinte Luke. »Da braucht man Informationen. Erzähl mir was über deine Teilhaberschaft in diesem Grundstücksgeschäft.«

Darren zögerte. »Warum?«

»Weil du offensichtlich bis zum Arsch in einem Sumpfloch voller Krokodile steckst. Um künftige Unannehmlichkeiten dieser Art zu vermeiden, will ich dir zeigen, wie man so einen Morast trockenlegt.«

Katy schaute in die schimmernde Schale hinein und verlor sich in den Anblick der Farbschlieren, die darin eingefangen waren. Bei aller Anmut und Eleganz hatte das Kunstobjekt eine Höhe von fast neunzig Zentimetern. Das Licht spiegelte sich darin.

Dieses besondere Stück war eins der schönsten, die Hayden je gemacht hatte, dachte Katy. Es stand in einsamer Schönheit auf einem einfachen weißen Sockel im Mittelpunkt der Galerie. Es gab noch andere aufsehenerregende Stücke, die in dem ganz in Weiß gehaltenen Raum dezent auf weitere, ebenfalls weiße Postamente verteilt waren.

Maureen verstand sich darauf, Haydens Arbeiten äußerst vorteilhaft zur Geltung zu bringen.

Katy ging zu einem anderen Podest hinüber und bewunderte die Glasvase in Rot und Gold, die dort stand. Maureen, die sich im Hintergrund leise mit einem jungen Paar unterhielt, bildete in ihrem enganliegenden einteiligen Anzug aus schwarzer Seide einen reizvollen Kontrast zu der Weiße des Raumes.

Die jungen Leute entschieden sich schließlich für eine kleine Schale in Bernstein und Grün. Maureen lächelte zufrieden, als sie hinter der weißverkleideten Theke die Verkaufsinformation in den Computer eingab. Sie wartete, bis ihre Kunden hinausgegangen waren, bevor sie sich Katy zuwandte.

»Gott sei Dank haben Sie meine Nachricht bekommen«, sagte Maureen ohne Umschweife. »Ich hatte schon befürchtet, Sie seien vielleicht nicht mehr in der Stadt.«

Katy schaute auf ihre Uhr. »Luke holt mich in einer Stunde im Hotel ab. Was ist passiert, Maureen?«

»Ich möchte mit Ihnen über Eden sprechen.« Maureen preßte im Vorgeschmack unangenehmer Dinge die Lippen zusammen. »Ich mache mir schreckliche Sorgen um sie. Eigentlich wollte ich Sie anrufen, aber als ich erfuhr, daß Sie geschäftlich in der Stadt sind, habe ich mir gedacht, wir könnten heute miteinander über das Problem reden.«

»Ich hab' Eden gestern in ihrem Büro gesehen. Sie wirkt ein bißchen nervös, aber sonst scheint es ihr ganz gut zu gehen.«

»Es geht ihr nicht gut«, fuhr Maureen sie an. »Irgend etwas stimmt nicht mit ihr, doch sie will mir nicht sagen, was es ist. Aber ich glaube, ich weiß, worum es geht. Eine Bemerkung, die sie Darren gegenüber gemacht hat, bringt mich auf den Gedanken, daß sie sich möglicherweise wieder mit diesem gräßlichen Nate Atwood trifft.«

Katy runzelte die Stirn und erinnerte sich, daß Fraser davon gesprochen hatte, er habe sie und Nate beim Einsteigen in ein Taxi beobachtet. »Das macht doch keinen Sinn, Maureen. Warum sollte sie sich nach allem, was sie durchgemacht hat, noch einmal mit ihm einlassen?«

»Wer weiß. Sie erinnern sich sicher, wie sehr sie vor einem Jahr hinter ihm her war.«

Katy lächelte etwas verzerrt. »Ich hab's nicht vergessen, das können Sie mir glauben.«

Maureen musterte sie aufmerksam. »Du liebe Zeit, Sie regen sich doch jetzt nicht mehr über diese unglückliche Geschichte auf, oder?«

»Nein, Maureen. Ich rege mich nicht auf.«

»Das sollten Sie auch nicht. Sie müssen vernünftig sein, meine Liebe. Eden glaubte, sie wäre verliebt.«

»Und damit ist alles gesagt, nicht wahr? Für einen Gilchrist, der sein Herz an etwas hängt, gibt es keine Hindernisse.«

Maureen streckte sich. »Wenn Sie mich fragen, hat Eden wirklich recht. Sie sind diejenige, die Glück gehabt hat. Meine Tochter mußte leiden. Dieser fürchterliche Mann hat sie nur geheiratet, weil sie eine Gilchrist war.«

»Das scheint für ihn tatsächlich ein Gesichtspunkt gewesen zu sein«, pflichtete Katy ihr bei.

»Er dachte, er könnte durch diese Heirat einen ordentlichen Teil der Firma in seine Hände bringen. Er hat meine Tochter benutzt.«

»Ja, ich glaube, Sie schätzen die Situation richtig ein.« Katy legte den Kopf schief und sah nachdenklich zu Maureen auf. »Aber das weiß Eden so gut wie jeder andere. Gerade gestern sagte sie etwas über die Art, in der Nate sie mißbraucht hat. Es gibt keinen Grund zu der Annahme, daß sie ihn wiederhaben möchte.«

»Aber offensichtlich trifft sie sich wieder mit ihm.«

»Das wissen Sie aber nicht mit Sicherheit.«

Maureen schüttelte den Kopf. »Aber irgend etwas spielt sich da ab. Das weiß ich.«

»Selbst wenn es wahr wäre, was sollte ich denn da tun?«

»Was immer Nate Atwood vorhaben mag – ich möchte, daß Sie ihn davon abhalten, es auszuführen.«

Katy starrte sie verblüfft an. »Ihn davon abhalten? Ich? Wie in aller Welt soll ich das tun?«

»Es ist ganz einfach. Ein Mann wie er versteht nur eine Sache. Geld. Ich möchte, daß Sie zu ihm hingehen und ihm eine große Summe dafür bieten, daß er sich von meiner Tochter fernhält.«

Verdutzt trat Katy einen hastigen Schritt zurück und stieß gegen einen weißen Sockel. Die grün und orange gefärbte Schale geriet gefährlich ins Schwanken und drohte herunterzufallen.

Maureen schrie vor Schreck auf; ihre Hand flog an ihre Kehle. »Fangen Sie sie auf, bevor sie fällt!«

Katy wirbelte herum und streckte die Hände aus.

Die Schale fiel genau in ihre Arme. Sie atmete erleichtert auf und stellte sie vorsichtig auf das Postament zurück.

»Es tut mir leid.«

»Du liebe Zeit, es ist eins von Haydens schönsten Stükken. Seien Sie vorsichtig, Katy. Ich hab' diese Schale mit fünftausend Dollar ausgezeichnet.«

»Fünftausend? Vielleicht sollten Sie Nate anstelle von Bargeld einfach ein paar von diesen Glasvasen anbieten.«

Maureen nickte ernsthaft. »Das wäre eine Möglichkeit. Die Sache ist nur die, daß ich nicht weiß, wieviel ich aufwenden muß, damit er geht. Er ist unwahrscheinlich gierig, und bei der Scheidung konnte er praktisch nichts herausschlagen.«

»Das haben wir Justines Anwälten zu verdanken. Maureen, warum gehen Sie nicht zu Justine und sagen es ihr, wenn es mit Nate wirklich Probleme gibt?«

Maureen riß entgeistert die Augen auf. »Sind Sie verrückt? Sie wäre fürchterlich wütend auf uns alle, wenn sie erführe, daß Atwood uns immer noch Schwierigkeiten macht. Sie kann Eden ja noch nicht einmal verzeihen, daß sie ihn überhaupt geheiratet hat.«

Katy seufzte. »Ich weiß.«

Gequält schloß Maureen einen Moment die Augen.

»Sie läßt Hayden und mich auch nicht vergessen, daß sie uns übelnimmt, die Beziehung nicht abgeblockt zu haben, noch bevor es zu der Hochzeit kam ... Diese alte Hexe verzeiht und vergißt nichts.«

»Typisch Gilchrist«, meinte Katy und machte den kläglichen Versuch zu lächeln.

»Das ist nicht lustig, Katy. Ich habe eine Todesangst vor dem, was passieren kann, wenn meine Tochter wieder in Nate Atwoods Fänge gerät. Das hätte uns, was Justine betrifft, gerade noch gefehlt. Sie kann uns alle enterben.«

»Na, immer mit der Ruhe, Maureen. Sie wird schließlich nicht neunzig Prozent der Familie enterben.«

»Wieso nicht? Jetzt, wo ihr kostbarer Bastard von Enkel bei ihr ist, braucht sie uns nicht mehr. Sie hat uns deutlich zu verstehen gegeben, daß er ihr wichtiger ist als wir.«

»Das ist eine Art Syndrom vom verlorenen Sohn. Luke war der, den sie nicht haben konnte, also wurde er ihr ein und alles. Aber das muß nicht heißen, daß sie die anderen enterben will.«

Maureen ächzte verzweifelt. »Sie braucht nur wirklich wütend zu werden, Katy, dann tut sie's. Sie hat schon einmal jemand von der Familie enterbt. Das kann sie jederzeit wieder machen.«

Katy zog ihre Stirn in Falten. »Reden wir im Moment von dem, was passiert ist, als sie Lukes Eltern aus dem Schoß der Familie ausgestoßen hat?«

»Ja. Sie waren damals noch nicht auf der Welt. Aber ich hatte mich gerade mit Hayden verlobt. Ich war am Hochzeitstag dabei, als Lukes Vater einfach nicht erschien, und ich habe gesehen, wie zornig Justine war. Soviel Wut hatte ich noch nie erlebt, selbst bei anderen Gilchrists nicht.«

Katy biß sich auf die Unterlippe. »Es muß entsetzlich gewesen sein, denk ich mir.«

»Genauso entsetzlich wie die Szene, die sie einen Monat

später gemacht hat, als Thornton seine Cleo ins Herrenhaus mitbrachte. Er wollte sie Justine und uns anderen vorstellen.«

Maureen ließ sich auf einem weißen Bänkchen an der Wand nieder. Ihre Hände zitterten, und sie sah abgespannt aus.

Katy setzte sich behutsam neben sie. »Es muß für alle furchtbar gewesen sein.«

»Cleo war die einzige, die mir wirklich leid tat, wenn Sie die Wahrheit wissen wollen«, sagte Maureen ruhig. »Die arme Frau konnte unmöglich wissen, worauf sie sich einließ. Ich werde nie vergessen, wie sie einfach dastand, als Justine sie attackierte. Sie warf ihr die schlimmsten Beleidigungen an den Kopf. Sagte ihr, keins von ihren Kindern würde je als Gilchrist-Erbe anerkannt werden.«

»Und was sagte Cleo dazu?«

Maureen schüttelte den Kopf. »Sie stand so tapfer da, während Justine das Urteil verkündete. Hinterher schaute sie Justine nur an und sagte, sie tue ihr leid. Und dann meinte sie, die Gilchrists seien sich selbst die schlimmsten Feinde. Thornton nahm sie daraufhin bei der Hand und führte sie aus dem Wohnzimmer. Danach haben wir keinen von den beiden je wiedergesehen.«

»Wie entsetzlich traurig.« Aber ein typisch dramatischer Gilchristauftritt, dachte Katy.

Maureen starrte geradeaus auf eine flache Schale, die im Licht rosa und grün schimmerte. »An diesem Tag habe ich meine Lektion gelernt. Da erfuhr ich, daß Justine es einer Schwiegertochter nicht verzeihen würde, wenn sie aus der Reihe tanzte. Ich habe mir geschworen, daß ich ihr nie Veranlassung geben würde, mich so herunterzuputzen wie Cleo.«

Katy betrachtete ihr entschlossenes Gesicht von der Seite. »Ich weiß, daß es mich nichts angeht, aber warum haben Sie die Heirat mit Hayden überhaupt gewollt? Warum kam es Ihnen, nach dem, was Sie damals erlebt hatten, überhaupt noch in den Sinn, einen Gilchrist zu heiraten?«

»Ich liebte Hayden, und ich sah das Genie, das in ihm steckte. Ich wußte, daß ich nicht weggehen und ihn diesem alten Drachen überlassen könnte. Justine hätte sicher versucht, seine Begabung zu ersticken und ihn an die Stelle seines Bruders Thornton zu setzen.«

»Sie haben ihn also geheiratet, um ihn vor Justine zu schützen?«

»Ich liebte ihn. Ich habe ihn geheiratet, damit er sich künstlerisch weiterentwickeln konnte. Es wäre entsetzlich für ihn gewesen, wenn er die Firma Gilchrist hätte leiten müssen.« Tränen glitzerten in ihren Augen.

»Ja«, pflichtete Katy ihr leise bei, denn sie wußte, daß dies die Wahrheit war. In ihre eigenen Gedanken versunken, legte sie ihren Arm um Maureen.

»Sie können sich keinen Begriff davon machen, wie das all die Jahre hindurch gewesen ist. Auf der einen Seite habe ich versucht, Hayden zu schützen, und auf der anderen bemühte ich mich, Justine versöhnlich zu stimmen. Und dann setzte ich darauf, daß sie mit mir zufrieden sein würde, wenn ich ihr Enkelkinder schenkte. Ich dachte, sie würde ihre Aufmerksamkeit auf sie konzentrieren. Eine Zeitlang war das auch so. Ich glaube, sie sah Darren sogar schon als ihren Nachfolger.«

»Dann starben Thornton und seine Frau bei diesem Flugzeugabsturz, und alles wurde anders«, schloß Katy leise. Sie tätschelte begütigend Maureens Schulter.

»Plötzlich gab es nur noch eines – nämlich Luke dazu zu bringen, die Zügel zu übernehmen.« Maureen seufzte. »Der Bastard. Nach so vielen Jahren konnte Cleo sich endlich rächen, nicht wahr? Jetzt steht ihr Sohn an der Spitze von Gilchrist, Inc. Und ich kämpfe immer noch, um meine Familie vor Justine zu schützen.«

Katy saß lange Zeit still und nachdenklich neben ihr. »Wissen Sie ganz bestimmt, daß Eden und Nate Atwood etwas miteinander haben?«

»Nein.« Maureen zog ein Taschentuch aus ihrer Hosentasche und putzte sich die Nase. »Nein, nicht bestimmt.«

»Versuchen Sie, es genau in Erfahrung zu bringen«, sagte Katy freundlich. »Rufen Sie mich an, wenn Sie wirklich sicher sind. Ich will sehen, was ich tun kann.«

Maureen versuchte, ihre Tränen zurückzudrängen und lächelte zittrig. »Danke, Katy. Ich wußte, daß ich mich auf Sie verlassen kann. In Zeiten wie diesen sind Sie immer eine große Hilfe. Aber Sie erzählen doch bitte niemand etwas davon, nicht wahr?«

»Nein, natürlich nicht.«

Am Nachmittag wartete Katy, bis Luke den Jaguar in Richtung Norden nach Dragon Bay lenkte, bevor sie versuchte, mit ihm zu sprechen. Ein Blick von der Seite auf sein verschlossenes Gesicht hatte ihr schon gezeigt, daß er nicht gerade in bester Stimmung war. Aber sie kannte sich aus mit den Launen der Gilchrists.

»Wie ist dein Treffen mit Darren gelaufen?« fragte sie besorgt, als der Jaguar sich in den dichten Verkehr auf der Interstate-Fernstraße einreihte.

»Mein Cousin Darren und ich hatten das, was man gemeinhin als Meinungsaustausch zu bezeichnen pflegt.«

»Oh, gut. Da bin ich aber froh, Luke.« Katy entspannte sich auf ihrem Sitz. »Ich hab' mir solche Gedanken gemacht. Er hat es in bester Absicht getan, weißt du. Er wollte sich beweisen.«

»Mhm.«

»Und wie sieht der Plan nun aus?«

»Er arbeitet noch dran.«

Katy krauste die Stirn. »Aber du hilfst ihm doch dabei, ja?«

Luke zog die Brauen hoch, während er ausscherte, um einen Lastwagen zu überholen. »Sagen wir mal, ich hab' ihm die entsprechende Richtung gezeigt. Die Arbeit muß er selbst erledigen.«

»Das versteh ich nicht.«

»Er steckt in der Klemme, weil ihn ein Experte namens Milo Nyle fürchterlich übers Ohr gehauen hat. Die Sache trägt alle Merkmale eines Schwindelunternehmens, das nur dazu dienen sollte, naive Dummköpfe wie Darren, die meinen, sie würden alle Finessen der Geschäftswelt kennen, aufs Kreuz zu legen.«

»Wie funktioniert so etwas denn?«

»Nyle bietet die Teilhaberschaft an einem Grundstücksgeschäft an, das zu gut ist, um wahr zu sein. Mit wenig Geld kann man einsteigen und Riesengewinne kassieren, wenn es abgeschlossen ist. Leute wie Darren fallen auf so was rein, und dann sagt man ihnen, daß die Teilhaberschaft zusammengebrochen ist und daß sie als Teilhaber haften.«

Katy strich sich eine Haarsträhne hinters Ohr zurück. »Und dann sagt man ihnen, sie müßten nun Geld auf den Tisch legen, um gutgläubige Käufer zu entschädigen, die Eigentum erworben hätten, oder sie kämen ins Gefängnis?«

»Genau. Der Hammer ist der, daß es keine gutgläubigen Käufer gibt. Es existierte auch kein Entwicklungsprojekt. Nur Nyle. Er sammelt ein, was er von den einzelnen Partnern kriegen kann, und verschwindet. Geht woanders hin und macht ein Geschäft auf.«

»Du lieber Himmel!« Katy war schockiert. »Und der arme Darren ist auf den Betrug reingefallen?«

»Ja.«

»Aber wie hast du herausgefunden, daß es aufgelegter Schwindel war?«

»Ich hab' ein paar Nachforschungen angestellt. Die Art Erkundigungen, die Darren gleich nachdem Nyle ihn über den Grundstücksmakler ansprach, hätte einholen sollen. Nyles Teilhaberschaftsgeschichte ist reine Manipulation. Sie besteht aus nichts als heißer Luft. Darren kann gar nichts passieren.«

»Er war sicher ungeheuer erleichtert, als er's erfahren hat.«

»Er weiß es noch nicht«, antwortete Luke lakonisch.

»Was, du hast es ihm nicht gesagt? Luke, wie konntest du ihm das antun? Du weißt doch, daß er sich solche Sorgen macht.«

»Es schadet ihm sicher nicht, wenn er sich noch ein paar mehr Sorgen macht. Ich hab' ihm gesagt, wie er's anfangen muß, damit er erfährt, was er tun muß, um seinen Arsch zu retten. Wenn er sich die Informationen besorgt, zu denen ich ihm geraten habe, merkt er in ein paar Tagen selbst, daß er aus dem Schneider ist. In der Zwischenzeit lernt er vielleicht was dazu.«

Katy dachte ein paar Minuten lang darüber nach. Darren war in Sicherheit, und sie fand, dies sei eine wunderbare Nachricht. Daß er es noch nicht wußte, erschien ihr allerdings grausam. Sie sollte ihn vielleicht heute abend anrufen und ihm die ganze Wahrheit sagen.

»Laß es dir ja nicht einfallen, Katy.«

»Was soll ich mir nicht einfallen lassen?«

»Ich kann in dir lesen wie in einem Buch. Du wirst Darren nicht anrufen und ihm erzählen, was ich dir gesagt habe. Er soll diese Lektion auf die unbequeme Art lernen. Der Schutzengel der Familie Gilchrist hält sich da raus.«

»Aber Luke ...«

»Vergiß es. Das ist ein Befehl, Katy. Du hast mich um Hilfe gebeten. Die hast du bekommen. Jetzt mußt du dich damit zufriedengeben. Wenn dir meine Art, Probleme zu lösen, nicht gefällt, dann tut's mir schrecklich leid.«

»Ich werd mich an deine Methode erinnern, wenn ich wieder mal Schwierigkeiten haben sollte«, fauchte sie.

Luke mußte plötzlich grinsen. »Das tu nur.«

Sein Lächeln gefiel ihr nicht. Zu viele Zähne. Sie beschloß, das Thema zu wechseln.

»Hat dir die gestrige Sitzungsrunde neue Erkenntnisse gebracht?«

»Eigentlich nicht. Ich bin der Überzeugung, daß die Unregelmäßigkeiten, die wir bei den Restaurants und bei Gilchrist Gourmet feststellen, auf kriminelle Handlungen zurückzuführen sind und nicht auf unglückliche Umstände oder schlechtes Management.«

»Ach, du liebe Zeit. Dann setzt du die Untersuchung also fort?«

»Ja.«

Katy zögerte. »Du meinst immer noch, daß jemand aus der Familie dahintersteckt, nicht wahr?«

»Ich will mal sagen, ich schließe keinen aus.«

»Aber Luke, die einzigen Familienmitglieder, die in der Firma arbeiten, sind Darren und Eden. Sie würden so etwas nicht tun.«

»Da bin ich mir nicht so sicher. Aber du liegst falsch, wenn du behauptest, sie seien die einzigen Verdächtigen aus der Familie. Maureen und Hayden stehen schon jahrzehntelang in Verbindung mit Gilchrist, Inc. Sie arbeiten nicht direkt für die Gesellschaft, aber sie hatten jahrelang Zugang zu entscheidenden Informationen. Und im Zeitalter der Computer kann jeder, der es darauf anlegt, Ärger machen.«

»Aber wieso sollte jemand Ärger machen?«

»Wie wär's denn mit Rache als hübsches kleines Motiv? Es mag deiner Aufmerksamkeit entgangen sein, Engelchen, aber nicht alle in der Familie halten Justine für eine Heilige.«

Katy zuckte zusammen, denn sie mußte an Maureens ohnmächtige Wut denken und ihre Angst vor Justine. Auch der Computer in Maureens Galerie fiel ihr ein. »Wahrscheinlich hast du recht.«

»Natürlich hab' ich recht. Wenn es um Geschäfte geht, hab' ich immer recht. Aber laß uns jetzt über etwas reden, das tausendmal interessanter ist als Darren und die übrige Familie.«

»Und was ist das?«

»Über uns.«

Katy verspürte ein köstliches Prickeln. Sie hatte versucht, nicht an ihre Beziehung zu denken. Gleichzeitig wußte sie aber, daß sie sich früher oder später ihren Gedanken darüber würde stellen müssen. Diese Erkenntnis hatte sie mit einer Art gereizter Vorahnung erfüllt.

»Was ist mit uns?«

»Ich möchte mich nur klar verständlich machen. Ich will keine Mißverständnisse. Wir gehören jetzt zusammen, Katy. Du und ich.«

Seine gesammelte innere Energie hatte eine so starke Ausstrahlung, daß sie von diesem Kraftfeld angezogen wurde. Katy merkte, wie schwer es war, Sinnlichkeit und

Vernunft miteinander ins Gleichgewicht zu bringen. »Ich glaube nicht, daß es dir Spaß machen wird, eine Affäre mit mir zu unterhalten«, warnte sie ihn freundschaftlich.

Er warf ihr einen schnellen, ärgerlichen Blick zu. »Warum nicht, zum Teufel?«

»Weil ich mich nicht in der Weise meiner Leidenschaft überlassen kann, wie ein Gilchrist es erwarten würde«, erklärte sie.

»Mach dir keine Sorgen um den leidenschaftlichen Teil. Du warst schon sehr gut letzte Nacht.«

Sie wurde rot und konzentrierte sich auf das Auto vor ihnen.

»Ich meine etwas anderes. Luke, ich kann mich nicht Hals über Kopf in eine rasende leidenschaftliche Beziehung stürzen. Ich hab' einen siebzehnjährigen Jungen zu erziehen und muß ihm ein gutes Beispiel geben.«

»Er ist in jeder Hinsicht ein Mann, Katy. Und du bist erwachsen. Du bist ihm keine Rechenschaft über dein Privatleben schuldig.«

»Aber verstehst du denn nicht, daß ich überhaupt nicht an diese Art Privatleben gewöhnt bin? Ich will nicht, daß Matt uns eines Morgens überrascht. Bei mir kannst du nicht über Nacht bleiben. Und ich werde meine Nächte nicht bei dir in deinem Häuschen verbringen.«

»Das heißt mit anderen Worten, daß wir unsere Beziehung verheimlichen müssen?«

»Wir müssen uns unauffällig verhalten«, erklärte Katy, »sehr unauffällig.«

»Verdammt noch mal, Katy, ich bin zu alt für solche Spielchen.«

Sie schob ihr Kinn vor und merkte, daß ihre Unterlippe zitterte. Sie hatte es ja gewußt, es würde nicht funktionieren. »Ich hab' dir gesagt, es würde dir nicht besonders zusagen, ein Verhältnis mit mir zu haben. Wenn du die Sache jetzt abblasen willst, kann ich es verstehen.«

»Kommt nicht in Frage.«

»Luke, es wäre vielleicht das beste. Letzte Nacht, das war etwas ganz Besonderes für mich. Das sollst du wissen. Aber wahr ist auch, daß wir doch sehr verschieden sind. Wir haben eigentlich nichts miteinander gemein. Alles geht einmal zu Ende. Du hast gemeint, wir hätten sechs Monate Zeit ...«

»Hör mal zu, Katy ...«

»Ehrlich gesagt würde ich lieber jetzt Schluß machen als jedesmal erleben zu müssen, daß du sauer wirst, wenn du nicht kriegst, was du haben willst.«

Zu Katys Erstaunen schenkte er ihr ein träges, rätselvolles Lächeln, das alle ihre Nerven bis zu den Zehen hinunter in Aufruhr versetzte. »Wenn das deine einzige Sorge ist, vergiß es. Ich will die leidenschaftliche Seite der Angelegenheit in die Hand nehmen. Und ich krieg keine schlechte Laune, nur weil du die Nacht nicht mit mir verbringen kannst.«

Sie warf ihm von der Seite einen mißtrauischen Blick zu. »Und was soll das nun bedeuten?«

»Es bedeutet, daß ich unter die Leisetreter geh, wenn du für Geheimhaltung bist. Eine Zeitlang jedenfalls.«

10

Zwei Tage später steckte Liz morgens ihren Kopf durch die Tür zu Katys Büro. »Pst. Jetzt passiert's. Justine hat eben nach ihm geschickt. In ein paar Minuten geht er runter, um ihr Bericht zu erstatten.«

Katy sprang auf. »Danke, Liz.«

Liz grinste. »Hey, gern geschehen. Jetzt, wo ich neben Ihren auch seine Anrufe erledige, bin ich eine wahre Goldgrube für Informationen. Ein Zahnrädchen von entscheidender Bedeutung im Getriebe der Firma. Ein unverzichtbarer Aktivposten. Eine wertvolle und loyale Mitarbeiterin, die gewillt ist, ihrem Chef alles zu geben.«

»Wenn Sie nach einer Gehaltserhöhung angeln«, sagte Katy, als sie durch die Tür ging, »sparen Sie sich Ihre Anpreisungen für Mr. Gilchrist auf. Er ist jetzt für diese Dinge zuständig.«

»Klar, aber ich hab' ihn schon eine ganze Weile beobachtet und bin zu dem Schluß gekommen, daß er Wachs in Ihren Händen ist. Wenn Sie also ein gutes Wort für mich einlegen würden, ja?«

Katy war überrascht an der äußeren Tür stehengeblieben. »Sie sind zu dem Schluß gekommen, daß er *was* ist?«

»Sie haben's gerade gehört.« Liz nahm ein Buch von ihrem Schreibtisch und schlug es auf. »Sie wissen, wie man mit ihm umgehen muß, genauso wie Sie mit dem restlichen Hexensabbat fertig werden.«

Katy spürte, daß sie feuerrot wurde. Sie warf einen verstohlenen Blick auf den Titel von Liz' Buch. *›Rückkehr in den Dschungel: Die Psychologie der männlichen/weiblichen Sexualdynamik in der Welt von heute.‹* »Wovon in aller Welt handelt das überhaupt?«

»Raten Sie mal. In meinem Psychologiekurs beschäftigen wir uns diese Woche mit der Reaktion auf sexuelle Impulse beim Menschen. Stellen Sie sich vor, in diesem Buch hier wird gesagt, daß, obwohl die moderne Psychologie eine ganze Menge Theorien über unser Sexualverhalten aufgestellt hat, die Männer in Wirklichkeit immer noch von einer Reihe wirklich primitiver Reize und Instinkte geleitet werden.«

»Ach, du lieber Himmel, Liz.«

Liz schlug eine Seite in der Mitte des Buchs auf.

»Hören Sie sich das an, ich zitiere: ›*Ein männliches Wesen, das ein weibliches Wesen verfolgt, verhält sich im Grunde wie ein Tier ...*‹«

»Erzählen Sie mir lieber Geschichten, die nicht jede Frau längst kennt.«

»›*Sobald das Männchen seine Wahl getroffen hat, konzentriert es sich ausschließlich auf dieses eine Weibchen und sondert es von der übrigen Herde ab. Es vollzieht Werbungsrituale, um seine Aufmerksamkeit zu erregen. Andere Männchen, die sich dem Weibchen nähern wollen, werden verjagt.*‹« Liz schlug fröstelnd das Buch zu. »Da laufen einem ja kalte Schauer über den Rücken, nicht wahr?«

Katy hielt sich an der Türkante fest. »Ja, tatsächlich. Ich wäre froh, wenn Sie sich anderen Themen, wie etwa der Beobachtung von Ratten im Labyrinth, zuwenden würden.«

»An sich wollen wir uns demnächst mit soziopathischen Verhaltensweisen und anderen Formen der Abweichung von der Norm beschäftigen. Wissen Sie, was ein Soziopath ist?«

»Den Terminus hab' ich schon mal gehört. Jemand ohne soziales Verantwortungsgefühl.«

»Nun, es würde mich nicht wundern, wenn die klinische Definition ›Soziopath‹ auf ihren alten Freund Nate Atwood zuträfe.« Liz schwang sich nun zu wahrhaft professoralen Tönen auf. »Charmant, intelligent und absolut gewissenlos. Kaltblütig wie ein Reptil.«

Katy hätte ihr beinahe zugestimmt, aber dann zögerte sie doch. »Nein, das glaub ich nicht. Nate war nicht kaltblütig. Er hatte seine eigenen Pläne, und sie waren ihm wichtig, aber er wollte mich nicht verletzen.«

»Sie sehen immer nur das Gute im Menschen, das ist Ihr

Problem.« Liz schüttelte den Kopf. »Arme Eden. Ihr Leben mit diesem Mann muß einfach scheußlich gewesen sein. Sie können von Glück sagen, daß Sie nicht in seine Klauen geraten sind.«

»Das erzählen mir alle unentwegt«, murrte Katy. »Entschuldigen Sie mich. Ich muß mit Luke sprechen.« Sie hastete auf den Flur hinaus und klopfte an die Tür zu seinem Büro.

»Herein!« rief Luke.

Katy öffnete die Tür, trat ein und blieb mit der Hand auf der Klinke hinter sich stehen. Luke sah von dem Aktenordner auf, der vor ihm auf dem Schreibtisch lag. Bei ihrem Anblick leuchteten seine Augen auf.

Katy wurde es plötzlich sehr warm. Es war ohne Zweifel ein ausgesprochen primitiver Blick. Er hatte sie nicht mehr geliebt, seit sie vor drei Tagen aus Seattle zurückgekommen waren, aber er schaute sie wirklich so an, als gehörte sie ihm.

Du lieber Himmel, dachte Katy. Er hatte versprochen, diskret zu sein, aber unter diesen Umständen würden bald alle wissen, daß sie in eine Affäre verstrickt waren. Das war es, was den Umgang mit den Gilchrists so schwierig machte. Sie verhielten sich in keiner Weise unauffällig.

»Was hast du, Katy?«

»Liz sagt, du gehst zu Justine hinunter und erstattest ihr Bericht?«

»In ein paar Minuten. Sie möchte regelmäßig auf dem laufenden gehalten werden, und ich denke mir, ab und zu hat sie ein Recht darauf. Gilchrist gehört schließlich ihr, das darf man nicht vergessen.«

Katy ließ die Klinke los und eilte auf den Schreibtisch zu. »Luke, du darfst ihr noch nichts von deinem Verdacht sagen.«

Er lehnte sich in seinem Sessel zurück und betrachtete sie nachdenklich. »Nein?«

»Nein. Warte bitte, bis die Untersuchung abgeschlossen ist und du zweifelsfrei weißt, wer für die Unregelmäßigkeiten bei den Restaurants und Gilchrist Gourmet verantwortlich ist. Es besteht kein Grund, sie vermuten zu lassen, daß einer aus der Familie dahintersteckt. Du kannst dich getäuscht haben.«

»Das ist nicht wahrscheinlich.«

Katy blitzte ihn ärgerlich an.

»Sei nicht so verdammt arrogant. Ich glaube nämlich zufällig, daß du dich irrst. Bis wir ganz sicher wissen, was vor sich geht, solltest du Justine nicht beunruhigen. Sie wird verrückt, wenn sie annehmen muß, daß es einen Verräter in der Familie gibt.«

»Und was soll ich deiner Meinung nach tun?«

»Ich weiß nicht.« Katy machte eine vage Geste mit der Hand. »Doch, ich weiß es. Du könntest die Dinge beschönigen. Sag ihr, daß du die Probleme in den Griff bekommst.«

»Sie anlügen?« Luke runzelte die Brauen. »Ts, ts, Katy. Das hört sich nicht so an, als käme es von dem Engel, den ich kenne.«

»Du mußt ja nicht direkt lügen. Erzähl ihr einfach, daß du immer noch Daten zusammenträgst. Was ja auch stimmt.«

Katy beugte sich vor und stützte sich auf den Schreibtisch. »Da ist noch etwas anderes. Du mußt mir versprechen, auch Darrens kleines Problem nicht zu erwähnen. Es würde sie sehr aufregen – und wer weiß, was sie dann tut.«

Luke dachte einen Moment über ihre Anweisungen nach. »Mal sehen, ob ich's auf die Reihe kriege. Also, ich darf ihr nicht sagen, daß jemand aus der Familie Firmenvermögen veruntreut?«

»Genau.«

»Und ich soll vermeiden, Darrens Situation zu erwähnen?«

Katy nickte schnell. Sie war erleichtert, daß er sie verstand.

»Genau.«

»Sonst noch was, worüber ich Stillschweigen bewahren soll?« fragte Luke höflich.

Katy dachte nach. »Ich glaube, das war's.«

»Okay, ich werde die Anordnungen befolgen.«

Sie strahlte vor Erleichterung. »Tatsächlich?«

»Wenn es sich für mich lohnt.«

»Was?« Sie richtete sich empört auf.

»Nenn mir einen guten Grund, weshalb ich den Mund halten sollte, wenn es um Unterschlagung, Schwindel und das äußerst geringschätzige Urteil über ein gewisses Familienmitglied geht, und ich tu's«, erwiderte Luke.

Katy beäugte ihn mißtrauisch. »Was für eine Art Grund soll es denn sein?«

»Da ich nicht deinen hohen moralischen Standard besitze, wäre ich für eine Bestechung durchaus empfänglich. Du könntest mich einladen, mit dir auszugehen.«

Katy wurde rot. »Ja, also ... ich hab dir ja schon erklärt, daß es schwierig ist, ein Verhältnis mit mir zu haben.«

»Falsch. Du hast gemeint, es würde sehr schwierig werden, Gelegenheiten zu finden, zusammen zu schlafen. Um das Problem werde ich mich kümmern. Aber jetzt will ich nichts weiter, als zum Abendessen eingeladen zu werden.«

»Ach ja.«

»Ist das alles, was du sagen kannst?«

Katy unterdrückte ein Lächeln. »Nein, ich hab mich bloß gewundert. Ich kann mir eine normale Verabredung zum Essen mit dir nicht recht vorstellen.«

»Was glaubst du denn, was ich unternehme, um mich zu ernähren?«

Katy riß unschuldig die Augen auf. »Blut saugen?«

Luke machte Anstalten, von seinem Sessel aufzuspringen.

Katy wehrte ihn mit beiden Händen ab. »War nur ein Spaß. Okay, komm heute abend zum Essen. Ich werde eins von meinen neuen Rezepten für Pestosauce an dir ausprobieren.«

»Also abgemacht. Mein Schweigen über gewisse Dinge, wenn ich mich mit Justine unterhalte, gegen eine Einladung zum Essen heute abend. Das erscheint mir fair.«

Katy hatte noch etwas auf dem Herzen. »Du weißt, daß

mein Bruder dasein wird? Wir sind nicht allein. Und um zehn mußt du gehen, und zwar allein.«

Luke stand auf und kam um den Schreibtisch herum. »Ich hab' dir gesagt, die Planung unsres Geschlechtslebens würde ich in die Hand nehmen.« Er streifte ihre Lippen leicht mit seinem Mund. »Du brauchst dich nur ums Essen zu kümmern.«

Und damit war er zur Tür hinaus, bevor Katy sich eine passende Antwort zurechtlegen konnte.

Nachdem er gegangen war, blieb sie noch ein paar Minuten in Gedanken versunken stehen. Ihr war klar, daß sie nicht wußte, was Luke als nächstes tun würde. Natürlich hatte sie keine Erfahrung mit Affären, dafür aber eine ganze Menge mit hitzigen Gilchrists. Deren Verhalten war nur insofern vorhersehbar, als sie sich meistens von ihren Gemütsbewegungen bestimmen ließen. Sie hatte gewußt, daß es äußerst schwierig werden könnte, Luke Grenzen zu setzen, sobald er entschieden hätte, daß er sie wollte.

Und was er von ihr haben wollte, war offensichtlich Sex.

Aber zu ihrem Erstaunen hatte er sie nicht bedrängt, seit sie aus Seattle zurückgekommen waren. Vielmehr war dies nun der erste Hinweis, daß er sich weiterhin für sie interessierte. Sie fühlte sich seltsam verunsichert und verwirrt.

Ein Gilchrist, der seine Begierden im Zaum hielt, war nicht normal.

Ein Magier?

Katy hatte auf einmal die Idee, daß solch ein Gilchrist womöglich unendlich viel gefährlicher war als ein normaler Gilchrist.

Katy ging in ihr Büro zurück und setzte sich voller Unruhe hinter ihren Schreibtisch. Sie hätte viel darum gegeben zu erfahren, was Luke seiner Großmutter berichtete.

Nachdem sie ihm das Versprechen abgerungen hatte, seinen Verdacht und Darrens mißliche Lage zu verschweigen, glaubte sie nicht, daß er sie hintergehen würde. So weit vertraute sie ihm. Aber sie wußte auch, daß Justine auf ihre Fragen nach dem Zustand der Firma und Lukes Sanierungsplänen eindeutige Antworten erwartete. Justine konnte sehr hartnäckig sein. Aber schließlich gelang es Luke sicherlich auch, extrem einsilbig zu bleiben, falls er sich dazu entschloß.

Vierzig Minuten später hörte Katy im Flur vor dem Büro Schritte. Kam Luke zurück? Gleich darauf wurde die äußere Tür geöffnet und wieder geschlossen, und sie dachte sich, er wolle bei ihr hereinschauen, um ihr zu berichten, daß er ihre Anweisungen befolgt habe. Also setzte sie ein anerkennendes Lächeln auf.

Sie hörte ein herrisches Klopfen an der inneren Tür. Gleich darauf öffnete sie sich, und es erschien ein fröhlich grinsender Darren.

»Hi, Katy. Luke ist nicht in seinem Büro, und da hab' ich mir gedacht, ich schau solange mal bei Ihnen rein.«

»Natürlich. Setzen Sie sich, Darren. Was tun Sie hier?«

»Ich bin hergefahren, um Luke über die Sache mit Milo Nyle zu informieren.« Er ließ sich auf einem Sessel nieder. Seit langem hatte er nicht mehr so zufrieden gewirkt. »Verdammt, ich kann immer noch nicht glauben, daß der Bastard Nyle richtig eingeschätzt hat. Aber es ist wirklich so. Der Kerl ist so falsch wie ein Drei-Dollar-Schein. Mann, hat der mich vielleicht angeschmiert. Aber das passiert mir nicht noch einmal.«

»Sie brauchen also die hundertfünfzigtausend Dollar nicht aufzubringen?«

»Du lieber Himmel, nein.« Darren steckte die Hände in die Hosentaschen und streckte die Beine weit von sich. »Ich schulde ihm keinen Cent. Es gibt keine gutgläubigen Käufer, die jetzt das Nachsehen haben, weil es überhaupt kein Entwicklungsprojekt gab.«

»Gott sei Dank«, sagte Katy.

»Ja, die Sache existierte nur auf dem Papier. Luke hat mir gesagt, wir würden die Behörden benachrichtigen, sobald ich die notwendigen Informationen hätte. Aber er meint auch, daß Nyle wahrscheinlich schon über alle Berge ist, wenn die endlich reagieren. Kerle wie Nyle können jahrelang ihre Geschäfte machen, ohne erwischt zu werden.

Wahrscheinlich hält er sich inzwischen schon in einem anderen Bundesstaat auf. Der Makler, den Nyle als Vermittler benutzt hat, scheint unschuldig zu sein. Er wollte nur in die Wege leiten, was er für ein solides Geschäft hielt.«

»Darren, ich kann Ihnen gar nicht sagen, wie erleichtert ich bin, daß Sie aus dem Schneider sind.«

»Sie meinen, Sie sind erleichtert? Glauben Sie mir, das ist gar nichts, verglichen mit dem, was ich fühle. Das heißt, wenn ich mir nicht wie ein kompletter Idiot vorkommen würde.«

»Sie sind kein Idiot, Darren. Von so einem ausgepichten Schwindler kann jeder übers Ohr gehauen werden.«

»Luke würde so etwas nicht passieren, da bin ich sicher. Der Mann weiß, was er tut.«

Katy hob leicht die Brauen, als sie den respektvollen Unterton in Darrens Stimme vernahm. »Ja, er scheint einigermaßen intelligent zu sein«, gab sie trocken zu.

»Intelligent, zum Kuckuck! Der Bastard ist verdammt genial. Ich will Ihnen eins sagen, ich hab' aus der Schweinerei mit Sicherheit was gelernt.« Sein Mund verzog sich zu einem reuigen Lächeln. »Natürlich hätte ich auf Lektion Nummer eins verzichten können. Aber ich denk mir, ich hab' sie eben verdient.«

Katy betrachtete ihn neugierig. »Was war denn Lektion Nummer eins?«

»Das war, als Luke mich in einen Weg am Pike-Place-Markt gezerrt und die Scheiße aus mir rausgeprügelt hat.«

Katy war völlig entgeistert. »Als er *was* gemacht hat?«

»Er war furchtbar sauer auf mich, weil ich Sie darum gebeten hatte, mir zu helfen, an das Geld zu kommen«, erklärte Darren fröhlich. Sein Lächeln verschwand, als er den Ausdruck in ihrem Gesicht registrierte. »Hey, es ist in Ordnung, Luke hatte seine Gründe.«

Katy sprang auf. »Ich kann's einfach nicht glauben. Luke hat mir nicht erzählt, daß er Sie angegriffen hat.«

»Immer mit der Ruhe«, meinte Darren besänftigend. »Ich hab' keine bleibenden Schäden davongetragen.«

»Aber er hat Sie meinetwegen geschlagen. Ich bin diejenige, die ihn gebeten hat, Ihnen zu helfen, und er hat Sie statt dessen überfallen.«

»Hey, es tut mir leid, daß ich's überhaupt erwähnt habe. Ich wollte Sie nicht aufregen. Ich dachte, er hätte es Ihnen vielleicht erzählt.« Darren unterbrach sich, als er Schritte im Flur hörte. »Das muß Luke sein. Ich sag ihm eben, daß ich hier bin.«

Katy straffte ihre Schultern und kam um die Schreibtischecke herum. »Sie bleiben hier in meinem Büro und warten. Ich will zuerst mit ihm reden.«

Darren riß die Augen auf, als er ihre Absicht erkannte. »Warten Sie einen Moment. Ich möchte nicht, daß Sie sich noch weiter einmischen. Was neulich passiert ist, geht nur Luke und mich etwas an.«

»Nein, es hat auch mit mir etwas zu tun. Ich habe Luke gebeten, Ihnen aus der Patsche zu helfen.«

»Das hat er getan.« Darren stand auf und lief hinter ihr her. »Katy, warten Sie ...«

Aber Katy war schon nicht mehr in ihrem Büro. Sie rauschte geradewegs an der verdutzten Liz vorbei in den Flur. Die Tür zu Lukes Büro stand offen. Er stand an seinem Schreibtisch und studierte eine Faxnachricht, die gerade aus seinem Gerät gekommen war.

»Ich möchte mit dir sprechen, Luke.«

Er sah auf und erfaßte mit einem einzigen Blick, daß sie kriegerisch gestimmt war. »Weshalb kommst du diesmal mit dem Flammenschwert, mein Engel?«

»Nenn mich nicht Engel.« Sie wollte die Tür zuknallen, aber das wurde dadurch vereitelt, daß Darren seinen Fuß dazwischenschob und keine Anstalten machte, ihn wegzuziehen.

»Es tut mir leid, Luke«, sagte Darren über Katys Kopf hinweg. »Sie ist ein bißchen durcheinander. Ich hab' mir nicht klargemacht, daß sie nichts von unsrer Auseinandersetzung auf diesem Weg gewußt hat.«

Allmählich dämmerte Verstehen in Lukes Augen. Er schob das Fax beiseite und lehnte sich mit verschränkten Armen gegen die Schreibtischkante. »Schon gut, Darren. Ich kümmere mich drum. Machst du bitte die Tür zu, ja? Ich möchte einen Augenblick allein mit Katy reden. Du kannst in ihrem Büro warten.«

Darren schien Zweifel zu haben. »Bestimmt?«

Luke nickte. »Bestimmt. Mach schon, raus mit dir.«

»Gut. Ich bin nebenan.« Darren grinste. »Ich kann dir eine Menge über Milo Nyle erzählen.«

»Irgendwie wundert mich das nicht. Hau ab.«

»Ich bin schon draußen.« Darren schloß energisch die Tür hinter sich.

»Zuallererst«, kündigte Katy nicht eben leise an, während sie sich, die Hände in die Hüften gestemmt, vor Luke aufbaute, »verlange ich ein paar Antworten und eine Erklärung, Luke Gilchrist. Stimmt es, daß du Darren überfallen hast?«

»Hat er das gesagt?«

»Seine genauen Worte waren, daß du die Du-weißt-schon-was aus ihm rausgeprügelt hättest.«

»Scheiße?«

»Ja«, schoß Katy zurück. »Genau. Luke, das ist ja wirklich beängstigend. Wie konntest du so etwas nur tun?«

»Es war nicht einfach. Darren verfügt über ganz ordentliche Fertigkeiten in Karate. Er kann was mit sich anfangen, das muß ich schon sagen.«

»Das meine ich nicht, und das weißt du«, versetzte Katy mit zusammengebissenen Zähnen. »Ich habe dich gebeten, ihm zu helfen.«

»Das hab' ich auch gemacht.«

»Nachdem du ihn zusammengeschlagen hattest?« fragte sie ungläubig.

»Den Teil mußten wir zuerst aus der Welt schaffen«, erklärte Luke nachsichtig.

Katy fuchtelte in ohnmächtiger Verzweiflung mit den Händen.

»Luke, das ist keine Art, solche Dinge anzupacken.« Sie fing an, in dem kleinen Büro auf und ab zu gehen. »Was für ein Beispiel gibst du ihm denn damit?«

»Eines, an das er sich hoffentlich erinnern wird.«

»Gewalt ist niemals der geeignete Weg, Probleme zu lösen.«

»Du mußt dir die Angelegenheit als eine Art energische Intervention vorstellen.« Luke schaute zu, wie sie hinter ihm vorbeiging. »Beruhige dich, Katy. Die Sache ist geregelt. Darren scheint mit dem Ausgang der Geschichte zufrieden zu sein, du hast also keinen Grund, dich aufzuregen.«

»Warum hast du ihn zusammengeschlagen?« fragte Katy.

»Weil er versucht hat, dich zu benutzen.«

Katy blieb abrupt stehen, unversehens von der Wut überrascht, die in seinen grünen Augen glühte. »Willst du behaupten, du hast ihn in eine Schlägerei verwickelt, weil er mich gebeten hat, ihm aus der Klemme zu helfen?«

»Nein.« Sein Gesichtsausdruck wurde hart. »Ich hab' es getan, weil er dich in eine unerträgliche Lage gebracht hat. Denn er hat tatsächlich von dir verlangt, du solltest für ihn lügen. Dazu hatte er kein Recht, und das versteht er jetzt. Er wird so etwas nie wieder tun.«

Katy starrte ihn nur an. »Ich weiß nicht, was ich sagen soll. Du machst mich ganz nervös, Luke.«

»Ich hab' getan, worum du mich gebeten hast«, brachte er ihr freundlich in Erinnerung.

»Ja, aber ich wußte nicht, wie du die Sache angehen würdest.« Sie warf ihm einen mißbilligenden Blick zu. »Dein Vorgehen wirft einige ernste Fragen auf. Was soll ich mit dir anfangen?«

»Du könntest versuchen, dich bei mir zu bedanken«, meinte er mit verdächtiger Milde.

»Wofür?«

»Dafür, daß ich Darren aus der Sch… gezogen habe.«

Katy war hin- und hergerissen. Luke hatte recht. Er hatte Darren aus einer sehr unangenehmen Lage befreit und ihm vor allem beigebracht, wie er ähnliche Situationen in Zukunft vermeiden konnte. Und Darren schien mit der Wendung der Dinge zufrieden zu sein.

Katy ließ sich auf den Stuhl fallen, der ihr am nächsten

stand, und sah ihn finster an. »Ich nehme an, du hast es gut gemeint.«

»Ich hab' dir schon mal gesagt, daß ich es nicht unbedingt für das erstrebenswerteste Ziel meines Lebens halte, es gut zu meinen. Ich hab' getan, worum du mich gebeten hast. Nicht mehr und nicht weniger.«

»Aber auf deine eigene Art«, stellte sie verärgert fest. »Weißt du, bei dir überkommt mich immer das Gefühl, ich hätte es mit einem Flaschengeist zu tun. Er erfüllt meine Wünsche, aber nie so, wie ich es mir vorstelle.«

Luke lachte leise. »Kann schon sein.« Er entfernte sich vom Schreibtisch.

Katy sah zu, wie er durch den Raum ging und die Tür abschloß. »Was machst du da?«

»Ich bin in der Stimmung, mir jetzt selber ein paar Wünsche zu erfüllen.« Er ging zu ihr hinüber und blieb vor ihrem Stuhl stehen.

Katy sah unter halbgeschlossenen Lidern zu ihm auf. Sie mißtraute seinem Gesichtsausdruck, doch ihr Inneres schien unter dem zwingenden Blick seiner smaragdgrünen Augen dahinzuschmelzen. »Luke, was ist los? Was hast du vor?«

»Ich hab's dir doch gesagt. Ein bißchen Wunscherfüllung.«

Ohne Vorwarnung beugte er sich hinunter und hob sie vom Stuhl hoch in seine Arme.

Katy keuchte. »Hör auf, Luke.« Die Anwesenheit von Liz und Darren nur eine Tür weiter war ihr peinlich. »Laß mich sofort wieder runter. Was in aller Welt erlaubst du dir?«

»Du mußt dir die Sache als Kreativitätstraining auf Führungsebene vorstellen.« Und damit setzte er Katy auf die Ecke des Schreibtischs und ließ seine Hände unter ihren Rocksaum gleiten. Seine Finger schlossen sich fest um ihre Knie.

Katy rang nach Luft, als er ihre Schenkel weit auseinanderspreizte und sich dazwischen stellte. Sie bekam seine Schultern zu fassen und versuchte, ihn wegzustoßen, als ihr klar wurde, was er tun wollte. »Luke, hör auf. Das kannst du nicht machen. Nicht jetzt. Du lieber Himmel!«

»Keine Angst, mein Engel. Ich nehm die Sache in die Hand.«

»Das hast du auch gesagt, als du einverstanden warst, Darren zu helfen«, zischte sie. »Luke, wirklich, so können wir das nicht machen. Um Himmels willen, das ist ein Büro. Und gleich nebenan sind zwei Leute. Und unten ist Justine. Hast du Mrs. Igorson vergessen? Oder die Dienstmädchen?«

»Ich wollte sie nicht einladen, zuzuschauen.« Er beugte sich hinunter und nahm ihr Ohrläppchen zwischen seine Zähne. Eine Hand fuhr an der Innenseite ihres Schenkels hoch bis zum Schritt ihrer Strumpfhose. Seine Finger begannen, sie sanft und rhythmisch zu streicheln.

Katy hielt einen Augenblick die Luft an und versuchte, ihre Beine zu schließen, aber Lukes starke Oberschenkel waren dazwischen. Katy fühlte seine Zähne an ihrem Ohr und glaubte, sie müsse zerschmelzen. Für einen Teil von ihr galt es wirklich.

»O nein«, jammerte Katy leise, als sie fühlte, wie erregt sie wurde. »Das geht doch nicht. Wie soll ich denn nachher rumlaufen? Ich habe hier im Büro keine Wäsche zum Wechseln. Um Himmels willen, Luke!«

»Irgendwann dieser Tage wirst du lernen, mein Engel, daß ich nichts um des Himmels willen tu.« Er fuhr mit den Fingern unter das Taillengummi ihrer Strumpfhose und ihres Slips. Dann schlang er einen Arm um sie und hob sie kurz an, um ihr mit einer einzigen, raschen Bewegung der anderen Hand die Unterwäsche über die Hüften hinunterzustreifen.

»Ach, du lieber Himmel!« ächzte Katy. Sie wurde fast ohnmächtig, als sie seine Hand an dieser empfindsamen Stelle fühlte. Er berührte sie in der gleichen Weise wie damals im Hotelzimmer, in einer Weise, von der sie seither nicht aufgehört hatte zu träumen. Es war lächerlich. Sie verwandelte sich wohl in eine Art Wackelpudding.

»Weißt du, was mir am besten gefällt, wenn wir uns lieben, mein Engel?« fragte er, während er sie streichelte. »Selbst wenn du es versuchen würdest, könntest du mir nicht verheimlichen, wie sehr du mich willst.«

»Das ist doch Wahnsinn ...«

»Ganz im Gegenteil. Das soll mir meine geistige Gesundheit bewahren. Seit drei Tagen bin ich dabei, Komplotte zu schmieden, wie und wann ich mit dir schlafen kann, und dabei wär ich fast verrückt geworden.«

Sie stemmte sich noch immer mit den Händen gegen seine Schultern. Als er nun den Reißverschluß seiner schwarzen Jeans öffnete, schaute sie hin und streckte spontan ihre Hand aus.

»Ja«, murmelte er mit erstickter Stimme. »Mag ich. Verdammt, das tut gut.«

Katy vergaß, wo sie war und wer sich nebenan aufhielt. Lukes Finger bewegte sich streichelnd hin und her und schürte die Flammen, bis sie halb verrückt war vor Verlangen.

»Luke«, flüsterte sie drängend.

»Ich weiß, mein Engel, ich weiß.« Seine Stimme war rauh vor Begehren.

Aber noch ließ er sie warten.

Und warten.

Dann, als sie ihre Nägel in seine Schultern grub und sich auf die Lippen biß, um nicht laut zu schreien, zögerte er nicht länger.

»Luke, ich will nicht ... ich kann nicht ... O Luke.« Sie spürte das köstliche Auf und Ab, und diesmal wußte sie, wohin es führen würde, und schon das Wissen allein hätte fast genügt, sie außer sich geraten zu lassen.

»So ist es richtig, geh für mich in Flammen auf, mein Engel.« Er faßte zwischen ihre gespreizten Schenkel und berührte den magischen Punkt.

Die Welt zersprang in Millionen von glänzenden Splittern. Sie hielt Luke umklammert – er war der einzige feste Ort in ihrem Universum.

Dann fühlte Katy auch ihn erschauern. Sein kaum ersticktes Stöhnen der Befriedigung vibrierte tief in seiner Brust.

Einige Minuten lang herrschte völliges Schweigen im Raum. Endlich holte Katy ein paarmal tief Luft. Sie bemühte sich, ihre Fassung wiederzuerlangen und nahm verschwommen wahr, daß Luke sich von ihr wegbewegte und den Reißverschluß seiner Jeans wieder hochzog.

Katy stöhnte. »Das ist wahrhaftig das Empörendste, was mir in meinem ganzen Leben passiert ist.«

»Ich möchte das als Kompliment verstehen.«

»Du bist unmöglich, Luke Gilchrist.« Katy versuchte ungeschickt, ihre Kleidung zu ordnen. »Ich kann nicht glauben, daß wir das gerade gemacht haben. Und wenn Liz und Darren uns gehört haben?«

»Falls einer von ihnen was gehört hat, dann trau ich ihm genügend Verstand zu, es dir gegenüber nicht zu erwähnen.«

»Darum geht's nicht.« Katy sprang vom Schreibtisch, schwankte und fiel beinahe hin. Luke nahm ihren Arm, um sie zu halten. Er lächelte wieder einmal dieses ausgesprochen männliche Lächeln.

»Immer mit der Ruhe, Schätzchen.«

Sie schaute ihn mit gerunzelter Stirn an und hob dann ihre Strumpfhose und ihr Höschen auf. »Ach du liebe Zeit, die kann ich doch so nicht wieder anziehen.«

»Es ist deine Entscheidung, aber Liz merkt es bestimmt, wenn du keine Strumpfhose mehr anhast, wenn du in dein Büro gehst.«

»Lieber Himmel!«

»Mach dir nichts draus, mein Engel.« Luke grinste. »Ich hab 'ne Idee. Ich werd eine von meinen Schreibtischschubladen ausräumen. Da kannst du für solche Gelegenheiten Wäsche zum Wechseln unterbringen.«

Katy hätte ihn erwürgen mögen, wenn sie sich nicht so weich und warm und zufrieden gefühlt hätte. Dieser Mann besaß einfach kein Schamgefühl.

»Wir werden uns dies nicht zur Gewohnheit machen, Luke Gilchrist«, kündigte Katy an, während sie in ihr Höschen stieg und die Strumpfhose darüberzog.

»Na gut«, sagte er gleichmütig. Er folgte jeder ihrer Bewegungen mit trägem Besitzerstolz. »Fürs nächste Mal laß ich mir was anderes einfallen als den Schreibtisch. Obwohl ich persönlich finde, daß er sich bewährt hat.«

Katy merkte, daß der Ausdruck in seinen Magieraugen schon wieder auf sie zu wirken begann. »Ich glaube, ich sollte mich jetzt lieber davonmachen.«

»Vergiß nicht, daß ich heute abend zum Essen rüberkomme.«

»Verlaß dich drauf, ich werd's nicht so schnell vergessen.« Sie strich ihren Rock glatt und floh zur Tür.

»Na gut.« Luke ging um seinen Schreibtisch herum und setzte sich. Er nahm einen goldenen Füller zur Hand und lächelte. »Sag Darren, daß ich jetzt mit ihm sprechen will.«

Katy, die im Begriff war, die Tür wieder aufzuschließen, drehte sich noch einmal um und musterte den Raum mit unruhigen Blicken. »Meinst du, daß er merkt, daß wir ... hier was gemacht haben?«

Luke hob die Schultern. »Wie ich schon sagte, solange er sich einen Kommentar darüber verkneift, ist es mir wirklich egal.«

»Mir aber nicht«, maulte Katy. »Ihr Gilchrists seid wirklich zu blasiert in solchen Dingen. Leidenschaft und Dramen sind der Nährboden, auf dem ihr gedeiht. Euch geht jeglicher Sinn für Anstand ab.«

»Reg dich nicht auf, Katy. Falls Darren es wagen sollte, eine geschmacklose Bemerkung zu machen, reiß ich ihm einen Arm ab und schlag ihm den um die Ohren.«

Katy gab es auf. Mit Luke konnte man nicht argumentieren. Sie ging durch die Tür und den Korridor hinunter zum nächsten Badezimmer. Als sie wieder herauskam, fühlte sie sich bedeutend besser. Ihr Haar war glatt gebürstet, und ihre Kleidung sah ordentlich aus.

Wenigstens oberflächlich.

11

Am nächsten Morgen saß Katy bei Justine in der Suite und trank mit ihr zusammen vor der Fensterwand Tee. Was Katy erfreulich fand, war der Umstand, daß die alte Dame nicht mehr so verschlossen und deprimiert wirkte wie vor Lukes Ankunft. An diesem Morgen war sie wieder viel mehr sie selbst. Sie trug ein flottes schwarzes Hemdblusenkleid in sportlich elegantem Stil und machte auf Katy einen resoluten Eindruck.

Weniger erfreulich dagegen war die Tatsache, daß Justine sehr ärgerlich zu sein schien.

Das Problematische im Umgang mit den Gilchrists war, daß man das Resultat eines Stimmungswandels nicht immer angenehmer fand als das, womit man es vorher zu tun gehabt hatte. Andererseits, sagte Katy sich philosophisch, besaß sie Übung darin, mit Justines Zorn umzugehen. Er beunruhigte sie nicht in dem Maße, wie es ihre depressive Verstimmung getan hatte.

»Gestern habe ich Luke um einen einfachen, ehrlichen Bericht über die Finanzlage der Gesellschaft gebeten. Mehr wollte ich nicht.« Als Justine ihre Teetasse absetzte, klirrte sie laut gegen die Untertasse. »Was er mir geboten hat, war irgendein Unsinn über das Sammeln von Daten. Es hörte sich ganz so an, als hätte er seit seiner Ankunft absolut nichts zuwege gebracht.«

Katy zuckte zusammen. Sie war diejenige gewesen, die Luke beschworen hatte, seiner Großmutter nichts von den wirklichen Neuigkeiten zu erzählen, die die Firma Gilchrist betrafen. Sie suchte nach einer munteren und beruhigenden Antwort. »Er scheint eine sehr positive Wirkung auf das Management zu haben.«

»Es ist mir egal, wie er dort ankommt. Der Bericht, den er mir geliefert hat, war eine Beleidigung. Für wen hält er mich? Ich will nicht als Schwachsinnige behandelt werden. Ich möchte Ergebnisse sehen.«

»Ich bin sicher, daß er sie beibringen kann, Justine.«

»Ich wünschte, ich wäre davon so überzeugt wie Sie.« Sie schwieg eine Weile und schien in Gedanken versunken. »Katy, ich muß Sie etwas fragen. Und ich will Ihre ehrliche Meinung hören.«

»Natürlich, Justine.« Im Geist kreuzte Katy hinter ihrem Rücken die Zeigefinger.

»Ich weiß, daß Sie anfangs meine Bemühungen, Luke für die Familie zu gewinnen, nicht befürwortet haben. Sind Sie immer noch der Ansicht, ich hätte einen Fehler gemacht?«

Katy war über den Anflug von Unsicherheit erschrokken, den sie in Justines Worten entdeckte.

»Nein«, räumte sie vorsichtig ein. »Ich glaube nicht, daß es ein Fehler war. Ich glaube, daß Luke weiß, was er tut und daß er durchaus in der Lage ist, Gilchrist, Inc. zu retten.«

»Wenn er es überhaupt will«, meinte Justine ergrimmt. »Das frage ich mich nämlich allmählich.«

Katy war überrascht. »Was meinen Sie damit?«

»Ich will damit sagen, daß ich gar nicht davon überzeugt bin, daß er hierhergekommen ist, um uns zu helfen. Nach dem lächerlichen Bericht, den ich gestern bekommen habe, muß ich mich fragen, ob Hayden und Maureen nicht vielleicht recht hatten mit der Behauptung, er sei zurückgekommen, um die Firma kaputtzumachen.«

»Justine, ich weiß, daß das nicht der Fall ist. Wenn Luke Ihnen gegenüber keine konkreten Angaben gemacht hat, dann doch nur, weil er noch weitere Informationen sammelt. Er gehört bestimmt zu den Leuten, die erst alle notwendigen Daten zusammenhaben müssen, bevor sie handeln.«

»Ich weiß nicht, Katy, ich weiß nicht.« Justine lehnte ihren Kopf gegen die Rückenlehne ihres Sessels und sah zu, wie der Nebel sich von der See heranwälzte. »Mein ganzes Leben lang war ich meiner selbst so sicher. Ich habe immer versucht zu tun, was für die Firma und die Familie das Beste ist. Aber seit einiger Zeit stelle ich fest, daß ich dabei eine Menge Fehler gemacht habe.«

»Jeder macht Fehler«, bemerkte Katy leise.

»Es ist durchaus möglich, daß Luke nur hergekommen ist, um Gilchrist zugrunde zu richten. Zwar habe ich mir eingeredet, er würde sich bemühen, ein Teil der Firma und der Familie zu werden, wenn er erst mal hier ist. Aber ich kann mich getäuscht haben ...«

Katy wählte ihre Worte sehr sorgfältig. »Ich weiß nicht, ob er für immer zur Firma gehören will, aber keinesfalls glaube ich, daß er Gilchrist absichtlich Schaden zufügen würde.«

»Warum sollte er's nicht tun?« Justines Mundwinkel verzogen sich schmerzlich. »Wieso sollte er Zuneigung zu mir fassen? Die hat ja auch sonst keiner aus der Familie je für mich empfunden.«

Katy machte große Augen. »Justine, wie können Sie so etwas sagen!«

»Es ist wahr, Katy, und Sie wissen es. Oh, sie wollen es nicht mit mir verderben, weil ich ja schon seit so vielen Jahren den Geldbeutel verwalte. Sie kommen zum Dinner, wenn ich es verlange. Sie erscheinen zu meinen Geburtstagen und bringen mir pflichtschuldig Geschenke. Aber in Wirklichkeit liegt niemandem von ihnen etwas an mir ... Ich hatte oft sogar das Gefühl, daß Maureen mich vielleicht wirklich haßt.«

»Maureen haßt Sie nicht«, sagte Katy ruhig. »Sie hat Angst vor Ihnen.«

Justine sah sie ärgerlich an. »Angst vor mir? Wie dumm von ihr. Maureen hatte noch nie Rückgrat. Was glaubt sie denn, das ich ihr antun könnte?«

Katy nahm einen Schluck Tee. »Ich glaube nicht, daß sie befürchtet, Sie würden ihr selbst etwas antun – ihre Sorge gilt ihrer Familie.«

»Das ist doch völliger Blödsinn.«

»Nein, das stimmt nicht«, stellte Katy mit fester Stimme richtig. »Sie haben sie vor siebenunddreißig Jahren in unvergeßlicher Weise beeindruckt, als Sie Lukes Mutter verurteilt und Ihren Sohn verbannt haben. Maureen hat die vergangenen siebenunddreißig Jahre in dem Bemühen verbracht, sich dagegen abzusichern, daß Hayden und ihren

Kindern ihretwegen das gleiche passiert. An dieser Verantwortung hat sie all die Jahre hindurch schwer zu tragen gehabt.«

Justine wurde blaß. »Du lieber Himmel, ist das Ihr Ernst?«

»Ja. Und wenn Sie mich fragen, hatte sie gute Gründe, sich Sorgen zu machen. Sie waren nicht immer die diplomatischste oder verständnisvollste aller Schwiegermütter.«

»Weil ich Haydens zwanghafte Leidenschaft für Glas nie gutheißen konnte?« spottete Justine ärgerlich. »Was sollte ich tun, als ich merkte, daß er sich lieber an seine Kunst verschwendete, als seinen Verpflichtungen nachzukommen?«

»Seine Entscheidung akzeptieren«, schlug Katy sanft vor. »Es ist sein Leben. Er hat das Recht, damit zu tun, was er möchte. Sie haben mit Ihrem auch gemacht, was Sie wollten.«

»Wie kommen Sie denn darauf?« fragte Justine hitzig. »Ich will Ihnen mal was sagen, Katy – etwas, was ich noch nie einem Menschen erzählt habe. Die Verantwortung für die Leitung der Firma Gilchrist habe ich nie gewollt. Aber als mein Mann starb, war ich vierundzwanzig Jahre alt und hatte niemand außer den beiden kleinen Söhnen, für die ich sorgen mußte. Das einzige, was mein Mann uns hinterließ, war ein schäbiges Restaurant am Hafen, das von Monat zu Monat mehr Verlust machte, solange es geöffnet blieb.«

»Justine, bitte. Sie brauchen es mir nicht zu erklären. Ich kenne die Geschichte.«

Katy stellte ihre Teetasse ab und ging zu Justine hinüber. Sie kniete sich neben ihr nieder und legte ihre Arme um die unbeugsamen Schultern der alten Dame.

»Ich habe Tag und Nacht gearbeitet, damit das verdammte Restaurant etwas abwarf«, flüsterte Justine. »Dazu hatte ich noch meine beiden Jungen zu versorgen, die niemals hungern sollten. Dieses erste Jahr hätte ich nie überlebt, wenn Ihr Großvater und Ihre Großmutter nicht Mitleid mit mir gehabt hätten.«

»Ich weiß, Justine. Sie wollten Ihnen helfen, denn Sie verdienten ihre Hilfe. Sie waren eine schwer arbeitende junge

Mutter, die versuchte, im Geschäftsleben ihren Weg zu machen. Großvater hatte alle Hochachtung vor Ihnen. Harte Arbeit flößte ihm Respekt ein.«

Justines Augen waren auf den grauen Horizont gerichtet.

»Sie haben mich beraten. Mir Kunden geschickt. Meinen Lieferanten gesagt, sie sollten mich, auch wenn ich die Rechnungen nicht bezahlen konnte, weiter beliefern. Manchmal bezahlten sie die Händler, um sicherzugehen, daß ich auch bekam, was ich brauchte. Alles, was Gilchrist, Inc. heute ist, verdanke ich Ihren Großeltern, Katy. Sie haben mich in diesem ersten Jahr über Wasser gehalten, bis ich einen kleinen Gewinn erwirtschaften konnte.«

Katy lächelte ein wenig. Es war typisch für einen Gilchrist, alles zu dramatisieren, Dankbarkeit nicht ausgenommen. »Ich glaube, das geht ein bißchen zu weit, Justine. Die Firma Gilchrist ist das geworden, was sie heute ist, weil Sie verdammt schwer gearbeitet haben. Meine Großeltern mögen Ihnen im ersten Jahr unter die Arme gegriffen haben, aber alles übrige kam von Ihnen selbst.«

»Ich schuldete ihnen mehr, als ich je hätte zurückzahlen können«, sagte Justine, als hätte sie Katy nicht gehört. »Aber ich habe es versucht. Gott weiß, wie sehr ich mich bemüht habe. Erst als Thornton mit seiner Sekretärin auf und davon ging, fiel alles in sich zusammen.«

Katy sah sie erstaunt an. »Wollen Sie mir erzählen, daß Sie die Romanze zwischen meiner Mutter und Ihrem Sohn als eine Art Abzahlung einer Dankesschuld an meine Familie eingefädelt haben?«

»Es war das mindeste, was ich tun konnte«, meinte Justine nachdenklich. »Außerdem wäre es für alle Beteiligten ein kluger Schachzug gewesen, der die Fusion der zwei Restaurantketten bedeutet hätte. Damit wäre ein Imperium entstanden, das den Reichtum der beiden Familien verdoppelt und die Familien Quinnell und Gilchrist vereinigt hätte. Alles schien zueinander zu passen.«

»Du lieber Himmel!« flüsterte Katy. Die Gilchrists machten nichts halb, dachte sie.

»Ich weiß nicht, wie das alles enden wird«, fuhr Justine fort. »Die Dinge haben sich nicht so entwickelt, wie ich es geplant hatte. Und jetzt, wo Luke hier ist, funktioniert vielleicht gar nichts mehr.«

»Was Luke betrifft«, sagte Katy freundlich, »sollten wir bedenken, daß er seine eigene Art hat, Probleme anzugehen. Wir werden einfach abwarten müssen und sehen, was passiert.«

»Es ist für mich kein schönes Gefühl, nicht Herrin der Lage zu sein«, murmelte Justine.

»Wenn Sie jemandem die Leitung von Gilchrist, Inc. übertragen wollten, den Sie kontrollieren können, dann hätten Sie auf keinen Fall Luke für diesen Job aussuchen dürfen«, bemerkte Katy. »Ihn überwachen zu wollen, muß so ähnlich sein, wie auf dem Tiger zu reiten.«

»Mit anderen Worten, es ist ein gefährlicher Ritt. Aber wenn wir jetzt absteigen – werden wir dann alle gefressen?«

»Ich fürchte schon«, mußte Katy zugeben.

Pünktlich um halb sieben an diesem Abend kamen Luke und Zeke bei Katys Häuschen an. Luke schaute auf seinen Hund hinunter, als er die Hand hob, um an die Tür zu klopfen. »Ich rate dir, dich zu benehmen, wenn du willst, daß dieser überaus bequemen Regelung Dauer beschieden sein soll. Also – kein übriggebliebenes Pesto von der Küchentheke stibitzen!«

Zeke, den Blechnapf zwischen die Zähne geklemmt, schaute mit soviel gespielter Unschuld zu Luke auf, wie er überhaupt aufbringen konnte.

Luke sah ein, daß es sinnlos war, dem Hund eine Standpauke zu halten. Am Abend zuvor, als Luke zum ersten Mal bei Katy gegessen hatte, war Zekes Leidenschaft für Pesto geweckt worden. Matt hatte ihm von seinem eigenen Teller einen Klacks zugeschoben, und Zeke fühlte sich danach wie im Hundehimmel. Von da an war er zum Pestojunkie geworden. Nach dem Abendessen hatte er sich unbemerkt in die Küche geschlichen und den Behälter mit dem übriggebliebenen Pesto von der Theke geangelt. Als die anderen merkten, was los war, hatte er die ganze Portion schon verschlungen.

Wenn Zeke etwas wirklich haben wollte, konnte man ihn praktisch nicht mehr davon abbringen.

Er und Zeke hatten einiges gemeinsam, dachte Luke, als er an die Cottagetür klopfte.

Die Tür sprang mit einem unheilverheißenden Knarren, das Erinnerungen an alte, zweitklassige Horrorfilme weckte, nach innen auf.

Matt erschien hinkend und mit einer hochgezogenen Schulter auf der Schwelle. Seine Augen schielten angestrengt nach rechts. »Willkommen, Meister«, quäkte er. »Willkommen im Haus des Grünen Schleims. Essen ist beinah fertig. Nur die fettesten grünen Viecher werden zur Freude Ihres Gaumens geschlachtet. Gerade eben ist man dabei. Horchen Sie nur, wie sie schreien. So herzerquickende Laute, nicht wahr?«

Aus der Küche kam ein schwirrendes Geräusch. Luke lächelte schwach. »Ich darf wohl annehmen, daß wir heute abend die Opfer eines neuerlichen Pestoexperiments sein werden?«

»Ja, Meister. Katy sagt, nur das Beste für Sie und Ihren Lieblingsdämon.« Matt grinste, als er Zeke den Kopf tätschelte.

Zeke ließ sich die Begrüßung einen Moment gefallen, dann trabte er durch den Gang direkt in die Küche.

»Verdammt, das ist doch mal was anderes als Bratkartoffeln«, meinte Luke und ging ins Häuschen hinein. »Das Schlimmste, was uns passieren kann, ist, daß wir alle grün werden, denke ich.«

Aus irgendeinem Grund fand Matt dies wahnsinnig komisch.

Luke folgte Zeke in die Küche, wo er den Hund neben seinem Freßnapf mitten auf dem Fußboden sitzend antraf. Zekes Augen folgten Katy unablässig, während sie eine Handvoll grüner Blätter vom Spülstein zur Küchenmaschine trug.

Katy, in Jeans und einen lachsroten Pulli gekleidet, hatte

sich eine karierte Küchenschürze umgebunden und begrüßte Luke mit einem strahlenden Lächeln. »Hi, du bist wirklich pünktlich.«

»Zeke hat gedrängelt. Er wollte nicht, daß wir zu spät kommen.«

Katy schnitt Zeke eine Grimasse. »Wenn du denkst, ich mach dir eine Extraportion, dann hast du falsch gedacht, Zeke.«

Zeke sabberte.

»Gib ihm lieber was davon«, riet Luke, der den Küchenschrank öffnete und zwei Weingläser herausholte. »Sonst bedient er sich vielleicht wieder selbst, wie gestern.«

»Ich hab' eine Nachricht für ihn. Er wird keine Gelegenheit mehr bekommen, noch mal so ein Ding zu drehen, wie letzthin. Heute abend kommen alle Reste sofort in den Kühlschrank.« Katy warf Blätter in die Küchenmaschine.

»Ich weiß nicht, ob du deinen Pesto vor ihm schützen kannst«, meinte Luke, als er Wein in zwei Gläser füllte. »Zeke hat Geschmack daran gefunden, und jetzt ist er süchtig.«

Zeke jaulte hungrig.

»Willst du mir weismachen, daß er sich so verhält, als wäre er auf den Geschmack von Blut gekommen?« Katy warf dem Hund einen unfreundlichen Blick zu. »Du hättest ihn vorher füttern sollen.«

»Hab' ich ja. Aber Zeke hat immer Platz für Pesto.«

»Also, von dem hier kriegt er jedenfalls nichts.« Katy schaltete die Küchenmaschine ein, die wirkungsvoll jeden Widerspruch überdröhnte.

Luke lächelte zufrieden, als er sich mit dem Rücken an die Theke lehnte. Katy sah gut aus in der Schürze, fand er. Dies war erst die zweite Einladung zum Abendessen, die er ihr hatte abringen können, aber er war fest entschlossen, solche Essen zu einer ständigen Einrichtung zu machen.

Schließlich war sie eine verdammt gute Köchin.

Darüber hinaus hatte Luke am Abend zuvor entdeckt, daß er sich bei Katy und ihrem Bruder wohl fühlte. Er hatte dabei gemerkt, wie einsam sein Leben in den drei letzten Jahren gewesen war.

Obwohl er sich selber nie als einen Heim-und-Herd-Mann betrachtet hatte, mußte er zugeben, daß ihm die gemütliche Wärme in Katys Küche schon sehr gefiel. Es war schön, mit einem Glas Wein in der Hand an der Theke zu lehnen und zuzuschauen, wie Katy in dem kleinen Raum herumfuhrwerkte. Er machte auch gern Späße mit Matt. Ja, er fand sogar Geschmack an Katys Versuchskombinationen von Pasta mit Pesto.

Das einzige, was ihm mißfiel, war die Tatsache, daß er um zehn in sein eigenes Häuschen zurückkehren mußte. Aber das Wochenende war nicht mehr weit, tröstete er sich optimistisch. Am Freitag und am Samstag würde Matt nicht vor Mitternacht nach Hause kommen.

»Ich wollte etwas mit dir besprechen«, sagte Katy, nachdem sie die Maschine ausgeschaltet hatte.

»Ich höre.«

»Heute morgen hatte ich ein langes Gespräch mit Justine. Sie war sehr ärgerlich.«

»Das ist nicht gerade eine Neuigkeit.«

Katy warf ihm einen warnenden Blick zu. »Die Sache ist die, daß sie mit dem Bericht, den du ihr über die Finanzsituation der Firma Gilchrist gegeben hast, nicht zufrieden war. Sie hatte das Gefühl, nicht wirklich informiert zu werden.«

Luke zog die Brauen hoch. »Da hat sie recht. Du hast mir nicht erlaubt, ihr was von dem guten Material vorzulegen – erinnerst du dich noch?«

Katy preßte die Lippen zusammen.

»Ich hab dich gebeten, ihr nichts von Darren zu erzählen oder darüber, daß du eine Person im Verdacht hast, die Firma zu betrügen.«

»Genau. Die vorzeigbaren Ergebnisse.«

»Was hast du ihr gesagt?«

»Nicht viel. Nur daß ich noch mehr Daten sammle.«

Katy füllte ein paar Löffel voll Parmesan in die Schüssel ihrer Küchenmaschine. »Hättest du nicht ein bißchen diplomatischer sein können? Taktvoller?«

»Warum?«

»Luke, sie ist deine Großmutter. Und was auch geschehen mag, sie ist diejenige, der die Firma gehört.«

»Falls du's noch nicht gemerkt haben solltest, Katy, ich fühle keinen überwältigenden Drang, diplomatisch oder taktvoll zu sein, wenn ich's mit Justine zu tun habe. Sie macht bestimmt keinerlei Anstrengung, sich in der einen oder anderen Tugend zu üben. Wie sollte sie's dann von mir erwarten?«

Katy warf ihm einen mißbilligenden Blick zu.

»Wir beide wissen, daß dir schon etwas hätte einfallen können, was mehr nach Fortschritt im Bemühen um die Rettung der Firma geklungen hätte.«

»Vielleicht, aber mir war nicht danach.«

»Um Himmels willen, Luke, sie fängt an, sich zu fragen, ob du hergekommen bist, um der Firma den Rest zu geben, anstatt sie zu sanieren. Ich glaube, sie wird nervös, weil sie deine Absichten nicht kennt.«

»Ich werd' sie ihr schon noch deutlich machen«, bemerkte Luke.

Katy stöhnte entnervt auf. Mit dem Löffel in der Hand ging sie zu ihm hinüber und pflanzte sich vor ihm auf. »Luke Gilchrist, jetzt reicht's mir. Benimm dich gefälligst, verstanden? Wenn du Justine das nächste Mal Bericht erstattest, verhältst du dich diplomatisch und taktvoll. Ist das klar?«

Luke mußte über sie lächeln, wie sie da vor ihm stand. Das warnende Feuer in ihren Augen war eine deutliche Herausforderung. Wenn sie allein gewesen wären, hätte er ihr die karierte Schürze abgenommen und sie auf dem Küchentisch geliebt.

»Ich hab's verstanden, Engel«, sagte er sanft. »Was soll ich deiner Meinung nach Justine erzählen? Daß mein Freund, der Hacker, das Betrugsproblem im Zusammenhang mit den Restaurants auf einen Computer in der Hauptverwaltung von Gilchrist, Inc. zurückführt?«

Katy starrte ihn entgeistert an. »O nein. Bist du sicher?«

»Ja.«

»Das ist ja furchtbar«, sagte sie ganz benommen. »Ich hatte gehofft ...«

»Was? Daß es keine Unterschlagung gäbe? Daß die Unregelmäßigkeiten auf einfachen Buchungsfehlern beruhten?«

»Ehrlich gesagt, ja«, gab sie zu.

»Na, diese blauäugige Auffassung von Geschäft hat noch nie zum Erfolg geführt«, meinte Luke abschätzig.

Sie biß sich auf die Unterlippe. »Du weißt noch nicht, wer der Betrüger ist?«

»Nein, aber das werden wir bald herausfinden.«

»Luke«, sagte sie eindringlich, »wenn du entdeckst, daß es jemand aus der Familie ist, sprich bitte zuerst mit mir.«

»Vergiß es«, antwortete Luke. »Das ist meine Sache.«

»Bei deinem Mangel an Taktgefühl ist das bestimmt keine gute Idee«, sagte Katy erbittert.

»Tut mir leid, aber so ist es nun mal.«

»Luke, hör mir bitte zu. Es ist sehr wichtig.«

Matt erschien im Durchgang zur Küche. Seine Augen wanderten von Katys zornigem Gesicht zu Luke hinüber. »Was ist denn hier los? Streitet ihr euch etwa?«

»Nein«, sagte Luke ruhig. »Deine Schwester hat mir gerade eine Lektion über die Leitung von Gilchrist, Inc. erteilt. Ich hab' ihr gesagt, daß ich die Probleme lieber auf meine Art lösen möchte. Sie hat versucht, mich von ihrer Methode zu überzeugen.«

Matt wirkte sichtlich erleichtert. »Katy kann ziemlich hartnäckig sein.«

»Das ist mir auch schon aufgefallen«, sagte Luke.

»Sie werden sich dran gewöhnen«, erklärte Matt.

Luke trank einen Schluck Wein und lächelte. »Ich weiß. Keine Sorge. Ich komm schon zurecht mit ihr.«

Katy straffte ihre Schultern. »Jetzt reicht's mir mit euch beiden. Wenn ihr heute abend was zu essen haben wollt, dann hört bitte auf, in der dritten Person über mich zu diskutieren. Noch ein einziges Wort von euch, und ich geb' Zeke die ganze Portion Pesto.«

Zekes Schwanz klopfte erwartungsvoll auf den Küchenboden.

»Hey, ich kann einen Wink schon verstehen«, meinte Luke.

»Ich auch«, fügte Matt schnell hinzu.

Katy musterte beide mit zusammengekniffenen Augen. Dann nickte sie, offenbar befriedigt. »Schon besser. Ihr könnt euch beide nützlich machen. Deckt mal den Tisch.«

Luke zog schnell die Schublade auf, die ihm am nächsten war, und packte eine Handvoll Messer und Gabeln.

»Ich hol die Teller«, erklärte Matt und stürzte zum Schrank.

»Das gefällt mir«, meinte Katy mit Genugtuung. »Ich hab's gern, wenn Männer sich in der Küche betätigen.«

Zeke leckte sich die Schnauze.

Eine Stunde später hatte Luke seine zweite Portion Bandnudeln nach japanischer Art und Pestosauce dazu vertilgt. Er lehnte sich in seinem Stuhl zurück und grinste zu Matt hinüber. »Die Opferung der vielen kleinen schreienden grünen Viecher hat sich gelohnt.«

Matt lachte. »Ja, es war nicht schlecht.«

Katy schaute mißtrauisch vom einen zum anderen. »Was soll das mit der Opferung bedeuten?«

»Nichts«, versicherte ihr Matt.

Katy lächelte erwartungsvoll. »Hat es euch wirklich geschmeckt?«

»Großartig«, bestätigte Luke. »Was hast du diesmal in den Pesto getan?«

Katy wurde rot vor Freude und erwärmte sich sofort für ihr Thema. »Frische Petersilie und Tarragonablätter. Und natürlich den üblichen Parmesan, Pinienkerne und Olivenöl. Meinst du nicht, ich hätte vielleicht zuviel Tarragonablätter genommen?«

»Auf keinen Fall«, sagte Luke. »Wieder ein Renner.«

»Gut.« Katy stand auf und fing an, den Tisch abzuräumen. »Ich glaube, das Rezept ist jetzt wirklich so, wie ich es haben möchte. Ich kann es in meine Liste aufnehmen.«

»Ist das alles, woran du im Moment denken kannst?« fragte Luke leise. »Pesto Presto?«

Matt nahm ihr die Antwort ab. »Ja, ich kann Ihnen sagen, daß sie an fast nichts anderes mehr denkt. Sie hätten mal sehen sollen, was ich schon alles zu essen bekommen hab'. Ich will Ihnen mal was verraten: Der Typ, der Katy heiraten will, sollte sich am besten genauso fürs Kochen interessieren wie sie, sonst hat er nicht die geringste Chance.«

Katy wurde feuerrot. Sie vermied Lukes Blick, als sie schnell in die Küche lief.

Matt sah Luke an. »Hey, haben Sie Lust, mir noch ein bißchen mehr Schach beizubringen?«

»Natürlich«, sagte Luke und folgte Katy, die gerade um die Ecke bog, mit den Augen.

»Ich warne Sie, ich hab' geübt.«

Ein lautes Krachen aus der Küche unterbrach Lukes Antwort. Dann hörte man ein scharrendes Geräusch, dem ein unmißverständlicher Entsetzensschrei Katys folgte.

»Du elendes, hinterhältiges, heimtückisches Monster!« schrie Katy. »Eines Tages wird es mir wirklich zuviel. Hast du mich verstanden?«

Luke ging zur Küchentür und schaute um die Ecke. Zeke machte sich gerade über den übriggebliebenen Pesto her. Katy blitzte ihn wütend an. Den Rest retten zu wollen, schien aussichtslos.

»Wie hat er denn den Behälter erwischt?« fragte Luke mit mildem Interesse.

Katy richtete ihre zornigen Augen auf ihn.

»Ich hab' den Fehler gemacht, ihm ein bißchen Pesto zu geben. Ich wollte nett zu ihm sein. Also hab' ich mich runtergebeugt und ihm einen Löffel voll in den Freßnapf getan – wirklich nur einen Löffel voll. Und das nächste, was ich sehe, ist, daß er sich den ganzen Behälter schnappt. Mir aus der Hand. Dieser Hund ist eine Schande.«

Luke zuckte die Schultern. »Was soll ich dazu sagen? Er mag deine Küche eben.«

Matt schaute nun auch durch die Tür. »Du mußt es so sehen, Katy: Jetzt erst weißt du, daß das Zeug wirklich gut ist. Ein Hund würde in solchen Dingen nie lügen.«

Um zehn Uhr an diesem Abend machte Luke seinen letzten Zug auf dem Schachbrett und stand dann widerstrebend auf. Er sah zu Katy hinüber, die es sich mit einem Kochbuch auf der Couch bequem gemacht hatte. »Ich sollte mich jetzt wohl auf den Weg machen.«

Sie legte ihr Kochbuch weg und sprang auf. Ihre Augen suchten seinen Blick. »Ja. Also, vielen Dank fürs Pestoprobieren. Ich seh dich dann morgen.«

Luke schaute auf sie hinunter und war sich nur allzu bewußt, daß ein anderer Hunger in seinem Inneren wütete. »In Ordnung. Bis morgen.« Er beugte sich hinunter und küßte sie direkt auf ihren weichen Mund.

Sie schnappte nach Luft und er sah, daß sie sich schnell nach Matt umdrehte. Glaubte sie wirklich, daß er, Luke, so tun würde, als wäre nichts zwischen ihnen, nur weil ihr Bruder zufällig im Zimmer war? fragte er sich.

Er war bereit, ihren Wunsch nach Diskretion zu respektieren, aber Katy sollte trotzdem erfahren, daß er nicht die Absicht hatte, ihre Beziehung zu verheimlichen.

Bevor sie sich von ihrem Schreck erholen konnte, war Luke schon halbwegs an der Tür. »Komm, Zeke. Zeit, nach Hause zu gehen.«

Zeke wälzte sich auf die Füße, packte seinen Napf und trabte zur Tür.

Plötzlich stand Matt auf. Seine Augen wanderten von Katys erhitztem Gesicht zu dem Lukes. »Ich begleite Sie ein Stück«, sagte er. »Ich glaub', ich brauch' ein bißchen Bewegung.«

Luke hielt die Tür auf. Ihm schwante, was auf ihn zukommen würde. »Ja, nur zu.«

Katy kam hinter ihnen her. Ihre Wangen glühten, und sie sah ängstlich aus. Luke schloß ihr behutsam die Tür vor der Nase.

Matt sagte eine ganze Weile nichts, während sie zu Lukes Cottage unterwegs waren. Auch Luke schwieg, um dem Jungen Zeit zu lassen, sich zu sammeln.

»Ich hab' mich gefragt, ob Sie und Katy so etwas wie ... hm, wissen Sie, aneinander interessiert sind«, brachte Matt schließlich heraus.

»Ja«, sagte Luke ruhig. »Es ist so.«

Dann folgte ein kurze, spannungsgeladene Pause. »Ich möchte Sie nicht beleidigen, aber Sie sind eigentlich nicht ihr Typ. Verstehen Sie, was ich meine?«

»Nein.«

Matt schien nicht recht zu wissen, wie er dieses Hindernis überwinden sollte. »Na ja – sie meint eben, daß die Gilchrists ziemlich schwierig sind.«

»Deine Schwester kann genauso schwierig sein wie jeder beliebige Gilchrist.«

Matt versuchte, dies zu verdauen und probierte dann eine neue Masche.

»Sehen Sie, ich möchte nicht, daß sie noch mal verletzt wird, okay? Es war schlimm genug, als dieser Atwood sie einfach fallenließ, um Eden zu heiraten. Ich hab nicht gemeint, er wär der Richtige für Katy. Er war's nämlich nicht. Ich konnte ihn nie leiden. Aber Eden hat nicht mal gesagt, es täte ihr leid oder so was Ähnliches.«

»Du willst mir vielleicht zu verstehen geben, daß du keinem traust, der mit Nachnamen Gilchrist heißt?«

Matt zögerte ein bißchen. »So hab' ich's eigentlich nicht gemeint.«

Luke blieb stehen, um Matt im kalten Mondschein ins Gesicht zu sehen. Er konnte die echte Besorgnis in der Miene des jungen Mannes erkennen und verstand.

»Es ist alles in Ordnung, Matt. Ich will mich um sie kümmern.«

Matt schaute ihn eine ganze Weile prüfend an. Was immer er in Lukes Gesicht lesen mochte, es schien ihn offensichtlich zu befriedigen. »Okay, ich wollte mich nur vergewissern, verstehen Sie? Ich meine, sie ist schließlich meine Schwester.«

»Ich weiß. Gute Nacht, Matt.«

»Gute Nacht.«

Luke machte kehrt und ging auf die Lichter in seinem Häuschen zu. Zeke lief neben ihm her zur Haustür. Luke schloß auf und ging hinein. Er blieb im Wohnzimmer am Fenster stehen und sah hinaus auf den dunklen Ozean.

Er wußte, daß er Matt gerade ein Versprechen und eine

Zusicherung gegeben hatte. Versprechen und Zusicherungen waren Verpflichtungen, die sich in die Zukunft erstreckten.

Die Zukunft. Wieder einmal wurde er mit einem Ruck aus der sicheren, bequemen Gegenwart gezerrt und gezwungen, nach vorn zu schauen.

Als er in die stille Nacht hinausblickte, wurde ihm klar, daß er, obwohl er noch keine klare Vorstellung von seiner eigenen Zukunft hatte, wußte, daß von nun an Katy Wade ihren Platz darin haben würde.

Was immer die Zukunft für ihn bereithalten mochte, nur Katy allein konnte ihr Struktur und Inhalt geben.

12

Gerade als Katy im Begriff war, das Haus zu verlassen, um zur Villa hinüberzugehen, klingelte das Telefon. Sie schaute hinaus, stellte fest, daß es regnete und griff gleichzeitig nach ihrem Regenschirm und dem Hörer.

»Katy?« Maureens Stimme schien von Weltuntergangsstimmung und Verzweiflung verdüstert.

»Was ist los, Maureen?« Katy stellte den Schirm weg. Sie hatte das Gefühl, daß das Gespräch länger dauern würde.

»Ich bin jetzt ganz sicher, daß Eden sich wieder mit Nate Atwood trifft.«

»O nein. Wie haben Sie das herausgefunden?«

»Eine von unseren Kundinnen hat sie mit ihm gesehen. Sie hat mich gefragt, ob sie sich wieder versöhnt hätten. Katy, Sie müssen etwas unternehmen. Justine wird so etwas nicht hinnehmen. Und wir wissen alle beide, daß er Eden doch nur wieder weh tut. Man muß der Sache ein Ende machen.«

Katy ließ sich auf die Lehne ihrer Couch fallen. Sie massierte ihre Schläfen im Bemühen, schnell einen Gedanken zu fassen. Die Gilchrists pflegten gern überstürzt zu handeln. Es schien an der Zeit, Maureen zu dämpfen und zuerst den Sachverhalt zu klären.

»Haben Sie mit Eden gesprochen?«

»Nein. Ich kann sie nicht damit konfrontieren. Sie wissen ja, wie sie ist. Sie regt sich furchtbar auf, wenn ich mich einmische.«

Damit hatte Maureen sicher recht, dachte Katy. Die Gilchrists wurden oft sehr ärgerlich, wenn andere versuchten, sie zu beeinflussen. »Ich glaube, Sie sollten sie fragen, was los ist, bevor Sie eingreifen, Maureen.«

»Ich kenne meine Tochter besser als Sie«, fauchte Maureen sie an. »Katy, ich will, daß dieser Mann ein und für allemal aus ihrem Leben verschwindet. Sie haben ihn in die

Familie eingeführt. Die Sache ist zum großen Teil Ihre Schuld.«

»Meine Schuld?«

»Sie müssen zu ihm gehen und herausfinden, was er eigentlich will. Ich bin sicher, daß Geld eine Rolle spielt. Klären Sie, wieviel er will.«

»Maureen, ich kann ihm keinen Blankoscheck anbieten. Er wird Sie völlig ausnehmen. Das wissen Sie.«

»Bringen Sie in Erfahrung, wieviel er haben will, damit er sich aus dem Leben meiner Tochter zurückzieht. Ich werde das Geld schon irgendwie auftreiben.« Und damit legte Maureen auf.

Katy schaute nachdenklich auf den summenden Hörer. Dann plazierte sie ihn langsam auf der Gabel. Mit Nate Atwood zu sprechen war das letzte, was sie sich wünschte. Der Mann war widerlich.

Eden wußte das. Deswegen hatte sie damals ja die Scheidung verlangt. Und sie war zu stolz, um ihn wiederhaben zu wollen. Sie war schließlich eine Gilchrist. In Sachen Selbstwertgefühl konnte man ihr nichts vormachen.

Was also ging hier wirklich vor? fragte sich Katy. Sie saß noch eine Weile auf ihrer Couchlehne und wippte mit dem Fuß, während sie die Lage überdachte. Dann nahm sie den Hörer wieder ab und wählte ihre eigene Nummer oben im Herrenhaus. Liz antwortete beim ersten Klingelzeichen.

»Gilchrist, Incorporation.«

»Liz? Katy am Apparat. Ich komme heute nicht ins Büro. Ich nehme mir frei, ich hab' in der Stadt noch einiges zu erledigen.«

»Was denn wohl?« fragte Liz mit ihrer üblichen Ungeniertheit.

»Termin beim Zahnarzt. Was einkaufen. Ein paar Kleinigkeiten. Ich seh' Sie morgen früh.«

»Na ja, wenn Sie meinen. Ist alles in Ordnung mit Ihnen? Mir ist, als hörte ich so etwas wie Angst aus Ihrer Stimme.«

»Es geht mir gut, Liz. Ich schau heute nachmittag rein und hol mir meine Nachrichten ab. Wie sieht Lukes Terminkalender heute aus?«

»Er ist heute morgen nach Seattle gefahren und hat fast den ganzen Tag über Sitzungen. Heute nachmittag kommt er zurück. Soll ich ihm was ausrichten?«

»Nein, nicht nötig. Ich hab' ihm nichts Dringendes zu sagen.« Katy legte den Hörer auf und runzelte nachdenklich die Stirn. Wenn Luke in Seattle war, wollte sie sich lieber nicht mit Eden in der Hauptverwaltung treffen. Die Gefahr, Luke dort in die Arme zu laufen, war zu groß. Er würde anfangen, Fragen zu stellen, eins käme zum anderen, und schließlich könnte es die Sache nur komplizieren.

Katy sah auf die Uhr und kam zu dem Schluß, daß Eden noch nicht auf dem Weg zum Büro sein würde. Sie wählte ihre Privatnummer.

»Ja?« Edens Stimme klang von Natur aus erotisch, sogar am Telefon.

»Eden, hier ist Katy. Ich muß Sie sprechen. Ich kann in einer Stunde in Seattle sein. Es wäre mir lieb, wenn wir uns in einer Espresso-Bar in der Nähe der Westlake Mall treffen könnten.«

»Worum geht's denn?« fragte Eden. »Haben Sie etwa Informationen über Lukes Pläne? Was hat er vor? Was ist los?«

Katy kam auf einmal der Gedanke, daß der wirksamste Weg, Eden zu diesem Treffen zu bewegen, der war, sie im Ungewissen zu lassen. »Ich erkläre Ihnen alles, wenn wir uns sehen. In einer Stunde.« Sie nannte den Namen der Espresso-Bar und legte auf.

»Was, zum Teufel, soll das heißen, Katy ist nicht im Büro?« Luke griff mit der einen Hand nach dem Telefonhörer, mit der anderen blätterte er eine Akte durch. »Wo ist sie?«

»Sie hat gesagt, sie müßte ein paar Besorgungen machen«, erklärte Liz. »Am Spätnachmittag kommt sie vorbei.«

»Sagen Sie ihr, sie soll mich hier in Seattle anrufen, sobald sie im Büro ist.«

»Ja, Sir.«

Luke schmiß den Hörer auf die Gabel. Er hielt einen Moment inne, um eine Eintragung in der Akte nachzulesen, die er in der Hand hielt, klappte dann den Ordner zu und sah den jungen Mann an, der ihm gegenübersaß.

Roger Danvers war mager, drahtig und zappelig. Er befand sich ständig in Bewegung, zerrte an seinen Ohrläppchen, trappelte mit den Füßen und trommelte mit den Fingern. Schon vom Zuschauen wurde Luke nervös. Aber Danvers war der beste in seinem Fach.

»Sie sind also ganz sicher?« fragte Luke leise.

»Ich weiß genau, mit welchem Code man sich Zugriff auf die Konten der Restaurants verschafft und Geld abbucht«, sagte Danvers. »Und wir beide wissen, wem dieser Zugriffscode zugeordnet ist. Allerdings ist es möglich, daß jemand anderes als die betreffende Person ihn benutzt und das Geld unterschlägt.«

»Aber das halten Sie für wenig wahrscheinlich?«

Danvers zuckte mit Armen und Beinen.

»Ja. Bei Gilchrist ist ein ziemlich hoher Sicherheitsstandard gegeben, was die Zugriffsmöglichkeiten betrifft. Das Abschöpfen vollzieht sich während der normalen Arbeitszeit und an den Wochenenden, an denen die betreffende Person bekanntermaßen Überstunden gemacht hat. Es passiert nicht um Mitternacht.«

»Es schleicht sich also niemand nach Arbeitsschluß ein, um den Computer zu benutzen«, schloß Luke. »Sehr gut, Danvers. Sie haben Ihre Aufgabe gelöst. Die Antworten gefallen mir nicht, aber das ist nicht Ihre Schuld. Danke.«

»Schon gut. Soll ich mich weiterhin mit der Situation von Gilchrist Gourmet befassen?« Danvers zog an seinem Ohrläppchen, während er aufstand.

»Ja.«

»Schon gebongt.«

Luke wartete, bis Danvers gegangen war. Dann schaute er auf den Bericht, den er hinterlassen hatte.

»Verdammt noch mal.«

Katy würde das nicht gefallen. Luke wußte schon jetzt, bevor er ihr gegenüber die Bombe überhaupt platzen lassen konnte, daß Katy versuchen würde, ihn davon abzuhalten, das zu tun, was getan werden mußte. Der Schutzengel war zu weich, wenn es um Dinge wie diese ging. Es schien ihm ratsam, sein Pulver trocken zu halten, denn er würde die Maßnahmen, die er treffen wollte, rechtfertigen müssen. Er wußte, daß Katy unnachgiebig sein konnte.

»Verdammt.«

Katy komplizierte ohne Zweifel sein Leben. Luke warf einen finsteren Blick auf das Telefon. Wo, zum Teufel, war sie heute überhaupt? fragte er sich.

Katy saß in dem schmalgeschnittenen, langärmeligen mintgrünen Kleid, das sie am Morgen zur Arbeit angezogen hatte, auf einem hohen Hocker an der Theke der Espresso-Bar. Sie rührte müßig in ihrem Milchkaffee und wartete auf Eden.

Die in den Farben Dunkelrosa und Schwarz gehaltene Kaffeebar wimmelte von Flaneuren, Käufern und Geschäftsleuten, die hier in bester Seattle-Tradition ihre Frühstückspause verbrachten. Die Espressomaschine schrie wie in Todesqualen. Sie zischte und röhrte, während sie einen endlosen Strom von Michkaffees, Espressos und unzähligen anderen nicht weniger interessanten Kaffeezubereitungen ausspie, die das Herzblut von Seattles lebendiger Kaffeekultur bedeuteten. In Seattle hielten sogar Eisenwarengeschäfte und Tankstellen Espressomaschinen für ihre Kundschaft bereit.

Katy nahm gerade ihren ersten Schluck Kaffee, als Eden zur Tür hereinkam. Man mußte kein geübter Gilchristbeobachter sein, um zu sehen, daß es ihr ganz und gar nicht gutging.

Eden war an diesem Morgen jeder Zoll eine Gilchrist, von den Zehen ihrer schwarzen Stöckelschuhe bis zu den breiten Aufschlägen ihrer schwarzen Kostümjacke. Ihr ebenholzschwarzes Haar glatt und glänzend, Mund und Nägel blutrot. Sie hatte den vertrauten Gilchristschen Gang, der königlich und arrogant zugleich wirkte, aber im Blick ihrer grünen Augen lag etwas Gehetztes. Katy stellte fest, daß der Streß, unter dem Eden seit ihrer Scheidung leiden mochte, sich offenbar dramatisch verschärft hatte. Sie sah Katy an der

Theke sitzen, ging direkt auf sie zu und setzte sich auf den benachbarten Hocker, ohne sich um die neugierigen Blicke zu kümmern, die ihr folgten. »Ich hoffe, es ist wirklich wichtig, Katy. Ich hab wahnsinnig viel zu tun heute.«

»Treffen Sie sich wieder mit Nate Atwood?« fragte Katy ohne Umschweife.

Eden zuckte zurück. »Wer hat Ihnen das gesagt?«

»Ich glaube, Fraser Stanfield war der erste, der es erwähnte«, gab Katy zurück. »Er sah anscheinend, wie Sie mit Nate in ein Taxi stiegen. Aber der eigentliche Knalleffekt war, daß eine Kundin Ihrer Mutter gegenüber bemerkte, sie hätte Sie und Nate zusammen gesehen. Maureen war völlig aufgelöst, wie Sie sich sicher vorstellen können.«

Eden saß wie erstarrt auf ihrem Hocker. »Mutter weiß es also?«

Katy nahm noch einen Schluck von ihrem Milchkaffee. »Mhm. Deshalb bin ich hier.«

»Halten Sie sich da raus, Katy. Es geht Sie nichts an.« Edens Finger zitterten, als sie am Riemen ihrer schwarzen Schultertasche nestelte.

»Eden, wir wissen beide, daß Nate Atwood ein ganz übler Bursche ist. Warum geben Sie sich wieder mit ihm ab? Sie haben sich doch gerade erst von der Ratte befreit.«

Eden biß die Zähne zusammen.

»Es geht Sie nichts an, Katy. Halten Sie sich einfach raus.«

»Ich kann mir nicht vorstellen, daß Sie ihn wiederhaben wollen.«

»Ich will ihn nicht wiederhaben.«

»Warum treffen Sie sich dann mit ihm?«

»Ich treffe mich nicht mit ihm«, sagte sie bissig. »Nicht, wie Sie meinen. Ich habe kein Verhältnis mit ihm. So. Sind Sie jetzt zufrieden?«

»Nein. Wenn Sie nicht in eine Affäre mit ihm verwickelt sind, dann muß da etwas anderes sein. Zwingt er Sie zu diesen Verabredungen?«

»Verdammt, Katy, halten Sie sich gefälligst raus.«

»Was macht er mit Ihnen?« Katy blickte forschend in ihr Gesicht. »Setzt er Sie in irgendeiner Weise unter Druck? Wir wissen, daß er mit der Abfindung bei der Scheidung nicht zufrieden war. Will er mehr Geld?«

Edens entsetztes Gesicht war die ganze Antwort, die Katy brauchte.

»Du lieber Himmel«, murmelte Katy. »Das hätte ich mir denken können. Maureen möchte, daß ich ihn auszahle. Wieviel will er?«

»Sie verstehen mich nicht«, sagte Eden verzweifelt. »So einfach ist es nicht. Jedesmal, wenn ich ihm Geld gebe, sagt er, es sei das letzte Mal. Aber er kommt immer wieder und verlangt mehr.«

»Aber warum geben Sie es ihm überhaupt?« fragte Katy. »Justines Anwälte haben die Sache mit Atwood doch in die Hand genommen. Eden, was ist denn in Wirklichkeit los?«

Eden schloß mit dem Ausdruck unsäglichen Schmerzes die Augen. »Er erpreßt mich.«

»Ach du liebe Zeit, wie entsetzlich!« Katy war sprachlos. Sie suchte tastend nach der nächsten Frage. »Aber warum denn? Was kann er von Ihnen wissen, was Sie verletzlich machen könnte?«

»Es geht nicht um mich, sondern um Mutter. Er weiß etwas von ihr. Etwas, das vor langer Zeit passiert ist. Etwas, das Justine fürchterlich zornig machen würde. Ich kann es Mutter nicht sagen. Sie hat keine Ahnung, daß ich davon weiß. Sie wäre niedergeschmettert, wenn sie erführe, daß jemand von der Familie darüber informiert ist.«

»Und voller Angst, Justine könnte es herausfinden?«

Eden nickte trostlos. »Ja. Sie wissen, wie verzweifelt Mutter die ganze Zeit versucht hat, sich mit Justine gut zu stellen.«

»Ihrer Familie wegen«, flüsterte Katy. Ihr fiel das Gespräch mit Maureen in der Galerie wieder ein. »Sie hat sich so bemüht, Sie alle vor Justine in Schutz zu nehmen.«

»Das ist mir klar.« Edens Finger schlossen sich fester um den Riemen ihrer Tasche. »Und nun muß ich sie vor Justine schützen.«

Katy schwieg nachdenklich. »Was weiß Nate denn von ihr?« fragte sie schließlich.

Eden zögerte zuerst, aber dann zuckte sie die Schultern, als wolle sie sich sagen, daß der Schaden ja nun mal passiert sei. »Das Ganze hat sich vor Jahren zugetragen. Damals in New York. Noch bevor Mom und Dad verheiratet waren. Es war von Betrug die Rede.«

»Betrug?«

»Betrug oder Fälschung oder so etwas«, sagte Eden ungeduldig. »Ich kenne nicht die ganze Geschichte, und Nate hat mir nicht alles erzählt. Ich glaube, er weiß auch nicht mehr. Aber er hat ein paar alte Zeitungsausschnitte.« Edens Augen füllten sich mit kristallklaren Tränen.

»Erzählen Sie«, drängte Katy freundlich.

»Vor vielen Jahren, meine Mutter war damals noch sehr jung, wurde sie des Verkaufs von gefälschter Kunst überführt. Nate hat damit gedroht, Justine die Zeitungsausschnitte zu schicken.«

»Falls Sie nicht weiterhin Zahlungen an ihn leisten?«

»Ja.«

Eden öffnete ihre Tasche und zog ein schwarzes Taschentuch aus Leinen heraus. Sie betupfte sich die Augen damit und ließ es dann wieder in die Tasche fallen. »Ich werde verrückt, Katy. Ich kann ihn nicht loswerden. Wieviel ich ihm auch gebe, er kommt immer wieder.«

»Ich hab' gehört, daß Erpresser selten von selbst verschwinden. Und wir beide wissen, daß Nate keine Hemmungen hat, andere auszunehmen.«

»Ach du liebe Zeit, das stimmt.«

Katy klopfte ihr auf die Schulter. »Schon gut, Eden. Wir werden einen Weg finden, damit fertig zu werden. Sagen Sie mir eins. Wo haben Sie das Geld hergenommen, um ihn zu bezahlen?«

In Edens Augen glitzerten Tränen. »Ich habe schon vor Monaten alles abgehoben, was auf meinem eigenen Konto war. Ich konnte zu niemand hingehen. Also hab' ich getan, was ich tun mußte.«

Katy starrte sie an. »Sagen Sie mir bitte nicht, Sie seien die Person, die die Restaurantkonten anzapft.«

»Wie haben Sie es erfahren?«

»Das hat nichts zu sagen. Stehen Sie hinter den Unterschlagungen?«

Eden seufzte tief. »Ich hatte keine Wahl. Ich bin fest entschlossen, das Geld zurückzuerstatten, sobald ich Nate losgeworden bin.«

»Der Plan hat zwei dicke Fehler«, stellte Katy fest. »Der erste ist der, daß Sie Nate niemals dadurch loswerden, daß Sie ihm Geld geben. Der zweite ist der, daß ab sofort nichts mehr geht. Luke weiß, was sich bei den Restaurants abspielt. Er ist der Person, die dafür verantwortlich ist, schon auf der Spur – bestimmt auch jetzt, während wir uns hier unterhalten.«

»Er hat es herausgefunden?« Eden war zu Tode erschrokken. »Aber das ist nicht möglich. Ich war doch so vorsichtig.«

»Sie mögen vorsichtig gewesen sein, aber Luke ist clever. Es ist nur eine Frage der Zeit, bis er weiß, daß Sie dahinterstecken.«

»Er geht sicher direkt zu Justine. Und die wird fürchterlich zornig.« Edens Finger zitterten noch heftiger. »Nicht auszudenken, wozu sie fähig ist. Sie wird uns angreifen. Mutter und Vater, Darren, alle wird sie sich vorknöpfen. Mein Gott, was hab' ich getan?«

Katy zwang sich, das vertrackte Netz bevorstehender Katastrophen gedanklich zu entwirren. »Gut, wir werden die Dinge Schritt für Schritt klären.«

»Es gibt keine Schritte mehr«, flüsterte Eden. »Wir stehen am Abgrund.«

Trotz allem konnte sich Katy ein kleines Lächeln nicht verkneifen. »Wir?«

»Sie müssen mir helfen, Katy, ich bin mit meinem Latein am Ende.«

»Also gut. Zuerst tun wir das Nächstliegende. Wir gehen zu Nate und sagen ihm, daß es ihm schlecht geht, wenn er nicht auf Nimmerwiedersehen aus Ihrem Leben verschwindet.«

Eden runzelte die Stirn. »Aber wir haben doch nichts, womit wir ihm drohen könnten.«

»O doch.«

Katy stellte ihre leere Tasse auf die Theke und schob den Riemen ihrer gelben Tasche höher die Schulter hinauf. Sie dachte daran, daß Luke dabei war, den Betrüger zu stellen. »Wir wollen gehen. Viel Zeit haben wir nicht.«

Katy wußte, daß sie schon längst jede Spur eines Gefühls für Nate Atwood verloren hatte. Trotzdem war ihr nicht wohl bei dem Gedanken, ihn wiedersehen zu müssen.

Während seiner Ehe mit Eden hatte sie ihn so gut wie nie zu Gesicht bekommen. Die Erinnerung an ihn ging in die Zeit zurück, als sie selbst mit ihm verbunden gewesen war.

Oberflächlich gesehen besaß Nate alle die Eigenschaften, die Katy sich bei einem Mann wünschte. Ihr gegenüber zeigte er sich als Mensch von sonnigem, offenem Wesen, der außerdem einen lebhaften Sinn für Humor zu haben schien. Er bekundete Interesse an ihrem Plan, später einmal ein kleines Restaurant für Mahlzeiten zum Mitnehmen einzurichten. Und die Tatsache, daß er gut aussah mit seinen ausgeprägt männlichen Gesichtszügen, den haselnußbraunen Augen und dem sandfarbenen Haar war darüber hinaus ein erfreulicher Pluspunkt.

Aber im Rückblick auf die ganze Geschichte wurde Katy klar, daß irgendeine innere Stimme sie fast von Anfang an vor Nate Atwoods Falschheit gewarnt hatte. Er war einfach zu gut, um wahr zu sein, und tief in ihrem Innersten wußte sie es. Das war auch der Grund, weshalb sie nie mit ihm ins Bett gegangen war.

Während dieser aufregenden Wochen mit Nate hatte sie sich immer wieder dabei beobachtet, daß sie ihn ständig, ohne daß es ihr zunächst bewußt war, auf irgendeinen Makel hin überprüfte.

Den entdeckte sie schließlich an dem Abend, als sie Nate und Eden eng umschlungen in einem Liegestuhl am Pool der Villa überraschte. Erst später merkte sie, daß diese Enthüllungsszene für sie inszeniert worden war. Da weder Nate noch Eden sie über das, was sich zwischen ihnen abspielte, ins Bild setzen wollten, hatten sie dafür gesorgt, daß sie es selbst herausfand. Alle wußten ja, daß Katy fast täglich nach der Arbeit zum Schwimmen kam.

Als sie sich von ihrem Schrecken erholt hatte, erlebte Katy eine noch größere Überraschung. Sie beobachtete, wie sich in Nate Atwood vor ihren Augen ein Persönlichkeitswandel vollzog. Er war nicht mehr der angenehme, freundliche Mann, den sie gekannt hatte. Wie ein mit allen Wassern gewaschenes Chamäleon verwandelte er sich nun in den geheimnisvollen, exotischen Liebhaber Edens.

So ließ er Hinweise auf eine frühere Tätigkeit für den CIA fallen und erwähnte beiläufig die Namen berüchtigter Gangster und bekannter Politiker. Er sorgte dafür, daß Eden in einem mit blutroten Rosen bestreuten Bett erwachte. Er schenkte ihr eine Kette mit schwarzen Perlen. Er stritt sich mit ihr in aller Öffentlichkeit, weil sie mit einem anderen Mann tanzte.

Der Streit endete überaus romantisch, indem er Eden auf seinen Armen hinaustrug zu einer wartenden Limousine. Eden erzählte Katy später, daß er sie dort auf dem Rücksitz geliebt hatte, während der Chauffeur kreuz und quer durch die City fuhr.

Eden war schließlich so betört, daß sie mit Nate Atwood durchbrannte. Kurze Zeit nach der Hochzeit jedoch war ihr die aufdämmernde Erkenntnis an den Augen abzulesen, daß sie einen Fehler gemacht hatte. Wenn es eine Sache gab, wovon ein Gilchrist etwas verstand, dann war es Leidenschaft. Und Eden mußte nun erkennen, daß Nates Leidenschaft für sie nicht auf Liebe gegründet war. Sie hatte Katy anvertraut, daß sie plante, sich scheiden zu lassen, und Katy, die erkannte, wie gefährlich Nate unter Umständen werden konnte, war zu Justine gegangen, um die bestmögliche juristische Absicherung für Eden zu erreichen. Es hatte sich gelohnt.

Bis zu diesem Augenblick.

»Ich dachte, Nate hätte ein Büro in Seattle«, bemerkte Katy, als Eden ihren schwarzen BMW in Richtung Mercer-Island-Brücke lenkte.

»Er ist nach der Scheidung nach Bellevue umgezogen«,

sagte Eden bitter. »Ich wünschte, er wäre auf die andere Seite der Erde verschwunden. Katy, verraten Sie mir doch mal, womit Sie ihm einen Schrecken einjagen wollen. Ich werde verrückt vor Angst. Ich kann nicht mehr essen und nicht mehr schlafen.«

»Ich will ihm mit Luke drohen«, erklärte Katy.

»Luke?« Eden war entsetzt. »Sie können Luke da nicht hineinziehen.«

»Mit ein bißchen Glück muß ich's auch nicht«, meinte Katy erschöpft. Sie schaute durch die Scheiben auf das vom Wind gepeitschte Wasser des Lake Washington. »Ich hoffe, die Drohung allein genügt.«

Eden schüttelte den Kopf. »Ich glaube nicht, daß irgend etwas noch helfen kann. O mein Gott, Katy, was hab' ich getan? Wie konnte ich nur glauben, ich sei in Nate verliebt?«

»Da bin ich überfragt«, sagte Katy trocken. »Aber damals waren Sie eben davon überzeugt.«

Eden warf ihr einen jämmerlichen Seitenblick zu. »Ich habe mich so in ihm getäuscht.«

»Hey, machen Sie sich nicht dauernd Vorwürfe. Ich hab' ihn zuerst auch sehr gemocht.«

Die Büros von Atwood Investments waren in einem nagelneuen Hochhaus in Bellevue untergebracht. Eden parkte den BMW in der Garage, und als sie den Zündschlüssel abzog, konnte Katy sehen, wie verängstigt sie war. Das Klappern der Schlüssel irritierte sie. Es brachte ihr zu Bewußtsein, wie nervös sie selbst sich fühlte.

»Wieviel haben Sie ihm bis heute denn schon gegeben?« fragte Katy, als sie in den Fahrstuhl einstiegen.

»Ich will nicht mal dran denken. Tausende. Ich bin völlig verzweifelt, Katy.«

Sie verließen den Fahrstuhl und durchquerten auf dem Weg zu Nates Büro das Vestibül.

»Was machen wir, wenn er nicht da ist?« fragte Eden.

»Auf ihn warten.«

Katy öffnete die Tür zum Büro und ging hinein. Eden folgte ihr zögernd. Eine junge Frau mit einem erstaunlich üppigen Busen schaute fragend zu ihnen auf.

»Kann ich Ihnen behilflich sein?« Dann sah die Sekretärin Eden. Flammende Röte schoß ihr in die Wangen. Ihre Augen wurden schmal. »Oh, hello, Miß Gilchrist.«

»Hello, Cynthia. Sagen Sie Ihrem Chef bitte, ich möchte ihn sprechen.«

»Ich fürchte, Mr. Atwood ist im Augenblick beschäftigt«, entgegnete Cynthia nicht ohne Befriedigung.

»Ich bin sicher, er ist nicht zu sehr beschäftigt, um uns zu empfangen«, stellte Katy fest. Sie ging an Cynthias Schreibtisch vorbei geradewegs auf die Zwischentür zu und öffnete sie. Eden folgte ihr.

Nate telefonierte gerade, einen wohlbeschuhten Fuß auf den Schreibtisch gelegt. Er saß in seinen Drehsessel zurückgelehnt, während er die Aussicht aus seinem Fenster mit Blick auf den See genoß. Offensichtlich über die Störung verärgert, wandte er sich nach ihnen um. Seine Miene gefror, als er erkannte, wer seine Besucher waren, aber seine Stimme behielt den Klang kameradschaftlicher Jovialität bis zum Ende seines Gesprächs.

»Tut mir leid, Mike, ich muß schon wieder weg. Ist mir was Neues dazwischengekommen. Ruf Sie später noch mal an. Denken Sie inzwischen über den Deal nach. Ist 'ne solide Sache. Können sich dumm und dusselig dran verdienen.« Nate legte auf und setzte sich ohne Hast aufrecht hin.

»Nun, nun, welchem Umstand verdanke ich die Ehre Ihres Besuchs, meine Damen?«

Katy betrachtete ihn und fragte sich, was sie jemals in ihm gesehen hatte. »Ich glaube, Sie kennen die Antwort auf Ihre Frage, Nate. Ihr kleines Erpressungsprogramm ist ausgelaufen. Heute. In dieser Minute. Sie werden außerdem das Geld, das Sie von Eden erpreßt haben, zurückzahlen.«

Nate musterte sie einen langen Moment, der sie frösteln machte. In seinen Augen stand Verachtung. »Du warst immer schon etwas naiv.« Dann wandte er sich Eden zu. »Ich hab' dich davor gewarnt, anderen von unserer Vereinbarung zu erzählen«, meinte er mit falscher Sanftheit in der Stimme. »Du hast mich sehr ärgerlich gemacht, Eden. Das wirst du büßen müssen.«

Eden rührte sich nicht, sie flüsterte nur: »Es muß aufhören, Nate. Ich kann kein Geld mehr für dich auftreiben.«

»Du kannst es, und du wirst es. Du bist eine Gilchrist. Du schuldest es mir. Von Rechts wegen sollte mir ein Teil der Firma gehören. Da du mich erfolgreich daran gehindert hast, mir bei der Scheidung meinen Anteil zu verschaffen, versuche ich eben auf andere Weise dranzukommen.«

Eden schauderte es. »Du hast genug erhalten. Mehr als genug. Ich kann dir nichts mehr geben.«

»O doch, das kannst du. Auf die eine oder andere Art. Wir wissen beide, daß ich sonst die Zeitungsnotiz über deine Mutter deiner Großmutter schicke. Ich hab' nichts zu verlieren.«

Katy machte einen Schritt vorwärts.

»Sie irren sich«, bemerkte sie ruhig. »Sie haben eine Menge zu verlieren. Ich bin hergekommen, um Sie darauf hinzuweisen, daß es Ihnen sehr leid tun wird, wenn Sie nicht ab sofort Ihre Forderungen einstellen und Eden das Geld zurückzahlen, das Sie von ihr erpreßt haben.«

»Im Ernst?« Nate lachte laut. »Wie willst du bewirken, daß es mir sehr leid tut, Katy? Zur alten Hexe gehen? Keine Chance. Du weißt, was sie mit Eden und ihrer Familie macht, wenn sie von der früheren Karriere ihrer Schwiegertochter als Verkäuferin von gefälschter Kunst erfährt. Sie wird den ganzen Clan enterben.«

»Das stimmt nicht«, erwiderte Katy bestimmt.

Nate grinste. »Na, komm schon. Wen willst du denn an der Nase rumführen? Ich war ein Jahr lang Mitglied dieser Familie. Ich weiß, was für ein Mensch Justine Gilchrist ist. Ich weiß genau, was sie tut, wenn sie das mit Maureen rauskriegt. Halt du dich da raus. Das ist eine Sache zwischen Eden und mir. Die Gilchrists schulden mir Geld, und sie werden bezahlen.«

Katy wappnete sich. Sie mußte alles aufbieten, damit die Gegendrohung abschreckend genug klang, sonst würde sie nichts bewirken.

»Es mag Ihnen vielleicht entgangen sein, daß Justine nicht mehr an der Spitze der Firma Gilchrist, Inc. steht. Ihr

Enkel Luke hat die Leitung übernommen. Wenn Sie die Erpressungen nicht unterlassen, wende ich mich direkt an ihn.«

Nates Lächeln blieb ungetrübt. In seinen eisblauen Augen war nichts als Spott. »Der Bastard? Daß ich nicht lache. Über Luke Gilchrist weiß ich Bescheid. Der Mann hat einen guten Ruf. Er ist hart wie Stahl, und er schert sich einen Dreck um Eden und ihre Mutter. Er würde sie alle fallenlassen. Nein, zu dem würdest du nicht laufen.«

»Seien Sie dessen nicht zu sicher«, sagte Katy schnell.

»Meine Güte, für wie blöd hältst du mich eigentlich?« fragte Nate. »Über Luke Gilchrist ist mir einiges zu Ohren gekommen – vergiß nicht, daß ich zur Familie gehört habe. Ich weiß, wie Justine mit seinen Eltern umgesprungen ist.«

»Das hat mit dem hier nichts zu tun«, entgegnete Katy.

»Zum Teufel, wenn das nichts miteinander zu tun hat.« Nate lehnte sich in seinem Sessel zurück und lächelte träge. »Restaurants sind nicht meine Spezialität, aber im Grundstücksgeschäft im allgemeinen kenne ich mich aus, und die Hauptakteure auf dem Anlagenmarkt hier im Nordwesten sind mir nicht fremd. Nachrichten reisen schnell in der Finanzwelt, und Gilchrist ist ziemlich bekannt. Er braucht Gilchrist nicht, und er würde die Firma nur aus einem einzigen Grund übernehmen. Nämlich aus Rache für das, was seinen Eltern angetan wurde.«

Katy sah aus dem Augenwinkel, daß Eden anfing zu weinen. Dann konzentrierte sie sich wieder auf Nate. »Sie irren sich.«

»Ach, zum Kuckuck, nein. Ich kenne die Geschichte, und ich kenne die Gilchrists. Entweder plant Luke, die Firma gänzlich zu vernichten, um Justine zu bestrafen, oder er übernimmt sie vollständig und setzt alle anderen an die Luft. Ich persönlich vermute, daß er das Geschäft zugrunde richtet und der Familie die Trümmer hinterläßt. Ich muß zugeben, daß es mir nicht gerade das Herz brechen wird. Aber bevor die Firma untergeht, will ich für mich noch ein bißchen mehr Geld herausholen.«

»Keinen Cent mehr, Nate«, sagte Katy sanft. »Luke wird dem ein Ende machen. Er läßt es nicht zu, daß Sie ein Mitglied seiner Familie erpressen.«

Katy sah Eden an. »Kommen Sie, wir wollen gehen.«

»Geht nur, macht, daß ihr rauskommt«, brummte Nate. Er wartete, bis Eden das Vorzimmer erreicht hatte.

»Katy?«

Etwas in seiner Stimme bewirkte, daß Katy sich erstaunt nach ihm umdrehte. »Was ist?«

»Du vergeudest nur deine Zeit, wenn du immer alle retten willst. Laß sie doch zum Teufel gehen. Verdient hätten sie's.«

»Das kann ich nicht. Ich fühle mich Justine gegenüber verpflichtet. Das wissen Sie.«

»Du schuldest ihr einen Dreck. Mach dich von den Gilchrists los und denk an dein eigenes Leben.«

»Seit wann kümmert Sie, was ich mit meinem Leben mache?« fragte Katy. Bevor Nate antworten konnte, war sie schon zur Tür hinaus.

Eden sagte nichts, bis sie im Aufzug standen.

»Es hat nicht geklappt«, stellte Eden fest und sah starr auf die geschlossenen Türen.

»Nein.«

»Ich hab' gewußt, daß es nichts bringt. Was sollen wir jetzt machen?«

»Wir haben keine Wahl«, erklärte Katy verbissen. »Nate hält alles für einen Bluff. Das heißt, daß wir die Drohung wahr machen müssen.«

Jetzt war Eden noch entsetzter als vorher. »Zu Luke gehen? Ihn um Hilfe bitten? Das können Sie nicht tun.«

»Ich hab' keine andere Wahl. Machen Sie sich nicht solche Sorgen, Eden. Luke ist sicher nicht begeistert, wenn er erfährt, was sich hier abspielt, aber er wird das Problem für Sie regeln.«

»Nein, das tut er bestimmt nicht«, stöhnte Eden, völlig benommen vor Entsetzen. »Er wird die Sache für seine Rache benutzen. Mein Gott, ich hab' alles zerstört! Mutter und Vater müssen für meine Fehler büßen. Und der arme Darren … Es ist nicht auszudenken, was Justine ihm antun wird. Wahrscheinlich wirft sie ihn raus.«

Katy fand, es sei nun Dramatik genug für diesen Tag. »Sie sollten ein wenig mehr Vertrauen in den Zusammenhalt der Familie haben, Eden.«

»Zusammenhalt der Familie? Sind Sie total verrückt? Wir reden über die Familie Gilchrist.«

»Da haben Sie recht.«

Ihren nächsten Schachzug würde sie sehr sorgfältig überlegen müssen, dachte Katy. Sie brauchte Zeit zum Nachdenken.

Schwimmen würde ihr jetzt guttun.

13

Um zehn Uhr an diesem Abend griff Katy zu dem einzigen Mittel, mit dem sie sich nach ihrer Erfahrung der letzten Jahre zuverlässig vom Streß des Tages befreien konnte. Sie beschloß, im Pool der Villa ein paar Runden zu schwimmen. Aus Seattle war sie ziemlich spät zurückgekommen, doch anstatt zuerst ins Büro und dann direkt nach Hause zu gehen, hatte sie die Bibliothek von Dragon Bay aufgesucht, wo sie nur eine Weile dasitzen und nachdenken wollte.

Es war Freitag abend. Ihr Bruder würde nicht vor Mitternacht nach Hause kommen. Sie hatte den ganzen Abend für sich und ihn bis jetzt vor allem damit verbracht, zu überlegen, wie sie Luke wohl am besten ansprechen könnte. Er würde hochgehen wie eine Rakete, wenn sie ihm erzählte, wie es um Eden stand. Und da er ein Gilchrist war, würde das Feuerwerk nicht mit einem schwächlichen Zischen und einem spärlichen Funkenregen verpuffen. Luke würde zweifellos hochexplosiv reagieren, sobald sie nur den Versuch machte, ihm zu erklären, worum es ging.

Sie stellte fest, daß in seinem Häuschen alles dunkel war, als sie auf dem Weg zur Villa daran vorbeiging. Auch gut. Noch fühlte sie sich nicht in der Lage, ihm gegenüberzutreten.

Katy verzichtete darauf, im alten Gewächshaus Licht zu machen, als sie sich mit Hilfe ihres Schlüssels Einlaß verschaffte; der geisterhaft blaue Schein der Unterwasserbeleuchtung genügte ihr vollkommen. Sie bahnte sich ihren Weg durch den Dschungel von Palmen und Farnen. Am Pool angekommen, warf sie Handtuch und Bademantel auf einen Liegestuhl und ließ sich ins Wasser gleiten.

Erleichtert stieß sie sich ab und schoß auf das gegenüberliegende Ende des Beckens zu. Wie immer gab ihr das Wasser ein beseligendes Gefühl von Freiheit. In kräftigen Zügen und sauberem Stil schwamm sie durch die wogende blaue Welt und zwang sich, darüber nachzudenken, was sie Luke sagen sollte.

Natürlich hatte er in Darrens Fall Erfolg gehabt, aber da war es um eine viel einfachere Art von Katastrophe gegangen. Darren war einem Schwindler aufgesessen. Erpressung und vorsätzliche Unterschlagung dagegen stellten etwas kompliziertere Probleme dar. Das sah Katy ein. Aber dessenungeachtet mußte man sie als Familienangelegenheit betrachten.

Es war ihre Aufgabe, Luke davon zu überzeugen, daß er die Sache taktvoll behandeln mußte. Bestimmt hatte Eden nie beabsichtigt, der Firma Gilchrist, Inc. oder der Familie Schaden zuzufügen. Sie versuchte nur, ihre Angehörigen zu schützen. Es mußte einen Weg geben, Luke dies verständlich zu machen.

Sie würde mit Behutsamkeit vorgehen, beschloß sie. Und diplomatisch. Einschmeichelnde Beredsamkeit und Überzeugungskraft, das wäre das richtige.

Katy erreichte das andere Ende des Beckens und machte unter Wasser eine Wende, die sie pfeilschnell in die entgegengesetzte Richtung katapultierte. Sie merkte schon, wie ihre nervliche Anspannung allmählich nachließ. Es gab nichts Besseres als Schwimmen, um den Streß abzubauen und sich wenigstens eine kleine Weile frei zu fühlen. Sie hätte schon früher herkommen sollen, dachte sie.

Am Beckenrand angekommen, legte sie eine Pause ein und atmete tief durch. Eine dunkle Gestalt löste sich aus dem Schatten neben einer der Palmen. Katy hielt den Atem an.

»Wo, zum Teufel, bist du den ganzen Tag gewesen?« fragte Luke mit gefährlich klingender Sanftheit.

Katys diplomatische Absichten verflogen im Nu, denn die Herausforderung in seiner Stimme war nicht zu überhören. Sie stand auch so schon genügend unter Druck. Der ganze Tag war anstrengend gewesen. Heute abend konnte sie nicht noch mehr Gilchristmätzchen gebrauchen.

»Ich hab' freigenommen«, sagte Katy. Dann tauchte sie wieder unter Wasser und schoß in Richtung auf das andere Ende des Beckens davon. Kurz davor wendete sie und schwamm nun in gemächlichem Tempo wieder zurück.

Luke stand immer noch im Schatten. Er wartete mit der Geduld eines Raubtiers.

»Ich möchte mit dir sprechen«, sagte er.

»Vielleicht nachher, wenn ich mit Schwimmen fertig bin.«

Katy hielt sich an der abgerundeten Kante der gekachelten Beckenumrandung fest und war bereit, sich abzustoßen, um sich wieder aus seiner Reichweite zu entfernen. Sie konnte den schwelenden Zorn in ihm spüren. Er kam in Wellen auf sie zu.

Dies war offensichtlich nicht der Moment, die neuesten Probleme der Familie Gilchrist aufs Tapet zu bringen, beschloß sie für sich.

»Ich sagte, ich wollte mit dir sprechen. Jetzt.«

Luke kam ein paar Schritte näher und setzte sich auf die Kante eines Liegestuhls. Der blaue Schein der Lampen im Becken betonte die herrischen Konturen seines Gesichts. Aus seinen Augen leuchtete eine Entschlossenheit, die nichts Gutes verhieß.

»Luke, kann das nicht bis morgen warten? Es ist schon so spät.«

Er überhörte ihren Einwand. »Wo warst du den ganzen Tag? Warum hast du nicht im Büro vorbeigeschaut?«

»Ich hatte so viel zu erledigen. Bis ich endlich nach Hause kam, war's zu spät, mich noch damit zu befassen. Ich hab's auf morgen verschoben.«

»Wo bist du heute gewesen?«

»Um Himmels willen, Luke, das ist meine Sache. Die Tatsache, daß wir in gewisser Weise liiert sind, gibt dir nicht das Recht, mich jedesmal zu verhören, wenn ich ohne dich weggegangen bin.«

»Liiert? So nennst du das also? Meine liebe Dame, es ist nicht nur so, daß wir zusammen schlafen ...«

»Das haben wir nur ein paarmal getan«, unterbrach ihn

Katy. »Und das bedeutet noch keine starke, dauerhafte Beziehung.«

»Wir schlafen nicht nur miteinander«, wiederholte Luke mit zusammengebissenen Zähnen, »sondern du arbeitest zufällig auch für mich. Das gibt mir sehr wohl das Recht zu fragen, wo du den ganzen Tag gewesen bist.«

»Nein, das tut es nicht.« Katy schwamm zum Beckenrand und hievte sich aus dem Wasser. »Du bist heute abend anscheinend darauf aus, Streit anzufangen, aber ich bin nicht in der Stimmung, in einem weiteren Gilchristdrama mitzuwirken, vielen Dank.«

»Was soll denn das bedeuten?« Luke erhob sich und schlenderte auf sie zu.

»Nichts. Nur so eine Bemerkung.« Katy griff sich ihren Bademantel, wickelte sich schnell hinein und band den Gürtel um. Sie hielt hastig Ausschau nach ihren Schuhen. Die standen unter dem Liegestuhl. Sie wußte, daß sie nicht schnell genug hineinschlüpfen könnte, um zu fliehen.

Luke blieb vor ihr stehen und schaute von oben auf sie herunter. »Ich verlange eine Antwort, Katy.«

»Tja, die wirst du nicht bekommen. Jedenfalls nicht heute abend.« Sie zog sich die Badekappe vom Kopf und schüttelte ihre Haare aus. »Es ist mir egal, in welcher Laune du bist.«

»Tatsächlich? Du solltest es dir, verdammt noch mal, lieber anders überlegen, denn du wirst nicht nach Hause gehen, bevor wir uns gründlich ausgesprochen haben.«

Katy fuhr sich mit der Hand durch die Haare. »Ich hab' dir gesagt, ich hätte keine Lust, mich heute abend mit dir zu unterhalten.«

»Zu dumm. Ich hab' drei Nachrichten für dich bei Liz hinterlassen. Du hast auf keine davon geantwortet.«

Katy hob das Kinn. »Jetzt weißt du, wie es ist, wenn man auf eine Antwort wartet und keine bekommt. Denk mal an all die Botschaften, die ich dir auf deinem Anrufbeantworter hinterlassen habe, als ich dich zu überreden versuchte, deinen Verpflichtungen nachzukommen. Oder an die Eilbriefe, die ich dir schickte. Erinnerst du dich an die Telegramme? Ich hab' nicht eine einzige verflixte Antwort von dir gekriegt.«

»Wir reden nicht von der Geschichte des Altertums. Wir sprechen über heute.«

»Dein Pech. Ich hab' keine Lust dazu. Und wenn du nicht aufhörst, mich anzuschreien, werde ich wirklich wütend.«

»Willst du mich damit abschrecken? Hör zu, Katy, zuzuschauen, wie ein kleiner Schutzengel die Geduld verliert, ist ungefähr so, wie wenn man sich an Weihnachten die Wunderkerzen betrachtet. Hübsch, aber nicht gerade gefährlich.«

Jetzt reichte es ihr. Katy hatte für diesen Tag genug von den Gilchrists. Vielleicht überhaupt genug von ihnen. Punkt. Irgend etwas in ihr hakte aus. Sie hob die Hände, machte einen Schritt vorwärts und stieß Luke kräftig vor die Brust.

Er war völlig überrumpelt. Der unwirkliche Schein der Unterwasserlampen beleuchtete das Erstaunen in seinem Gesicht, als er hinterrücks ins Becken kippte.

Nicht weniger verwundert über ihre eigene Aggressivität, sah Katy ihm zu. Luke landete mit einem prächtigen Platsch im tiefen Teil des Beckens und ging ohne weiteres unter.

Katy war entsetzt über das, was sie getan hatte, und lief zum Beckenrand, um im Wasser nach ihm Ausschau zu halten. Er konnte doch bestimmt schwimmen? Heutzutage lernte jeder schwimmen. Sie nagte ängstlich an ihrer Unterlippe, während sie beobachtete, wie er sich unter Wasser lang ausstreckte.

Ein paar Sekunden später schoß Luke an die Oberfläche, seine makellos weißen Zähne zu einem bösartigen Grinsen gebleckt. »Verdammt noch mal! Wir machen schon noch eine Gilchrist aus dir!«

Er schwamm zur Beckenwand und stützte sich mit beiden Händen auf den gekachelten Rand. Katy trat schnell zurück, als er sich hochstemmte und aus dem Wasser schnellte. Im Nu war er auf den Füßen und machte sich an ihre Verfolgung. Sein schwarzes Jackett und seine Slacks trieften von Wasser, und seine Schuhe machten quatschende Geräusche. In seinem Gesicht stand fröhliche Angriffslust.

Katy schnappte erschrocken nach Luft, machte kehrt und floh zum Ausgang.

Luke erwischte sie schon nach den ersten Schritten. Er lachte leise, als er sie aufhob und in seine Arme nahm.

»Laß mich runter!« befahl Katy kategorisch.

»Du hast angefangen.« Er trug sie zum Becken zurück.

»Hab' ich nicht. Luke, was machst du?« Katy hatte das Gefühl, daß er nicht am Rand des Pools haltmachen würde. »Laß das. Nein, mach's nicht. Bitte. Um Himmels willen!«

Sie dachte, er würde sie ins Becken werfen. Anstatt dessen sprang er mit ihr in seinen Armen hinein. Es spritzte gewaltig, als sie ins Wasser platschten und dann untergingen.

Luke hielt mit einem Arm Katys Taille umschlungen, als sie wieder auftauchten. Sie wischte sich die nassen Haare aus dem Gesicht und merkte sofort, daß er sie mit sinnlichen Hintergedanken betrachtete. Ihre Augen weiteten sich.

»Luke, hör auf, mich so anzusehen.« Sie ruderte wie wild mit den Armen, um sich aus seinem Griff zu befreien. »Ich weiß, woran du denkst.«

»Ach, wirklich?«

»Ja, bestimmt, aber das geht nicht. Nicht hier, du lieber Himmel.«

Luke schlang seinen Arm fester um sie und zog sie an sich, so daß sie mit dem Rücken an seiner Brust lag. Er schleppte sie dahin, wo das Wasser niedriger war und hielt an, sobald er stehen konnte. Dann brachte er seinen Mund dicht an ihr Ohr. »Dein Bruder kommt nicht vor Mitternacht nach Hause. Hier sind wir ganz unter uns. Nachts kommt nie jemand hierher. Justine und Mrs. Igorson sind um diese Zeit beide im Bett.«

»Ich weiß, aber das heißt nicht, daß wir so etwas ausgerechnet hier tun sollten.«

»Bist du nicht meiner Meinung?« Er zog ihr den Bademantel aus und lächelte zufrieden, als er die Konturen ihrer

Brustwarzen sah, die sich gegen das glänzende Gewebe ihres Badeanzugs drängten. Sofort streichelte er eine kleine, feste Knospe.

All die Hitze und Energie, die bei ihrem Streit freigesetzt worden waren, verwandelte sich schnell in Begierde. Eine solche Umkehrung der Gefühle hatte Katy noch nie erlebt. In der einen Minute fuchsteufelswild und in der nächsten sexuell erregt zu sein, war ein äußerst verwirrendes Gefühl. Sie sah mit großen Augen zu Luke auf, fragend und ein wenig unsicher.

»Bist du noch böse auf mich?«

Er küßte sie lange und ausführlich und richtete sich dann wieder auf. »Was meinst du?«

Sie fuhr sich mit der Zunge über die Lippen. »Wie kannst du dich so schnell verändern?«

Er lachte leise. »Erstens mal war ich gar nicht so wütend. Nur ärgerlich, weil ich dich den ganzen Tag nicht erreichen konnte. Du bist diejenige, die das Streichholz an die Lunte gehalten hat.«

»So ist's richtig. Gib nur mir die Schuld«, maulte sie.

»Keine Sorge, tu ich sowieso.«

Seine Hände wanderten von ihrer Taille nach oben und legten sich um ihre Brüste. »Und bedanken will ich mich auch.«

Katy erschauerte, wie jedes Mal, wenn er sie berührte. Wenn er sie so wie jetzt in die Arme nahm, schien ihr Körper schon am Rand der Hingabe zu schweben.

Die elementare sinnliche und körperliche Kraft, die er ausstrahlte, war aufreizend genug, um Katys Sinne zu erregen. Aber nun wußte sie, daß ihr eigentliches Verderben die Disziplin und die Beherrschung waren, denen er diese Energie unterwarf.

Für sie würde es immer an Magie grenzen, wie er das Feuer bändigte, und er war der Hexenmeister, der den Zauber kannte.

Katy schlang ihre Arme um seinen Hals und protestierte nicht, als er ihr den engen Badeanzug herunterstreifte. Einen Augenblick später ließ sie sich nackt im Wasser treiben, und das Gefühl der Befreiung, das sie dabei empfand, war hundertmal köstlicher als je zuvor.

Eine wunderbare Wärme durchflutete sie. Sie lächelte zittrig und versuchte, Luke das Jackett auszuziehen.

Er achtete nicht darauf, als seine teure Jacke bald darauf davonschwamm. Sein Blick war unbeirrbar und mit aller Intensität auf Katy gerichtet, die sein schwarzes Hemd aufknöpfte.

Als sie es ihm ausgezogen hatte, stemmte sie ihre gespreizten Finger gegen seine muskulöse Brust, näherte sich ihm dann und ließ ihre Brüste über seine nackte Brust gleiten.

»Du brennst sogar im Wasser, Engel.«

Luke zog sie zu sich heran und preßte sie gegen seine Oberschenkel. Dann hob er sie an, schlang ihre Beine um seine Taille, legte seine Hände unter ihr Gesäß, beugte seinen Kopf herunter und faßte eine ihrer Brustwarzen mit den Zähnen.

Katy stöhnte leise, als sie seine Finger zwischen ihren Schenkeln fühlte. Sie hielt seinen Kopf zwischen ihren Handflächen und küßte ihn immer drängender.

Er ließ seine Finger weiter vordringen und streichelte sie sanft. Katy schrie auf. Es war ein Laut, der ihre Erregung ausdrückte und ihn zu faszinieren schien.

»Ja, so ist es recht, Engel.« Luke küßte die Wölbung ihrer Kehle. »Laß mich zuschauen, wie du fliegst.«

Sie versuchte, sich vor der Ekstase zurückzuhalten. »Aber du bist noch nicht soweit. Du hast deine Hosen noch an ...«

»Ist schon gut. Ich mach meinen Flug später.«

»Aber Luke ...«

Dann war es zu spät. Seine Finger bewegten sich wieder, und Katy flog davon. Noch nie war Freiheit so köstlich gewesen.

Als alles vorbei war, wollte sie von ihm wegtauchen.

»Hey, du gehst nirgendwohin.« Luke lachte laut, als er ihr die Hände um die Taille legte und sie wieder hochzog an seine Brust. »Nachdem wir einiges an Vorarbeiten erledigt haben, können wir jetzt miteinander reden.«

»Wenn das ein abgekartetes Spiel war, dann erwürg ich dich.« Katy sah ihn böse an. »Du sollst nicht auf den Gedanken kommen, du könntest mich mit Sex manipulieren.«

»Gönn mir doch eine Chance, Schätzchen. Ich brauch jede Abwechslung, die ich kriegen kann. Mit einem Schutzengel zu ringen ist Schwerstarbeit.« Luke setzte sich in Richtung auf den Beckeneinstieg in Bewegung und zog Katy neben sich her durchs Wasser.

»Es ist mein Ernst, Luke. Sex ist nicht der Weg, Probleme zu lösen.«

»Für mich sieht's so aus, als funktionierte es ausgezeichnet.«

Katy suchte nach einer Antwort darauf, als ein scharfes Keuchen aus dem Dunkel sie überraschte. Sekunden später gingen die Lampen im Gewächshaus an, und Katy war einen Augenblick von der Helligkeit geblendet.

»Was in aller Welt geht hier unten vor?« fragte Mrs. Igorson mit donnernder Stimme.

»Teufel auch«, murmelte Luke. Er stellte sich vor Katy, um sie vor den Blicken der Haushälterin zu schützen.

Obwohl Katy zu Tode erschrocken war, hatte der Anblick der empörten Mrs. Igorson eine unerwartete Wirkung auf sie. Zu ihrem Entsetzen gelang es ihr kaum, ein Kichern zu unterdrücken.

»Machen Sie das Licht aus und gehen Sie wieder ins Bett, Mrs. Igorson!« befahl Luke gelassen. »Das hier geht Sie nichts an.«

»Sie sollten sich schämen. Schauen Sie sich doch mal an. Sie sind halb ausgezogen, und Katy hat keinen Badeanzug an.«

»Sie sind eine gute Beobachterin, Mrs. Igorson. Ich schlage vor, sie knipsen die verdammten Lampen wieder aus und ziehen sich zurück.« Luke begann, die Stufen hinaufzusteigen.

Mrs. Igorson schrie auf und löschte das Licht. »Es ist doch nicht zu glauben ...!«

»Wollten Sie etwas von mir, Mrs. Igorson?« fragte Katy.

»Ja, natürlich. Ihr Bruder ist am Telefon. Er sagt, es sei sehr wichtig.«

»Matt?« Der letzte Rest Verlegenheit fiel von Katy ab. »Was ist los? Geht es ihm gut?«

»Das will ich doch annehmen«, schnauzte Mrs. Igorson. »Er ist schließlich am Telefon, und er hört sich gesund an. Er konnte weder Sie noch Mr. Gilchrist zu Hause erreichen, deshalb hat er's hier versucht. Er hat mich gebeten nachzusehen, ob Sie vielleicht schwimmen. Wer hätte sich denn träumen lassen, daß Sie beide hier im Schwimmbad sind – und Sie noch dazu splitternackt?«

»Mrs. Igorson«, sagte Luke kalt, »wenn Sie auch nur einen Funken Verstand haben, dann gehen Sie jetzt wieder ins Bett und vergessen, daß Sie jemals hiergewesen sind. Morgen früh können Sie sich einbilden, Sie hätten alles nur geträumt.«

»Vielleicht mach ich das wirklich«, schniefte Mrs. Igorson. »Sie können den Anruf hier annehmen. Ich gehe jetzt.«

»Gute Idee«, bekräftigte Luke. Er faßte Katy bei der Hand und zog sie aus dem Wasser, während die Tür krachend hinter Mrs. Igorson ins Schloß fiel.

»Hoffentlich ist nichts passiert.« Katy nahm ein Handtuch von der Liege und wickelte sich hinein. »In dem Schrank da sind noch mehr Handtücher«, sagte sie über die Schulter gewandt, während sie den Hörer abnahm.

»Matt? Bist du's?«

»Jaha.«

»Matt, geht's dir gut?«

»Mir geht's gut. Sozusagen.«

»Sozusagen?« Katy faßte den Hörer fester. Sie sah zu, wie Luke seine beiden letzten Kleidungsstücke von sich warf, einen Frotteemantel aus dem Schrank nahm und ihn anzog. Er hörte mit düster gerunzelter Stirn zu, während sie mit Matt sprach.

»Ich hab' dir erzählt, ich würde zu einer Tanzerei in der Nähe vom Waterfront Park gehen, du erinnerst dich doch?« sagte Matt etwas zögernd.

»Ja, ich weiß. Matt, was ist passiert? Sag's mir.«

»Es gefällt dir sicher nicht, Katy. Es hat eine Prügelei gegeben.«

»Ach, du lieber Himmel. Habt ihr euch geschlagen? Bist du verletzt?«

»Nicht so schlimm.«

»Nicht so schlimm? Wie schlimm? Matt, wie schwer bist du verletzt?«

»Nur 'n paar blaue Flecken. Es geht mir gut, Katy, ehrlich. Da sind Typen von außerhalb gekommen und wollten uns den Spaß verderben. Ein paar davon haben sich den Mädchen gegenüber ziemlich mies benommen, verstehst du?«

»Bist du ganz sicher, daß mit dir alles in Ordnung ist?«

»Jaha. Die Polizei ist gekommen und dazwischengegangen. Es ist nur so, daß sie ein paar von uns mitgenommen haben zum Revier. Ich bin sozusagen im Gefängnis.«

»Gefängnis?«

Katy wurde von Schwäche übermannt. Sie konnte sich nicht mehr auf den Füßen halten und ließ sich auf den erstbesten Stuhl fallen. *»Gefängnis?«*

»Sie haben gesagt, wir wären nicht wirklich festgenommen, aber keiner von uns kann von hier weg, bis er von einem Elternteil abgeholt wird.«

»Mein Gott!«

»Ich hab' ihnen erzählt, ich hätte keine Eltern. Sie haben gesagt, ein Erwachsener müßte mich abholen.«

»Du lieber Himmel.« Katy sah verzweifelt zu Luke auf, der jetzt vor ihr stand.

Luke beugte sich hinunter und nahm ihr den Hörer aus der Hand. »Matt?« sagte er ruhig. »Hier ist Luke. Worum geht es?« Er hörte ein paar Minuten aufmerksam zu. »Gut. Okay, ich verstehe. Ich bin gleich da. Laß mich mal mit einem von den Polizisten sprechen.«

Katy stand langsam auf, während Luke ein paar Worte mit dem Polizeibeamten wechselte. Sie erholte sich allmählich von ihrem anfänglichen Schrecken. Ihr kam zu Bewußtsein, daß Luke sich anscheinend um die Sache kümmern wollte, und irgend etwas in ihr rebellierte dagegen.

Luke legte auf und wandte sich ihr zu. »Mach dir keine Sorgen, Katy, es ist keine große Sache.«

»Hast du sie nicht mehr alle? Matt war in eine Schlägerei verwickelt. Er ist festgenommen worden!«

»Matt geht's gut, und er ist nicht verhaftet. Die Polizisten haben nur versucht, den Jugendlichen, die sie heute nacht mitgenommen haben, einen ordentlichen Dämpfer zu verpassen. Ich fahr runter zum Revier und bring dir Matt.«

»Nein, ich will hinfahren und ihn holen. Er ist mein Bruder.«

Luke faßte sie am Kinn und hob ihr Gesicht zu sich auf. »Hör mir mal zu, Schätzchen, das ist Männersache. Und ich kümmre mich darum.«

»Wie kannst du so etwas Dummes sagen?« sprudelte Katy aufgebracht heraus. »Wir reden von meinem Bruder, und er sitzt in der Klemme.«

»Weißt du, wie man mit jungen Männern umgeht, die in diese Art Schwierigkeiten geraten sind?«

»Nein, aber ich werd's schon lernen, wie?«

»Glaub mir, er braucht einen Mann, nicht seine Schwester. Du weißt genauso gut wie ich, daß du dich aufregst, wenn du da hingehst. Zum Kuckuck, du fängst vielleicht an zu heulen. Das ist das letzte, was Matt jetzt brauchen kann, wirklich.«

Ihr war klar, daß er wahrscheinlich recht hatte, aber Katy war zu sehr beunruhigt, um seine Entscheidung kampflos zu akzeptieren. »Wieso weißt du so verdammt viel über solche Sachen? Was willst du denn tun?«

»Genau das, was mein Vater getan hat, als ich eines Nachts auf dem Revier gelandet bin.«

Katys Mund blieb offenstehen. Sie machte ihn schnell wieder zu. »Ich lasse nicht zu, daß du ihn zusammenschlägst, hörst du? Du wirst ihn nicht anfassen, ich erlaube es nicht.«

Luke verzog den Mund. »Um Himmels willen, Katy, ich will ihm nichts tun. Gebrauch deinen Verstand. Einen Jungen zu versohlen, ist nicht gerade der logische Weg, ihm beizubringen, wie man eine Schlägerei vermeidet.«

»Aber deinen Cousin hast du verprügelt«, erinnerte sie ihn.

»Das war etwas völlig anderes«, erklärte Luke geduldig. »Ich hab' nicht versucht, ihn zu lehren, wie man einer Prügelei aus dem Weg geht. Ihm hab' ich eine andere Art Lektion erteilt.«

»Willst du mir wirklich erzählen, daß Gewaltanwendung bei manchen Gelegenheiten zulässig ist und bei anderen nicht?« fragte Katy ungläubig.

Luke dachte einen Moment darüber nach. »Ja, ich denke, so ungefähr ist es.«

»Ich bitte um Entschuldigung«, erklärte Katy in schneidendem Ton. »Ich wußte nicht, daß die männliche Geheimwissenschaft so feine Nuancen kennt.«

»O ja, die gibt es. Und da du eine Frau bist, erwarte ich nicht von dir, daß du sie alle verstehst. Überlaß also heute nacht deinen Bruder mir. Einverstanden?«

»Luke, ich werd' noch verrückt, wenn ich dran denke, was da passiert ist.«

Er lächelte beruhigend. »Du brauchst dir um deinen Bruder keine Sorgen zu machen. Es kommt alles in Ordnung. Wenn du dich verrückt machen willst, dann überleg dir schon mal, wie du dich Mrs. Igorson gegenüber verhalten wirst, wenn du sie das nächste Mal siehst.«

»Ach, du liebe Güte«, flüsterte Katy.

»Du solltest inzwischen vielleicht deinen Badeanzug aus dem Becken fischen. Wär nicht gut, wenn er den Abfluß verstopft. Stell dir vor, was der Hausmeister sagen würde, wenn er ihn morgen fände.«

»Ach, du liebe Güte!« sagte Katy noch einmal.

Matt schien voll mürrischer und mißtrauischer Abwehr, als Luke, beim Polizeirevier angelangt, zur Tür hereinkam, und Luke mußte wieder an die Nacht denken, in der er selbst in Polizeigewahrsam gewesen war und darauf gewartet hatte, daß sein Vater ihn abholte. Da gingen einem Jungen schon ein paar komische Gedanken durch den Kopf.

Matt war nicht in einer Zelle. Er saß mit ein paar anderen

Jugendlichen, die genauso verdrossen vor sich hinstarrten, auf einer Bank. An die Wand zurückgelehnt hielt er sich stolz etwas abseits von dem Getümmel, das um ihn herum herrschte.

Mehrere besorgt aussehende Mütter liefen flügelschlagend hin und her. Manche von ihnen preßten verärgert die Lippen zusammen, andere waren in Tränen aufgelöst. Ein paar von ihnen zankten ihre Sprößlinge bereits heftig aus, zwei andere schrien die Polizisten an, die zuständig zu sein schienen.

Luke stellte fest, daß nur wenige Väter die Szene belebten, und ärgerte sich darüber. In einer Situation wie dieser brauchte ein Junge einen Mann. Wo, zum Teufel, waren alle die Väter? Angesichts der derzeitigen Scheidungsrate wahrscheinlich eine dumme Frage.

Wenn es sein Junge wäre, der hier wartete, sagte Luke sich, könnte er sich verdammt noch mal drauf verlassen, daß er derjenige war, der ihn abholte.

Dieser Erkenntnis folgte eine zweite auf den Fersen. Er hätte nichts dagegen, selbst einen Sohn zu haben. Oder eine Tochter. Himmel, schließlich war er sechsunddreißig Jahre alt und hatte noch keine Familie gegründet. Wo waren die Jahre nur geblieben, fragte sich Luke. Es war, als habe er seit Ariels Tod in einer Art Niemandsland gelebt.

In diesem Augenblick schaute Matt zur Tür, und seine Augen begegneten Lukes Blick. In seinem Gesicht spiegelte sich sekundenlang Erleichterung, dann war es wieder voller Argwohn und Mißmut. Luke verstand. Ein Mann hatte unter allen Umständen seinen Stolz zu wahren.

Luke nickte einem der jungen Polizisten zu, der sich gerade von einer weinenden Mutter losmachte. Er schien erleichtert, es wenigstens ein paar Minuten lang mit einem Mann zu tun zu haben. Luke stellte sich vor.

»Wie ernst ist die Sache denn?« fragte er ruhig.

»Nicht so schlimm, wie's aussieht, obwohl man es, so wie die Mütter reagieren, nicht glauben sollte.« Der Polizeibeamte sprach genauso gelassen. »Keine Handfeuerwaffen oder Messer. Nur eine Gruppe von unbedarften Jugendlichen, die ein bißchen Ärger machen wollten. Ich hab' viel Schlimmeres erlebt, als ich noch in Seattle arbeitete.«

»Kann ich Matt Wade nach Hause mitnehmen?«

»Ja, natürlich. Wir haben uns schon alle Mühe gegeben, die Jungs mal ordentlich aufzurütteln und ihnen die Hölle heiß zu machen. Matt Wade ist okay. Er hat den Helden spielen wollen, als ein paar von den Eindringlingen die Mädchen belästigt haben.«

Luke nickte. »So wird's wohl gewesen sein.«

Der Polizeibeamte lächelte fragend. »Ihr Sohn?«

»Nein. Sein Vater ist tot. Er hat nur noch eine Schwester. Ich bin ein Freund der Familie.«

Der Polizist betrachtete ihn nachdenklich und nickte dann. »Er gehört Ihnen.«

Matt stand etwas unsicher auf, als Luke durch den Raum auf ihn zukam und vor ihm stehenblieb.

»Hi.« Matts Augen glitten suchend an ihm vorbei. »Wo ist Katy?«

»Halb verrückt vor Angst zu Hause«, antwortete Luke leichthin. »Ich hab' mir gedacht, du legst keinen Wert drauf, daß sie herkommt und vor allen Leuten die Fassung verliert.«

Matt zwinkerte und hob den Kopf, um Luke in die Augen zu schauen. »Ja. Danke.«

»Gern geschehen. Was hältst du davon, wenn wir jetzt gehen?« Er besah sich den dunkler werdenden blauen Fleck unter Matts linkem Auge. »Bist du in Ordnung?«

Matt wurde rot. »Ja, ich bin okay.«

Sie gingen in die Nacht hinaus und stiegen in den Jaguar. Es herrschte lange Schweigen im Auto, während Luke durch die Stadt fuhr und dann in die Straße einbog, die zum Gilchristschen Herrenhaus führte.

»Ist Katy wirklich so außer sich?« fragte Matt schließlich.

»Sie ist eine Frau«, bemerkte Luke. »Natürlich ist sie sehr besorgt.«

Eine Zeitlang versank Matt wieder in dumpfes Brüten. »Werden Sie mich jetzt ausschimpfen?«

»Nein.«

»Lassen Sie mich jetzt feuern?«

»Nein. Nach dem, was ich gehört habe, hast du dir nichts zuschulden kommen lassen, Matt. Du bist in eine Situation hineingeraten und hast versucht, damit fertig zu werden. So was kommt eben vor.«

»Eins von den Arschlöchern hat sich über ein Mädchen lustig gemacht, das ich kenne. Sie ist ziemlich schüchtern. Ich konnte sehen, daß sie entsetzliche Angst vor ihm hatte.«

»Ich verstehe.«

»Ich hab' eigentlich nicht angefangen, wissen Sie. Die Schlägerei ist sozusagen aus dem Nichts entstanden. Eben sag ich dem Blödmann noch, er soll Jenny in Ruhe lassen, und im nächsten Moment geht alles schon drunter und drüber.«

»Das ist bei solchen Auseinandersetzungen immer so. Sie werden plötzlich zu einem Riesentumult, bevor man überhaupt weiß, was los ist.«

»Ja, wahrscheinlich.«

»Ein Mann sollte wissen, daß es gut ist, sich seine Kämpfe selber auszusuchen, das ist eins von den Dingen, die er lernen muß.«

»Ich hab' mir den hier eigentlich nicht ausgesucht«, murmelte Matt.

»Das andere ist, daß er lernen muß, wie man einen überflüssigen oder nutzlosen Streit vermeidet.«

»Diesem hier konnte ich nicht aus dem Weg gehen«, sagte Matt. Seine Stimme klang wieder verdrossen.

»Und wenn er sich auf eine Rauferei einläßt«, fuhr Luke gelassen fort, »muß er wissen, wie er den Schaden möglichst gering halten kann. Er mischt sich ein und bringt die Sache schnell zu Ende. Vor allem behält er die Kontrolle über die Situation und über sich selbst.«

»Ja?« Matts finsterer Blick in der Dunkelheit drückte Faszination und Ablehnung zugleich aus. »Wie soll er das denn schaffen?«

»Er trainiert dafür, genauso wie für andere Sachen.«

»Wie soll ich mich drin üben, eine Situation, wie die, in der ich heute war, in den Griff zu kriegen?«

»Genauso wie ich als Junge«, entgegnete Luke. »Es gibt hier in der Sporthalle sicher einen Lehrer für Kampfsport. Morgen fahren wir hin und reden mit ihm. Wenn ich den Eindruck habe, daß er seine Sache versteht, melde ich dich zum Unterricht an. Falls er mir nicht gefällt, geb' ich dir selber ein paar Stunden.«

»Ja?«

»Ja«, bestätigte Luke. »Klingt das gut?«

»Ach, du dickes Ei«, schnaufte Matt. »Wenn Katy das hört, dreht sie garantiert durch.«

»Warum?«

»Sie hat was gegen Gewalt.«

»Mach dir keine Gedanken. Um Katy kümmere ich mich.«

14

Luke stand am Küchenfenster und sah zu, wie Katy über die Klippen zum Strand hinunterging. Für diesen Spaziergang in aller Morgenfrühe hatte sie ausgebleichte Jeans angezogen, die wie angegossen ihren entzückend gerundeten Po umspannten. Wegen der wolkenverhangenen morgendlichen Kühle trug sie einen strahlend gelben Pulli, und über ihr feuerrotes Haar hatte sie einen weißen Schlapphut aus Leinen tief in die Stirn gezogen.

Luke betrachtete die erfreuliche Aussicht auf Katys Hinterfront, bis sie seinen Blicken entschwand. Dann nahm er seine schwarze Windjacke aus dem Garderobenschrank in der Diele und rief nach Zeke.

»Komm, alter Junge, wir machen einen Spaziergang.«

Zeke nahm pflichtschuldig seinen Futternapf auf und trottete hinter Luke her aus dem Haus.

Die Morgenluft verhieß bereits, daß es im Lauf des Tages regnen würde. Über der See begannen die Wolken sich zu verdichten. Luke folgte dem Pfad, der über die Klippen zum Strand führte, dicht gefolgt von Zeke.

Einige Minuten später waren er und der Hund schon auf dem felsigen, unebenen Strand angelangt. Die Morgenflut, die nun allmählich auslief, hatte vielerlei interessante kleine Pfützen im grauen Sand hinterlassen. Zeke hielt gleich bei der ersten an und ließ seine Schüssel fallen, um zu schnuppern.

Luke behielt die ganze Zeit über Katys knallgelben Pullover und ihre engen Jeans im Blick. Auf halbem Weg zum Sandstrand holte er sie ein und stellte fest, daß sie noch gar nicht gemerkt hatte, daß er ihr gefolgt war. »Wir beide haben noch etwas zu erledigen«, meinte Luke, während er im gleichen Schritt neben ihr herging.

Katy blieb verblüfft stehen und wirbelte zu ihm herum.

»Ich hab' dich nicht gesehen«, meinte sie und lächelte verführerisch.

»Ich weiß.« Er sehnte sich nach ihren Lippen, beugte sich zu ihr herunter und küßte sie. Es war ein viel zu kurzer Kuß, aber er brach ihn bewußt ab, bevor er die Beherrschung verlor. An diesem Morgen lagen andere Dinge an, das durfte er nicht vergessen.

Katy berührte seinen Arm. »Ich möchte dir danken für das, was du gestern getan hast. Ich hätte Matt sicher ganz falsch behandelt.«

»Das bezweifle ich.«

»Nein, es ist mein Ernst.« Sie zog bedauernd ihre Stirn in Falten. »Es ist nicht so einfach zu wissen, was man in so einer Situation tun muß. Auch früher war mir manchmal nicht klar, was ich anfangen sollte.«

»Katy, du hast Matt wirklich gut erzogen.«

Sie seufzte. »Ab und zu kommt er mir völlig fremd vor.«

»Er ist ein männliches Wesen.« Luke lächelte. »Männer und Frauen sind einander oft fremd.«

»Wahrscheinlich. Wenn ich heute zurückdenke, dann gab es so viele Gelegenheiten, bei denen ich mir wünschte, ich hätte mich anders verhalten. Es gab Zeiten, wo er die Führung durch einen Mann nötig gehabt hätte, und ich mußte mich selbst durchwursteln, so gut ich konnte. Jetzt ist er beinahe schon ein Mann, und ich spüre, daß er sich darauf vorbereitet, mich zu verlassen.«

»Es wird auch Zeit, Katy.«

»Ich weiß, daß das sein muß, aber ich hab' Angst um ihn. Wenn so etwas wie gestern abend passiert, dann wird mir klar, daß es so viele Dinge gibt, die ich ihm nicht vermitteln konnte. So viele Sachen, über die ich selbst nicht Bescheid weiß.«

Luke nahm ihr Gesicht zwischen seine Hände.

»Mein Schatz, nun hör mir mal zu. Du kannst ihm nicht alles beibringen. Und selbst wenn du's versuchtest, er würde einfach weghören. Es gibt Dinge, die er selber lernen muß. So ist das Leben nun mal.«

»Ich weiß, aber ...«

»Er ist ein guter Junge. Du kannst stolz auf ihn sein. Aus ihm wird schon was.«

»Das hoffe ich so sehr«, flüsterte sie. Sie trat näher an ihn heran und legte ihren Kopf an seine Schulter. »Ich hoffe nur, daß ich im Lauf der Jahre nicht zu vieles vermasselt hab'.«

Luke nahm sie in die Arme. »Du hast überhaupt nichts vermasselt. Hör auf, dir Sorgen zu machen, Katy. Schutzengel müssen manchmal zurücktreten und ihre Schutzbefohlenen alleine das Fliegen üben lassen. Gestern nacht hat Matt einen kurzen Testflug gemacht, und es gab ein paar Turbulenzen. Aber er ist nicht zu Schaden gekommen.«

»Noch mal vielen Dank dafür, daß du zum Revier gegangen bist und ihn abgeholt hast.« Katy sah zu ihm hoch. »Ich hab' getan, was du mir geraten hast, also kein Theater gemacht, sondern ihn einfach sofort ins Bett geschickt. Er meinte, ihr hättet schon miteinander gesprochen.«

»Stimmt. Wir haben uns unterhalten.«

»Woher wußtest du denn, was man bei so was sagt?« fragte Katy. »Du hast doch keine Kinder.«

»Ich hab' Matt nur das gesagt, was ich von meinem Vater zu hören bekam, als ich in einer ähnlichen Klemme war.« Luke ließ seinen Arm auf ihrer Schulter liegen, während er sich umwandte und weiter mit ihr den Strand entlangwanderte. »Aber jetzt zu unseren unerledigten Geschäften.«

Katy schaute ihn vorsichtig von der Seite her an. »Du warst nicht der einzige, der gestern etwas loswerden wollte, weißt du? Ich wollte mit dir über ein Problem reden, auf das ich gestoßen bin.«

»Einverstanden«, meinte Luke. »Also du zuerst.«

»Versprichst du mir, daß du nicht wütend wirst?«

»Wie kommst du eigentlich darauf, daß ich wütend werden könnte?« fragte er.

»Na ja, es geht um die finanziellen Probleme, die wir mit zwei von den Restaurants haben.«

»Teufel auch.« Luke hatte das dumpfe Gefühl zu wissen, was kommen würde. »Das ist zufällig auch der Gegenstand, über den ich mich unterhalten wollte.«

Katys Miene wurde womöglich noch ängstlicher. »Ich weiß, wer für die Unterschlagungen verantwortlich ist.«

»Ich auch. Meine liebe Cousine Eden.«

Katy riß erstaunt die Augen auf. »Du bist über die arme Eden informiert?«

»Die arme Eden ist neuerdings nicht mehr gerade arm. Sie hat es fertiggebracht, eine gewaltige Summe aus dem Familienbesitz zu veruntreuen. Ich wußte, daß es jemand von der Familie war. Es sah ganz nach einem Insider aus. Ich war davon überzeugt.«

»Du hattest recht«, räumte Katy ein. »Aber es gibt mildernde Umstände, und wenn du erfährst, worum es geht, hast du sicher Verständnis für sie. Luke, sie wird ein bißchen Hilfe brauchen.«

»Hilfe?« Lukes dumpfe Vorahnung verdichtete sich bedrohlich. Seine Augen wurden schmal, als er Katys ernstes Gesicht betrachtete. Er konnte seine Zukunft darin lesen wie in einem Buch. »O nein, mein Engel, nicht von dir.«

»Also, Luke, du sollst dir nur mal die ganze Geschichte anhören.«

»Nein. Auf keinen Fall. Ich will mir verdammt noch mal nichts, aber auch gar nichts anhören. Diesmal wirst du mir nichts auftischen. Die diebische kleine Hexe hat einen beachtlichen Batzen Geld geklaut, und ich will nichts von mildernden Umständen wissen.«

»Die Lage ist sehr ernst.«

»Verdammt, das kann man wohl sagen. Und so werde ich auch mit ihr umgehen. Du hast mich hierhergebracht, weil ich mit dem finanziellen Schlamassel bei Gilchrist aufräumen soll, und ich hab' dir versprochen, es zu tun. Und das werde ich auch. Aber auf meine Art.«

»Luke, bitte, es ist doch eine Familienangelegenheit«, wandte Katy ein.

»Ach, hol's der Teufel! Das ist ein Fall von Unterschlagung.«

»Nicht so ganz. Weißt du ...«

»Katy, ich will nichts davon hören.«

»Luke, sie wird erpreßt.«

»Scheiße.« In ohnmächtiger Wut schloß Luke einen Moment die Augen. Diese Kraftprobe würde er verlieren. Er sah es schon kommen.

Wieder blieb Katy vor ihm stehen. Ihr Gesicht war sehr ernst, als sie unter dem Rand ihres weißen Hutes zu ihm aufblickte. Rotes Haar ringelte sich sanft um ihre Wangen.

»Es ist eine lange Geschichte, Luke. Gestern hab' ich das Ganze erfahren.«

»Damit hast du also deinen Tag verbracht? Dir Edens tränenreiche Geschichte anzuhören?«

»Sei doch nicht so zynisch. Du kennst sie ja noch gar nicht.«

»Ich brauch sie nicht zu kennen, um zu wissen, daß sie dich absichtlich mit hineingezogen hat.« Luke schob seine Hände in die Taschen seiner Windjacke und funkelte sie an. »Okay. Raus damit, aber in kurzen, einfachen Sätzen.«

»Ihr Ex-Mann erpreßt sie mit Informationen, die er über Maureen besitzt.«

Lukes Magen krampfte sich zusammen. »Atwood ist in die Sache verwickelt?«

Katy nickte schnell. »Er hat ein paar alte Zeitungsausschnitte gefunden, wonach Maureen vor Jahren in New York wegen des Verkaufs von Kunstfälschungen verurteilt wurde. Jetzt droht er damit, sie Justine zu zeigen, falls sie ihm nicht weiterhin Geld gibt.«

»Du liebe Zeit.«

»Er meint, er sei bei der Scheidung benachteiligt worden. Aber ich glaube nicht, daß er nur auf Geld aus ist. Ich denke, er will sich rächen.«

Luke musterte sie eine Weile schweigend, während er ihre Worte überdachte. »Hat Eden dir das erzählt?«

»Ja.«

»Sie weiß vielleicht, daß ich ihr auf die Schliche gekommen bin«, meinte er nachdenklich, »und hat sich diese Geschichte nur ausgedacht, um dich auf ihrer Seite zu wissen, wenn alles zusammenbricht.«

»Aber es stimmt, Luke. Alles.«

Luke verzog seinen Mund. »Ja? Woher weißt du, daß es wahr ist? Welche Beweise hat sie dafür?«

»Wir sind bei Nate gewesen. Er hat alles zugegeben.«

Luke war sprachlos, doch als er sich von seinem Schock erholt hatte, packte ihn die kalte Wut. Er legte seine Hände auf Katys Schultern und schüttelte sie. »Du bist zu ihm gegangen? Ganz allein?«

Katy biß sich auf die Unterlippe. »Nein, Eden war dabei.«

Luke hielt sie wütend fest. »Das ist doch nicht zu glauben! Nein, ich glaub's doch! Katy, hast du den Verstand verloren? Was ist denn in dich gefahren?« Er schüttelte sie erneut. »Was hast du denn geglaubt, was das bringt?«

»Ich wollte versuchen, ihn zu erschrecken.«

»Ihn zu erschrecken?« Dies zu wiederholen war das einzige, was Luke tun konnte, um sich zur Ruhe zu zwingen. Eine scheußliche Angst machte sich in ihm breit. »Wie in aller Welt wolltest du das denn erreichen?«

Katy holte tief Luft. »Ich hab' ihm mitgeteilt, ich würde dich um Hilfe bitten, falls er nicht aufhörte, Eden zu erpressen, und falls er das Geld nicht zurückzahlen würde, das er schon bekommen hat.«

»Mich?« Luke merkte, wie ihm der Unterkiefer herunterfiel. Er klappte den Mund entschlossen wieder zu. »Du hast ihm mit mir gedroht?«

»Na ja. Ich hab' mir gedacht, die Drohung mit dir wäre die stärkste Waffe, die ich zur Verfügung hätte. Es ist nur so, daß er mir nicht geglaubt hat, Luke. Er konnte sich nicht vorstellen, daß ich dir erzählen würde, was los ist.«

»So? Wie kommt er darauf?« fragte Luke. Aus irgendeinem Grund war er schon wieder wütend.

»Er meint, daß er alles über die Familie Gilchrist und wie es dort zugeht weiß, weil er eine Zeitlang mit Eden verheiratet war. Und er weiß tatsächlich einiges. Wie schwierig Justine sein kann, zum Beispiel. Und wie sie mit deinen Eltern umgesprungen ist.«

»Und er hat Eden eingeredet, sie würde Maureen und Hayden und ihre Sprößlinge verstoßen, wenn sie die Wahrheit über Maureens Vergangenheit erführe?«

»Ja.« Katy lächelte ihn erleichtert an. »Ich freue mich, daß du so verständnisvoll bist, Luke. Ich hab' damit gerechnet. Nun müssen wir darüber nachdenken, wie wir die Geschichte anpacken können. Die beste Politik ist sicher, sie nicht an die große Glocke zu hängen.«

»Ach ja, meinst du das, hm?« Er hatte große Lust, Katy übers Knie zu legen dafür, daß sie so naiv gewesen war. Sie hatte Atwood einen Besuch abgestattet! Er konnte sich immer noch nicht mit dieser Tatsache abfinden.

Katy runzelte angestrengt die Stirn. »Ich will nicht behaupten, daß Justine sich von diesem ganzen Zweig der Familie trennen würde, wenn sie das mit Maureens Vergangenheit herausfände, aber es steht zu befürchten, daß sie zu rigorosen Maßnahmen greift. Denn der Vorfall würde sie sicher sehr aufregen. Und Maureen würde mit panischem Entsetzen reagieren. Ich weiß auch nicht, wie Hayden mit dieser Situation umginge. Nein, ich glaube, wir sollten die Sache lieber verheimlichen.«

»Was soll eigentlich dieses ›Wir‹?« fragte Luke wütend. Aber wenigstens war sie mit der Angelegenheit zu ihm gekommen, tröstete er sich erbittert. Sie brachte ihm genügend Vertrauen entgegen, um ihn einzuweihen. Wahrscheinlich mußte er auch für kleine Gunstbeweise dankbar sein.

»Ich glaube, wir sollten versuchen, den Skandal zu vertuschen«, schlug Katy vor. »Natürlich kann alles auch auffliegen. Aber wenn das passiert, haben wir es nur mit Justine zu tun. Wir müssen eben dafür sorgen, daß es nicht soweit kommt. Luke, du kennst doch deine Familie. Wenn alle erfahren, daß Eden erpreßt worden ist, gibt es ein Getöse, als sei der Mount St. Helens wieder ausgebrochen.«

»Ich hab' eine aktuelle Nachricht für dich, Katy«, bemerkte Luke. »Du stehst am Rand eines viel größeren Vulkans.«

Sie blickte ihn neugierig an. »Wovon redest du eigentlich?«

»Ich rede davon, wie ich zu explodieren beabsichtige, wenn ich mir darüber im klaren bin, was mit Atwood passieren soll.« Er legte seine Hand um ihren Nacken und dirigierte sie wieder auf den Klippenpfad.

»Du willst dich doch darum kümmern, nicht wahr? Ich wußte es. Ich hab' Eden gesagt, alles käme wieder in Ordnung.«

»Mhm.«

»Danke, Luke. Du kannst dir nicht vorstellen, wie dankbar ich dir bin. Ich war mir zwar sicher, daß du helfen würdest, aber ehrlich gesagt hab' ich nicht erwartet, daß es ohne große Diskussionen abgehen würde.«

»Die guten Argumente heb' ich mir für später auf«, versicherte er ihr. Dann pfiff er nach Zeke, der, die Schüssel zwischen den Zähnen, in großen Sprüngen auf ihn zulief.

»Was wirst du nun zuerst tun?« fragte Katy.

»Zuallererst nehm ich Matt zur hiesigen Sporthalle mit und laß ihn für einen Karatekurs einschreiben.«

»Karate?« Katy pflanzte sich vor ihm auf. »Wovon, in aller Welt, redest du?«

»Matt wird in diesem Sommer ein Kampfsporttraining absolvieren. Falls es ihm Spaß macht, kann er es fortsetzen, wenn er im Herbst zum College geht.«

»Jetzt halt aber mal die Luft an, Luke. So etwas kannst du nicht ohne meine Einwilligung tun. Und ich weiß überhaupt nicht, ob ich Matt dieser Art Einfluß aussetzen möchte. Nahkampftechniken zu vermitteln, fördert zwangsläufig die Vorstellung, man könnte Probleme mit Gewalt lösen, und das ist nicht wünschenswert.«

Luke schaute ihr ins Gesicht. »Katy, in jedem Mann steckt ein gehöriges Potential an Aggression. Ihm beizubringen, diese Seite seiner Persönlichkeit unter Kontrolle zu halten, das ist alles, was man tun kann.«

Sie wurde rot. »Ich will diesen Teil seines Wesens ja nicht leugnen. Ich begreife, daß er wichtig ist.«

Er lächelte. »Du müßtest es eigentlich wissen, mein Schatz, denn du hast wahrhaftig selbst was von einer Amazone. Mach dir wegen Karate keine Sorgen. Man wird ihm Disziplin und Selbstbeherrschung beibringen.«

»Ich wünschte, ich könnte mich drauf verlassen.«

»In diesem Punkt solltest du mir vertrauen. Sieh doch mal, was mir das Kampfsporttraining gebracht hat.«

Sie erstickte beinahe an ihrem gemurmelten Einwand. »Na schön – was hat es dir denn gebracht?«

»Zum Teufel, genau in dieser Minute biete ich mehr Disziplin und Selbstbeherrschung auf, als du dir überhaupt vorstellen kannst.«

Sie blinzelte wie geblendet. »Oh!« Sie zögerte einen Moment. »Bist du wirklich wütend, weil ich dich gebeten habe, Eden zu helfen?«

»Es gibt nur eins, was mich noch zorniger gemacht hätte.«

»Und was ist das?«

»Wenn du mit dem Problem nicht zu mir gekommen wärst.«

Katy lächelte ihn zaghaft an. »Ich verstehe. Was ich auch getan hätte, der Ärger wäre programmiert gewesen, nicht wahr? Es ist okay. In solche Situationen gerate ich öfter, wenn ich mit Gilchrists zu tun habe.«

»Katy, ich möchte dir einen guten Rat geben. Fang nicht wieder an mit den Gilchrist-Verallgemeinerungen. Ich bin nicht in der Stimmung dafür.«

Am Nachmittag unterhielt sich Luke eine halbe Stunde mit dem Lehrer, der im Sportclub von Dragon Bay Kampfsport unterrichtete. Nach diesem Gespräch konnte er davon ausgehen, daß Matt bei ihm in guten Händen war.

Der Trainer lehrte Selbstverteidigung von einem philosophischen Standpunkt aus; besonderen Wert legte er auf Selbstbeherrschung und Disziplin, Tugenden, die ein Mann brauchte, um erfolgreich zu sein.

Luke hielt sich einige Minuten im hinteren Teil der Halle auf, um Matts Einstieg in seine erste Lektion zu beobachten. Als der *Sensei* hereinkam und sich vor den unruhigen, tatendurstigen jungen Leuten aufstellte, nahmen sie sofort eine respektvolle Haltung an. Die ruhige innere Kraft, die ihr Lehrer ausstrahlte, beeindruckte sie sichtlich. Alle wollten so sein wie er, und Matt war genauso eifrig wie die anderen.

Es war der richtige Ort für ihn.

Luke verließ den Club und ging zu seinem geparkten Jaguar zurück. Wenn er einmal Kinder hätte, würde er sie bestimmt auch zum Karatekurs anmelden.

Als er den Zündschlüssel umdrehte, fiel ihm auf, daß er zum zweitenmal in vierundzwanzig Stunden erwogen hatte, selber Kinder zu haben.

Daran war Katy schuld, dachte Luke, als er Dragon Bay hinter sich gelassen hatte und auf dem Weg nach Seattle war. Wieder einmal zwang sie ihn, sich seiner eigenen Zukunft bewußt zu werden.

Luke behielt den Finger auf Edens Türklingel, bis sie endlich reagierte. Sie wirkte verärgert, als sie die Tür öffnete, aber ihr Ärger wich einer Art Trotz, als sie sah, wer in der Diele stand.

»Luke ...«

»Richtig. Läßt du mich nun rein, damit wir uns wie zivilisierte Menschen über dein kleines Problem unterhalten können, oder soll ich den Fall gleich der Polizei übergeben?«

Eden kniff den Mund zusammen. »Ich hab' Katy ja gesagt, es würde nicht funktionieren.«

»Ah ja? Und ich hab' ihr gesagt, ich würde mich um die Sache kümmern, also tu ich's so oder so. Würde es dir was ausmachen, wenn wir unsere Unterhaltung anderswo als in deiner Diele führen könnten?«

»Dann komm schon rein«, sagte Eden und ließ ihn an sich vorbeigehen.

Luke betrat die elegante, in Rot, Schwarz und Gold gehaltene Wohnung. Diese Ausstattung weckte Erinnerungen an schon einmal Gesehenes. Ariel hatte sich bei der Einrichtung ihres Hauses an den gleichen Stil und die gleichen Farben gehalten.

Während er sich in einen schwarzen Ledersessel fallen ließ, der am Fenster stand, betrachtete er die große, golden und schwarz verzierte Vase auf dem schwarzen Lacktisch. Er dachte daran, wie gut Ariel das alles gefallen hätte.

Dieser Gedanke erschreckte ihn. Jeder Nerv war angespannt, während er auf eine Reaktion wartete, die tief aus seinem Innersten aufsteigen würde.

Nichts geschah.

Unendlich erleichtert stellte er fest, daß diese Umgebung nicht mehr den alten, peinigenden Schmerz auslöste.

Er hatte sich also im Lauf der vergangenen drei Jahre vom Verlust seiner Frau erholt und fragte sich jetzt, warum er diesen Wandel in sich selbst nicht wahrgenommen hatte. Vielleicht, weil er nicht mehr in einer Art Niemandsland lebte.

»Ich nehme an, Katy hat dir die ganze schmutzige Geschichte erzählt.« Eden ließ sich graziös auf das schwarze Ledersofa sinken.

»Du wirst von deinem Ex erpreßt?«

Eden lehnte ihren Kopf an das Polster und beobachtete ihn unter halbgeschlossenen Lidern. »So kann man es nennen.«

Luke schüttelte den Kopf. »So etwas Dämliches, Eden. Wirklich dämlich.«

»Was sollte ich denn tun?« brauste sie auf. »Etwa zu Justine gehen?«

Luke dachte darüber nach. »Immerhin eine Möglichkeit.«

»Überhaupt keine. Sie hätte sich Mutter vorgenommen, das weißt du. Das konnte ich nicht zulassen. Mutter hat sich ihr Leben lang bemüht, uns vor Justine in Schutz zu nehmen. Ich mußte alles daransetzen, um Mutter vor ihr zu beschützen.«

»Du mußt gewußt haben, daß die Geschichte irgendwann herauskommen würde. Man kann nicht in dieser Größenordnung Geld unterschlagen, ohne entdeckt zu werden«, meinte Luke.

»Nach jeder Zahlung hab' ich gehofft, Nate wäre nun zufrieden.«

»Du weißt, was man von Erpressern sagt. Sie sind nie zufrieden. Man muß ihnen in alle Ewigkeit Geld geben.«

»Nate ist eigentlich kein typischer Erpresser«, murmelte Eden. »Er ist wütend wegen der Scheidung, und er will Rache. Ich hab' gedacht, nach einer Weile hätte er genug und würde verschwinden.«

Luke streckte die Beine von sich und betrachtete angelegentlich die Spitzen seiner schwarzen Schuhe. »Weiß Hayden eigentlich etwas davon?«

»Natürlich nicht«, fuhr Eden ihn an. »Vater verbringt die meiste Zeit in seiner eigenen Welt. Wie das bei Künstlern eben so ist. Und Mutter schirmt ihn so gut wie möglich gegen unerfreuliche Realitäten ab. Außerdem, was hätte er denn tun können?«

Luke ging nicht darauf ein. »Was ist mit Darren? Hast du ihm von der Erpressung erzählt?«

»Nein. Auch er hätte nichts tun können. Es war mein Problem, nicht seins.«

»Bis du Katy gestanden hast, was los war. Und von da an war es ihr Problem, nicht wahr?«

Eden vermied es, ihn anzusehen. Sie starrte zum Fenster hinaus auf die Elliot Bay. »Sie ist zu mir gekommen, weil Mutter ihr erzählt hat, ich träfe mich wieder mit Nate. Katy konnte es nicht glauben. Und als ich erst mal angefangen hatte zu reden, kam alles raus. Ich war mit den Nerven am Ende. Ich mußte mit jemand darüber sprechen.«

»Und da hast du dem Gilchrist-Schutzengel gegenüber alles ausgespuckt, selbstverständlich. Du wußtest, daß sie dich nicht im Stich lassen würde, stimmt's?«

»Ich hab' verflixt noch mal nicht damit gerechnet, daß sie sofort zu dir rennen würde«, entgegnete Eden kalt.

»Ach, aber sie ist nicht direkt zu mir gekommen«, brachte Luke ihr sanft in Erinnerung. »Sie ist zuerst zu Atwood gegangen, um zu sehen, ob sie ihm nicht Angst einjagen könnte. Und das stört mich ehrlich gesagt am meisten an diesem ganzen idiotischen Schlamassel.«

Edens Blick streifte ihn wieder. »Warum?«

»Weil Atwood ein Widerling ist. Ich will nicht, daß sie sich mit einem Widerling befassen muß.«

»Tatsächlich? Na ja, falls du's nicht wissen solltest, sie

hat sich früher mit Nate Atwood getroffen und war wohl drauf und dran, sich in ihn zu verlieben. Wer weiß, was passiert wäre, wenn ich nicht vorbeigekommen wäre. Sie hätte ihn letztlich vielleicht selber geheiratet.«

Luke verzog sein Gesicht zu einem Lächeln. »Das ist mir bewußt. Und das, meine liebe Cousine, ist der einzige Grund, weswegen ich mich bereit erklärt habe, dich aus der Klemme zu ziehen.«

Eden bedachte ihn mit einem unfreundlichen Blick. »Was meinst du damit?«

»So, wie ich die Sache sehe, bist du wahrscheinlich der Hauptgrund, weswegen Atwood nicht versucht hat, Katy etwas von Heirat vorzuschwindeln. Er wollte eine Gilchrist, keinen Engel. Dafür bin ich dir zu Dank verpflichtet. Und den werde ich dir abstatten, indem ich dir Atwood vom Hals schaffe.«

Eden wirkte völlig verblüfft. »Soll das heißen, daß du dich für Katy interessierst?«

»Ja.«

»Aber ausgerechnet Katy? Luke, sie ist doch überhaupt nicht dein Typ.«

»Weiß ich. Sie hat es mir auch gleich am Anfang gesagt. Mach dir keine Gedanken. Es ist nicht dein Problem. Wir wollen uns lieber der Hauptsache zuwenden.«

»Welcher Hauptsache?« fragte Eden vorsichtig.

»Ich möchte alles erfahren, was du über Atwood weißt. Sein Geschäftsgebaren, woher er sich seine Finanzierungen besorgt und welche Art von Geschäften er bevorzugt. Alles. Wenn du mir das erzählt hast, liefert mir der Computer, was noch fehlt.«

»Was hast du vor?«

Luke zuckte die Schultern. »Erst mal sammle ich Informationen. Das ist das, worauf ich mich am besten verstehe. Und wenn ich genug zusammenhabe, erledige ich ihn.«

Eden starrte ihn entgeistert an. »Du machst doch keine Scherze?«

»Durchaus nicht!«

Eden rutschte auf ihrem Sofa nach vorn. In ihren Augen

glomm ein Fünkchen Hoffnung. »Kannst du das wirklich?«

»Auf die eine oder andere Art.«

Eden zögerte einen Augenblick und musterte ihn eingehend. »Warum?«

»Ich hab' dir gesagt, warum.«

»Du hilfst mir Katys wegen aus der Patsche?«

»Hauptsächlich ihretwegen, ja«, räumte Luke ein. »Aber auch aus einem anderen Grund.«

»Welchem?«

»Obwohl ich's nur höchst ungern zugeben möchte, verstehe ich, wie du dich in diese Lage gebracht hast. Du bist eine Gilchrist. Und, wie Katy mir immer wieder klarmacht, haben wir Gilchrists bei dem, was wir tun, eben einen Sinn fürs Melodramatische.«

Letzten Endes war es nicht besonders schwierig. Ein wenig Sondieren, ein wenig Nachbohren, ein gewisses Maß an Intuition, und eins kam zum anderen.

Am Montag nachmittag saß Luke in Seattle in seinem Büro und prüfte den Bildschirm voller Daten, die er zusammengetragen hatte. Alles, was er brauchte, um Atwood in Schach zu halten, war beisammen.

Der nächste Schritt bestand darin, Atwood davon in Kenntnis zu setzen.

Luke nahm den Telefonhörer ab und wählte die Nummer der Firma *Atwood Investments.* Eine kehlige Stimme am anderen Ende der Leitung bestätigte, daß Mr. Atwood im Hause sei.

»Möchten Sie ihn sprechen?«

»Nein, im Moment nicht«, entgegnete Luke. Er legte auf, ohne der Sekretärin seinen Namen zu hinterlassen. Dann stand er auf und ging hinunter in die Garage, um seinen Jaguar zu holen.

Eine halbe Stunde später war er in Bellevue. Er nahm den Fahrstuhl zum zwölften Stock, stieg aus und ging den Flur entlang bis zu einer Tür mit dem Schild *Atwood Investments.*

Luke beäugte die Firmenaufschrift mit heftigem Abscheu. Die Vorstellung, daß Katy hierhergekommen war, um Atwood zur Rede zu stellen, machte ihn von neuem wütend. Man sollte dem Gilchrist-Schutzengel wahrhaftig die Flügel stutzen. Er riskierte einiges zuviel.

Luke öffnete die Tür zum Büro. Eine junge Blondine in tief ausgeschnittenem Kleid blickte auf und schenkte ihm ein strahlendes Lächeln.

»Kann ich Ihnen helfen?«

»Ist Atwood da?«

»Ja, Sir. Wenn Sie mir bitte sagen, wer Sie sind, werde ich ihm Bescheid geben, daß Sie ihn sprechen möchten.«

»Nicht nötig. Er merkt früh genug, wer ich bin.«

Luke ging durch den Raum und öffnete die Zwischentür zu Atwoods Büro.

»Halt! Sie können doch nicht einfach so …«

»Ruhe, bitte.« Luke betrat das Büro und schloß die Tür hinter sich.

Der Mann, der Atwood sein mußte, saß über das Telefon gekauert und sprach glattzüngig und mit angenehmer, überaus überzeugender Stimme. Atwood war offenbar der geborene Verkäufer.

»Ehrlich gesagt, Mel, ist das Geschäft schon seit letzter Woche total dicht. Die anderen Investoren wollen die Gewinne, die da drinstecken, mit niemand teilen. Dafür haben Sie sicher Verständnis. Aber für meine wirklich guten Kunden hab' ich noch ein paar profitable Beteiligungen retten können. Wenn Sie Interesse haben … Eine Sekunde, Mel, legen Sie nicht auf.« Atwood sah Luke wütend an und legte seine Hand über die Sprechmuschel. »Bin gleich für Sie da. Warten Sie vorn bei meiner Sekretärin.«

»Das hat sie mir schon vorgeschlagen«, sagte Luke. Er ging auf den Stuhl zu, der ihm am nächsten stand, und setzte sich. »Ich hatte aber keine Lust dazu.«

Atwood starrte ihn erbost an. »Ich versuche hier, Geschäfte abzuwickeln, wenn Sie nichts dagegen haben.«

»Aber ich habe was dagegen. Mir gefällt die Art nicht, in der Sie Geschäfte machen.« Luke öffnete seinen Aktenkoffer, nahm eine Akte heraus und warf sie auf Atwoods Schreibtisch. »Gilchrist ist mein Name. Luke Gilchrist. Ich glaube, Katy Wade hat Ihnen gesagt, ich käme vorbei, falls Sie ihre erpresserischen Aktivitäten nicht einstellen würden. Sie haben sich dazu nicht bereit erklärt, und deshalb bin ich hier.«

»Gilchrist? Verdammt, sind Sie verrückt? Sie können nicht einfach hier hereinkommen und mich bedrohen.« Man konnte an Atwoods Augen sehen, wie zornig er war.

»Ich bedrohe Sie nicht. Das ist nicht meine Art. Aber alles, was ich Ihnen sage, können Sie als ernstgemeintes Versprechen verstehen. Und das kann ich Ihnen versichern, ich hab' Ihrer Finanzierung für die Crystal Harbor Transaktion, die Sie gerade auf die Beine stellen, den Todesstoß versetzt. Sagen Sie Mel, daß die Sache gestorben ist.«

15

Die nervliche Anspannung, unter der Atwood stand, zeichnete harte Falten um seinen Mund. Er ließ Luke nicht aus den Augen, während er schnell ins Telefon sprach. »Mel, mir ist gerade was dazwischengekommen. Ich rufe Sie wieder an. Bestimmt. Heute nachmittag. Keine Sorge. Sie bekommen eine Beteiligung an dem Projekt.«

Atwood knallte den Hörer auf die Gabel. »Also gut, Gilchrist. Was, zum Teufel, soll das bedeuten? Machen Sie's kurz, oder ich rufe die Polizei und lasse Sie vor die Tür setzen.«

»Ich habe Ihnen gesagt, worum es geht. Das Finanzierungspaket für das Crystal Harbor Entwicklungsprojekt ist gerade einen vorzeitigen Tod gestorben. Ich hab's mit Hilfe einiger Telefonate mit Ihren Geldgebern umgebracht.«

Atwoods Hände krallten sich um die Lehnen seines Sessels.

»Das können Sie nicht tun!«

»Schon passiert. Werfen Sie mal einen Blick auf das Dossier, wenn Sie mir nicht glauben wollen. Ihre Geldgeber haben die Information bekommen, daß Ihr kleines Imperium auf fragwürdigen Unterlagen basiert. Frisierter Finanzstatus, gefälschte Ertragsberichte, fragwürdige Kreditreferenzen.«

»Das ist nicht wahr ...«

Luke lächelte. »Ob es wahr ist oder nicht, tut nichts zur Sache, obgleich es für Sie bedauerlich sein mag. Die Daten in diesem Ordner vermitteln ein schlechtes Bild von Ihnen. Ich weiß es, weil ich sie selber zusammengestellt habe. Sie werden sicher einige Monate brauchen, um mit den Mißverständnissen und Fehleinschätzungen aufzuräumen. Und in der Zwischenzeit ist das Crystal Harbor Projekt mausetot.«

Atwood schlug den Ordner auf und überflog den Inhalt.

Als er damit fertig war, wirkte er völlig benommen. »Das können Sie nicht tun. Nichts als ein Sack voll Lügen ...«

»Nicht ganz.« Luke stand auf und stellte sich ans Fenster. »Es hat auch eine gute Seite, Atwood. Der Bericht über Ihre Finanzsituation enthält keine Lügen. Aber ich habe Ihren Geldgebern gegenüber nur erwähnt, daß Sie sich seit drei oder vier Jahren auf dünnem Eis bewegen. Die schlechten Zeiten haben angefangen, kurz nachdem das High Ridge Springs Projekt wackelig wurde, nicht wahr?«

»Was wissen Sie denn über High Ridge Springs?«

»Genug. Damals liefen Ihre Geldgeber Gefahr, schwere Verluste hinnehmen zu müssen. Sie waren verzweifelt. Daraufhin haben Sie eine Kreditwürdigkeitsprüfung geschönt, um größere Darlehen zu bekommen. Es funktionierte. Sie haben das Projekt gerettet. Und danach war es schon leichter, gefälschte Unterlagen zu benutzen, nicht wahr?«

»Verdammt noch mal, das stimmt nicht! Ich hab' es nur das eine Mal getan, und viele Leute konnten dabei viel Geld retten.«

»Wetten Sie gern, Atwood? Ich schon. Und ich gehe jede Wette ein, daß der Bericht, den ich zusammengestellt habe, Ihre Geldgeber veranlassen wird, sich Ihre wirkliche Finanzsituation ein bißchen genauer anzusehen. Selbst wenn Sie weiß sind wie frischgefallener Schnee, werden Sie Monate brauchen, um sich reinzuwaschen.«

»Das können Sie mir nicht antun, Gilchrist.«

»Schon passiert.« Luke wandte sich vom Fenster ab und sah ihn an. »Dabei können Sie sich glücklich preisen. Wissen Sie, was auf Erpressung steht?«

»Sie können nicht beweisen, daß ich jemals versucht habe, jemanden zu erpressen, Sie Scheißkerl.«

»Wir sind quitt. Und Sie können nicht beweisen, daß ich diesen Bericht über Ihre finanzielle Lage zusammengestellt habe. Ihre Finanziers fragen nicht, woher die Information stammt; sie werden nur dankbar sein, daß sie zeitig genug gewarnt wurden, um ihre Verluste in Grenzen zu halten.« Luke ging zur Tür. »Lassen Sie in Zukunft die Finger von meiner Familie.«

Atwood sprang hinter seinem Schreibtisch auf. »Ich kann es nicht fassen! Warum, zum Teufel, kümmern Sie sich um die anderen Gilchrists? Jeder weiß doch, daß Sie nur aus Rache gekommen sind.«

Luke blieb an der Tür stehen und drehte sich noch einmal um. »Jeder?«

»Vergessen Sie nicht, daß ich mit Ihrer Cousine, diesem Luder, verheiratet war. Ein bißchen kenne ich mich in der Familiengeschichte aus.« Atwood kniff die Augen zusammen. »Dahinter steckt irgendwas anderes.«

»Verschwenden Sie Ihre Zeit nicht damit, es rauskriegen zu wollen«, riet ihm Luke. »Sie haben so schon Unannehmlichkeiten genug.« Er öffnete die Tür.

»Du liebe Zeit, es ist Katy, nicht wahr? Jetzt paßt alles zusammen. Sie scheren sich einen Dreck um Eden oder ihre Familie. Sie tun's wegen Katy.«

Luke ging durch die Tür.

»Was wollen Sie denn von ihr?« fauchte Atwood. »Katy ist wohl kaum Ihr Typ.«

»So? Na ja, Ihrer war sie auch nicht, oder? Sie haben sie nur benutzt, um an Eden ranzukommen.«

»Wenigstens hab' ich nicht mit Katy geschlafen, bevor ich zur nächsten überwechselte«, bemerkte Atwood höhnisch. »Irgend etwas sagt mir, daß Sie nicht ganz so nobel sind. Ich wette, Sie bumsen sie. Was macht es Ihnen schon aus? Sie wissen verdammt gut, daß Sie sie nicht heiraten werden. Die Gilchrists bevorzugen eher den theatralischen Typ.«

Luke drehte sich um, schloß die Tür und kam zu Atwood zurück.

»Wissen Sie was, Atwood? Sie gehen mir allmählich wirklich auf die Nerven. Da ist noch was. Beinahe hätte ich's vergessen. Bis Ende der Woche liegt ein Scheck über den gesamten Betrag, den Sie von Eden erpreßt haben, auf meinem Schreibtisch. Wenn nicht, begnüge ich mich nicht damit, nur eine von Ihren Transaktionen platzen zu lassen. Dann zerfetze ich Ihr ganzes Kartenhaus in der Luft.«

Atwood verlor den letzten Rest Selbstbeherrschung und

stürzte sich auf Luke. Der trat beiseite, stieß mit der Hand kräftig gegen Atwoods Schulter und verlieh damit seinem Sprung nach vorn eine unerwartete Drehung und vermehrte Wucht. Dann streckte er blitzschnell das linke Bein vor.

Atwood schrie gellend auf, als er über Lukes Fuß stolperte und sich erst an der Wand seines Büros wieder fing. Die gerahmte Ansicht eines der erfolgreichen Entwicklungsprojekte Atwoods, das dort hing, geriet ins Schaukeln, fiel vom Haken und landete auf seinem Kopf. Das Glas zersplitterte, brach aus dem Rahmen und bildete einen glitzernden Kranz um das Haupt des verdutzten Maklers.

Luke schaute von oben auf sein Opfer hinunter.

»Katy sagt mir immer wieder, ich müßte endlich gewaltfreiere Techniken der Problemlösung anwenden. Anscheinend hab' ich Schwierigkeiten mit dem Lernen.«

Er ging an der nervös hochfahrenden Sekretärin vorbei aus dem Büro und den Flur entlang zum Fahrstuhl.

Seine Mission war erfüllt, sagte er sich. Aber warum hatte er das unangenehme Gefühl, daß irgend etwas überhaupt nicht stimmte?

Während er sich diese Frage stellte, wußte er auch schon die Antwort. Katy hatte recht. Atwood brauchte kein Geld. Die Geldsumme, die er während der letzten Monate von Eden erpreßt hatte, war nicht größer als der Gewinn, den er mit ein paar erfolgreichen Grundstücksgeschäften hätte erzielen können. Darüber hinaus war er nur drei Monate mit Eden verheiratet gewesen und hatte sie nicht wirklich geliebt. Die Ehe mit ihr war er nur eingegangen, weil er die Hand auf Gilchrist, Inc. hatte legen wollen.

Jeder normale Geschäftsmann wäre in der Lage gewesen, den mißlungenen Versuch, eine maßgebliche Beteiligung an der Gesellschaft zu erwerben, als eine Transaktion neben anderen zu betrachten, die nicht erfolgreich verlaufen waren.

Aber Atwood geriet außer sich vor Wut. Seine Reaktion auf diesen Mißerfolg stand in keinem Verhältnis zur tatsächlichen Situation.

Das alles ergab keinen Sinn. Die einzige logische Erklärung schien die zu sein, daß bei ihm eine Schraube locker war. Aber nichts in der Untersuchung, die Luke durchgeführt hatte, ließ darauf schließen, daß der Mann geisteskrank war.

Es mußte mehr dahinterstecken, als man dem Anschein nach vermuten konnte. Die kalte Wut in Atwoods Augen deutete darauf hin, daß der Angriff auf Gilchrist, Inc. eine sehr persönliche Komponente beinhaltete. Etwas, das weit über den Ärger hinausging, den ein Mann empfand, der ein skrupelloses Risikogeschäft als Verlust abbuchen mußte.

Luke stieg in seinen Jaguar und blieb eine Weile hinter dem Steuer sitzen, ohne sich zu bewegen. Er beschloß, seine Nachforschungen über Nate Atwood noch ein wenig auszudehnen.

Später am Abend rekelte sich Luke auf dem Sofa in Katys Cottage und überdachte die Ereignisse des Tages, während er ins Feuer starrte. Zeke hatte sich, nachdem die letzten Reste von Katys neuestem Pestoexperiment vertilgt waren, vor dem Kamin ausgestreckt. Sein Napf stand neben ihm. Matt saß am Küchentisch und lernte.

Die ganze Szenerie hätte eigentlich gemütlich und heiter sein können. Aber Luke wurde das bohrende Gefühl nicht los, daß irgend etwas noch unerledigt geblieben war. Vielleicht hallten Atwoods Worte in ihm nach, der gesagt hatte: *»Wenigstens habe ich nicht mit Katy geschlafen, bevor ich zur nächsten übergewechselt bin.«*

Alle schienen einhellig der Meinung zu sein, daß Katy nicht sein Typ wäre, dachte Luke.

Er sah zu ihr hin, als sie mit zwei Gläsern Cognac aus der Küche kam. Sie lächelte sanft, als sie eines davon ihm gab und sich dann neben ihn setzte.

»Du bist heute abend schrecklich schweigsam gewesen«, meinte Katy.

»Ich muß nachdenken.«

»Aha. Niemals einen Gilchrist stören, der gerade in beschaulicher Stimmung ist, ich sag's ja.« Katy trank einen

Schluck. »Wärst du denn bereit, mir zu erzählen, wie's heute gelaufen ist?«

»Ich glaube, Eden kann Atwood vergessen.«

Katy legte ihre Hand in seine. »Danke, Luke. Das wird Eden sehr viel bedeuten.«

»Es ist mir scheißegal, was es ihr bedeutet. Ich hab's nicht für sie getan. Ich hab's für dich getan. Und das sollte möglichst das letzte Mal sein, Katy.«

Sie wandte den Kopf, den sie an das Polster gelehnt hatte, zu ihm und schaute ihn fragend an. »Was ist los? Warum ist es dir so lästig, Mitgliedern deiner Familie zu helfen?«

»Sie verdienen nicht, daß man ihnen hilft. Sie ärgern sich über mich, sie trauen mir nicht über den Weg, und sie glauben, ich sei nur hergekommen, um mich zu rächen für das, was meinen Eltern angetan wurde.«

Katy zog eine Braue hoch. »Na ja, du hast dich nicht gerade angestrengt, sie vom Gegenteil zu überzeugen, oder?«

»Wozu sollte ich mir die Mühe machen? Ich werde nicht lang genug hierbleiben, um mich aufzuregen über das, was sie denken.«

»Du bist heute schlecht gelaunt, nicht wahr?«

»Was erwartest du denn von einem Gilchrist?« Luke stellte sein Cognacglas ab. »Komm, wir gehen ein bißchen spazieren.«

»Ja, schön.« Katy stand auf und steckte den Kopf durch die Küchentür. »Ich bleib nicht lange weg, Matt.«

»Okay«, meinte ihr Bruder.

Zeke packte seine Futterschüssel und folgte Luke und Katy nach draußen.

Luke ging eine Weile schweigend neben Katy her. Ihre tröstliche Nähe war ihm bewußt. Sie wirkte beruhigend auf ihn, sogar wenn er mißgestimmt war wie heute. Er mußte zugeben, daß er anfing, sich auf dieses merkwürdige Gefühl von Zufriedenheit zu freuen, das er in ihrer Nähe spürte.

Diese Art tiefer Verbundenheit hatte er noch bei keiner anderen Frau empfunden, nicht einmal bei Ariel. Jetzt erst fiel ihm auf, daß das, was ihn an Ariel angezogen hatte, gerade die ständige Unsicherheit gewesen war, die er bei ihr erlebte.

Ihr ungezügeltes Temperament war sehr reizvoll gewesen, aber an diesem Abend fragte sich Luke wieder, wie lange ihre Verbindung wohl Bestand gehabt hätte, wenn Ariel nicht gestorben wäre. Eifersucht, Begierde und die niemals endende Achterbahnfahrt der Gefühle hätten bald genug eine bittere Mischung ergeben.

Mit erstaunlicher Klarsicht erkannte Luke, daß er nicht ein Leben lang zwischen Nervenkitzel und kalten Güssen leben wollte. Er wünschte sich Frieden. Er brauchte Harmonie. Er sehnte sich nach Glück.

Jetzt, wo Katy ihn dazu zwang, über seine Zukunft nachzudenken, konnte er gar nicht mehr aufhören damit. Es war, als sei eine kleine Bresche in einem Deich entstanden, der einen großen Fluß eindämmte. Diese Bresche wurde täglich größer.

Luke faßte Katys Hand fester, als könne er sich mit ihrer Hilfe über Wasser halten.

»Wie hast du Nate beigebracht, daß er Eden in Frieden lassen soll?« fragte Katy.

»Ich hab' ein paar Auskünfte über ihn ausgegraben. Einen gefälschten Finanzstatus, den er vor ein paar Jahren zurechtgemacht hat. Dachte mir, wo Rauch ist, da ist auch ein Feuer. Hab' seine Geldgeber davon überzeugt, daß er ein hohes Risiko bedeutet. Sie haben sich zurückgezogen und ihn mit einer Transaktion alleingelassen, die jetzt mausetot ist. Dann hab' ich Atwood klargemacht, daß er aus der Richtung noch mehr zu gewärtigen hat, wenn er Eden weiterhin belästigt.«

Katy schaute ihn bewundernd an. »Du lieber Himmel. Bei dir klingt das so einfach.«

Luke hob die Schultern. »Es war nicht schwer.«

»Vielleicht für dich nicht. Für jeden anderen wäre es unmöglich gewesen. Du bist wirklich unglaublich, Luke.«

»Idioten aus einer Zwangslage zu befreien ist nicht so unglaublich, wie es oberflächlich betrachtet aussieht.«

Katy lächelte ein wenig schief. »Du brauchst nicht so

kaltschnäuzig darüber zu reden, weißt du. Es war wirklich sehr anständig von dir, Eden und Darren zu retten. Sie sind wirklich keine Idioten – sie sind nur sehr impulsiv und haben viel Sinn für Dramatik. Und sie neigen zu Verzweiflungstaten. Es liegt ihnen eben im Blut.«

»Katy, ich will dich jetzt schon warnen. Ich bin nicht in der Stimmung, mir heute abend irgendeine unangenehme Verallgemeinerung hinsichtlich der Natur der Gilchrists anzuhören.«

Katy kicherte. »Ich kann nichts dafür. Es gefällt mir unwahrscheinlich, wie du gleich nach dem Köder schnappst.«

Er blieb stehen, zog sie in seine Arme und brachte sie mit einem Kuß zum Schweigen. Als ihr Lachen verstummte und sie anfing, leise zu stöhnen, war Luke zufrieden. Er beendete den Kuß und nahm ihr Gesicht zwischen seine Hände.

»Wieviel hat er dir bedeutet?« fragte er leise.

»Wer?« Ihre Augen wirkten im Mondlicht sehr verträumt.

»Atwood.«

»Ach, der. Damals hat es weh getan, aber ich bin schnell drüber weggekommen. Heute ist er mir völlig gleichgültig.«

»Du hast nie mit ihm geschlafen.« Es war eine Feststellung, keine Frage. Luke war sich der Antwort sicher.

Sie zog ihre Nase kraus. »Na ja – nein. Es schien mir irgendwie nicht richtig. Ich wollte warten, bis es zwischen uns funkt. Aber das ist eigentlich nie passiert. Und dann kam Eden daher, und Nate war weg, und das war das Ende der Geschichte.«

»Jetzt schläfst du mit mir, Katy.«

Sie berührte seinen Mund zart mit der Fingerspitze. Ihre Augen leuchteten übermütig. »Nur gelegentlich. Sehr gelegentlich.«

Ihr Versuch, die Sache humorig zu nehmen, irritierte ihn. »Kommt nicht darauf an, wie oft. Tatsache ist, daß du mit mir schläfst. Bedeutet es, daß es dir richtig erscheint? Hat's zwischen uns gefunkt?«

»Sag du's mir!« flüsterte sie. Sie stellte sich auf die Zehenspitzen und berührte seine Lippen flüchtig mit ihrem Mund.

»Katy…«

»Luke, wenn ich mit dir zusammen bin, denke ich nicht an das, was die Zukunft mir bringt. Es ist einfacher so. Und du hast mir zu verstehen gegeben, daß du nur die nächsten sechs Monate im Auge hast. Vielleicht nicht mal, wenn du mit dem Schlamassel bei Gilchrist schon vor diesem Zeitpunkt aufgeräumt hast. Laß uns also nicht über die Zukunft reden.«

Luke spürte, wie er allmählich wütend wurde. »Alle – und du gehörst auch dazu – behaupten, ich sei nicht dein Typ.«

»Nun, das beruht wohl auf Gegenseitigkeit, nicht wahr? Ich bin auch nicht dein Typ. Deshalb mach mir bitte nichts vor, Luke. Wir sollten zumindest dem, was wir miteinander haben, seine Ehrlichkeit belassen.«

»Da sieht man, was du davon verstehst«, brummte Luke. »Glaub mir, Ehrlichkeit ist nicht immer die beste Politik.«

»Auf die Dauer doch«, beharrte sie ernst.

»Davon bin ich nicht so sehr überzeugt. Aber bei Engeln ist es wahrscheinlich so. Sie messen minderen Tugenden einen überhöhten Wert zu.«

Er zog sie wieder an sich, bevor sie ihm etwas entgegnen konnte. Und etwas von seiner Wut milderte sich unter der Wärme ihres Kusses.

Erst sehr viel später in dieser Nacht, als Luke allein in seinem Bett lag, gestand er sich ein, daß es womöglich nicht Wut gewesen war, was er empfunden hatte.

Es hätte Angst sein können. Angst vor einer Zukunft ohne Katy.

Mit dieser Erkenntnis umzugehen war nicht so leicht. Luke wurde lieber wieder zornig. Das war einfacher.

Drei Tage später durchquerte Luke auf dem Weg in sein Büro das Vestibül der Villa. Er fühlte sich wohl. An diesem Tag brauchte er nicht nach Seattle zu fahren, und das bedeutete, daß er und Katy zusammen zu Mittag essen konnten. Darauf freute er sich. Er hatte schon ein sehr reizvolles Menü zusammengestellt, das nichts mit Essen zu tun hatte.

Liz blickte von den Notizen auf, die sie gerade durchsah, als er in der Türöffnung stehenblieb.

»Nachrichten für mich?« fragte Luke.

»Mrs. Igorson hat gerade angerufen. Sie sagt, Mrs. Gilchrist möchte Sie und Katy um zehn Uhr unten bei sich sehen. Sie sollen ihr einen neuen, aktuellen Finanzstatus der Gesellschaft vorlegen.«

»Das kann ich mir denken. Sagen Sie ihr, wir sind um zehn da.«

Luke hörte Schritte hinter sich in der Diele und warf einen Blick über die Schulter.

Katy, die strahlend und fröhlich aussah in einer sonnengelben Jacke und einem königsblauen Rock, kam rasch auf ihn zu. Sie hatte ihre Haare in unerwartet elegantem Stil zurückgekämmt und hinter den Ohren mit Clips festgesteckt. Außerdem trug sie einen luxuriös wirkenden Aktenkoffer aus Leder. Offensichtlich war sie im Begriff, nach Seattle zu fahren.

Luke zog die Stirn in Falten, weil ihm einfiel, daß sie sich kürzlich davongestohlen hatte, um sich mit Eden zu treffen. »Gehst du weg?«

Sie hob befremdet die Brauen, weil seine Stimme herrisch klang. »Ich hab' nach dem Lunch einen Termin mit einer Maklerin.«

»Und wozu das, zum Teufel?«

»Wir wollen uns ein paar Mietobjekte ansehen, die eventuell für Pesto Presto in Frage kämen.«

Luke wurde sich allmählich darüber klar, daß Pesto Presto im Wettstreit um Katys Zuneigung sein stärkster Rivale war. Er reagierte entsprechend. »Hast du heute nachmittag etwa nichts zu tun?«

»Nichts, das nicht warten könnte.« Sie schlüpfte an ihm vorbei in ihr Büro. »Liegt was an, Liz?«

Liz blickte zuerst forschend Luke an, dann lächelte sie Katy zu. »Ich hab' dem Chef gerade mitgeteilt, daß Justine

Sie beide um zehn mit einem aktuellen Lagebericht unten bei sich sehen möchte.«

»In Ordnung.« Katy warf einen freundlichen Blick über die Schulter, während sie auf ihr eigenes Büro zustrebte. »Ich seh dich um zehn unten, Luke.«

Luke starrte düster auf die Tür, die ihm praktisch vor der Nase zugeschlagen wurde. Er begriff, daß er verabschiedet worden war.

»Machen Sie sich nichts draus«, riet ihm Liz vertraulich. »Sie hat hier schon so lange alles ganz allein entschieden, daß sie sich sozusagen Chefallüren angewöhnt hat.«

»Ich werde mich bemühen, es nicht zu vergessen.« Luke stelzte aus dem Vorzimmer in sein eigenes Büro, setzte sich hinter seinen Schreibtisch, schaltete den Computer ein und lehnte sich in seinem Sessel zurück. Das Rätsel, wer Geld aus den Erträgen der beiden Restaurants abgebucht hatte, war gelöst, aber damit waren die Probleme mit Gilchrist Gourmet noch nicht aus der Welt geschafft. Er starrte mißgelaunt auf den Bildschirm voller Daten. Roger Danvers, der die Sicherheitsprüfung im Computersystem durchführte, war dabei, die Störungen einzukreisen, die den Betrieb beeinträchtigten. Aber im Moment hatte Luke keine Lust, die neuesten Informationen zu überprüfen.

Über die Liebesbeziehung zwischen Katy und Pesto Presto nachzugrübeln war das einzige, wonach ihm zumute war.

Um zehn Uhr stand er, obwohl er eigentlich keine Lust dazu hatte, wieder auf und ging in die Diele hinaus, wo er sich mit Katy treffen wollte. Sie wartete mit streng gerunzelter Stirn auf ihn. Lukes Stimmung hellte sich etwas auf. Er wußte, daß ihn wieder einmal eine Lektion erwartete. Das bedeutete zumindest, daß Katy sich für ein Weilchen auf ihn anstatt auf ihre Zukunft konzentrieren würde.

»Diesmal bist du aber taktvoll, ja?« Katy trabte neben ihm her die Treppe hinunter.

»Du kennst mich doch, Katy. Ich bin die Zurückhaltung in Person.«

Sie sah ihn warnend und ängstlich zugleich an. »Ich meine es ernst, Luke. Du sagst bitte nichts, was ihr einen Hinweis auf Edens kleines Problem geben könnte, nicht wahr?«

»Es war nicht gerade ein kleines Problem, Katy.« Luke war unten angekommen und ging nun durch das Vestibül zu Justines Suite hinüber. Katy mußte sich beeilen, um mit ihm Schritt zu halten. »Eden hat Tausende von Dollars abgezweigt.«

»Ja, ich weiß, aber wir sollten es Justine nicht sagen. Ich meine, das war ja der Kernpunkt der Sache, wenn du dich erinnerst.«

Luke setzte eine angemessen nachdenkliche Miene auf. »Könnte es sein, daß du mich einlädst, mich noch einmal an einem Vertuschungsmanöver zu beteiligen?«

»Nein, natürlich nicht. Sei nur diplomatisch, das ist alles, worum ich dich bitte. Das Problem ist unter Kontrolle, also brauchen wir sie nicht mit Einzelheiten zu behelligen.«

»Ist das mein ehrlicher kleiner Engel, der da spricht?« Luke klopfte an die Tür von Justines Appartement.

»Luke, hör auf, dich über mich lustig zu machen. Ich möchte, daß du mir versprichst, nichts zu sagen oder zu tun, was Justine auf den Gedanken bringen könnte, Eden sei in die Schwierigkeiten verwickelt gewesen, die bei den beiden Restaurants aufgetreten sind.«

»Keine Sorge, Schätzchen. Im Gegensatz zu dir kann ich das Blaue vom Himmel runterlügen, ohne mit der Wimper zu zucken. Es liegt mir im Blut.«

Gerade als Katy den Mund aufmachte, öffnete Mrs. Igorson die Tür. Die Haushälterin starrte Luke vorwurfsvoll an, während Katy ihren Mund schnell wieder zuklappte. »Oh, Sie sind's.«

»Wen haben Sie sonst erwartet?« Luke nahm Katy beim Arm und steuerte sie sanft durch die Eingangstür. »Einen Vertreter? Entschuldigen Sie, Mrs. Igorson. Justine wartet sicher schon.«

»Natürlich wartet sie«, brummte Mrs. Igorson. Jetzt ließ sie ihren anklagenden Blick zu Katy hinüberwandern. »Sie verlangt ein paar Erklärungen, und ich meine, sie hat das Recht dazu.«

Katy wurde rot, brachte es aber fertig, ihre heitere Miene zu bewahren. »Ja, natürlich. Entschuldigen Sie uns, Mrs. Igorson.«

Luke sah Katy nach, die schon vorausging. Dann wandte er sich der Haushälterin zu und legte absichtlich einen drohenden Unterton in seine Stimme. »Hatten Sie noch etwas auf dem Herzen, Mrs. Igorson?«

»Wohl kaum.«

»Wissen Sie das auch bestimmt? Denn falls Sie über das, was Sie neulich im Gewächshaus gesehen haben, auch nur ein Wort verlieren möchten, dann mir gegenüber – nichts zu Katy. Noch zu sonst jemandem. Verstanden?«

Der Ausdruck schärfster Mißbilligung wich aus Mrs. Igorsons Blick, der nun eher an den einer Ratte erinnerte, die in der Falle saß. »Ich weiß, was meine Pflicht ist, Sie haben mir nichts zu sagen, Mr. Gilchrist. Ich arbeite für Mrs. Gilchrist, falls Sie's vergessen sollten.«

Luke lächelte ohne Wärme. »Sie wären gut beraten, sich vor Augen zu halten, daß ich hier so ziemlich alles bestimmen kann, solange ich dabei bin, die Firma Gilchrist zu sanieren. Es wäre nicht allzu schwer, einer Haushälterin, die überall rumschnüffelt, das Leben zur Hölle zu machen. Achten sie auf Ihre Manieren, Mrs. Igorson.«

Ohne eine Antwort abzuwarten, ging er durch das Vestibül ins Wohnzimmer.

»Sie ist zu schade für Sie«, zischte Mrs. Igorson in einer Anwandlung von mutigem Trotz hinter ihm her. »Viel zu schade. Sie passen überhaupt nicht zu ihr.«

Luke biß die Zähne zusammen, blieb aber nicht stehen und drehte sich auch nicht um. Er ging geradeaus weiter ins Wohnzimmer, wo Katy und Justine schon saßen. Auf einem kleinen Beistelltisch glänzte das silberne Teeservice.

Justine betrachtete ihn kühl.

»Na, es wurde aber auch Zeit, daß du kommst. Ich hoffe sehr, daß du diesmal mehr Informationen für mich hast als letztes Mal. Ich mag es nicht, wenn man mich über Vorgänge in meiner eigenen Firma im unklaren läßt.«

»Gilchrist wird überleben, Justine. Mach dir keine Sorgen mehr um die Firma.« Luke ging ans Fenster und blieb dort stehen. »Solche Dinge brauchen ein bißchen Zeit. Ich hatte dich darauf aufmerksam gemacht.«

»Das verstehe ich, aber ich möchte genau wissen, was vor sich geht. Fangen wir doch mit den Sorgen um die beiden Restaurants an, die diese Verluste hatten. Gibt's da schon einen Fortschritt?«

»Ja«, antwortete Luke.

Katy blitzte ihn warnend an.

»Na?« fragte Justine. »Was für einen Fortschritt? Ich möchte Fakten sehen. Warum haben die beiden Verluste gemacht, obwohl sie voll ausgelastet waren?«

Katy, die Luke offensichtlich nicht zutraute, daß er die pointierte Frage in geeigneter Weise beantworten könnte, versuchte, in die Bresche zu springen. »Wir nehmen an, daß gewisse Buchungsfehler dafür verantwortlich sind.«

Mit dem geschärften Instinkt einer Frau, die sich in einem mörderischen Geschäft schon seit fast sechzig Jahren behauptete, stürzte sich Justine sofort auf sie. »Unterschlagung?«

Katy wurde im selben Moment blaß und fing an, hastig etwas zusammenzustottern. »Um Himmels willen, nein, Justine. Nichts Derartiges. Ich meine, es war nur ein unglücklicher Zufall. Solche Sachen passieren schon mal. Buchhalterische Probleme. Luke hat alles in die Hand genommen.«

Luke stöhnte innerlich, als er ihrem Geplappere zuhörte. Das Problem mit Engeln war, daß sie Schwierigkeiten bekamen, sobald sie außerhalb der eigenen Liga spielten. Nur einem Gilchrist konnte es gelingen, einen anderen Gilchrist zu belügen. Er mischte sich ein, um die Situation in den Griff zu bekommen, bevor Katy sie rettungslos vermasselte.

»Die Verluste beruhen auf einem Fehler im Computerprogramm, das die Lieferkonten führt«, erklärte er Justine. »Es war keine große Sache. Der Fehler ist gefunden und behoben worden. Es wird keine weiteren Probleme geben.«

Justine sah ihn aus schmalen Augen an. »Bist du ganz sicher?«

»Du kannst drauf wetten«, meinte Luke.

»Nun denn. Dann ist ja eine Sache aus dem Weg.« Justine nahm einen Schluck Tee. »Und was ist mit Gilchrist Gourmet? Wirst du den Schaden dort auch beheben können?«

Luke dachte an die Übersicht, die Danvers und er zusammengestellt hatten.

»Ja.«

»Wie beurteilst du die dortigen Schwierigkeiten?« hakte Justine nach. »Bist du der Ansicht, es sei nicht der richtige Markt für uns, wie Fraser Stanfield immer behauptet?«

»Wir sind wettbewerbsfähig auf diesem Markt, wenn wir es weiterhin sein wollen«, entgegnete Luke. »Aber das Geschäft ist hart, und ich weiß nicht, ob es unsere Zeit und Mühe lohnt.«

»Ich möchte, daß unsere Firma über mehrere Standbeine verfügt«, erinnerte ihn Justine. »Mir wäre wohler, wenn ich wüßte, daß die nächste Generation von Gilchrists auf mehr als nur die beiden Restaurants zurückgreifen könnte, um ihren Lebensunterhalt zu bestreiten. Restaurants hängen zu sehr von der örtlichen Wirtschaftslage ab.«

Luke sah unverwandt aufs Meer hinaus. »Ich werde mit den Problemen bei Gilchrist Gourmet aufräumen, und dann können wir über die Zukunft des Betriebs reden.«

»Sehr gut.« Justine sah Katy an. »Würde es Ihnen sehr viel ausmachen, wenn Sie uns beide jetzt allein ließen, meine Liebe? Ich habe mit Luke noch einiges zu besprechen.«

Katy wurde rot und stand sofort auf. »Nein, natürlich nicht.« Sie blickte unbehaglich von einem zum anderen. Offensichtlich wollte sie die beiden ungern allein lassen. »Ich habe oben noch etwas zu tun.«

»Ich komme in ein paar Minuten nach«, meinte Luke.

»Auf Wiedersehen, Justine.« Katy beugte sich schnell zu ihr hinunter und umarmte sie zärtlich. »Bis bald.«

»Auf Wiedersehen, meine Liebe.«

Justine schaute hinter Katy her, als sie das Zimmer verließ, und Luke wappnete sich innerlich. Er wußte ziemlich sicher, was als nächstes kommen würde.

Justine ging zügig vor. Sobald sich die Tür hinter Katy geschlossen hatte, raunte sie ihm zu: »Was geht zwischen euch beiden vor, Luke? Mrs. Igorson war sehr empört, weil sie euch neulich anscheinend bei einer mitternächtlichen Szene am Swimmingpool angetroffen hat.«

»Es tut mir leid, das zu hören.«

»Untersteh dich, mir gegenüber diesen Ton anzuschlagen! Am Tag deiner Ankunft habe ich es dir gesagt – ich möchte nicht, daß du mit Katy spielst. Es war mein Ernst.«

»Ich spiele nicht mit Katy.«

»Nach Mrs. Igorsons Meinung hast du sie verführt. Wie nennst du so etwas?«

»Ich nenne es Privatsache.« Luke drehte sich zu ihr um und sah ihr ins Gesicht. »Meine Beziehung zu Katy ist persönlich und privat, und das bleibt sie auch.«

Justines Hand schloß sich fester um die Lehne ihres Sessels. »Verdammt noch mal, Luke, ich will nicht, daß diese junge Frau verletzt wird.«

Luke lächelte schwach, als er aufstand und zur Tür ging. »Und was ist mit mir, Justine? Oder ist es dir gleichgültig, wenn ich verletzt werde?«

»Luke.«

Luke hielt nicht an. Er ging einfach weiter, vorbei an einer gehässig triumphierenden Mrs. Igorson ins Hauptvestibül. Dort blieb er ein paar Minuten lang alleine stehen.

Das Kältegefühl, das er innerlich empfand, verknäulte und verdrehte sich allmählich in etwas, das höchst unangenehm an Angst erinnerte. Er bot noch einmal allen Zorn auf, um diese andere Empfindung zurückzudrängen.

Als er damit fertig war, stieg er die Treppe hinauf und blieb im Flur vor Katys Büro stehen. Katy beugte sich über Liz' Schreibtisch. Die beiden Frauen studierten eifrig eine Karte der Region nördlich von Seattle, die bis hinauf nach Edmonds reichte.

»Wir werden uns zunächst auf die preiswertesten Objekte konzentrieren«, meinte Katy. Mit gelbem Marker malte sie einen Kringel um einen der Orte auf der Karte. »Die Maklerin will mir ein paar Geschäftslokale zeigen, die in neuen kleinen Einkaufszentren außerhalb der Stadt zu vermieten sind.«

Luke kam näher und blieb vor dem Schreibtisch stehen. »Ich begleite dich heute nachmittag.«

Katy schaute überrascht auf. »Das ist nicht nötig. Du hast bestimmt einen Haufen Arbeit.«

»Du aber auch«, erinnerte er sie.

»Ich hab' mir's so eingerichtet, daß ich heute nachmittag freinehmen kann. Wir haben hier alles im Griff.«

»Als du das letzte Mal einen Tag freigenommen hast, gab's anschließend im Lohnbüro und im Rechnungswesen alle möglichen Computerprobleme, wie du dich vielleicht erinnern wirst.«

Katy lief rot an. »Das war etwas völlig anderes.«

»Tatsächlich?« Luke schaute auf die Karte hinunter. »Sieh es doch so: Ich tu dir einen Gefallen, wenn ich dich und die Maklerin heute nachmittag begleite.«

»Und warum das?«

Luke lächelte sein tugendhaftestes Lächeln. »Erfolgversprechende Lagen für Restaurants auszuwählen, fällt in mein Fach als Experte, Katy. Es gibt niemand, der mehr davon versteht als ich. Du brauchst mich, und du machst ein tolles Schnäppchen mit mir. Normalerweise berechne ich astronomische Summen für diese Art Beratung.«

»Woher hab' ich nur das Gefühl, daß mich jede Art Gratisberatung von dir letztlich teuer zu stehen kommt?«

»Katy, für einen Schutzengel bist du reichlich mißtrauisch.«

Katy lächelte etwas gequält. »Das kommt daher, daß ich mich seit so vielen Jahren bei den Gilchrists herumtreibe.«

16

Katy hatte von Anfang an den Verdacht gehegt, es würde sich wahrscheinlich als Fehler erweisen, Luke zur Besichtigung der Räumlichkeiten mitzunehmen, die für ihr Restaurant eventuell in Frage kamen. Ihre Skepsis erwies sich als vollauf berechtigt.

Der ganze Nachmittag war eine einzige Katastrophe.

Um sechs Uhr an diesem Abend fegte sie durch die Eingangstür ihres Häuschens, dicht gefolgt von Luke. Matt rekelte sich vor dem Fernsehgerät. Zeke lag lang ausgestreckt neben ihm, die Nase kaum ein paar Zentimeter vom Rand seiner Schüssel entfernt.

Der Hund stand auf, um Luke zu begrüßen.

»Ich hab' mich schon gefragt, wann ihr Leutchen endlich heimfindet«, bemerkte Matt. Er benutzte die Fernbedienung, um das Musikvideo auszuschalten, das er sich gerade angeschaut hatte. »Wie war die Besichtigungstour?«

»Ein totales Fiasko.« Katy ließ ihren Aktenkoffer auf einen Sessel fallen und warf Luke einen vernichtenden Blick zu. »Der reine Zeitverlust. Außerdem hab' ich mich in meinem ganzen Leben noch nicht so geniert wie heute.«

»Nimm's nicht tragisch.« Luke rubbelte Zekes Ohren. »So schlimm war's nun auch wieder nicht. Ich hab' dir nur meine ehrliche Meinung zu den Objekten gesagt, die die Maklerin dir zeigte, mehr nicht.«

»Hat sich was mit ›ehrlicher Meinung‹!« rief sie aufgebracht. »Dir hat überhaupt nichts gefallen.«

»Sie waren alle nicht das richtige. Was hätte ich denn tun sollen? Dich anlügen?«

»Sie waren nicht alle ungeeignet, und das weißt du auch. Du warst in einer ganz miesen Stimmung. Über jedes einzelne Mietangebot hast du häßliche Bemerkungen gemacht.«

»Keine häßlichen. Alle meine Kommentare waren rein beruflicher Natur.«

»Du hast dich abscheulich benommen«, fuhr sie dazwischen. »Abscheulich und ungezogen.«

Luke zuckte die Schultern. »Es tut mir leid, daß dir nicht gefallen hat, was ich dazu zu sagen hatte, aber ich wollte dich gut beraten.«

»Ach, wahrhaftig? Und die Räume in dem neuen Einkaufszentrum? Was hat dir daran nicht gepaßt?«

»Ich hab' dir gesagt, was da nicht stimmte. Es ist nicht die richtige Nachbarschaft für die Art Restaurant mit Essen zum Mitnehmen, wie du es aufmachen willst. In dieser Umgebung können sich Pizza- und Hamburgerbuden halten, aber ein so ausgesprochen neuartiges Unternehmen wie Pesto Presto würde dort verkümmern und eingehen.«

»Die Maklerin hat gesagt, die Nachbarschaft sei im Wandel begriffen. Sie meinte, dort würden sich zunehmend junge Paare ansiedeln, die auf dem Weg nach oben sind.«

»Sie nimmt es an«, erwiderte Luke. »Und selbst wenn sie recht haben sollte, kann es Jahre dauern, bis sich alles so verändert hat, daß ein Restaurant wie Pesto Presto erfolgreich sein könnte.«

»Na gut, aber was ist mit dem kleinen Lokal in der Nähe von Edmonds?«

»Zu weit von der Stadt weg.«

»Und die Geschäftsräume an der Interstate-Fernstraße?«

»Genau das richtige für eine Tankstelle«, erklärte Luke. »Aber nicht für eine Sache wie Pesto Presto. Katy, du kannst mir glauben, daß die Maklerin dir nicht ein einziges anständiges Mietobjekt vorgeführt hat. Alle waren zweitklassig.«

»Sie hat mir Angebote in der Preisklasse gezeigt, die ich mir leisten kann.«

»Dann laß dir lieber noch mal durch den Kopf gehen, ob du Pesto Presto wirklich schon so bald eröffnen solltest. Warte, bis du dir etwas Anständiges leisten kannst.«

»Ich bin nicht bereit, auch nur eine Sekunde länger zu warten als unbedingt nötig«, stieß Katy hervor.

»Laß dich nicht durch deinen Ärger über die Gilchrists im allgemeinen zu einer unüberlegten Handlung hinreißen.«

»Es ist doch nicht zu fassen.« Katy schlug die Hände

über dem Kopf zusammen und rief Matt als Zeuge auf. »Da siehst du's. So ist es den ganzen Nachmittag über gegangen. Er hat nur hinten im Auto gesessen und über alles, was die Maklerin mir gezeigt hat, abfällige Bemerkungen gemacht. Es war ein unsägliches Erlebnis.«

Matt wirkte sichtlich unangenehm berührt. Er sah schnell von einem zum anderen. »Äh, ja ... Also, ich glaube, es hat ja nicht solche Eile, oder? Ich meine, du kannst dir mit der Suche Zeit lassen.«

Luke lächelte beifällig. »Ein gutes Argument, Matt. Es ist wirklich nicht so dringend. Katy hat noch jede Menge Zeit, Räumlichkeiten aufzutun.«

Katy warf ihm einen vernichtenden Blick zu. »Glücklicherweise hat es wirklich noch Zeit. Aber ich muß mir sicher einen anderen Makler suchen, bevor ich wieder auf die Suche gehe. Die arme Frau, die heute mit uns die Runde gemacht hat, will mich bestimmt nie wiedersehen. Manches von dem, was du gesagt hast, kann ich immer noch nicht fassen.«

»Rein fachliche Kritik.« Luke schlenderte in die Küche und öffnete den Kühlschrank. »Du hättest mir dafür dankbar sein sollen.«

»Fachliche Kritik, daß ich nicht lache.« Katy ging hinter ihm her, noch immer schimpfend. »Du hast es absichtlich darauf angelegt, mir die Sache zu erschweren, Luke Gilchrist. Und ich werd dich in meinem ganzen Leben nicht mehr zu so einer Besichtigungstour mitnehmen. Was machst du da?«

»Ich gieß mir ein Glas Wein ein. Dir auch. Irgendwas sagt mir, daß du's noch nötiger hast als ich.«

»Wenn du denkst, ich lade dich ein, zum Abendessen zu bleiben, nachdem dein Benehmen heute nachmittag so mies war, hast du dich in den Finger geschnitten.«

Luke schaute sie vorwurfsvoll an. »Ich hab' drüben im Häuschen überhaupt nichts zu essen.«

»Das ist aber hart.«

»Denk doch an Zeke. Du weißt, wie sehr er sich darauf freut, deine Pestokreationen zu probieren.«

»Ich koche nicht für deinen Hund.«

Zeke erschien hoffnungsvoll in der offenen Tür, und Luke lächelte ihn traurig an. »Es sieht nicht gut aus für uns, alter Junge. Ich versuche, ihr ein Essen abzuschwatzen, aber sie hat mal wieder ihre Mucken, wahrscheinlich ihre Tage.«

Katys Empörung stieg einen Strich höher. »Untersteh dich, noch mal so eine blöde, dämliche Macho-Bemerkung zu machen.«

Luke lächelte bitter. »Ich wollte nur den Punktestand ausgleichen. Oder glaubst du, mir gingen all die Anspielungen auf die Launen der Gilchrists nicht auf die Nerven? Ich schwöre dir, daß ich etwas äußerst Unangenehmes tun werde, wenn du mir noch ein einziges Mal erzählst, ich sei schlecht gelaunt oder schwierig oder theatralisch, weil's mir im Blut liegt.«

»Aha?« Sie streckte kampflustig das Kinn vor. »Was denn wohl?«

»Ich weiß nicht. Laß es drauf ankommen.«

Katy holte einmal tief Luft, um sich zu beruhigen, und ging dann zum Kühlschrank. Sie nahm einen Plastikbeutel mit frischen Basilikumblättern heraus. Zeke jaulte beglückt.

Matt kam und blieb in der offenen Küchentür stehen. »Habt ihr aufgehört, euch zu streiten?« fragte er.

»Ich schon«, versicherte Luke ihm. »Was deine Schwester heute abend noch vorhat, weiß ich nicht.«

Katy war klar, daß es ausgesprochen kindisch und kleinlich wirken würde, wenn sie ihn weiterhin wegen seines Benehmens am Nachmittag beschimpfte. Also ging sie mit der Miene überlegener Geringschätzung daran, ihre Basilikumblätter zu waschen.

»Keine Sorge, ich beabsichtige nicht, das Thema noch länger zu diskutieren. Ich laß es mir damit genügen zu sagen, daß ich meine Lektion gelernt habe. Niemals würde ich dich für Geld als fachmännischen Berater engagieren, Luke.«

»Selbst schuld«, meinte er fröhlich. »Übrigens fahre ich morgen nach Seattle, um mit ein paar Leuten in der Hauptgeschäftsführung zu sprechen. Ich möchte, daß du mitkommst. Wir bleiben über Nacht, du solltest also eine Tasche packen.«

Katy schenkte ihm ein strahlendes Lächeln. »Tut mir leid. Morgen nachmittag bin ich sehr beschäftigt. Ich muß aufarbeiten, was heute liegengeblieben ist.«

»Du arbeitest für mich, Katy, vergiß das nicht. Ich möchte, daß du morgen mitkommst.«

Sie musterte ihn argwöhnisch, denn sie mißtraute dem kühlen Unterton in seiner Stimme. »In diesem Fall nehme ich mein eigenes Auto. Dann brauch ich nicht über Nacht zu bleiben.«

»Doch. Wir werden im Pacific Rim zu Abend essen. Ich will mal ausprobieren, was die Speisekarte so zu bieten hat und mir auch einen Eindruck vom Service verschaffen.«

Katy funkelte ihn ärgerlich an. »Es wird herzlich wenig bringen, wenn du zum Abendessen dort aufkreuzt. Das Personal wird wer weiß was anstellen, um dir zu gefallen. Damit kommst du zu keinem realistischen Urteil über den Service oder die Qualität des Essens.«

Luke nahm einen Schluck Wein, anscheinend ungerührt. »Ich kann aus der Beobachtung der Gäste eine ganze Menge Schlüsse ziehen.«

Das Essen im Restaurant war nur ein Vorwand, dessen war Katy sich sicher. Luke wollte die Nacht mit ihr verbringen, und deshalb benutzte er seinen Einfluß als ihr Chef, um die Sache zu arrangieren. Sie war noch zornig genug auf ihn, um bockig zu sein.

»Ich glaube nicht, daß ich von zu Hause wegbleiben kann.«

»Mach dir keine Sorgen um mich, ich kann selber auf mich aufpassen, und dann ist ja auch Zeke da«, meinte Matt von der Tür her.

»Ich werd darüber nachdenken«, befand Katy und stopfte die frischen Basilikumblätter in die Küchenmaschine.

»Tu das nur«, gab Luke zurück. »Unterdessen kannst du ja schon mal deine Tasche packen.«

Um zehn Uhr machte sich Luke widerstrebend auf die Socken. Zeke trottete hinter ihm her durch die Haustür. Katy stand am Wohnzimmerfenster und sah zu, wie Hund und

Mann in der Nacht verschwanden. Matt trat zu ihr und blieb neben ihr stehen.

»Er macht es sich zur Gewohnheit, herzukommen, nicht wahr?« bemerkte er.

»Du meinst, mein Essen zu vertilgen und seinem Hund zu erlauben, sich mit meiner besten Pestosauce vollzustopfen? Aber gewiß doch.«

»Ich glaub, er mag dich«, sagte Matt. »Wieso warst du heute nachmittag so sauer auf ihn? Er hat gesagt, er wollte dir nur behilflich sein.«

»Du weißt genausogut wie ich, daß du dich vor den Dornen in acht nehmen mußt, wenn ein Gilchrist dir eine Rose schenkt.«

Matt dachte kurz darüber nach. »Manchmal denke ich, du behandelst ihn ungerecht. Luke ist okay.«

Katy streifte ihn mit einem flüchtigen Blick. »Findest du das wirklich?«

Matt nickte. »Er ist nicht wie die anderen. Weißt du, daß der Bursche einen Schwarzen Gürtel hat?«

»Welche Farbe sollte es sonst bei einem Gilchrist sein?«

Matt verdrehte die Augen. »Meine Güte, Katy. Ich rede vom Schwarzen Gürtel, den man beim Kampfsport verliehen bekommt.«

»Ach so.«

»Ja, Luke ist in Ordnung. Ich kann ihn gut leiden.«

»Ich auch«, pflichtete Katy leise bei. Es war viel, viel schlimmer als das, dachte Katy. Sie wußte sehr gut, daß sie ihn liebte.

Kaum konnte sie es ertragen, sich vorzustellen, was geschehen würde, wenn die sechs Monate um wären. Sie mußte klaren Kopf bewahren. Sich auf die Gegenwart konzentrieren.

Aber tief in ihrem Herzen wußte Katy, daß sie niemals bereit gewesen wäre, mit Luke zu schlafen, wenn sie die Absicht gehabt hätte, vernünftig und kühl überlegend zu bleiben.

Matt warf ihr einen schnellen, forschenden Blick zu. »Was hat er denn heute nachmittag so Schlimmes gemacht?«

»Ach, es ist schwer zu erklären.« Die Muskeln an Katys Unterkiefer wurden hart. Lukes Benehmen war selbst für einen Gilchrist ungeheuerlich gewesen. »Er hat sich so unglaublich ablehnend verhalten.«

»Weil er meinte, keins von den Objekten wäre passend?«

»Es war mehr als das. Er hat keine einzige positive Bemerkung gemacht. Keine nützliche Idee geäußert. Er hat nur alles unmöglich und trostlos gefunden. Es war, als hielte er die Idee mit Pesto Presto für reine Zeitverschwendung; als ob nicht die kleinste Chance auf Erfolg bestünde; als ob er mich aus irgendeinem Grund völlig entmutigen wolle.«

Matt grinste.

»Hey, wenn er das denkt, dann kennt er dich wohl doch nicht so gut, was? Dir fällt immer ein, was du tun mußt, damit aus einer Sache was wird.«

Roger Danvers und der Abschlußbericht, den er vorbereitet hatte, warteten beide auf Luke, als er am nächsten Morgen mit Katy am Hauptsitz der Firma Gilchrist, Inc. in Seattle eintraf. Er sah schnell zu ihr hinüber.

»Ich möchte mit Danvers sprechen. Warum gehst du nicht zu Eden? Du solltest dich vergewissern, daß es in Lohnbüro und Rechnungswesen keine Computerprobleme mehr gibt.«

Der Blick, den Katy ihm zuwarf, war frostig. »Es gibt keinen Grund, zynisch zu sein.« Sie ging weiter durch die Lobby, wobei sie den einen oder anderen Mitarbeiter begrüßte. Luke bemerkte, daß eine der Personen, die aus ihrem Büro kamen, um mit ihr zu reden, Fraser Stanfield war.

Luke beobachtete, wie die beiden um die Ecke verschwanden. Dann ging er in sein eigenes Büro und setzte sich hin.

»Okay, Danvers, was haben Sie herausgefunden?«

»Keinen Beweis.« Danvers klopfte unablässig mit dem Fuß auf den Boden und zerrte an seinem Ohrläppchen. »Aber ein bestimmtes Schema. Der Kerl ist clever. Ich kann ihn aber trotzdem nicht an Hand von wasserdichten Indizien festnageln.«

»Dann hat es also keinen Sinn, sich an die Behörden zu wenden?« Luke schaltete den Computer ein und rief die kodierte Datei auf, die Danvers und er benutzt hatten.

Danvers zog die Schultern hoch und wippte mit den Zehen. »Es ist die übliche Geschichte. Weiße-Kragen-Kriminalität; Sie wissen, wie das in solchen Fällen ist.«

»Ja, ich weiß. Meist kann man sich glücklich schätzen, wenn man herausfindet, wer einen anzapft, und dann schmeißt man den Scheißkerl raus. Mehr kann man nicht tun. Die Art Beweise, die vor Gericht geltend gemacht werden könnten, sind verdammt schwer beizubringen.«

»Sie haben's erfaßt.«

»Und in diesem Fall«, fuhr Luke nachdenklich fort, »haben wir es nicht einmal mit einem eindeutig definierten Unterschlagungs- oder Abschöpfmuster zu tun. Nur eine Reihe von unerheblichen Kleinigkeiten, die in den letzten sechs Monaten falsch gelaufen sind.«

»Ja. Keine wirklich offenkundig kriminelle Handlung. Wenn man es genau betrachtet, ist das einzige, was man dem Kerl vorwerfen könnte, daß er sich Fehleinschätzungen leistet. Er hat Führungsleute Geschäfte mit Lieferfirmen tätigen lassen, die finanziell alles andere als stabil waren. Und die Firma ist damit reingefallen. Er hat Gilchrist darin bestärkt zu expandieren, und zwar viel, viel zu schnell, so daß sich die Firma dabei ein bißchen übernommen hat.«

»Und kürzer treten mußte«, schloß Luke. »Man hatte Schwierigkeiten mit der Bank und verlor eine Kreditzusage. Immer wieder das gleiche Schema.«

Luke schaltete den Bildschirm aus und lehnte sich in seinem Sessel zurück.

»Okay, Danvers, Sie haben Ihre Sache gut gemacht. Ich werde entsprechend vorgehen. Vielen Dank.«

Danvers nickte und stand auf. Sein linkes Augenlid zuckte. »Es tut mir leid, daß ich Ihnen nichts liefern konnte, was Sie vor Gericht verwenden können.«

»Ach, zum Teufel. Es kostet sowieso bloß Geld, Klage einzureichen. Ich kann den Bastard ganz umsonst feuern.

Und bei seiner Position in der oberen Führungsebene muß ich mir nicht mal einen Vorwand ausdenken.«

Danvers grinste. »Da haben Sie recht.«

Luke wartete, bis sich die Tür hinter Danvers geschlossen hatte, und blieb dann noch eine Zeitlang ruhig sitzen, um über die Möglichkeiten nachzudenken, die sich ihm boten. Die knifflige Seite der Angelegenheit war die, daß er sie regeln mußte, ohne daß Katy erfuhr, was vor sich ging.

Sie mochte Fraser Stanfield.

Zum Teufel, sie war ihm dankbar dafür, daß er ihr während der letzten sechs Monate geholfen hatte, Gilchrist zusammenzuhalten.

Niemals würde sie glauben, daß er sich der systematischen Schädigung der Firma schuldig gemacht hatte.

Luke fingerte ungeduldig an seinem Füllfederhalter herum, während er über Katy nachdachte. Sie war viel zu weichherzig, das war das Problem mit ihr. Ohne Zögern würde sie sich für Stanfield einsetzen, genauso wie für ein Mitglied der Familie Gilchrist. Sie würde nach Entschuldigungen suchen, die Stanfields Verhalten erklärten, mildernde Umstände finden und um Nachsicht bitten.

Luke wußte, daß mit ihr über diese Angelegenheit zu diskutieren das letzte war, was er wollte. Er mußte die Sache in aller Stille und ohne Aufsehen bereinigen.

Entschlossen stand er auf, nahm die Akte und ging den Flur entlang zu Fraser Stanfields Büro.

Stanfield sah von einem Computerausdruck auf, den er gerade studierte. Er lächelte fragend, sein Blick war wachsam. »Morgen, Chef. Hab' schon gehört, Sie seien heute da. Vor ein paar Minuten sprach ich mit Katy.«

Luke warf das Dossier auf seinen Schreibtisch. »Sagen Ihnen die Namen Lawtry, Gibson und Ragsdale etwas?«

Stanfield lehnte sich in seinem Sessel zurück. »Müßten sie das?«

»Ja. Sie sind drei von den Gründen, weswegen Sie innerhalb von dreißig Minuten draußen auf der Straße stehen werden.«

Stanfield richtete sich, zutiefst erschrocken, abrupt auf. »Wovon, zum Teufel, reden Sie?«

»Ich rede über Ihren vorsätzlichen Versuch, Gilchrist Gourmet in ein Meer von roten Zahlen zu versenken. Nicht tief genug, um den Betrieb zu ersäufen, aber just so weit, daß sich sein Wert entscheidend mindert.«

»Wenn das ein Witz sein soll, Mr. Gilchrist, dann versteh ich ihn jedenfalls nicht.«

Luke lächelte dünn. »Sie brauchen ihn nicht zu verstehen. Alles, was ich von Ihnen erwarte, ist, daß Sie bis zehn Uhr dreißig das Büro verlassen haben.« Er schaute auf die Uhr. »Das ist von jetzt an in neunundzwanzig Minuten. Räumen Sie auf der Stelle Ihren Schreibtisch aus. Ich begleite Sie persönlich hinunter.«

Stanfield sprang auf, ohne Luke aus den Augen zu lassen. »Du lieber Himmel, sind Sie verrückt? Weiß Katy davon?«

»Nein. Und sie wird es auch nicht erfahren. Was Katy betrifft, so hat man Ihnen ein besseres Angebot gemacht. Und jetzt, wo Gilchrist, Inc. wieder in guten Händen ist, können Sie losziehen – hinaus in Ihre eigene, rosige Zukunft.«

»So leicht werden Sie mich nicht los! Ich bin im Lauf der Zeit in viele Interna eingeweiht worden und weiß, daß Katy über einen beachtlichen Einfluß verfügt. Sie wird direkt zu Justine gehen und ihr sagen, daß ich ohne Angabe von Gründen rausgeworfen werden soll. Sie wird ihr erklären, daß Gilchrist, Inc. nicht auf mich verzichten kann, und Justine wird ihr Glauben schenken.«

»Justine leitet die Firma nicht mehr, Stanfield.« Luke lächelte wieder. »Und auch Katy nicht, sondern ich. Und nichts von dem, was Sie mir erzählen, kann mich davon überzeugen, daß ich Sie hier brauche.«

Stanfield schob seine Hände in die Hosentaschen. Sein Gesicht war wutverzerrt. »Macht's Ihnen was aus, mir zu erklären, weshalb ich verurteilt werde?«

»Der Experte, der die Sicherheitsprüfung durchgeführt hat, meint, die freundlichste Umschreibung dafür wäre

›Fehleinschätzungen‹. Die Geschäftsbeziehungen, die Sie zu Lawtry, Gibson und Ragsdale unterhalten haben, sind gute Beispiele für Ihre unterentwickelte Urteilsfähigkeit, nicht wahr, Stanfield?«

»Für diese Geschäftsbeziehungen können Sie nicht mich verantwortlich machen.«

»O doch. Das kann ich, und ich werde es auch tun. Und dann ist da noch das kleine Problem, das Gilchrist Gourmet mit der Bank hat. Noch ein Fall von Fehleinschätzung.«

»Liquiditätsprobleme«, sagte Stanfield schnell.

»Verursacht durch zu schnelle Expansion und miserable Planung«, erwiderte Luke. »Ich könnte noch mehr aufzählen, aber ich bin sicher, Sie kennen das übrige. Selbstverständlich könnten wir das ganze als eine sechs Monate währende Fehleinschätzung Ihrerseits bezeichnen. So würde Katy es vermutlich nennen. Ich meinerseits betrachte es als vorsätzliche Schädigung der Firma und gebe Ihnen Ihre Papiere.«

Stanfield trat einen Schritt vom Schreibtisch zurück. »Damit kommen Sie nicht durch.«

»Wer sollte mich dran hindern?«

Stanfield lächelte kalt. »Katy.«

»Nein, Stanfield. So wird's diesmal nicht laufen. Katy arbeitet für mich. Sie tut, was ich sage.«

»Das ist doch nicht zu glauben.« In Stanfields Augen trat ein berechnender Blick. »Es ist also was dran an dem Klatsch, nicht wahr? Sie haben was mit ihr.«

»Halten Sie den Mund, Stanfield. Und machen Sie Ihren Schreibtisch leer. Sie haben noch fünfundzwanzig Minuten. Ich gehe hier nicht weg, bis ich Sie zur Tür hinausbegleiten kann.«

Luke lehnte sich mit einer Schulter an die Wand und wartete.

Stanfield zuckte die Schultern und zog eine Schublade auf. »Sie sind der Chef. Bevor Sie sich selbst dazu beglückwünschen, daß Sie mich losgeworden sind, sollten Sie sich aber mal fragen, wer mir geholfen hat, all die fehlorientierten Anweisungen zu geben.«

»Wollen Sie mir damit sagen, Sie hätten nicht allein gearbeitet?«

»Ja, genau das will ich Ihnen sagen.«

»Das kaufe ich Ihnen nicht ab. Es gibt keinen Hinweis darauf, daß eine weitere Person beteiligt war.«

»Das kommt daher, daß meine Partnerin ihre Spuren geschickter verwischt hat als ich.« Stanfield zerrte Akten aus seinen Schreibtischschubladen und stopfte sie in seinen Aktenkoffer. »Zum Teufel, sie war cleverer, als ich ihr je zugetraut hätte, das ist mal sicher. Soviel muß man ihr lassen. Sie hat mich als Sündenbock ausgesucht.«

Luke lächelte matt. »Sie haben es ganz allein getan, Stanfield. Das wissen wir alle beide.«

»Wenn Sie dabei bleiben wollen, dann ist das Ihre Sache. Aber schieben Sie's nicht mir in die Schuhe, wenn Sie in sechs Monaten von jetzt an gerechnet immer noch Trouble haben. Ich frage mich, wie lange Sie noch brauchen, bis Sie merken, daß Sie mit der einzigen Person in der Firma schlafen, die vor nichts haltmacht, wenn es darum geht, das Gilchrist-Imperium zu stürzen.«

Luke spürte, wie ihn die Wut packte. »Katy? Was heißt das, Sie Scheißkerl?«

Er stieß sich mit einer schnellen Bewegung von der Wand ab, umrundete den Schreibtisch und packte Stanfield am Hemd.

»Nehmen Sie Ihre Hände weg, Gilchrist.«

Luke schleuderte Stanfield in seinen Sessel zurück und beugte sich über ihn. »Ich hab' genug von Ihnen, Stanfield. Und ich hab' meine Meinung geändert. Es bleibt Ihnen keine Zeit mehr. Ich bringe Sie sofort raus. Eine von den Sekretärinnen kann Ihre Sachen zusammenpacken.«

»Sie sollten Ihren Verstand gebrauchen, Gilchrist«, beschwor Stanfield ihn eindringlich. »Ich erzähle Ihnen die verdammte Wahrheit. Katy haßt alle Gilchrists.«

»Warum sollte sie uns hassen?« fragte Luke.

»Sie denkt, die Familie sei ihr etwas schuldig geblieben. Die Geschäftsschädigung war ihre Art, die Konten auszugleichen, bevor sie ihren Job aufgibt.«

»Sie lügen.«

»Ach, wirklich? Überlegen Sie doch mal. Was glauben Sie, wie sie sich all die Jahre hindurch gefühlt haben mag? Wie war ihr bei dem Gedanken zumute, daß ihr von Rechts wegen ein dickes Stück vom Gilchrist-Kuchen gehört hätte?«

»Wovon sprechen Sie?«

»Wissen Sie's nicht?« Stanfield lächelte ergrimmt. »Justine hat mit Katys Großvater, Richard Quinnell, ein Abkommen getroffen, wonach ihre Gesellschaft mit seiner fusionieren sollte.«

»Was hat die alte Fusionsgeschichte denn mit dem hier zu tun?«

»Sie und Quinnell hatten vereinbart, ihre beiden Restaurantketten an dem Tag, an dem Ihr Vater Katys Mutter heiraten würde, zusammenzulegen.«

»Zum Teufel, das weiß schließlich jeder.«

»Die Hochzeit fand nicht statt«, fuhr Stanfield fort, »also gab es auch keine Fusion.«

»Was wollen Sie damit sagen?«

»Katy hat sich während der ganzen Zeit, in der sie gezwungen war, für Justine zu arbeiten, darüber aufgeregt, daß Justine vor siebenunddreißig Jahren ihren Teil der Absprache nicht eingelöst hat.«

»Stanfield, Sie sind verrückt.«

Stanfield grinste ohne Fröhlichkeit. »Meinen Sie? Die Quinnells haben sich an die Abmachung gehalten. Sie waren alle in der Kirche. Wenn Justine auch zu ihrem Teil gestanden hätte, besäßen Katy und ihr Bruder heute eine ansehnliche Beteiligung an Gilchrist, Inc. Sie würden ein Vermögen geerbt haben.«

»Meinen Sie etwa, ich würde wirklich glauben, daß Katy die ganze Zeit über Rache geplant hätte? Sie müssen den Verstand verloren haben.«

»Zum Teufel, ausgerechnet Sie als Gilchrist sollten doch etwas von Rache verstehen. Ihre Familienspezialität ist es doch, alten Groll wachzuhalten. Wie würden Sie sich an Katys Stelle fühlen?«

Luke spürte, wie Kälte in ihm aufstieg. Stanfield hatte recht. Unter Umständen wie diesen hätte ein Gilchrist niemals vergeben und vergessen. »Katy ist anders.«

»Wenn Sie das glauben, sind Sie wirklich töricht. Als Justines persönliche Assistentin hat sich Katy jahrelang im inneren Zirkel bewegt, aber nie richtig dazugehört, wenn Sie verstehen, was ich meine.«

»Nein, verdammt noch mal, das tu ich nicht.«

Stanfield sah Luke in die Augen. »Sie gehört beinahe dazu – aber sie ist kein Mitglied der Familie. Nicht, wenn's drauf ankommt. Sie mußte eher die Befehle der Gilchrists entgegennehmen, als daß sie in der Lage gewesen wäre, selbst Anordnungen ergehen zu lassen. Sie mußte die Stimmungen, Launen und theatralischen Anwandlungen der Gilchrists hinnehmen. Und die ganze Zeit über wußte sie, daß ihr von Rechts wegen ein Teil der verdammten Firma zugestanden hätte.«

Luke zog Stanfield vom Stuhl hoch. »Sie verschwinden jetzt. Auf der Stelle. Wenn Sie sich still verhalten, decke ich die Beweise, die der Computer ausgegraben hat, wieder zu. Aber wenn Sie eine Szene machen oder sonstwie Ärger, dann werd ich Sie mit soviel Schmutz überhäufen, daß Ihr Ruf dahin ist und Sie in dieser Stadt nie mehr Arbeit finden. Sie haben die Wahl.«

»Wissen Sie, was Kathy am meisten gewurmt hat?« fragte Stanfield sanft. »Die Tatsache, daß ihr kostbarer Bruder um sein Erbe betrogen wurde. Matt ist die wichtigste Person in ihrem Leben. Das müßten Sie inzwischen gemerkt haben. Ich glaube, Katy würde so ziemlich alles tun, um einen Ausgleich für das zu bekommen, was die Gilchrists ihrem Bruder vorenthalten haben. Daran sollten Sie denken, wenn Sie das nächste Mal mit ihr ins Bett gehen.«

Luke packte Stanfields Aktenkoffer und zwang ihm den Griff in die Hand. Er zog Stanfields Jackett mit einem Ruck vom Haken an der Wand und warf es ihm zu. Dann riß er die Tür auf und schob Stanfield hinaus in die Lobby.

Sie stießen beinahe mit Katy zusammen, die auf dem Weg zu Lukes Büro vorbeikam. Ihre Augen weiteten sich vor Erstaunen, während sie zunächst in Lukes zorniges und dann in Stanfields spöttisches Gesicht blickte.

»Ist was passiert?« fragte sie ängstlich.

»Nichts ist passiert, Katy.« Luke faßte Stanfield in einer, wie er hoffte, kameradschaftlich wirkenden Weise an der Schulter. In Wirklichkeit übte er genügend Druck aus, um die Nervenenden zu lähmen. Er lächelte mit falschem Bedauern. »Außer, daß wir unsere rechte Hand hier in der Firma verlieren. Stanfield hat ein attraktiveres Angebot. Er verläßt uns schon heute.«

»Er verläßt uns?« Katy war völlig verblüfft. »Fraser, Sie haben mir gar nicht gesagt, daß Sie sich verändern wollten. Ich weiß, daß Sie sich Sorgen um Ihre Perspektiven bei Gilchrist gemacht haben, aber ich hätte nie daran gedacht, daß Sie gehen würden.«

Luke antwortete, bevor Stanfield seinerseits etwas äußern konnte. »Du weißt, wie's im Geschäftsleben auf der Überholspur zugeht, Katy. Ein Geschäftsführer, der wie Stanfield rege und ehrgeizig ist, muß die Gelegenheit ergreifen, wenn sie sich bietet. Nicht wahr, so ist es doch, Stanfield?«

»Selbstverständlich. Stimmt. Man muß sie wahrnehmen.« Aus Stanfields Augen leuchtete jetzt offener Spott. »Katy hat Verständnis dafür. Sie hat jahrelang auf ihre große Chance gewartet.«

»Und die ist beinahe schon da. Genau wie Ihre.« Katy lächelte, trat auf ihn zu und umarmte ihn spontan. »Ich werde Sie vermissen, Fraser. Ich weiß nicht, was ich ohne Ihre Hilfe getan hätte. Ich kann Ihnen nicht genug danken für Ihre Unterstützung.«

Lukes Magen zog sich zusammen. »Entschuldigung. Wir können uns nicht mit langen Abschiedszenen aufhalten. Stanfield sagt, er muß seine Maschine noch kriegen. Ich hab' ihm versprochen, ich würde die Formalitäten in der Personalabteilung für ihn erledigen.« Er riß ihn von Katy weg, die ihn noch beim Arm gehalten hatte, und dirigierte ihn durch die Halle zum Aufzug.

Stanfield hob eine Hand zum Abschied, als Luke ihn hineinschubste. »Was ist mit der Personalabteilung?« fragte Stanfield trocken, als Luke den Knopf zum Erdgeschoß drückte.

»Die Personalabteilung können Sie vergessen. Ich lasse Ihnen den Papierkram zuschicken.«

Stanfield lachte leise. »Wissen Sie, eigentlich war es ein gutes Geschäft.«

»Was denn? Etwa die Firmenschädigung? Wahrscheinlich, denn es mußte sich für Sie ja lohnen. Wer hat Sie dafür bezahlt, daß Gilchrist Gourmet heute so schlimm dasteht?«

»Eine Interessengemeinschaft, die die Firma billig erwerben wollte. Ich hätte ihr Gilchrist Gourmet auf einem silbernen Teller angeboten, sobald Justine zu der Überzeugung gekommen wäre, daß sie den Betrieb würde verkaufen müssen.«

»Was wollten die Interessenten es sich kosten lassen, daß Sie die Dinge vorantrieben?«

»Ich sollte eine Beteiligung an der Firma erhalten und außerdem im neuen Vorstand von Gilchrist Gourmet Vorsitzender werden.«

Luke nickte. »Es hätte möglicherweise funktioniert. Allerdings glaube ich nicht, daß Justine Gilchrist Gourmet jemals verkaufen würde.«

»Sie hätte verkauft. Letztlich doch.«

»Das bezweifle ich.«

»Sie werden mir nie etwas beweisen können. Das wissen wir beide.«

Luke zuckte die Schultern. »Ich weiß. Aber ich muß überhaupt nichts beweisen können, um Sie daran zu hindern, irgendwo in dieser Gegend, und das gilt für den ganzen Nordwesten, in der Restaurantbranche einen anständigen Job zu bekommen. Ein Anruf von mir, und Ihr zukünftiger Arbeitgeber überlegt es sich noch mal, ob er Sie wirklich einstellt. Daran sollten Sie denken, Stanfield.«

»Das werde ich. Und während ich daran denke, sollten Sie mal ein paar Gedanken daran verschwenden, daß der Grund, weswegen ich mit meinem Plan so weit gediehen bin, darin liegt, daß ich von Katy jede Menge Unterstützung erfahren habe.«

Luke mußte an sich halten, um Stanfield nicht durch eine der großen Glasscheiben in der Lobby nach draußen zu befördern, was ihm nicht leichtfiel. Ein derart beachtliches Maß an Selbstbeherrschung aufzubringen, erforderte jahrelanges Training.

Nachdem Stanfield das Gebäude verlassen hatte, nahm Luke den Fahrstuhl und fuhr wieder nach oben. Er durchquerte die Diele und öffnete die Tür zu seinem Büro.

»Nehmen Sie bitte meine Anrufe entgegen«, wies er seine Sekretärin an, während er an ihrem Schreibtisch vorbeiging.

Er schloß die Tür hinter sich und warf sich in seinen Sessel. Lange saß er da und schaute aus dem Fenster. Katy würde ihm wahrscheinlich vorwerfen, er brüte vor sich hin.

Stanfield irrte sich, dachte er. Sicher, ein Gilchrist hätte Rachepläne geschmiedet wegen der Geschichte, die vor siebenunddreißig Jahren zwischen den Gilchrists und den Quinnells passiert war. Aber Katy? Auf keinen Fall. Katy war der selbsternannte Schutzengel des Gilchrist-Clans. Sie würde nie planen, das Familiengeschäft zu schädigen.

Aber für ihren Bruder Matt könnte sie so gut wie alles tun, brachte Luke sich in Erinnerung. Wenn sie ehrlich glaubte, Matt sei von den Gilchrists um sein Erbe betrogen worden, dann war nicht vorauszusehen, auf welche Art sie sich rächen würde.

In einer Situation wie dieser hätte ein Gilchrist aus der Tatsache, daß Justine vor siebenunddreißig Jahren das Fusionsabkommen nicht eingehalten hatte, den Schluß gezogen, daß man hier jemandem etwas schuldig geblieben war.

Ein Gilchrist, der etwas auf sich hielt, hätte keine Gewissensbisse gehabt, wegen eines Bruders, den er in einer Erbangelegenheit ungerecht behandelt glaubte, eine ganze Firma in den Ruin zu treiben.

Luke spürte, wie ein kalten Schauer ihn überrieselte, während er darüber nachdachte, ob Katy wohl den gleichen Sinn für Rache besaß.

17

»Hello, ich heiße Bill und bediene Sie heute abend.«

Luke schaute betont langsam von der Weinkarte auf. Er bedachte den ernsthaften jungen Mann, der da vor ihm stand, mit einem Basiliskenblick.

»Ich bin Luke Gilchrist. Und wenn ich noch mal höre, daß Sie sich in einem Gilchrist-Restaurant auf diese Weise vorstellen, können Sie sich einen neuen Job suchen. Bei Gilchrist nimmt das Personal nicht persönlichen Kontakt zu den Gästen auf.«

Der Kellner Bill zuckte zusammen und wurde flammend rot. »Es tut mir leid, Sir ... das heißt, Mr. Gilchrist. Ich wollte nicht ... es ist nur so, ich bin neu hier, und da, wo ich vorher war, haben wir ...«

»Schon gut. Geben Sie uns die Speisekarte und gehen Sie.«

»Ja, Sir.« Bills Hand zitterte, als er Katy die Karte reichte.

Sie schenkte ihm ein warmes Lächeln. »Danke.«

»Ja, Ma'am. Ich, eh ... komme in ein paar Minuten wieder.« Bill warf noch einen nervösen Blick auf Luke, der ihn ignorierte, und hastete davon.

Sobald der Kellner außer Hörweite war, meinte Katy ärgerlich: »Du hattest keine Veranlassung, den armen Mann anzuschnauzen. Er tut doch nur seine Arbeit. Kannst du dir nicht vorstellen, daß er aufgeregt ist? Du solltest ein bißchen nachsichtig sein.«

Angewidert folgte Luke dem enteilenden Kellner mit den Augen. »Ich hasse es, wenn das Personal sich mit den Gästen bekannt macht, als wollte es Freundschaft mit ihnen schließen.«

»Versuch, es nicht persönlich zu nehmen«, murmelte Katy trocken. »Ich bin sicher, daß er sich nicht als dein guter Kumpel betrachtet. Jedenfalls jetzt nicht mehr.«

Luke stöhnte innerlich. Das war kein guter Anfang. Um berufliche Distanz bemüht, schaute er sich im Lokal um.

Das Pacific Rim war das Etablissement der Spitzenklasse in der Gilchristkette. Es war ein Restaurant, das, in der Tradition der in Seattle verwurzelten Gastronomie stehend, in zwanglos eleganter Atmosphäre ein auserlesenes Angebot an Meeresfrüchten, Fisch- und Fleischgerichten servierte. Die Speisekarte wies Einflüsse der italienischen und asiatischen Küche auf, die jene unverwechselbare und manchmal exzentrische Mischung ergaben, die nur ein Meisterkoch der Nordwestregion immer wieder neu erschaffen konnte.

Das Restaurant war darüber hinaus eine Goldgrube.

Außer dem regen Zuspruch durch die Anwohner erfreute sich das Pacific Rim einer höchst profitablen und altbewährten Beziehung zu den Portiers der meisten bedeutenderen Hotels im Geschäftsviertel von Seattle. Dieses gute Verhältnis garantierte ihm einen niemals endenden Zustrom von Besuchern und Tagungsteilnehmern, die von außerhalb kamen.

Luke schickte sich an, mit Katy ein neutrales Gespräch über den Erfolg des Pacific Rim zu beginnen. Aber bevor er auch nur ein Wort sagen konnte, eilte der Pikkolo herbei, um die Wassergläser zu füllen. Dicht hinter ihm erschien plötzlich auch der Weinkellner. Worauf der Pikkolo erschrak und zusammenfuhr. Wasser ergoß sich über das weiße Tischtuch.

Luke brummte angeekelt und wischte sich Wassertropfen vom Jackenärmel.

Der Pikkolo wäre am liebsten im Erdboden versunken.

»Entschuldigen Sie, Sir.« Der Weinkellner war edelmütig bereit, sich der Sache anzunehmen. »Ich bringe Ihnen ein Handtuch.«

»Lassen Sie nur.« Luke nannte ihm den Wein, den er zum Essen serviert haben wollte.

Weinkellner und Pikkolo suchten so schnell wie möglich das Weite.

Katy lachte leise. »Ich hab' dir ja gesagt, wir würden tadellos bedient werden.«

»Tatsächlich? Sie haben uns nicht mehr als drei Minuten

alleingelassen.« Luke wurde allmählich klar, daß es falsch gewesen war, Katy in ein Gilchrist-Restaurant auszuführen. Da er den unangemeldeten Test aber unglücklicherweise als Vorwand benutzt hatte, um Katy zu zwingen, die Nacht mit ihm zu verbringen, fühlte er sich verpflichtet, die Sache bis zum Ende durchzustehen, obwohl er am liebsten aufgestanden und gegangen wäre.

Alles, was er wollte, war mit Katy allein zu sein. Er mußte mit ihr sprechen. Es gab Fragen, die er ihr stellen wollte, aber er wußte nicht, ob es ihm gefallen würde, die Antworten zu hören. Diese einander widersprechenden Gefühle bewirkten, daß er sich noch tiefer in seine ohnehin schon düstere Stimmung vergrub.

Die Fragen waren einfach. Luke wollte wissen, ob Katy Rache gegen den Gilchrist-Clan plante.

Und er mußte sie fragen, ob sie bei ihm bleiben wollte, wenn die sechs Monate um waren.

Wie sollte es ein Mann anstellen, von einer Frau zu erfahren, ob sie wirklich so engelhaft war, wie sie aussah, dachte Luke. Wie konnte er herausfinden, ob sie ihn insgeheim haßte und gegen ihn und seine Familie konspirierte?

So viele Fragen.

Luke musterte Katy mit grüblerischer Faszination. An diesem Abend sah sie aus wie der Himmel in der Morgendämmerung. Sie trug ein Kleid in strahlendem Gelb und Türkis, das sie wie ein spinnwebfeiner Schleier umfloß. Das duftige Gewebe umspielte ihre Brüste und lieblich gerundeten Hüften, wobei es sich nach Lukes Geschmack nie eng genug an ihren Körper schmiegte, sondern nur seinen Konturen folgte, was äußerst reizvoll wirkte.

Luke konnte nicht durch das zarte Gewebe hindurchschauen, obwohl er es immer wieder versucht hatte, seit Katy aus ihrem Hotelzimmer zum Vorschein gekommen war. Nach dem, was er hier und da hatte erahnen können, schien sie einen gelben Seidenslip unter dem luftigen Kleid zu tragen.

Sein sexuelles Verlangen nach ihr wurde ihm in aller Heftigkeit bewußt. Er sagte sich, sie könnte ihm sicher nicht in dieser Weise zulächeln, wenn sie heimlich daran arbeitete, den Gilchrist-Clan in den Ruin zu treiben.

Oder vielleicht doch?

»Man kann einem seiner eigenen Restaurants keinen wirklich unangemeldeten Testbesuch abstatten«, meinte Katy gesprächig. »Das hab' ich dir ja gesagt. Schon als du zur Tür hereinkamst, haben sie gewußt, wer du bist, obwohl du den Tisch unter einem anderen Namen bestellt hattest.«

»Ich hab's aufgegeben, den Betrieb hier zu prüfen«, nörgelte Luke. »Ich wär mit ein bißchen Alleinsein glücklicher.«

»In diesem Fall war's ein noch schlimmerer Mißgriff, sich ein Gilchrist-Restaurant auszusuchen.« Katy blickte auf und lächelte einer Person zu, die sich zwischen den vollbesetzten Tischen hindurch zu ihnen vorkämpfte. »Da kommt der neue Geschäftsführer. Er wird wissen wollen, ob du zufrieden bist, was für einen Eindruck du bis jetzt gewonnen hast. Sei freundlich zu ihm, Luke. Er heißt George McCoy, und er ist ein fähiger Mann. Du kannst wirklich froh sein, daß er für dich arbeitet.«

»Du brauchst heute abend nicht die persönliche Assistentin zu spielen. Ich hab' seinen Namen behalten, und ich weiß auch, welche Funktion er hier hat.« Luke legte die Gabel aus der Hand, als ein großer, schlanker Mann mit etwas gelichtetem Haar neben ihrem Tisch stehenblieb. »Hello, McCoy.«

»Sir. Schön, daß Sie hier sind.« Er lächelte Katy zu. »Guten Abend, Miß Wade. Ich freue mich, Sie heute abend hier zu sehen. Hab' mir gerade gedacht, ich schau mal nach, ob sich alles zu Ihrer Zufriedenheit gestaltet.«

»Es ist wunderbar, George«, strahlte Katy ihn an. »Wie immer, nicht wahr, Mr. Gilchrist?«

»Wir wären auch mit etwas weniger Aufmerksamkeit von seiten des Personals einverstanden«, erklärte Luke.

Mr. McCoy war bestürzt. »Selbstverständlich. Ich werde sofort mit den Mitarbeitern sprechen. Daran hatte ich nicht gedacht. Sie wissen ja, wie es ist, wenn der Boß auftaucht.«

Katy schoß Luke einen warnenden Blick zu und schenkte McCoy noch einmal ein beruhigendes Lächeln. »Mr. Gilchrist und ich haben gerade festgestellt, daß Sie die Speisekarte nun auch um eine ganze Reihe interessanter vegetarischer Hauptgerichte bereichert haben. Er meint, es sei eine fantastische Idee, weil der Nordwesten inzwischen ja eine Art Zuflucht für Vegetarier geworden ist.« Sie schaute Luke fest in die Augen. »Nicht wahr, Mr. Gilchrist?«

Luke trommelte mit den Fingern auf den Tisch und beobachtete sie unter halb geschlossenen Lidern. »Ihr Wort in Gottes Ohr, Miß Wade. Wenn Sie es von mir gehört haben, dann muß es wohl so sein.«

McCoy wurde dunkelrot vor Freude darüber, daß er Gnade vor den Augen des Chefs fand. Aber was Luke amüsierte, war die helle Röte in Katys Wangen. Engel hatten ihre Schwierigkeiten mit dem Lügen, selbst wenn sie harmlos waren.

»Der neue Küchenchef und ich haben die vegetarischen Hauptgerichte versuchsweise eingeführt«, vertraute McCoy ihnen stolz an. »Bis jetzt haben sie erstaunlichen Anklang gefunden. Es ist schon überraschend, wie viele von unseren Stammgästen kein Fleisch mehr essen. Nicht daß wir in nächster Zeit die traditionelle Küche aufgeben würden. Touristen und Kongreßbesucher wollen natürlich immer noch ihr Steak oder ihr Kotelett.«

»Natürlich«, pflichtete Katy ihm bei, noch immer mit rosigen Wangen. »Benedict Dalton ist der neue Küchenchef, nicht wahr?«

»Ja. Erstklassige Empfehlungen. Der Mann ist in der Küche wahrhaftig brillant. Wir können uns beglückwünschen, daß wir ihn haben.« Dann wandte sich McCoy Luke zu. »Ich werde meine Leute informieren. Es tut mir leid. Sie sind eine gute Truppe. Nur manchmal ein bißchen übereifrig.«

»Gut.« Luke verabschiedete ihn mit einem Kopfnicken, und McCoy eilte in Richtung Küche davon.

»Also ehrlich, Luke, du bist schon die ganze Zeit in einer absolut gräßlichen Stimmung, und es wird immer schlimmer.« Katy runzelte besorgt die Stirn. »Ist was mit dir?«

»Nein.«

»Ganz bestimmt nicht? Machst du dir Sorgen, wie wir ohne Fraser auskommen sollen? Ist es das, was dich quält?«

»Glaub mir, wir werden ohne Fraser Stanfield glänzend zurechtkommen.«

Luke nahm seine Speisekarte zur Hand. »McCoy sollte aufpassen, daß sein neuer Küchenchef sich nicht zu weit aus dem Fenster lehnt mit seiner Begeisterung für vegetarische Küche. Die meisten Leute wollen immer noch Fleisch.«

»Er wird es sicher nicht übertreiben«, meinte Katy beschwichtigend. »Gilchrist hat den einzelnen Köchen und Geschäftsführern immer eine ganze Menge Freiheit gelassen, ihr Angebot an Menüs selbständig zu gestalten.«

»Jeder kann dir sagen, daß man einem Küchenchef nicht zu viel freie Hand lassen darf. Sie sind launische Primadonnen. Man muß ihnen Zügel anlegen, sonst kommen sie auf die verrücktesten Ideen.«

Katy griff schnell nach der Serviette, um ihr Gelächter zu ersticken.

»Was ist daran so komisch?« Luke schaute von der Speisekarte auf.

»Ein Gilchrist, der sich über das launische Naturell seiner Mitmenschen beklagt.« Es gelang ihr, das Lachen bis auf ein glucksendes Kichern zu unterdrücken. Sie legte die Serviette weg. »Wer selbst im Glashaus sitzt, soll nicht mit Steinen werfen.«

»Es freut mich, daß du dich amüsierst.«

»Wenn man so viel mit den Gilchrists zusammen ist wie ich, muß man eben sehen, wie man zu seinem Spaß kommt. Übrigens, wo geht Fraser eigentlich hin?«

Luke zwinkerte nachdenklich. »Warum?«

»Weil er ein Freund von mir ist und weil ich in den letzten sechs Monaten eng mit ihm zusammengearbeitet habe. Ich fand es seltsam, daß er so kurzfristig gekündigt hat. Deshalb.«

»Das ist mir unverständlich. Er hat mir nämlich gesagt, daß er jetzt, wo bei Gilchrist alles in Ordnung ist, ein schon lange vorliegendes Angebot einer anderen Firma annehmen kann.« Im Gegensatz zu Katy, dachte Luke, konnte er lügen, ohne rot zu werden.

Katy sah nachdenklich aus. »Weißt du bestimmt, daß er aus diesem Grund gegangen ist?«

»Meinst du, es könnte einen anderen geben?« fragte Luke wie beiläufig.

»Eigentlich nicht. Er hat mich nur ständig nach deinen Plänen gefragt. Ich sollte ihn über alles auf dem laufenden halten.«

»Zum Kuckuck.« Luke klappte seine Speisekarte zu und stützte sich mit verschränkten Armen auf den Tisch. »Er hat dich um Insiderinformationen gebeten?«

Katy zog ihre Brauen zusammen, so daß zwischen ihnen eine kleine Falte entstand. »So würde ich's nicht direkt nennen. Er war schließlich selber ein Insider.«

»Nein«, stellte Luke fest, »das war er nicht. Er war ein Angestellter, mehr nicht. Was hast du ihm gesagt? Hast du die Untersuchung, die ich durchgeführt habe, ihm gegenüber erwähnt?« Aber die Antwort darauf kannte er schon, dachte Luke. Katy hatte Stanfield offensichtlich nicht vor der Sicherheitsüberprüfung gewarnt, sonst hätte Stanfield entweder versucht, seine Spuren zu verwischen oder gekündigt, bevor er entdeckt wurde.

»Du hast mir gesagt, ich sollte nicht darüber sprechen«, meinte Katy ruhig, »also hab' ich's auch nicht getan. Aber meiner Meinung nach neigst du dazu, übertrieben diskret vorzugehen.«

»Katy, ich glaube, es ist an der Zeit, miteinander zu reden«, fing Luke entschlossen an. Aber bevor er diese Feststellung vervollständigen konnte, entdeckte er, daß ein ihm wohlbekanntes Paar durch das überfüllte Restaurant auf sie zusteuerte. »Verdammt.«

»Was ist denn los?« Katy folgte seinem Blick. »Maureen und Hayden. Sie wollen sicher hier essen.«

»Du hattest recht«, murmelte Luke. »Heute abend hierherzukommen, war wirklich keine gute Idee.« Er fügte sich in das Unvermeidliche, als seine Tante und sein Onkel sich dem Tisch näherten.

Maureen und Hayden, beide in ihr gewohntes Schwarz gekleidet, durchquerten wie Fürstlichkeiten das Restaurant. Sie schritten geradewegs auf Luke und Katy zu, rückten die beiden weiteren Stühle zurecht und setzten sich.

»Wir haben gehört, daß ihr heute abend hier eßt«, meinte Hayden ohne Umschweife.

»Tatsächlich?« Luke zog eine Augenbraue hoch. »Wer hat es euch erzählt?«

»Deine Sekretärin in der Hauptverwaltung.«

»Das war das letzte Mal, daß ich sie gebeten habe, eine Reservierung für mich zu machen«, bemerkte Luke. »Vielleicht überhaupt das letzte Mal, daß sie etwas für mich erledigt hat.«

»Aber Luke«, murmelte Katy.

»Ich brauche eine Sekretärin, die den Mund halten kann.«

Katy sah ihn gereizt an und wandte sich dann Hayden zu. »Wollten Sie sich mit Luke über etwas ganz Bestimmtes unterhalten?«

Hayden schaute zu Luke hin. »Ja, in der Tat.«

»Kann das nicht warten?« fragte Luke ungeduldig.

»Nein, Darren ist gestern zu mir gekommen. Er hat mir erzählt, daß du ihm aus einer sehr unangenehmen Lage geholfen hast.«

Luke zuckte die Schultern.

»Das hat er selber geschafft.«

»Unter deiner Anleitung«, warf Maureen ein. Sie schaute zuerst Katy und dann Luke an. »Außerdem habe ich von meiner Tochter erfahren, daß du ein langes Gespräch mit ihrem Ex-Mann geführt hast.«

»Es war nur eine kurze Unterredung, und ich will wirklich nicht heute abend darüber diskutieren«, erwiderte Luke.

Maureen zuckte nicht einmal mit der Wimper. »Du hast ihr einen großen Gefallen getan, Luke. Ich wußte, daß dieser schreckliche Mann sie wieder um Geld angegangen hat. Schon damals glaubte ich nicht, daß er sich stillschweigend zurückziehen würde, nachdem Justines Anwälte sich mit ihm befaßt hatten. Eden sagte mir, er wollte mehr Geld haben.«

»Erpressung«, sagte Hayden mit Grabesstimme. »Glatte Erpressung.«

Luke wechselte einen Blick mit Katy, die überrascht schien.

»Eden hat es Ihnen erzählt?«

»Ja.« Hayden schüttelte mitfühlend den Kopf. »Die ganze Geschichte kam heraus, als Maureen sie zur Rede stellte, weil sie sich wieder mit Atwood traf. Ich glaube, Eden war so erleichtert, ihn los zu sein, daß sie zusammengeklappt ist und alles erzählt hat.«

»Meine arme, tapfere Tochter hatte dieses abscheuliche Geheimnis monatelang für sich behalten.« Maureen schauderte. »Wenn ich mir vorstelle, was sie alles durchmachen mußte, kommen mir die Tränen. Ihre wachsende Angst und ihre Verzweiflung müssen fast unerträglich gewesen sein.«

»Es war auch nicht besonders gut für die Ertragslage der beiden Restaurants«, bemerkte Luke trocken.

Katy sah ihn mißbilligend an. »Eden war verzweifelt, Luke. Das weißt du.«

Maureen seufzte. »Sie hatte keine andere Wahl. Sie tat das, was sie zu meinem Schutz glaubte tun zu müssen. Wenn sie gleich zu Anfang zu mir gekommen wäre, hätte ich ihr vielleicht helfen können.«

»Aha?« fragte Luke skeptisch. »Wie denn?«

»Zunächst einmal hätten Hayden und ich sie darüber aufklären können, daß die Zeitungsausschnitte über meine Verurteilung in hohem Maße irreführend sind.«

Hayden tätschelte Maureens Hand. »Maureen war das Opfer eines skrupellosen Galeriebesitzers, der ihr Vertrauen mißbraucht hat.«

»Ich lebte damals in New York«, berichtete Maureen, »war jung und naiv und neu im Geschäft. Hayden hat mir damals geholfen, mich aus diesem fürchterlichen Schlamassel herauszuarbeiten.«

»Ich hatte sie gerade kennengelernt«, meinte Hayden. »Ich war nach New York gegangen, um mich als Künstler selbst zu finden, und statt dessen habe ich Maureen gefunden. Wir waren schrecklich verliebt ineinander. Ich wußte, daß sie diese gefälschten Kunstwerke nicht vorsätzlich verkauft hatte. Sie war übel hereingelegt worden.«

Tränen glitzerten in Maureens Augen. »Hayden hat mir geglaubt. Unglücklicherweise war er der einzige. Meine Karriere war am Boden zerstört. Deshalb hat Hayden mir vorgeschlagen, mit ihm in den Westen zu gehen. Der Rest ist Geschichte.«

»Das alles konnte ich natürlich nicht Justine erzählen«, brummte Hayden. »Sie hätte das nie verstanden und war sowieso wütend, weil ich keinerlei Anzeichen für Geschäftstüchtigkeit erkennen ließ. Außerdem haßte sie die Vorstellung, ich könnte im künstlerischen Bereich Karriere machen.«

»Bei dem Gedanken, daß Hayden im Begriff war, eine Frau zu heiraten, die einmal vor Gericht gestanden hatte, wäre sie außer sich geraten«, schloß Maureen bitter.

»Du kennst Justine«, fuhr Hayden fort und schüttelte wehmütig sein edles Haupt. »Später, nachdem Thornton mit Cleo durchgebrannt war, wurde mir klar, daß wir Maureens Vergangenheit für immer vor ihr verheimlichen müßten. Ich sah, wie Justine mit Cleo umsprang und konnte nicht zulassen, daß sie meine Frau ebenso behandelte. Inzwischen dachte ich, alles sei begraben und vergessen.« Er zog die Stirn in Falten. »Ich frage mich, wie Atwood an die alten Zeitungsausschnitte gekommen ist.«

»Hat vielleicht Inhaltsregister von alten Zeitungen durchgesehen«, vermutete Luke. »Atwood ist nicht dumm. Er kennt den Wert von Informationen, und er ist in der Lage, sie zu sammeln, genauso wie ich. Er war hinlänglich vertraut mit der Familiengeschichte, um zu wissen, wo er anfangen sollte zu graben.«

»Also hat er nach alten Skandalgeschichten Ausschau gehalten, die er möglicherweise ausbeuten konnte«, schloß Hayden.

»Und ist auf mich gestoßen«, sagte Maureen knapp. »Während seiner Ehe mit Eden hat er eine Menge Dinge über uns erfahren. Er wußte, wie Justine war und daß es nicht viel brauchte, um sie aus der Fassung zu bringen.«

Der Kellner Bill erschien am Tisch. Er wirkte äußerst nervös. »Oh, ich dachte, ich sehe mal nach, ob Mrs. und Mr. Gilchrist irgendwelche Wünsche haben.«

Maureen schaute auf. »Ja, natürlich. Mein Mann und ich leisten den Herrschaften hier Gesellschaft. Ich hätte gern einen Martini, bitte.«

»Mir können Sie einen Manhattan bringen«, sagte Hayden liebenswürdig.

Luke fluchte innerlich, als ihm bewußt wurde, daß er nun auch die letzte Möglichkeit, mit Katy unter vier Augen zu reden, aufgeben mußte. Als er sie ansah, entdeckte er das Lachen in ihren Augen und merkte, daß sie sich wieder einmal über den alles dominierenden Gilchrist-Clan amüsierte.

Dann fiel ihm ein, daß sie ihn, wenn sie ihn so amüsant fand, ja nicht hassen konnte.

Oder etwa doch?

Hayden lehnte sich behaglich zurück und setzte eine nachdenkliche Miene auf. »Maureen und ich sind der Ansicht, es wäre an der Zeit, ein paar Dinge zu klären, Luke. Nach dem, was du für Darren und Eden getan hast, ist es offenkundig, daß du es nicht darauf anlegst, dich an der ganzen Familie zu rächen. Aber ich muß doch darauf bestehen, zu erfahren, wie deine Pläne für die Firma aussehen.«

Katy sprang schnell in die Bresche. »Luke hat doch gesagt, was er für Gilchrist, Inc. tun will. Er möchte die Firma wieder sanieren.«

Hayden runzelte die Stirn. »Und dafür willst du wirklich das Pacific Rim als Honorar nehmen? Das möchte ich doch gern wissen.«

»Selbstverständlich«, erwiderte Luke. »Wieso nicht?« Er sah sich noch einmal im Restaurant um. »Ich halte es für eine verdammt gute Investition, obwohl ich mich vielleicht von diesem Küchenchef werde trennen müssen.«

Maureen rüstete sich zu einer flammenden Gegenrede, und Hayden blickte düster vor sich hin.

Katy klopfte mit ihrem Messer einmal scharf gegen den

Tellerrand und blitzte Luke vernichtend an. »Das beste wäre, wir würden dieses Thema heute abend vergessen. Luke hat noch keine endgültigen Pläne.«

Lukes Augenbrauen schossen in die Höhe. »Ach, wirklich?«

»Nein«, sagte sie bestimmt. »Ich meine, wir sollten alle warten, bis die sechs Monate um sind, anstatt voreilige Stellungnahmen abzugeben.«

Maureen betrachtete Katy aufmerksam und nickte. »Sehr gut. Vielleicht sollten wir lieber abwarten.«

Hayden schien etwas dagegen einwenden zu wollen, aber nach einem Blick auf seine Frau verzichtete er darauf. Er stieß einen tiefen Seufzer aus und wandte sich wieder an Luke. »Weißt du, alter Junge, ich hätte nichts dagegen, wenn du die ganze verdammte Firma runterwirtschaften würdest. Aber natürlich hoffe ich, daß du's nicht tust. Es ist ja das Erbe meiner Kinder, und ich habe ein berechtigtes Interesse, es zu erhalten. Aber verstehen würde ich's.«

Katy zog ihre Nase kraus. »Das könnte wirklich nur ein Gilchrist.«

Hayden hob die Schultern. »Schon möglich. Die Sache ist die, daß das, was Justine sich vor siebenunddreißig Jahren geleistet hat, unverzeihlich ist.«

»Und ganz bestimmt hat Lukes Seite der Familie ihr nie verziehen.« Katy schüttelte, seltsam berührt, den Kopf. »Typisch.«

»Jetzt reicht's aber, Katy«, warnte Luke sie. Er hatte im Moment keinen Sinn für weitere Gilchrist-Verallgemeinerungen.

»Wissen Sie«, fuhr sie fort, ohne ihn zu beachten, »eins hat mich immer beschäftigt. Jetzt, wo wir all die alten, pikanten Klatschgeschichten auspacken, ist vielleicht der Augenblick gekommen, mal danach zu fragen.«

»Und was ist das?« fragte Maureen.

»Ich verstehe, weshalb Thornton Gilchrist mit Cleo durchgebrannt ist. Er war bis über beide Ohren verliebt, und die Gilchrists neigen dazu, vor allem unter dramatischen Umständen, sich theatralisch zu gebärden. Aber warum hat er sich Ihrer Meinung nach nicht mal die Mühe gemacht, meiner Mutter zumindest eine Nachricht zukommen zu lassen, damit ihr die Demütigung erspart geblieben wäre, allein vor dem Altar zu stehen?«

Luke starrte sie an und merkte, daß auch Hayden und Maureen sie sprachlos fixierten. Keiner von ihnen wußte eine Antwort darauf. Zum ersten Mal in seinem Leben fühlte er, wie seine bis dahin bedingungslose Loyalität den Eltern gegenüber ins Wanken geriet. Katy hatte recht. Sein Vater hätte die arme Deborah Quinnell zumindest wissen lassen können, daß er sie verlassen würde.

»Ich weiß nicht, warum er Ihrer Mutter nichts gesagt hat«, meinte Maureen schließlich. »Hat wahrscheinlich gar nicht daran gedacht. Er machte sich zweifellos viel mehr Gedanken um seine Hochzeit mit Cleo und darüber, wie er sie vor Justines Zorn schützen könnte, als um sonst irgend etwas.«

Hayden drückte liebevoll Maureens Hand. »Es war schon eine unglückliche Geschichte, aber ich könnte mir denken, wie es dazu kam. Wahrscheinlich hatte Thornton Angst, Justine würde versuchen, Cleo loszuwerden, wenn sie Wind von der Sache bekäme. Und wenn Deborah Quinnell vorher von der Flucht gewußt hätte, würde sie es sicher ihrem Vater gesagt haben.«

»Der stracks zu Justine gegangen wäre, um herauszufinden, was da gespielt wurde«, setzte Maureen hinzu. »Sie müssen sich vor Augen halten, wieviel Macht Justine damals besaß. Die ganze Familie bibberte schon, wenn sie nur nieste. Thornton hatte allen Grund zu befürchten, sie würde Cleo schlecht behandeln.«

Katy sah sie fragend an. »Was hätte sie tun können?«

»Wer weiß?« meinte Hayden. »Versuchen, sie mit Geld abzufinden, vielleicht. Oder sie irgendwie einzuschüchtern. Oder sogar davon zu überzeugen, sie würde sein Leben ruinieren, wenn sie Thornton heiratete.«

Maureen nickte. »Es war einfach so, daß Thornton es für seine vordringlichste Aufgabe hielt, Cleo zu beschützen.«

»Und Deborah Quinnell stand auf der Liste der Prioritäten nur an zweiter Stelle«, murmelte Katy. »Eben übergebrettert, ein Straßenopfer der Gilchrists.«

Luke packte kalte Wut. »Was soll das heißen?«

»Nichts.« Katy lächelte etwas schief. »Sollen wir bestellen? Ich werde eins von den vegetarischen Hauptgerichten versuchen, die der neue Küchenchef eingeführt hat.«

»*Übergebrettert.*« Luke starrte, ohne etwas zu sehen, auf die Karte. In seinem ganzen Leben war ihm noch nie so wenig nach Essen zumute gewesen wie heute. *Übergebrettert.* Sah Katy ihre Mutter so? Als unschuldiges Opfer Gilchristscher Leidenschaften? Als Opfer unter den Rädern des Streitwagens, in dem ein Gilchrist-Krieger stand?

Jedesmal, wenn er die Situation vom Standpunkt eines Gilchrist aus betrachtete, mußte er zugeben, daß Katy Grund hatte, sich rächen zu wollen.

»Ich will auch so ein verdammtes Vegetariergericht probieren«, brummte Luke. Das letzte, was er auf seinem Teller haben wollte, war etwas, das auch nur im entferntesten an totes Fleisch erinnerte.

»Das Schicksal geht seltsame Wege«, bemerkte Maureen philosophisch. »Denk nur mal, Katy – wenn Justine vor siebenunddreißig Jahren die Fusion trotz der abgesagten Hochzeit zustande gebracht hätte, dann gehörte euch, dir und Matt, heute ein Anteil an Gilchrist, Inc.«

»Bei dem Gedanken kann einem schwindlig werden«, stimmte Katy mit mißtrauischer Kühle zu.

Hayden tat die ganze Idee mit einer eleganten Geste ab. »Nachdem Thornton mit Cleo durchgebrannt war, hatte Justine keine Chance mehr, die Fusion zu verwirklichen. Das Zusammengehen von Gilchrist und Quinnell beruhte ihrer Ansicht nach ja gerade auf der Heirat zwischen den beiden Familien. Justine wäre lieber gestorben, als daß sie einem Außenstehenden einen Anteil an Gilchrist überlassen hätte.«

Lukes Innentemperatur sank einen weiteren Strich unter Null. Stanfield hatte recht gehabt. Man konnte mühelos zu dem Schluß kommen, daß Katys Familie vor siebenunddreißig Jahren harte Einbußen erlitten hatte. Die Frage war nur, ob Katy die Sache von diesem Standpunkt aus betrachtete.

Daß er an diesem Abend so im ungewissen über Katys Gefühle blieb, machte ihn wirklich allmählich verrückt.

»Na ja, das ist alles Schnee von gestern«, meinte Katy mit einem eigenartigen Lächeln. Sie lehnte sich auf ihrem Stuhl zurück und sah sich nachdenklich in dem belebten Restaurant um. »Ich hab' mir was überlegt. In der nächsten Zeit muß Gilchrist bei einigen Restaurants den Eingangsbereich renovieren lassen. Die Lobby hier ist zum Beispiel sehr ansprechend gestaltet, aber das Dekor wirkt doch allmählich ein bißchen unmodern.«

»Die Ausstattung eines Restaurants altert eben genauso wie alles übrige auch.« Luke interessierte sich mehr für seine eigenen aufwühlenden Gedanken als für das Thema Innenarchitektur.

Katy strahlte über das ganze Gesicht. »Ich möchte einen Vorschlag machen.«

»Was denn für einen?«

»Ich finde, wir sollten die Lobbies von allen fünf Restaurants neu herrichten und dabei aus der Verbindung der Firma zu einem sehr bekannten Künstler Nutzen ziehen. Wir könnten einige von Haydens Werken ausstellen. Maureen müßte dann den Innenarchitekten beraten, um sicherzustellen, daß seine Objekte wirklich vorteilhaft zur Geltung gebracht werden.«

Maureen ließ vor Erstaunen den Mund offenstehen. Ihre Augen leuchteten vor Begeisterung. »Katy, ist das dein Ernst?«

»Selbstverständlich. Ich hab' schon länger darüber nachgedacht. Wir könnten die Wirkung der Ausstellung noch dadurch erhöhen, daß wir eine Stiftung für das Kunsthandwerk gründen. Das wäre eine fantastische Public-Relations-Kampagne. Gute Imagepflege für Gilchrist.«

Auch in Haydens Augen trat ein Leuchten, das allerdings gleich darauf wieder erlosch. »Daran ist nicht zu denken. Justine würde es nie befürworten.«

»Justine hat hier nicht mehr das Sagen«, brachte Katy ihm freundlich in Erinnerung. »Sondern Luke. Und ich wette, er findet die Idee wunderbar, nicht wahr, Luke?«

Luke schaute in ihre kristallklaren Augen und fragte sich, wie er sich je hatte vorstellen können, sie hätte sich mit Stanfield gegen die Firma verschworen. Ein Mensch, der alle Gilchrists haßte, würde nicht versucht haben, etwas von dem Unrecht wiedergutzumachen, das Hayden und Maureen mit ihrer Zurückweisung erlitten hatten.

Schutzengel saßen nicht herum und sannen auf Rache, machte Luke sich klar, einer plötzlichen Einsicht folgend. Ihnen war anderes wichtiger. Sie lebten weiter ihr Leben.

Seine Stimmung hellte sich mit einem Mal auf, und er wurde viel fröhlicher, als er den ganzen Tag über gewesen war. Endlich wandte er seine Aufmerksamkeit wieder dem Thema zu, von dem die Rede war, und merkte, daß ihre Blicke wie gebannt an ihm hingen.

»Na ja ...«, meinte er gedehnt, brach ab und zuckte zusammen, weil Katy ihn unter dem Tisch trat. Er sah sie an und fing einen warnenden Blick auf. Beinahe hätte er gegrinst. »Ja, sicher. Zum Teufel. Warum nicht? Stellt Haydens Glasarbeiten in allen Lobbies auf.«

Die Spannung in Maureens Gesicht schien sich zu lokkern. »Danke, Luke«, sagte sie leise.

Hayden, der wie betäubt wirkte, begann langsam zu lächeln. »Wußte nicht, daß dir meine Arbeiten gefallen, Luke.«

»Mein Interesse dafür ist noch relativ neu«, mußte Luke zugeben.

Sobald er die Tür der Hotelsuite hinter sich geschlossen hatte, nahm Luke Katy in seine Arme.

»Ich dachte, ich würde dich überhaupt nicht mehr für mich haben«, murmelte er, als er sie küßte. Das Gefühl der Dringlichkeit, das seine Empfindungen an diesem Abend beherrschte, hatte einen bohrenden Hunger in ihm geweckt, den nur Katy stillen konnte.

Katys Lippen kamen ihm bereitwillig entgegen. Sie schlang die Arme um seinen Hals und schmiegte sich dicht an ihn.

Die leichte, gelb und türkis gefärbte Seide ihres Kleides

war genauso zart und hauchdünn, wie sie aussah. Sie durch diesen spinnwebfeinen Stoff zu berühren war fast so, als sei nichts zwischen ihnen.

Fast, aber nicht ganz.

Luke streifte ihr das Morgendämmerungskleid herunter und ließ es zu Boden fallen. Katys Augen waren klar und warm und einladend, als er sie zum Bett trug.

Eigentlich wollte er sich Zeit lassen mit ihr, aber sein Verlangen war übermächtig. Er hinterließ eine Spur von abgeworfenen Kleidungsstücken, sowohl seinen eigenen als auch denen Katys, auf dem Teppich. Sie seufzte ein wenig, als er sie auf die weißen Laken bettete, und streckte die Arme nach ihm aus.

Seine Hände zitterten vor Begierde, als er sich ein paar Minuten später über sie legte. Er ging behutsam vor, doch als er sich zuverlässig willkommen fühlte, stieß er tief zu auf der Suche nach Erleichterung und Beruhigung und dem Trost, den das Wissen bot, daß sie ihn ebenso heftig begehrte wie er sie.

Katy umschloß ihn, heiß und feucht und an ihn geklammert. Er fühlte den Schweiß auf seinen Schultern und das erregende Kratzen ihrer Fingernägel auf seinem Rücken.

Als sie ihn mit ihren scharfen kleinen Zähnen in die Schulter biß, verstummten all die Fragen, die für Luke den Tag zu einem einzigen Tumult von Ungewißheiten gemacht hatten. Sein Körper strebte dem höchsten aller Gefühle zu. Er hörte Katy seinen Namen rufen und erschauerte. Dann überließ er sich dem freien Fall in eine Tiefe, die ihn als glücklichen Mann wieder freigab.

Wie konnte er auch nur eine einzige Minute geglaubt haben, Katy habe Rachepläne geschmiedet, fragte er sich.

»Und warum warst du in der letzten Zeit so furchtbar schlecht gelaunt?« fragte Katy müßig.

Luke rekelte sich in den Kissen. Katy lag auf dem Bauch, ihre verschränkten Arme auf seine Brust gelegt. Fuß und Unterschenkel eines angewinkelten Beins pendelten über dem zerwühlten Bett vor und zurück.

»Ich war nicht mal zwei Tage lang schlecht gelaunt.« Luke fuhr mit den Fingern durch ihr Haar.

»Doch, natürlich.« Sie lächelte. »Sogar für Gilchristsche Verhältnisse.«

Er gab ihr einen spaßhaft gemeinten Klaps auf das nackte Hinterteil. »Das paßt mir nicht. Du kannst meine Stimmungen nicht anhand von Gilchristkriterien beurteilen. Du mußt sie an meinem eigenen, persönlichen Standard messen. Und du kennst mich noch nicht gut genug, um solche Bewertungen vorzunehmen.«

»Du willst nur das Thema wechseln.« Sie zupfte an seinem krausen Brusthaar.

»Autsch.« Er griff nach den Fingern, die ihn peinigten.

»Wie immer meine Gefühlslage gewesen sein mag, im Moment geht es mir jedenfalls fabelhaft. Oder zumindest war es so, bis du angefangen hast, mich zu quälen.«

Sie musterte ihn eingehend. »Bist du ganz bestimmt nicht mehr schlecht gelaunt?«

»Bestimmt nicht. Schau doch mal, ich lächle.«

»Die Gilchrists können selbst dann lächeln, wenn ...«

Luke verschloß ihr den Mund mit der Hand. »Sprich's bitte nicht aus.« Dann nahm er seine Hand wieder weg.

»Okay, wenn du meinst, daß sich deine Laune seit gestern ungeheuer verbessert hat«, murmelte sie gedehnt, »dann kann ich dich ja was fragen.«

»Was denn?«

»Was hältst du denn in Wirklichkeit von den Mietangeboten, die uns die Maklerin gestern nachmittag gezeigt hat?« fragte Katy lebhaft.

Luke erwog die entsetzliche Eventualität, daß Pesto Presto letztlich in Katys Leben wichtiger werden könnte als er selbst, und die gute Laune schien ihm vergehen zu wollen.

»Sie waren allesamt widerwärtig.«

Katy griff sich ein Kissen und drosch damit auf ihn ein. Luke lachte, bis er spürte, daß sein Körper sich wieder anspannte vor Verlangen, und da schlug das Gelächter in Leidenschaft um. Er überließ sich noch einmal der Geborgenheit von Katys duftiger Wärme.

18

Zwei Tage später ging Luke, als es klopfte, an die Haustür, eine Tasse Kaffee in der Hand und den Kopf voll mit den Daten, die er gerade im Computer verarbeitete. An der Art, wie Zeke mit den Ohren zuckte, konnte er erkennen, daß derjenige, der vor der Tür stand, ein Freund sein mußte. Dann kamen nur zwei Personen in Frage, Katy oder ihr Bruder.

Luke hoffte, es wäre Katy.

Aber es stellte sich heraus, daß es Matt war, der mit geballten Fäusten und wutverzerrtem Gesicht vor ihm stand. Bittere Anklage stand in seinen Augen.

»Sie schlafen mit meiner Schwester«, stieß Matt hervor.

Luke trat zurück und hielt ihm die Tür auf. »Komm rein, Matt.«

Matt machte einen Schritt vorwärts und stand in der winzigen Diele. Er zog die Schultern zusammen unter der Anspannung, Luke zur Rede stellen zu wollen.

»Sie schlafen mit ihr!«

»Hat sie dir das erzählt?«

Luke ging voraus in die Küche. Matt folgte widerstrebend. »Sie brauchte es mir nicht zu erzählen. Ich hab's selber gemerkt, als Sie beide aus Seattle zurückkamen. Du liebe Güte, wofür halten Sie mich eigentlich? Meinen Sie, ich wär total dämlich?« Matt schlug mit der flachen Hand gegen die Kühlschranktür. »Sie meinen wohl, ich krieg nicht mit, was los ist, weil ich erst siebzehn bin?«

»Nein. Ich hab' nur gedacht, es ginge dich nichts an.«

Luke setzte sich an den Tisch und schob die Notizen beiseite, die er gemacht hatte.

»Sie ist meine Schwester. Ich muß auf sie aufpassen. Sie ist in vieler Hinsicht intelligent, aber mit Männern kennt sie sich nicht aus. Jedenfalls nicht mit solchen wie Sie.«

»Was gefällt dir nicht an mir?«

Matt fuhr sich aufgeregt mit beiden Händen durch das Haar und ließ sich auf einen Stuhl fallen.

»Ich hab' Ihnen schon mal gesagt, daß Sie nicht ihr Typ sind.«

»Und ich hab' dir geantwortet, ich würde mich um sie kümmern.«

»Ich weiß, aber dann sah ich, wie's ihr gestern ging, nachdem Sie beide zurückgekommen waren.« Matt brach ab und starrte ihn finster an. »Wollen Sie vielleicht behaupten, Sie schliefen nicht mit ihr?«

»Nein, ich wollte dich nur daran erinnern, daß ich dir mein Wort gegeben habe, ich würde mich um sie kümmern, und das tu ich auch.«

Luke registrierte besorgt Matts leidenschaftlich aufgewühlte Miene. »Was war denn gestern mit deiner Schwester? Weshalb machst du dir auf einmal solche Sorgen?«

»Sie hat geweint, verdammt noch mal. Katy weint sonst fast nie. Aber ich hab's gesehen. Sie war in ihrem Zimmer.« Matt schob die Hände in die Taschen seiner Jeans. »Sie weiß nicht, daß ich's mitbekommen hab'.«

»Meinst du, Katy hat meinetwegen geweint? Wegen etwas, was ich getan habe?«

»Ja.«

»Wie kommst du darauf?«

»Sie ist meine Schwester«, brach es aus Matt heraus. »Ich kenne sie besser als sonst irgend jemand. Als sie das letzte Mal so geweint hat, ganz allein in ihrem Zimmer, war es, weil dieser widerliche Nate Atwood sie versetzt hatte und anfing, mit Eden auszugehen.«

Luke preßte die Lippen zusammen. Mit Nate Atwood verglichen zu werden, war nicht gerade erfreulich. »Matt, ich verspreche dir, daß ich mich ihr gegenüber nicht verhalten werde wie Atwood.«

»Nein, Sie werden übler mit ihr umgehen als er. Sie wird sich um Sie viel mehr grämen. Atwood hat sie wenigstens nicht verführt. Sie hat es mir gesagt, als ich sie danach gefragt habe.«

»Du bist wirklich ein reichlich neugieriger kleiner Bruder, nicht wahr? Was, zum Teufel, gibt dir das Recht, ihr so eine Frage zu stellen?«

»Weil ich etwas unternehmen wollte, falls er's getan haben sollte«, erklärte Matt.

»Was denn?«

»Weiß nicht«, antwortete Matt verdrossen. »Irgendwas eben. Katy hat gesagt, ich brauchte ihm nichts anzutun, egal, ob er sie verführt hätte oder nicht, weil Atwood auch so schon genug gestraft wäre.«

Luke warf Matt von der Seite her einen wachsamen Blick zu. »Ja? Warum denn?«

»Sie fand, er bekäme, was er verdiente, wenn er eine Gilchrist heiratete.«

Luke trommelte irritiert mit den Fingern auf der Tischplatte.

»Das klingt wirklich, als ob Katy es gesagt hätte.«

Eine Weile herrschte Schweigen in der Küche. Zeke kam mit seinem Futternapf hereingetrottet und inspizierte die Szene mit den beiden Männern, die einander am Küchentisch gegenübersaßen und feindselige Blicke wechselten. Er setzte seine Schüssel ab und legte, stumme Sympathie bekundend, seinen Kopf auf Matts Knie. Geistesabwesend streichelte Matt seine Ohren.

»Wozu bist du hergekommen, Matt?« fragte Luke ruhig.

»Um Ihnen zu sagen, daß Sie Katy nicht weh tun sollen.«

»Und wie kann ich das deiner Ansicht nach jetzt noch vermeiden?«

Einen Augenblick schien Matt unschlüssig. Dann verfinsterte sich sein Gesicht wieder. »Sie sollten sie wenigstens bitten, Sie zu heiraten. Dann hätte sie nicht das Gefühl, daß Sie sie ausnutzen.«

Luke bedachte dies. »Du möchtest also, daß ich sie bitte, mich zu heiraten?«

Matt setzte sich auf seinem Stuhl gerade hin und schien neuerlich fest entschlossen. »Ja. Ja, ich finde, das sollten Sie machen.«

Luke fühlte sich seltsam schwindlig. »Gut. Ich tu's.«

Matt betrachtete ihn mit großer Skepsis. »Wirklich?«

»Ja.«

Eine tiefe Gewißheit durchströmte ihn, als er Matts Blick begegnete. »Als ihr Bruder hast du wahrscheinlich ein Recht darauf zu erfahren, was meine Absichten sind. Ich geb dir mein Wort – sie sind ehrenhaft.«

»Jaaa?« Lukes Bereitschaft, das Richtige zu tun, überrumpelte Matt offensichtlich.

»Ehrenwort«, versprach Luke feierlich. »Aber du solltest von vornherein wissen, daß das Problem, um das es hier geht, nichts mit meinen Absichten zu tun hat. Sondern mit den Plänen deiner Schwester.«

»Hä?«

»Ich weiß nicht, ob Katys Absichten mir gegenüber ehrenhaft sind«, erklärte Luke sanft. »Ich kann nicht sagen, ob sie mich heiraten will.«

»O ja, ich verstehe.« Matt wirkte erleichtert. »Nun, ich glaube, Sie sollten sie einfach fragen, mehr nicht. Vielleicht will sie Sie wirklich nicht heiraten. Schließlich sind Sie ja ein Gilchrist.«

Luke biß die Zähne zusammen. »Es ist nicht einfach, weißt du?«

»Ein Gilchrist zu sein? Ja, das kann ich verstehen.« Matts Miene hellte sich auf. »Sie wollen sie also fragen?«

»Ja.«

»Okay.« Matt nickte befriedigt. »Gut.« Er betrachtete seine Mission offenbar als beendet. »Hey, hätten Sie Lust, mit zur Sporthalle zu kommen und zu trainieren? Sie könnten mir helfen, ein paar von den Würfen zu üben.«

»Natürlich, warum nicht?« Diese Betätigung taugte genauso viel wie jedes andere Mittel, um den Aufruhr, der in seinem Inneren tobte, zu beschwichtigen.

Katy sah, daß Zeke sie durchs Fenster beobachtete, als sie auf ihrem Weg zum Strand an Lukes Häuschen vorbeikam. Der große Hund drückte seinen Kopf dicht ans Küchenfenster, was angesichts der Tatsache, daß er seinen Napf zwischen den Zähnen hielt, eine ziemlich unbequeme Haltung sein mußte. Zeke verfolgte sie mit aufmerksamen Blicken, die Ohren halb aufgestellt.

Katy verlangsamte ihre Schritte, weil sie wußte, daß der Hund allein war. Matt und Luke hatten sich vor einer Stunde zum Dragon Bay Sportklub aufgemacht. Sie sagte sich, der Hund sei nicht wirklich einsam und vielleicht eine Zeitlang ganz zufrieden damit, einmal allein zu sein, doch Zeke starrte ihr immer noch voller Sehnsucht durch die Scheibe nach. Er wußte wahrscheinlich, daß sie auf dem Weg zum Strand war, dachte sie. Zeke ging wahnsinnig gern zum Strand hinunter.

»Okay, okay«, murmelte Katy. Mit dem Schlüssel, den Luke ihr gegeben hatte, öffnete sie die Haustür.

Zeke trabte mitsamt seinem Napf durch die Tür und lief stracks vor ihr her zum Klippenpfad.

Mit einigem Vorsprung vor Katy erreichte der Hund den Strand und jagte davon, um die erregenden Düfte im Wellensaum zu untersuchen, den die zurückweichende Tide hinterlassen hatte. Katy folgte ihm gemächlich.

Sie stellte fest, daß sie sich in einer eigenartigen Stimmung befand. Eigentlich war ihr schon seit sie aus Seattle zurückgekommen war so seltsam zumute gewesen. In der vergangenen Nacht hatte sie wahrhaftig in ihrem Schlafzimmer still vor sich hin geweint. Glücklicherweise konnte Matt sie dort nicht hören. Er hätte sich sicher Sorgen gemacht und sie gefragt, was mit ihr sei.

Katy wußte, daß sie nicht imstande gewesen wäre, ihm eine klare Antwort zu geben. Sie konnte Matt wohl kaum erzählen, daß sie Luke liebte und daß diese Liebe so gut wie keine Zukunft hatte.

Sich in Luke zu verlieben, war eine Riesendummheit gewesen. Aber schon als sie das erste Mal mit ihm ins Bett gegangen war, hatte sie gewußt, was wahrscheinlich dabei herauskommen würde. Wenn sie ehrlich gegen sich selbst war, mußte sie zugeben, daß sie den Ausgang der Geschichte schon geahnt hatte, als sie ihm das erstemal begegnet war.

Am besten war es, nicht über die nächsten sechs Monate

hinauszudenken. Zu nehmen, was sich bot, solange Luke in Dragon Bay blieb. Sich darauf vorzubereiten, ihn nach Ablauf der sechs Monate weggehen zu lassen.

Katy seufzte. Es würde sehr schwer werden. Sie war langfristige Planungen und Verpflichtungen gewohnt und darauf eingestellt, weit vorauszusehen. Und Luke war wohl immer noch dabei, seine Vergangenheit aufzuarbeiten.

»Katy.«

Als sie durch das Getöse der Brandung hörte, daß jemand ihren Namen rief, drehte Katy sich erstaunt um. Zeke schaute von der Stelle weiter unten am Strand auf, die er gerade genauer untersuchte.

»Fraser.«

Katy lächelte, als Fraser Stanfield in großen Sprüngen den Klippenpfad heruntergelaufen kam. »Was in aller Welt machen Sie denn hier?«

»Ich wollte Ihnen auf Wiedersehen sagen!«

Fraser hatte nun den Strand erreicht und kam schnell auf sie zu. »Gestern fand sich kaum eine Gelegenheit dazu.«

»Ich dachte, Sie wären unterwegs zum Flughafen.«

Stanfield lächelte bitter. »Haben Sie nicht gemerkt, was vor sich ging? Gilchrist hat mich aus dem Haus gedrängt. Er hatte mich gerade vorher rausgeschmissen.«

Katy war sprachlos.

»Rausgeschmissen? Das kann ich nicht glauben. Warum sollte er so was tun?«

»Geschäftliche Gründe.« Fraser verzog den Mund. »Ganz normal, wissen Sie.«

»Nein, das verstehe ich nicht. Worum ging es denn?«

»Gilchrist hat befürchtet, ich sei zu weit in den inneren Machtbereich vorgedrungen. Er sah mich als Bedrohung an und wollte mich loswerden.«

»Aber es war doch Justines Wunsch, daß Sie uns helfen, die Firma zusammenzuhalten.«

»Hey, machen Sie sich deswegen keine Gedanken, Katy. Ich bin ein großer Junge und kenne die Spielregeln.«

»Wenn das, was Sie sagen, wahr ist, dann ist es furchtbar unfair.« Katy war entsetzt. »Einfach schrecklich. Ich werde sofort mit Luke sprechen. Ich erlaube ihm nicht, Sie einfach an die Luft zu setzen, nur weil Sie mir geholfen haben, für Justine unser möglichstes zu tun.«

»Lassen Sie's, Katy. Es ist nun mal passiert. Sie werden Gilchrists Meinung niemals ändern. Wir beide haben lange genug bei den Gilchrists gearbeitet, um zu wissen, daß sie immer ihren Kopf durchsetzen, wenn sie es nur energisch genug wollen.«

»Aber es ist nicht richtig.«

Fraser lachte bitter. »Sie waren immer ein bißchen naiv, was die ethische Seite des Geschäftslebens betrifft. Hören Sie auf, sich darüber Gedanken zu machen. Ich lande wieder auf den Füßen. Das tu ich immer.«

»Trotzdem ist es schrecklich. Und ich fühle mich so scheußlich. Es ist zum Teil mein Fehler. Sie haben mir geholfen, meine Arbeit zu machen.«

Frasers Augen wurden dunkel.

»Ich persönlich fühle mich nur insofern scheußlich, als Sie und ich nie die Gelegenheit hatten, einander näherzukommen. Aber ich könnte mir denken, daß sich das ändern ließe.«

Er packte ihren Arm, bevor Katy klar wurde, was er beabsichtigte. Sie versuchte, ihn abzuschütteln, und als ihr das nicht gelang, richtete sie sich auf und sah ihn streng an.

»Lassen Sie mich los, Fraser!«

»Nein. Noch nicht.« Frasers Finger gruben sich durch ihr Sweatshirt schmerzhaft in ihren Arm. »In einem haben Sie recht, Katy. Sie sind mir etwas schuldig.«

»Ich hab' Ihnen gesagt, ich würde mit Luke sprechen.«

»Mit einem Gilchrist zu reden, ist reine Zeitverschwendung.« Er schüttelte sie. »Ich hab' eine Menge in die Transaktion investiert. Und jetzt verliere ich einen ganzen Batzen, weil Sie mir die Tour vermasselt haben.«

»Was sollte ich denn tun? Ich wußte nicht, daß Luke Sie rauswerfen würde.«

Fraser überragte sie drohend.

»Sie hätten mich über seine Pläne auf dem laufenden halten sollen, erinnern Sie sich? Aber Sie haben mir gegenüber nichts von der Untersuchung erwähnt, die er in Gang gesetzt hat.«

Katy schnappte nach Luft. »Es stand mir nicht frei, darüber zu sprechen.«

»So? Ich dachte, ich sei Ihr Freund. Sie verhalten sich Ihren Freunden gegenüber nicht gerade loyal, oder? Ihre Treue gilt wohl ausschließlich den verdammten Gilchrists.«

»Was möchten Sie eigentlich von mir, Fraser?« fragte Katy ruhig.

»Zugang zu den Gilchrist-Computern, und zwar während der nächsten zwei Monate. Sie können das bewerkstelligen, Katy. Sie können mir die neuen Sicherheitscodes und die Informationen beschaffen, die ich brauche, um in die Computer reinzukommen und ein paar Daten zu manipulieren.«

Katy starrte ihn entgeistert an.

»Warum?«

»Weil ich Planungen laufen habe, die sich auszahlen, wenn die Umstände günstig sind. Ich bin zu dicht am Erfolg, Katy. Ich kann jetzt nicht aufgeben. Helfen Sie mir, und ich beteilige Sie am Geschäft.«

»An welchem Geschäft?« fragte sie scharf. »Was haben Sie ausgeheckt, Fraser?«

»Es handelte sich um ein wirklich tadelloses Arrangement. Ich sollte nämlich nur den Eindruck erwecken, Gilchrist Gourmet sei nicht wettbewerbsfähig. Und die Dinge entwickelten sich wunderbar, dank der Tatsache, daß ich Kontakt zum Kreis der Eingeweihten hatte.«

Katy kochte vor Empörung.

»Sie haben versucht, die Firma zu ruinieren, nicht wahr? Luke hatte die ganze Zeit recht. Der Täter war ein Insider.«

»Er kann mir verdammt nichts nachweisen, und das weiß er. Alles, worüber er verfügt, sind haltlose Verdächtigungen. Deshalb hat er mich gestern rausgesetzt, anstatt mich mit einer konkreten Beschuldigung zu konfrontieren. Aber Sie werden mir helfen, die Sache zu Ende zu führen, Katy.«

»Nein!«

»O doch. Ich will mich rächen. Luke kann mich nicht so behandeln, wie er's getan hat, und dann ungeschoren davonkommen. Ich werde ihn zwingen, Gilchrist Gourmet zu verkaufen.«

»Wie?«

»Mit Ihrer Hilfe natürlich. Und einem Computer. Das schaffe ich.«

»Seien Sie nicht töricht. Ich würde Ihnen nie helfen, so etwas zu tun.«

»Natürlich tun Sie's. Wenn nicht, werd ich dafür sorgen, daß es so aussieht, als sei alles, was bei Gilchrist Gourmet während der letzten Monate schiefgegangen ist, Ihr Fehler, nicht meiner. Den Beweis dafür schicke ich direkt an Justine.«

Katy war zu Tode erschrocken. »Welchen Beweis? Es gibt keinen Beweis. Ich habe nie etwas getan, was der Firma hätte schaden können.«

»Wenn ich fertig bin, gibt's jede Menge Belege. Ich kann mit Hilfe des Computers Indizien fabrizieren und eine Dokumentation darüber vorlegen. Und die Gilchrists werden ihr bis in alle Einzelheiten glauben. Sie wissen ja, wie sie sind.«

»Sie lügen. Justine jedenfalls vertraut mir. Und Luke auch.«

»Kein Gilchrist verläßt sich völlig auf einen anderen, das müßten Sie doch wissen. Und Justine schon gar nicht. Sie ist sofort bereit, das Allerschlimmste anzunehmen. Außerdem braucht sie Sie nicht mehr. Sie hat ihren kostbaren Enkel wieder.«

»Verdammt, Fraser, ich dachte, Sie wären mein Freund.« Katy strich sich das vom Wind zerzauste Haar aus dem Gesicht. »Wie konnten Sie so etwas nur tun?«

»Ist eben ein Geschäft, Schätzchen.«

»Sie sollten sich schämen. Es ist unrecht.«

»Überspringen Sie die Lektion. Ich bin nicht in Stimmung. Sie helfen mir, oder ich schicke Justine anonym einen Computerausdruck, der den Eindruck vermittelt, Sie hätten versucht, Gilchrist Gourmet das Wasser abzugraben. Das wär's, Katy. Es gibt keine Alternative.«

»Zum Teufel mit Ihnen«, gab Katy zurück und versuchte noch einmal, sich aus seinem Griff zu befreien.

Fraser revanchierte sich, indem er sie noch heftiger hin und her schüttelte. Katy stolperte und fiel in den Sand. Fraser beugte sich über sie und griff nach ihr. Seine Augen waren zu Schlitzen verengt.

»Sie kleine Nutte, Sie werden tun, was ich Ihnen sage. In dieser Sache steht zu viel Geld auf dem Spiel.«

Katy schrie laut auf, als er sie an den Schultern packte.

Zeke ließ seinen Futternapf in den Sand fallen und stürmte los.

»Was soll das, zum Teufel?« Fraser richtete sich abrupt auf, als er den Hund wild jaulend auf sich zurasen sah. »Um Himmels willen, rufen Sie ihn doch zurück!« Er trat hastig den Rückzug an und stolperte über einen Haufen Tang. »Rufen Sie ihn doch!«

Fraser fing sich wieder, warf sich herum und fing an zu rennen.

Katy rappelte sich gerade wieder auf die Füße, als Zeke an ihr vorbeigeschossen kam. Sie sah, wie der Hund Fraser von hinten ansprang, die massiven Kiefer weit aufgerissen. Er bekam Frasers Windjacke zu fassen und zerrte heftig daran.

Fraser kreischte und versuchte, sich aus der Jacke zu befreien, aber Zeke riß so heftig daran, daß er stolperte und hinfiel, wobei er gellende Angstschreie ausstieß.

»Zeke! Aus!«

Katy rang nach Luft, während Zeke seine Vorderpfoten auf Frasers Brust stemmte.

»Das reicht. Aus, Zeke!«

Zeke schaute sie an, wedelte mit dem Schwanz und jaulte inständig, als bitte er um Erlaubnis, Fraser an die Kehle gehen zu dürfen.

»Nehmen Sie ihn runter von mir!« zischte Fraser.

»Alles in Ordnung, Zeke.«

Vorsichtig näherte sich Katy dem Hund.

»Guter Junge. Guter Hund. Ganz ruhig. Wir wollen nicht, daß er uns verklagt. Ja, so ist's brav.«

»Nehmen Sie den Hund weg.« Fraser versuchte, sich unter Zekes Pfoten herauszuwinden.

Zeke knurrte leise zur Warnung, und Fraser hörte sofort auf, sich zu bewegen.

»Du lieber Himmel«, flüsterte Fraser mit einem entsetzten Blick auf den Hund, der über ihm stand. »Das verfluchte Biest bringt mich um.«

Katy wußte selber nicht genau, was Zeke als nächstes tun würde. Sie trat noch einen Schritt vor, in der Absicht, ihn am Halsband zu fassen.

In diesem Augenblick hob Zeke den Kopf, sah zum Klippenpfad hinüber und bellte laut.

Jetzt blickte auch Katy auf und sah, daß Luke und Matt in aller Eile den Klippenpfad heruntergerannt kamen.

»Luke!«

Katy stürzte auf ihn zu und warf sich geradewegs in seine Arme, als er den Strand erreichte. »Gott sei Dank, daß du da bist. Ich wußte nicht, was ich als nächstes tun sollte.«

Lukes Arme schlossen sich fest um sie. Über ihren Kopf hinweg sprach er mit dem Hund. »Zeke … Ganz ruhig, mein Junge. Ist gut. Du kannst ihn jetzt aufstehen lassen. Ich passe schon auf.«

Zeke erhob sich gehorsam von Frasers Brust und trottete Luke entgegen.

»Matt, bring Katy und Zeke bitte rauf ins Haus. Ich erledige das hier.«

Matt reagierte augenblicklich auf den sanften Befehlston. »Ja, Sir. Komm mit, Katy.«

Katy hob ihren Kopf von Lukes Schulter. »Warte, ich muß dir erklären, worum es hier geht.«

»Ich weiß, was los ist.« Luke behielt Fraser im Auge. »Geh mit Matt.«

Katy merkte, daß sie zu mitgenommen war, um zu protestieren. Es wäre sowieso nutzlos gewesen. Luke nahm ohne Zweifel die Sache in die Hand. Ohne ein weiteres Wort zu verlieren, löste sie sich von ihm und ging mit Matt den Klippenpfad hinauf.

Zeke raste zum Strand hinunter, schnappte seinen Futternapf und jagte wieder zurück, um Matt und Katy einzuholen.

Oben angekommen, drehte Katy sich um und schaute auf die Szene am Strand hinunter. »Ich hoffe nur, wir bekommen keinen Ärger deswegen.«

Matt grinste; sein Vertrauen in Luke war offenkundig.

»Glaub mir, es gibt Ärger. Aber nicht für dich. Luke wird's schon richten.«

Katy beschickte die Küchenmaschine gerade mit Petersilie und Basilikum, als Luke kurze Zeit später zur Haustür hereinkam. Zeke saß mitten in der Küche auf dem Boden, die Futterschüssel griffbereit neben sich. Er klopfte zur Begrüßung kurz mit dem Schwanz auf den Boden, als Luke erschien, wandte aber kein Auge von der Küchenmaschine.

»Was macht ihr denn hier?«

Luke überflog die Szenerie mit einem Blick, der eigentlich Belustigung ausdrücken sollte, aber irgendwie mißlang. Aus seinen Magieraugen leuchtete kalte Gewalttätigkeit. »Macht ihr schon Abendessen?«

Matt, der mit einer Dose Limonade lässig an der Küchentheke lehnte, sah Luke an. »Es ist für Zeke. Katy macht eine ganze Portion Pesto für ihn.«

»Eine ganze Portion Pesto nur für ihn?« Luke rubbelte Zekes Ohren. »Er wird glauben, er sei gestorben und in den Himmel gekommen.«

»Er hat's verdient«, meinte Katy leise. Die Anspannung, unter der Luke stand, war ihr intensiv bewußt. »Er hat sich wirklich heldenhaft benommen.« Sie legte den Schalter der Maschine um und ließ sie ein paar Sekunden laufen, um die Blätter zu zerkleinern. Währenddessen gab sie schnell auch die restlichen Ingredienzien dazu.

»Ja«, sagte Matt bewundernd. »Zeke ist ein wahrer Held. Guter Hund, Zeke.«

Zeke quittierte dieses Lob mit einem neuerlichen

Schwanzklopfen, ohne allerdings die Küchenmaschine aus den Augen zu lassen.

Katy wagte einen weiteren Blick auf Luke. Seine Augen schimmerten gefährlich grün, und seine Miene war undurchdringlich.

»Luke, was ist da unten passiert? Was hast du mit Fraser gemacht?«

»Nicht viel.«

»Was willst du damit sagen?«

Katy schaltete die Maschine aus und füllte die ganze Portion in Zekes Schüssel. Sie sah ängstlich zu ihm auf.

»Du hast doch nichts Unüberlegtes getan, oder?«

»Nein.«

Er verzog seinen Mund zu einem kleinen Lächeln, als er sah, wie der Hund sich über den Pesto hermachte. »Habt ihr noch Limonade da, Matt?«

»Klar.« Matt zeigte mit der Dose in der Hand in Richtung Kühlschrank. »Bedien dich.«

Katy stellte die Schüssel der Küchenmaschine in den Spülstein. »Luke, hat Fraser mir die Wahrheit gesagt? Hast du ihn neulich entlassen, weil du den Verdacht hattest, er stünde hinter dem Komplott, Gilchrist Gourmet in den Ruin zu treiben?«

»Mhm.«

Luke machte den Kühlschrank auf und nahm sich eine Dose Cola heraus. Er bewegte sich mit der Geschmeidigkeit einer Raubkatze, sehr beherrscht, aber gleichzeitig die Bereitschaft zu plötzlicher Gewalt erkennen lassend.

»Warum hast du mir nicht die Wahrheit gesagt?« empörte sich Katy von neuem. »Warum wolltest du mich glauben machen, er hätte wegen einer anderen Stelle gekündigt?«

Luke öffnete die Dose. Seine Miene war undurchdringlich, als er ihrem ärgerlichen Blick begegnete. »Weil ich mich nicht groß mit dir darüber streiten wollte. Ich wußte, daß du den Burschen in Schutz nehmen würdest.«

Katy nagte versonnen an ihrer Unterlippe.

»Es muß mildernde Umstände gegeben haben. Ich kann

einfach nicht glauben, daß Fraser so etwas getan hätte, ohne einen einleuchtenden Grund dafür zu haben.«

»Er hatte einen guten Grund«, bemerkte Luke kurz angebunden. »Er hätte mit Sicherheit eine Menge Geld gemacht.«

»Vielleicht stand noch mehr dahinter. Er ist womöglich dazu gezwungen worden oder so etwas.«

Luke brummte leise vor sich hin. »Stanfield ist ein Opportunist. Als Justine sich allmählich aus der täglichen Kontrolle der Firma zurückzog, entstand ein Machtvakuum. Und als sie Stanfield in stärkerem Maß Verantwortung übertrug, erkannte er seine Chance und nahm sie wahr.«

Katy seufzte. »Ich kann's einfach nicht glauben. Du hättest mir die Wahrheit sagen sollen, als du ihn vor die Tür gesetzt hast, Luke.«

Luke zuckte die Schultern. »Vielleicht. Damals schien es einfacher, dich nicht mit hineinzuziehen.«

»Aber ich steckte ja irgendwie mit drin. Fraser war mein Freund. Jedenfalls hab' ich ihn dafür gehalten. Ich war während der letzten zwei Monate auf ihn angewiesen. Er hat mir viel geholfen.«

»Er hat die Macht, die ihr, Justine und du, ihm übertragen habt, dazu genutzt, Gilchrist Gourmet zu schwächen«, bemerkte Luke hart. »Er wollte den Betrieb für einen Bruchteil seines Wertes an eine Investorengruppe verscherbeln und dafür eine Belohnung kassieren. Es war schon eine saubere Machenschaft.«

Katy runzelte leicht die Stirn. »Vielleicht hat er es getan, weil er keine Aussicht hatte, bei Gilchrist, Inc. weiter aufzusteigen. Er mag gespürt haben, daß er, weil die Firma in Familienbesitz ist, nie die Möglichkeit haben würde, ganz nach oben zu kommen.«

»Verdammt, Katy, das ist genau der Grund, weswegen ich dir nicht gesagt hab', was los war, als ich diesen Scheißkerl an die Luft gesetzt hatte. Ich wollte mir nicht anhören müssen, wie du ihn verteidigst.«

»Ich verteidige ihn nicht. Ich versuche nur zu verstehen, warum er getan hat, was er getan hat.«

»Quatsch.«

Katy war sich deutlich bewußt, daß Matt ihrem Wortwechsel zuhörte, während er seine Limonade trank. Zeke hatte seinen Pesto vertilgt und saß neben seiner Schüssel. Der Hund sah von Katy zu Luke hin und wieder zurück.

»Du entschuldigst sein Verhalten«, stellte Luke fest, »und ich hab keine Lust, dir zuzuhören. Es gibt Orte und Zeiten für Schutzengel – aber hier haben sie nichts verloren.«

»Ich glaub, du hast recht. Er hat letzlich doch versucht, die Firma zu schädigen.« Katy sah ihn schnell von der Seite her an. »Heute kam er zu mir, weil ich ihm helfen sollte, seine Intrige zu Ende zu spinnen.«

»Ich weiß.«

Luke nahm einen Schluck Cola.

»Hat er's dir erzählt?«

»Ja.«

»Ach.« Katy schob sich die Haare hinter die Ohren. »Er hat mir gesagt, wenn ich ihm nicht helfe, schickt er Justine Informationen zu, wonach ich als diejenige erscheine, die Gilchrist Gourmet die ganze Zeit über geschädigt hat.«

»Mhm.«

Katy starrte ihn an. »Hat er dir auch das erzählt?«

»Ja. Es war nur ein bedeutungsloser Einschüchterungsversuch.«

Sie schaute zum Fenster hinaus. »Er hätte es womöglich getan.«

»Es hätte keine Rolle gespielt«, sagte Luke sanft. »Selbst wenn er Justine die Information geschickt und sie ihm geglaubt hätte, wäre es nicht von Bedeutung gewesen. Justine leitet die Firma nicht mehr, erinnerst du dich? Ich tu das jetzt.«

Katy lächelte zittrig. »Ja. Und du hättest ihm nicht geglaubt?«

»Du lieber Himmel, nein!« Ein spontanes Grinsen ließ Lukes Zähne aufblitzen. »Du bist doch der Gilchrist-Schutzengel. Die letzte Person auf der ganzen Welt, die der Familienfirma vorsätzlich Schaden zufügen würde.«

»Ich wollte, du würdest endlich aufhören, mich als Engel zu bezeichnen«, maulte sie. Aber sie fühlte, wie ihr unter der Wirkung seines offensichtlichen Vertrauens wohlig warm wurde. Die Gilchrists waren nicht gerade vertrauensselig, das wußte sie. Daß Luke ihr glaubte, bedeutete sehr viel.

Eine Weile herrschte Schweigen in der Küche. Matt unterbrach es.

»Man gut, daß wir gerade zur rechten Zeit zurückgekommen sind«, meinte er gesprächsweise.

»Das kannst du laut sagen«, murmelte Katy. »Ich wußte doch gar nicht, wie ich Zeke dazu bringen sollte, Fraser loszulassen. Vor meinem geistigen Auge sah ich schon Klagen und alle möglichen Probleme auf uns zukommen.«

»Stanfield macht uns keine Schwierigkeiten mehr«, stellte Luke fest.

Irgend etwas in seiner allzu ruhigen Stimme alarmierte Katy. Eine steile Falte erschien zwischen ihren Augenbrauen.

»Luke, du hast ihm doch nichts getan, nicht wahr?«

Luke sah ihr gerade ins Gesicht.

»Nein, zum Kuckuck. Ich weiß, daß du nichts für Gewalt übrig hast. Ich hab' ihm eine ernste Lektion über Berufsethik verpaßt und einen wirksamen Warnschuß hinterhergeschickt.«

Matt schien sich auf einmal an seiner Limonade zu verschlucken. Er rang nach Luft, sprudelte das Getränk heraus und verkrümmte sich heftig im Bemühen, wieder zu sich zu kommen. Limo spritzte in hohem Bogen aus der Dose, als er sie hastig auf die Theke stellte. Was Katys Aufmerksamkeit einen Augenblick ablenkte.

»Matt, kommst du zurecht?«

»Ja. Natürlich.« Matt hustete und machte ein Riesentheater mit seinem Geräusper, während er nach einem Schwamm griff, um die Limonade aufzuwischen. Er schaute verstohlen zu Luke hinüber, der höflich besorgt schien.

»Äh, ich glaub, ich geh mal mit Zeke ein Stück spazieren oder so. Bis gleich. Komm, Zeke. Auf geht's, alter Junge.«

Zeke packte gehorsam seinen Futternapf und trottete hinter ihm her. Katy wartete, bis sich die Tür geschlossen hatte, und wandte sich dann wieder Luke zu.

»Was Fraser angeht«, begann sie behutsam, »meine ich wirklich, Luke, du hättest mich auf dem laufenden halten sollen.«

Luke stellte seine Coladose weg und streckte die Arme nach ihr aus. Er lehnte sich mit gespreizten Beinen gegen den Kühlschrank, zog sie dicht an sich und preßte sie zwischen seine Schenkel. Katy spürte die Hitze und die Kraft, die er ausstrahlte. Wie immer sprach sie mit einer Welle der Erregung darauf an, die sie berauschte.

»Katy?« Sie hob den Kopf, um ihm ins Gesicht zu sehen. Unter der Intensität seines Blicks fühlte sie sich schwach werden. »Kannst du dir eigentlich vorstellen, wie mir zumute war, als ich dich unten am Strand sah und merkte, was da vor sich ging?« Lukes Stimme war so rauh wie die Brandung, die unter dem Fenster des Häuschens gegen die Felsen schlug. »Machst du dir klar, was hätte passieren können, wenn Zeke nicht dagewesen wäre?«

Seine erbitterte Fürsorglichkeit berührte Katy tief. Sie streichelte Lukes angespannten Kiefer mit beschwichtigenden Fingern. »Schon gut, Luke. Ich glaub nicht, daß Fraser mir wirklich weh getan hätte. Er war nur sehr wütend und aufgebracht und wollte mich dazu bringen, ihm zu helfen. Aber ich kann mir nicht vorstellen, daß er Gewalt angewendet hätte.«

»Engelchen, manchmal kannst du mich zu Tode erschrecken. Wie, zum Teufel, hast du so lange ohne einen eigenen Schutzengel überlebt?«

Bevor Katy antworten konnte, verschloß Luke ihren Mund mit dem seinen. Er küßte sie mit all der beherrschten Wildheit, die sie in seinen Augen hatte lesen können, seit er ins Haus gekommen war.

Katy konnte die angespannte Kampfbereitschaft in ihm noch spüren und wußte instinktiv, daß das, was sich zwischen Luke und Fraser abgespielt hatte, nicht unbedingt eine zivilisierte Auseinandersetzung gewesen sein mußte.

Ihr war aber auch bewußt, daß sie jetzt nichts mehr daran ändern konnte. Die ganze Wahrheit würde ihr Luke sowieso nicht erzählen. Vielleicht wollte sie sie auch gar nicht so genau wissen, sagte sie sich.

Katy gab sich dem drängenden Verlangen seines Kusses hin und überließ es ihrer Sanftheit, die letzten Spuren der unbändigen Wut zu tilgen, die in seinen Augen flackerte.

Als seine Anspannung nachgelassen hatte, bog Katy ihren Kopf zurück. »Luke, woran denkst du?«

»Ich denke an etwas, was Stanfield mir gesagt hat, bevor er vor ein paar Minuten wegging.«

»Und was war das?«

»Ich hab' ihn nach dem Namen des Mannes gefragt, der hinter der Investorengruppe steht, die versucht, Gilchrist Gourmet zu kaufen.«

»Hat er ihn dir genannt?« fragte Katy überrascht.

»Tatsächlich war er so hilfsbereit. Er meinte, er selbst sei ihm nie begegnet, aber sein Name wäre Milo Nyle.«

»Ach, du lieber Himmel«, sagte Katy. »Das ist doch der Mann, der versucht hat, Darren zu betrügen. Mr. Nyle ist wahrhaftig ein umtriebiger Unheilstifter.«

»Ja«, sagte Luke, offensichtlich in seine eigenen Gedanken versunken. »Das kann man wohl sagen.«

19

Zwei Tage später saß Luke in Seattle in seinem Büro am Schreibtisch und starrte in die Kristallkugel, die sein Computer für ihn darstellte. Geistesabwesend klopfte er mit seinem goldenen Füllfederhalter auf die polierte Platte.

Der Bildschirm zeigte Informationen über ein Grundstücksgeschäft auf, das Gilchrist, Inc. vor fünfzehn Jahren getätigt hatte.

Diese Transaktion hatte den Kauf eines kleinen, älteren Gebäudes mit sich gebracht, das in der Nähe des Pike Place Marktes lag. Die bauliche Substanz als solche war wertlos für Gilchrist. Der Grundbesitz war es gewesen, den Justine erwerben wollte, und dies sollte sich geschäftlich gesehen eindeutig als höchst vorteilhafte Entscheidung erweisen. Es handelte sich um das Grundstück, auf dem sie später das Pacific Rim bauen ließ. Nicht nur das Restaurant hatte einen unglaublichen Erfolg, sondern auch der Wert der Immobilie war steil in die Höhe geschossen, seit Seattle im Lauf der letzten Jahre an Bedeutung gewonnen hatte.

Noch ein Gilchrist-Erfolg.

Luke hatte einige Vermerke von Justine gefunden, die sich auf die Transaktion bezogen. Daraus ging klar hervor, daß vor dem Abriß des alten Gebäudes eine Reihe kleiner Geschäfte, die darin untergebracht waren, geräumt werden mußten. Einige Mietverträge wurden gekündigt, andere nicht verlängert. Das Resultat war, daß ein kleines Restaurant, eine Reinigung und eine Buchhandlung schließen mußten. Das Restaurant hatte sich *Atwood Café* genannt.

Luke betrachtete den Bildschirm, aber nicht mit ungeteilter Aufmerksamkeit. Ein Glück, daß er zwei Dinge gleichzeitig tun konnte, sagte er sich, denn neuerdings war er in Gedanken immer auch bei Katy.

Sie füllte seine Träume aus und beschäftigte den ganzen Tag über sein Denken, ganz gleich, welche Ablenkungen es sonst gab. Jetzt, da er für sich wieder eine Zukunft sah, konnte er sie sich nicht ohne Katy vorstellen.

Eine plötzliche Unruhe im Vorzimmer seines Büros lenkte Lukes Aufmerksamkeit vom Bildschirm ab. Er hörte einige ihm wohlbekannte Stimmen ... Seine Sekretärin schien zu schwanken und ergab sich schließlich dem Ansturm der Gilchrists.

Einen Augenblick später öffnete sich die Tür. Er blickte resigniert auf, als Maureen, Hayden, Darren und Eden hereinstürmten. Sie nahmen rings um seinen Schreibtisch Aufstellung, als handle es sich um eine Art Drudenfuß.

»Kein Wunder, daß Katy uns als Hexensabbat sieht«, murmelte Luke vor sich hin. Er lehnte sich in seinem Sessel zurück. »Ich nehme an, es handelt sich nicht um einen Anstandsbesuch?«

»Wir haben ausführlich darüber gesprochen, Luke, und beschlossen, daß du erfahren sollst, was wir von der Sache halten«, verkündete Maureen.

»Um welche Sache handelt es sich?« fragte Luke höflich.

»Um Katy.« Eden schlenderte zum Fenster hinüber. Sie setzte sich auf die Fensterbank und zog den Saum ihres schwarzen Wollrocks zurecht. »Du schläfst mit ihr, Luke. Das wissen wir alle. Du selber hast mir gesagt, daß du mit ihr liiert bist.«

»Und?«

»Und deshalb möchten wir dich wissen lassen, was wir davon halten.«

»Zum Kuckuck.« Luke warf seinen goldenen Füller beiseite. »Sagt bloß, ihr alle seid hergekommen, um mir eine Vorlesung darüber zu halten, wie ich mein Liebesleben zu gestalten habe. Ich bin nicht in der Stimmung, mir das anzuhören.«

Maureen funkelte ihn streng an. »Es ist wichtig. Keiner von uns möchte, daß Katy verletzt wird.«

»Sie hat recht«, stellte Darren fest.

»Seit wann macht irgend einer von euch sich Sorgen um Katy?« fragte Luke.

Hayden runzelte die Stirn. »Wir haben Katy immer sehr

viel Beachtung geschenkt. Sie ist beinahe ein Teil der Familie. Wir möchten nicht, daß man ihr weh tut. Sie hat einiges durchgemacht – damals, als Eden und Atwood geheiratet haben. Möchte nicht, daß sie so was noch mal erlebt.«

»Sehr rücksichtsvoll von euch«, bemerkte Luke.

Edens Augen blitzten ihn an. »Ich wollte Katy nie verletzen. Aber Nate und ich … na ja, so was kann eben passieren.«

»Und Katy war nur ein weiteres Straßenopfer«, sagte Luke. Eden sah ihn scharf an. »Was soll das heißen?«

»Vergiß es.« Luke musterte die interessanten Gesichter seiner Angehörigen. »Falls ihr gekommen seid, um euch gegen mich zusammenzurotten und mir zu sagen, ich sollte mich nicht mehr mit Katy treffen, verschwendet ihr eure Zeit.«

»Zum Kuckuck, das wissen wir.« Darren zuckte einmal elegant mit den Schultern. »Es ist allen klar, daß du sie haben willst, obwohl du überhaupt nicht zu ihr paßt.«

»Na, vielen Dank für das Vertrauensvotum«, meinte Luke trocken. Offensichtlich betrachtete ihn niemand als den richtigen Mann für Katy. Wenn er ehrlich war, mußte er zugeben, daß er sich zu Anfang selbst nicht für geeignet gehalten hatte.

Es war ein deprimierender Gedanke.

»Die Sache ist die«, warf Maureen mit erbitterter Dringlichkeit ein, »daß wir meinen, du solltest sie nicht an der Nase herumführen. Wir möchten nicht, daß du sie benutzt und dann wegwirfst.«

»Tatsächlich?« Luke zog eine Braue hoch. »Was soll ich eurer Meinung nach tun?«

»Sie heiraten«, sagte Hayden kurz angebunden.

»Wie kommt ihr darauf, daß sie mich haben will?« fragte Luke ruhig.

Alle vier starrten ihn verwundert an. Es passierte einem Gilchrist nur selten, daß er nicht bekam, was er haben wollte. Nicht, wenn er es energisch genug wollte. Und wenn er etwas wollte, wollte er es immer energisch. Lukes Blick verfinsterte sich bei diesem Gedanken. Jetzt fing er auch schon mit Verallgemeinerungen an, genau wie Katy.

»Wovon in aller Welt redest du eigentlich?« fragte Maureen. »Wenn du sie bittest, dich zu heiraten, heiratet sie dich.«

»Natürlich«, bekräftigte Hayden. »Sie würde sich nicht mit dir einlassen, wenn sie dich nicht liebte. Katy würde nicht mit einem Mann schlafen, den sie nicht liebt.«

Eden und Darren nickten bestätigend.

»Frag sie«, schlug Darren vor.

»So einfach wird's nicht sein«, murmelte Luke.

»Warum?« Ein kriegerisches Funkeln erschien in Maureens Augen.

»Ich kann nicht kochen«, erklärte Luke.

Wenn die vier Gilchrists, die seinen Schreibtisch umringten, eben noch verwundert waren, so waren sie jetzt total verblüfft.

»Was, zum Teufel, soll das heißen?« fragte Darren verdutzt. »Was hat Kochen damit zu tun?«

»Katy hat mir einmal erzählt, daß der Mann, den sie heiratet, ein guter Koch sein muß«, antwortete Luke. »Habt ihr jemals einen Gilchrist gekannt, der kochen konnte?«

Wieder schauten sie einander an.

»Justine sagte, sie würde nie wieder kochen, sobald sie die Firma soweit gebracht hätte, daß sie nicht mehr ihr eigener Küchenchef sein müßte«, meinte Hayden, sich erinnernd. »Ich weiß noch, wie schwer sie in den Anfangsjahren arbeiten mußte. Tag und Nacht hat sie wie eine Sklavin in der Küche dieses ersten Gilchrist-Restaurants geschuftet. Personal konnte sie sich nicht leisten. Jede Nacht fiel sie völlig erschöpft ins Bett. Thornton und ich wurden mit der Meinung groß, daß Kochen eine ziemlich gräßliche Angelegenheit sein müsse.«

»Und diese Ansicht habt ihr an eure Kinder weitergegeben.« Eden lächelte bitter. »Aber es ist gar nicht so schwierig. Ich hab's gelegentlich schon gemacht. Du mußt nur so eine Schachtel aufmachen und ein bißchen was dazutun und dann das Ganze in die Mikrowelle stellen.«

»Salate sind einfach«, fügte Maureen hilfsbereit hinzu. »Du wäschst den Kopfsalat, und dann gibst du Dressing aus der Flasche drüber. Du kannst auch irgendwas Pikantes, wie zum Beispiel Kapern nehmen und draufstreuen. Kein Problem.«

»Ein paar von den Tiefkühlgerichten, die Gilchrist Gourmet macht, sind wirklich gut«, brachte Darren vor. »Nimm sie aus der Mikrobox raus und tu sie auf einen Teller –, dann merkt keiner, daß das Zeug nicht hausgemacht ist.«

»Katy schon. Und die Art Kochen meine ich sowieso nicht«, entgegnete Luke. »Ich spreche von echter Kochkunst. Küche für Feinschmecker.«

»Unglücklicherweise«, gab Hayden zu, »hat keiner von uns jemals wirklich Interesse daran gehabt.«

»Katy interessiert sich dafür. Leidenschaftlich sogar«, sagte Luke.

»Dann lern doch kochen«, riet Darren ihm. »Das kann doch nicht so schwer sein. Beweis ihr, daß du's kannst, und dann frag sie, ob sie dich heiraten will.«

»Wie stellst du dir das vor? Soll ich in einer Woche ein Cordon bleu-Meister werden?« fragte Luke ironisch.

Eden runzelte nachdenklich die Stirn. »Da seh ich kein Problem. Wir haben mehrere Dutzend Küchenchefs auf unserer Gehaltsliste und könnten einen davon bitten, dir Unterricht zu geben.«

Der Vorschlag wurde mit beifälligem Murmeln begrüßt. Alle wirkten erleichtert.

Nun war es an Luke, die anderen Familienmitglieder mit Verwunderung zu betrachten. »Ihr meint das im Ernst, wie?«

»Ich will dir ehrlich mal was sagen«, antwortete Hayden. »Du hättest am besten überhaupt keine Affäre mit Katy anfangen sollen. Sie ist nicht dein Typ, und du bist ganz entschieden nicht ihrer. Aber da es sich um ein *Fait accompli* handelt, meinen wir, du solltest das tun, was für sie das richtige ist.«

Alle sahen ihn ziemlich finster an.

»Abgemacht«, sagte Luke.

Sie beäugten ihn mißtrauisch ob ihres leichten Erfolgs.

»Und zwar bald«, machte Darren zur Bedingung.

»Bald«, versprach Luke leise. »Sehr bald.«

»Ich werde einen Küchenchef auftreiben, der dir Unterricht gibt«, versprach Eden.

Die Nachricht, mit der Justine ihn zu sich in ihr Apartment bestellte, erreichte Luke am nächsten Morgen. Er ging hinunter in den ersten Stock der Villa und meldete sich an ihrer Tür.

»Mrs. Gilchrist ist außer sich, und Sie allein sind dran schuld«, verkündete Mrs. Igorson, als sie ihn einließ.

»Machen Sie sich nichts draus«, sagte Luke. »Wenn ich nachher gehe, ist sie wahrscheinlich noch viel wütender.«

Justine empfing ihn in ihrem geliebten Ohrensessel sitzend, der ihr als Thron diente. Das gedämpfte Licht des wolkenverhangenen Tages ließ das Silber in ihrem Haar stumpf erscheinen, nicht aber das Glitzern in ihren grünen Augen. Justine war in Kampfstimmung, wie Luke feststellen konnte. Während er auf sie zuging, schien sie vor Wut förmlich steif zu werden. Unter der schwarzen Bluse wirkten ihre Schultern starr und unbeugsam.

»Was hat es damit auf sich, daß du Katy bitten willst, dich zu heiraten?« schnauzte Justine ihn an.

»Nichts als Geschwätz und böswilliger Klatsch«, antwortete Luke leichthin. Er setzte sich auf den Fenstersitz und sah ihr ins Gesicht. »Ich hab' sie noch nicht gefragt.«

»Aber du hast die Absicht, sie zu fragen?«

»Wenn ich den Mut dazu aufbringen kann ...«

Justine preßte die Lippen zusammen. »Mach keine Witze mit mir.«

»Es ist kein Witz. Es ist durchaus möglich, daß sie nicht will. Du weißt, daß wir Gilchrists mit Zurückweisungen unsere Schwierigkeiten haben.«

Justines Hand krampfte sich um die Sessellehne. »Verdammt noch mal, Luke, ich hab' dir doch gesagt, daß ich nicht wollte, daß du ihr weh tust.«

»Alle scheinen sich große Sorgen zu machen, ich könnte Katy verletzen. Ich muß schon sagen, daß mich das ein bißchen erstaunt.«

»Was hast du denn erwartet? Katy ist beinahe so etwas wie eine Tochter für mich gewesen. Ich will nicht mit ansehen, wie du sie ausnutzt.«

Luke betrachtete eine Zeitlang seine Stiefelspitzen. Dann schaute er mit einem spöttischen Lächeln auf. »Der Grund, weswegen ich mich über all das Interesse an meiner Beziehung zu Katy wundere, ist der, daß die Gilchrists sich normalerweise nicht mit unschuldigen Opfern befassen.«

Justines Augen blitzten ärgerlich auf. »Wie lächerlich, so etwas zu sagen. Ich habe keine Ahnung, wovon du sprichst, aber ich will dir in aller Deutlichkeit klarmachen, daß du Katy nicht bitten sollst, dich zu heiraten.«

»Glaubst du, ich wäre so ein schlechter Ehemann für sie?«

Justine schloß kurz die Augen. Als sie sie wieder öffnete, war ihr Blick ruhig. »Unsere Familie hat ihren Angehörigen genug Schaden zugefügt. Ich will nicht erleben, daß sich so etwas noch einmal wiederholt.«

»Du beziehst dich auf das berühmte Ereignis vor siebenunddreißig Jahren, nehme ich an?« Luke schlug sich den Ordner, den er in der Hand hielt, gegen den Oberschenkel.

»Wir hatten vereinbart, nicht mehr darüber zu sprechen«, sagte Justine kalt. »Aber da du das Thema erwähnst, ja. Wir reden über die Tatsache, daß das letzte Mal, als ein Gilchrist eine Beziehung mit einer Frau aus Katys Familie hatte, er diese Frau am Altar stehenließ. Ich kann nicht dulden, daß so etwas ein zweites Mal passiert.«

Luke schaute sie von der Seite her prüfend an. »Wie kommst du darauf zu glauben, ich würde Katy am Altar stehenlassen?«

Justine wich seinem Blick nicht aus. »Ich bin nicht dumm. Dich hierherzuholen, um die Leitung von Gilchrist, Inc. zu übernehmen, bedeutete, von mir aus gesehen, ein kalkuliertes Risiko. Es war mir durchaus bewußt, daß du möglicherweise die Gelegenheit wahrnehmen würdest, dich an mir und der Familie zu rächen.«

Auf einmal verstand Luke. »Du glaubst, ich würde eine Wiederholung dessen inszenieren, was vor siebenunddreißig Jahren passiert ist, nur um dich und die anderen zu demütigen?«

Justine holte tief Luft und schaute weg. »Ich könnte mir denken, du würdest es als angemessene Rache betrachten.«

Luke nickte nachdenklich. »Eine wahre Gilchrist-Rache. Damit sie wirklich gelingt, müßte ich natürlich zuerst einmal die Firma ruinieren. Dann könnte ich dir den Todesstoß versetzen, indem ich ein Schauspiel aufziehe, das dich vor allen Freunden und Firmenmitarbeitern bloßstellt, genau wie es den anderen vor siebenunddreißig Jahren ergangen ist. Gar nicht schlecht. Denk nur, wie sie alle lachen würden über dich, Justine. Und die, die es nicht täten, würden dich bemitleiden.«

»Hör auf damit«, fuhr sie ihn an. »Wie ich schon sagte, dich herzubringen, war ein kalkuliertes Risiko.«

Luke stand auf und ging unruhig im Zimmer auf und ab. »Ist dir schon mal der Gedanke gekommen, daß Katy und ihr Bruder heute zu den Erben der Firma Gilchrist zählten, wenn du dich vor siebenunddreißig Jahren an deinen Teil der Vereinbarung mit Quinnell gehalten hättest?«

Justines Blick war jetzt eisig. »Ja.«

»Dies war der wirkliche Grund, weswegen du Katy die Stelle als deine persönliche Assistentin gegeben hast, nachdem ihre Eltern gestorben waren, stimmt's? Nicht weil mein Vater ihre Mutter hat sitzenlassen, sondern weil du dich schuldig fühltest. Du wußtest, daß Katy und Matt nicht völlig mittellos gewesen wären, wenn du die Fusion wirklich durchgezogen hättest.«

»Nachdem Katys Vater gestorben war, bestand die Quinnellsche Firma praktisch gar nicht mehr«, sagte Justine leise. »Er hatte sie heruntergewirtschaftet. Wäre die Fusion verwirklicht worden, hätte ich die Quinnell-Restaurants und meine eigenen leiten können. Richard Quinnells Imperium wäre nicht untergegangen, und Katy und ihr Bruder hätten finanziell keine Sorgen gehabt.«

»Quinnell hat dir vor Jahren aus großen Schwierigkeiten geholfen, als du plötzlich Witwe geworden warst und allein für zwei kleine Kinder sorgen mußtest, nicht wahr?«

»Ja.«

»Du warst ihm zu Dank verpflichtet.«

»Ja. Aber die Fusion konnte ich nicht mehr durchführen.« Wieder schloß sich ihre Hand fast krampfhaft um die Sessellehne. »Ich konnte es nicht riskieren, Firmenfremden einen Teil der Aufsicht über meine Gesellschaft zu überlassen. Eine Handlungsweise, die ich nicht bedaure; außerdem habe ich mich nach Kräften um eine Wiedergutmachung bemüht. Katy hat mir auch nie das, was geschehen ist, vorgeworfen.«

»Nein, so etwas würde sie nicht tun. Sie wünscht sich nur, den Gilchrists ein und für allemal den Rücken kehren zu können.« Luke blieb vor dem Fenster stehen. »Ich will sie bitten, mich zu heiraten, Justine.«

»Verdammt.«

»Sieh's von der erfreulichen Seite an. Vielleicht gibt sie mir einen Korb.«

»Und wenn sie einwilligt?« fragte Justine streng.

Luke lächelte verbissen. »Wenn sie ja sagt, wirst du dich die ganze Zeit bis zur Hochzeit angstvoll bangend fragen, was ich wirklich beabsichtige, nicht wahr, Justine? Bis zur letzten Minute wirst du nicht wissen, ob ich Rache nehmen will oder ob ich mich tatsächlich in Katy verliebt habe.«

Justine wurde blaß. »Du liebst sie nicht!«

Die Überzeugung in ihrer Stimme machte Luke neugierig. »Wie kannst du dessen so sicher sein?«

»Weil dein Vater mir vor siebenunddreißig Jahren gesagt hat, kein Gilchrist könne eine Frau wie Katys Mutter lieben. Er meinte, sie sei nett, aber nicht aufregend. Nichts Dramatisches. Er brauchte eine Frau wie Cleo. Katy ist das Abbild ihrer Mutter.«

»Aber sie ist nicht ihre Mutter, und ich bin nicht mein Vater.«

»Du bist ihm viel ähnlicher, als du je begreifen wirst. Bestimmt findest du die gleiche Art Frauen anziehend. Ich hab' in der Zeitung Fotos von deiner Frau gesehen. Im Vergleich zu ihr wirkt Katy eher unscheinbar. Erzähl mir nicht, du seist verliebt in sie.«

Luke zuckte die Schultern. »Okay, dann erzähl ich's dir nicht.«

»Und wenn du sie nicht liebst«, fuhr Justine erbarmungslos fort, »dann gibt's nur einen Grund, weswegen du ihr einen Heiratsantrag machst.«

»Als Schlußakt meiner Familienrache?«

»Ja, verdammt noch mal.« Justine beugte sich vor, ihre Finger krallten sich um die Sessellehne. »Luke, ich habe dich hierhergebracht, damit du die Firma und die Familie rettest. Katy glaubt, du willst uns helfen – nicht uns vernichten.«

»Es wäre vielleicht interessant zu erfahren, was du glaubst, oder?« Luke ging auf die Tür zu. »Bist du an dem Tag, an dem ich Katy heirate, in der Kirche?«

»Es wird keine Hochzeit geben«, krächzte Justine.

»Wie willst du sie verhindern?«

»Ich werde Katy überreden, deinen Antrag abzulehnen, und wenn es das letzte ist, was ich noch tue.«

»Arme Katy. Mitten in ein Gilchristduell verwickelt. Na ja, möge der beste Gilchrist siegen.« Luke schwieg einen Augenblick. »Übrigens, sagt dir der Name Sam Atwood etwas?«

Justine stockte, durch den plötzlichen Themawechsel sichtlich aus der Fassung gebracht. Sie betrachtete ihn ärgerlich. »Atwood, gibt's da eine Verbindung zu diesem gräßlichen Nate Atwood?«

»Sein Vater.«

»Nein, ich habe seinen Vater nie kennengelernt. Meines Wissens ist er tot.«

»Ja, tatsächlich«, sagte Luke. »Er hat vor etwa fünfzehn Jahren Selbstmord begangen. Seine Frau starb an Krebs, und kurz darauf verlor er sein Restaurant. Offensichtlich war es zu viel für ihn. Er hat sich eine Kugel in den Kopf gejagt.«

Justine sah ihn durchdringend an. »Was hat das mit uns zu tun?«

»Wahrscheinlich nichts«, meinte Luke leise. »Nur ein weiteres Straßenopfer der Gilchrists.«

Am nächsten Nachmittag stand Luke vor einem der riesigen Spülbecken aus Edelstahl in der blitzenden Küche des Pacific Rim und verfluchte insgeheim alle launischen Küchenchefs.

»Nein, nein, nein, Mr. Gilchrist.« Benedict Dalton, prächtig anzusehen, weil von Kopf bis Fuß in makelloses Weiß gekleidet, runzelte beim Anblick der Spinatblätter, die Luke fest in der Faust hielt, bedenklich die Stirn. »Spinat muß man sehr behutsam behandeln. Die Blätter sollen ja nicht beschädigt werden.«

»Wie, zum Teufel, soll ich die Stiele abkriegen, wenn ich die Blätter nicht festhalten darf?«

Benedict Dalton seufzte. »Mit großer Sorgfalt, Mr. Gilchrist, und mit angemessenem Respekt vor der Frische des Produkts. Also noch einmal – halten Sie das Blatt vorsichtig in der linken Hand und fassen Sie den Stiel mit Daumen und Zeigefinger. Dann knipsen Sie ihn schonend ab.«

Luke zerrte am Stengel. Das Blatt zerriß.

Benedict war geschockt. »Du lieber Himmel, Sie haben überhaupt kein Gefühl für Spinat, Mr. Gilchrist.«

»Wenn er so verdammt sensibel ist, sollte ich vielleicht drauf verzichten, ihn in den Salat zu tun.«

Benedict schürzte die Lippen. »Das hier soll eine praktische Übung sein, wenn Sie sich erinnern. Und Sie selbst haben Spinatsalat für Ihr Menü gewählt, also ist es doch sinnvoll, mit Spinat zu üben.«

»Es ist verdammt lästig, wenn Sie mich fragen.«

»Wenn Sie nicht lernen möchten, wie man Spinat sachgemäß wäscht, steht es Ihnen natürlich frei, Ihren Salat mit dem Sand darin anzurichten.«

Luke sah den Küchenchef mürrisch von der Seite her an. »Nein, vielen Dank.«

Benedict lächelte befriedigt, war er sich doch im klaren, daß er hier die Oberhand hatte. »Wenn Sie sich für andere Blattgemüse entscheiden möchten, dann gibt es noch Romana, krause Endivie, Löwenzahnblätter und Brunnenkresse. Sie sind aber alle noch empfindlicher als Spinat.«

»Machen Sie sich keine Sorgen.« Luke betrachtete die Blätter, die im Wasser schwammen. »Ich hab' mit dem verdammten Spinat angefangen, und jetzt bleib ich auch dabei. Muß man wirklich jedes einzelne Blatt von Hand waschen?«

»Ich fürchte schon.« Benedicts Stimme klang nicht besonders mitfühlend.

»Es macht Ihnen Spaß, nicht wahr?«

»Unsereiner hat nicht oft Gelegenheit, einem Gilchrist zu sagen, was er tun soll«, meinte Benedict munter. »Na, haben Sie sich schon entschieden, welche Salatsauce Sie zubereiten möchten?«

»Die Zitronenvinaigrette.«

»Eine sehr gute Wahl. Haben Sie schon einmal eine Salatsauce mit Vinaigrette gemacht?«

»Nein.«

»Sicher eine interessante Erfahrung. Sind Sie ein geduldiger Mensch?«

»Nicht, wenn es ums Kochen geht.« Luke spülte mühselig ein weiteres Spinatblatt ab.

»Vielleicht werden Sie im weiteren Verlauf unserer Arbeit Geduld lernen.«

»Das bezweifle ich.« Luke riß wieder einen Stengel ab.

»Dann ist es schade, daß Sie zum Dessert ein Soufflé machen wollen.«

»Ich hab' mich dafür entschieden, weil ich glaube, daß es auf die Dame, die ich zum Abendessen einladen möchte, Eindruck macht«, sagte Luke mit zusammengebissenen Zähnen. Mit einem heftigen Ruck riß er einen weiteren Stengel ab.

»Na, na, na«, schnalzte Benedict mißbilligend. »Meine Güte, wir verbrauchen aber eine Menge Spinat, hm?«

»Ich kann's mir leisten«, brummte Luke.

Er grapschte das nächste Blatt aus dem Wasser und hielt es unter den Wasserhahn. Es war dämlich. Total dämlich. Natürlich hatte er nicht die geringste Chance, Katy mit einem selbstzubereiteten Schlemmermenü zu beeindrucken. Sie würde seine Anstrengungen höchstens erheiternd finden. Es fiel ihr meistens sowieso verdammt leicht, über die Gilchrists zu lachen.

Der Plan, ihr ein sensationelles Essen zu kochen und zu servieren – und sie dann zu bitten, ihn zu heiraten –, schien von vornherein zum Scheitern verurteilt.

Sie würde niemals einen Gilchrist heiraten.

Andererseits sagte ihm irgendein Instinkt, daß sie nicht mit einem Mann schlafen würde, den sie nicht liebte.

Sie schlief mit ihm. Das mußte bedeuten, daß sie ihn liebte.

Aber sie hatte nie von Liebe gesprochen, soweit er sich erinnern konnte.

Luke biß die Zähne zusammen und wusch das nächste Spinatblatt ab. Diese scheußliche Ungewißheit war ein völlig neues Gefühl für ihn. Er mochte es gar nicht.

Katy zog die Brauen hoch, als Liz ihr mitteilte, sie werde unten in Justines Suite erwartet.

»Will sie mich alleine sprechen? Ohne Luke?«

»Jaha.« Liz kniff die Augen zusammen, als habe sie eine klinische Begutachtung abzugeben. »Wenn Sie mich fragen, befindet sie sich in einem akuten Angstzustand. Es würde mich nicht wundern, wenn sie demnächst eine Panikattacke bekäme.«

»Hat sie selber raufgerufen? Oder war es etwa Mrs. Igorson?«

»Nee. Es war Mrs. Gilchrist. Hörte sich an, als brauchte sie 'ne Dosis Vitamin V.«

»Wie bitte?«

»Valium.« Liz lachte in sich hinein. »Nur ein kleiner Witz unter Profis.«

»Wann fangen Ihre Vorlesungen im College wieder an, Liz?«

»So in etwa sechs Wochen«, gab Liz zurück. »Solange bleibe ich Ihnen als Hauspsychologin erhalten.«

»Das hatte ich befürchtet.«

Katy schaute auf ihre Uhr. Es war beinahe vier Uhr dreißig, und sie freute sich auf ihr Fünf-Uhr-Schwimmen. Luke würde wie gewöhnlich am Abend zum Essen kommen, und sie wollte ein neues Rezept an ihm und dem Hund ausprobieren. Vorher mußte sie noch eine ganze Menge Spinatblätter waschen für ihre neueste Pestokreation.

Sie lief schnell hinunter.

Justine sah so erschöpft aus, daß Katy erschrak und besorgt die Stirn runzelte, als sie das Wohnzimmer betrat.

»Justine, ist alles in Ordnung mit Ihnen?«

»Beruhigen Sie sich«, antwortete Justine müde. »Physisch gesehen fehlt mir nichts. Setzen Sie sich, Katy. Ich möchte mit Ihnen reden.«

Katy setzte sich. »Worum geht es denn?«

»Um meinen Enkel natürlich. Wenn ich so darüber nachdenke, ist er schon seit einiger Zeit auf die eine oder andere Art ein Problem. An manchen Tagen wünschte ich wirklich, ich wäre das Wagnis nicht eingegangen, ihm die Leitung von Gilchrist, Inc. zu übertragen. Dann wieder sage ich mir, daß er die einzige Hoffnung ist, die der Firma und der Familie bleibt. Aber heute ist so ein Tag, an dem ich glaube, daß ich einen schweren Fehler gemacht habe.«

Katys Anspannung ließ ein wenig nach. Justine nörgelte wie immer an Luke herum, das hatte nicht viel zu bedeuten. »Was hat er denn jetzt getan, daß Sie so außer Fassung sind?«

»Er will Sie bitten, ihn zu heiraten.«

Katy riß den Mund auf, fand keine Worte und klappte ihn wieder zu. Sie wartete ein paar Sekunden und versuchte es noch einmal. »Er will was?«

»Sie haben mich schon verstanden. Er will Sie anscheinend bitten, ihn zu heiraten.«

»Das glaub ich nicht.« Katy sprang auf, sie war geschockt und fühlte sich schwindelig. Ein Teil von ihr erhob sich frei in die Lüfte vor Glück. Aber ein anderer, nüchterner, wußte genau, daß es sich um ein schreckliches Mißverständnis handeln mußte. Gleich würde etwas Unangenehmes hinterherkommen.

»Es ist wirklich wahr«, stellte Justine fest. »Die Frage ist nur, was halten Sie davon?«

»Ich weiß nicht recht«, gestand Katy.

Justines Blick verdüsterte sich. »Sie lieben ihn, oder etwa nicht?«

»Ja.«

»Das hatte ich befürchtet. Sie hätten sich nicht so weit mit ihm eingelassen, wenn Sie nicht in ihn verliebt wären. Haben Sie's ihm gesagt?«

»Nein.«

»Ich würde Ihnen auch nicht raten, es zu tun, Katy. Er ist ganz anders als Sie. Sie sind ehrlich, geradeheraus und offen. Aber Luke ist ... na ja, ein sehr tiefes Wasser.«

»Das weiß ich. Er ist ein Gilchrist.« Katy wendete den Kopf und sah ihr voll ins Gesicht. »Sie versuchen, mich darauf aufmerksam zu machen, daß er vielleicht ein bestimmtes Ziel damit verfolgt, ja? Daß er es, auch wenn er mich bittet, ihn zu heiraten, nicht unbedingt ernst meint?«

»Wir müssen uns der Realität stellen, Katy. Mein Enkel ist für uns alle noch eine unbekannte Größe. Am Anfang war uns klar, daß sein Beweggrund für die Übernahme der Firmenleitung der Wunsch nach Rache gewesen sein könnte.«

»Wie würde denn die Heirat mit mir in den Racheplan passen, den er vielleicht ausgeheckt hat?« fragte Katy.

»Es ist durchaus denkbar, daß er sich vorgenommen hat, die Firma zugrunde zu richten und dann, sozusagen als Finale seines Racheakts, das erniedrigende Schauspiel, das vor siebenunddreißig Jahren stattgefunden hat, noch einmal neu zu inszenieren. Nur daß Sie diesmal diejenige wären, die vor dem Altar stehengelassen würde, nicht Ihre Mutter.«

Katy war völlig verblüfft. »Das kann nicht Ihr Ernst sein. So etwas würde Luke mir nicht antun. Er haßt mich doch nicht.«

»Natürlich haßt er Sie nicht.« Justine schüttelte traurig den Kopf. »Mich könnte er demütigen und vernichten wollen. Und ich glaube, er hat erfaßt, daß es mich viel mehr schmerzen würde, als andere sich vorstellen können, wenn Sie allein vor dem Altar stehen blieben. Luke ist sehr, sehr intelligent. Er kennt die Wahrheit.«

»Welche Wahrheit?«

Justine sah sie erstaunt an. »Ich glaube, daß Luke, obwohl ich versucht habe, ihn hinsichtlich dessen zu täuschen, gemerkt hat, daß mir nichts lieber wäre, als Sie mit ihm verheiratet zu sehen.«

Katy setzte sich wieder hin. Etwas unsanft. »Sie möchten, daß ich ihn heirate?«

»Ich stehe nicht nur tief in der Schuld Ihres Großvaters, der mir in den ersten Jahren im Restaurantgeschäft so sehr beigestanden hat ... Gott helfe mir, ich liebte ihn auch.«

»Justine, davon hatte ich keine Ahnung.«

»Er auch nicht. Oder falls er es wußte, war er zu gütig, um etwas zu sagen.« Justine seufzte. »Er war glücklich verheiratet mit Ihrer Großmutter. Ich wußte, daß ich ihm nie die Wärme und die Freude hätte geben können, die sie ihm gab. So betrachtete ich mich als Freundin der Familie und redete mir ein, ich sei damit zufrieden. Tolle Freundin. Letzten Endes war ich überhaupt keine.«

»Das stimmt nicht, Justine. Sie waren meine Freundin, als ich eine brauchte.«

»Danke, Katy. Das bedeutet mir sehr viel. Vor siebenunddreißig Jahren glaubte ich, ich wäre glücklich, wenn ich die beiden Familien durch die Heirat Ihrer Mutter mit meinem Sohn vereinigen könnte. Ich wünschte mir von ganzem Herzen, daß diese Hochzeit stattfände. Sie war mir beinahe so wichtig wie die Firma.«

»Beinahe.« Katy lächelte sarkastisch. »Aber nicht ganz?«

»Nein. Nicht ganz so wichtig. Die Firma war alles für mich. Sie war das Erbe meiner Kinder und Kindeskinder. Die Zukunft der Familie war eng verknüpft mit den Restaurants. Ich hatte nicht das Recht, diese Zukunft aus der Hand zu geben, es sei denn, ich hätte mit Bestimmtheit gewußt, daß sie von Familienangehörigen bewahrt wird.«

»Und bei aller Liebe zu meinem Großvater waren die Quinnells für Sie nicht Familie.«

»Nein. Und die letzte Möglichkeit, sie in die Familie zu integrieren, verlor ich, als mein ältester Sohn mit dieser Schlampe von Sekretärin durchbrannte.«

»Sie meinen, als er mit Lukes Mutter auf und davon ging«, verbesserte Katy sie bestimmt.

»Wie dem auch sei. Aber meinen Traum, eines Tages die beiden Familien miteinander zu verbinden, habe ich nie vergessen. Eine Zeitlang hoffte ich sogar, Sie und Darren fänden zueinander.«

Katy lächelte. »Aussichtslos. Darren und ich könnten nie mehr als Freunde sein.«

»Das wurde mir bald klar. Aber ich gab nicht auf. Als ich erfuhr, daß Luke verwitwet war, kam mir der Gedanke, daß sich eines Tages doch noch die Möglichkeit bieten würde, die Quinnells und die Gilchrists durch eine Heirat zusammenzubringen.«

»Justine, Sie sind wirklich unglaublich. Verschlagen, gerissen und gefährlich.«

»Verzweifelt, meine Liebe. Nicht gefährlich. Aber nun, da es so aussieht, als ob mein liebster Wunsch wahr geworden wäre, stelle ich fest, daß ich große Befürchtungen habe.«

»Weil Sie denken, Luke hätte Ihr Geheimnis erraten, hätte Sie absichtlich in Ihren Hoffnungen bestärkt, um sie dann mit einem Schlag zu zerstören.«

»Genau wie sein Vater es getan hat. Und er, Luke – er kann ohne Zweifel Gilchrist, Inc. zusammen mit allen meinen übrigen Wunschträumen zunichte machen.«

Katy lächelte zögernd. »Wissen Sie, was Ihr Problem ist, Justine?«

»Was denn?«

»Daß Sie viel zu sehr eine Gilchrist sind. Sie suchen bei allem immer nach der dunklen, melodramatischen Seite. Warum haben Sie nicht mehr Zutrauen zu Ihrer eigenen Familie?«

»Ich kenne diese Familie viel besser als Sie«, murmelte Justine. »Und ich kann Ihnen versichern, daß wir Gefahr laufen, unseren Untergang zu besiegeln, wenn Sie Lukes Heiratsantrag annehmen.«

20

»Kann ich dir ganz bestimmt nicht helfen?« Katy lehnte an der Theke in Lukes Küche und nahm die chaotische Szene in sich auf. Sie war tief beeindruckt.

Teller, Tiegel, Schneebesen und langstielige Löffel lagen überall verteilt. Ein Haufen frischgewaschener, tropfnasser Spinat türmte sich in einer Schüssel. Daneben waren schon die Zutaten für eine Vinaigrette bereitgestellt. Auf dem Herd kochte das Wasser für die Pasta. Ein Laib Sauerteigbrot auf dem Holzbrett wartete darauf, geschnitten zu werden. Nach der Eiweißmenge zu urteilen, die sie in einer anderen Schüssel entdeckte, schien Luke sich an ein Soufflé wagen zu wollen.

»Nein danke.«

Lukes markante Gesichtszüge verrieten äußerste Konzentration, während er Kapern, Oliven, Petersilie und Anchovis hackte. »Ich hab' alles im Griff.«

»Ich wußte gar nicht, daß du gerne kochst«, meinte Katy.

»Was hast du denn erwartet? Ich bin schließlich in der Restaurantbranche groß geworden.« Er fluchte leise, als ihm eine Olive unter dem Messer wegsprang und vom Schneidebrett auf den Fußboden rollte. Zeke schlenderte gemächlich heran und fraß sie auf.

»Du verwöhnst mich ja geradezu«, fuhr Katy fort. Sie verbarg ein Lächeln, als wieder eine Olive wegkullerte und auf den Boden fiel. Zeke beeilte sich, das Beweisstück zu vertilgen. »Ich kann mich nicht mehr erinnern, wann zuletzt jemand für mich gekocht hat. Matts Vorstellung von Kochen besteht darin, daß er eine Tiefkühlpizza in den Ofen schiebt.«

»So sind die Kids eben«, bemerkte Luke nachsichtig. »Opfer der Fastfoodmentalität. Man kann sie wirklich bemitleiden. Ich frage mich bloß, wer das Kochen für die nächste Generation mal übernimmt.«

Katy grinste. »Vielleicht essen die Leute in Zukunft häufiger außer Haus. Das wär gut für Gilchrist, Inc. und Pesto Presto.«

»Gutes Argument. Verdammt.« Luke ließ das Messer fallen und ging zum Herd.

»Was ist los?«

»Nichts. Das Wasser kocht schon. Ich kann aber die Pasta jetzt noch nicht reintun.«

»Dann mach das Gas aus. Luke, ich hatte heute ein langes Gespräch mit Justine.«

»Ja? Ich nämlich auch.« Luke stellte das Gas unter dem Pastawasser ab und nahm das Notizbuch zur Hand, das auf der Theke lag. Er konsultierte es stirnrunzelnd.

»Sie schien mir außer Fassung zu sein.«

»Sie ist immer aufgeregt. Es liegt ihr im Blut.«

Katy blinzelte. »Wie bitte?«

»Vergiß es. Gib mir mal den Topf da, bitte.«

Katy nahm die Kasserolle und reichte sie ihm. Sie schaute zu, wie er sie auf den Herd stellte und den Boden mit Olivenöl ausgoß. Mit reichlich viel Öl, stellte sie fest.

»Luke, es ist einfach so, daß sie das Gefühl hat, sie könnte dir nicht völlig vertrauen. Sie möchte glauben, daß du Gilchrist retten willst, aber andererseits hat sie immer noch Angst, du seist nur hergekommen, um dich zu rächen.«

»Das ist ihr Problem.«

Luke nahm wieder sein Notizbuch und furchte düster die Stirn. Seine Miene wurde noch finsterer, als er über die Schulter einen Blick auf das Olivenöl in der Kasserolle warf.

»Hast du ihr gesagt, daß du die Ursache für das Debakel bei Gilchrist Gourmet entdeckt hast?«

»Nein. Darauf bin ich gar nicht zu sprechen gekommen. Als ich gestern abend bei ihr war, wollte sie über eine andere Angelegenheit reden.« Luke kippte die gehackten Kapern, Oliven und Anchovisfilets in die Kasserolle.

»Im Grunde genommen läuft es darauf hinaus, daß du ihr nie eine logische Erklärung für das geliefert hast, was bei den beiden Restaurants, die Geld verloren haben, eigentlich los war; und außerdem hat sie keine Ahnung, daß du den

Machenschaften zur Schädigung von Gilchrist Gourmet ein Ende setzen konntest.«

»Ja, die Computerprobleme, weißt du noch?«

»Ich glaub nicht, daß sie uns das abgekauft hat.«

»Wirklich schade. Es gibt keine logische Erklärung für die Vorgänge bei den beiden Restaurants, ausgenommen die Wahrheit. Du hast mir gesagt, ich könnte ihr nicht erzählen, ihre Enkelin ließe Geld verschwinden, um Zahlungen an einen Erpresser zu leisten – also, was soll's.«

»Natürlich konntest du ihr das mit Eden nicht erzählen. Aber was ist mit dem Trouble bei Gilchrist Gourmet?«

»Was Gilchrist Gourmet betrifft, hab' ich eben noch nicht die Gelegenheit gehabt, ihr von Atwoods Unterminierungsarbeit zu berichten.« Luke beäugte die Zutaten für die Vinaigrette, als handele es sich um die Komponenten eines Kernbrennstoffs. Er nahm behutsam den Schneebesen zur Hand. »Macht's dir was aus, wenn wir das ein andermal besprechen? Im Moment bin ich ziemlich beschäftigt.«

»Nein, aber ich denke, das erklärt, warum Justine sich über deine Absichten hinsichtlich der Firma Sorgen macht. Luke, wenn du einfach versuchen würdest, sie wissen zu lassen, daß du es nicht auf Rache abgesehen hast, wäre ihr ein Großteil der Angst genommen.«

»Wer sagt denn, daß ich nicht auf Rache aus bin?« Er hielt eine Flasche mit Olivenöl in der einen Hand und versuchte, das Öl tropfenweise mit dem Zitronensaft zu vermischen. Mit der anderen Hand ließ er wie verrückt den Schneebesen kreisen. Öl und Zitronensaft spritzten über die Arbeitsplatte. »Weißt du was? Einem gewissen Küchenchef würde ich am liebsten hier und jetzt den Hals umdrehen.«

Katy lächelte. »Ich weiß, daß du nicht rachsüchtig bist, Luke.«

»Tatsächlich?« Er warf ihr einen mürrischen Blick zu. »Woher willst du das wissen?«

»Weil du Eden und Darren geholfen hast, unter anderem.«

»Verlaß dich nicht zu sehr darauf. Edens und Darrens kostbare Haut zu retten, hätte Teil eines viel größeren Plans sein können. Zum Teufel, schließlich will ich möglicherweise die ganze Familie Gilchrist ins Verderben stürzen!«

»Na, komm schon, Luke. Zieh die Sache nicht ins Lächerliche.«

»Mach ich nicht. Es ist mein Ernst. Selbst, wenn ich Justine die Wahrheit sagte, würde sie mir wahrscheinlich nicht glauben. Kann sein, daß ich nur aus dem Grund Darren aus der Klemme gezogen hab', weil ich mir Zeit verschaffen wollte, um meine eigenen Pläne zu verwirklichen.«

Luke brach unvermittelt ab. Er zog scharf die Luft ein. »Verdammt!«

Mit einem Satz war er beim Herd und riß die Kasserolle vom Feuer. Ein Geruch von verbrannten Kapern, Oliven und Anchovisfilets stieg aus dem Topf auf. Luke starrte finster auf die rauchende Mischung.

Zeke schaute voller Hoffnung zu, als Luke die Kasserolle zum Spülbecken hinübertrug.

»Es ist zu heiß für dich, Zeke«, sagte Katy freundlich. »Laß es erst ein bißchen abkühlen.«

Luke machte sich mit unheilverheißender Miene daran, noch einmal Kapern und Oliven zu zerkleinern. Katy beschloß, den Versuch aufzugeben, die Unterredung weiterzuführen. Sie trank schweigend und in kleinen Schlucken ein Glas Wein, während sie beobachtete, wie Lukes Miene immer düsterer wurde.

Er unternahm häufige Gänge zum Notizbuch, wobei er leise vor sich hinbrummte. Katy zuckte zusammen, als er anfing, das Eiweiß für das Soufflé zu schlagen. Die Katastrophe stand unmittelbar bevor, aber sie wagte nicht, etwas zu sagen. Aus irgendeinem Grund bemühte sich Luke, den Anschein zu erwecken, er sei ein Meisterkoch.

Als sie sich endlich an den Tisch setzten, war Lukes Kiefermuskulatur bis zum äußersten angespannt. Seine Augen waren sehr grün, als er Katy den Salat reichte.

»Wunderbar«, murmelte Katy, als sie sich davon nahm. Sie stellte fest, daß das Dressing nicht an den Blättern haftete. Luke hatte vergessen, die Spinatblätter nach dem Waschen abzutrocknen.

Luke nahm einen Bissen und fluchte. »Es schmeckt wäßrig.«

»Nur ein bißchen feucht. Das Aroma der Vinaigrette ist vorzüglich.«

Luke kostete versuchsweise das Hauptgericht. Sein Gesicht verfinsterte sich. »Die Pasta sind schlabbrig weich.«

»Quatsch. Sie sind großartig.« Katy mampfte begeistert die suppige Masse.

»Gib dir nicht die Mühe, mich zu belügen«, knurrte Luke. »Sie sind schlabbrig.«

»Vielleicht ein bißchen zu lange gekocht. Aber das ist nicht schlimm, Luke. Ich hab's erst gemerkt, als du darauf hingewiesen hast.« Es war zwecklos hinzuzufügen, daß sie außerdem eiskalt waren. Das konnte Luke selber herausfinden.

»Ich erkenne Fünf-Sterne-Küche, wenn ich sie zu kosten bekomme«, sagte Luke. »Und du auch. Das hier taugt nichts.«

»Mach dir keine Gedanken deswegen.«

»Will ich auch nicht. Ich werd nur den Scheißkerl rauswerfen.«

»Wen?«

»Benedict Dalton.«

Katy starrte ihn verblüfft an. »Den Küchenchef vom Pacific Rim? Weshalb in aller Welt solltest du ihn feuern wollen?«

»Er hat mich reingelegt.«

»Du lieber Himmel, Luke. Das ist doch lächerlich. Warum sollte er so etwas tun?«

»Mach dir nichts draus.« Luke beäugte ihren Teller. »Schmeckt es dir ein wenig?«

Katy fing den verzweifelten Appell des Kochs auf, der weiß, daß alles scheußlich danebengegangen ist. »Es schmeckt wunderbar, Luke.«

»Ja?«

»Ja.«

Er schien im Zweifel, traute sich offensichtlich aber nicht, den Punkt weiter zu verfolgen. Einige Minuten lang herrschte Schweigen am Tisch.

»Ist irgendwas mit dir, Luke?« fragte Katy schließlich.

»Nein.«

»Du wirkst heute abend bedrückt. Vielleicht sollten wir uns heute nicht zu intensiv miteinander befassen.«

»Matt arbeitet und kommt nicht vor Mitternacht nach Hause. Ich hab' mir gedacht, es wär die Gelegenheit, es zu versuchen.«

»Was denn?«

Luke wirkte untypisch nervös, sogar unsicher. Katy fand, sie habe ihn, seit sie ihn kannte, noch nie mit einem solchen Ausdruck in den glitzernden Augen gesehen. Es war, als müsse er sich mit etwas auseinandersetzen, das er nicht in den Griff bekommen konnte. Diese Erfahrung war offensichtlich ungewohnt für ihn.

»Hat Justine dir heute noch etwas anderes gesagt?« fragte Luke schließlich geradeheraus. »Ich meine, außer der Tatsache, daß sie mir nicht traut?«

Katy konzentrierte ihre Aufmerksamkeit darauf, eine Portion glitschige Spaghetti auf die Gabel zu bekommen. Es war nicht leicht, das Zeug dazu zu kriegen, sich darumzuwickeln. »Nein. Eigentlich nicht. Sie hat vor allem darüber gesprochen, wie besorgt sie ist. Sie fragt sich, ob es richtig war, dich herkommen zu lassen.«

»Katy, sieh mich an.«

Widerstrebend schaute Katy auf und merkte, daß er sie mit einer überwältigenden Intensität betrachtete. »Na ja ...«

»Sag mir die Wahrheit. Du kannst nicht gut lügen, nicht mal auf Ausflüchte verstehst du dich. Was hat sie dir noch gesagt?«

Katy wurde über und über rot. Sie griff nach ihrem Wasserglas. »Sie hat gemeint, ich sollte vorsichtig sein. Sie fürchtet, ich würde mich zu weit mit dir einlassen.«

»Und was noch?«

»Luke, bitte, das wird mir peinlich.«

»Sie hat dir gesagt, ich wollte dich bitten, mich zu heiraten, nicht wahr?«

Katy fühlte, wie sie von Kopf bis Fuß feuerrot wurde. Sie

wollte einen Schluck Wasser trinken, verschluckte sich und fing an zu husten und zu spucken.

»Ich hab's gewußt.« Luke legte die Gabel weg, stand auf und klopfte ihr auf den Rücken. »Die alte Hexe nervt mich allmählich wirklich.«

»Sie ist keine alte Hexe«, schnappte Katy nach Luft. Endlich kam sie wieder zu Atem. »Sie macht sich bloß Sorgen, das ist alles.«

»Sie ist eine Betriebsnudel, die sich überall einmischt. Sie glaubt, sie kann anderer Leute Leben in die Hand nehmen. Ich hätte mir ja denken können, daß es schiefgehen würde.« Luke schlug ihr noch ein letztes Mal auf den Rücken und setzte sich wieder. »Also, und was ist deine Antwort?«

»Wie bitte?«

»Du hast mich doch verstanden.« Er blitzte sie grimmig an. »Sag mir deine Antwort.«

Katy wurde klar, daß dies sein Heiratsantrag war. Ihre Augen weiteten sich vor Empörung. »Ich hab' die Frage nicht gehört.«

»Du weißt verdammt gut, wie die Frage lautet. Willst du mich heiraten oder nicht?«

Katy nahm ihre Serviette herunter. »Luke Gilchrist, das ist eine abscheuliche Art, einer Frau einen Heiratsantrag zu machen. Du solltest dich schämen. Von einem Gilchrist hätte ich mehr erwartet.«

»Ja? Was denn wohl?«

»Rosen und Champagner. Vielleicht einen Strandbummel bei Mondschein ... hm, ich weiß nicht. Ich bin hier ja nicht fürs Theatralische zuständig.« Katy schaute ihn erbost an. »Ich will dir noch was sagen, vor allem nehm ich dir übel, daß du anscheinend unterstellst, ich verdiente einen richtigen, formellen Heiratsantrag nicht. Wo sind die Herzen und die Blumen? Warum liegst du nicht vor mir auf den Knien? Meinst du, ich bin die Mühe nicht wert?«

»Mühe?« Luke geriet in Rage. »Und das Ganze hier, meinst du, das hätte keine Mühe gekostet?« Mit einer ausholenden Bewegung seiner Hand wies er über die klebrigen Spaghetti und den nassen Salat. »Stundenlang hab' ich unter dem Tyrannen Dalton geschuftet. Er sollte mir zeigen, wie man ein Schlemmermenü zubereitet. Dann hab' ich mich den ganzen Nachmittag in der Küche abgeschunden, um dieses Essen zu machen. Und das soll der Dank dafür sein?«

Katy war fasziniert. »Du kannst nicht wirklich kochen, wie?«

»Ich kenne keinen Gilchrist, der kochen kann. Zumindest nicht das, was du darunter verstehst. Aber ich hab' es versucht, so wahr ich hier stehe. Und dafür möchte ich ein bißchen Anerkennung haben.«

»Du hast es wunderbar gemacht, Luke.«

»Du sollst mir nicht den Kopf tätscheln. Sag mir nur, ob du mich heiraten willst oder nicht, damit wir zum Soufflé übergehen können.«

»Okay, ich heirate dich.«

Luke war völlig verdutzt. »Ist das dein Ernst?«

»Ja. Aber ich möchte der Ordnung halber darauf hinweisen, daß du nicht das Recht hast zu behaupten, die Gilchrist-Küchenchefs seien launisch. Du bist schlimmer als alle zusammengenommen.«

»Sag's noch mal.«

»Ich will dich heiraten.«

Frust und Unsicherheit waren augenblicklich aus Lukes Miene verschwunden. »Meine Güte, ich kann's kaum fassen. Ich werd Benedict Dalton eine Gehaltserhöhung geben.«

Er schoß vom Stuhl hoch, streckte die Hand aus und zog Katy auf die Füße. Triumphierend schwang er sie im Kreis herum und trug sie dann zur Couch hinüber.

Katy war zwischen Lachen und Verlangen hin- und hergerissen, als er sie in die Polster drückte. Luke legte sich auf sie, und in seinen Augen glitzerte grünes Feuer.

»Du wirst es nicht bereuen, Katy.« Luke umrahmte ihr Gesicht mit seinen Händen. »Das schwör ich dir. Ich weiß, daß du meinst, wir hätten nichts miteinander gemein, und auch daß du die Gilchrists für schwer gestört hältst, aber wir können trotzdem dafür sorgen, daß unsere Ehe funktioniert.«

Katy lächelte. Sie spürte ein tiefes Glücksgefühl in sich aufsteigen. »Ich hab' nie behauptet, die Gilchrists seien schwer gestört.«

»Gut. Weil wir wirklich auch unsere Stärken haben, weißt du.«

Sie legte ihm die Arme um den Hals. Ihr Lächeln verwandelte sich in ein aufreizendes Grinsen. »Und die wären?«

»Wir sind erstens mal treu.«

Katy lachte nicht mehr. Sie versuchte, ihm in die Augen zu schauen. »Du hast recht. Ihr Gilchrists seid in euren Ehen genauso heftig und leidenschaftlich engagiert wie bei allem, was ihr sonst unternehmt.«

»Verdammt richtig. Meine Eltern fühlten sich bis zum Tag ihres Todes aneinander gebunden. Ich habe Ariel nicht ein einziges Mal betrogen. Und schau dir Maureen und Hayden an. Sie sind auch immer noch zusammen. Die einzige Scheidung in dem Verein war die von Eden und der kann man, denke ich, getrost mildernde Umstände zubilligen.«

»Auch deine Großmutter hat nie wieder geheiratet.«

Luke verzog den Mund. »Justine war mit Gilchrist, Inc. verheiratet. Und sie ist der Gesellschaft wahrhaftig treu geblieben.«

»Sie hatte auch noch eine andere Leidenschaft«, meinte Katy gedehnt. »Sie hat mir heute nachmittag gestanden, daß sie heimlich in meinen Großvater verliebt war.«

Luke zog die Stirn in Falten. »Das hat sie gesagt?«

»Ja.«

»Wenn sie eine heimliche Leidenschaft für Quinnell hatte, dann stand er sicher nur an zweiter Stelle auf ihrer Liste. Aber es könnte einiges erklären.«

»Wie zum Beispiel ihren sehnlichen Wunsch, deinen Vater mit meiner Mutter verheiratet zu sehen?«

Luke nickte. Sein Blick wurde sekundenlang sehr nachdenklich, als analysiere er einen Sachverhalt oder setze in Gedanken ein Puzzle zusammen. Dann lächelte er wieder sein behutsames, bestrickendes Lächeln.

»Katy, ich möchte heute abend nicht über die Vergangenheit reden.«

»Worüber möchtest du denn sprechen?«

»Über die Zukunft.« Er beugte seinen Kopf hinunter und küßte ihre Kehle. »Ich hab' die letzten drei Jahre in einer Art Niemandsland verbracht. Das schlimmste war, daß ich nicht einmal den Wunsch verspürte, daraus zu entfliehen. Und dann bist du auf meiner Türschwelle erschienen und hast mich über meine Pflichten belehrt. Du hast mich von dort heraus wieder in die Zukunft gezwungen.«

Katy kicherte leise. »Du warst furchtbar ärgerlich, und ich dachte, dein Hund würde mich bei lebendigem Leib auffressen.«

Lukes Augen glitzerten. »Du irrst dich, Katy. Ich bin derjenige, der dich gleich lebendig auffrißt.« Seine Hand wanderte hinunter über ihren Oberschenkel, und sein Bein schob sich zwischen ihre Knie.

»Da wir gerade von Essen reden ...«, murmelte Katy.

»Ähem?« Luke beknabberte gerade ihr Ohrläppchen.

»Hast du nicht was im Ofen vergessen?«

Luke schoß mit einem Ruck hoch. Panik trat in seinen Blick. »Ach, du große Scheiße, das Soufflé!«

Katy überließ sich einem Lachanfall, während Luke aufsprang und in die Küche raste. Zeke jagte hinter ihm her, den Futternapf im Maul und in der Hoffnung, daß gegen jede Vermutung doch noch eine weitere kulinarische Katastrophe darin landen würde.

Katy stand auf, immer noch lachend, und strich sich das Kleid glatt. Dann ging sie in die Küche. Luke, mit ungefügen Handschuhen an den Händen, hob das Soufflé behutsam aus dem Ofen.

»Nicht atmen«, flüsterte er, als er es auf den Herd stellte.

»Zu spät«, sagte Katy. »Es fällt schon zusammen. Schau, gleich ist es kaputt.«

Luke schaute empört und frustriert zu, wie die goldene Kuppel des Soufflés langsam herabsank. »Dalton hat geschworen, es würde nicht zusammenfallen, wenn ich mich an seine Anweisungen hielte. Alles Betrug! Es wird ein Pfannkuchen draus.«

»Das Gute an einem Soufflé ist, daß es immer gleich schmeckt, egal, ob es versackt oder nicht.«

»Quatsch. Das hat mir gerade noch gefehlt. Das erste, was ich morgen früh mache, ist, daß ich Benedict Dalton den Stuhl vor die Tür setze.«

»Du wirst den armen Benedict Dalton keineswegs rauswerfen, also hör auf, Drohungen auszustoßen, und servier den Nachtisch. Und wenn du gerade dabei bist, kannst du mir auch mal sagen, daß du mich liebst.«

Luke riß sich lang genug vom Anblick des zusammengefallenen Soufflés los, um ihr ins Gesicht zu schauen. »Ich hab' wirklich alles vermurkst, nicht wahr? Ich liebe dich, Katy.«

»Gut. Ich liebe dich auch. Und jetzt laß uns essen.«

Eine ganze Weile später spürte Luke, wie Katy sich wohlig neben ihm rührte. Sie lagen aneinandergekuschelt auf einem Quilt vor dem Feuer. Zeke, den menschliches Sexualverhalten anödete, hatte Futternapf und Würde zusammengerafft und sich in die Küche zurückgezogen.

Katys Kleid, BH und Strumpfhose waren achtlos über einen Sessel geworfen worden. Alles, was sie anhatte, war ein schwarzes Hemd, das Luke vorher getragen hatte. Luke fand, sie sähe unglaublich sexy darin aus.

Luke hatte überhaupt nichts an. Er genoß es, daß er fühlen konnte, wie Katys Bein an seinem entlangglitt. Sie war so weich, dachte er. So süß und zart und weich. Und sie liebte ihn. Sie würde ihn heiraten.

Er konnte sein Glück kaum fassen.

Er wagte nicht, an sein Glück zu glauben.

Mit dem Instinkt, der vor drei Jahren in ihm erwacht war, als er auf die rauchenden Trümmer eines abgestürzten Jets starrte, fing er an, nach der dunklen Seite seines Glücks zu suchen.

Katy gähnte. »Ich glaube, ich sollte allmählich dran denken, nach Hause zu gehen. Matt kommt bald.«

Luke schaute auf seine schwarze Stahluhr. »Du hast noch ungefähr eine Stunde Zeit. Katy, ich möchte, daß wir so bald wie möglich heiraten.«

Sie drehte sich in seinem Arm herum. Ihr Haar, das von hinten vom Feuer beleuchtet wurde, strahlte wie eine Sonne. »O nein, das tust du nicht. Dies hier wird meine erste und einzige Hochzeit, und ich will sie ordentlich vorbereiten.«

»Es ist mir gleich, wie du sie aufziehst, wenn du dich nur damit beeilst.« Er vergrub seine Finger in ihrem flammenden Haar. »Es ist mir Ernst damit, Katy. Ich möchte sobald wie möglich wissen, daß du mir gehörst.«

Sie stützte sich auf einen Ellbogen und schaute auf ihn hinunter. Das schwarze Hemd fiel vorn auseinander und gab die Rundung einer milchweißen Brust frei. Luke konnte gerade noch die Umrisse der rosigen Brustwarze erkennen.

»Was hast du, Luke?«

»Nichts.« Er griff in das Hemd und fand die aufreizende Brustwarze. Unter seiner Berührung wurde sie sofort hart. »Ich will einfach nicht länger warten als unbedingt notwendig.«

»Ich hab' gedacht, irgendwann im Herbst, wenn Matt weg ist zum College«, meinte sie zögernd.

»Ich dachte, irgendwann nächste Woche.«

Sie legte den Kopf schief. »Luke, meinst du das wirklich?«

»Ja.«

»So schnell kann ich wahrscheinlich nicht fertig werden. Da ist noch so vieles zu bedenken.«

»Was zum Beispiel?«

»Wo wir wohnen wollen, zunächst mal. Wir haben nicht so viel Platz, daß du zu Matt und mir ziehen kannst.«

»Aber ja. Matt hat sein Zimmer. Und wir nehmen deins. Und wenn er weggegangen ist, suchen wir uns was Eigenes. Ich hab' nicht die Absicht, den Rest meines Lebens Tür an Tür mit Justine zu verbringen.«

Sie dachte darüber nach. »Gut, ich glaube, so könnte es gehen. Aber trotzdem finde ich's ein bißchen seltsam, sich so in die Ehe zu stürzen. Es gibt bestimmt noch einen Haufen andere Sachen zu bedenken.«

»Nenn mir mal eine.«

»Pesto Presto«, sagte sie.

Luke nahm ihr Gesicht beschwörend zwischen seine Hände. »Die Heirat hindert dich nicht an der Eröffnung von Pesto Presto.«

»Ich weiß. Es ist nur so, daß ich noch so vieles regeln muß, bis es eingerichtet ist und läuft.«

»Das kannst du alles noch tun, wenn wir verheiratet sind – nicht wahr?« fragte Luke gepreßt.

Katy lächelte. »Ja, ich denke, das geht.« Sie küßte ihn unbeschwert.

Luke entspannte sich. Wenn er sie erst einmal fest an sich gebunden hätte, würde er Pesto Presto nicht mehr als Rivalen empfinden. »Verlaß dich auf mich.« Er legte sie sanft wieder auf den Rücken. »Ich werd alles erledigen.«

Sie lächelte etwas zittrig, ihre Augen strahlten vor Liebe. »Bestimmt?«

»Bestimmt. Überlaß nur alles mir.«

Er legte sein Bein über ihres und preßte sie damit sanft auf die Unterlage. Dann beugte er seinen Kopf hinunter, um noch einmal ihren Duft in sich aufzunehmen. Ihm fiel wieder ein, wie es an jenem ersten Abend gewesen war, als er sie nach dem Dinner bei Justine hergebracht hatte.

Seine drängende Begierde damals führte er darauf zurück, daß er so lange keine Frau mehr in seinen Armen gehalten hatte. Aber auch da wußte er, daß sein Verlangen, zu einem Teil von Katy zu werden, weit mehr war als das Bedürfnis nach sexueller Befriedigung.

Früher einmal war er überzeugt davon gewesen, daß Ariel die geborene Partnerin für ihn sei. Vielleicht war sie es insofern, als sie von allen Frauen, denen er je begegnet war, einer weiblichen Version seiner selbst am nächsten kam.

Aber Luke wurde an diesem Abend bewußt, daß das, was er in Katy gefunden hatte, unendlich viel kostbarer war. Sie stellte nicht sein Abbild dar, sondern seinen natürlichen Gegenpol. Den Tag zu seiner Nacht, das Sonnenlicht zu seinem Schatten, gleich und gegensätzlich zugleich. Beides notwendig, um ein vollständiges Ganzes zu bilden.

Das war das Gefühl, das sie ihm gab, dachte Luke. Vollständig und ganz. Mit Katy, spürte er, konnte er mehr sein als nur er selbst.

Er streckte die Hand aus, fand ihren weichen Schoß und ließ seine Finger spielen. Sie wölbte sich seiner Hand entgegen.

»Luke, ich kann gar nicht fassen, wie du mich veränderst. Ich fühle mich so frei, wenn du mich in den Armen hältst.«

»Du bist diejenige, die Unglaubliches bewirkt.« Er glitt an ihr hinunter, bis er mit dem Kopf zwischen ihren Schenkeln lag und ihr exotischer Duft all seine Sinne erregte. Katy schrie leise auf und krallte die Hände in sein Haar.

Luke selbst war außer sich vor Verlangen. Seine Muskeln spannten und verkrampften sich unter der Anstrengung, sich zu beherrschen. Aber er konnte der Versuchung nicht widerstehen, Katy auf diese Weise glücklich zu machen. Bedachtsam schob er ihre Schenkel weiter auseinander.

Katy zog scharf die Luft ein. »Luke ...«

Es war, als laufe eine elektrische Ladung durch seinen Körper. Sein Name auf ihren Lippen war wie der Ruf einer betörenden Sirene. Er war ihr Gefangener, und es war ihm gleichgültig, ob sie es wußte. Schließlich gehörte sie so sicher zu ihm, wie er zu ihr gehörte.

Er küßte sie zwischen das rote Kraushaar, reizte sie mit seiner Zunge, bis Katy sich außer Atem an ihn klammerte. Daß sie so stark reagierte, erfüllte ihn mit tiefer Freude und machte ihn zugleich ungeheuer stolz.

Er würde sie immer zärtlich lieben, gab sich Luke das Versprechen. Er würde alles daran setzen, damit sie sich geborgen fühlte. Sie schenkte sich ihm, und er würde dieses Geschenk hochschätzen und in Ehren halten.

Schließlich gab sie ihm eine Zukunft.

»O, Luke, Luke ...«

Er fühlte, wie sie zu zucken begann. Sie wand sich hin

und her und schrie auf ... Und dann erschauerte sie unter der Welle der Entspannung.

Luke betrachtete ihr leidenschaftlich bewegtes Gesicht, so lange er konnte. Dann, als es ihm nicht mehr möglich war, sich zurückzuhalten, schob er sich über ihren Körper und drang tief in ihre pulsierende Wärme ein. Er tauchte ein in ihr lockendes Feuer, bis er sich darin verlor.

Bis er frei war.

Bis er seine andere Hälfte gefunden hatte.

Luke wartete, bis er mit Katy vor deren Haustür stand, bevor er die Frage stellte, die wie ein Schatten sein Gemüt verdunkelte. Er nahm sie auf den Stufen zur Tür in seine Arme und betrachtete im Schein der Lampe ihr Gesicht. Sie schaute zu ihm auf, und aus ihren Augen leuchtete Glück und sinnliche Befriedigung. Er wünschte, er könnte sie wieder mitnehmen in sein Bett.

»Katy, du hast die letzten Jahre damit verbracht, dich um die Gilchrists zu kümmern.«

»Ich hab' die letzten Jahre damit verbracht, für Justine zu arbeiten«, verbesserte sie lächelnd.

»Es war mehr als nur ein Job, und das weißt du auch. Aber es gibt da etwas, das ich wissen muß.« Luke nahm all seinen Mut zusammen. »Du heiratest mich doch nicht, weil du Mitleid mit mir hast, oder irgend so was Ähnliches, hm?«

Ihr Gelächter klang frisch und vergnügt und berührte ihn bis in seine Seele. »Ach, du liebe Güte, nein. Ich weiß nicht, woher du die Vorstellung hast, ich sei eine Art Schutzengel, aber ich kann dir versichern, daß ich nie jemand heiraten würde, nur um meinen Heiligenschein und die Flügel zu behalten.«

Er legte seine Stirn gegen ihre. »Ich liebe dich, weißt du das?«

»Ich weiß es. Und ich liebe dich«, flüsterte sie. »Obwohl du schwierig bist und launisch und starrsinnig.«

Er lächelte. »Du liebst mich, obwohl ich das alles bin?«

»Mhmm. Weißt du, ich wußte fast von Anfang an, daß du erzieherisch zu beeinflussen sein würdest.«

Das Geräusch eines Autos, das die Straße heraufgefahren kam, setzte Lukes etwaigen Plänen, Katy noch einmal zu verführen, ein Ende. Zeke, der den vertrauten Wagen erkannte, wedelte mit dem Schwanz. Die Scheinwerfer blitzten einen Moment auf, als Matt in die Einfahrt einbog und das Auto vor dem Häuschen parkte. Ein paar Sekunden später öffnete und schloß sich die Wagentür.

Matt, in Jeans und entsprechender Jacke, schlenderte auf die Haustür zu. »Hey, was macht ihr beide denn hier draußen?« Sein Blick wanderte vom erhitzten Gesicht seiner Schwester zu Lukes ruhiger Miene, während er sich hinunterbeugte, um Zeke zu tätscheln.

»Ich hab' deine Schwester gerade gebeten, mich zu heiraten«, sagte Luke gelassen. Er merkte, daß er plötzlich ganz gesammelt und ruhig war. Matt hatte so bestimmt geglaubt, Katy würde ihn abweisen. Luke wußte nicht, zu welcher Reaktion der Junge fähig wäre, wenn er erfuhr, daß sie eingewilligt hatte.

»Ja? Also, toll. Ist ja großartig.« Matt sah Katy an. »Und was hast du dazu gesagt?«

Katy lächelte seelenruhig. »Ich hab' ja gesagt.«

Matt starrte sie an, offenbar sehr erstaunt. »Tatsächlich?«

»Ja.«

»Aber Katy, er ist ein Gilchrist«, meinte Matt leise und warf einen unsicheren Blick in Lukes Richtung.

»Ja, ich weiß. Aber er kann kochen.«

Matt glotzte verblüfft. Dann grinste er. Und dann lachte er. Katy fiel in sein Gelächter ein. Sie lachte so herzlich, daß sie sich mit dem Handrücken die Tränen aus den Augen wischen mußte.

Luke sah den beiden zu, und plötzlich fing auch er an zu grinsen. Auf einmal lachte er mit. Sie erfüllten die Nacht mit ihrem Gelächter. Die ganze Welt und seine Zukunft erschienen ihm in strahlendem Licht, frisch und ungetrübt.

Er hatte das Glück, das Katy ihm schenken wollte, beim Schopf gegriffen, dachte Luke. Und er würde es nie wieder loslassen.

21

Justine wartete am Ende des Beckens auf Katy, die ganz erstaunt war, sie dort stehen zu sehen, als sie ihre Schwimmexkursion beendete. Justine blickte mit trüber Resignation in den grünen Augen auf sie hinunter.

»Er wird schließlich doch noch in den Genuß seiner Rache kommen«, stellte sie fest. Der düstere Glanz dieser Verheißung hallte in ihrer Stimme wider. »Ich weiß es. Er ist genau wie sein Vater. Zuerst macht er meine Firma vollends kaputt, und dann läßt er dich vor dem Altar stehen – wie sein Vater es mit deiner Mutter gemacht hat.«

»Das glaub ich nicht, Justine.«

Justine schaute auf sie hinunter. »Armes Kind. Du stehst dem Leben genauso wenig realistisch gegenüber wie dein Großvater. So voller Optimismus. So naiv.«

»Ich bin kein Kind«, bemerkte Katy freundlich.

»Ich habe versucht, dich zu retten«, flüsterte Justine. »Gott weiß, wie sehr ich mich bemüht habe. Es ist Schicksal. Du bist dazu verurteilt, das Werkzeug meiner endgültigen Demütigung zu werden. Ich wünschte mir nur, du müßtest nicht mit mir zusammen leiden.«

»Justine, du wirst in der Kirche nicht bloßgestellt.«

Justine hörte nicht zu.

»Ich habe sicherlich nicht das Recht, dich für deine Naivität zu tadeln. Gott weiß, daß ich voll törichter Hoffnung war, als du Luke schließlich dazu überredet hast, die Leitung der Firma zu übernehmen. Auch ich hatte meine leichtsinnigen Träume.«

»Deine Träume waren nicht leichtsinnig«, sagte Katy. »Vertrau ihnen doch ein bißchen.«

»Ich wollte, ich könnte es«, erwiderte Justine, »aber ich wage es nicht. Ich befürchte, Luke benutzt dich nur, um mich zu bestrafen.«

Katy unterdrückte ein Lächeln. »Genau werden wir's

erst wissen, wenn wir sehen, ob er zur Hochzeit erscheint, nicht wahr?«

»Du findest meine Befürchtungen jetzt komisch. Aber warte nur ab, wie du dich fühlst, wenn du vor dem Altar versetzt wirst. Ich war dabei, als es deiner Mutter widerfuhr. Ich habe den Kummer und die Scham in ihren Augen gesehen. Nie werde ich weder den Tag noch den Ausdruck im Gesicht deines Großvaters vergessen, als er sich an mich wandte.«

Zu Katys Entsetzen liefen Justine die Tränen über die Wangen. Sie schwang sich aus dem Becken und griff sich ihren Bademantel. Schnell wickelte sie sich hinein und nahm Justine in ihre Arme, um sie, so gut es ging, zu trösten.

Es war schwierig, eine Gilchrist, die sich bereits tief ins Melodrama gekniet hatte, zu beschwichtigen, dachte Katy mitleidig. Aber sie tat ihr Bestes. Wenn die Gefühlsausbrüche der Gilchrists auch manchmal übertrieben schienen, so waren sie jedenfalls echt. Und das war einer der Gründe, weswegen Katy sich immer imstande gefühlt hatte, den Mitgliedern des Hexensabbats Sympathie entgegenzubringen.

»Beruhige dich doch, Justine. All das ist nun schon so lange her.«

»An diesem Tag habe ich deinen Großvater verraten«, gestand Justine mit versagender Stimme. »Nicht nur einmal, sondern zweimal. Nicht nur die Hochzeit wurde abgesagt, sondern zwangsläufig auch die Fusion. Am Ende habe ich ihm überhaupt nichts gegeben. Nach allem, was er für mich getan hatte, bekam er nichts von mir. Und doch liebte ich ihn!«

»Es ist gut«, beruhigte Katy sie. »Laß die Vergangenheit ruhen.«

»Wie kann ich sie ruhen lassen? Wegen meines Enkels bin ich gezwungen, jede einzelne Minute dieses fürchterlichen Tages noch einmal zu erleben.«

Eden und ihre Mutter nahmen von Anfang an die Hochzeitsvorbereitungen in die Hand. Nach einigen vergeblichen Versuchen, die Situation wieder in den Griff zu bekommen, gab Katy endgültig auf. Sie fand sich bald in einen Wirbel von hektischer Geschäftigkeit hineingezogen, der vom Adressieren der Einladungen bis zur Wahl des Hochzeitsmenüs alles erfaßte.

Liz gab ihr ein Buch über die Kompliziertheit des männlichen Gehirns.

»Das sollte jede Frau lesen, bevor sie heiratet«, empfahl sie.

»Was ich brauche, ist ein Buch über die Kompliziertheit des männlichen Gilchrist-Gehirns, nicht irgendeines anderen Vertreters des männlichen Geschlechts«, beschwerte sich Katy.

»Sie verstehen die Gilchrists sowieso schon besser als sonst jemand auf der ganzen weiten Welt«, versicherte ihr Liz.

Einige Tage nach ihrem Versuch, Justine im alten Gewächshaus zu trösten, traf sie in ihrem Büro auf Eden und Maureen, die, Liz hoch überragend, in typisch Gilchristscher Schnellfeuermanier Befehle auf sie abschossen. Liz, die deutlich mitgenommen wirkte, machte pflichtgetreu Notizen.

»Also, die Hochzeit findet natürlich in Seattle statt. Das erleichtert den Mitgliedern der Geschäftsführung und den übrigen Mitarbeitern die Teilnahme. Und Justine hat einen Haufen Geschäftsfreunde in der City, die eingeladen werden müssen«, bemerkte Maureen.

Eden nickte. »Ja, selbstverständlich Seattle. Es ist zweifellos sinnvoll, den Empfang dort abzuhalten. Er sollte in einem von unseren Restaurants stattfinden.«

»Das Pacific Rim ist auf Bankette eingerichtet«, erinnerte Maureen sie. »Notieren Sie, Liz, daß wir uns mit dem Geschäftsführer und dem Küchenchef besprechen müssen.«

»Ja, Mrs. Gilchrist.«

Liz warf Katy einen flehenden Blick zu.

»Guten Morgen allerseits!« rief Katy munter, im Bemühen, das Sperrfeuer der Anweisungen zu unterbrechen.

Eden schaute mit vor Konzentration gerunzelter Stirn über ihre Schulter. »Oh, da bist du ja, Katy. Wir wollen heute nach einem Brautkleid für dich Ausschau halten. Ich hab' Liz gesagt, daß du die ganze Woche unterwegs bist, bis wir das richtige gefunden haben.«

»Gerade kam mir der Gedanke, daß Sie Katy eher in Schwarz als in das traditionelle Weiß stecken sollten«, murmelte Liz. »Überaus angemessen für eine Gilchristhochzeit, meinen Sie nicht auch?«

Ganz im üblichen Gilchriststil nahm Maureen die Bemerkung ernst. Sie unterzog Katy einer kritischen Musterung. »Nein, ich glaube nicht, daß Katy Schwarz stehen würde.«

»Mutter hat recht«, pflichtete Eden bei. »Ich hab' selbstverständlich nichts dagegen, von der Tradition abzuweichen, aber Schwarz ist einfach nicht Katys Farbe.«

Luke erschien in der offenen Tür. »Wer auch immer versuchen sollte, Katy in Schwarz zu stecken, kriegt's mit mir zu tun.«

Liz seufzte. »Es war nur so eine Idee.«

Katy grinste. »Keine Sorge. Der Bräutigam trägt Schwarz.«

Zwei Tage vor der Hochzeit schlenderte Matt ins Wohnzimmer, wo Katy über einem neuen Kochbuch hockte. Sie studierte ein interessantes Rezept für einen Pastasalat, der mit einem Pesto aus sonnengetrockneten Tomaten angemacht werden sollte.

»Weißt du bestimmt, daß du die Sache durchziehen willst?« fragte er ruhig.

Katy schaute nicht von der Zutatenliste auf, die sie gerade studierte. »Ich denke, es paßt gut in meine Angebotspalette. Der Geschmack von sonnengetrockneten Tomaten ist sicher eine Bereicherung für die Speisekarte.«

»Komm zu dir, Katy. Ich red nicht von einem neuen Rezept für Pesto Presto. Ich spreche von deiner Hochzeit. Liebst du den Typ wirklich?«

Katy schaute auf und erkannte die Besorgnis in Matts Augen. »Ja, Matt, ich liebe ihn wirklich.«

Matt zögerte einen Moment. »Du glaubst doch nicht, daß Justine vielleicht recht haben könnte, oder? Er würde dich doch nicht sitzenlassen?«

»Nein.«

Matt wirkte erleichtert. »Ich glaub's auch nicht. Er ist okay, weißt du?«

»Ich weiß.«

»Ich mag ihn. Obwohl er ein Gilchrist ist.«

Katy lächelte. »Das freut mich.«

»Er hat gesagt, er würde sich um dich kümmern. Es beruhigt mich zu wissen, daß er dann hier ist, wenn ich weg bin im College. Ich hab' mir Gedanken gemacht, wie es für dich wäre, so ganz allein. Zwar wußte ich, daß du mit Pesto Presto und all dem anderen zu tun haben würdest, aber trotzdem …«

Katy legte das Kochbuch weg und stand auf. Sie legte Matt die Arme um den Hals und drückte ihn fest an sich. »Ich werd dich sehr vermissen, Matt.«

»Es ist ja nur das College«, erinnerte er sie ruppig. »Ich bin ja nicht aus der Welt.«

Katys Augen wurden feucht.

»Doch. Aber so soll es ja auch sein. Du mußt mir versprechen, daß du die Zeit dort so verbringst, daß du später einmal gerne daran zurückdenkst.«

Am Tag seiner Hochzeit war Luke schon im Morgengrauen auf den Beinen. Er schaute unwillkürlich aus dem Küchenfenster, während er Kaffee machte. Katys Cottage wirkte unheimlich ruhig. Eden und Maureen hatten sie und ihren Bruder am Abend zuvor mit nach Seattle geschleppt.

Hayden war mit Justine und Mrs. Igorson ebenfalls in die City gefahren. Sie hatten sich alle in einem Hotel einquartiert, das nicht zu weit von der Kirche und dem Pacific Rim entfernt lag.

Luke war mit Zeke zurückgeblieben. Er wollte gegen acht Uhr nach Seattle aufbrechen, so würde ihm genügend Zeit bleiben, um sich in Darrens Wohnung umzuziehen und um elf Uhr zur kirchlichen Trauung zu fahren.

Gegen Mittag würde Katy ihm gehören. Luke spürte eine Welle der Befriedigung, die ihn mit prickelnder Energie erfüllte. Nie zuvor war ihm in seinem Leben etwas so absolut richtig erschienen.

Um sieben Uhr dreißig wurde Luke zu unruhig, um es noch länger im Haus auszuhalten. Er warf seinen schwarzen Smoking auf den Rücksitz des Jaguars und wandte sich dann Zeke zu.

»Komm, Kumpel. Du kannst dich noch mal am Strand austoben, und dann mach ich mich auf. Matt kommt heute abend her und füttert dich.«

Zeke nahm seinen Freßnapf und lief eifrig voraus zum Klippenpfad. Er sprang in großen Sätzen zum Strand hinunter, während Luke langsamer folgte.

Ein paar Minuten später blieb Luke am Rand des Wassers stehen. Er fühlte plötzlich ein seltsames Unbehagen, all seine Vorfreude schien wie weggewischt. Kopfschüttelnd schaute er den Strand entlang und entdeckte Zeke, der weiter weg eine Pfütze untersuchte, die die Flut hinterlassen hatte.

Irgend etwas stimmte nicht.

Luke sah zu den Klippen hoch – kein Mensch war zu sehen. Warum sollte er sich Sorgen machen? Alle waren in Seattle gut aufgehoben. Er hatte noch spät am Abend zuvor mit Katy telefoniert.

Aber Luke konnte die Ahnung bevorstehenden Unheils nicht abschütteln. Wenn Katy da wäre, dachte er, würde sie lachen und ihm sagen, er sei nur einer der Gilchristlaunen erlegen.

Doch das Gefühl, daß etwas nicht stimmte, war mehr als eine Stimmung. Plötzlich überkam Luke das dringende Bedürfnis, mit Katy zu sprechen.

Entschlossen, sie im Hotel anzurufen, bevor er sich auf den Weg nach Seattle machte, pfiff Luke nach Zeke.

Zeke nahm widerstrebend seinen Napf in die Schnauze und setzte sich vom anderen Ende des Strandes her allmählich in Trab. Luke wartete nicht auf ihn; Zeke kannte den Heimweg zum Häuschen. Schnell stieg Luke den Klippenpfad hinauf, und das Gefühl der Unruhe wurde immer stärker. Er steuerte auf sein Haus zu, gehend zunächst, dann wie gehetzt vorwärts jagend.

Der Mann mit der Strumpfmaske erwartete ihn direkt hinter der Eingangstür des Häuschens. Er hielt eine Pistole in der Hand.

»Machen Sie die Tür zu«, sagte der Mann mit einer rauhen, krächzenden Stimme. »Ich will's nicht mit dem Hund zu tun kriegen.«

Luke sah an der Pistole vorbei, während er langsam die Tür schloß, und versuchte, dem Mann in die Augen zu sehen.

»Was soll das?«

»Nur ruhig, Gilchrist. Sie können sich genausogut setzen. Wir werden noch eine Weile hierbleiben.«

»Und was bezwecken Sie damit?«

»Der Zweck ist der, daß Sie Ihre Hochzeit versäumen.«

»Warum?« fragte Luke leise.

»Liegt das nicht auf der Hand? Wenn Sie heute vormittag nicht in der Kirche erscheinen, wird Ihre Familie das Schlimmstmögliche annehmen. Sie wird glauben, Sie wollten sich schließlich doch noch rächen. Justine wird Ihnen niemals verzeihen. Die anderen werden Ihnen nie mehr über den Weg trauen. Keiner wird Ihnen eine zweite Chance geben. Und mit ein bißchen Glück geht Gilchrist, Inc. ohne Sie am Steuer dann unter.«

»Und was ist mit Katy?« fragte Luke. »Oder kümmert es Sie nicht, was sie dabei empfindet, Atwood?«

Der Eindringling schwieg einen Moment. Dann zerrte er sich mit einem Ruck die Strumpfmaske vom Gesicht.

»Es spielt keine Rolle, ob Sie wissen, wer ich bin«, meinte Atwood. »Sie werden nichts beweisen können. Ich habe alles so arrangiert, daß es kein Indiz dafür gibt, daß ich heute hier war. Wer würde schon glauben, daß Sie durch mich von Ihrer Hochzeit abgehalten worden sind?«

»Ich werde Sie zu finden wissen, Atwood. Und wenn ich Sie habe, geht es Ihnen schlecht.«

Atwood lächelte müde. »Kann sein, kann aber auch nicht

sein. Ich habe meine Vorbereitungen getroffen. Heute nachmittag werde ich verschwinden, und wenn ich wieder auftauche, dann mit neuem Namen und in einer Stadt, die weit, weit weg ist von Seattle.«

»Das wäre nicht das erstemal, nicht wahr? Sie haben Übung darin, andere Identitäten anzunehmen ... Milo Nyle, zum Beispiel.«

Atwood zog ironisch bewundernd die Augenbrauen hoch.

»Nicht schlecht. Wie sind Sie drauf gekommen?«

»Es paßte einfach alles zusammen. Sie sind darauf aus, die Gilchrists fertigzumachen. Als der geborene Verkäufer kennen Sie sich im Anlagengeschäft aus. Nachdem ich einmal angefangen hatte, darüber nachzudenken, stellte ich fest, daß die Betrugsgeschichte, in die Sie Darren verwickelt haben, Ihre Handschrift trug. Genauso wie das Geschäft mit Fraser Stanfield.«

»Ich hab' gemerkt, daß Sie Stanfield auf die Schliche gekommen waren.« Atwoods Augen verengten sich zu Schlitzen. »Sie sind auch derjenige, der Darren gesteckt hat, daß er reingelegt werden sollte, nicht wahr?«

»Katy bat mich, ihm aus der Patsche zu helfen«, meinte Luke und beobachtete Atwood genau, »also hab' ich's getan.«

»Katy war schon immer viel zu verständnisvoll. Sie glauben es mir wahrscheinlich nicht, aber sie hat mir schon gleich zu Anfang leid getan.«

»Aber, zum Kuckuck, Sie hatten schließlich Ihre Pläne, nicht wahr, Atwood? Also fingen Sie an mit Ihren Komplotten zur Vernichtung von Gilchrist, und Katy war nur ein Straßenopfer unter anderen auf der Schnellstraße zu Ihrem Ziel.«

»Ich brauchte sie als Einstieg in den Familienkreis«, räumte Atwood ein. »Ich habe sie benutzt, aber nicht annähernd so gewissenlos wie Sie.«

»Was, zum Teufel, soll das heißen?«

Atwood lächelte kühl. »Zumindest hab' ich sie nicht in eine Affäre hineingezogen und dann am Altar stehenlassen, wie Sie es tun werden.«

»Katy weiß, daß ich sie nicht dazu benutzen würde, Justine und die anderen zu bestrafen.«

»Das bezweifle ich. Sie ist eine Frau. Und eine Frau, die vor dem Altar versetzt worden ist, wäre wirklich töricht, wenn sie dem Mann noch vertraute, der sie hat hängenlassen. Aber was Katy denkt, ist nicht so wichtig. Es kommt einzig und allein auf das an, was Justine glaubt. Sie wird Sie nie wieder mit der Leitung von Gilchrist betrauen. Und ohne Sie wird die Firma zugrunde gehen.«

»Sie sind sich wohl sehr sicher.«

»Ich kenne Sie, Gilchrist. Und ich weiß, wie Sie denken.« Atwood machte eine Bewegung mit der Pistole. »Ins Wohnzimmer, los. Wir wollen uns hinsetzen. Ich habe keine Lust, die nächsten Stunden im Stehen zu verbringen.«

Man hörte Kratzgeräusche an der Haustür. Zeke jaulte flehentlich.

»Wenn der Hund reinkommt, knall ich ihn ab«, drohte Atwood. »Und wenn Sie mir zuviel Ärger machen, werde ich auch Ihnen eine Kugel verpassen. Es würde mir nichts ausmachen, einen Gilchrist zu verletzen.«

Luke ging vor Atwood her durch die Diele. Die Uhr auf dem Kamin zeigte acht Uhr. Jetzt sollte er schon im Auto sitzen und unterwegs sein nach Seattle. Aber noch hatte er Zeit, ermahnte Luke sich.

Allerdings nicht mehr viel.

Eden war dabei, die Reihe kleiner Perlenknöpfchen am Rükkenteil von Katys Brautkleid zuzumachen, als sich die Tür zum Ankleidezimmer der Kirche unerwartet öffnete und Darren seinen Kopf hereinsteckte. In seinem schwarzen Smoking und mit schwarzem Querbinder sah er fabelhaft aus. Er wirkte sehr beunruhigt.

»Sie haben hier nichts verloren.« Liz wedelte ihn mit der Hand hinaus. »Los, los, raus mit Ihnen. Bringt Unglück oder so was.«

»Dem Bräutigam«, murmelte Katy. »Seit wann macht sich eine halbprofessionelle Psychologin Gedanken über Glück?«

»Man kann nicht vorsichtig genug sein«, schniefte Liz.

Eden warf Darren einen strengen Blick zu. »Geh und kümmre dich um Luke.«

»Das ist es ja gerade. Ich kann's nicht«, gab Darren zurück. »Luke ist nicht da.«

»Warum in aller Welt?« Maureen legte das Bukett, das sie gerade zurechtzupfte, aus der Hand und starrte ihn entgeistert an. »Wo ist er?«

»Das ist ja das Problem. Ich weiß es nicht. Als er vor einer Stunde nicht in meiner Wohnung erschienen ist, hab' ich gedacht, es handelte sich um ein Mißverständnis. Ich glaubte, er sei vielleicht direkt hierher zur Kirche gefahren. Aber ich hab' nachgefragt. Keiner hat ihn gesehen. Keine Spur von seinem Auto.«

»Hast du in seinem Häuschen in Dragon Bay angerufen?« fragte Eden.

»Ja. Keine Antwort.« Darren schaute Katy an. »Du lieber Himmel, du glaubst doch nicht, daß er's wirklich tut?«

»Mich am Altar stehenlassen?« Katy lächelte beruhigend. »Nein. Mach dir keine Sorgen, Darren, er kommt schon noch. Vielleicht ist er auf der Interstate in einen Stau geraten.«

Darren fuhr sich mit den Fingern durch das schwarze Haar und schaute düster um sich. »Verkehrsprobleme hat er bestimmt berücksichtigt. Luke denkt immer an so was.«

»Ach du lieber Himmel«, flüsterte Maureen. »Sag Justine nichts davon. Wenigstens jetzt noch nicht.«

Eden wirkte völlig konsterniert. »Was sollen wir jetzt tun?«

»Mir helfen, mich fertig anzuziehen«, meinte Katy ruhig. »Ich weigere mich, mit bloßem Rücken in die Kirche einzuziehen.« Im Spiegel sah sie Edens versteinerte Miene. »Reg dich nicht so auf, Eden. Er kommt bestimmt.«

»Ach du lieber Himmel«, sagte Maureen noch einmal. »Er wird's tun. Justine hat also doch recht gehabt. Er hat das Ganze inszeniert, um die Familie zu bestrafen. Wer weiß, was er in der Firma angerichtet hat. Womöglich hat er dafür gesorgt, daß sie am Rand des Bankrotts steht.«

»Er kommt bestimmt«, sagte Katy noch einmal. »Würde mir bitte jemand mit dem Kleid helfen?«

Die drei Gilchrists sahen einander an, Vorahnungen von Verhängnis und Katastrophe spiegelten sich in ihren Hexenaugen.

»Wieso hab' ich bloß das Gefühl, daß ich gleich meinen ersten Fall von Massenhysterie zu diagnostizieren kriege?« fragte Liz.

Zeke stand auf der anderen Seite des Wohnzimmerfensters und starrte Atwood durch die Fensterscheibe unverwandt an.

»Trägt er den dämlichen Napf immer in der Schnauze mit sich rum?« fragte Atwood gereizt.

»Zeke geht nirgendwo hin ohne seine Futterschüssel.« Luke rekelte sich auf dem Sofa und beobachtete den Mann, der bei ihm eingedrungen war und ihn hier festhalten wollte.

Atwood hatte behauptet, daß er sich setzen wolle, nun lief er schon seit einer halben Stunde mit der Pistole in der Hand im Zimmer auf und ab, offensichtlich unruhig und höchst nervös. Als Zeke außen am Fenster auftauchte, wäre er fast aus der Haut gefahren. Es schien ihm locker von der Hand zu gehen, Erpressungen zu planen oder clevere Finanzfallen zu stellen, in denen sich seine Opfer fingen, aber Aktionen, die den Einsatz einer Schußwaffe erforderten, waren offenbar Neuland für ihn.

Atwood schaute auf die Uhr. »Noch eineinhalb Stunden, dann ist alles vorbei. Was glauben Sie, wie lange Justine in der Kirche warten wird in der Hoffnung, daß Sie doch noch erscheinen?«

»Sie hassen sie wirklich, nicht wahr?«

»Ich hasse Ihre ganze Scheißfamilie, Gilchrist.«

»Ja, das kann ich mir vorstellen. Schließlich weiß ich ja Bescheid über Ihren Vater.«

Atwood blieb abrupt stehen. Die Pistole in seiner Hand zitterte. »Was wissen Sie über meinen Vater?«

»Ich habe die Unterlagen über den Grundstücksverkauf

durchgesehen, bei dem er sein Restaurant verlor, und weiß, daß er sich erschossen hat. Sie machen meine Familie für seinen Tod verantwortlich, nicht wahr?«

»Verdammt richtig.« In Atwoods Augen lag beißende Bitterkeit. »Justine hat ihn getötet, als sie sein Restaurant dichtmachte. Sie hätte genausogut selber abdrücken können. Und wissen Sie, was das schlimmste war?«

»Ja. Ich weiß es. Sie hat nie erfahren, was passiert ist, oder wer unter dieser Transaktion zu leiden hatte«, sagte Luke leise.

»Er hat versucht, eine Unterredung mit ihr zu vereinbaren. Er wollte mit ihr sprechen. Aber er ist nicht über ihre Sekretärin hinausgekommen.« Atwood begann wieder, im Zimmer auf und ab zu gehen. »Sie wollte ihn nicht einmal sehen.«

»Auch das weiß ich.«

»Ich war damals erst zwanzig und konnte nichts tun; aber ich habe mir geschworen, es den Gilchrists eines Tages heimzuzahlen, und wenn es mich den Rest meines Lebens kosten sollte.«

»Wissen Sie was, Atwood? Sie werden es mir nicht glauben, aber ich verstehe Sie.«

»Quatsch. Die Gilchrists scheren sich einen Dreck um sonstwas, außer sie wollen es gerade haben. Es ist ihnen egal, wer ihnen dabei im Weg steht oder unter die Räder kommt.«

»Sie sind aber auch nicht anders, oder?«

Atwoods Gesicht verzerrte sich vor Wut. »Ich bin überhaupt nicht wie Sie. Merken Sie sich das.«

»Was ist mit Katy? Sie haben sich ihrer vor einem Jahr bedient, um an Eden heranzukommen, und heute legen Sie sie auf üble Weise rein, bestrafen sie zusammen mit den anderen.«

»Hören Sie, das mit Katy tut mir leid, okay? Letztes Jahr hab' ich sie benutzt. Und es ist eine Schande, daß sie das, was heute passieren wird, durchmachen muß. Aber so geht's eben zu. Ich hatte keine andere Wahl.«

Diese Rechtfertigung klang nur allzu bekannt, dachte

Luke. »Vielleicht hätte Justine das vor fünfzehn Jahren auch gesagt, wenn Ihr Vater sie gebeten hätte, sein Restaurant nicht zu schließen. Keine andere Wahl ... Ein gutes Geschäft ... Sie wissen, wie es ist ... Solche Dinge passieren eben.«

»Hören Sie auf«, krächzte Atwood und hob die Pistole. »Sie alle werden dafür bezahlen. Auf die eine oder andere Art werden alle bezahlen.«

»Das bringt Ihren Vater nicht mehr zurück.«

»Das weiß ich, verdammt noch mal. Aber zumindest habe ich die Befriedigung, daß er gerächt wurde. Das einzige, woran den Gilchrists etwas liegt, ist Geld. Also werde ich sie damit treffen. Finanziell. Es ist sozusagen ein symbolischer Akt, wissen Sie?«

»Ich verstehe.«

Zeke jaulte und drängte sich dichter an die Scheibe.

»Warum beobachtet uns Ihr Hund dauernd?« fragte Atwood.

»Wer weiß«, antwortete Luke leise.

In diesem Augenblick versuchte Zeke, seine Nase direkt an die Scheibe zu drücken, und sein Blechnapf schlug hart gegen das Glas.

Der Knall hörte sich in dem kleinen Raum an wie ein Pistolenschuß. Atwood, der sowieso schon vor Nervosität und Wut zitterte, stürzte zum Fenster.

Luke kam mit einem einzigen Sprung vom Sofa hoch. Atwood warf sich herum, aber zu spät. Luke trat ihm die Waffe aus der Hand. Sie flog in hohem Bogen durchs Zimmer, schlug gegen die Wand und schlitterte dann über den Parkettboden.

Mit einem verzweifelten Wutschrei stürzte Atwood sich auf Luke, doch der wich seinem Angriff aus und versetzte ihm einen kurzen Handkantenschlag, der ihn zu Boden schickte.

In einem Augenblick war alles vorbei. Atwood stöhnte, versuchte aufzustehen und sank wieder in sich zusammen.

Luke schaute kurz auf ihn hinunter, dann durchquerte er das Zimmer, um die Pistole aufzuheben. Er zog das Magazin heraus und sah, daß es leer war. Was immer Atwood sonst sein mochte, ein Mörder war er nicht.

Nur ein Mann, der versuchte, ein Straßenopfer zu rächen.

Luke schaute auf die Kaminuhr. Ein bißchen Zeit blieb ihm noch. Er ging zu Atwood hinüber und zog ihn auf die Füße. Atwood war noch benommen, aber nicht ernstlich verletzt, und Luke ließ ihn in einen Sessel fallen.

»Katy liegt mir ständig in den Ohren, ich sollte Konflikte gewaltlos und einfühlsam lösen«, bemerkte Luke. »Es fällt mir nicht leicht, umzulernen, aber ich versuche es wirklich.«

»Scheiße, was soll das alles? Warum rufen Sie nicht die Polizei, damit wir's hinter uns bringen?« Atwood lehnte seinen Kopf gegen die Sessellehne und schloß die Augen.

»Ich hab' keine Zeit mehr, die Polizei zu rufen«, sagte Luke. »Ich muß zu einer Hochzeit.«

Atwood öffnete die Augen. »Na und?«

»Es bleiben mir noch etwa fünfzehn Minuten, bevor ich hoffnungslos zu spät komme. Anstatt daß Sie und ich die Sache hier auf Gangstermanier ausfechten, sollten wir da nicht lieber das machen, was wir beide am besten können?«

»Was denn?«

»Ein Geschäft«, sagte Luke.

Das Ankleidezimmer der Braut war mit Gilchrists bevölkert, die in dumpfes, unheilschwangeres Brüten versunken schienen. Mit Liz' Hilfe bemühte sich Katy, das kleine spitzenverzierte Strumpfband anzulegen, das sie später unter die Gäste werfen sollte. Aber in dem überfüllten Raum erwies sich das als schwierig.

Hayden, der aussah wie ein deprimierter Vampir, beanspruchte den meisten Platz vor dem Spiegel. Maureen saß auf dem Hocker und knetete in stummer Verzweiflung ein schwarzes Taschentuch in ihren Händen. Eden lief unablässig hin und her. Darren lehnte mit einer Schulter an der Wand. Er sah grimmig aus. Die einzige, die fehlte, war Justine. Sie saß ganz vorne in der Kirche in der Familienbank.

»Wer soll es Justine sagen?« fragte Hayden in seinem dumpfesten Grabeston.

»Du lieber Himmel, es ist genauso wie das letzte Mal«, flüsterte Maureen verängstigt. »Ich kann es nicht fassen, daß Luke das tut. Wißt ihr, ich hab' mich wirklich dazu durchgerungen, ihm zu vertrauen. Ich hab' ihm die ganze Geschichte abgekauft. Er hatte mich überzeugt, daß er ein Teil der Familie werden wollte. Daß wir ihm wichtig sind.«

Eden sah Katy verstohlen von der Seite her an. »Ich kann nicht glauben, daß er Katy das antun würde.«

»Ich bring ihn um«, brummte Darren ungefähr zum zwanzigsten Mal. »Das laß ich ihm nicht durchgehen. Vielleicht denkt er, daß er das Recht hätte, Justine zu demütigen, aber er hat nicht das Recht, Katy weh zu tun.«

»Er hat doch noch gar nichts getan. Er ist nur ein bißchen spät dran, das ist alles.« Katy schob das Strumpfband zurecht und ließ den weiten Rock ihres weißen Brautkleids wieder hinunterfallen. Sie richtete sich auf und nahm den Raum voller schwarzgekleideter Gilchrists so richtig wahr. »Ihr seht alle aus, als wolltet ihr zu einer Beerdigung gehen, anstatt zu einer Hochzeit.«

Hayden warf ihr einen mitleidsvollen Blick zu. »Er wird nicht erscheinen, Katy.«

»Doch, er kommt«, sagte sie leise. »Und wenn nicht, dann gibt es einen guten Grund dafür. Einen, der nichts mit seiner Sekretärin zu tun hat.« Der Gedanke, worin seine Entschuldigung bestehen könnte, war das, was Katy beunruhigte. Einen Augenblick lang sah sie Luke verletzt irgendwo auf der Interstate-Fernstraße liegen. Und mit einem entsetzlich flauen Gefühl im Magen fragte sie sich, ob sie vielleicht anfangen sollte, die Notaufnahmen der Krankenhäuser anzurufen.

Katy begegnete Liz' Blick im Spiegel. Diesmal schien Liz an den neuesten Mätzchen der Gilchrists keinen Gefallen zu finden. Ihre Gedanken gingen offensichtlich in die gleiche Richtung wie die Katys. »Soll ich das Telefonbuch holen?«

Katy antwortete nicht gleich. »Nein«, sagte sie ruhig.

»Ich wüßte es, wenn ihm etwas zugestoßen wäre. Ich würde es fühlen. Es geht ihm gut. Er hat sich nur verspätet.«

»Es muß etwas Schlimmes passiert sein«, murmelte Hayden. »Wir sind finanziell zum Untergang verurteilt, und Gott allein weiß, wie Justine es aufnehmen wird.«

»Hat irgend jemand schon Matt Bescheid gesagt?« fragte Maureen. »Es wird den armen Jungen so furchtbar verletzen. Er hat Luke auch vertraut.«

Darren fuhr sich mit der Hand durch das zerwühlte Haar. »Ich hab' Matt gesagt, er sollte vor der Kirche warten. Er soll nach Luke Ausschau halten.«

»O nein, das ist zu schrecklich. Ich hoffe nur, daß Justine unter dem Schock nicht zusammenbricht«, meinte Maureen. »Was werden wir ihr sagen?«

Katy richtete ein letztes Mal ihren Schleier. »Um Justine kümmere ich mich.«

Hayden straffte seine Schultern. »Du hast dich die letzten neun Jahre mit ihr befaßt, Katy. Das hier brauchst nicht du zu regeln. Was immer zu tun sein sollte, diesmal werde ich's übernehmen.«

Katy lächelte freundlich. »Das ist sehr lieb von dir, Hayden. Aber ich fürchte, wenn wirklich etwas schiefgegangen ist, dann handelt es sich um etwas viel Schlimmeres als daß Luke beschlossen hätte, mich vor dem Altar stehenzulassen.«

Eden sah sie böse an. »Was soll das heißen? Was könnte denn schlimmer sein?«

»Ich meine, wenn Luke nicht hier ist, dann nur, weil ihm etwas Schreckliches zugestoßen ist. Nichts, was nicht an eine Katastrophe grenzt, könnte ihn heute fernhalten. Aber, ehrlich gesagt, glaube ich, daß es ihm gutgeht. Er ist sicher gleich da. Ihr werdet schon sehen.«

Auf einmal klopfte jemand an die Tür des Vorraums. »Hey, Katy!« rief Matt. »Es ist soweit. Bist du fertig?«

»Ja, ich bin fertig.« Katy bahnte sich einen Weg durch den Gilchristknäuel, öffnete die Tür und fand sich Matt gegenüber. Er zupfte nervös an seinem Querbinder.

»Wie seh ich aus?« fragte er. Dann riß er die Augen auf,

als er sie in Brautkleid und Schleier vor sich stehen sah. »Meine Güte, Katy, du schaust aus wie eine Prinzessin oder so was.«

»Danke, Matt. Du siehst aber auch fantastisch aus.«

Matt grinste. »Wart nur, bis du Luke siehst. Er sagt, er hätte keine Zeit gehabt, sich umzuziehen.«

Ein allgemeines erstauntes Aufatmen ging durch die Menge, die hinter Katy stand.

»Luke ist hier?« fragte Hayden.

»Selbstverständlich.« Matt beäugte verwundert die übrigen Gilchrists. »Warum seid ihr Typen nicht da, wo ihr sein solltet? Darren, du bist doch der Brautführer. Beeil dich mal. Die Musik fängt schon an.«

Die Gilchrists betrachteten einander verblüfft. Und dann erschien in ihren smaragdgrünen Augen, was sonst allzu selten geschah – ein erleichtertes, glückliches Leuchten.

Maureen, die den anderen voran durch die Tür ging, drehte sich noch einmal um und nahm Katy erstaunlich zärtlich in die Arme. Ihre Augen schimmerten vor Rührung. »Du siehst entzückend aus, Katy. Einfach entzükkend.«

Die anderen schlossen sich an, und jeder blieb kurz bei Katy stehen, um sie zu umarmen. Als alle gegangen waren, breitete Matt seine Arme aus.

»Fertig?« fragte er.

»Ich bin bereit.« Katy sah zu Liz hinüber. »Können wir?«

»Um nichts in der Welt möchte ich das hier versäumen. Ich wollte immer schon Brautjungfer sein.« Liz nahm ihren Strauß in die Hand.

»Es ist kaum zu glauben«, grinste Matt. »Der Fotograf kriegt einen Anfall.«

»Die Gilchrists machen nie irgend etwas ruhig oder wie es sich gehört«, meinte Katy mit fröhlicher Resignation. »Wie schlimm ist es denn?«

»Nicht schlimm. Nur lustig. Du hättest Justines Gesichtsausdruck sehen sollen, als Luke auftauchte. Junge, Junge, ist sie wütend. Aber ich glaub, sie ist auch echt glücklich.«

»Dann wollen wir's jetzt hinter uns bringen.« Katy nahm

den Arm ihres Bruders und schickte sich an, mit ihm durch den Mittelgang zum Altar zu gehen.

Luke stand vorn in der vollbesetzten Kirche, genau da, wo er hingehörte. Bei seinem Anblick blinzelte Katy erstaunt. Und dann wäre sie beinahe in Gelächter ausgebrochen.

Luke war so zerzaust, wie es einem Gilchrist nur eben möglich war. Offensichtlich hatte er statt eines Kamms seine Finger benutzt, um sein ebenholzschwarzes Haar irgendwie zu glätten. Anstatt eines Smokings trug er schwarze Jeans, einen schwarzen Pullover und niedrige schwarze Stiefel, die für diesen Anlaß nicht einmal geputzt worden waren. Seine Magieraugen sprühten grünes Feuer, als er Katy ansah, die durch den Mittelgang auf ihn zukam.

Luke wartete nicht allein vor dem Altar auf sie. Zeke, den Futternapf zwischen die Zähne geklemmt, saß stolz neben ihm. Er klopfte fröhlich mit dem Schwanz auf den Boden, als er Matt und Katy entdeckte.

Die meisten Hochzeitsgäste grinsten. Der Geistliche blickte würdig drein. Justine wirkte sichtlich verärgert, aber als ihre Augen Katys Blick begegneten, leuchtete so etwas wie Freude in ihnen auf.

Die übrigen Gilchrists waren offensichtlich viel zu erleichtert darüber, daß die Sache nun doch über die Bühne gehen sollte, als daß sie an Lukes Äußerem oder der Anwesenheit seines Hundes Anstoß genommen hätten.

Luke lächelte, als er Katys Hand fest in die seine nahm.

»Tut mir leid, daß ich ein bißchen zu spät gekommen bin«, flüsterte er. »Ich bin in einer sehr wichtigen Angelegenheit festgehalten worden, und das war leider nicht zu vermeiden.«

Eine Stunde später stellte Justine Luke schließlich doch noch, gerade als er Katy auf die Tanzfläche führen wollte.

»Ich nehme an, du hast eine Entschuldigung, warum du zu deiner eigenen Hochzeit in Jeans erschienen bist?« meinte sie herausfordernd.

»Ja, Ma'am.« Lukes Finger schlossen sich fester um die Hand Katys. »Nun ja ...«

Justine hob ihr Kinn. »Was für eine?«

»Ich weiß nicht, ob du sie wirklich jetzt hören möchtest«, erwiderte Luke.

»Ich rühre mich nicht von der Stelle, bevor ich nicht die ganze Geschichte aus dir herausbekommen habe.«

Luke hob die Schultern. »Ich mußte noch ein Geschäft abschließen. Ich habe das Pacific Rim für einen Dollar an Nate Atwood verkauft.«

»Du hast was?« Justine starrte ihn verblüfft und ungläubig an.

»Mach dir keine Sorgen, ich hab's zurückgekauft.«

»Für einen Dollar?«

»Nicht gerade.«

Er sah zu Katy hinüber mit einem tiefen, zärtlichen Glücksgefühl. Endlich gehörte sie ihm. Er konnte es kaum erwarten, sie in seine Arme zu nehmen. »Wir haben uns auf einen Preis geeinigt, der dicht beim fairen Verkehrswert liegt.«

»Gütiger Himmel.« Justine wirkte wie benommen. »Ich kann's nicht fassen. Das wären ja mehrere hunderttausend Dollar! Warum in aller Welt solltest du so etwas tun?«

»Sagen wir mal, ich hab' aufgeräumt – nachdem damals vor vielen Jahren ein Mensch von den Gilchrists einfach überrollt wurde.«

Verstehen dämmerte in Justines Augen. »Du hast es wegen der Sache getan, die vor fünfzehn Jahren passiert ist, als ich diesen Grundbesitz erworben habe? Weil wir Atwoods Vater aus dem Gebäude raussetzen mußten?«

»Du hast's erfaßt, Justine. Von nun an machen wir nicht mehr auf diese Art Geschäfte. Der Schutzengel hier hat etwas dagegen.« Luke sah in Katys strahlende Augen. Er war der glücklichste aller Männer, dachte er. Das Leben und die Zukunft waren ihm nie verheißungsvoller erschienen als in diesem Augenblick.

»Ich kann's nicht fassen«, wütete Justine. »Es ist Wahnsinn! Was für eine idiotische Art, Geschäfte zu machen.

Mit dieser Auffassung führst du die Firma noch in den Ruin.«

»Wenig wahrscheinlich.« Luke grinste sie an. »Ich hab' deine Begabung fürs Geschäftliche geerbt, erinnerst du dich? Geld zu machen ist der einfachere Teil. Das letzte, was Gilchrist, Inc. passieren könnte, ist ein Bankrott. Mach dir keine Sorgen, Justine. Auch die nächste Generation Gilchrists wird nicht kochen lernen müssen.«

Justine musterte ihn genau. »Du bleibst also am Ruder?« erkundigte sie sich halb zufrieden.

»Sieht ganz so aus.« Luke lächelte ihr zu.

Sein Lächeln schien Justine zu verwundern. Dann lächelte auch sie. Einen Augenblick glänzten Tränen in ihren Augen, aber dann begann sie zu lachen – ein so seltenes Geräusch, daß alle im Raum Anwesenden sich nach ihr umdrehten.

Katy schaute zu Luke auf. Ihr Gesicht strahlte vor Liebe. »Willkommen in der Familie, Luke!«

Luke grinste. »Willkommen in der Familie, Engel!«

Er zog sie hinein in den ersten Walzer und in die Zukunft voller Liebe, die sie beide erwartete.